Pour Bethany,
dont la foi et l'amitié sont d'or,
à jamais.

KIRPIS
EMPIRE DE QU
KAZIVAR
EAMITHON
ZAHERIAS
Les
CONTINENTS
de VALA &
TYGA

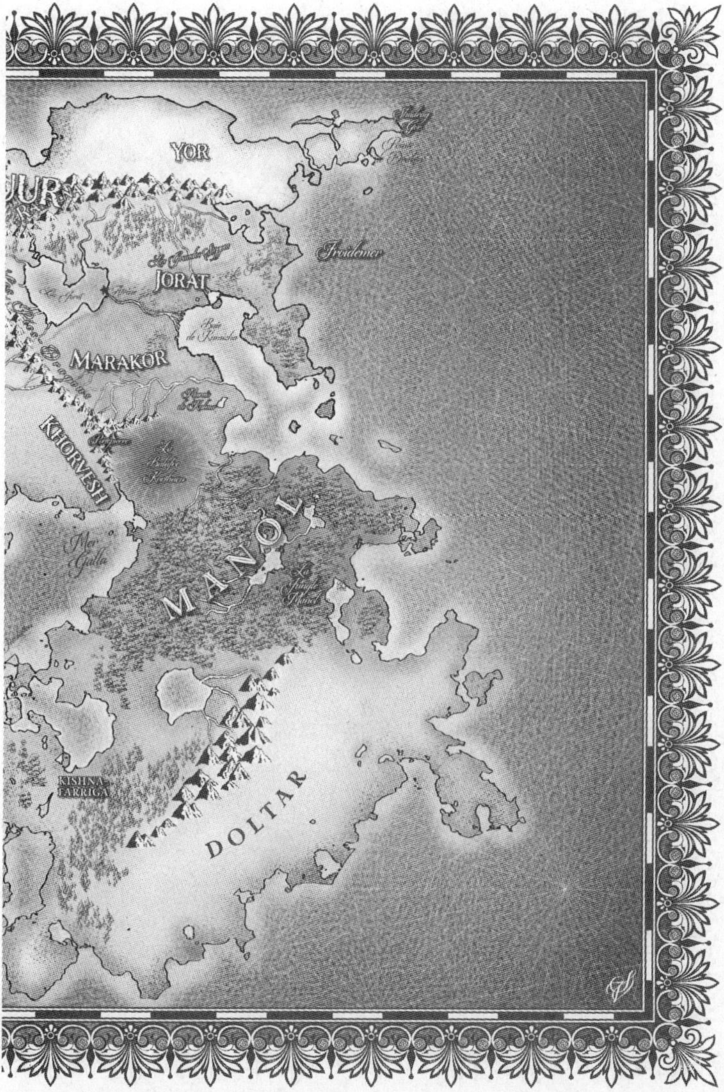
YOR
JORAT
MARAKOR
KHORVESH
MANOL
KISHNA FARRIGA
DOLTAR

JORAT
ALVAROS
STAVIRA
MARAKOR
CANTON DE VERLOSI
CANTON DE VERALI
CANTON DE JOZARA
CANTON DE RULIK
Lac Jorat
Atrine
FLEUVE ZAIBUR

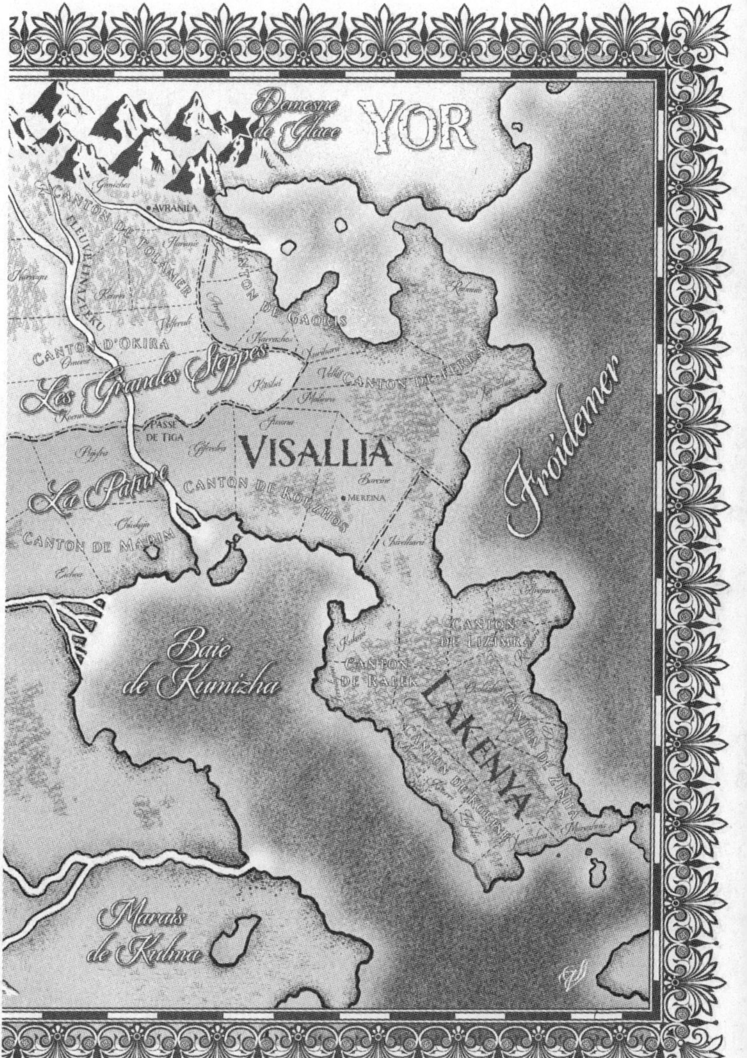

Demesne de Glace
YOR
AVRANILA
CANTON DE TOLAMER
CANTON DE GAORIS
CANTON D'OKIRA
Les Grandes Steppes
CANTON DE HERRA
PASSE DE TIGA
VISALLIA
La Pâture
CANTON DE KORZHOS
MEREINA
CANTON DE MARIM
Fröidemer
Baie de Kunizha
CANTON DE LIZIMIR
CANTON DE BALEK
LAKENYA
Marais de Kalma

Lac Jorat
COLLÈGE DES BANNIÈRES
MARCHÉ AUX CHEVAUX
CASERNE D'ATRINE
TEMPLE DES HUIT
PALAIS
Gemmeporte d'Atrine
TEMPLE DE KHORED
BAZAR
Place Verte
APPARTEMENT DE TOLAMER

CITÉ D'ATRINE
APPARTEMENT DE BARSINE
PONT DE MERAI
Taudis Marakori
Chutes du Démon
Fleuve Zaibur

Colonies de l'Empire (par ordre de conquête)

Quur

Quur n'est pas à proprement parler une colonie. Il s'agissait à l'origine d'une cité-État gouvernée par le dieu-roi Qhuaras. Ce dernier fut tué par Simillion, qui s'empressa alors de se sacrer Empereur, puis s'employa à repousser les frontières de Quur. Celle-ci demeure la capitale de l'Empire du même nom.

Eamithon

Annexée à l'Empire en l'an 1 après l'A.Q. (l'Avènement de Quur), par le mariage de l'Empereur Simillion à la déesse-reine Dana. Ce fut la seule colonie à rejoindre l'Empire sans violence, et ses citoyens jouissent de privilèges considérables et d'une grande liberté, en comparaison avec le reste des habitants de l'Empire.

Khorvesh

Annexée par l'Empereur Nerikan en 5 après l'A.Q. suite à la mort du dieu-roi de la région, Ynis. Les indigènes thriss furent massacrés ou forcés de fuir. Les descendants des citoyens de Quur et d'Eamithon qui y élurent domicile devinrent célèbres pour leur bravoure et leurs talents militaires.

Kazivar

Conquise en 43 après l'A.Q. par l'Empereur Nerikan. Ce fut la conclusion d'une campagne commencée quarante-deux ans auparavant. Le début de l'attaque fut marqué par la mort du dieu-roi de la région, Nemesan, aux mains de l'Empereur Simillion. La majorité de la population indigène fut assimilée par la force. L'Empire ne s'étendrait pas davantage avant plus d'un millier d'années, un changement dû en grande partie à la politique non expansionniste de l'Empereur Samar le Bâtisseur.

Raenena

Conquise en 1533 après l'A.Q. par l'Empereur Atrin Kandor. Qu'il faille parler de conquête ou d'expansion est sujet à débat. Beaucoup sont convaincus que Kandor extermina les autochtones dreth afin d'obtenir l'accès aux gisements de minerai de la région.

Jorat

Conquise par l'Empire en 1612 après l'A.Q., suite à la mort du dieu-roi Khorsal. Celui-ci périt aux mains de l'Empereur Kandor. Au cours de cette même campagne, Kandor fit construire un barrage sur le fleuve Zaibur afin d'inonder les Gorges-sans-fin. Il créa ainsi le lac Jorat, les Chutes du Démon et Atrine, qui serait plus tard désignée comme capitale de Jorat.

Kirpis

Conquise par l'Empire en 1699 après l'A.Q. par l'Empereur Kandor, qui força la population vané à abandonner la région avec leur roi, Terindel. Les vané kirpis élurent domicile au Manol, auprès de leurs cousins les vané manols. L'Empereur Kandor les y poursuivit en 1709 après l'A.Q. et fut tué durant sa tentative d'invasion. Son épée Urthaenriel, qu'on appelait aussi Tueuse de Dieux, fut perdue.

Marakor

Conquise en 1962 après l'A.Q. par l'Empereur Jalore. Cette victoire marqua la fin d'une campagne qui avait duré deux cent quarante ans, avec pour but de fédérer les différentes cités-États et groupes claniques de la région.

Jalore donna à cette colonie désormais unie – du moins en théorie – le nom de Marakor, dénomination qu'aucun des clans en présence ne désirait ni n'accepta. Il fit également peser sur la population rétive des lois extrêmement contraignantes, afin de les punir d'avoir si longtemps refusé de coopérer.

Yor

Conquise assez récemment en 2044 après l'A.Q. par l'Empereur Gendal. Même sans Urthaenriel, Gendal parvint à se débarrasser des dieux-rois de Yor, Cherthog et Suless. Cependant, la région demeure à ce jour inhospitalière, et ses citoyens sont hostiles au gouvernement quuro. Leur duc actuel, Azhen Kaen, est d'ascendance majoritairement yorane. Cependant, il est également le petit-fils d'un des généraux quuros ayant participé à la conquête de cette province.

Avant-propos

Très cher Seigneur Var,

Voici le compte-rendu que vous avez demandé, concernant les événements ayant conduit à la situation actuelle à Jorat. J'ai triché en laissant Janel raconter l'histoire elle-même, mais après tout, quoi de mieux qu'un témoignage direct ? Et votre petit frère s'y trouve lui aussi, ce qui ne manquera pas de vous ravir, j'en suis certaine.

Je n'en ai pas inventé autant que vous le croyez, loin de là. Il est très pratique d'avoir à sa disposition un artefact permettant de vérifier l'exactitude des faits. Les contributions de notre ami se sont également révélées utiles. Il rechignait à parler, au début, mais je suis parvenue à le raisonner. Je suis sûre qu'il aurait fini par réussir à rassembler ses propres notes et à les organiser de façon à peu près logique, mais nous n'avons pas le temps pour ces mièvreries académiques. Sans vouloir lui faire offense, vous avez lu ses comptes-rendus ? Il a tendance à palabrer, vous ne trouvez pas ?

Je suis contente d'avoir pris les choses en main.

J'espère que vous me pardonnerez d'avoir laissé s'exprimer ma créativité, mais si ce garnement de D'Lorus se permet de le faire, pourquoi pas moi ? À mon tour, j'ai donc parsemé le texte d'un certain nombre de commentaires personnels.

En conclusion, il s'avère que tuer l'Empereur, libérer tous les démons et détruire la moitié de la Cité capitale de Qur n'était qu'une mise en jambes…

… et vous savez combien j'affectionne les fins heureuses.

Votre fidèle et dévouée servante,
Senera

… Juste une dernière chose, messire.

Il vaut sans doute mieux que j'explique ce qui s'est réellement passé à la capitale.

En bref: tout est la faute de Gadrith. Notre nécromancien mort-vivant préféré a décidé qu'il constituait à lui seul la réponse à toutes les prophéties. Les plans qu'il mijotait depuis trente ans pour rafler Urthaenriel au nez et à la barbe de tous – nous y compris – viennent de culminer de façon retentissante dans la Cité capitale. Cela ne s'est pas bien terminé pour lui… ni pour la capitale.

Gadrith avait besoin de la Pierre des Entraves, ce qui était fâcheux, car il n'avait aucune idée d'où elle se trouvait. Nous le savions, mais il ne nous a pas posé la question, bien sûr! Non, il a préféré comploter dans son coin et recruter quelques nobles à sa cause – il a dû s'estimer plutôt chanceux de réussir à enrôler Darzin D'Mon – jusqu'au jour où il a enfin localisé la pierre. Celle-ci se trouvait autour du cou du fils oublié d'un Grand Seigneur, Kihrin.

Sauf qu'à ce stade, Serre – la métamorphe de Darzin D'Mon – avait tué… eh bien, pratiquement tous les gens à qui Kihrin avait jamais adressé la parole. Kihrin haïssait Darzin plus que tout. Cela n'a pas empêché celui-ci d'affirmer que Kihrin était son fils, et aussi risible que cela puisse paraître, le vrai père de Kihrin l'a laissé faire. Après cela, Darzin a essayé de retourner l'esprit du pauvre gosse pour le convaincre de lui donner la Pierre des Entraves, en utilisant Thurvishar D'Lorus et une jeune esclave pour laquelle Kihrin en pinçait.

Cela n'a pas marché. Mais le mérite n'en revient pas à Kihrin. Si cela n'a pas marché, c'est parce que Serre a tout fait rater (comme vous allez le constater, c'est une habitude chez elle). C'est elle qui s'est débrouillée pour envoyer Kihrin sur un vaisseau de transport d'esclaves, et c'est donc par sa faute qu'il est tombé entre les griffes de la Confrérie Noire. Et même si Kihrin a fini par revenir à la Cité capitale, cela n'a été que quatre ans plus tard, en compagnie de plusieurs amis, et après avoir été formé par le meilleur épéiste du monde entier (littéralement). Bien joué, Serre !

Mais Kihrin sous-estimait le mépris de Gadrith pour les règles de la scélératesse civilisée. Le mage a pris le contrôle du Palais Bleu et s'est mis à exécuter les membres de la famille de Kihrin un par un, jusqu'à ce que celui-ci accepte enfin de lui remettre la Pierre des Entraves. Gadrith s'est alors empressé de le tuer.

Enfin, non : Gadrith l'a fait tuer par Darzin, en sacrifice au démon Xaltorath (c'était sans doute l'étape 517 de son grand plan de conquête du monde). On pourrait croire qu'être sacrifié à un démon suffirait à anéantir Kihrin une bonne fois pour toutes, pas vrai ? Une fois de plus, c'est à Serre que nous devons la suite des événements. Ni Gadrith ni Darzin n'avaient deviné que Kihrin avait reçu un gaesh durant son absence. Serre, elle, le savait. Elle avait donc gardé le talisman de contrôle du jeune homme en souvenir. Grâce à ce bijou – et à cette bonne vieille Janel, qui a escorté l'âme de Kihrin jusqu'au Royaume de la Paix dans l'Au-delà –, Thaena a aussitôt fait Revenir Kihrin.

Et ce fut – comme on dit – le début de la fin.

Bien sûr, Gadrith a dû croire que son plan se déroulait sans accroc. Xaltorath avait lancé une Marche Infernale sur la capitale, forçant l'Empereur Sandus à sortir au grand jour. Gadrith s'était ensuite arrangé pour que l'Empereur Sandus le tue alors qu'il portait la Pierre des Entraves. Ce qui signifie que, sous l'action de la pierre, Sandus était mort et Gadrith – ayant intégré le corps de son adversaire – était à présent Empereur de Quur. Personne ne pouvait plus l'arrêter ; lorsque Tyentso, sa propre fille, s'y était essayée, il l'avait tuée et avait laissé son corps pourrir sur le sol de l'Arène. Tout marchait comme sur des roulettes.

C'est drôle comme la mauvaise fortune peut frapper soudainement, lorsqu'on vient d'assassiner un être cher au cœur de la déesse de la chance. Certes, Kihrin était si faible qu'il tenait à peine debout ; mais il est tout de même parvenu à tuer Darzin, à trouver Urthaenriel et à détruire la Pierre des Entraves et Gadrith simultanément. La destruction de la pierre a anéanti tous les gaesh qu'elle avait permis de créer, si bien que tous les démons se sont trouvés libérés d'un seul coup. De même que la mère de Kihrin, Khaeriel, qui – soit dit en passant – a tué tous les D'Mon dont Gadrith ne s'était pas déjà chargé, à l'exception du père de Kihrin, qu'elle a enlevé. Je suis à peu près sûre qu'elle ignore que son fils est en vie. Je vous laisse décider quoi faire de cette information.

Cerise sur le gâteau : vous vous souvenez que Gadrith avait tué sa fille ? Thaena l'a fait Revenir sans même qu'on le lui demande. Après que Kihrin a exécuté Gadrith, et après que les barrières magiques se sont relevées pour protéger la Couronne et le Sceptre jusqu'au prochain Grand Concours. Pour se couronner Empereur de Quur, Tyentso n'a eu qu'à tendre la main pour attraper les deux babioles.

Donc, bonne nouvelle : nous avons un Empereur tout neuf. Qui déteste les Maisons Royales. J'ai hâte de voir ce que cela va donner.

Quant à Kihrin… Il a fait quelque chose d'intelligent, pour une fois : il a quitté la ville. Je n'ai pas pu utiliser la magie pour le localiser à cause d'Urthaenriel, mais nous savons qu'il se rendait à Jorat… et c'est là que commence la chronique ci-jointe. Bonne lecture.

Première partie

Conversations dans un abri-tempête

Colonie de Jorat, Empire de Quur.
Deux jours après le Retour de Kihrin D'Mon sur le sol quuro.

Les hommes firent halte à la base de la rampe afin de secouer la pluie accumulée sur leurs capes sallí. Derrière eux, le ciel noir parut s'assombrir, puis s'emplit brusquement d'une clarté aveuglante. Une seconde plus tard, le fracas du tonnerre retentit au-dessus de leurs têtes. Les cieux se déchirèrent et inondèrent la terre.

— Fermez la porte !

Avant qu'ils n'aient pu répondre, Scandale, la jument flammesang grise, entra en jouant des épaules. Son passage fit pivoter brutalement le lourd battant de chêne, et les rafales violentes le maintinrent en arrière, si bien que deux hommes durent s'associer pour lui faire reprendre sa position. L'un d'eux poussa le loquet, verrouillant la porte.

Une soudaine quiétude enveloppa les voyageurs, tandis que le vent hurlait à l'extérieur. Kihrin se tourna vers son compagnon.

— Rappelle-moi pourquoi nous ne sommes pas allés à Atrine ?

L'autre, un homme imposant au front marqué d'une tache blanche en forme d'étoile, émit un grognement.

— Trop de soldats impériaux, là-bas.

— Ah, oui. C'est ça. (Kihrin examina l'intérieur du bâtiment de pierre d'un œil suspicieux.) Étoile, je sais à quel point tu aimes les chevaux, mais… ce n'est pas une écurie, quand même ?

Lorsque Kihrin D'Mon s'y avança davantage, l'écurie en question déboucha sur un vaste caveau voûté, niché dans le versant de la colline. Un troupeau de chevaux s'était agglutiné à l'arrière de la salle, les yeux écarquillés, plaquant les oreilles en arrière à chaque coup de tonnerre. Sa flammesang grise, Scandale, les rejoignit et alla se glisser auprès de deux énormes étalons flammesangs noirs. À la différence de Scandale, qui ressemblait à une jument surdimensionnée, les autres flammesangs n'auraient pu être confondus avec de simples chevaux : leurs yeux étaient rouges, de même que les rayures de tigre qui couraient le long de leurs jambes. Les autres animaux se pressaient autour d'eux comme des enfants recherchant la protection de leurs parents.

— Si elle se retrouve enceinte, il ne faudra pas qu'elle vienne s'en plaindre, marmotta Kihrin.

Une vieille femme à la peau mouchetée émergea d'un pas vif d'un couloir à l'arrière du caveau.

— Fermez-moi bien cette porte, c'est compris ? Rarement vu un orage aussi effroyable, vous pouvez me croire…

Sa voix mourut lorsqu'elle découvrit Étoile.

Kihrin ne pouvait pas lui en vouloir. Étoile aurait pu arrêter une horde d'animaux déchaînés d'un froncement de sourcils. Kihrin était plus grand, mais Étoile était deux fois plus large, et aussi rude que la tempête qui mugissait à l'extérieur. Dans le bordel où avait grandi Kihrin, il aurait fait un parfait videur.

La vieille femme lui adressa un clin d'œil.

— C'est vrai, Jument, s'esclaffa Étoile. (Il tira sur une boucle de sa propre chevelure poivre et sel.) Et ça fait plaisir de te voir, tiens. Il va nous falloir des oreillers, et une place d'honneur pour Hamarratus. Désolé d'arriver si tard. Si nous avions vu venir l'orage, nous aurions trotté plus vite.

Il porta brièvement ses deux index à son front, puis s'inclina profondément.

Kihrin n'avait jamais entendu Étoile prononcer plus de deux phrases à la suite, pas plus qu'il ne l'avait vu faire la révérence, même face à un Grand Seigneur.

Hé, mais… qui est donc Hamarratus[1] *?*

— Aucun problème ! (La vieille femme marqua un temps d'arrêt et se tourna vers Kihrin.) Bon. Au moins, vous êtes là. Entrez donc dans le refuge. Elle vous attend. Vous feriez mieux de vous dépêcher, pendant que le ragoût est encore chaud.

Kihrin posa son sac sur le sol couvert de paille.

— Je suis désolé, madame, mais vous vous trompez. Personne ne m'attend ici.

La vieille femme parut surprise.

— C'est pas Kihrin, votre nom ?

Le jeune homme, dont c'était effectivement le nom, parvint à ne pas dégainer une arme. Au prix d'un grand effort.

— Qui vous a donné ce nom ?

— Votre dame a dit que vous arriviez[2]. (Elle désigna un tunnel qui s'enfonçait dans la colline.) Elle vous attend. Elle m'a dit de guetter la venue d'un grand bonhomme aux cheveux jaunes, avec un air étranger. C'est vous, non ? Je veux dire, on voit que vous devez venir de l'autre bout de l'Empire. Dans la région, personne ne s'habille comme ça.

---

1. Apparemment, Hamarratus (que ses amis appellent aussi Scandale) était une esclave flammesang qui avait appartenu à Darzin D'Mon. Vous saviez que Darzin s'était débrouillé pour faire sortir une flammesang de Jorat ? Quel imbécile… Rien à voir, mais vous pensez que vous pourriez ressusciter Darzin ? J'aimerais le tuer une nouvelle fois.

2. J'imagine que c'est un exemple d'humour jorat. « Sa dame »… Ha !

Les yeux de la femme balayèrent son misha et son kef comme s'ils constituaient une confession écrite.

— Ma dame ?

Kihrin échangea un regard avec Étoile. Parmi les femmes qu'il connaissait, certaines ne lui voulaient pas que du bien.

— Personne ne sait que je suis ici. Je ne sais pas moi-même où nous sommes, bon sang !

Kihrin posa la main sur le pommeau de la dague qui pendait à sa ceinture.

— Je vais rester là pour m'occuper des chevaux, suggéra Étoile.

— Ça me va. Si tu m'entends pousser un dernier râle d'agonie, viens me venger.

Étoile haussa les épaules.

— Je ne vois pas comment je m'y prendrais. La belle épée, c'est toi qui l'as.

Kihrin ne paraissait pas armé d'autre chose que d'une dague. Si la vieille femme trouva cette remarque étrange, elle ne fit pas de commentaire.

— Alors viens, poulain, dit-elle avec un geste à l'intention d'Étoile. Viens aider une vieillarde à abreuver les chevaux.

Kihrin se dirigea vers ce qu'il espérait être une taverne.

Le passage menait de l'écurie de pierre voûtée à une grande salle commune, si profondément enfoncée dans le versant qu'elle était véritablement souterraine. Étonnamment, l'air frais parvenait tout de même à y circuler, faisant voleter les fanions multicolores suspendus au plafond.

Cet arc-en-ciel de couleurs lui rappela les Maisons Royales de la capitale, mais il présuma qu'elles revêtaient ici un tout autre sens. Les Maisons Royales n'étaient pas très présentes dans la région. Aux yeux de Kihrin, c'était un bon point pour Jorat.

Kihrin repéra trois sorties dans les murs de la grande salle, en plus du passage qu'il avait lui-même emprunté. Il n'avait aucun moyen de savoir quel tunnel menait à l'extérieur, ni même s'il y en avait un, mais il aimait savoir que plusieurs options s'offraient à lui. La taverne était aussi équipée d'étagères chargées d'alcools divers, et semblait dépourvue de videur. Un fumet de viande rôtie émanait de la cuisine. *Parfait.*

Les villageois jorats venaient là pour échapper au mauvais temps, et beaucoup étaient en train de savourer un en-cas d'après-midi. Kihrin s'obligea à ne pas les scruter ; les peaux des Jorats étaient aussi variées que les robes de leurs chevaux, et ornées de marques similaires. Tous avaient les cheveux longs et lisses, soit relâchés, soit nattés en tresses complexes et constellées de décorations. Certains se rasaient les côtés du crâne de manière à ne garder qu'une bande de cheveux rappelant une crinière. Et tous portaient soit des vêtements simples dans les tons bruns, soit des habits aux couleurs éclatantes accompagnés de tous les bijoux qu'ils possédaient. Kihrin ne savait pas si ces deux styles opposés marquaient une différence de statut ou s'ils revêtaient une autre signification sociale, mais ils paraissaient en tout cas indépendants du genre des individus[1].

Les regards que lui rendirent les villageois étaient beaucoup moins polis que le sien. Tous les bavardages s'interrompirent.

— Kihrin ?

Il se tourna et découvrit une femme de son âge, debout près du feu.

Son souffle se bloqua dans sa gorge.

Elle était aussi jorate que toutes les autres personnes présentes. Et pourtant, elle n'avait rien à voir avec eux. Tout, chez elle, était rouge : sa peau était couleur de brique, ses yeux de rubis. Il avait imaginé leur rencontre si souvent que la voir en personne lui paraissait inconcevable. Un prince démon

---

1. Moi non plus, je n'ai pas pensé que cette différence pouvait indiquer les rôles de genre, au début. C'est facile de s'y tromper, pas vrai ?

du nom de Xaltorath lui avait montré son image, une fois, des années auparavant. Kihrin n'était jamais parvenu à la chasser de sa mémoire. Elle était le modèle qui lui servait à définir ce qu'était la beauté.

Et elle était là. Devant lui.

Impossible. L'idée qu'il puisse se rendre à Jorat et rencontrer la femme de ses rêves dans la première taverne défiait l'imagination. La déesse de la chance lui accordait ses bienfaits plus ouvertement qu'à la plupart des gens, mais il y avait des limites.

Donc, ce devait être un piège. *Un appât.*

Il se sentit soudain offensé. La ruse n'était même pas subtile.

Elle lui adressa un sourire qui, à ses yeux éblouis, parut plus radieux que le soleil.

— Je suis si heureuse que vous soyez là. Je vous en prie, prenez place parmi nous.

Elle montra le siège à côté d'elle. Un Quuro de l'Ouest, mince et petit, était attablé avec elle ; il était vêtu d'une robe de prêtre et d'un agolé. Il avait l'air d'un homme résigné à l'idée de tenir la chandelle.

Elle cessa de sourire lorsque Kihrin, de nouveau, posa la main sur sa dague.

— Je ne crois pas que nous nous soyons déjà rencontrés, dit-il. Je m'appelle Kihrin. Et vous êtes… ?

La joie disparut de son regard.

— Vous ne vous souvenez pas de moi.

— Je vais me répéter, mais nous ne nous sommes jamais vus.

Ceux qui les entouraient se mirent à grogner. Un homme, au fond de la salle, alla jusqu'à se lever. De toute évidence, ils ressentaient le besoin de protéger l'une des leurs face à cet étranger inconnu.

Elle se tourna vers l'assemblée et leur fit signe de se taire.

— Ce n'est pas grave. C'est mon invité. Tournée générale, sur mon ardoise.

Des acclamations lui répondirent, mêlées de rires, comme si elle venait de faire une plaisanterie. Kihrin ajouta ce détail à sa liste de raisons de se montrer méfiant.

— Vous pourriez peut-être vous asseoir, suggéra le prêtre. Nous allons nous présenter et vous expliquer la situation.

Kihrin lâcha sa dague. Si cette femme n'était qu'une illusion, au moins avait-il le petit avantage de l'avoir deviné. Seuls trois êtres dans l'univers savaient à quoi ressemblait la fille de ses rêves : son meilleur ami, Teraeth ; le démon Xaltorath ; et la métamorphe Serre. Teraeth ne ferait jamais une chose pareille, mais les deux autres ? Ils n'étaient pas ses amis, loin de là.

Cependant, le prêtre lui parut constituer un accessoire étrange à un plan de séduction démoniaque. Pourquoi Xaltorath ou Serre se seraient-ils fait accompagner d'un chaperon ?

Kihrin tira une chaise et s'assit.

La femme jorate fit de même.

— Les choses ne se sont pas déroulées comme je l'espérais. Nous n'avons pas de temps à perdre avec cela, regretta-t-elle.

— Je vous avais dit qu'il ne s'en souviendrait pas, argua le prêtre. C'est le cas de la plupart des gens.

— Vous avez parlé de vous présenter, rappela Kihrin. Commençons par là.

— Oui, dit-elle. Bien sûr.

Elle posa une main noire comme la nuit sur sa poitrine.

Kihrin cilla. Ce n'était pas l'effet de son imagination. Elle ne portait pas de gants : la couleur de ses mains n'était pas la même que celle de son visage.

— Je suis Janel Theranon. Voici mon très cher ami Qown, un ancien… (Elle se tourna vers Qown.) Ancien, ou actuel ?

L'homme grimaça.

— Mon statut est un peu flou.

À Kihrin, il ajouta :

— Je suis Frère Qown, clerc des Mystères Vishai. Enchanté de vous rencontrer.

— De même, répondit Kihrin sans pour autant détacher son regard de Janel.

Janel. Il se sentit idiot. Elle avait un nom. Évidemment. Pendant toutes ces années, depuis que Xaltorath avait imposé son image à l'esprit de Kihrin, celui-ci ne s'était jamais demandé quel nom elle pouvait porter. Janel était peut-être même un nom extrêmement commun. Peut-être les « Janel », à Jorat, étaient-elles comparables aux « Tishar » de la capitale. Un de ces noms qui signifiaient « jolie » ou « bénie », ou – puisqu'il s'agissait de Jorat – quelque chose à voir avec les chevaux.

— Janel, dit-il. Pourquoi donc aurais-je oublié notre rencontre ?

Elle baissa la voix.

— Parce que vous étiez mort.

Kihrin regarda autour de lui. Les gens avaient cessé de lui prêter attention, une fois que Janel s'était portée garante de lui.

— Si vous pouviez vous montrer plus précise…

Son ami Teraeth disposait d'un laissez-passer permanent entre le monde des vivants et l'Au-delà : sa mère se trouvait être Thaena, déesse de la mort[1]. Et Thaena ramenait souvent d'autres personnes à la vie. Kihrin lui-même, par exemple, l'avait été deux jours auparavant. Il était effectivement possible que tous deux se soient rencontrés pendant qu'il était mort.

Déconcertant, mais possible.

— D'accord, reprit Janel. J'ai la faculté de voyager entre le monde des vivants et l'Au-delà. C'est là que je me trouvais

1. Son vrai nom est Khaemezra, n'est-ce pas ? Non que je prévoie de croiser son chemin dans les temps à venir…

lorsque vous avez été sacrifié à Xaltorath, il y a deux jours. Je vous ai aidé à combattre les démons qui vous traquaient, afin que vous puissiez regagner le monde des vivants.

La bouche de Kihrin s'assécha.

— Et comment saviez-vous que j'arriverais… ici ?

Le prêtre, Qown, se tourna vers elle.

— Janel, je ne crois pas que…

— Chut, coupa Janel avant de revenir à Kihrin. Lorsque nous nous sommes rencontrés dans l'Au-delà, vous m'avez raconté votre histoire. Vous étiez mort en essayant d'arrêter Gadrith D'Lorus, que vous soupçonniez de chercher à tuer l'Empereur. Lorsque je me suis réveillée, j'ai découvert que l'Empereur était mort. Gadrith aussi. Et quelqu'un avait brisé la Pierre des Entraves, ce qui avait délivré tous les esclaves à gaesh… et les démons qui leur étaient liés. Et je sais que détruire une Pierre Angulaire telle que la Pierre des Entraves nécessite d'utiliser l'épée Urthaenriel, qu'on appelle aussi Tueuse de Dieux.

Kihrin parvint à ne pas déglutir. Elle venait d'égrener tous les éléments essentiels de l'histoire.

— C'est très intéressant, mais vous ne m'avez encore pas fourni d'explication.

Elle leva le menton.

— Je vous ai cherché, mais je n'ai pas réussi à vous retrouver. (Janel baissa encore la voix.) La magie s'est révélée incapable de vous localiser. Et puisque je m'étais servie d'une Pierre Angulaire pour le faire, l'explication la plus évidente à cet échec était que vous aviez Tueuse de Dieux en votre possession[1]. Elle se trouve quelque part sur vous, en ce moment même. Puisque nous n'avions aucun moyen

---

1. Bon, d'accord. Je m'apprêtais à me moquer de la façon dont elle avait supposé qu'il devait s'agir d'Urthaenriel, mais il est vrai qu'une Pierre Angulaire devrait être capable d'en trouver une autre, donc… Elle n'a pas tort.

de vous pister, nous avons misé sur le fait que, tôt ou tard, vous voudriez emprunter le réseau des portails.

—Et… ?

—Et nous avons soudoyé les Garde-Portes pour qu'ils guettent votre passage.

—Afin qu'ils vous envoient ici, vers cette Gemmeporte, plutôt que vers votre destination initiale, compléta Qown.

—Jorat.

Janel pencha la tête de côté.

—Je vous demande pardon ?

—Je venais déjà ici. À Jorat. Parce que je dois…

Kihrin s'interrompit.

Parce que je dois trouver le Chevalier Noir. Parce que ce n'est pas une personne seule qui réalisera les prophéties sous le nom de Guerrier de l'Enfer. Nous pensons que ces textes font référence à un quatuor, et nous ne connaissons encore que trois d'entre eux : le fils de Therin, le fils de Doc et le fils de Sandus. Donc, il nous reste encore un fils à retrouver[1].

Kihrin s'aperçut qu'elle attendait encore qu'il finisse d'expliquer sa présence. Au lieu de terminer sa phrase, il sourit et demanda :

—Où sommes-nous, à Jorat, d'ailleurs ?

—À Avranila, répondit Janel. Une ville au nord-est de la région. (Elle soupira.) J'espérais que vous arriveriez plus tôt. Pourquoi avez-vous pris tant de retard ?

—J'avais besoin d'un bon bain, répondit Kihrin.

Elle n'eut pas l'air de trouver cela très drôle. Kihrin soupira.

—La capitale était en proie à une Marche Infernale. Les réfugiés avaient entrepris de se ruer sur toutes les Gemmeportes dans un rayon de quinze kilomètres autour

---

1. J'adore la confiance avec laquelle il fait ces suppositions. Parce que, bien sûr, tous les Guerriers de l'Enfer doivent forcément être des hommes. Oh ! Je ne supporte pas la misogynie des Quuros.

de la Cité, et nous étions à pied, car Scandale n'avait aucune intention de se laisser monter. Nous avons fini par parcourir cinquante kilomètres avant de trouver un portail disponible. Et dire que je me demandais pourquoi le Garde-Portes s'était laissé acheter si facilement… Il avait sûrement déjà empoché votre métal, contre la promesse d'exécuter vos ordres.

Janel se racla la gorge.

—Et c'est tant mieux. Nous craignions qu'un Garde-Portes un peu trop rusé décide de retourner sa veste au dernier moment.

Frère Qown ajouta :

—La Maison D'Mon offre une récompense pour qui vous « ramènera sain et sauf ».

—Cela ne m'étonne pas. Je venais de disparaître durant plusieurs années. Ils n'ont pas eu le temps de décrocher les écriteaux « chien perdu ». (Kihrin leva la main pour attirer l'attention de la tenancière.) Hé, je peux avoir un verre de cidre, s'il vous plaît ? Et le plat du jour, peu importe ce que c'est.

Janel lui effleura le poignet du doigt.

—Nous n'avons pas le temps de manger. C'est ce que j'essaie de vous expliquer. Nous avons besoin de votre aide ailleurs, et tout de suite. C'est pourquoi nous vous avons fait venir ici.

Un grand bruit résonna au bout du couloir. La foule se figea, et plusieurs villageois se levèrent pour mieux voir qui venait d'entrer dans le refuge.

Mais ils ne découvrirent pas de nouveaux arrivants : il s'agissait seulement d'Étoile et de la vieille servante qui l'avait aidé à s'occuper des chevaux.

La femme s'essuya les mains sur son tablier.

—J'espère que vous n'aviez rien d'important de prévu. Nous avons dû barrer la porte-tempête.

Des grognements emplirent la pièce.

Janel se leva de nouveau et déclara :

— Nous partirons dès que la personne que nous attendons encore sera là.

La servante secoua la tête.

— Ça non. Personne n'entre, personne ne sort. La tempête est devenue abominable, là-dehors. Si vous essayez de partir, vous ne survivrez pas cinq minutes. Alors asseyez-vous, et distrayez-vous les uns les autres jusqu'à ce que le pire soit passé. (La vieille femme lança à Janel un regard perçant.) La personne que vous attendez... Désolée, mais il va manquer la fête.

— Il est en retard, concéda Janel. Il aurait dû arriver il y a un moment, déjà.

— Ah ? Eh bien, moi, j'aurais dû être le margrive d'Alvaros, alors on dirait bien qu'on n'a pas toujours ce qu'on veut. De toutes les façons, avec ces démons qui lancent des Marches Infernales aux quatre coins de Quur, votre ami avait peu de chances de montrer le bout de son nez, tempête ou non.

La vieille femme se dirigea vers le bar, s'assit et aboya pour qu'on lui apporte une bouteille. À la surprise de Kihrin, Étoile la suivit, contournant la table où se trouvait son compagnon.

Kihrin tressaillit.

— Attendez... Elle a bien dit « des Marches Infernales » ? Au pluriel ? (Janel et Qown posèrent sur lui un regard curieux.) Heu... Ce n'est pas une question piège.

Janel lissa son pantalon, qu'elle portait rentré dans des bottes de cheval renforcées.

— Oui, « des Marches Infernales ». Xaltorath sillonnait le monde en toute liberté avant même que vous ne détruisiez la Pierre des Entraves. Et elle n'a cessé d'inviter de plus en plus d'amis à se joindre au bal.

Quoiqu'il vienne tout juste de commander à manger, Kihrin fut pris de nausée.

— Je... Je ne le savais pas.

— Tout n'est pas perdu, assura Janel. Les Huit Immortels luttent pour empêcher les démons de prendre possession du monde des vivants. Ils les ont déjà repoussés par le passé. J'ai l'intime conviction qu'ils sauront le faire de nouveau.

Et Kihrin avait l'intime conviction qu'elle se montrait bien trop naïve[1].

— D'accord. Vous avez déployé beaucoup d'énergie pour me trouver. (Il la regarda droit dans les yeux.) Pourquoi ?

— Parce que nous voulons tuer un dragon.

Kihrin battit des paupières.

— Un dragon… Un *dragon* ?

Janel rougit.

— Je vous en prie, parlez moins fort.

— Un dragon, répéta Kihrin pour la troisième fois. Avez-vous la moindre idée… Non, attendez un peu. J'admire votre ambition, ou votre cupidité, ou toute autre raison qui vous conduit à penser que c'est une bonne idée ; mais croyez-moi, c'est tout le contraire.

— Il importe peu que ce soit une bonne ou une mauvaise idée…, commença-t-elle.

— Ah, si. Je suis désolé, mais « allons tuer un dragon » fait partie des pires idées imaginables. Juste avant « lançons une invasion du Manol en plein été » et après « libérons Vol Karath, juste une minute ou deux, pas plus ». Vous savez pourquoi les parents n'apprennent pas à leurs enfants qu'il ne faut surtout pas s'attaquer aux dragons ? Parce qu'aucun parent n'a envie de croire que son enfant puisse se montrer aussi stupide. Un dragon m'anéantirait avant même que je ne m'approche assez pour lui infliger une légère vexation, sans parler de le blesser réellement.

Janel haussa un sourcil.

---

1. Oui, moi aussi. Sans parler du fait que l'appellation « les Huit Immortels » ne soit plus adaptée depuis bien longtemps, cela fait des millénaires qu'ils n'ont pas eu à faire ce genre de besogne. À mon avis, ils sont sacrément rouillés.

— Avez-vous fini ?

— Non, rétorqua Kihrin. Je veux savoir qui vous a conseillé de me mêler à vos projets loufoques, pour pouvoir retrouver cette personne et lui enfoncer mon…

— Atrine abrite environ deux cent cinquante mille personnes, à l'heure qu'il est, l'interrompit Janel. Et ils n'ont aucune idée qu'ils sont sur le point d'être attaqués par le plus grand dragon que quiconque ait jamais vu.

Cela l'arrêta net. Il ne prêta pas attention à la tenancière – qui remplissait aussi la fonction de serveuse – lorsqu'elle posa une chope de cidre pleine sur la table, suivie d'un bol de riz et de légumes nappés d'une pâte épaisse. Sans demander si quelqu'un désirait autre chose, elle repartit se poster derrière le bar.

Kihrin poussa le plat de côté.

— Quoi ?

Les musiciens et les conteurs de la capitale adoraient parler d'Atrine, comme on pouvait s'y attendre. Atrine était une cité magique, littéralement, faite de poèmes et de marbre, bâtie par l'Empereur Atrin Kandor en une journée seulement. L'ironie était que Kihrin n'avait jamais rencontré quelqu'un qui y ait vraiment mis les pieds ; c'était la cité favorite de tout le monde, mais de loin seulement.

— Vous m'avez parfaitement comprise, dit Janel. (Son sourire avait disparu.) Et puisque c'est moi qui ai décidé de vous recruter afin de mettre ce projet à bien, allez-vous me dire ce que vous avez l'intention d'enfoncer, et où ? Je vous écoute.

Kihrin devint rouge. Il soupira et se tourna vers le prêtre.

— Et vous, quel est votre rôle dans tout cela ?

— Oh, je… heu…, bafouilla Qown. Avant, j'étais… eh bien… (Il se renfrogna, mal à l'aise.) C'est compliqué, conclut-il.

— Comme Qown l'a dit tout à l'heure, c'est un clerc des Mystères Vishai, dit Janel. C'est aussi un médiqueur diplômé, et mon meilleur ami.

Qown parut gêné. Kihrin se demanda quelle partie de la description de Janel l'avait troublé : sa religion, ou sa qualité de guérisseur agréé par la Maison Royale. Il ne s'était pas formalisé d'être présenté comme « très cher ami » un peu plus tôt.

— Et vous, il vous convient, ce projet de tuer un dragon ? Parce qu'à vous regarder, on ne croirait pas que vous soyez prêt à mourir bêtement.

— Avec tout le respect que je vous dois, répliqua Qown, le fait que je l'approuve ou non n'a aucune importance. Une fois que Morios émergera du fond du lac Jorat, il attaquera Atrine. Des milliers de personnes mourront. En temps normal, c'est l'Empereur qui se chargerait de ce problème, ou bien les Huit Immortels eux-mêmes. Mais l'Empereur Sandus est mort, et les dieux…

Il leva les mains.

— Les dieux sont trop occupés à combattre les démons, acheva Janel.

Kihrin regarda autour de lui. Tout semblait normal, du moins pour ce qui concernait ce coin-là de l'Empire. Étoile et la vieille servante étaient assis au bar. La foule, résignée à attendre la fin de l'orage, avait entonné une chanson.

Kihrin se retourna vers les deux inconscients déterminés à jouer les héros. De toute évidence, il ne s'agissait pas d'un piège de Xaltorath.

Le prince démon n'aurait pas inventé un stratagème aussi invraisemblable.

D'après ce qu'avait entendu Kihrin, la dernière attaque d'une cité quuro par un dragon avait eu lieu durant l'Ère des dieux-rois, des milliers d'années plus tôt. Kihrin avait toujours supposé que les dragons n'étaient qu'une légende, un mythe que ressortaient les ménestrels chaque fois qu'ils voulaient faire les louanges du premier Empereur. Du moins, il l'avait cru jusqu'au jour où il avait rencontré un véritable dragon : le Vieil Homme, Sharanakal. Il n'avait aucune envie de réitérer l'expérience.

Kihrin se passa une main sur le visage.

— Est-ce que cela vous dérange si je mange pendant que nous parlons ? La dernière fois que j'ai avalé quelque chose, nous étions encore à l'ouest des Pics-Dragons.

Janel eut un geste aristocratique de la main en signe d'assentiment.

Kihrin se demanda si ses yeux rouges la désignaient comme ogenra. C'était le nom que les Maisons Royales donnaient à certains bâtards, ceux qui possédaient les attributs physiques désignant leur lignée comme « touchée par les dieux ».

Par exemple, les yeux rouges de la Maison D'Talus… ou les yeux bleus de celle de Kihrin, la Maison D'Mon.

— D'accord, je… d'accord. Vous avez mon attention. Du moins, jusqu'à ce que la tempête se calme.

Il tritura le contenu de son bol. Le riz était servi blanc, sans épices apparentes ; les légumes semblaient cuits à l'eau. La pâte épaisse qui les surmontait avait l'air comestible, mais elle était assortie d'une bouillie blanche qui demeurait un mystère[1].

La cuisine jorate était très à la mode à la capitale. Le cœur de Kihrin se serra à l'idée de remanger ce qui, dans son souvenir, n'était qu'un ramassis de préparations insipides.

Frère Qown eut pitié de lui. Il se dirigea vers une autre table, murmura un bref « pardon, pardon » et s'empara d'un pot de pâte rouge vif.

— Ils ont des sauces pimentées. (Le prêtre posa le bocal devant Kihrin.) Mais ils ne les sortent pas pour les étrangers

---

1. C'est du fromage. Je sais, je sais ; mais ils ne le fabriquent pas de la même manière, à Jorat. Je dois avouer que j'en suis devenue très friande.

qui n'en font pas la demande. Quand on n'a pas peur d'ajouter beaucoup de piment, ce n'est pas mauvais.

— « Pas mauvais » ? releva Janel d'un air courroucé.

— Ce ne sera jamais aussi bon que mes aubergines aux épices vanoizi, décréta Qown. Je suis désolé, mais c'est un fait. Vous autres Jorats ne pouvez espérer faire rivaliser votre cuisine avec la perfection pure et simple.

Janel lui donna une bourrade.

— Arrêtez donc. Les prêtres ne sont-ils pas censés faire preuve d'humilité ?

— L'humilité est une vertu à laquelle doivent aspirer ceux qui marchent dans la lumière, reconnut Qown avec un large sourire. Mais ils doivent aussi faire preuve de franchise.

Laissant échapper un petit rire, Kihrin ouvrit le bocal et renifla la sauce. Le prêtre paraissait bien plus détendu lorsqu'il était question de nourriture que de dragons. Les yeux de Kihrin se mirent à larmoyer : c'était bon signe. Il mélangea une bonne cuillère de sauce à son plat.

— Imaginons, pour le moment, que vous parliez sérieusement. Que sommes-nous censés faire si ce dragon… comment s'appelle-t-il ?

— Morios.

— D'accord. Morios. Comment voudriez-vous tuer… (Kihrin eut du mal à réprimer un ricanement.) Pardon. Comment est-ce que vous voudriez procéder ? Expliquez-moi un peu.

— Nous attendons quelqu'un d'autre.

Janel lança un regard anxieux au tunnel menant à l'entrée du refuge.

— Qui ? interrogea Kihrin. Et comment savez-vous que ce dragon, Morios, s'apprête à mettre la capitale de cette colonie à feu et à sang ? Il vous a envoyé une lettre ?

Janel et Qown échangèrent un regard.

— C'est… compliqué, répondit la première.

Ayant passé toute son enfance avec des criminels, Kihrin avait un sens de l'entourloupe bien aiguisé. Tout cela ressemblait terriblement à une arnaque. Sa mère adoptive, Ola, lui avait enseigné la meilleure manière de ne jamais se faire plumer : éviter de s'attarder trop longtemps au même endroit.

Kihrin posa sa cuillère et attrapa son sac.

— Très bien. Je file d'ici. Bonne chance pour la chasse au dragon. C'était un plaisir de faire votre connaissance. (Il se mit à crier par-dessus l'assemblée.) Hé, Étoile ! On s'en va, tout de suite !

L'autre leva le nez de son verre, surpris.

— On… quoi ?

Janel protesta :

— Vous ne pouvez pas partir. La tempête…

— Je vais prendre le risque.

Il décida de ne pas attendre Étoile, et se mit à louvoyer entre les chaises en direction de la sortie. Le cavalier jorat se trouvait précisément là où Kihrin avait promis de l'emmener : à Jorat. Il était peu probable qu'Étoile lui demeure loyal plus longtemps.

Revenant sur ses pas, Kihrin traversa le tunnel. Des lanternes suspendues aux poutres lui éclairèrent le chemin jusqu'à l'écurie et l'entrée… où une lourde barre de bois avait été placée en travers de la porte. Celle-ci tremblait comme si un géant avait décidé de la secouer jusqu'à ce qu'on le laisse entrer. Lorsque Kihrin voulut soulever la barre, Scandale lui lança un hennissement. Kihrin ne parlait pas le flammesang, mais son ton semblait vouloir dire « Tu ne vas tout de même pas sortir par ce temps, si ? ».

— Désolé, Scandale, mais je t'ai ramenée à Jorat, comme promis. Étoile va s'occuper de toi, maintenant.

Il avait fait une erreur en venant ici. Kihrin aurait dû rester auprès de Teraeth. Ainsi, il n'aurait pas eu à apprendre combien de morts il avait provoquées. Il avait déclenché des Marches Infernales…

Tant de gens avaient perdu la vie… Simplement parce qu'il avait trouvé un moyen ingénieux de contourner le pouvoir de la Pierre des Entraves afin de tuer Gadrith. Comment aurait-il pu savoir que ce fichu artefact servait à asservir les démons ?

— Salut à toi, Contrevenant. Salut à toi, Prince des Épées.

Il murmura dans un souffle les paroles railleuses de Xaltorath. Il avait fait exactement ce que Xaltorath désirait : libérer les démons. Il avait aussi tué l'Empereur. Puis il s'était emparé de l'épée Urthaenriel, le Fléau des Rois. Et à en croire les Prophéties devoranes, quel sort attendait l'individu qui ferait toutes ces choses ? L'heureux élu était destiné à détruire l'Empire de Quur tout entier… et peut-être même le monde.

Le fait que Kihrin n'en ait aucune envie faisait-il une différence[1] ?

Combien de personnes qu'il connaissait avaient tenté d'échapper au jeu des prophéties, où s'affrontaient les démons, les dragons et les dieux ? Cela n'avait pas d'importance. Ils finissaient tout de même par y être mêlés. Les Huit Immortels en personne avaient décidé d'envoyer Kihrin dans ce guêpier dans l'espoir de déjouer les prophéties. Mais il n'était pas sûr qu'ils sachent réellement ce qu'ils faisaient. À vue de nez, les démons étaient en train de gagner.

Salut à toi, Voleur d'Âmes.

Il posa son sac et cala la barre transversale contre son épaule. Le bois grinça avant de s'arracher à son support, et Kihrin laissa tomber la barre sur le côté.

À peine avait-il poussé le loquet que la grande porte s'ouvrit avec fracas. Le hurlement du vent ressemblait au rugissement d'un dragon. Kihrin ne distinguait que

1. Non, pas vraiment. Pas de bol, gamin.

faiblement les contours des bâtiments environnants ; la tempête avait transformé le jour en nuit. Mais Kihrin avait beau savoir que ni homme ni bête n'était en sécurité par un temps pareil, il s'en fichait.

Il fit un pas à l'extérieur.

Un pas seulement. Il entendit alors un sifflement sauvage. Une immense forme blanche passa au-dessus de sa tête, puis se retourna sur elle-même et atterrit dans un bruit de tonnerre. Le bois des maisons, des auvents, des bâtisses environnantes craqua et se brisa ; les pierres se fendirent et s'effritèrent.

La foudre dessina la silhouette draconique qui lui faisait face. Ce n'était pas Sharanakal, le dragon volcanique qui avait cherché à le faire prisonnier. C'était un autre dragon, blanc, gris et argenté, dont les yeux bleus étincelaient comme des joyaux.

Fixés sur lui.

Le temps s'arrêta, s'allongea. Il pensa : *Elle a les mêmes yeux que moi*[1]. Il ne s'apercevrait que plus tard qu'il lui avait attribué un genre dans son esprit. Le temps bondit en avant. Le dragon déploya ses larges ailes et tendit le cou vers l'arrière. Elle pointa ensuite la tête vers l'avant, et des éclats de glace tranchants comme des rasoirs jaillirent de sa gueule immense avec la force d'un ouragan.

Kihrin voulut refermer la porte, mais pour cela, il fallait être deux.

Janel apparut alors près de lui et saisit le bord du battant. Elle souleva la barre et l'enclencha à l'instant où les éclats de glace atteignaient la porte. Celle-ci frémit et Janel s'y adossa.

— Votre épée ! cria-t-elle. Transpercez la porte de votre épée ! Rien ne peut résister à Urthaenriel !

1. Ce n'est pas idiot, comme remarque. Existerait-il un lien entre les huit premières Maisons Royales de Quur et les Huit Immortels que vous auriez omis de m'expliquer ?

Il tira sa dague de son fourreau, et la lame se transforma en épée mince et argentée.

Urthaenriel se mit à lui crier dans les oreilles, en un hurlement de sirène capable de rivaliser avec les diatribes rugissantes portées par l'orage. Elle lui criait de détruire cette femme. De détruire quelque chose derrière lui, là-bas, dans la taverne. De détruire le dragon. Tout ce qui était magique, tout être qui connaissait la magie. Le chant d'Urthaenriel était celui du chaos, et elle haïssait toute voix qui n'était pas la sienne.

Il l'ignora.

— Baissez-vous ! cria-t-il à Janel.

Elle s'exécuta. Kihrin enfonça la lame dans la porte jusqu'à la garde. Elle traversa le bois comme s'il s'agissait d'une feuille de papier, et non un battant de chêne durci par le feu. Puis quelque chose d'énorme heurta la porte. La structure trembla, et un cri furieux emplit l'atmosphère.

Kihrin tira Urthaenriel hors de la porte. Un sang indigo recouvrait la lame. Des cristaux de glace se formèrent lorsque le liquide se mit à couler sur le sol.

— Qu'est-ce qu'on…, commença Kihrin en se tournant vers Janel.

— Le dragon n'a pas dit son dernier mot !

Janel l'attrapa par son misha et l'écarta de la porte. Puis la Jorate se plaqua contre le battant, campant ses pieds sur le sol dallé. Un sifflement plaintif résonna dans la pièce. D'épaisses couches de glace apparurent autour de l'ouverture. La roche dans laquelle était creusé l'édifice émit un grincement menaçant.

Enfin, le bruit du vent s'atténua.

Janel se laissa glisser sur le sol humide, exhalant des bouffées de givre. Kihrin s'assit face à elle, Urthaenriel pendant de sa main. On entendait goutter de l'eau, non loin de là. Les chevaux s'adressèrent mutuellement de petits bruits rassurants, tandis que les flammesangs s'avançaient pour voir de quoi il retournait.

Au terme d'un silence pesant, Kihrin lança :

— Vous auriez pu me dire que votre satané dragon était sur le point de nous attaquer.

— Oui… (Elle soupira et se frotta la tempe.) Je vous aurais volontiers prévenu, seulement…

— Seulement quoi ?

— Ce n'est pas le même dragon.

1

Les hors-la-loi de Barsine

Colonie de Jorat, Empire de Quur.
Deux jours après le sacrifice de Kihrin D'Mon à Xaltorath.

Lorsque Kihrin regagna la taverne, un flot de questions déferla sur lui… ou plutôt sur sa compagne. Les villageois étaient avides de réponses. Quel était ce bruit ? Avait-il fait peur aux chevaux ? Comment ces derniers se portaient-ils ? Est-ce que les flammesangs désiraient les rejoindre au bar[1] ?

Cette dernière proposition avait été formulée très sérieusement.

— La tempête est encore trop dangereuse pour sortir, déclara Janel d'une voix sonore. N'essayez pas de partir.

Kihrin leva un sourcil, mais il ne la contredit pas. Un mur de glace de plus de un mètre d'épaisseur les retenait prisonniers dans le refuge. Et un dragon furieux les attendait de l'autre côté.

Une soirée banale à la taverne, en somme.

Il semblait inutile de provoquer la panique au sein de l'assemblée, puisque les villageois n'auraient rien pu faire pour remédier au problème. Kihrin lui-même n'était pas sûr

---

1. Comment sait-on qu'on est en train de discuter avec un Jorat ? S'il ne vous a pas parlé de ses chevaux dans les quinze minutes suivant votre rencontre, ce n'est pas un Jorat.

d'en être capable, même à l'aide d'Urthaenriel, mais il savait une chose : l'éventualité d'un combat contre un dragon se révélait d'un coup nettement moins abstraite.

Mais si la créature à l'extérieur n'était pas le bon dragon, alors qui était l'autre ?

Une fois que tout le monde fut retourné à son verre et à sa conversation, Janel rejoignit le prêtre de Vishai. Elle posa le sac de Kihrin sur une chaise.

— Aeyan'arric est à l'extérieur, murmura-t-elle à Frère Qown. Elle a scellé la porte d'entrée sous une épaisse couche de glace.

Kihrin s'assit et regarda fixement son bol. Il se demanda combien de provisions contenait la taverne. Combien de temps tiendraient-ils ? Comment les habitants réagiraient-ils face à la nécessité de se rationner, ou pire, à l'épuisement total des réserves ?

Non. Kihrin n'avait aucune intention de se laisser piéger par un dragon. Et les mélodies furieuses d'Urthaenriel avaient révélé la présence d'une puissante magie. Kihrin ne pouvait déterminer avec certitude si Urthaenriel avait décelé des mages ou une ou plusieurs Pierres Angulaires, mais l'épée lui indiquait la source du pouvoir avec assez de précision pour lui permettre quelques hypothèses. Urthaenriel voulait éliminer Qown, tout comme elle souhaitait anéantir le dragon, Janel et la vieille femme qui s'occupait des chevaux.

Ces gens n'étaient pas aussi désarmés qu'ils le semblaient[1].

— Aeyan'arric est ici ? Déjà ? (Qown se pencha en avant, baissant la voix à l'instar de Janel.) Il s'est écoulé si peu de temps après le combat… Si elle s'est déjà remise…

---

1. Vous remarquerez que Kihrin, à ce moment-là, a remis Urthaenriel au fourreau. D'après tout ce que j'ai pu lire, il ne devrait pas l'entendre lorsqu'il ne la tient pas à la main ; mais c'est pourtant le cas. C'est… franchement terrifiant. Y a-t-il une raison pour que Kihrin puisse utiliser cette épée différemment de tous les autres ?

— Non, pas « si », rectifia Janel. Elle s'est entièrement remise. Cela ne fait que confirmer, malheureusement, à quel point il est difficile de tuer un dragon. Elle n'est même pas restée morte deux jours ! Et nous n'avons aucun moyen de savoir si les autres dragons récupèrent plus ou moins vite qu'elle.

Kihrin fronça les sourcils :

— Elle était morte il y a deux jours ? Comment est-ce arrivé ?

Janel soupira, puis jeta un coup d'œil autour d'eux pour s'assurer que personne ne les écoutait.

— Je l'ai tuée, révéla-t-elle. Mais pour être honnête, on m'a beaucoup aidée.

— Donc… Voyons voir si j'ai bien compris. Vous m'avez attiré ici par l'action combinée de la logique et des pots-de-vin. Un hypothétique dragon – Morios – s'apprête selon vous à mettre Atrine à feu et à sang. Mais Aeyan'arric – un autre dragon qui, pour le coup, n'a rien d'hypothétique – vous a suivis jusqu'ici. Parce que vous avez eu l'impudence de la tuer il y a deux jours. (Kihrin attrapa son bol et une cuillère.) Il est inutile de se préoccuper du premier problème tant que vous n'aurez pas résolu le second. J'ai manqué quelque chose ?

Janel se renfrogna.

— Non.

— Dans ce cas, j'ai une question à vous poser. Si ce dragon – Morios – se dirige vers la capitale de Jorat, pourquoi ne pas vous être installés à Atrine en demandant au Garde-Portes de m'y envoyer ? Nous serions déjà sur place. Quand je suis arrivé ici, je n'ai pas vu de Garde-Portes en poste devant la Gemmeporte que je venais de franchir. Donc, à moins que l'homme en question ait pris un jour de congé et qu'il soit en train de siroter un verre au bar, cela semble signifier qu'on ne peut pas ouvrir un portail à partir de cet endroit. Pourquoi donc chercher à m'enrôler ici – en supposant que j'accepte de vous aider – si nous devons ensuite voyager deux mois pour gagner Atrine ? Que restera-t-il de la cité à notre arrivée[1] ?

Janel et Qown échangèrent de nouveau un regard lourd de sens.

— Bon, vous allez devoir arrêter ça, tous les deux, reprit Kihrin. Vous pensez peut-être que je ne vous croirai pas ou que je refuserai de vous écouter si vous me dites la vérité, mais… faites-le quand même. J'ai vu et traversé beaucoup de choses. Je suis passé maître dans l'art d'accepter l'impossible.

— On ne le croirait pas, à voir vos mains trembler, fit remarquer Janel.

— C'est une réaction normale quand on vient d'être attaqué par un dragon, rétorqua-t-il.

Qown se racla la gorge.

— Parfois, un acte peut être mal interprété lorsqu'on ne dispose pas du contexte nécessaire pour le comprendre. Par exemple, si quelqu'un me disait que vous aviez tué l'Empereur Sandus…

— C'est juste un exemple, c'est ça ? (Kihrin plissa les yeux.) Hypothétiquement, j'aurais tué l'Empereur ?

— Laissez-le finir, conseilla Janel.

— Oui, merci. Donc, comme je le disais… je serais très ébranlé. Mais seulement parce que je ne connaîtrais pas le contexte. Après tout, Gadrïth le Déviant avait pris possession du corps de Sandus à l'aide de la Pierre des Entraves. Vous n'avez pas tué l'Empereur, car il était déjà mort. Vous voyez ? Si nous vous faisions certaines révélations de but en blanc… eh bien, hors contexte, vous risqueriez de tirer les mauvaises conclusions.

Kihrin le dévisagea.

— D'où est-ce que vous tenez vos renseignements sur moi ?

1. Rien. Il n'en restera absolument rien.

Leur exactitude l'inquiétait. Kihrin examina les mains de l'homme : il ne portait pas de bague sertie d'un rubis gravé. Si Qown appartenait à la société secrète du défunt Empereur, les Hommes du Griffon, il n'affichait pas ouvertement son allégeance.

Qown toussa.

— Là aussi, le contexte est essentiel. (Il se tourna vers Janel.) Nous avons beaucoup d'explications à fournir.

— Oui, en effet, acquiesça Kihrin. Vous avez de la chance : je n'ai nulle part où aller.

Janel parut contrariée.

— Nous devons rester concentrés sur Atrine, Qown. Morios pourrait se réveiller n'importe quand. Et alors, Atrine sera sans défense.

— Vous voulez que je consulte… ? demanda Qown. Oui, bien sûr, suis-je bête.

Il tira de sa robe une pierre de la taille d'un œuf. En son centre, la gemme – une sorte d'agate brune – semblait se transformer en une pierre plus précieuse. Les couleurs se succédaient jusqu'à une flamme qui paraissait brûler au cœur du joyau.

Urthaenriel hurlait dans son esprit.

— C'est… (Kihrin s'interrompit et se passa la langue sur les lèvres.) C'est une Pierre Angulaire, pas vrai ?

— Âtremonde, répondit Qown. L'un des huit artefacts divins. Chaque Pierre Angulaire possède des facultés propres, que son propriétaire…

— Je sais ce qu'est une Pierre Angulaire. J'en ai détruit une il y a deux jours.

Et j'ai libéré tous les démons du monde.

— Oui. La Pierre des Entraves. (Qown manipula la pierre.) Un instant, je vous prie.

Le prêtre ne fit rien de particulier ou de spectaculaire. Il se contenta de scruter la gemme, comme s'il admirait simplement sa beauté. Quelques secondes plus tard, il cligna des paupières et glissa la pierre dans un pli de sa robe.

— Il n'a pas encore attaqué, annonça-t-il.

— Mais il ne tardera pas à le faire. Nous devrons y être lorsqu'il… (Elle vit Kihrin lever les yeux au ciel.) Vous ne nous croyez pas.

— Vous ne m'avez toujours pas dit pourquoi nous n'étions pas déjà à Atrine.

— J'ai mes raisons.

— Qui sont… ?

— Personnelles, dit-elle en plissant le regard.

Mais Kihrin n'avait pas l'intention de se plier à ses caprices.

— Vous ne me révélez rien, et vous voudriez tout de même que j'accepte de vous aider ? Pourquoi le ferais-je ?

Janel se pencha au-dessus de la table.

— Parce que l'homme que j'ai rencontré il y a deux jours n'était ni un sale gosse ni un égoïste. Parce qu'il n'a pas hésité à me venir en aide, alors même qu'il risquait de se retrouver piégé dans l'Au-delà. Parce que j'ai pensé que cet homme, qui risquait de perdre son âme pour sauver quelqu'un qu'il rencontrait pour la première fois… (Elle esquissa une moue de dégoût.) J'ai cru qu'il risquerait sa vie pour secourir deux cent cinquante mille personnes qu'il ne connaissait pas davantage. On dirait bien que je me trompais.

Janel se leva, et Frère Qown eut l'air de réprimer le désir de se cacher le visage dans les mains.

Kihrin attrapa Janel par le bras. Le regard venimeux qu'elle lui lança semblait dire qu'il s'apprêtait à perdre ses doigts, et aussitôt après, la vie.

— Je suis désolé, dit-il.

Il plongea son regard dans ses yeux rouges, où luisaient des pépites jaunes et orange. Ils n'avaient rien à voir avec ceux de la Maison D'Talus.

— J'ai dépassé les bornes. Mais mettez-vous à ma place… C'est un peu excessif de votre part d'exiger que je croie aveuglément à votre histoire. N'importe qui se méfierait. Vous allez devoir m'en dire davantage, pour que je comprenne de quoi il retourne.

Janel étudia son visage avant de se rasseoir.

— Si je ne peux pas retourner à Atrine, c'est à cause du gouverneur de Jorat. Dès l'instant où le duc Xun apprendra que je suis encore en vie, il s'empressera de me faire exécuter. Je ne pourrai me rendre à Atrine qu'à une condition : s'ils sont trop occupés pour faire attention à moi. Par exemple, si Morios les attaque[1].

Kihrin l'examina attentivement.

— Pourquoi le duc Xun voudrait-il vous tuer ?

— C'est une assez longue histoire.

— Nous avons le temps, fit remarquer Kihrin. (Il pointa du doigt la sortie.) Nous n'irons nulle part tant que la reine des glaces, là-bas, ne se sera pas lassée de ce petit jeu. Ou que nous ne l'aurons pas tuée.

Frère Qown releva les yeux.

— En voilà une bonne idée !

— Laquelle ? Attendre qu'elle se lasse, ou la tuer ?

— Qown…, protesta Janel.

— Ne me grondez pas. Il a raison : nous devrions l'informer. (Qown sourit à Kihrin.) Et puis, c'est important pour vous de comprendre ce que vous avez à voir là-dedans, et pourquoi nous avons besoin de vous.

— Je sais pourquoi, répliqua Kihrin.

C'était à cause d'Urthaenriel. S'ils avaient déjà tué un dragon, ils n'auraient pas de difficulté à recommencer. Apparemment, leur problème était de réussir à le faire de

1. C'est drôle, elle n'a pas l'air pressée d'expliquer en quoi vaincre Morios servirait ses propres intérêts.

façon permanente. Et ils pensaient qu'Urthaenriel était la solution.

Qown, qui s'était mis à fourrager dans un sac, s'immobilisa.

— Hum ! J'en doute.

— Par où dois-je commencer ? dit Janel. Par le duc Kaen, peut-être ?

Qown tira de sa sacoche un petit livre soigneusement relié.

— Nous devons remonter plus loin que cela pour que ce soit compréhensible. Avant Atrine. Jusqu'à Barsine. (Il tapota du pouce la couverture du livre.) Par chance, j'ai tout consigné.

— Barsine… Est-ce une personne ou un lieu ? demanda Kihrin.

Janel eut un pâle sourire.

— Cela dépend du contexte. Qown, vous pouvez commencer. Je vais nous chercher une nouvelle tournée… et reprendre de l'upishiarral[1].

Kihrin la regarda marcher jusqu'au comptoir et s'adresser à la tenancière. Celle-ci posa son torchon et croisa les bras. Quelques secondes plus tard, elles disparaissaient derrière une petite porte au fond de la salle.

Pendant ce temps, Frère Qown avait ouvert son carnet et s'était mis à lire.

— « Il existe bien des récits de la rébellion, détaillant les raisons de son existence, ses réussites et ses échecs. Frère Qown était certain que son propre compte-rendu ne serait pas conforme à ceux des autres histo… »

— Attendez. J'ai une question, dit Kihrin.

Frère Qown s'interrompit.

— Une seule ?

1. Littéralement « riz et légumes ». Mais à dire vrai, c'est loin d'être mauvais. Qown a raison : il ne faut surtout pas lésiner sur le piment.

— Je ne vous promets rien, répliqua Kihrin d'un ton pince-sans-rire. Une rébellion ? Quelle rébellion ? Je croyais qu'il serait question d'un dragon.

— Le contexte, vous vous souvenez ? Un peu de patience, je vous prie. Vous n'avez pas vraiment le choix, de toute façon, pas tant qu'un certain obstacle draconique n'aura pas été écarté.

— D'accord, d'accord. Et cela fait longtemps que c'est arrivé ? Que le duc Kaen s'est dressé contre le reste de l'Empire ?

Janel et Qown avaient parlé du duc Kaen un peu plus tôt. Kihrin se souvenait qu'un de ses amis, Jarith Milligreest, s'était dit préoccupé par la rébellion latente du duc. D'ailleurs, le père de Jarith, le Premier Général Qoran Milligreest, s'en inquiétait également. Le père comme le fils le surveillaient attentivement, attendant qu'il leur donne la moindre excuse de lui envoyer leur armée.

Ce qui rappela à Kihrin que son ami Jarith avait péri durant la Marche Infernale, deux jours plus tôt, à la capitale.

Il poussa un soupir.

— Veuillez m'excuser, dit-il. Je vous en prie, continuez.

— Bien. (Qown chercha l'endroit où il s'était arrêté de lire.) « Mais Qown ne cesserait jamais de répéter que la rébellion était née à Jorat.

» Elle commença par une attaque de brigands...

» Toute cette affaire sentait mauvais depuis le début. Les hors-la-loi ne semblaient pas décidés à les détrousser, ce qui devait pourtant constituer leur objectif principal. Frère Qown savait que les bandits étaient dissimulés dans les arbres environnants ; il sentait leurs yeux posés sur eux depuis des heures. Il se demanda ce qu'ils pouvaient bien attendre... »

Frère Qown leva les yeux, l'air agacé.

— Oui ?

— Vous parlez à la troisième personne ? demanda Kihrin en s'efforçant de ne pas rire. Vraiment ? Si vous y étiez… pourquoi ne pas raconter les choses de votre point de vue ?

— C'est une chronique, protesta Frère Qown. Je suis historien. On n'écrit pas une chronique comme s'il s'agissait d'un journal intime.

— Je n'ai jamais pu faire confiance aux gens qui parlent d'eux à la troisième personne. J'ai connu une métamorphe…

Janel posa sur la table un plateau chargé de cidre, de bière locale et de plusieurs bols d'upishiarral.

— Et voilà !

— Un problème avec la tenancière ? la questionna Kihrin.

— Hmm ? Non, aucun, assura Janel.

Elle s'empara d'un verre de cidre tout en s'asseyant.

Kihrin jeta un regard vers le bar. La femme était de retour à son poste ; mais à présent, elle semblait conspirer à voix basse avec la vieille servante.

— Il ne cesse de m'interrompre. (Frère Qown regarda Janel comme pour implorer sa protection.) Puis-je continuer, par pitié ?

Janel effleura la main de Kihrin.

— Il vous rendra la vie impossible si vous ne le laissez pas lire tranquillement.

Kihrin laissa le petit homme poursuivre son récit.

Récit de Qown. Bannière de Barsine, Jorat, Quur.

Les bandits précédents n'avaient pas fait preuve d'une telle hésitation.

Ceux-ci se faisaient attendre depuis si longtemps que Jument Dorna, en plaisantant, avait suggéré de les inviter à rejoindre leur campement pour le petit déjeuner.

Enfin, une silhouette masquée s'avança, seule, dans la clairière. Frère Qown dissimula sa surprise ; il ne s'attendait pas à ce que le brigand soit une femme. Mais à dire vrai, Jorat ne cessait de déjouer ses attentes.

— Pas trop tôt, marmotta Dorna.

D'un coup de coude, Frère Qown la fit taire. De toute évidence, dans cette partie de Jorat, les criminels étaient des êtres craintifs dont il fallait attendre patiemment qu'ils daignent montrer le bout de leur nez.

— Où sont vos gardes ? demanda la voleuse en regardant autour d'elle.

C'était une question plutôt sensée, pour qui s'apprête à enfreindre la loi.

Jument Dorna renifla d'un air moqueur, tout en grattant le riz sucré qui collait à sa grande poêle[1].

Le troisième membre de leur petit groupe était assis gracieusement près du feu de camp. Elle rassemblait tous les attributs propres à convaincre un miséreux de s'adonner au brigandage. Une bague sertie de joyaux, enfilée sur une chaîne, pendait à son cou. Sa tunique de cavalière était brodée d'or. Des épingles de jade décoraient ses cheveux coiffés en laevos.

— Des gardes ? Pourquoi ? lança Janel à la nouvelle venue, tout en sirotant son thé. Vous cherchez du travail ?

La voleuse leva les yeux au ciel. Elle poursuivit son examen de la clairière, comme si des soldats armés étaient tapis sous les sacs de couchage. Son regard s'attarda un moment sur la carcasse de cerf suspendue, à l'envers, aux branches d'un arbre.

Frère Qown devina ses pensées : ils n'étaient que trois, et aucun d'entre eux ne paraissait capable de suspendre un cerf, sans parler de se défendre. Dorna semblait plus vieille que bien des montagnes. Frère Qown lui-même n'avait pas pour habitude de fournir des efforts physiques harassants.

1. J'ai été surprise d'apprendre que « Jument » était un terme d'affection, qui revient peu ou prou à appeler une vieille femme « Tatie ».

Quant à Janel, la femme bien née qui les accompagnait, son apparence évoquait presque autant une enfant qu'une adulte. Leurs chevaux, qui paissaient dans un pré non loin de là, semblaient de prime abord inoffensifs. On n'apercevait pas le moindre signe des gardes du corps qui, d'ordinaire, protégeaient immanquablement les aristocrates jorats contre les individus de plus basse extraction.

Du métal facile.

— C'est trop simple, murmura la femme. Vous êtes trop élégants pour vous promener sans escorte.

Elle est donc plus maligne que les quatre derniers chefs de bande, songea Frère Qown.

Ce piège lui avait toujours rappelé le salos, un serpent vivant dans la Jungle Manol. Lui-même n'en avait jamais vu, ne s'étant jamais aventuré plus loin au sud que les frontières de Quur, mais le Père Zajhera lui avait décrit cette créature. Ce reptile chassait en imitant un animal blessé à l'aide de sa queue, dont il agitait l'extrémité d'un mouvement pathétique. Tout prédateur qui se jetait sur ce casse-croûte inespéré devenait lui-même le plat de résistance.

La femme qui l'employait – Janel Theranon, comte de Tolamer – paraissait tout aussi vulnérable.

Le regard de Qown se braqua sur les bois lorsqu'il entendit craquer les feuilles sèches et les brindilles.

— Comte, interpella-t-il. Elle n'est pas seule.

— J'espère bien que non, Frère Qown, répondit le comte Janel.

Les yeux fixés sur la voleuse, elle posa sa tasse de thé avec un soin exagéré.

— Vos compagnons sont-ils également en quête d'un emploi ? lui dit-elle en souriant.

— Ça dépend. Vous payez combien ? cria un homme derrière le rideau des arbres.

D'autres, invisibles également, s'esclaffèrent en réponse. Manifestement, la femme était accompagnée de tous ses comparses.

La voleuse soupira. Elle était vêtue d'une tunique de cuir ornementé, aux teintes contrastées dans les tons verts et bruns. Son masque était constitué de deux pièces de tissu brodé, entre lesquelles une fente avait été ménagée au niveau des yeux. Ceux-ci étaient cerclés de peau brune pour l'un, et lie-de-vin pour l'autre. Elle portait un arc, calé en travers de son sac à dos, et tenait une faucille à la main.

Il s'agissait sans doute d'une paysanne convertie à la vie sauvage. Elle n'était pas la seule, à en juger par le nombre de brigands qui les avaient attaqués depuis qu'ils avaient quitté le canton du comte Janel, Tolamer. Cependant, ce n'était pas sans avantage. La plupart des nobles seigneurs de Jorat offraient des récompenses pour toute capture de brigands.

C'était un honnête gagne-pain, pour qui n'avait pas peur du risque.

Frère Qown n'était pas de ceux-là, mais il ne lui appartenait pas de dire à son comte comment remplir ses coffres.

La hors-la-loi se tourna vers les bois.

— Fermez-la !

Le sourire de Janel s'élargit.

— Laissez à vos hommes le temps d'apprendre le métier. Les chevaux ne naissent pas sellés.

— Ça, c'est vrai, admit la voleuse.

Puis elle carra les épaules, comme pour se souvenir de ne pas laisser cette proie trop affable la distraire.

— Ouais, bon. On vous suit, vous et vos compagnons, depuis que vous avez traversé la rivière. Et depuis tout ce temps, on se demande ce qu'une jolie crinière comme vous est venue faire ici. Vous voudriez nous faire croire que vous vous baladez avec un gros hongre et une vieille jument décrépite pour toute escorte ?

Frère Qown se redressa.

—Hé, dites donc…

—Ah ! On ne peut rien lui cacher, à celle-ci, pas vrai ? commenta Dorna en se levant péniblement, sa poêle à frire à la main. Je suis vieille, et vous, vous n'avez jamais refusé un bol de nouilles de votre vie.

Frère Qown fronça les sourcils.

—Dans quel camp êtes-vous, Dorna ?

Un sifflement les interrompit. Frère Qown bondit en arrière, d'un geste qui devait plus à l'instinct qu'à l'entraînement. Une flèche atteignit la poêle à frire de Dorna, qui valsa dans les airs.

Tous se figèrent.

Le comte Janel pinça les lèvres. Son expression amusée avait disparu.

—Aïe ! Qu'est-ce qui vous prend ? Je n'avais pas fini de la nettoyer ! se plaignit Dorna en se frottant la main, le visage renfrogné.

Le cœur de Frère Qown battait si vite qu'il menaçait de se transformer en lapin et de détaler dans les fourrés. Les brigands qu'ils avaient affrontés précédemment étaient armés de fourches et de longs couteaux, des armes de mêlée qui jouaient en la faveur du comte. Elle paraissait si vulnérable que les loups n'hésitaient jamais à s'approcher.

Les arcs, en revanche… c'était une autre histoire. Elle n'était en rien immunisée contre les flèches.

Pas plus que Qown ou Dorna.

La voleuse resserra la main sur sa faucille.

—Nous ne sommes pas là pour vous distraire, vieille femme. Vos objets de valeur, et vite !

Elle désigna l'épée que Janel tenait de sa famille, suspendue dans son fourreau à une grosse branche.

—C'est à qui, ça ?

Janel pencha la tête de côté.

—À moi, répondit-elle.

— Arrêtez votre char, s'esclaffa la femme. Je peux pas croire que vous soyez capable de soulever une arme aussi lourde. Où est votre garde ? Dans les bois, peut-être ? Il est parti se soulager, c'est ça ?

Frère Qown scruta la forêt. Les feuilles se mirent à bruire ; les brigands changeaient de position, exprimant sans doute leur impatience. Pour avoir frappé en plein sur la poêle de Dorna, l'archer devait être un expert, ou avoir été béni par Taja. Mais s'il n'était pas le seul tireur… S'ils décidaient de lancer une salve de flèches…

Frère Qown avait l'intuition que Janel était consciente du danger, mais ses yeux brillaient comme si elle trouvait la situation distrayante.

Quelque chose lui disait que c'était précisément le cas.

En esquissant un signe à l'intention du soleil matinal, il se demanda ce qu'il avait fait pour contrarier le Père Zajhera. Avait-il voulu le punir en lui confiant cette mission ?

— Vous tenez absolument à ce que je sois accompagnée d'un garde, reprit Janel d'un ton désinvolte. Le proverbe dit qu'on ne peut deviner la vitesse d'un cheval à la couleur de sa robe. Vous devriez peut-être vous en souvenir. (Elle se leva et chassa de sa tunique les miettes du petit déjeuner, puis s'inclina.) Je vous propose un accord.

— Vous pensez être en position de négocier ?

Frère Qown rencontra le regard de Dorna. La vieille femme désigna d'un geste discret le grand camphrier qui s'élevait non loin de là, et dont les énormes racines constitueraient un refuge idéal. Les combats ne posaient jamais de problème à Janel, mais Dorna et Qown n'avaient d'autre choix que de se trouver une cachette.

D'un geste, le comte Janel écarta la remarque de la voleuse.

— Vous êtes le chef de la meute. La présence de mes gardes vous inquiète, à juste titre ; vous ne voulez pas que vos hommes soient blessés. Donc, je vous propose un compromis.

Un duel. J'affronterai n'importe lequel de vos acolytes – ou vous-même, si vous le désirez – avec l'arme de votre choix. Si vous gagnez, je vous donnerai tout ce que j'ai. Vous avez ma parole.

Frère Qown retint son souffle, attendant de voir si le chef des brigands se laisserait tenter, si elle bondirait sur la queue du serpent qui s'agitait, vulnérable…

La voleuse rétorqua :

— Vous devez me croire faible ou idiote. Mais je ne suis ni l'un ni l'autre.

— Vous êtes tout de même un bandit de grand chemin, fit remarquer Janel.

L'insulte n'était pas bien méchante ; le sourire de Janel évoquait celui d'une enfant jouant avec sa nouvelle amie. Elle semblait ravie à l'idée de se battre contre une femme. À Jorat, peu d'entre elles se livraient au brigandage. Les bandes qu'elle avait affrontées jusque-là n'étaient composées que d'hommes[1].

La voleuse posa une main sur sa hanche.

— Tu commences à me taper sur les nerfs, gamine.

Janel rit franchement.

— Cela m'ennuierait sans doute davantage si vous n'aviez pas pour projet de nous dévaliser.

— Pour la peine, je prendrai aussi ton épée.

— Si j'avais été polie, me l'auriez-vous laissée ?

— Et ta jolie bague, ajouta la femme en désignant la chaîne à son cou.

---

1. Après la Marche Infernale de Lonezh, les gens furent si nombreux à partir s'installer dans les grandes villes – avec l'idée, hilarante de candeur, qu'ils y seraient plus en sécurité – que cet exode provoqua une crise économique. Le temps que ces imbéciles s'aperçoivent qu'ils n'avaient aucune compétence professionnelle propre à intéresser qui que ce soit, beaucoup d'entre eux avaient perdu leurs fermes. Le résultat ? Des bandits.

L'épée des Theranon et la chevalière du canton de Tolamer. Frère Qown réprima un soupir. Au moins, la voleuse n'avait pas encore refusé le duel.

— Et le compromis, alors ? insista le comte Janel. Vous en voulez, ou non ?

La hors-la-loi fit les cent pas, puis montra l'épée.

— Ah, oui. D'accord, tu peux m'affronter. Mais pas avec ton épée. L'arme que je choisis pour toi, c'est la branche à laquelle elle est accrochée.

Frère Qown ne put s'empêcher de battre des paupières. « L'arme » en question, une branche horizontale, était rattachée au tronc du grand arbre, et elle était aussi épaisse que le bras du comte Janel. Pour la couper, il aurait fallu une hache.

Ils n'en avaient pas.

La voleuse surprit l'expression de Qown et le haussement de sourcils de Janel.

— Allez, fini les petits jeux, gamine. Mettez tous vos objets de valeur au centre du camp, et estimez-vous heureux que vos chevaux ne nous intéressent pas.

Quelque chose bougea dans les bois, derrière eux. Au loin, on entendit un tonnerre de sabots.

La femme dut penser que cette cavalcade annonçait l'arrivée des gardes si redoutés, revenus protéger leur maîtresse.

— En cercle, vers l'extérieur ! cria-t-elle. Préparez-vous !

Tandis que les bandits se tournaient vers ces renforts imaginaires, Janel Theranon, vingt-quatrième comte de Tolamer, agrippa la branche et l'arracha au tronc. Le craquement du bois résonna dans la clairière.

— J'accepte vos conditions, déclara Janel. Allons-y.

Tous se figèrent. Le chef des bandits comprit soudain son erreur. Frère Qown eut presque pitié d'elle. Qui aurait cru que le comte se révélerait dangereux ? Elle n'était qu'une jeune fille. Parfaitement vulnérable.

Le ver désarmé et tremblant n'était pas un repas gratuit, finalement.

L'air s'emplit d'une odeur de sève, de feu de bois et de nuages chargés de pluie lorsque des hommes et des femmes émergèrent de la forêt. Qown fut frappé de constater que ces dernières étaient aussi nombreuses que leurs comparses, et tout aussi patibulaires.

— Qu'est-ce que vous faites ? s'exclama la voleuse, que la surprise avait arrachée à son mutisme. Par les Huit ! Pourquoi vous sortez à découvert ? Retournez dans le bois, vite !

Frère Qown était aussi perplexe qu'elle. Il ne comprenait pas pourquoi ses acolytes avaient quitté leurs cachettes, au lieu de tirer pendant qu'ils en avaient encore l'occasion. Jument Dorna et Frère Qown n'avaient pas encore filé se mettre à l'abri. Ils étaient sans défense, en pleine lumière.

Non contents d'avoir quitté le couvert des arbres, les bandits rangèrent leurs armes, faisant passer leurs arcs par-dessus leurs épaules.

Le plus imposant d'entre eux, un homme bien bâti à la peau grise mouchetée de noir, glissa un regard vers son chef en désignant Janel.

— Elle vous a défiée en duel. Vous avez accepté.

Manifestement, l'explication lui semblait évidente. L'un de ses compagnons tira sur la manche du colosse.

— Cinq contre un que la jolie crinière tombe au premier coup.

Dorna se redressa :

— Ah, voilà un pré qui m'a l'air bien vert ! Dix trônes que mon comte ne fera qu'une bouchée de votre patronne. (Elle tapota l'épaule de Frère Qown.) Prêtre, vous voulez bien me prêter 10 trônes ?

— Dorna, non ! s'écria Frère Qown.

— Il faut dépenser du métal pour en gagner, vous savez.

— Bande d'imbéciles, cracha le chef des brigands. Je ne parlais pas sérieusement !

— On est à Jorat, ici, rappela le colosse en croisant les bras.

Une femme dont le visage était zébré d'une liste blanche renchérit :

— À Jorat, on ne plaisante pas avec les défis.

— Vous êtes complètement stupides, ou quoi ? tempêta leur chef sans chercher à masquer son exaspération.

Janel rit et fit rebondir la branche dans sa paume.

— Vous n'êtes pas d'ici, pas vrai ?

C'est à cet instant qu'Arasgon entra d'un pas vif dans la clairière.

En un sens, la voleuse avait raison au sujet de l'escorte de Janel. Si jamais celle-ci avait eu besoin d'un garde du corps, Arasgon aurait pu remplir ce rôle. Il était son loyal compagnon depuis l'enfance. En voyage, sa simple présence s'était révélée si intimidante que Janel lui avait ordonné de se tenir à l'écart du camp, afin qu'il ne fasse pas échouer son piège. Mais Arasgon ne portait ni armure ni arme ; il n'était d'ailleurs pas un être humain.

Le flammesang était haut de dix-huit paumes, noir comme l'ébène avec une crinière et une queue cramoisies, combinaison que les Jorats appelaient « étreinte-de-feu ». Sa ressemblance avec ses cousins les chevaux s'arrêtait là ; ses jambes étaient tigrées de rouge, et ses yeux de la même nuance rubis que ceux de sa maîtresse, Janel. Il aurait fait un cheval magnifique, mais les flammesangs n'étaient pas des chevaux… comme ils le rappelaient volontiers aux inconscients qui leur donnaient ce nom sans se mettre hors de portée de leurs sabots[1].

Arasgon émit un bruit, à mi-chemin entre un hennissement et une vocalise bien plus réfléchie et sagace.

1. Ha ! Qown a eu bien de la chance de ne recevoir que des coups de sabots. Les flammesangs sont omnivores : ils ont des crocs.

Frère Qown savait qu'il s'agissait d'une langue à part entière, mais il n'en comprenait pas un mot, à son grand dam.

— Ça va, lança Janel en regardant Arasgon par-dessus son épaule. Elle ne me fait pas p…

C'est alors que la voleuse lui donna un coup de pied sur la tête.

Trois fois de suite.

Les bandits lancèrent des hourras ; s'ils l'avaient pu, ils n'auraient pas hésité à sortir des chopes de bière et des fanions multicolores. Et pourquoi pas ? Même en présence du flammesang – créatures que les Jorats vénéraient presque comme des dieux –, les hors-la-loi étaient quatre fois plus nombreux qu'eux. La situation tenait moins du guet-apens que du spectacle comique.

Ils en avaient même oublié que leur chef affrontait une femme capable d'arracher des branches à mains nues.

Janel, ébranlée par les coups, chancela. Frère Qown craignit que le combat ne s'arrête là. Le brigand qui avait parié en ce sens jubilait déjà.

Mais Janel secoua la tête, reprenant ses esprits, et braqua son regard écarlate sur son adversaire.

— Oh ! Le combat a commencé ? Au temps pour moi.

Elle essuya le sang qui coulait de sa bouche, révélant un sourire radieux.

Le chef des brigands se figea.

— Comment tu peux être encore debout ? Quand je lui ai fait la même chose, ça l'a assommé pour un moment, dit-elle en désignant le colosse qui prenait les paris.

— Je suis connue pour être très butée, répliqua Janel.

Elle ponctua ses propos en abattant sa branche, obligeant l'autre femme à bondir sur le côté. L'arme de fortune heurta violemment le sol.

Le bandit qui avait misé sur une victoire facile poussa un grognement et tendit quelques pièces à l'un de ses comparses.

Janel attaqua de nouveau. Cette fois, tout en esquivant la branche, la voleuse fit un croc-en-jambe à Janel. Celle-ci parvint tout juste à ne pas tomber dans le feu du petit déjeuner. L'autre femme, profitant de sa position avantageuse, tenta de la piétiner de son pied botté. Janel roula sur le côté et posa une main dans la braise incandescente en se relevant.

Les vivats s'arrêtèrent net.

Le gant droit de Janel était en feu. Elle baissa les yeux, soupira et cala la branche sous son bras pour dégager sa main du tissu enflammé. La peau noire comme le jais qu'elle dévoila était bien différente de son visage couleur d'épice. Frère Qown n'eut pas l'impression qu'elle ait subi la moindre brûlure.

— C'était ma paire de gants préférée, gémit-elle.

— Ah, poulain, intervint Dorna, vous n'en aviez pas d'autre.

— C'est bien ce que je dis, acquiesça Janel.

Elle reprit son équilibre et fit tourner sa branche comme un bâton de danseuse, tout en désignant son adversaire.

— Je vous avais sous-estimée, voleuse.

— Oh, mais moi aussi. (La femme eut un rire nerveux.) Vous êtes forte et solide comme un bœuf, mais vous ne l'emporterez pas. Pas avec une branche.

— Vous devriez vous féliciter de ne pas avoir choisi l'épée.

— Essayez déjà de me toucher. Il n'y a personne de plus rapide que moi, ici.

Le plus imposant des brigands se tourna vers Dorna et confia :

— C'est vrai. C'est notre meilleure combattante. (Il se tapota la poitrine.) Et pourtant, il fut un temps où je me produisais dans les foires !

Janel sourit à son adversaire.

— Il me suffirait de ne vous toucher qu'une fois.

Frère Qown s'obligea à desserrer les poings. Toutes les colonies impériales avaient leur lot de stéréotypes.

Les Khorvesh étaient de grands soldats. Les Kirpis s'enorgueillissaient de leur talent pour la magie. Les Yorans étaient des barbares. Les Jorats adoraient les chevaux…

Mais il aurait aimé que quelqu'un l'avertisse de leur penchant marqué pour la bagarre.

Janel et la voleuse se tournaient autour, en quête d'une ouverture. La hors-la-loi ne se servait pas de sa faucille, mais elle ne s'en défaisait pas non plus. Chaque fois que Janel abattait sa branche, l'autre femme esquivait ou déviait le coup. Janel finissait toujours par récolter un coup de poing ou un coup de pied.

Au bout d'un moment, la voleuse finirait par épuiser le comte.

— Pas mal, pas mal, commenta-t-elle lorsque Janel la manqua pour la énième fois. Mais c'est dommage que personne ne vous ait appris à vous battre.

Janel s'élança avec sa branche ; l'autre femme détourna l'arme de fortune, fit un pas de côté et lui assena un coup de pied en plein…

Sur le postérieur, dirons-nous.

Le comte Janel cessa son petit jeu, ou peut-être se mit-elle simplement en colère. Lorsqu'elle chargea de nouveau, elle n'essayait plus d'éviter les coups. Elle s'était transformée en créature féroce. La voleuse la frappa de nouveau avec violence, mais Janel lui répondit d'un grognement, le regard plissé. Le comte se redressa et lança la branche dans les airs. Celle-ci tournoya sur elle-même comme une grande roue feuillue.

Elle paraissait désarmée.

Vulnérable…

Le chef des brigands ne laissa pas passer cette occasion ; elle attaqua.

Janel réagit vivement d'un bond sur le côté. Elle rattrapa sa branche qui retombait et s'en servit pour envoyer valser la faucille. Puis Janel retourna son bâton et l'abattit sur la jambe de son adversaire, que celle-ci avait tendue pour la frapper.

Un craquement sonore déchira l'air, suivi par le cri de la voleuse.

Sa jambe s'était pliée selon un angle anormal. Elle s'effondra au sol en sanglotant.

Janel jeta sa branche.

— Oh, non, dit-elle. Je ne voulais pas… (Battant des paupières, elle recula.) Frère Qown ! Aidez-nous !

Le prêtre accourut.

— Je suis là, je suis là. Juste un instant, je vais chercher mon sac…

Le bandit musculeux observa la scène, les sourcils froncés et les bras croisés sur la poitrine.

— Alors celle-là, je ne l'avais pas vue venir.

À côté de lui, Jument Dorna tendit la main pour récupérer ses gains.

2

Un fruit pourri

Colonie de Jorat, Empire de Quur.
Deux jours après la Marche Infernale
déclenchée par Xaltorath à la capitale.

Frère Qown s'interrompit, la voix éraillée.

— Un thé vous ferait sans doute plus de bien que du cidre, conseilla Janel.

Le prêtre hocha la tête.

— Vous avez raison. Je vais voir si j'en trouve à la cuisine.

En passant, il adressa un signe de tête poli à Kihrin.

Dans le silence qui suivit, Kihrin et Janel s'observèrent fixement.

Kihrin demanda :

— Est-ce que c'est vraiment arrivé ?

— Quoi ? Que Qown aille voir s'il y a du thé quelque part ? (Elle posa son menton sur sa main et sourit malicieusement lorsqu'il leva les yeux au ciel.) Oh ! Vous parlez de l'attaque des bandits ?

Kihrin lui rendit son sourire.

— Non, je parle du moment où vous avez arraché la branche à son arbre.

— Oui. J'imagine que c'est difficile à croire, en effet.

Kihrin poussa son bol d'upishiarral de côté.

— Quand vous avez repoussé la porte du refuge… J'en aurais été incapable. Mon ami Étoile aussi. Mais vous, vous l'avez fermée et vous avez mis la barre en place comme si c'était de la guimauve et des mots doux.

Elle haussa un sourcil.

— Peut-être l'histoire dit-elle vrai, alors.

— Pourquoi n'est-ce pas vous qui la racontez, plutôt que Qown ? J'admire le fait que vous disposiez d'un historien privé, soit dit en passant[1]… mais je doute que son récit soit vraiment impartial.

— En serait-il autrement si je racontais tout cela de mon point de vue ? Au moins, il a pensé à documenter nos voyages. Moi, j'étais trop absorbée par les événements.

— Peut-être préférerais-je simplement l'entendre de votre bouche.

Leurs regards se rencontrèrent de nouveau.

Un sourire flotta sur les lèvres de Janel.

— Si vous voulez bien assouvir ma curiosité… étalons ou juments ?

Kihrin cilla :

— Pardon ?

Elle se pencha en avant, comme en écho à la posture de Kihrin.

— Préférez-vous courir avec les étalons, ou avec les juments ?

— Je n'ai jamais réfléchi au sexe de mon cheval…, commença-t-il avant de s'interrompre. Mais ce n'est pas de chevaux que vous parlez, si ?

— Loin de là, répondit-elle. C'est une question piège, pour qui n'est pas au fait de nos coutumes.

---

1. C'est drôle qu'il soit à ce point aveugle à sa propre relation avec Thurvishar D'Lorus… Ou ce dernier a-t-il oublié de lui dire qu'il avait l'intention de dresser toute une chronique historique à la crédibilité douteuse, sur la base des conversations de Kihrin avec la métamorphe démente ?

— Que voulez-vous dire ?

— Les mots « étalon » et « jument » ont plusieurs significations pour nous. (Elle fit glisser son doigt sur les rainures de la table.) Le contexte est essentiel ; lorsqu'on ne le connaît pas, on risque de s'attirer des ennuis.

— Et quel est le contexte de ce que vous venez de me dire ?

— Je parle du sexe de ceux qui partagent votre lit, naturellement. (Ses yeux pétillèrent de malice.) Courez-vous avec les étalons ? Avec les juments ? (Elle haussa les épaules.) Certains préfèrent ne pas courir du tout, mais ce n'est pas votre genre, si ?

Kihrin se passa la main dans les cheveux.

— Non, en effet. Les juments, alors. (Kihrin hésita.) Où est le piège ?

— Ce n'est qu'à ce sujet que les Jorats utilisent les mots « étalon » ou « jument » pour différencier les parties intimes des individus. En temps normal, lorsqu'on qualifie un être humain d'étalon ou de jument, c'est à leur genre qu'on fait référence.

Kihrin la regarda sans comprendre.

— Et ce n'est pas de genre que vous parliez, à l'instant ? Vous êtes une femme. N'est-ce pas ce que vous vouliez dire par « jument » ?

Sa bouche s'incurva.

— Vous confondez le genre et le sexe. Mon sexe – mon corps – est féminin, c'est vrai. Mais mon genre, non. Je suis un étalon. Et « étalon », dans la société jorate, désigne les hommes. Donc, vous vous trompez ; je suis tout sauf une femme.

Kihrin ouvrit de grands yeux.

— Vous venez de dire que vous étiez de sexe féminin.

Elle soupira :

— Le fait que je sois un homme n'a rien à voir avec… (Elle désigna son corps.)… ceci. Je pourrais être de sexe masculin, féminin, ou aucun des deux ; mais je serais tout de même un étalon.

Kihrin la scruta plus intensément encore.

— Vous êtes… un homme. (Son regard glissa sur sa tunique, s'attarda sur ses jambes et remonta vers son visage.) C'est évident.

Janel leva les yeux au ciel.

— À nouveau, vous confondez « femme » et « de sexe féminin ». Je ne peux pas vous en vouloir ; à l'Ouest, ces termes sont sans doute synonymes. Mais ici, je vous garantis que ce n'est pas le cas. (Elle baissa les yeux sur son corps et chassa une poussière de son décolleté.) En temps normal, lorsqu'on utilise « jument » ou « étalon » pour parler d'une personne, c'est au genre qu'on fait référence. Et dans ce contexte, je suis un homme. Mais lorsqu'il est question de sexe, les règles changent. Parce qu'on parle alors de préférences esthétiques, et dans ce cas… j'ai plus de chances de plaire à quelqu'un qui préfère les partenaires féminines. En réalité, je suis un homme féminin. (Elle sourit.) Vous voyez où se trouve le piège, à présent ?

Il secoua la tête. Si quelqu'un – Janel, par exemple – était une femme à ses yeux, comment devait-il se comporter avec elle si elle se considérait comme… un homme ? Et comment voir la différence ? Il avait toujours cru que ce qui se trouvait entre les jambes de chacun constituait un élément essentiel pour déterminer qui était un homme, et qui une femme…

Mais ce n'était pas ce que pensait Janel, ni – apparemment – tout le reste de Jorat. Oh, il voyait bien où était le piège, maintenant. Simplement, il n'était pas sûr de comprendre comment il fonctionnait ni comment l'éviter.

Et combien de temps Frère Qown allait-il mettre à préparer du thé ?

— Heu… Il va sans doute me falloir un peu de temps pour m'habituer à l'idée. Est-ce que je dois parler de vous au masculin, ou… ?

— Non, au féminin, dit Janel. Nous nous efforçons de ne pas perturber les autres Quuros outre mesure[1].

— Je n'ai pas l'impression que cela fonctionne très bien. (Kihrin s'accorda quelques instants pour reprendre ses esprits.) Et… et vous, alors ?

— Moi ? Je ne trouve pas cela perturbant.

— Non, je veux dire… Vous courez avec… les étalons ou les juments ?

Elle haussa les sourcils.

— Pourquoi ne voudrais-je courir qu'avec une partie du troupeau ?

Kihrin se félicita de ne pas avoir été en train de boire lorsqu'elle lui avait répondu.

— Ah… On se le demande, en effet.

Il lui rendit son sourire. Il aimait sa franchise, son assurance et son absence d'inhibitions. Et Kihrin avait beau savoir qu'elle avait un certain nombre d'objectifs en tête, il lui suffisait de soutenir son regard un peu trop longtemps pour commencer à l'oublier. Il savait que ce n'était pas malin de sa part. Pas malin du tout.

Kihrin tendit la main vers la sienne.

Frère Qown posa sur la table un plateau chargé d'une théière et de tasses.

Kihrin retira sa main.

— Ah, vous avez trouvé du thé. C'est parfait.

— N'est-ce pas ? répondit Frère Qown. J'en suis enchanté.

Janel proposa :

---

1. Ha ! Mon œil. Par chance, le reste de Quur ne s'intéresse pas beaucoup aux mœurs particulières qui ont cours à Jorat, et à leur décalage avec le reste de l'Empire. Et c'est une bonne chose, croyez-moi.

— Frère Qown, voulez-vous que je vous remplace ? Cela vous permettra de reposer votre voix.

— Vous êtes sûre ? s'étonna Qown en lui tendant son livre.

— Merci, mais je n'en ai pas besoin, dit Janel. Je vais raconter l'histoire à ma manière.

Kihrin faillit éclater de rire face à l'expression scandalisée de Qown. Puis le prêtre se remit de son émotion et se servit une tasse de thé.

— Dans ce cas, cela vous dérange-t-il que je conserve votre récit ?

Janel lui lança un regard perplexe.

— Que vous… quoi ?

Qown plongea une main dans sa sacoche et en sortit un second journal.

— C'est un sort que j'ai appris… (Il se racla la gorge.) Dans mon ancien monastère. Il sert à garder la trace des entretiens à des fins d'archivage historique. C'est très subtil ; vous ne vous en rendrez même pas compte.

— Attendez… (Kihrin se pencha en avant.) Vous connaissez un sortilège permettant de consigner tout ce que nous disons ? Parce que j'en ai vu un à l'œuvre, moi aussi.

Son père adoptif, Surdyeh, possédait des facultés très similaires.

— Vraiment ? C'est un sort merveilleux, n'est-ce pas ? Vous n'imaginez pas dans quel état seraient mes mains si…

— Vous n'auriez pas une bague en rubis, par hasard ? demanda Kihrin en plissant les yeux.

Qown lui lança un regard curieux.

— Quelle étrange question… Non, certainement pas. Les prêtres de Vishai vivent très simplement.

Kihrin se reprit :

— Bien sûr, excusez-moi[1].

— Bien, lança Janel. En tout cas, je ne vois aucun inconvénient à ce que mon récit soit consigné, Qown. C'est bon, je peux y aller ?

Sans attendre sa réponse, elle commença.

Récit de Janel. Bannière de Barsine, Jorat, Quur.

Après avoir cassé la jambe de la voleuse, je jetai la branche à terre et reculai pour laisser Frère Qown s'avancer. Arasgon se mit à m'examiner du bout du nez pour s'assurer que je n'étais pas gravement blessée. Sa sollicitude n'était pas superflue ; je sentais déjà naître des bleus sur ma joue et le long de mes côtes.

Cette femme avait un coup de pied digne de Khorsal en personne.

Les autres bandits déposèrent leurs armes près du feu de camp, indiquant qu'ils se rendaient. Je ne leur accordai que peu d'attention, me contentant de les compter. Sept, en plus de leur chef. J'entendis quelques-uns de leurs noms, malgré mes efforts pour rester indifférente. La femme à la liste blanche s'appelait Kay. Un autre – j'ignorais lequel – portait le nom de Vidan. Bêtement, je croyais que leur importance se résumait à l'argent qu'ils me rapporteraient.

La chance nous souriait : le chef-lieu de Barsine, Mereina, était sur le point d'accueillir un tournoi auquel le baron de la région était tenu d'assister. Nous n'aurions pas longtemps à attendre pour recevoir notre récompense.

Frère Qown avait été estomaqué, la première fois que nous avions mis en place le « piège à gredins ». Il n'arrivait pas à comprendre pourquoi les autres bandits n'essayaient

1. Vraiment, Kihrin ? Si Qown avait été l'un des Hommes du Griffon, Kihrin croyait-il sincèrement que le prêtre le lui avouerait sur-le-champ ? À mon avis, même Qown est un peu plus habile que ça en matière de dissimulation.

pas de s'enfuir ou de se battre après la défaite de leur chef. Et j'avais eu beau m'efforcer de lui expliquer…

Voyez-vous, dans notre monde, tout est divisé en deux concepts : l'idorrá, la force et la puissance de ceux qui protègent les autres, et le thudajé, l'honneur reçu lorsqu'on se soumet à un individu supérieur. Nous organisons des épreuves, des concours et des duels pour différencier les uns des autres. Cela permet de renforcer le sens du commandement et du lien entre les gens. Perdre n'a d'ailleurs rien de déshonorant. Nos prisonniers s'attireraient compassion et clémence en faisant montre de thudajé. Bien entendu, ils se rendraient. Et bien entendu, ils seraient bien traités.

Comment peut-on agir autrement, lorsqu'on possède un puissant idorrá ? Ceux qui se servent de leur force pour opprimer leur prochain ne sont que des brutes et des tyrans. Dans notre langue, nous avons aussi un mot pour les désigner : « thorra ».

Je savais que Qown ne comprenait pas. Les gens se comportent différemment, de l'autre côté des montagnes, à l'Ouest.

Il me semble que là-bas, presque tout est différent.

Mais dans cette histoire, il y avait un bandit moins riche en thudajé que les autres ; un homme portant un laevos, la coiffure en forme de crinière qui nous sert à proclamer notre noblesse. C'était celui qui avait parié sur ma défaite, et perdu. Alors que tous les regards étaient posés sur leur ancien chef ou sur Frère Qown, il m'observait fixement.

— Je vous connais, dit-il. Vous êtes Janel Danorak, la petite-fille du comte de Tolamer.

Oh… Merveilleux. Il savait qui j'étais.

Je relevai le menton tout en maudissant ma mauvaise fortune.

— Vous vous trompez, répondis-je.

La confusion se peignit sur son beau visage. Il avait une peau gris sombre contrastant avec son laevos blanc, qui avait dû être superbe par le passé. Il me donnait l'impression d'un individu habitué au luxe, désormais contraint de se tapir dans les bois pour échapper à ses ennemis.

Comme moi, finalement.

— Ah bon ? dit-il, surpris.

— Oui. J'ai été la petite-fille du comte de Tolamer par le passé. Aujourd'hui, je suis le comte de Tolamer. (Je me forçai à soutenir son regard.) Comment me connaissez-vous ? Cela fait bien des années que je n'ai pas visité cette bannière. Je ne m'attendais pas à ce que quiconque me reconnaisse.

Il eut un sourire amer, semblant se moquer de lui-même plus que de moi.

— Je me souviens de vos visites, à l'époque de notre enfance. Vous persuadiez toujours Tamin de jouer avec vous et avec votre flammesang. Vous reveniez au galop, tout crottés d'avoir bâti des châteaux dans la boue ou d'être montés aux arbres. Vous êtes bien elle, n'est-ce pas ? Vous êtes Janel Danorak.

— Mon nom de famille est Theranon. Vous êtes l'un des vassaux du baron Barsine ?

— Je l'étais. (Une expression peinée traversa son visage.) Mais donc, vous êtes bien Danorak ?

Les bandits, qui jusque-là pépiaient comme une nuée d'oiseaux préoccupés par la blessure de leur chef, se turent brusquement en entendant cette question. Tous les regards se braquèrent sur moi.

Je soupirai.

— Je suis quelqu'un qui s'est retrouvé sur le chemin d'une Marche Infernale, c'est tout.

Il rit doucement.

— Et modeste, avec ça.

— Non, ce n'est pas…

Mais je ravalai le reste de ma phrase sans la finir. Toute ma vie, on m'avait dissuadée de raconter ce qu'il s'était réellement passé au canton de Lonezh, lorsque les démons en avaient ravagé les frontières. Par conséquent, je ne corrigeais jamais les gens qui tissaient des légendes sur les horreurs survenues dans mon enfance.

Pour ceux qui ne connaîtraient pas l'histoire de Jorat, Danorak était un flammesang. Il parcourut Jorat en long et en large durant une semaine, sans manger, boire ou se reposer. Il recommanda à tous les troupeaux d'humains et de flammesangs de grimper en haut des montagnes avant que l'Empereur Kandor n'inonde les Gorges-sans-fin, forçant ainsi notre dieu-roi tyran à sortir de sa cachette.

Après avoir sauvé tout le monde, Danorak s'écroula et mourut d'épuisement.

La Marche Infernale de Lonezh avait commencé parce qu'une sorcière de Marakor avait invoqué un démon trop puissant, qu'elle n'était pas capable de contrôler. Le résultat était prévisible, et lorsque le désastre prit fin, une partie de Jorat – dont un canton tout entier, Lonezh – avait été dépeuplée.

Après cela, les gens se mirent à me donner le nom de « Danorak ». D'après la rumeur, j'avais couru pendant des jours, gardant une longueur d'avance sur les démons, afin de prévenir l'Empereur Sandus de l'invasion. Pour eux, il s'agissait d'une marque d'honneur. Mais ce nom me rappelait surtout que ma vie et ma réputation reposaient sur un mensonge.

Personne ne bat les démons à la course, et surtout pas une petite fille de huit ans.

Je n'avais pas envie de parler de la Marche Infernale. Je reportai donc mon attention sur Frère Qown, qui soignait toujours le chef des brigands.

— Pourra-t-elle voyager ? l'interrogeai-je.

— Je suis là, vous savez, dit la femme en s'asseyant péniblement.

— Arrêtez cela, la gourmanda Frère Qown. Je n'ai pas fini de réduire votre fracture.

— Touchez-moi de nouveau la jambe, et je vous montrerai que l'autre est encore capable de donner de sacrés coups de pied.

— Mais il faut que je… (Mon prêtre se tourna vers moi, en quête de soutien.) Comte, je vous en prie, pourriez-vous lui expliquer que j'essaie de l'aider ?

— Vous essayez de me reluquer les jambes, voilà ce que vous faites.

Dorna éclata de rire.

— Ça non. Notre Qown est un hongre, un vrai de vrai. (Son sourire s'élargit.) Mais elles sont bien jolies, vos jambes. Je veux bien les regarder à sa place.

Qown ferma les yeux et murmura une prière.

— Comment vous appelez-vous ? demandai-je à la femme que je venais de battre en duel.

Elle renifla et détourna le regard.

Je lui ôtai son masque. Elle tenta d'écarter ma main, mais ses forces l'avaient quittée. Le visage nu, elle ressemblait à une Jorate, avec sa peau brune marquée d'une tache rougeâtre qui s'étendait sur sa joue gauche et son front. Ses cheveux étaient noirs et lisses. À vue de nez, elle devait avoir le double de mon âge.

Mais elle n'était pas jorate.

Elle avait convaincu toute une bande de Jorats de lui accorder leur thudajé. Peut-être n'avaient-ils pas compris qu'elle était d'origine étrangère.

Ou peut-être ses coups de pied étaient-ils assez impressionnants pour le leur faire oublier.

— Elle s'appelle Ninavis, déclara l'homme au laevos. Nous l'appelons Nina. Elle a travaillé comme chasseur dans le coin, avant que le baron décrète que cette forêt lui appartenait. Ses soldats ont forcé des villages entiers à déménager, sous peine de mort. Des gens dont la famille chasse sur ces terres depuis des générations sont maintenant considérés comme des braconniers.

— Tu plaisantes, Kalazan ? s'irrita Ninavis. Tu ne veux pas aller donner mon nom au baron, aussi ?

— On peut lui dire, à elle, assura Kalazan. Tu n'as pas compris, Nina ? C'est elle qu'on attendait. (Il se retourna vers moi.) Je m'appelle Kalazan. Le costaud, c'est Dango, et le balafré, c'est Tanneur. Voilà Kay Hará et Jem Nakijan, et à côté, c'est Vidan et Gan…

— Gan, la Fille du Meunier, coupa la femme qu'il venait de désigner.

Jeune et belle, elle arborait un magnifique laevos. Si elle était vraiment la fille d'un meunier, moi, j'étais la reine du Vieux Zaibur.

— Nina a raison, Kal, poursuivit-elle. Tu n'aurais pas dû lui donner nos noms.

— C'est elle, Gan ! (Il s'animait de plus en plus.) Voilà des mois que nous vivotons misérablement dans cette forêt, tandis que le baron et son maudit capitaine incendient les villages les uns après les autres, à la recherche de l'ennemi annoncé par la prophétie. L'enfant-du-démon, vous vous souvenez ? Mais si c'était elle qu'ils redoutaient ? Si c'était Danorak depuis le début ? Rien, dans la prophétie, n'indique que ce doit être quelqu'un d'ici !

Je sentis une boule se former dans mon ventre, et l'angoisse déferla sur moi. Je serrai les poings pour réprimer l'envie de saisir Kalazan par la peau du cou et de le secouer jusqu'à obtenir toutes les réponses que je désirais.

— De quoi parlez-vous ? questionnai-je. Et soyez précis, je vous prie, car je déteste les prophéties.

Mais nous ne finîmes jamais cette conversation.

Les sens d'Arasgon sont bien supérieurs à ceux d'un être humain. Le flammesang cria :

— Comte, nous ne sommes pas seuls !

Une trentaine de cavaliers armés, portant l'or et le brun de la bannière de Barsine, firent irruption dans la clairière.

Ils s'étaient avancés sous le vent, ce qui avait masqué leur approche.

Ils portaient tous des arbalètes. Pointées sur nous, pour être exacte.

Plusieurs bandits s'élancèrent pour chercher leurs armes, ou disparaître dans les bois, ou peut-être s'abriter tant bien que mal derrière une racine. Ninavis n'était pas en état de les suivre. Kalazan ne s'enfuit pas, mais je remarquai que lui et Gan la Fille du Meunier rabattaient leurs capuchons pour dissimuler leurs laevos.

— Qu'est-ce qui se passe, ici ? lança le commandant des gardes en faisant avancer son cheval. Restez où vous êtes. Que personne ne bouge !

— Ah, très bien, dit Arasgon en trottant vers eux pour les accueillir. Nous avons capturé ces vagabonds. Je vous prie de nous aider à les conduire jusqu'à votre chef de troupeau.

Le capitaine ignora Arasgon.

— Vous n'avez rien à répondre ? Qui commande, ici ? Parlez !

Arasgon battit des paupières et se tourna vers moi. Je savais ce qu'il pensait. Ces hommes ressemblaient peut-être à des Jorats, mais aucun fils de nos contrées n'aurait osé passer outre les paroles d'un flammesang.

Sauf peut-être s'il ne les avait pas comprises.

Impossible ! Dans l'ancien temps, le dieu-roi Khorsal nous avait choisis pour prendre soin de ses enfants préférés : ses flammesangs. Lorsque ces mêmes flammesangs s'étaient unis aux humains pour renverser Khorsal, nos liens s'étaient encore renforcés. Tous les enfants jorats apprennent le langage de nos cousins à quatre sabots.

Mais ce soldat n'avait pas compris les propos d'Arasgon. Soit c'était un imbécile, soit il n'était pas plus jorat que Ninavis.

J'aurais parié un paquet de métal que cette dernière explication était la bonne.

Je fis un pas en avant :

— C'est moi qui commande, ici. Je suis le comte Tolamer, en route vers Mereina pour rendre visite au baron Barsine.

Il m'examina d'un œil critique. Je ne ressemblais pas à une paysanne ; j'avais un laevos soigneusement peigné, et mes vêtements étaient assez luxueux, si l'on faisait abstraction de l'usure. Certes, n'importe qui aurait pu s'habiller et se coiffer ainsi ; mais il aurait été plus ardu d'imiter mon idorrá. Mes manières étaient celles d'un comte.

— Ah oui ? Et où sont donc vos gardes ? rétorqua-t-il.

J'entendis Ninavis émettre une protestation étranglée. Je me forçai à sourire d'un air affable.

— Je suis accompagnée d'un flammesang. Quel noble ne se contenterait pas d'une telle protection ?

L'homme se tourna vers Arasgon, comprenant enfin sa nature. Le flammesang secoua la tête et se dirigea vers les bandits, qui s'étaient agglutinés hâtivement en un groupe compact.

Le chef des soldats mit pied à terre.

— Je suis le capitaine Dedreugh. Nous traquons des criminels qui pillent et brûlent des villages le long du fleuve depuis presque un an. Et cette petite bande me paraît cadrer avec leur profil, alors si vous permettez… (Il désigna les bandits à ses hommes.) Nous allons vous en débarrasser.

La moitié des soldats mirent pied à terre, troquant leurs arbalètes contre des épées. Cependant, l'expression sur leurs visages ne me disait rien qui vaille. Ils n'étaient pas simplement en colère, mais mus par l'appétit vorace des prédateurs ; j'en vis un poser les yeux sur Ninavis, toujours à terre, et se passer la langue sur les lèvres[1]. Ce genre de regard ne s'accompagne jamais de bonnes intentions.

1. Dans ce genre de situation, il m'a toujours semblé qu'une bonne malédiction était l'outil idéal pour convaincre les hommes de bien se tenir.

Une vague de fureur brûlante m'envahit, et je dus lutter pour garder mon sang-froid.

Je posai ma main nue sur le plastron de cuir du capitaine Dedreugh.

— C'est moi qui les ai capturés, Dedreugh. Je les ai vaincus, et j'ai lié leur thudajé à mon idorrá. Ils sont sous ma protection jusqu'à ce que je les remette au baron. En mains propres.

J'étais consciente de l'ironie d'une telle demande. Voyez-vous, la proposition de Dedreugh correspondait exactement à mon plan initial. C'était là tout l'objectif de notre piège. Les fois précédentes, j'avais confié mes captifs aux autorités locales sans même apprendre leurs noms. Je ne souhaitais surtout pas en endosser la responsabilité. Mon but n'était pas d'adopter une bande de vauriens, mais de renflouer des coffres vidés par mon départ précipité de mon foyer, Tolamer.

Il n'y avait pas une bannière, un canton ou une seigneurie dans toute la colonie qui n'offre pas de récompenser les captures de brigands. J'avais pour intention de m'en débarrasser le plus vite possible, en échange d'un peu de métal.

Et pourtant, voilà que je les prenais sous mon idorrá, comme s'ils étaient bien plus qu'un ramassis de vagabonds, de criminels et de voleurs. En quoi ce groupe-ci était-il différent ? Était-ce parce que j'avais perdu mon calme et blessé leur chef ? Je l'ignorais.

Peut-être le capitaine Dedreugh avait-il simplement une façon de trotter qui ne me revenait pas.

— Capitaine, cria un soldat. Celui-là, au fond ! C'est lui !

Dedreugh tenta de me pousser sur le côté et s'immobilisa, surpris, lorsqu'il s'en révéla incapable. Derrière lui, les gardes montés levèrent leurs arbalètes. Les bandits – par Khored, c'était « mes » bandits, maintenant… – ne parviendraient jamais à récupérer leurs arcs avant que les soldats n'aient pu tirer.

Le capitaine Dedreugh était d'une carrure intimidante. Il mesurait une bonne tête de plus que moi, et sa peau gris pâle était constellée de taches plus sombres, rappelant celles d'un jaguar, à la racine des cheveux. Ses yeux étaient couleur de glace. Bien qu'il soit plutôt séduisant, il flottait autour de lui une puanteur qui me déplaisait, une sorte de pourriture qu'aucun bain n'aurait suffi à éliminer.

— Hors de mon chemin.

Il eut un petit sourire mauvais, puis ajouta « messire » avec un temps de retard, sans employer les termes de respect qui convenaient.

— Ces criminels sont recherchés pour trahison et sorcellerie. Si vous vous en portez garante, c'est sur vous que je serai forcé de reporter ces accusations.

— Capitaine, si ces gens ont commis des crimes, ils en subiront les conséquences. Néanmoins, ils sont sous mon idorrá, désormais. Partons donc à Mereina pour qu'ils y soient jugés en bonne et due forme.

— Femme…

— « Femme » ? répétai-je en haussant un sourcil.

Son visage s'assombrit.

— Il ne vous appartient pas d'en décider. Vous devriez vous féliciter que je sois prêt à vous escorter jusqu'à la ville. (Il se pencha jusqu'à ce que son visage ne soit plus qu'à quelques centimètres du mien.) L'hiver a été long et difficile. Qui sait ce qui pourrait arriver sur le chemin du retour ?

Je soutins son regard. Ses menaces ne m'amusaient pas plus qu'elles ne m'intimidaient.

— Tiens donc ?

— Si vous êtes très gentille avec moi, je ferai en sorte que vous arriviez…

Il émit un gargouillis lorsque je refermai la main sur sa gorge.

Pour être honnête, je fus tentée de serrer jusqu'à ce que mes doigts se rejoignent.

— Je suis le comte de Tolamer, répétai-je. Je suis un étalon, pas une jument. Je ne vous ai pas demandé votre permission : je vous ai donné un ordre.

Malgré sa haute stature, je pus le soulever de quelques centimètres au-dessus du sol, ce qui eut l'avantage de bloquer la ligne de vue de ses tireurs.

— Heu… comte ? dit Dorna. Navrée d'interrompre vos badinages, mais il faudrait s'occuper des enfants…

Je tournai la tête. Les soldats avaient pointé leurs armes sur Dorna, Frère Qown… et oui, même sur Arasgon. Cependant, à en croire la lueur inquiète dans leur regard, ils n'étaient pas certains que mettre en joue un gigantesque flammesang soit une bonne idée.

— Dites à vos hommes de baisser leurs armes, lançai-je à Dedreugh. Sinon, ils auront le privilège de me voir vous arracher la mâchoire inférieure et vous étouffer avec votre propre langue[1]. Ce n'est pas sur ce ton qu'on s'adresse à un comte. Et vous n'avez pas non plus à menacer de vos armes des gens qui sont sous ma protection. Compris ? (Il émit un bruit étranglé.) Clignez des yeux si vous avez compris.

Il chercha à desserrer mes doigts, mais cligna. Lorsque je le relâchai, il avala une grande goulée d'air.

— Baissez vos armes ! croassa-t-il à ses soldats.

Une fois remis, il se retourna vers moi, fou de rage.

— Vous avez intérêt à coopérer avec moi pour faire arrêter ces criminels, ou votre titre de comte ne suffira pas à vous sauver.

Je haussai un sourcil, en me demandant quelles méthodes employait le baron de Barsine pour former ses hommes. Mon souvenir du baron était celui d'un étalon sévère,

1. Je commence à bien l'aimer.

plus coutumier du bâton que de la carotte. À en juger par l'attitude de Dedreugh, cela avait empiré au fil des années.

— Il semble que vous ayez l'esprit embrouillé, capitaine. Le rang de baron est inférieur à celui de comte. Par ailleurs, je vous ai déjà proposé de les faire arrêter, vous vous souvenez ?

Il recula, le regard noir. Son thudajé était pitoyable. J'avais prouvé mon idorrá vis-à-vis de lui, mais il y répondait par la rancœur, au lieu de se soumettre honorablement à ma volonté. C'était une brute, un thorra, un être convaincu que sa force physique était la seule qui comptait lorsqu'il s'agissait d'établir sa domination. Je lisais une menace dans ses yeux : *Surveille bien tes arrières. Sinon, quand j'en aurai l'occasion, tu paieras cher cette humiliation.*

Je plissai les yeux. Notre système fonctionnait depuis cinq cents ans, parce que les gens connaissaient leur place.

Il ne faisait que se ridiculiser en insistant pour m'imposer son idorrá, bien que je l'aie déjà forcé à capituler. Il y a toujours eu des gens pour croire qu'« idorrá » et « thudajé » étaient synonymes de « masculin » et « féminin ».

Les étrangers font souvent cette erreur.

Je ne serais pas digne du titre de « comte » si j'autorisais un subalterne comme lui à me faire subir un tel traitement.

Je sifflai pour appeler le cheval de Dorna, Croque-poches, et le hongre de Frère Qown, Nuage. Pendant ce temps, j'entrepris de détacher de son arbre le cerf que nous avions tué plus tôt.

— Jument Dorna, Frère Qown, attachez donc nos amis pendant que ces hommes nous aident à lever le camp. Ninavis, vous monterez Arasgon. Je vais seller nos chevaux. Les autres… tenez-vous tranquilles.

Le sourire de Kalazan me surprit. Je me souvins de son histoire de prophétie, d'enfant-du-démon. Il n'avait pas peur.

Bien sûr que non : le héros qui devait les délivrer du capitaine Dedreugh et de ses hommes était arrivé.

Je ne savais pas si je souhaitais qu'il ait raison ou non.

3

La justice du baron

Colonie de Jorat, Empire de Quur.
Deux jours après la mort de l'Empereur Sandus.

—Attendez, dit Kihrin. Les flammesangs parlent ? Ces chevaux, dans l'écurie… ils parlent ? martela-t-il en pointant le doigt derrière lui.

Kihrin avait toujours parlé à Scandale comme si elle le comprenait. Lorsqu'il était enfant, il en avait fait autant avec un chat nommé Princesse. Les gens aimaient à considérer leurs animaux comme faisant partie de leur famille. Cela ne signifiait pas que les créatures en question étaient capables de leur répondre.

—Oh, non, se désola Frère Qown. Vous l'avez dit.

—Quoi ?

—Ce ne sont pas des chevaux, protesta Janel. Les flammesangs sont des citoyens impériaux, dotés des mêmes droits que les autres.

Kihrin écarquilla les yeux.

—Et quelqu'un a pensé à prévenir l'Empire ?

Janel posa sa chope d'un geste ferme.

—Lorsque Atrin Kandor a libéré Jorat de l'emprise du dieu-roi Khorsal, il a octroyé le statut de citoyens aux membres des deux races asservies par le monarque : les humains et les flammesangs. Appeler un flammesang « cheval » revient à traiter un humain d'animal. Oui, ils parlent. (Elle croisa les bras sur sa poitrine.) Ce n'est pas leur faute si vous n'avez jamais appris leur langue[1].

— Eh bien... Cela confère une dimension nouvelle au fait que Darzin ait tenté de faire saillir Scandale. (Kihrin fit la grimace.) Une dimension horrible.

Non pas qu'une telle information aurait convaincu son ignoble frère de modifier ses projets. En réalité, il était tout à fait possible que Darzin ait agi en connaissance de cause. C'était bien son genre.

— Vous appelez Hamarratus « Scandale » ? s'exclama Janel d'un ton qui lui donna l'impression d'avoir échoué à une sorte de test.

— Mais c'est... Attendez. Qu'est-ce qui vous dit que Scandale s'appelle « Hamarratus » ?

Kihrin se souvint d'avoir entendu Étoile évoquer ce nom avec la vieille servante.

— Hamarratus me l'a dit, dans l'écurie, répondit Janel. Rappelez-vous : ils parlent.

Kihrin se remémora les bruits que les chevaux – ou plutôt les flammesangs – avaient échangés durant l'attaque du dragon. Il avait supposé qu'ils n'avaient rien d'inhabituel pour des chevaux effrayés, face à une tempête, un gros dragon, du danger... Mais pouvait-il s'agir de paroles à part entière ?

Peut-être.

— Je sais que c'est difficile à avaler, lui dit Frère Qown. Croyez-moi, je vous comprends.

---

1. Khorsal ne s'est pas contenté de s'amuser avec les centaures et les flammesangs. Tous les chevaux de l'Empire de Quur descendent des races jorates. Je ne serais pas surprise d'apprendre que la vraie raison de l'invasion de Kandor, c'est qu'il voulait prendre le contrôle des troupeaux de Khorsal. Après tout, les chevaux jorats ne sont pas seulement plus forts, plus rapides et plus robustes ; ils sont aussi immunisés contre la colique. Khorsal aimait vraiment beaucoup les chevaux.

— Étoile dit qu'elle aime le nom « Scandale », reprit Kihrin. Je vais continuer à l'appeler comme cela.

— D'accord, dit Janel. Tant que c'est son choix, et pas le genre de petit surnom qu'on donne à une esclave.

Kihrin plissa les yeux.

— Ce n'est pas une esclave.

— J'espère bien.

Le regard de Frère Qown passa de l'un à l'autre.

— Janel, puis-je recommencer à lire ? Cela vous permettra de manger.

Janel tira un bol à elle.

— Oui, merci. Allez-y.

Récit de Qown. Ville de Mereina, bannière de Barsine, Jorat, Quur.

Pour faire arrêter les bandits et recueillir la récompense, il fallait voyager jusqu'à Mereina, le chef-lieu de Barsine. Le voyage ne fut pas agréable. Les gardes passèrent tout leur temps à plaisanter et à jacasser, comme si leur seul fait d'armes n'avait pas été d'arriver au bon moment. En comparaison, les hors-la-loi étaient des gens tout à fait ennuyeux.

Frère Qown ne pouvait s'empêcher de les comparer aux autres criminels qu'ils avaient capturés, pour qui la situation tenait presque du jeu.

Cela l'avait surpris. Dans le reste de l'Empire de Quur, le brigandage était systématiquement puni par l'esclavage. Ici, à Jorat, les hommes et les femmes qu'ils avaient arrêtés n'avaient fait montre d'aucune gravité face à cette infortune. Ils avaient beau être des criminels, prêts à s'approprier du métal par la force, leur arrestation semblait n'être qu'une blague à leurs yeux. Ils avaient perdu ; le comte avait gagné. Bien joué.

Ninavis et sa bande se conduisaient différemment.

Le silence des bandits et du comte Janel était lourd et maussade. Elle regardait autour d'elle d'un air méfiant, comme s'ils devaient subir une attaque d'un instant à l'autre. La tension qui flottait autour du cortège croissait à chaque pas qui les rapprochait de leur destination.

Lorsqu'ils quittèrent l'orée du bois, le château de Mereina apparut. Qown ne le reconnut pas immédiatement. Il ne comprit qu'il ne s'agissait ni d'une tour de guet, ni d'un entrepôt que lorsque les gardes en prirent la direction.

Il faut avouer que ce n'était pas un château très spectaculaire.

La construction, basse et carrée, remontait aux temps anciens, lorsque ces contrées n'appartenaient pas encore à l'Empire. Cette forteresse frontalière avait été reconvertie en siège du dirigeant local. Lui accorder le rang de « château » revenait à comparer ses collines natales d'Eamithon, douces et arrondies, aux montagnes des Pics-Dragons.

La « ville » nichée dans la vallée, au pied du plateau où se trouvait le château, ne présentait pas les mêmes structures en brique, bois et pierre que celles de l'ouest de Quur. Au lieu de maisons, elle était constituée de patios privatifs et de tonnelles. Des drapeaux et des bannières, accrochés aux poteaux, flottaient au vent. Il suffisait d'une simple brise pour que la ville se transforme en océan de tissu ondoyant. C'était très joli, mais inutile face aux tempêtes dont Jorat avait la – fâcheuse – réputation.

Des chevaux et des éléphants déambulaient dans les rues. Des dholes – des chiens dont l'apparence évoque celle d'un renard – erraient çà et là ou demeuraient postés près du patio familial.

Mais où étaient donc les maisons ?

Les seules structures analogues à des bâtiments étaient juchées sur le même plateau que le château : il s'agissait de centaines de tentes jorates, appelées « azhock ». Formées de tissus et de peaux tendus sur une armature en bois, les azhock étaient assez grandes pour accueillir hommes et chevaux. Ces foyers temporaires abritaient les voyageurs attirés par le tournoi : des marchands, des colporteurs, des fermiers et, bien entendu, les participants eux-mêmes.

Les bandits capturés marchaient devant Frère Qown et Dorna, séparés de Ninavis, qui montait Arasgon. Le comte Janel cheminait en leur compagnie, ayant refusé de chevaucher auprès du capitaine Dedreugh et de ses gardes ; cependant, elle leur avait volontiers laissé le soin de transporter la carcasse de cerf qui devait être offerte au baron. Frère Qown la soupçonnait de surveiller les prisonniers afin d'être sûre qu'ils ne soient pas maltraités. Il était conscient de sa propre naïveté, mais même lui n'aurait pu manquer les regards que jetaient les hommes soldats aux femmes hors-la-loi.

Les Jorats ont un mot pour cela : « thorra ». Il signifie littéralement « un étalon qu'il est dangereux de laisser seul avec les autres chevaux ».

Ce n'est jamais un compliment.

La route du château leur faisait traverser l'emplacement où se tiendrait le tournoi. Plus d'un curieux passa la tête par l'ouverture d'une tente, avant de s'y réfugier précipitamment.

Une jeune fille à la peau noire mouchetée d'argent et aux épais cheveux gris se mit à courir d'une tente à l'autre, répandant la rumeur de leur arrivée. Quelques secondes plus tard, un homme musculeux, pommelé lui aussi, sortit de son azhock. À en juger par son tablier et sa carrure, il devait s'agir d'un forgeron. L'homme les observa en s'essuyant les mains avec un torchon, et son regard désapprobateur s'attarda sur eux bien longtemps après leur passage.

Sa haine n'était pas dirigée vers Frère Qown, Dorna, Janel et les brigands, mais vers les gardes qui les accompagnaient. Un jeune homme en vêtements de fourrure, occupé à placer un chaperon sur l'un des aigles avec lesquels les Jorats aimaient à chasser, interrompit son geste. Il parut vouloir lâcher son rapace sur les soldats, mais un autre chasseur le retint d'une main sur le bras.

Les habitants reconnaissaient les brigands, mais ne semblaient pas nourrir de rancœur à leur égard. Non : leurs ennemis étaient les gardes. La ville entière observait les hommes du baron comme s'ils étaient des lions entrant dans leurs prés. Des thorra, des brutes, pour parler poliment.

Un frisson parcourut Frère Qown. Jorat n'était pas une colonie qu'il aurait soupçonnée d'insoumission[1]. La société jorate reposait sur l'idée que chacun de ses membres y acceptait sa place. La haine que suscitaient les soldats de la bannière détonnait comme un orage dans un ciel immaculé.

Tandis que le groupe poursuivait sa route vers le château, Kalazan se retourna et marcha à reculons afin de s'adresser à ses compagnons.

— Ce fut un honneur et un privilège. Vous êtes les meilleurs camarades qui soient. Ne laissez personne vous dire le contraire.

Le plus imposant des bandits (il semblait à Qown qu'il se nommait Dango) ricana.

— Ah, Kalazan… Arrête ton baratin. On n'est même pas encore mariés !

Kalazan lui adressa un sourire triste.

— Dans ma prochaine vie, peut-être. Je crois que je vais me coucher dans le lit de noces de la Dame Pâle, ce soir, et pas dans le tien.

---

1. C'est parce que personne ne prend en compte le fait que, pour les Jorats, un mauvais dirigeant doit démissionner ou être renversé. L'insoumission coule dans leurs veines. Il ne faut pas oublier qu'il s'agit de la seule colonie à avoir détrôné son propre dieu-roi.

Son regard croisa celui d'un autre brigand, la jeune femme au laevos qu'ils avaient appelée Gan, la Fille du Meunier. Son sourire triste se fit amer.

Dorna se retourna vers le comte Janel, qui assistait à l'échange d'un air impassible. Une drôle d'expression traversa le visage de la vieille femme.

— Peut-être pourrions-nous…

— Continuez à avancer, bon sang, aboya le capitaine Dedreugh.

— L'heure n'est pas encore aux éloges funèbres, Kalazan, dit Ninavis. Tout cela n'est pas fini.

— Ça ne va pas tarder à l'être, intervint sèchement Dedreugh. Avançez donc, ou vous allez tâter de mon épée.

— Continuons, suggéra le comte Janel.

Ils poursuivirent leur route.

Frère Qown avait supposé que le château de Mereina serait confortable, puisqu'il servait de foyer aux dirigeants de cette bannière. Il comprit vite qu'il s'était trompé. Les murs de pierre avaient été bâtis dans un souci de sécurité, et non de commodité ; cependant, les techniques modernes de combat, basées sur la magie, les avaient rendus obsolètes. Le château était froid, mal aéré et exigu. Rien ne donnait envie d'habiter la forteresse ; les tentes azhock paraissaient nettement plus accueillantes.

Qown aurait aimé qu'un Homme Rouge de la Maison D'Talus soit là pour jeter un sort de chaleur, mais étant donné l'attitude superstitieuse des Jorats envers la magie, il n'y croyait pas vraiment.

Le château était certes inconfortable, mais présentait des attributs anciens du plus bel effet, tels que des arches en cyprès et bancoulier, gravées de chevaux. De vieilles tapisseries aux couleurs passées masquaient les murs en ruine. Des lanternes entourées de peau tendue, marquées au feu d'un motif de soleil, projetaient des ombres délicates sur le sol dallé. La forteresse n'avait pas entièrement renié ses racines martiales : des hommes et des femmes armés campaient dans la cour, et leurs chevaux déambulaient dans la boue du jardin.

Les gardes firent halte devant la porte, et Dedreugh envoya un message au baron.

— Les préparatifs du tournoi, expliqua-t-il à Janel.

Dans l'intervalle entre leur rencontre et leur arrivée à destination, Dedreugh avait décidé d'impressionner le comte ; d'agressif, il était devenu obséquieux.

— Je vois, répondit-elle.

Il sourit, et une lueur brilla dans son regard.

— Je vais participer à la compétition.

Elle lui lança un regard oblique.

— J'en suis ravie pour vous.

— Je vais gagner, confia-t-il.

La joue du comte se crispa ; elle semblait en train de grincer des dents. Frère Qown l'observa attentivement, tentant de déterminer si elle allait agir de façon irréfléchie. Il ne serait pas capable de l'arrêter ; mais au moins, il saurait ainsi s'il devait faire un bond de côté.

Le capitaine Dedreugh se pencha vers elle :

— Je gagne toujours.

Cette fois, elle le regarda dans les yeux.

— Cela ne représente-t-il pas un conflit d'intérêts aux yeux du baron ? N'est-ce pas vous qui êtes en charge d'arrêter les gens ?

Alors que le capitaine Dedreugh se redressait, prêt à contrer cette accusation, la double porte du château s'ouvrit brusquement.

Le baron de Barsine apparut dans la cour.

Il était vêtu d'atours somptueux, bien plus coûteux que le comte Janel n'en portait jamais. Malgré tout, il ne correspondait pas à l'image que le prêtre s'était faite de lui. Il avait la peau dorée et les traits fins ; mais surtout, il était jeune.

Aussi jeune que le comte Janel elle-même.

— Tamin ! s'exclama Janel en riant.

Elle tendit les bras, enchantée, et échangea avec le baron le salut traditionnel jorat : front contre front, les mains jointes sur la nuque de l'autre. Elle le tenait comme s'il était fait de la porcelaine la plus fine, avec une douceur telle qu'on aurait pu la prendre pour de la timidité.

— J'apporte un présent pour vos feux, et mon amitié pour vos troupeaux.

— Et je vous souhaite la bienvenue dans mes champs, répondit-il selon la formule d'usage. Je suis navré, pour votre grand-père, ajouta Tamin lorsqu'ils s'écartèrent.

Devant l'expression étonnée de Janel, il précisa :

— Mes hommes m'ont indiqué que le comte de Tolamer était arrivé. Cependant, c'est vous que je découvre, et non votre grand-père.

— Il est mort dans son sommeil, expliqua Janel. Son cœur s'est arrêté. (Elle fit un pas en arrière.) Mais vous concernant, où se trouve votre père ? Je m'attendais à le voir…

Les mots se bousculèrent et moururent dans sa gorge.

— Il est bien mort, répondit-il, mais pas dans son sommeil. Assassiné par une affreuse cabale, qui comptait dans ses rangs l'intendant de mon château. On m'a dit que je vous devais des remerciements, pour m'avoir amené les derniers assassins de mon père encore en liberté.

Frère Qown n'aurait pas dû être surpris de ce qui se passa ensuite. Tamin, le baron de Barsine, se dirigea vers les prisonniers que gardaient les hommes de Dedreugh. Il s'arrêta devant Kalazan.

Tamin le gifla.

Kalazan eut un large sourire.

— Ravi de vous voir également, baron.

Insolemment, il avait omis le suffixe jorat servant à témoigner du respect à son interlocuteur, et qu'on aurait pu traduire par « messire » ou « messire baron ». Frère Qown ne parlait pas couramment le karo, la langue jorate ancestrale, mais il en savait assez pour remarquer l'insulte. D'un seul mot, Kalazan avait renié le rang supérieur de Tamin. Il l'avait déclaré indigne d'être son suzerain.

Pour le baron Tamin, cela aurait constitué un affront mortel même si l'homme n'avait pas été le meurtrier présumé de son père.

— Donc, à présent, je suis censé vous jeter au cachot afin que vos petits camarades puissent organiser votre évasion ? interrogea Tamin. (Sans attendre de réponse, il fit un signe à Dedreugh.) Tuez-le.

— Non ! cria Gan, la Fille du Meunier.

Elle s'élança sans laisser au soldat le temps de réagir, tirant sur la corde qui lui liait les mains. Celui qui y était aussi attaché derrière elle, Vidan, s'en trouva déséquilibré et tira à son tour sur les liens de Jem Nakijan, qui tomba. Le nœud suivant était celui qui entravait les mains de Kalazan.

Il se défit.

Les soldats avaient peut-être été pris au dépourvu, mais pas Kalazan. Il vola une épée à la ceinture d'un garde, non sans entailler le flanc de l'homme au passage. Un autre garde se trouvait en position d'intervenir, mais Ninavis lui envoya son pied sous le menton avant qu'il n'ait pu faire un geste, l'envoyant valser en arrière.

Arasgon se cabra alors en hurlant, et Ninavis glissa de son dos. Elle émit un petit cri qui se mua en sanglot lorsqu'elle atterrit sur sa jambe blessée.

Kalazan agrippa le comte Janel par-derrière et posa le tranchant de sa lame contre sa gorge.

— Arrêtez ! cria Tamin. Arrêtez, tous !

La cour se figea, les personnes présentes découvrant qui Kalazan avait pris en otage.

Frère Qown entendit Kalazan murmurer :

— Toutes mes excuses, messire comte.

Il remarqua que Kalazan s'était souvenu de la formule appropriée, cette fois. « Messire comte ». Autrement dit, « mon suzerain ».

— Laissez-la, ordonna le baron Tamin.

Kalazan sourit, pressant sa lame contre la peau de Janel. Il la tira en arrière, en direction du portail d'entrée.

Le comte Janel ne disait rien. Elle serrait les dents, les poings crispés de chaque côté du corps. Frère Qown n'avait aucun mal à interpréter sa posture. Kalazan l'avait vue combattre Ninavis… Ne savait-il pas ce qui se passerait si elle décidait de se défendre ?

— Laissez-la, répéta Tamin.

— Pas encore, rétorqua Kalazan. C'est très malpoli, je sais, mais vous m'avez réservé un accueil si glacial que je n'ai pas d'autre choix que de refuser votre hospitalité.

Il recula en direction du portail.

— Très bien, dit Tamin.

Kalazan sourit de plus belle.

— Tirez sans vous préoccuper d'elle, ordonna le baron Tamin.

Tous le dévisagèrent, médusés.

Tous, sauf Dedreugh et ses soldats, qui suivirent ses ordres.

Il se passa alors beaucoup de choses en même temps.

D'abord, Kalazan poussa Janel en avant, l'écartant de lui. Arasgon la protégea de son corps. Les soldats tirèrent ; ou plutôt, leurs arbalètes tirèrent sans eux, car leurs cordes tendues se cassèrent toutes au même instant. Des carreaux ainsi relâchés, un atteignit la selle d'Arasgon, et un autre le manqua de quelques centimètres. Les soldats restants ne gâchèrent pas leurs munitions à tenter de toucher leur cible. La taille d'Arasgon en faisait un rempart des plus efficaces.

Kalazan s'enfuit en courant.

Évitant la porte principale, il effectua un virage abrupt, puis franchit une porte pour se réfugier derrière une muraille, au moment où les soldats disposaient d'une ligne de vue satisfaisante pour le viser.

— Rattrapez-le ! beugla Dedreugh. Rattrapez-le !

Les soldats s'empressèrent de poursuivre le fuyard, à l'exception de quelques-uns qui gardaient un œil sur les prisonniers.

Dedreugh s'avança vers le garde à qui Kalazan avait volé son épée. Il l'attrapa par son pourpoint et le souleva du sol pour le secouer violemment.

— Imbécile ! Emmenez ces vermines aux cachots. Et au moindre incident, je vous garantis que vous irez les rejoindre aussi sec !

Frère Qown courut examiner Nina. La femme avait perdu connaissance, ce qui ne le surprit pas. Atterrir sur sa jambe cassée avait dû être extrêmement douloureux.

Néanmoins, elle était en vie.

Pendant que Frère Qown l'auscultait, il entendit les autres débattre du sort d'une autre prisonnière.

— Et celle-là ? disait un soldat.

Tamin répondit :

— C'est une saelen, non ? Si elle veut se commettre avec des moins-que-rien, tant pis pour elle. Vous pouvez laisser « Dame » Ganar avec ses semblables.

« Saelen[1] ». Les leçons de karo de Frère Qown lui revinrent en mémoire. Le mot désignait un être perdu, égaré. Pour les Jorats, il s'agissait d'une injure abominable, presque aussi grave que « thorra ». Mais dans ce cas-ci, on sous-entendait que la personne était comme un très jeune enfant, incapable de veiller à ses propres intérêts. Le cœur de Frère Qown manqua un battement. L'espace d'une seconde, il avait cru que Tamin parlait du comte. Mais non : il s'agissait de Gan, la Fille du Meunier, qui grinçait des dents et cherchait à tendre

1. J'exècre cette notion. On peut justifier de faire subir les pires horreurs à quelqu'un en prétendant agir « pour son bien ».

vers le baron des doigts crispés comme des griffes. Le visage séduisant du jeune homme ne le serait pas resté longtemps, si ses mains n'avaient été attachées.

Tamin s'était déjà retourné vers le comte Janel.

— Toutes mes excuses pour ce regrettable incident.

Elle haussa un sourcil.

— « Tirez sans vous préoccuper d'elle » ?

— Mes hommes sont les meilleurs tireurs de toute la colonie, assura-t-il. Je n'avais aucune crainte quant à votre sécurité. (Il désigna l'entrée principale du château.) Entrons, voulez-vous ? Je vais demander à mes hommes de faire livrer votre présent aux cuisines, afin qu'il soit préparé pour le dîner.

Pendant ce temps, deux gardes se penchèrent près de Frère Qown et soulevèrent Ninavis.

— Elle est blessée, les prévint-il. Vous allez devoir faire très attention. Laissez-moi vous accompagner, et je la soignerai.

Ils ne lui accordèrent aucune attention.

— Qu'adviendra-t-il des autres saelen ? demanda le comte Janel d'un ton indifférent, comme par politesse.

En voyant Frère Qown s'approcher, elle esquissa un geste qui signifiait : *Je m'en occupe.*

— Oh, la sentence habituelle. Ils serviront de récompenses durant le tournoi, répondit Tamin. Le sort de Kalazan est déjà scellé. Nous ne tarderons pas à le capturer.

Un hurlement s'éleva tout à coup.

Frère Qown aurait pu croire que la capture annoncée venait d'avoir lieu, mais Gan la Fille du Meunier éclata de rire, et Dango, encore attaché, sourit.

— Ce Kalazan, reprit Janel. Connaît-il bien le château ?

Le visage de Tamin s'assombrit.

— C'était le fils de l'intendant.

— Ah.

Tamin, fronçant les sourcils, fit signe à Dedreugh.

— Bon sang… Retrouvez-le et tuez-le. Je ne veux pas qu'il voie le soleil se lever demain matin, c'est compris ? Et ensuite, trouvez l'idiot qui n'a pas attaché correctement les mains de Kalazan, et faites-le fouetter.

Frère Qown prit soin de garder les yeux fixés sur le sol, de peur de se trahir. Il attendit que les soldats aient emmené les prisonniers, et que le capitaine Dedreugh soit parti superviser les recherches, pour s'autoriser à relever la tête. Qown observa alors la personne qui avait attaché les mains de Kalazan.

Jument Dorna fredonnait une chanson paillarde, le sourire aux lèvres.

Frère Qown suivit les gardes jusque dans le château, et s'arrêta lorsque l'un d'eux – un grand gaillard à la peau grise et aux yeux cerclés de noir – se retourna.

— Qu'est-ce que vous faites là, vous ? interrogea l'homme.

Frère Qown pointa du doigt les prisonniers ligotés qu'ils emmenaient dans les profondeurs de la bâtisse.

— Je dois les soigner.

— Ils n'en ont pas besoin, grogna le même garde.

Frère Qown sourit et secoua la tête.

— Les ordres du comte ont été très clairs. Je dois m'occuper personnellement de leur santé.

Et s'assurer que les gardes n'en fassent pas qu'à leur tête. Rien ne les empêcherait de faire subir aux prisonniers toutes sortes de sévices, dès l'instant où plus personne ne serait là pour s'en formaliser.

Le fait que ce comportement soit anormal à Jorat ne signifiait pas qu'il ne puisse avoir lieu.

— Vous les verrez demain matin, décréta le garde.

— Et la maladie du sang ? s'enquit Frère Qown.

Le groupe tout entier, gardes comme prisonniers, se figea.

— Qu'est-ce que vous dites ? s'exclama un homme.

— La maladie du sang de Falesini, expliqua Frère Qown. Elle n'est pas très contagieuse ; il est inutile de mettre en place une véritable quarantaine, mais elle se communique par le sang et les autres fluides corporels. (Qown se reprit.) Enfin, pour être exact… Vous l'attraperez si vous les touchez à mains nues. Les bandits en ont tous présenté les symptômes. Nous avions prévu de les traiter dès que tout le monde serait installé, mais au milieu de toute cette agitation…

Le premier garde battit des paupières, puis s'esclaffa.

— Qu'est-ce que c'est que ces sornettes ? Ils ne sont pas malades du tout.

Il agita une main comme pour balayer toute l'histoire.

Frère Qown leva un doigt qu'il pointa sur Dango.

Le colosse, les mains attachées dans le dos, fronça les sourcils. Mais les brigands ne réfutèrent pas les dires de Frère Qown, comme celui-ci l'avait craint.

Du sang frais coula de la narine de Dango. Ce dernier n'eut pas à feindre la panique ; son émotion était bien réelle. Frère Qown espéra que le brigand était assez malin pour ne pas perdre totalement son sang-froid.

Dango fronça le nez, comme pour s'empêcher d'éternuer.

— Ça recommence, prêtre, se plaignit-il.

— Oui, acquiesça Frère Qown. Mais au moins, nous nous en sommes aperçus avant que vous ne commenciez à saigner par les yeux.

Les gardes reculèrent.

Frère Qown agita les mains.

— Oh, ne vous inquiétez pas. Il n'y a aucun danger, tant que vous évitez tout contact de la peau à la peau.

Un soldat tira son épée.

— Qu'est-ce que tu fous ? aboya leur chef.

— Ils sont malades…, dit l'homme en montrant les brigands.

— Ferme-la et emmène-les aux cachots. Tu n'as qu'à mettre des gants, si nécessaire. Le capitaine les veut vivants, c'est compris ? Morts, ils ne nous serviront à rien. (Le chef se retourna vers Frère Qown.) Ils ne vont pas en mourir, si ?

— Oh non, cela se soigne très bien. (Il tapota sa sacoche.) Il faut que je leur prépare une tisane. Cela devrait être l'affaire de quelques jours.

— On n'a pas besoin de quelques jours. Tant qu'ils tiennent debout demain, ça suffira.

Le garde fit signe à ses hommes d'emmener les prisonniers, par un escalier qui descendait non loin de là. Frère Qown supposa qu'il menait aux cachots. Les soldats qui avaient lancé des regards concupiscents aux hors-la-loi semblaient nettement moins intéressés, à présent. D'ailleurs, la plupart partirent sur-le-champ.

Cette fois, personne ne protesta lorsque Frère Qown les suivit dans les profondeurs du château. À dire vrai, l'endroit qu'il découvrit ressemblait plutôt à une cave à vins, un espace sombre et frais où un seigneur aurait pu entreposer ses meilleures bouteilles. Si c'était le cas, ces dernières avaient été déplacées ; cependant, quelques rangées de caisses superposées indiquaient que le sous-sol pouvait encore servir de réserve. Il n'était manifestement pas conçu pour y loger qui que ce soit. Qown n'avait pas l'impression qu'un prisonnier puisse y demeurer bien longtemps…

Il n'était pas sûr de savoir si c'était bon ou très mauvais signe.

Les soldats séparèrent les prisonniers. Ils échangèrent également leurs liens contre des chaînes, qu'ils fixèrent à des anneaux de fer encastrés dans le mur. La pièce était pourvue d'un seau d'aisances et d'un puits.

Frère Qown remonta un peu d'eau, tandis que les gardes se souvenaient qu'ils s'étaient proposés pour partir à la recherche de Kalazan. Il se mit alors à effectuer des soins à base d'herbes, qu'il espérait crédibles aux yeux de toute personne non initiée à la pratique médicale[1].

1. À Jorat, cette définition recouvre toute la population, ou presque.

Le seul garde restant se dénicha un siège et s'installa près de la porte, qui avait été barrée de l'extérieur. D'autres sentinelles étaient postées dans le couloir.

Frère Qown s'arrêta devant chacun des brigands pour leur proposer de l'eau.

Dango chuchota :

— Comment vous avez fait, pour… ?

Il ponctua ses mots d'un reniflement.

Frère Qown essuya le sang qui lui maculait le visage.

— C'est un secret, répondit-il. Nous ne devrions pas en parler ici.

Dango hocha la tête.

— Merci. L'un d'eux aurait tenté quelque chose et se serait fait arracher la gorge. Ça se voyait.

Frère Qown marqua un temps de silence. Il avait l'intuition que Dango ne parlait pas au figuré. Les femmes jorates avaient une réputation bien particulière.

Il répondit :

— Le comte ne permettra pas que cela se passe ainsi. Nous trouverons un moyen de vous aider.

Frère Qown déambula dans la pièce, offrant à boire aux hors-la-loi et feignant de traiter une maladie dont aucun ne souffrait. Kay Hará paraissait si sincèrement terrifiée que Qown se demanda si elle avait cru à son histoire, ou si elle avait un passé de comédienne. Jem Nakijan ne voulut même pas croiser son regard. Vidan demanda au prêtre de soigner Gan plutôt que lui, et parut décontenancé lorsque Qown insista pour s'occuper de tout le monde. Tanneur, lui, ne dit rien, mais son regard se fit légèrement moins agressif lorsque Frère Qown lui donna à boire. Les gardes avaient fouillé le brigand, mais Qown avait le sentiment qu'ils n'avaient pas été assez rigoureux. Peut-être n'était-ce que le fruit de son imagination, après tout. Mais Tanneur semblait être le genre de personne qui ne se déplaçait jamais sans un poignard sur lui.

Il resta plus longtemps auprès de Ninavis, en raison de sa blessure. Sa chute d'Arasgon et la perte de connaissance qui en résultait lui permirent de réduire enfin sa fracture. Le prêtre aurait aimé en faire davantage, mais il sentait les yeux du garde fixés sur lui tandis qu'il la soignait. Frère Qown craignait qu'il ne reconnaisse les caractéristiques de la magie s'il en faisait usage. Par ailleurs, tout le monde savait que Ninavis avait la jambe cassée. Ce ne serait pas lui rendre service que de la guérir miraculeusement en une nuit.

Après avoir fait le tour des prisonniers, il partit discuter stratégie avec le comte.

4

L'enfant-du-démon

Colonie de Jorat, Empire de Quur.
Deux jours après le début du règne de Gadrith D'Lorus.

— La maladie du sang de Falesini… existe-t-elle vraiment ? demanda Janel en se tournant vers Frère Qown.

Derrière elle, les habitués de la taverne avaient organisé un jeu aux règles complexes, qui consistait à lancer les pierres taillées sur un tableau d'argile incliné. Ils se mirent à prendre des paris.

Le prêtre se couvrit la bouche et toussa.

— Oh oui, elle est bien réelle. Il s'agit d'une fièvre hémorragique causée par l'urine séchée d'une souris du désert. C'est une des raisons pour lesquelles les chats sont si appréciés à Khorvesh.

Il ajouta :

— Elle n'a jamais sévi à Jorat. Le climat ne s'y prête pas.

— Très rusé, commenta Kihrin. Mais je ne suis pas surpris, venant de vous.

Les deux autres marquèrent un silence.

— Pourquoi donc ? demanda Frère Qown.

Kihrin désigna vaguement sa robe de prêtre.

— Vous êtes un clerc des Mystères. J'ai connu un autre adepte, par le passé. Vous êtes du genre roublard.

— Qu'est-ce que vous dites ? s'offusqua Frère Qown. Pas du tout. Je m'emploie du mieux que je peux à guider les autres vers l'harmonie, tant physique que spirituelle.

— Il est peut-être un peu roublard, concéda Janel en souriant.

Kihrin reprit :

— Votre ordre n'était-il pas illégal, à l'origine ?

Frère Qown se racla la gorge.

— Tout cela n'était que la conséquence de querelles politiques[1]. Tout est réglé, à présent. Et notre culte a toujours été accepté à Eamithon. (Son visage s'éclaira.) Donc, vous connaissez quelqu'un qui suit la Voie ? C'est merveilleux ! Nous ne sommes pas très nombreux.

— Hé oui. C'était l'homme qui revendait ce que je volais.

— Pardon ? s'étrangla Frère Qown.

Janel adressa un regard curieux à Kihrin, qui riait doucement.

— Vous n'avez pas grandi dans un palais, je me trompe ?

— Alors que vous, si, répliqua-t-il. Ça se voit.

— Ce n'était pas un palais, précisa-t-elle. C'était un château.

— Ah, pardon ; cela n'a rien à voir, bien sûr… Par ailleurs, j'ai remarqué que vous n'utilisiez plus votre titre, poursuivit Kihrin. Pourquoi donc ? Et pourquoi dites-vous « comte » et pas « comtesse » ?

— « Comtesse » n'est-il pas le titre que les Quuros donnent à la femme d'un dirigeant masculin ? (Janel haussa les épaules.) Si c'est bien cela, cela ne convient pas à ma situation.

1. Non, c'était dû à l'un des principes fondateurs de cette religion : « Hé, vous saviez que les dieux ne sont que des magiciens particulièrement habiles ? Peut-être devriez-vous mieux éviter de les vénérer. » Très honnêtement, je suis surprise que le culte Vishai ait fini par être légalisé.

— On l'utilise aussi pour parler d'une dirigeante féminine, objecta Kihrin.

— Quelle étrange façon de penser. Il nous importe peu que nos dirigeants soient mâles ou femelles. L'important est qu'ils soient des étalons.

Derrière elle, un homme imposant à la peau grise tachée de noir parut remporter une victoire au jeu de lancer de pierres. Il lança un cri et se mit à arpenter la pièce, les poings levés. Des vivats, des applaudissements et quelques huées saluèrent son triomphe avant le retour du calme.

— Saviez-vous que la langue traditionnelle de Jorat, le karo, ne comportait pas de notions de genre ? dit Frère Qown. Seulement des positions d'autorité ou de subordination. Et en pratique, j'ai pu constater que trois genres distincts étaient utilisés. Enfin, deux genres et un terme plus générique, mais…

Tandis que Kihrin écarquillait les yeux, Janel repoussa son bol.

— Il vaut mieux que je reprenne le récit, ou cette conversation va devenir un cours magistral sur les dynamiques sociales de Jorat. Je l'ai déjà vu faire.

— Ah, en effet, dit Kihrin. Cela vaut peut-être mieux.

Janel hocha la tête. Puis elle resta muette.

À l'instant où il supposa qu'elle avait changé d'avis, elle se mit à parler.

Récit de Janel. Château de Mereina, bannière de Barsine, Jorat, Quur.

D'où que nous venions, qui que nous soyons – noble ou voleur, prêtre ou sorcière –, nous voulons toujours être le héros de notre histoire.

Non, ce n'est pas vrai.

Nous ne le « voulons » pas. Nous avons *besoin* d'en être le héros.

Nous nous figurons toujours que c'est la vérité. Personne ne se considère lui-même comme un imbécile ou une crapule. Et j'imagine que si c'était le cas, ces personnes se convaincraient elles-mêmes que leurs actions sont justifiées. Nous voyons tous le monde de cette manière. Nous interprétons nos moindres gestes comme les rebondissements d'une épopée centrée sur nous-mêmes. Est-ce de l'arrogance, ou simplement notre incapacité à percevoir l'univers par d'autres yeux que les nôtres ? Si notre perception est la seule qui nous soit accessible, n'est-il pas logique qu'elle soit aussi la seule qui compte ?

Le résultat est le même. Nous contournons les règles, nous les transgressons et nous les ignorons. Nous plaçons nos propres besoins avant ceux des autres. C'est bien cela que font les héros, non ? Ne méritons-nous pas un traitement de faveur ? Juste pour cette fois... et aussi la prochaine ?

Cette fois, c'est différent. Cette fois, c'est important.

Ce n'était pas à moi mais aux bandits que je pensais, bien entendu.

Eux-mêmes se prenaient pour des héros. Et puisque j'avais été élevée dans l'idée qu'il m'appartenait de protéger ces terres, je devais les considérer comme des criminels. Non ? Détrousser les voyageurs est tout sauf une preuve de bravoure.

Et pourtant...

Les paroles de Kalazan me brûlaient la peau comme une malédiction menaçant de s'embraser tout à coup.

Ils attendaient l'enfant-du-démon, avait-il dit.

Maudit soit-il !

Et pire : comment ignorer quelle sorte d'hommes Tamin avait choisi de prendre à son service ? Des soldats qui ne comprenaient pas la langue des flammesangs. Des soldats qui me traitaient comme une jument, en dépit de mes vêtements d'étalon. La lueur joyeuse qui dansait dans les yeux de Tamin lorsqu'il avait ordonné à ses hommes de tirer sans se préoccuper de moi.

Mais c'est la détermination du baron Tamin à faire exécuter Kalazan qui acheva de le condamner à mes yeux. On ne protégeait pas le troupeau en tuant les saelen, les égarés. Et si Kalazan, son père et d'autres rebelles avaient résolu d'assassiner l'ancien baron, cela signifiait qu'ils avaient d'abord eu recours au Blâme. Qu'ils avaient essayé, en vain, de démettre de ses fonctions un dirigeant qui ne s'en montrait pas digne.

J'avais du mal à croire que le vieux baron ait pu manquer d'honneur au point de laisser la situation s'envenimer à ce point sans abdiquer.

Le dîner fut tendu. En temps normal, le château aurait été plein d'amis et de convives ravis de se joindre au festin. Au lieu de cela, la grande salle semblait presque vide. J'étais la seule invitée à avoir apporté mon propre gibier (comme l'exigeaient les règles de l'idorrá), mais le baron en avait acheté ou tué lui-même en grande quantité. Toute cette nourriture se révéla superflue. La majorité de la viande prévue pour les festivités du tournoi – et préparée selon les rites tamarane obligatoires – ne fut jamais consommée.

Je savais pourquoi.

Les gardes n'avaient toujours pas retrouvé Kalazan. Tamin se montra relativement courtois envers moi lors du repas. Après tout, n'étais-je pas une vieille amie ? (Sans parler de mon rang, supérieur au sien.) Mais son humeur irritable dissuada la majorité de ses hôtes de s'attarder dans la salle du banquet.

Un soldat jura avoir touché Kalazan dans le dos d'un tir d'arbalète. On avait même retrouvé des traces de sang, mais aucun corps. Aucune preuve solide que le « traître » soit allé au sud, jusque dans l'Au-delà, pour y subir l'ultime jugement de Thaena.

Plus tard, je regardai, envieuse, les gens quitter le dîner par groupes de deux ou trois. Je venais juste d'atteindre ma majorité lorsque Sire Oreth s'était présenté à ma porte, avec son avis d'expulsion et ses menaces. Je n'avais pas eu le temps de découvrir les fêtes et les jeux des adultes.

Cependant, le moment aurait été mal choisi pour y remédier.

Je préparai quelques mots d'excuse pour le cas où Tamin, ses autres convives ou – les dieux m'en préservent ! – l'infâme capitaine Dedreugh tourneraient leurs poitrines ou leurs postérieurs dans ma direction. *« Non, je suis navrée, mais ma lune rouge vient d'arriver. Merci beaucoup pour le compliment. » « Je porte encore le deuil de mon grand-père, et je crois qu'il serait malséant de ma part de m'adonner à la bagatelle. »*

Et mon excuse préférée, celle que je ne pourrais jamais adresser à Tamin, même si j'en mourais d'envie : *« Non, et ne me le redemandez pas. Je suis peut-être agréable à regarder, mais je suis un monstre de premier ordre. Je vous réduirais en chair à pâté, et ce, malgré les excellents souvenirs que je garde des hivers passés ici durant mon enfance. »*

En y repensant, je me demande pourquoi je m'inquiétais à ce point. Puisque j'étais la plus titrée parmi les personnes présentes, tout le monde était tenu d'attendre que je fasse le premier pas. Théoriquement, le rang et les dynamiques idorrá-thudajé sont des notions indépendantes des relations charnelles, mais je doute que ce soit jamais vraiment le cas.

Personne ne s'approcha de moi, et Tamin ne me fit pas de proposition. D'ailleurs, pour ce que j'en savais, il avait peut-être décidé qu'il préférait courir avec les étalons.

Tamin nous attribua de beaux appartements, qui me parurent toutefois moins agréables lorsque je compris la vérité. Ils avaient dû appartenir au père de Kalazan – l'intendant dont j'ignorais le nom, qui avait été exécuté pour son rôle dans l'assassinat du baron – et à sa famille.

Je ne pus m'empêcher de me demander combien de personnes avaient été tuées pour avoir prétendument appartenu à cette « cabale ». L'air négligé du château suggérait que davantage de personnel et d'habitants déambulaient naguère dans les couloirs. Mais qui étais-je pour m'en offenser ? On aurait pu en dire autant de mon propre foyer.

La dernière Marche Infernale avait été dure pour tout le monde, à Jorat.

— Suis-je en train de faire une erreur, concernant les bandits ? demandai-je plus tard à Dorna, qui défaisait mes tresses pour me peigner.

Dorna émit un « tsss ».

— Nous avons besoin du métal.

— Je ne parle pas de cela, dis-je. Ils se sont placés sous mon idorrá, et je n'ai rien fait lorsque ces hommes sont venus les capturer.

— Vous êtes jeune, répondit Dorna.

Il s'agissait de son excuse favorite, qui servait à absoudre bien des péchés par ailleurs impardonnables.

— Je suis sûre que Ninavis et ses compagnons pensaient vous embobiner plus facilement que le fils de l'homme qu'ils avaient assassiné. Vous étiez bien plus intéressante pour eux. Taja leur a joué un tour pendable en faisant arriver les soldats, avant que les brigands n'aient pu vous faire leur numéro en entier.

— Et s'ils avaient raison ? demandai-je. Il y a bien quelque chose qui ne va pas, ici. Et ce qu'a dit Kalazan sur l'enfant-du-démon…

Dorna m'attrapa par le menton, me faisant sursauter.

— Tripes et crottin, poulain ! Il suffit d'avoir gardé un œil à demi ouvert pour savoir ce qui vous est arrivé au canton de Lonezh…

Je repoussai sa main.

— Non, c'est faux. Vous le savez. Je suis Janel Danorak. Personne ne le sait ; qui d'autre a survécu ? Sans témoins, la vérité se mue en rumeur, et la rumeur en mythe. Jorat avait besoin d'un symbole… alors, ils s'en sont inventé un.

— Je me suis toujours demandé pourquoi ce fameux Premier Général n'avait jamais mis les choses au clair[1].

Je soupirai.

— Il a dit à tout le monde que Xaltorath était à la tête de la Marche Infernale. Ce qui est vrai. (Je baissai la tête un moment, fermai les yeux et inspirai.) Je crois que cette appellation, « l'enfant-du-démon », touche un point sensible.

— Je maintiens que c'est un hasard. Un pur hasard. En tout cas, nous avons de la chance de nous être débarrassés de ces brigands. Cette bande-là ne nous aurait apporté que des problèmes, vous pouvez me croire.

Je détournai le regard, certaine que nous n'étions pas débarrassés d'eux, loin de là.

— Peut-être aurais-je dû épouser Oreth, en fin de compte…

Elle ricana plus fort.

— Oh ! Ça aurait été un vrai succès. Vous êtes deux étalons, et il ne vous l'a jamais pardonné. Sire Oreth ne voudrait pas seulement vous monter ; il voudrait vous briser. (Elle posa les mains sur ses hanches.) Je n'arrive pas à croire que le baron ne vous ait pas demandé de passer la nuit avec lui. Celui-là, il lui faut un cavalier puissant, vous pouvez me croire. Vous êtes faits l'un pour l'autre.

Le rouge me monta aux joues.

— Ce n'est pas à lui de faire cette proposition, Dorna. Ce rôle me revient.

— Il aurait quand même dû présenter sa croupe. C'est malpoli de ne pas l'avoir fait.

— Tout cela pour essuyer un refus ? Il s'est épargné beaucoup d'embarras en n'en faisant rien.

Elle rougit alors. Son visage exprimait moins le chagrin que la culpabilité.

---

1. Vraiment, Dorna ? Sincèrement ?

— Oh, poulain… Peut-être qu'une fois que nous en aurons terminé ici… À Atrine, peut-être auriez-vous plus de facilité à trouver quelqu'un…

Je n'étais pas d'humeur à évoquer les détails de ce qui se passait – ou non – dans ma chambre à coucher.

— Ça suffit, Dorna.

— Reposez-vous, mon enfant. Nous avons une grosse journée devant nous, demain.

J'acquiesçai, malgré ma crainte du sommeil et de ce qu'il m'apportait.

— Oui. Merci, Dorna.

Bien sûr, je retardai autant que possible le moment de m'endormir.

Comme tous les soirs.

Mais l'Enfer finit toujours par me rattraper.

Je détestais dormir, quoique le sommeil me vienne très facilement. Je n'ai jamais eu aucun problème à m'assoupir. Il me suffit pour cela de fermer les yeux.

Peut-être parce qu'en réalité, ce que je fais n'est pas « dormir ».

Nous vivons dans un univers séparé en deux mondes : la Vie et la Mort. Éveillée, je suis ici, parmi les vivants ; mais mon sommeil, lui, appartient à la déesse Thaena[1].

Je meurs, voyez-vous.

Toutes les nuits, je meurs.

Je fermai les yeux et lorsque je les rouvris, je n'étais plus à Mereina.

Je me trouvais dans une clairière, dans un bois ombragé, sous un ciel rougi par l'orage. Mes vêtements de nuit avaient disparu ; je portais à présent une armure de plates, faite d'un métal si sombre qu'il absorbait toute lumière, me transformant en une silhouette plus noire que la nuit.

1. Ah… Eh bien, voilà une information dont j'aurais aimé disposer plus tôt !

J'arrivai l'arme à la main. Il ne s'agissait pas de l'épée des Theranon. L'armure n'était pas non plus celle que j'avais héritée de mon grand-père, encore bien rangée dans ma valise. Dans l'Au-delà, je n'avais pas de corps physique capable de porter un équipement réel. Tout se déroulait dans mon esprit… ou plutôt dans mes âmes.

Un village fantôme s'étendait face à moi. Il n'était pas « fantôme » au sens figuré du terme, comme peuvent l'être des bâtiments vides auxquels l'abandon donne un air squelettique. Non, le village hantait l'atmosphère de ses couleurs spectrales, des nuances phosphorescentes de bleu et de violet, flottant comme des mirages à demi transparents.

Et il n'était pas abandonné.

Ses résidents demeuraient là, assassinés comme leurs maisons. Tous – village et villageois – étaient morts ensemble.

Les habitants luttaient contre leurs liens, cloués aux treillages et aux poteaux des tonnelles, ligotés comme des bêtes sortant de l'abattoir. Des runes démoniaques avaient été peintes sur les parois des azhock, à l'aide d'un sang humain qui luisait doucement. J'ignore si ces gens avaient succombé aux coups d'épée, ou bien s'ils avaient péri dans l'incendie de leurs maisons souterraines et de leurs patios ; mais ils étaient bel et bien morts, quoiqu'ils hurlent encore. Ils se débattaient et suppliaient qu'on vienne les délivrer, qu'on les arrache à leurs souffrances.

Ils n'auraient pas à attendre longtemps. Les démons étaient venus festoyer.

Ils étaient trop nombreux.

Je sentis plus que je n'entendis la première vague, un aboiement modulé qui fit courir sur ma peau des frissons d'appréhension. Les chiens de l'Enfer lancèrent des jappements d'excitation en flairant les sacrifices laissés à leur disposition. Ils dévoreraient la plupart des âmes emprisonnées dans cet endroit. Quelques-unes seraient choisies pour subir pire encore.

Les cris des dogues démoniaques se firent plus secs lorsqu'ils me sentirent pour la première fois.

C'est la malédiction dont je suis affligée, voyez-vous. Dans l'Au-delà, je brûle plus fort que tout ce qui m'entoure. Je suis illuminée par la flamme que je contiens. Et les démons adorent la chaleur. Rares sont ceux qui parviennent à se concentrer sur des proies plus faciles, une fois qu'ils ont décelé mon odeur.

Je me suis déjà demandé si je ne confondais pas la cause et la conséquence. Étais-je ainsi à cause des démons de la Marche Infernale qui m'avaient trouvée à Lonezh ? Ou bien ces démons avaient-ils attaqué le canton de Lonezh parce que ma flamme les avait attirés ?

Peu importe.

En tout cas, ils me poursuivent toujours, voyant en moi la biche couronnant leur chasse, un animal craintif à traquer et massacrer à leur guise.

Je m'étais accommodée de cet état de fait : être l'appât de mon propre piège.

Je souris en me retournant, transperçant le crâne du premier dogue. Un fluide noir et visqueux éclaboussa le sol lorsque je le fendis en deux. Le deuxième chien bondit et mordit mon armure, cherchant à entamer les plates de métal. Je ris et écrasai la créature contre la terre, bientôt récompensée par le bruit des os broyés.

D'autres dogues les suivirent, et moururent.

Il s'agissait des plus jeunes, infectés plus récemment, plus faibles et moins expérimentés. Ces démons n'étaient pas encore accoutumés à la torture de leur nouvelle existence, qui les condamnait à endosser d'ignobles formes jusqu'à prouver leur valeur. Les chiens moururent sans causer de difficulté.

Ensuite vinrent les cavaliers.

Plus vieux et plus rusés, ils ne se précipitaient pas vers la mort comme l'avaient fait les dogues. Ils avaient développé des personnalités individuelles, des préférences quant à leur apparence. Rien d'original : les crânes, les cornes et les crocs, toujours appréciés. Les démons aiment les corps propres à terrifier les humains : morts en décomposition, monstres de légende, contes de dieux-rois.

Nous trouvons la peur des humains délicieuse.

Je veux dire… ils la trouvent délicieuse.

Un démon au crâne de rhinocéros brandit sa lance dans ma direction.

—Hors d'ici, catin. Un banquet a été préparé pour nous.

Je ris et fis rebondir le plat de ma lame, dégouttante de sang, sur la paume de ma main.

—Alors viens prendre ton dû. Mais si tu veux dîner, ce ne sera pas sans effort.

Cette bande-ci n'était pas assez stupide pour m'attaquer un par un. Ils n'auraient pas survécu longtemps dans l'Au-delà sans quelques facultés d'observation. Ils avaient dû constater à quel point cette tactique avait réussi aux chiens.

Cela n'avait pas d'importance. Tous les démons prennent un plaisir pervers à tuer. Sur ce plan, j'étais comme eux.

Je fis un pas de côté lorsqu'un démon tenta de me pourfendre, dirigeant vers moi le reptile squelettique qui lui tenait lieu de monture. Le monstre-lézard cria lorsque je le frappai entre les deux yeux. J'attrapai ensuite sa collerette hérissée de pointes et la tirai jusqu'au sol, si bien que son cavalier glissa à ma portée. Le squelette humain, constitué d'un feu pâle et bleuté, glapit de douleur lorsque je lui disloquai la cage thoracique de mon épée.

Ses comparses n'attendirent pas que j'aie fini de dégager mon arme pour agir à leur tour. Je sentis, dans un accès de douleur brûlante, la lance barbelée d'un démon qui avait transpercé mon armure. La créature rugit triomphalement, mais s'arrêta net lorsque j'agrippai son arme et lui fis perdre l'équilibre. Une flèche ricocha sur mon plastron, mais une deuxième atteignit un point faible le long de mon bras et s'enfonça dans ma chair. À l'arrière du groupe des attaquants, quelqu'un lança l'ordre de me prendre en tenaille.

Je ressentis un frisson à la frontière entre l'effroi et le désir lorsque la bataille tourna en ma défaveur.

Je continuai de me battre. Que pouvais-je faire d'autre ? Se rendre était hors de question. Ceux que j'affrontais n'étaient pas des Jorats. Ils n'avaient aucune pitié envers les vaincus.

Envers qui que ce soit.

J'avais repoussé la moitié d'entre eux lorsque j'entendis s'élever les hurlements des renforts.

Je criai de défi pour leur répondre, et leur ris au nez en passant un autre démon au fil de l'épée. Sa jumelle répliqua par des coups de griffe, qui traversèrent sans peine les contours effrités de mon armure. Je sentis une douleur incandescente me déchirer la cuisse.

Puis l'attaque changea, s'interrompit. Un espace vide se forma. Les démons qui s'étaient agglutinés autour de moi disparurent entre les arbres.

Je savais pourquoi ils s'enfuyaient.

Contenant le flot de sang fantôme de mes doigts tremblants, je me tournai pour faire face à leur reine.

Elle était la plus belle et la plus horrible des créatures, avec sa peau pâle comme la mort et ses mains luisantes de sang fraîchement versé. Ses cheveux ruisselants de fange brillaient d'une clarté criarde, ses lèvres étincelaient d'un vert de moisissure. Ses seins et ses hanches recelaient la promesse de délices charnels à n'en plus finir, pour lesquels bien de pauvres inconscients avaient vendu leur âme.

Les démons peuvent choisir la forme et le genre qui leur plaît, mais Xaltorath préfère m'apparaître en tant que femme.

Elle sait que cela me fait souffrir davantage.

SERAIS-TU UN PEU TROP BRUTALE AVEC TES PETITS CAMARADES ? CES JOUETS-LÀ SAVENT RENDRE LES COUPS.

— J'aimerais pouvoir dire que je suis contente de te voir, mais je hais le mensonge.

Je m'interposai entre Xaltorath et le village. Ses habitants resteraient piégés dans leurs maisons souterraines et cloués à leurs poteaux jusqu'à ce que les serviteurs de Thaena viennent à leur secours. Si la démone à laquelle ils avaient été sacrifiés n'arrivait pas la première.

Xaltorath observa mes mouvements.

ILS M'APPARTIENNENT.

Je jetai un regard par-dessus mon épaule.

— À en juger par les runes, je dirais qu'ils appartiennent à Kasmodeus.

RAISON DE PLUS POUR ME LES APPROPRIER, TU NE CROIS PAS ? JE N'AI JAMAIS AIMÉ KASMODEUS.

Je brandis mon épée devant elle.

Elle me sourit.

ADORABLE. C'EST BIEN POUR CELA QUE TU ES MA FILLE PRÉFÉRÉE.

— Je ne suis pas ta fille, crachai-je.

NE VIENS-JE PAS DE T'ENTENDRE DIRE QUE TU DÉTESTAIS LE MENSONGE ?

La reine démone pencha la tête de côté et m'examina avec une expression qui faisait toujours se dresser mon laevos. Un regard étrange et cruel, qui pouvait aussi bien annoncer un sermon sur les rites de séduction qu'une leçon de torture, durant laquelle je ferais office de sujet d'expérience.

Ce n'est pas ma mère.

Ce ne sera jamais ma mère. De ma mère, je garde de vagues souvenirs de cheveux bruns et de flambées dans l'âtre. Je me rappelle son doux parfum de pomme, ses doigts peignant mon laevos, les nuits passées à compter les étoiles lorsque le Voile de Tya laissait apparaître ces lointains joyaux.

Non, Xaltorath n'est pas ma mère. Mais selon les règles de sa race maudite, je suis son enfant. Son enfant adoptif. L'enfant qu'elle a choisi.

C'est pourquoi la prophétie relayée par Kalazan me dérangeait à ce point.

Xaltorath se tourna face au village.

TU AS ÉTÉ UNE TRÈS BONNE FILLE, MA CHÈRE ENFANT. JE ME DEMANDE… VAS-TU PERMETTRE QUE RIVEFRAÎCHE SOIT MORT EN VAIN ?

Mon épée trembla entre mes mains. Le village de Rivefraîche était situé non loin de la capitale de Barsine, Mereina. J'y étais allée plusieurs fois étant enfant, lorsque mes parents venaient rendre visite au baron et à sa famille. Rivefraîche était une bourgade prospère, abritant des artisans de grand talent. Ils fabriquaient des paniers de roseaux hermétiques et si fins qu'on les aurait crus faits de tissu. Ma mère en avait acheté un, des années plus tôt. Il était toujours en ma possession lorsque j'avais dû quitter Tolamer, et l'abandonner derrière moi.

Cet endroit ne m'évoquait pas Rivefraîche, mais cela ne signifiait pas qu'il ne pouvait s'agir du même village.

Je n'ai aucun contrôle sur les lieux où je me rends durant mon sommeil ; cependant, l'Au-delà est un miroir du monde des vivants. La symétrie n'est pas parfaite. L'Au-delà conserve parfois une montagne que le temps a transformée en collines arrondies dans le monde réel, ou des plaines et des gouffres désormais cachés par des lacs artificiels. Les cités sont en général trop récentes pour que leur image spectrale se reflète dans l'Au-delà ; mais les villages sont parfois plus anciens que les pays eux-mêmes. Un village entièrement rasé et dont les habitants ont été massacrés peut subsister plus longtemps dans l'Au-delà qu'il n'a existé dans le monde réel.

Ses paroles me restaient en travers de la gorge.

— Une très bonne fille ? lui crachai-je. Je t'attaque dès que possible. Je tue tous les démons que je rencontre. Je me dérobe à tous tes désirs. Je ne veux pas être ta « bonne fille ». Je veux être ta pire ennemie.

Elle sourit avec fierté.

COMME JE L'AI TOUJOURS SOUHAITÉ. TU T'ES MONTRÉE SI INDISCIPLINÉE, SI INSOUMISE, QUE JE ME DEMANDE POURQUOI LES HUMAINS AFFIRMENT QU'IL EST DIFFICILE D'ÊTRE PARENT. (Elle posa une main sur son cœur.) ***POUR ÉLEVER UNE FILLE MERVEILLEUSE, IL M'A SUFFI DE TE FAIRE CROIRE QUE JE VOULAIS FAIRE DE TOI UN REFLET DE MOI-MÊME. J'AI RESPECTÉ MON ACCORD AVEC TA MÈRE BIOLOGIQUE.***

— Ma mère n'a passé aucun accord avec toi !

Ma rage flamba et j'étouffai mes doutes. Xaltorath adorait mentir et déformer la vérité pour en faire des chaînes dont les gens se retrouvaient prisonniers. J'avais appris depuis bien longtemps à ne jamais croire ce qu'elle disait.

OH, TU SERAIS SURPRISE D'APPRENDRE CE QUE FONT LES MÈRES POUR PROTÉGER LEURS ENFANTS. ELLES DEMANDENT À LEURS SERVANTES DE LES EMMENER LOIN D'ELLES[1]. ELLES PASSENT DES ACCORDS AVEC DES DÉMONS. CE N'ÉTAIT MÊME PAS LA PREMIÈRE FOIS QUE TA MÈRE LE FAISAIT. NOUS SOMMES DE VIEUX AMIS. (Elle sourit et fit passer une langue cramoisie sur ses lèvres vertes.) ***VAS-TU CONTINUER À ME DÉFIER, MAINTENANT QUE TU SAIS QUE TOUTES TES ACTIONS ÉTAIENT CONFORMES À CE QUE J'AVAIS DÉCIDÉ POUR TOI ?***

---

1. Xaltorath fait une référence discrète à Kihrin, n'est-ce pas ? De même que, d'après la chronique de Thurvishar D'Lorus, le démon avait également évoqué Janel lorsqu'il avait rencontré Kihrin pour la première fois.

— Tu me connais bien mal, si tu crois que je ne me comportais ainsi que pour te déplaire. Je te hais, toi et tout ce que tu représentes. Je ne connaîtrai pas le repos tant que ton espèce n'aura pas été exterminée.

Xaltorath ferma à demi les paupières, lentement, comme un chat. Ses lèvres vertes se retroussèrent. Puis elle se pencha vers moi et énonça un mot qui devait me hanter durant toutes les années à venir.

PARFAIT.

5

LA JUSTICE DU COMTE

Colonie de Jorat, Empire de Quur.
Deux jours après la mise à mort du dragon Xaloma.

Janel interrompit son récit et détourna les yeux.

Kihrin la dévisagea.

— Xaltorath est votre mère ?

Elle lui rendit son regard avec un sourire plus noir que la nuit.

— À mon grand regret, oui. Mais je tiens de source sûre que je ne suis pas un démon. Pas entièrement.

— Oh, c'est rassurant. Et qui vous a dit ça, exactement ?

Elle fit un petit geste gracieux dans sa direction.

— Vous. Mais d'autres personnes m'ont affirmé la même chose.

Ses yeux brillèrent un instant, avant que la douleur ne l'envahisse. Elle poussa un soupir.

— C'était dur, la Marche Infernale du canton de Lonezh ? demanda Kihrin. Je n'arrive même pas à imaginer…

Il grimaça et se sentit bête. Bien sûr que c'était affreux. Les choses qu'un démon pouvait infliger à une enfant…

Puis il se remémora ce qui s'était passé dans les rues de la capitale, des années plus tôt. Il se souvint d'avoir assisté, encore sous le choc de l'agression psychique du même démon, à l'échange d'injures entre le général Milligreest et le monstre. Xaltorath s'était vanté de ce qu'ils avaient fait subir à la fille du général, âgée de huit ans.

Et Janel lui avait déjà dit qu'elle avait huit ans lorsque les démons avaient envahi le canton de Lonezh.

Kihrin baissa les yeux.

L'âge de Janel correspondait à la théorie de Kihrin. Il était presque sûr qu'il en serait de même pour sa filiation, et que son père n'était autre que le Premier Général Qoran Milligreest.

Cela faisait de Janel le « quatrième fils ». Et apparemment, « l'enfant-du-démon ».

Il devait bien y avoir une Prophétie devorane pour l'annoncer.

Kihrin ne remarqua le silence qui s'était abattu sur la table que lorsque Janel le brisa.

— Le pire, c'est que ça n'a pas toujours été horrible. Parfois, Xaltorath était… gentille. Lorsque j'étais enfant, je ne savais jamais ce qu'elle choisirait de faire, si elle se présenterait comme un démon ou comme quelque chose d'un tant soit peu humain. (Elle haussa les épaules et tritura le bol devant elle.) Lorsque j'ai compris qu'elle ne pouvait me contrôler, je suis partie. J'ai commencé à détruire des démons, mais apparemment, c'était précisément ce qu'elle souhaitait depuis le début.

Kihrin émit un son compatissant. À y repenser, son enfance avait été plutôt heureuse. Jalonnée de crimes, c'est vrai, mais aussi de chansons. En comparaison, il était abasourdi que Janel parvienne même à s'exprimer de façon cohérente.

Leurs regards se rencontrèrent de nouveau. Kihrin reprit :

— Je paierais cher pour savoir quel est le plan de Xaltorath, dans tout cela. J'ai toujours supposé qu'il s'agissait d'invoquer davantage de démons, mais maintenant, je n'en suis plus sûr.

Quel est son objectif? interrogea-t-il en pointant sa cuillère vers Janel.

— Je l'ignore, mais je suis d'accord. Pourquoi ne m'a-t-elle pas tuée lorsque j'étais enfant? Pourquoi vous a-t-elle attaqué? Je n'ai jamais réussi à comprendre ses motivations, avoua-t-elle.

— Puis-je raconter la suite? demanda Frère Qown.

Kihrin sursauta. Il avait oublié la présence de leur chaperon.

— Je vous en prie.

Récit de Qown. Château de Mereina, bannière de Barsine, Jorat, Quur.

Lorsque le prêtre de Vishai rejoignit Dorna dans les cuisines, le lendemain matin, il avait les yeux cernés et injectés de sang. Il grogna en se laissant glisser sur une chaise.

— Mal dormi? lança Dorna.

— Pourquoi faut-il que tout le monde dorme par terre, chez vous? geignit Frère Qown. Un lit, ça vous dit quelque chose?

Elle parut étonnée.

— Mais nous avons des lits. Sur quoi avez-vous passé la nuit?

— Des oreillers, rétorqua Frère Qown. Et des nattes, des coussins… Rien qui constitue un lit digne de ce nom. Et le garçon d'écurie qui dormait à côté de moi ronflait. Je suis surpris que le bruit ne vous ait pas réveillée. Il donnait des coups de coude, aussi.

— Ah… Il ne faut pas hésiter à leur fiche une petite bourrade, dans ces cas-là. (Elle lui adressa un regard curieux.) Vous voulez dire que là d'où vous venez, tout le monde dort dans des pièces séparées? Vous ne vous mouchez pas du coude, dites donc! Ici, seuls les nobles font ça. Le reste de la maisonnée dort côte à côte, comme les dieux l'ont voulu.

— Ou ne dort pas du tout, bougonna Frère Qown.

— Quand on trouve la bonne personne, oui…, répliqua-t-elle avec un clin d'œil.

— Oh, par les étoiles, ce n'est pas ce que je voulais dire !

D'ailleurs, on lui avait fait des avances, le soir précédent. Lorsqu'il avait décliné l'invitation, la femme ne s'en était pas formalisée. Elle avait dit que si Frère Qown préférait courir avec les étalons, elle connaissait un homme qui lui conviendrait parfaitement. Et elle n'aurait effectivement pas hésité à le pousser dans les bras d'un messager du château avant la fin de la soirée, si Qown avait accepté cette seconde offre.

— Mais dites-moi au moins que pour… ces choses-là, vous essayez de vous ménager un peu d'intimité !

— Pour quelles choses ? demanda Dorna en ouvrant de grands yeux innocents.

— J'aurais dû retourner au Temple de la Lumière pendant qu'il était encore temps, se plaignit-il.

— J'ai toujours constaté que la meilleure manière de bien dormir était de dénicher la bonne personne pour réchauffer le lit. Les problèmes de coudes deviennent moins gênants, après ça.

— Et « vœu de chasteté », cela ne signifie rien pour vous ?

Elle l'observa, décontenancée. Frère Qown se promit de ne plus poser de questions dont il connaissait déjà les réponses.

— Vous ne courez pas du tout, alors ?

— Non !

Il s'empara d'un bol et le posa sur la table avec plus de violence qu'il ne l'aurait dû.

— Dans ce cas, dites-le. Il n'y a pas de honte à ça.

— Je fais partie d'un ordre monastique. Nous prêtons serment. Les plaisirs charnels pourraient nous détourner de la contemplation des mystères divins.

Il y avait très peu de domestiques en vue, occupés qu'ils étaient à préparer le festin pour le tournoi. De toute évidence, cela impliquait de cuire quantité de fruits, légumes et gibiers de mille façons différentes – dont Qown ne connaissait qu'une poignée – et devait se dérouler pour l'essentiel à l'extérieur. Personne ne s'était opposé à ce que Dorna revendique un coin de la salle.

L'un des cuisiniers avait laissé une grande marmite de porridge sur le feu, mais la préparation ne sentait pas le riz. Qown s'en servit quelques cuillerées dans un bol ; cela ressemblait à de l'avoine. Ou à de l'orge ? Sans doute de l'orge.

— La nourriture, c'est un plaisir, non ? fit observer Dorna en arrosant son porridge de sauce pimentée et en y ajoutant des légumes marinés.

— La nourriture sert à nous fortifier et à nous maintenir en vie. Mais qu'est-ce donc que cela ? interrogea Frère Qown en montrant quelque chose du doigt.

— Ça ? (Dorna brandit la fine rondelle percée de petits trous.) C'est du lotus. On n'est pas censé manger son porridge sans rien, vous savez. (Elle ramassa plusieurs récipients et se mit à en agrémenter le bol de Frère Qown.) Lotus, gingembre, chou...

— Ce n'est pas du chou !

— Bien sûr que si. Des haricots dor fermentés, de la racine de fenis, de la feuille poivrée, de la pomme verte marinée... Maintenant, un peu de sauce pimentée par-dessus...

— Mais..., protesta Frère Qown sans parvenir à l'arrêter.

Elle lui tendit le bol.

— Voilà. Ça, c'est un vrai petit déjeuner. Je ne sais pas ce que vous mangez là-bas, à l'ouest, mais ça doit être triste à pleurer.

— Non, pas du tout. Notre cuisine est excellente. Je serais ravi de vous préparer un plat...

— Vous étiez sur le point de manger votre porridge sans rien avec, rappela-t-elle. Non merci. (Elle retourna à son propre repas.) En tout cas, votre « vœu de crustacé », là, ça m'a l'air sacrément idiot, si vous voulez mon avis. Si vous ne voulez pas courir, ça vous regarde, mais vous obliger à en faire le serment ? Comme si courir, c'était un péché ? C'est pas bien, voilà.

Frère Qown inspira profondément. Ce n'était pas en s'énervant qu'il parviendrait à défendre sa cause.

— Justement, vous avez sans doute remarqué que je ne vous ai pas demandé votre avis. Par ailleurs, ce ne sont pas les relations charnelles en elles-mêmes qui sont en cause. Si nous vivons simplement, c'est pour nous épanouir spirituellement et échapper au carcan de nos corps matériels.

Dorna l'examina fixement.

— Notre comte « échappe au carcan de son corps matériel » tous les soirs. Je ne crois pas qu'elle trouve cela aussi merveilleux que vous.

— Ce n'est pas ce que je voulais dire…

Il s'interrompit lorsque le comte Janel entra dans la cuisine, l'air sombre.

— Vous avez bien dormi, comte ? demanda Frère Qown.

— Comme une souche. (Elle montra le porridge de Dorna.) Est-ce qu'il en reste ?

— Ça oui, poulain.

Dorna alla chercher un autre bol et le remplit à la marmite. À son tour, le comte Janel ajouta des légumes et de la sauce à son porridge.

Frère Qown songea que la seule employée restée à la cuisine s'évanouirait lorsqu'elle verrait leur invitée de haut rang installée sur un banc, à manger comme une roturière. La cuisinière n'osa pas dire à l'aristocrate de partir. En revanche, elle se mit à lui tourner autour d'un air agité, comme un moineau inquiet de voir un corbeau trop près de son nid.

Lorsque le comte Janel s'en aperçut, elle se leva.

— Allons nous promener, dit-elle à Dorna et à Frère Qown.

Elle emporta son porridge.

Personne ne tenta d'empêcher le trio de quitter les cuisines ni de monter en haut des remparts. Frère Qown supposa que quelqu'un les aurait arrêtés – un soldat, par exemple – si Janel n'avait pas été un comte en visite. Elle n'était pas le suzerain direct de Tamin, mais son titre signifiait tout de même quelque chose. Elle pouvait déambuler librement, tant qu'elle ne s'aventurait pas dans les espaces privés du château.

— Quelque chose ne va pas ? demanda Frère Qown.

Le comte arborait une mine austère, alarmante même pour qui savait qu'elle n'était pas quelqu'un de particulièrement enjoué.

Le comte Janel s'adossa à un mur crénelé.

— Cela dépend de ce que mon espionne en chef a découvert.

Elle regarda Dorna. Celle-ci pencha la tête et se couvrit le visage de la main, comme pour masquer un rosissement.

— Ah ! Vous êtes une vile flatteuse, ma chère. Je ne suis qu'une vieille commère décatie[1].

Janel renifla d'un air moqueur.

— Une vieille commère qui pourrait arracher à un caillou le nom de la rivière qui lui a donné le jour. Allez-y, je vous écoute.

Dorna se redressa et vérifia que personne n'écoutait leur conversation.

— Rien de bon. Le bruit court que la bannière de Barsine est infestée de sorcières. L'hiver est arrivé tôt, très froid et très rude. Les buffles sont morts gelés avant même d'avoir fini de ruminer ; les jaguars se sont mis à dévorer les gens, car les troupeaux sauvages sont tous partis à la recherche d'un climat plus doux ; le printemps tardif signifie que la moisson le sera aussi, à supposer qu'il reste quelque chose à récolter. Du coup, tout ça, ça doit forcément être la faute des sorcières…

---

1. J'aimerais bien avoir quelques commères décaties comme elle sous mes ordres.

— Et la prophétie ? questionna le comte Janel. Celle qui parle de l'enfant-du-démon ?

— Personne n'a parlé de prophétie, avoua Dorna. Les démons, en revanche… On raconte que les fermes des environs abritaient des sectes vénérant les démons, et que le baron y a mis un terme lorsqu'il a hérité du titre. C'est pour ça qu'autant de terres ont reçu l'appellation de « forêt ».

— Forêt ? s'étonna Qown. Il y a une immense forêt à Kirpis, mais elle n'a pas la faculté de repousser les sectes démoniaques.

— À Jorat, les forêts sont protégées, expliqua Janel. Si bien que le baron local est habilité à en expulser toute personne qui s'y trouve. Et oui, il peut s'agir de sectes démoniaques, si elles existent réellement… Hélas, cela inclut également tout autre individu. Personne n'est autorisé à y vivre ou à y chasser. Ceux qui le font sont considérés comme des saelen, et peuvent être arrêtés à ce seul motif.

— Tout individu à l'exception des nobles, vous voulez dire. (Dorna haussa les épaules.) En tout cas, des villages et des villes ont été évacués et brûlés pour cette raison.

— Des sectes démoniaques, ici ? soupira Janel. Où se croit-il donc, à Marakor ?

Frère Qown réprima l'envie de faire remarquer que bien des Marakoris étaient parfaitement honnêtes et n'avaient rien à voir avec des sectes de ce genre.

Dorna leva les mains.

— Je ne fais que répéter ce que j'ai entendu. Le vieux baron est mort durant l'hiver. Depuis, le nouveau baron dévaste la région au prétexte d'éliminer les sorcières qui terroriseraient son peuple. (Elle marqua une pause.) Il paraît qu'il ne faut pas grand-chose pour être désigné comme sorcière. Et pour lutter contre elles, le feu est son outil préféré.

— Quoi ? Mais c'est de la barbarie, s'exclama Qown malgré lui. Et puis, les sorcières ne sont pas vulnérables au feu.

— En effet, confirma le comte Janel. Mais Tamin n'a pas entièrement tort. Il y a bien une sorcière à Barsine. Quelqu'un qui invoque des démons.

— Des sorcières, vous croyez ?

— Oui. Et je vais les trouver et les anéantir, déclara-t-elle.

Son ton était sans appel. Le comte Janel posa son bol et s'éloigna d'un pas vif et volontaire. Dorna et Frère Qown échangèrent un regard avant de la suivre ; après un instant, Dorna fit brièvement demi-tour pour récupérer le bol abandonné.

— Où allons-nous ? demanda Frère Qown en rattrapant le comte.

— Aux cachots. Il faut que je parle à Ninavis.

Frère Qown supposait que les cachots seraient précisément l'endroit où le titre du comte Janel ne lui permettrait pas d'entrer sans encombre, mais il se trompait. Rares furent les gens qui leur prêtèrent attention tandis qu'ils traversaient le château. Le comte Janel ressemblait à une reine parcourant son royaume, ses serviteurs se hâtant derrière elle.

Cependant, son assurance se révéla inutile : aucun garde n'était posté devant l'entrée.

— Il y avait un soldat ici, hier, assura Frère Qown. Et ils avaient également barré la porte de l'extérieur.

En effet, la lourde barre de fer gisait au sol. La porte paraissait très légèrement entrouverte.

Dorna s'approcha et, de l'orteil, poussa le battant.

Un grand fracas ponctua son geste ; une épée et un fourreau, appuyés contre la porte, venaient de tomber. Ils avaient offert aux personnes qui se trouvaient à l'intérieur quelques secondes pour réagir à leur arrivée.

— Merde ! jura quelqu'un, après un cri étranglé. Aïe ! Salope !

Le comte Janel, abandonnant toute politesse, se rua à l'intérieur. Le cachot n'avait pas changé depuis le soir précédent, à une exception près : il semblait vide.

Frère Qown ne vit aucun signe des gardes ou de leurs prisonniers.

Puis un soldat sortit en courant de derrière des caisses de vin empilées, lissant sa tunique et repoussant ses cheveux sur le côté.

L'horreur noua les entrailles de Frère Qown. Ils venaient certainement d'interrompre quelque acte sordide[1]. S'ils n'avaient pas cru à son histoire de maladie contagieuse… Si quelqu'un avait décidé de passer outre…

— Hé, vous n'avez pas le droit d'être ici, protesta le garde en voyant qui l'avait interrompu.

— Alors on est deux, répliqua le comte Janel.

— Hum, pourquoi saignez-vous, poulain ? demanda Dorna en désignant le crâne du soldat.

Même avec ses cheveux rabattus sur le côté, on voyait un filet de sang couler jusqu'à son épaulière de cuir.

Si le garde avait été plus malin ou plus inventif, il aurait préparé une histoire plausible à leur raconter. Au lieu de cela, il porta la main à son épée ; il se souvint alors qu'il l'avait laissée avec son fourreau, appuyée contre la porte. Il ramassa des fers qui traînaient à proximité et les fit tournoyer par la chaîne, à la manière d'un fléau. Et s'élança vers Janel.

Le comte soupira. Elle fit un pas en avant, attrapa l'homme par sa tunique et le jeta contre le mur de pierre. Il le heurta avec un bruit sourd, la tête la première. Ses yeux se révulsèrent et il s'effondra au sol.

— Par les étoiles ! s'écria Frère Qown.

---

1. Sordide ? Oui. Forcé ? Non. C'était juste un idiot que Ninavis avait convaincu d'échanger des « faveurs » avec elle ; apparemment, il s'agissait d'une ruse visant à lui faire les poches pour s'échapper.

Il se précipita vers le geôlier, espérant que, par miracle, le comte Janel ne l'avait pas tué sur le coup. Frère Qown découvrit d'autres traces de lutte ; quelqu'un lui avait infligé une cruelle morsure à l'oreille. Qown songea alors qu'il fallait s'occuper avant tout de l'auteur de la morsure. Le comte Janel devait nourrir les mêmes inquiétudes, car elle se rua derrière les piles de caisses.

Lorsque le prêtre la rattrapa, il découvrit Ninavis qui déverrouillait ses propres fers à l'aide de la clé du geôlier. Des gouttes écarlates coulaient de ses lèvres et sur son menton. Elle les dévisagea en brandissant les menottes comme une arme.

À la surprise de Frère Qown, le comte Janel sourit.

— Ah… Maintenant, je comprends pourquoi il saignait.

— Je refuse de rester dans ce sous-sol !

Ninavis resserra la main sur sa chaîne, le regard noir.

— Je suis d'accord, répondit Janel. Ce ne serait pas très prudent. (Elle paraissait fournir de gros efforts pour ne pas éclater de rire.) Partons d'ici.

— Tout cela ne risque-t-il pas de nous attirer des ennuis ? s'inquiéta Frère Qown, résistant à l'envie de se tordre les mains.

Il ne pensait pas que le baron puisse pardonner à un noble en visite – même à un comte – d'avoir attaqué l'un de ses gardes.

— Oh oui, beaucoup d'ennuis, je pense, répliqua le comte Janel sans cesser de sourire.

Elle tira un mouchoir de sa manche et le tendit à Ninavis, qui les rejoignait en claudiquant.

— Vous avez quelque chose sur le menton, glissa-t-elle.

Ninavis accepta le tissu, décontenancée.

— Vous n'allez pas me dénoncer ?

— Oh, non. Ce n'est pas sûr, ici.

— Tiens…, souffla Dorna, qui s'était agenouillée près du garde.

Elle leva la main pour leur montrer à tous l'épais maquillage grisâtre qui s'était déposé sur ses doigts.

— J'ai comme l'impression que cette petite n'est pas la seule à avoir quelque chose sur le menton.

Ninavis s'appuya contre le mur pour ne pas tomber et, de l'autre main, s'essuya le visage. Elle ressemblait à un flamant rose, ainsi perchée sur sa jambe valide, bien plus adroitement que Frère Qown n'aurait jamais pu le faire.

— J'ai trente-cinq ans. Ça fait bien longtemps que plus personne n'a l'audace de m'appeler « petite ». (Son regard se fixa sur la main de Dorna.) Qu'est-ce que c'est, de la peinture ?

Frère Qown s'accroupit près du garde et frotta les taches grises de léopard sur le menton de l'homme inconscient.

Le fard se déposa également sur ses doigts.

— Pourquoi un garde s'amuserait-il à se grimer le visage ? demanda-t-il.

— Pour la même raison que beaucoup de ces grands gaillards ne comprennent pas le flammesang, j'imagine, répondit Dorna. Parce qu'ils ne sont pas jorats. (Elle ferma un œil et étudia attentivement ses traits.) Celui-ci est yoran… ou bien je suis encore acrobate dans les tournois.

Elle tapota les poches du soldat. Le comte Janel leur lança un bref regard avant de se retourner vers Ninavis.

— Où se trouvent vos compagnons ?

— Les gardes les ont emmenés au tournoi. (Une expression amère et pleine de rancœur se peignit sur son visage.) Quand ces salauds ont vu que je ne pouvais pas marcher, j'ai cru qu'ils allaient en faire toute une histoire et qu'ils refuseraient de me laisser ici. Mais ils ont ri et ils ont dit que le baron voulait un nombre pair de prisonniers, de toute manière.

Frère Qown termina d'examiner le garde tombé. Il souffrait d'une commotion cérébrale, c'était évident, mais le prêtre ne pouvait pas faire grand-chose pour l'aider en présence de témoins. Il se leva.

— Pourquoi donc emmener des prisonniers au tournoi ? Pourquoi ne pas les laisser ici, dans les cachots, ou les faire emmener dans une vraie prison en attendant leur procès ?

Janel parut surprise.

— Quoi ? Oh, non. Il n'y aura pas de procès. Pas dans le sens où vous l'entendez.

— Je vous demande pardon ? demanda Frère Qown avec une bouffée d'indignation.

Même à la capitale, les procès étaient systématiques. Il ne s'agissait peut-être que d'une mascarade corrompue, favorisant ceux qui possédaient le plus d'argent et de relations… mais par les Huit, il y avait toujours un procès.

— Nous n'avons pas de prisons, à Jorat. Lorsque quelqu'un enfreint nos lois, nous l'enfermons assez longtemps pour nous assurer de sa présence au prochain tournoi. Les prisonniers sont ensuite offerts aux vainqueurs des compétitions, avec la conviction que l'idorrá d'un champion parviendra à ramener les saelen dans le droit chemin. Je n'ai jamais entendu parler d'un tournoi où le nombre exact de saelen servant de récompense avait une importance, cependant.

— En récompense ? s'étrangla Frère Qown. Vous voulez dire que depuis que nous avons quitté Tolamer, nous vendons les bandits capturés comme esclaves ?

— Ouais, répondit Ninavis. C'est exactement ça[1].

Le comte lui lança un regard qui aurait pu faire fondre du verre.

— Non, pas du tout. Les hommes et les femmes ainsi offerts ne sont pas des esclaves, ni des prisonniers. Ils sont

1. Il me semble qu'elle n'a pas tort. Bien sûr, ce n'est pas de l'esclavage au sens strict du terme, mais que se passe-t-il lorsqu'une personne refuse de « rentrer dans le droit chemin » ?

adoptés, intégrés à un nouveau troupeau pour être réhabilités. Cela n'a rien à voir avec l'esclavage.

Ninavis eut un ricanement moqueur.

— Épée courte ou courte épée…

— Allons, allons, mes poulains. Vous ferez de la philosophie plus tard, intervint Dorna. Nous devons découvrir ce que manigançait ce garde. Pourquoi un Yoran chercherait-il à se faire passer pour un Jorat ?

— Il y a plein de gens qui se font passer pour des Jorats, dit Ninavis d'un ton sec.

— Pour sûr, acquiesça Dorna. Mais laisser les gens croire qu'une tache de naissance couleur lie-de-vin fait de vous une fille du coin, ce n'est pas vraiment un déguisement.

Frère Qown cilla, éberlué. Ninavis n'était pas jorate ? Pourtant, son accent était parfait. Mais une fois que Dorna l'eut signalé, il s'aperçut que la grande tache pourpre sur le visage de Ninavis ressemblait plus à une marque cutanée ordinaire qu'aux motifs de la peau des Jorats.

— Et ce n'est pas le seul soldat à le faire, compléta le comte Janel en revenant au sujet initial. Le capitaine Dedreugh aurait dû comprendre ce que disait Arasgon. Mais ce n'était pas le cas.

— Dedreugh est nouveau, expliqua Ninavis. Ils le sont presque tous. Ils ont débarqué il y a quelques mois, quand Tamin a pris le pouvoir suite à la mort du baron. Tamin a décidé qu'il ne pouvait se fier aux gardes qui avaient laissé mourir son père.

— Et ces anciens gardes, que sont-ils devenus ? questionna le comte.

Ninavis écarta les mains :

— Ça, c'est une très bonne question. (Elle lui rendit son mouchoir, à présent taché de sang.) Écoutez, je sais que vous et le baron étiez copains comme cochons, autrefois, mais il n'a plus rien de bienveillant. Vous voulez nous aider ? Retirez-lui son pouvoir. Vous êtes la seule personne qui puisse le faire.

— Je ne suis pas son comte. Je n'ai aucune autorité sur lui.

— Dans ce cas, n'essayez pas de lui donner un ordre. Tuez-le ! Vous pourriez vous approcher suffisamment pour le faire, et vous n'auriez même pas besoin d'arme. Vous êtes Danorak. Si vous dites que vous aviez une bonne raison de le faire, les gens vous croiront.

Janel l'observa fixement.

— Ce n'est pas comme cela que nous procédons, ici.

— Par l'Enfer, je me fiche de comment vous procédez ! Vous croyez que quiconque oserait lui lancer un Blâme ? D'après le baron, toute personne qui s'oppose à lui est forcément de mèche avec les sorcières. Il n'a besoin d'aucune autre excuse pour nous faire exécuter par ses hommes. Il n'abdiquera pas. Si la prophétie de Kalazan dit vrai à votre sujet…

— Attendez. (Janel leva la main.) Quelle prophétie de Kalazan ? Cette histoire d'enfant-du-démon ?

— Oh, je n'en sais fichtre rien, admit Ninavis. À en croire Kalazan, c'est la solution à tous nos problèmes. Il a entendu Tamin et son professeur en parler, avant la mort du vieux baron. Cette prophétie affirmait que quelqu'un appelé l'enfant-du-démon viendrait tout gâcher. Ils voulaient trouver cette personne à tout prix. C'est pour ça que Tamin est obsédé par la lutte contre les démons. Il pense qu'ils le mèneront à cet « enfant », qui tuera Tamin s'il ne le tue pas le premier.

— Je ne vais pas assassiner Tamin.

— Donc, vous êtes l'enfant-du démon ? Vous venez de l'avouer, non ?

Le comte Janel l'ignora et se retourna vers les deux autres.

— Frère Qown, Jument Dorna, pourriez-vous emmener secrètement Ninavis jusqu'à nos appartements ?

— Ils me verront. (Ninavis montra son propre visage.) Ma marque est trop reconnaissable.

— Ah ! Je l'ai trouvé, s'exclama Dorna.

Elle sortit une petite boîte en fer-blanc de la poche du soldat et dévissa le couvercle, révélant le pain de maquillage gris avec lequel le garde s'était grimé le visage.

—Donnez-moi cinq minutes, et votre propre grand-mère ne vous reconnaîtra plus. Après, il faudra tout de même arriver à vous emmener jusque là-bas avec votre patte folle, mais on devrait y arriver.

—Et lui ? demanda Ninavis en désignant le garde inconscient.

—Traînez-le derrière cette pile de caisses, suggéra Dorna. Ça devrait nous laisser un sursis de quelques heures, avant que les autres gardes ne le trouvent. Nous devrions avoir pris de l'avance sur les gens que le baron enverra à nos trousses, à ce stade.

—Nous ne partons pas.

Dorna soupira en entendant les paroles de Janel.

—Poulain…

—Nous ne partons pas, répéta Janel.

L'espace d'un instant, elle ressembla à une adolescente de son âge, semblant sur le point de taper du pied.

—J'ai promis à ces gens que, s'ils se rendaient, ils seraient traités dignement. Je refuse de fuir tant qu'il existe une chance que Tamin ne respecte pas ma promesse.

Ninavis pinça les lèvres et balaya Janel du regard.

—Si ça se trouve, vous valez quand même quelque chose, petite noble.

Frère Qown se retint de sourire. L'heure n'était pas à la réjouissance, même s'il était satisfait de cette évolution.

—Comment allez-vous vous y prendre pour découvrir les plans de Tamin ?

Janel carra les épaules.

—Le plus simplement du monde : je vais le lui demander. (Elle darda sur les trois autres un regard sévère.) Attendez-moi dans mes appartements. Je reviendrai dès que j'aurai récolté plus d'informations.

Elle partit avant qu'ils n'aient pu formuler la moindre protestation.

Tous trois gardèrent les yeux fixés sur la porte. Puis Dorna retira une grande jupe fendue qu'elle portait par-dessus ses autres vêtements, une pièce de lainage gris à l'ourlet brodé de chevaux indigo. Elle la lança à Ninavis.

— Portez ça comme une cape. Si nous voulons éviter qu'on vous regarde, mieux vaut cacher la guenille qui vous sert d'armure. Ce vieux cuir tout élimé se remarque bien plus que votre petite tache sur la joue.

— Hé ! C'est Tanneur qui l'a faite. Elle a juste besoin d'être un peu rapiécée.

Ninavis se débattit un instant avec le lainage et finit par le draper autour d'elle.

— Tanneur est tanneur ? s'esclaffa Dorna. Et s'il distillait la pisse, comment vous l'auriez appelé ?

— Enfin ! (Frère Qown grimaça et adressa un signe de tête à Ninavis.) Ne faites pas attention à elle. Elle est seulement contrariée que nous n'ayons pas décidé de fuir.

— Fuir, c'est ce qu'il y a de plus malin à faire, déclara Dorna. (Elle agita une main.) Venez à la lumière, ma chère, que je vous arrange le visage. Prêtre, soyez un bon poulain et traînez-moi ce garde jusqu'au fond, voulez-vous ?

Frère Qown voulut protester, mais il ne leur restait plus beaucoup de temps avant que quelqu'un ne s'aperçoive que ce garde était resté seul. Il entreprit de le déplacer. Ce n'était pas chose aisée.

Lorsqu'on avait confié cette mission à Frère Qown, il avait cru être posté au château du canton de Tolamer. Un travail tranquille et sédentaire, qui lui permettrait de se concentrer sur ses méditations et sur l'accompagnement spirituel du comte. Un travail qui ne lui demandait pas de s'activer outre mesure.

Il allait devoir faire davantage d'exercice, s'il voulait continuer à voyager à ce rythme.

Ninavis ne cessait de lui décocher des regards agacés, comme si elle brûlait d'interrompre sa séance de maquillage avec Dorna pour tirer elle-même le corps du garde, jambe cassée ou non.

Il déposa l'homme derrière les caisses et dénicha une vieille couverture en haillons pour le recouvrir. Tant qu'on n'y regardait pas de trop près, on pouvait le croire en train de faire la sieste. Frère Qown jeta un œil à Dorna et Ninavis. Elles n'étaient pas en train de l'observer.

Frère Qown plaça une main sur le torse du garde, concentrant son énergie comme le lui avait enseigné son mentor, le Père Zajhera. Il entra en phase d'Illumination, une sensibilité particulière au tenyé entourant toutes les choses ; cette lumière universelle qui baigne le tissu, la peau, la terre et la chair. L'Illumination lui permettait de distinguer la nature intrinsèque – ou « tenyé » – de chaque objet individuel qui soit au monde. Cette énergie ne coïncidait pas toujours avec les apparences, et il aurait pu trébucher et se fracasser le crâne en regardant à travers ce filtre. Mais en compensation de ce risque, une infinité de nouvelles possibilités s'offrait à lui.

Les Jorats – ou les gens d'Eamithon ou de Kazivar – diraient sans doute que Frère Qown pratiquait la magie. Mais il savait que c'était faux : il accédait à la grâce universelle. Il faisait l'expérience du divin. C'était un don sacré.

Le plus sacré de tous.

La vilaine entaille qui balafrait l'aura du soldat évoquait une commotion cérébrale, une inflammation interne, un saignement. Si Frère Qown le laissait dans cet état, l'homme voyagerait dans son sommeil par-delà le Second Voile, jusqu'au pays des morts.

Frère Qown posa une main sur sa tête. D'abord, il calma l'inflammation des tissus cérébraux, puis souda les fissures de son crâne, avant de réparer des plaies invisibles à l'œil nu. Le garde dormirait, et profondément ; mais si Qown terminait sa besogne, il ne mourrait pas.

Et si un Jorat découvrait ce que Frère Qown avait fait, ils pourraient bien mettre le prêtre à mort séance tenante.

— Hé, qu'est-ce qui vous prend tout ce temps ? appela Ninavis.

— J'arrive, dit Frère Qown en se hâtant de les rejoindre.

6

Un tournoi jorat

Colonie de Jorat, Empire de Quur.
Deux jours après le Retour à la vie de Kihrin D'Mon.

— J'aime votre façon de décrire le fait de regarder derrière le Premier Voile, dit Kihrin à Qown lorsque le prêtre marqua une pause dans son récit. Est-ce que tous les gens qui sont formés par les Mystères Vishai apprennent à le faire ? J'avoue que je ne connais pas grand-chose aux religions. J'ai passé du temps avec les disciples d'un culte, mais on ne peut pas vraiment les appeler des « prêtres ». Ce que vous avez fait ressemble beaucoup à la sorcellerie. Quelle est la différence ?

Il regarda soudain autour de lui, un peu embarrassé, songeant qu'il aurait dû s'assurer que personne ne les écoutait, avant d'énoncer ce qui constituait peut-être une hérésie.

— Je ne connais pas non plus le fonctionnement des autres religions, confia Frère Qown. J'ai l'impression qu'il s'agit surtout de prières et d'offrandes promises en échange de faveurs ? Mais les Mystères sont très différents. Voyez-vous, notre dieu est mort.

Kihrin toussa.

— Votre dieu est mort ? Je vous demande pardon ?

Ventrebeurre, lui, parlait de lumière et du Temple du Lac Arc-en-ciel. Il n'avait jamais dit que la divinité qu'il vénérait était morte. Janel parut vouloir intervenir, mais se ravisa. Frère Qown, lui, sourit.

— Nous suivons les enseignements de Selanol. Nous nous efforçons de répandre sa lumière dans le monde, et de protéger les gens des démons qu'il combattait lorsqu'il a perdu la vie.

— Selanol ? Je n'ai jamais entendu parler de lui, dit Kihrin.

— C'est le huitième des Huit Immortels. En sa mémoire, nous faisons don de nous-mêmes ; nous espérons mener des vies éclairées, tout en encourageant les autres à le faire également. Mais puisque notre dieu est mort, il ne peut exaucer nos prières, aussi devons-nous nous reposer sur nos propres facultés magiques. (Qown s'interrompit un instant.) Ma vision de la sorcellerie est… peu orthodoxe.

Kihrin s'enfonça dans son siège, abasourdi.

— Ah…

Le nom n'était pas le même, mais il n'y avait qu'une place « vacante » parmi les Huit, un seul parmi eux qu'on pouvait considérer comme mort, quoique les différentes régions avancent toujours de nouveaux candidats à ce rôle. Kihrin lui-même, en grandissant, pensait que Grizzst le Dément – qui avait asservi tous les démons – était le huitième dieu. Mais cette histoire s'était révélée tout aussi fausse que les autres.

Le vrai Huitième Gardien portait le nom de S'arric, et non de Selanol. Et si c'était du même personnage que parlait Qown, Kihrin avait l'intuition que le prêtre serait horrifié d'apprendre le véritable sort du « dieu » du soleil et des étoiles. En tout cas, Kihrin l'avait été, lui.

— C'est donc pour cela que votre religion a été interdite ?

— Oh, non. C'est arrivé parce que nous soutenons que les dieux sont en réalité de simples mortels ayant acquis un grand pouvoir par le biais de la magie, et qu'il n'est donc pas souhaitable de leur vouer un culte.

Kihrin le regarda fixement.

— Ah. Oui, j'imagine que ça ne doit pas faire plaisir à tout le monde.

Kihrin remua nerveusement sur son siège. Le prêtre n'avait pas tort, bien entendu. Initialement, les Huit n'étaient pas des dieux vénérés par des fidèles, mais des héros chargés de sauver tous les autres de l'invasion des démons. Or S'arric n'était pas mort en combattant ces créatures… Il avait été assassiné, trahi. Kihrin n'avait cependant pas de mal à croire que la légende, avec le temps, se soit déformée jusqu'à prétendre qu'il était mort de cette manière. Ni que le nom de ce « dieu » ait évolué, passant de Solan'arric en Selanol.

Kihrin espérait que les Mystères Vishai n'avaient pas pour conviction que Selanol reviendrait sauver le monde, mais le contraire ne l'aurait pas surpris. Il se tourna vers Janel : celle-ci avait la mine impassible de quelqu'un qui serre les poings sous la table pour s'empêcher de faire un commentaire.

Il eut la sensation que les « dieux » étaient un sujet sensible pour elle[1]. Aussi fit-il diversion en demandant :

— Janel, pardonnez ma curiosité, mais est-ce que le baron Tamin a vraiment accepté de vous révéler d'un coup tous ses projets ?

Elle eut un sourire triste.

— Eh bien… C'est à peu près cela, en effet.

Récit de Janel. Tournoi de Mereina, bannière de Barsine, Jorat, Quur.

Les étrangers ne comprennent que rarement l'importance des tournois dans la vie des Jorats. Les chevaliers qui se prêtent aux épreuves sont de véritables héros. Dans d'autres

1. Ça alors ! Pourquoi donc ? Peut-être parce que les Huit se livrent à une escroquerie délibérée depuis des millénaires ? L'idée que Kihrin « vénère » toujours Taja me laisse pantoise. Il ne paraît pourtant pas naïf à ce point.

colonies, la chevalerie – quand elle existe – est indissociable de la noblesse de sang ; elle est le bras armé de l'aristocratie. À Jorat, nos chevaliers ne sont pas affligés de telles contraintes. Il s'agit de nos meilleurs cavaliers, athlètes et duellistes, formés et rémunérés pour représenter les intérêts de leur seigneur au champ d'honneur. N'importe qui peut choisir de devenir chevalier.

N'importe qui, sauf un noble en position de pouvoir.

Par conséquent, est-il surprenant que la classe des chevaliers soit si aimée de la population jorate ? Les chevaliers se trouvent sur un piédestal où toute personne assez audacieuse, assez brave et assez forte pour s'illustrer lors des épreuves peut espérer se hisser, quelles que soient ses origines. Les chevaliers sont des champions pouvant se battre pour des seigneurs, des marchands ou des villes, mais ils naissent parmi les roturiers. Les foules qui viennent assister à leurs prouesses ne peuvent être décrites que comme « toute jument, tout étalon et tout hongre capables de faire le déplacement ».

Le tournoi est au cœur de la société jorate.

Il ne me fallut donc pas bien longtemps pour comprendre à quel point le cœur de Barsine avait été corrompu.

Après avoir quitté Jument Dorna, Frère Qown et Ninavis, je gagnai la tribune des nobles, en haut des gradins. Une foule clairsemée avait pris place sur les sièges, et quelques étendards fatigués flottaient dans le vent. Tous appartenaient aux associations de marchands jorats, arrivés à l'ouverture matinale de la Gemmeporte depuis d'autres régions de la colonie. Tous les chevaliers qui se trouvaient dans la cour de la forteresse, le soir précédent, étaient alignés sur les côtés. Leurs postures maussades et tendues indiquaient qu'ils ne s'intéressaient en rien aux épreuves à venir : ils n'étaient venus que parce que leur salaire en dépendait. L'atmosphère lugubre évoquait plus un enterrement qu'un tournoi.

Mais si la morosité générale me troublait, les deux poteaux enfoncés profondément dans la pelouse – juste en face de la tribune des nobles – firent se dresser mon laevos sur mon crâne. Du petit bois et des branches avaient été entassés au pied de chacun d'eux. Les épaisses colonnes étaient percées de trous où pendaient des chaînes, et gravées de glyphes sur toute leur longueur. La terre calcinée, à la base des poteaux, indiquait qu'il ne s'agirait pas des premiers feux allumés à cet endroit.

Près de chaque bûcher, on avait placé une grande cage recouverte de toile cirée. Je n'avais pas besoin de soulever les bâches pour savoir ce que j'y trouverais, et pourquoi les gardes avaient affirmé qu'un nombre pair de prisonniers était préférable.

J'avais retrouvé les compagnons de Ninavis.

— Ai-je manqué quelque chose d'intéressant ? demandai-je, masquant ma colère, en entrant dans la tribune du baron.

J'étais arrivée trop tard pour assister à l'invocation d'ouverture – la cérémonie consacrant le tournoi aux Huit – et, sans doute, aux premières épreuves. J'espérai qu'il ne s'y était rien passé d'important.

Tamin, occupé à boire, s'immobilisa.

— Janel ! Je craignais que vous ne soyez souffrante.

Il sourit et s'approcha de moi pour me poser la main sur la nuque et presser son front contre le mien. Ou du moins, pour essayer.

— Comment allez-vous ? dit-il en s'écartant.

Je lui touchai la main en compensation du salut que je lui avais refusé.

— Le voyage a été très éprouvant, répondis-je.

Il déglutit et, pour la première fois depuis mon arrivée, parut manquer d'assurance. Il désigna quelqu'un à côté de lui.

— Comte Janel, puis-je vous présenter le gardien Lorat, l'un de mes bannerets ?

L'homme était un vieillard impotent, trop faible pour se tenir debout. Il n'aurait plus dû porter le titre de « gardien » depuis bien longtemps ; mais je tins ma langue.

Le gardien Lorat cessa de donner des restes de viande au petit dhole qu'il tenait sur ses genoux, et qui semblait l'intéresser bien davantage que le tournoi lui-même.

— Gardien, le saluai-je en inclinant la tête.

Le vieil homme émit quelques paroles inintelligibles, et la servante postée non loin de son siège se précipita à son côté. Elle pressa son oreille contre ses lèvres et l'écouta marmonner de plus belle. Le chien lécha les doigts du gardien.

L'infirmière finit par se redresser et se retourner. Elle avait une apparence étonnante ; celle d'une jument aux yeux gris et à la robe de lait, comme lavée de toutes ses couleurs, à l'exception du bleu et du violet des veines marbrant sa peau diaphane. J'aurais pu la prendre pour l'une de ces Yorans affligés de la malédiction de la glace, mais ses traits démentaient cette hypothèse. Son nez était long et droit et ses lèvres fines, bien différents des petits nez et des bouches pulpeuses des Yorans.

— Le gardien vous salue. (Son accent indiquait qu'elle avait vécu dans l'Ouest[1].) Il s'excuse de ne pouvoir s'adresser directement à vous, mais les séquelles de la fièvre rouge lui rendent la parole extrêmement difficile.

— Je comprends, répondis-je en regardant le vieil homme. C'est un plaisir de vous rencontrer. (Je souris à l'infirmière.) Merci de nous aider à communiquer.

Elle posa ses yeux gris sur mon visage, puis pencha la tête de côté en réponse, avant de reporter son attention sur le gardien.

J'eus la sensation que je venais d'être congédiée.

— Et voici mon très estimé professeur, reprit Tamin en désignant la dernière personne présente. Relos Var. Je craignais que vous n'ayez pas l'occasion de le rencontrer avant son départ. (Tamin soupira.) N'y a-t-il rien que je puisse faire pour vous convaincre de rester ? lui demanda-t-il.

1. C'est parce que je suis *née dans l'Ouest*.

Je me remémorai alors les propos de Ninavis : Kalazan avait entendu Tamin et son professeur s'entretenir au sujet d'une prophétie…

D'apparence ordinaire et quuro d'origine, l'homme était vêtu simplement, à la manière d'un serviteur. Les cheveux de Relos Var étaient coupés court, son visage rasé. Il portait des bottes destinées à la monte et au voyage.

L'homme se tourna vers moi et soutint mon regard. Relos Var sourit.

Je sais lire le désir dans les yeux des gens. Des hommes et des femmes m'adressaient déjà ces regards-là avant même que mon âge ne les rende recevables. Mais ce regard-ci était différent.

— Janel Danorak, dit-il avec un sourire ravi. La seule survivante de la Marche Infernale de Lonezh.

— Janel Theranon, comte de Tolamer, corrigeai-je. Et de nombreuses âmes ont survécu à la dernière Marche Infernale ; sinon, nous ne serions pas en train d'en parler.

Relos Var ricana et baissa la tête, en un geste qu'une personne charitable aurait pu considérer comme respectueux.

— Néanmoins, votre réputation vous précède. (Il effectua une courbette, aussi peu convaincante que la première, à l'intention du baron.) Toutes mes excuses. Je suis navré de devoir vous quitter, mais on m'a informé qu'un membre de ma famille se trouvait en situation périlleuse. Je dois rentrer de toute urgence afin de prendre les mesures nécessaires.

— De quelle sorte de situation s'agit-il ? interrogeai-je.

Je posai cette question car il représentait un détail étonnant au sein d'un tableau déjà insolite. Trop d'étrangers, trop de mystères, trop de changements apportés au déroulement habituel des tournois… et puis cette prophétie… Relos Var était-il bien la personne que Kalazan avait entendue parler avec Tamin de « l'enfant-du-démon » ?

Quelque chose me troublait chez lui.

À ce jour, j'ignore encore ce qui le trahit à mes yeux. Peut-être désirait-il que je le remarque. Son assurance m'apparut clairement lorsque nos yeux se rencontrèrent. Tamin ne l'avait pas présenté comme un membre de la noblesse ou d'une famille royale occidentale. Il aurait dû ressembler à un être de thudajé, comparable à la jeune servante. Mais… il ne l'était pas.

En toute franchise, son idorrá était si puissant que je ne comprenais pas pourquoi tous les occupants de la tribune n'étaient pas à genoux.

Il marqua un temps d'arrêt avant de me répondre.

— Mon frère cadet est sur le point d'être vendu aux enchères à Kishna-Farriga. (Il laissa échapper un petit rire amer.) Il a un don pour s'attirer des ennuis. À lui comme à tous ceux qui l'entourent.

— Vendu comme esclave ? En effet, voilà qui est inquiétant. Eh bien, je vous souhaite bon voyage, répondis-je.

Ah ! Comme j'aurais aimé lui poser toutes les questions que m'évoquaient ses propos… Où se trouvait l'endroit qu'il appelait « Kishna-Farriga » ? Le baron n'étant pas suffisamment titré pour posséder son propre Garde-Portes, comment Relos Var comptait-il partir pour secourir son frère ? Avait-il passé un accord avec les Garde-Portes, ou en était-il un lui-même ?

— Merci, comte, dit-il.

Il s'inclina alors, en une véritable révérence, cette fois. Lorsqu'il sourit, je fus surprise de la chaleur qui avait empli son regard.

— Quel regrettable concours de circonstances. J'espère que nous nous reverrons dans d'autres conditions, qui me permettront de vous accorder toute mon attention.

Il paraissait sincère et bienveillant ; cependant, ses paroles me firent l'effet d'une menace. Un frisson me parcourut, et l'angoisse se maria en moi à la certitude que je n'apprécierais pas de recevoir « toute l'attention » de Relos Var[1].

— Moi de même, dis-je.

Il sortit tandis que la foule commençait à s'agiter, impatiente. Je m'installai à la place que Relos Var avait laissée vacante et tentai de paraître m'intéresser au tournoi pour les raisons habituelles, mais je ne parvenais pas à détacher mon regard des deux colonnes. Var était presque parvenu à me les faire oublier ; mais la véritable raison de ma présence s'élevait là, devant moi.

— Sire Xia Nilos, dit Tamin.

Je reportai mon attention sur l'épreuve. Le baron avait désigné un chevalier portant une magnifique coiffe en plumes d'aigle, ainsi qu'un manteau gris et blanc brodé de perles. Elle montait une ravissante jument gris pommelé, à la crinière tressée de rubans assortis.

— Elle représente les marchands du consortium des Sept Voyages. Elle va affronter mon homme : Sire Dedreugh.

Il n'eut pas besoin de pointer l'autre chevalier du doigt. Dedreugh était vêtu de jaune, de brun, d'or et de bronze. Sa tenue de cérémonie était ornée de rubans chatoyants qui flottaient derrière lui. Tout en faisant le tour de la piste, il lançait des menaces à son adversaire.

L'enthousiasme de la foule sonnait faux. Si les fanfaronnades dont le capitaine m'avait rebattu les oreilles avaient été fondées, il aurait dû être traité ici comme un véritable tigre royal. Je m'étais attendue à lui découvrir des hordes d'admirateurs, agitant son étendard et arborant ses couleurs. Au lieu de cela, il était évident que les habitants de la région ne l'acclamaient que par obligation.

Quant aux visiteurs, ils n'encourageaient tout chevalier que pour une seule et même raison : parce qu'ils avaient misé sur l'issue des épreuves.

1. Avouez que la formule qu'elle a choisi d'employer est assez cocasse.

— Votre capitaine m'a appris hier soir qu'il remportait généralement la récompense finale : les saelen arrêtés. Cela ne constitue-t-il pas un conflit d'intérêts aux yeux de vos juges ?

L'expression de Tamin se durcit, mais l'instant d'après il s'esclaffa. Il désigna d'un geste le vieux gardien sénile.

— Voici mon unique juge.

J'ouvris de grands yeux.

— Je sais, dit Tamin. (Sa bouche se tordit.) Mais que puis-je faire d'autre ? Mes autres gardiens refusent de se déplacer, sous prétexte que l'hiver s'est montré particulièrement rude. Je provoquerais un scandale si j'essayais de prendre moi-même la tête du jury, et il est le seul à daigner assister au tournoi. Les autres m'ont abandonné.

— Vous n'avez pas de grandes juments… ?

— La fille du gardien Dokmar, Ganar, se trouve dans l'une de ces cages, rétorqua-t-il avec humeur. Ce n'est qu'une catin et une meurtrière, qui n'a rien trouvé de mieux que de se commettre avec des sorcières et des assassins. Voudriez-vous que je lui demande d'arbitrer le tournoi ?

Je frémis, me demandant si le gardien Dokmar savait que sa fille serait bientôt exécutée pour trahison et sorcellerie. Tamin m'attrapa par la main. Si j'avais été qui que ce soit d'autre, je dirais qu'il m'avait agrippé bien trop brutalement.

— Vous êtes la meilleure chose qui me soit arrivée depuis des mois, Janel. C'est comme si le printemps était revenu.

— Tamin…, dis-je en luttant pour conserver une voix égale. Le printemps est déjà là.

Il me dévisagea un instant comme si ce que je venais de dire était inimaginable et stupéfiant, comme si je lui avais dit que le ciel était bleu et non turquoise, et que la magie était autorisée dans tout l'Empire. Pour être tout à fait franche, il semblait avoir perdu la raison.

Un fracas soudain et brutal coupa court à sa réponse. Nous nous tournâmes tous deux vers l'arène, à temps pour voir les deux cavaliers achever leur première passe d'armes. Xia Nilos, inférieure en idorrá, avait choisi la forme du duel : en l'occurrence, l'Épreuve de Khored. Cependant, c'était Dedreugh qui avait décidé de la technique utilisée. Il s'agissait du style de l'Épée Fracassante, favorisant la force pure plutôt que la finesse. Je songeai que cette technique ne jouait pas en la faveur de Xia Nilos, et que c'était pour cela qu'elle se retrouvait en situation précaire : tombée à bas de son cheval, elle luttait pour récupérer l'épée qu'elle avait lâchée. En bordure de l'arène, l'écuyer de Nilos attrapa une seconde lame et courut vers son chevalier.

Sire Xia Nilos leva son bouclier à temps pour intercepter un coup terrible de Dedreugh, qui la repoussa en arrière. Nilos cherchait toujours à récupérer son arme, mais finit par lever les deux bras pour soutenir son bouclier.

Je suis certaine qu'en d'autres circonstances, contre tout autre adversaire, les compétences martiales de Sire Xia lui auraient permis de résister. Mais pas ici. Pas contre un ennemi comme Dedreugh.

Je me tournai vers le gardien.

— Elle a perdu. Sonnez la fin du combat.

Le vieil homme marmotta quelque chose.

— C'est à Sire Xia de se déclarer vaincue, si elle le souhaite, déclara la servante en guise de traduction.

Les coups que Dedreugh faisait pleuvoir sur Xia évoquaient ceux d'un forgeron sur une enclume, plutôt que ceux d'un duelliste. Le bouclier de Xia se déforma.

— Faites-le, chuchota Tamin.

Son regard s'éclaira. La femme ramassa le petit dhole sur les genoux du gardien et se détourna.

— Est-ce que vous vous rendez ? criai-je.

Je n'eus pas l'impression que les chevaliers m'entendaient, par-dessus les huées des spectateurs.

L'écuyer accourut, portant la deuxième épée. Je vis la scène qui suivit comme si le temps lui-même avait ralenti pour l'observer. Les coups de Dedreugh, d'une force surnaturelle, faisaient vibrer l'atmosphère ; ils semblaient presque devoir traverser le bouclier pour s'abattre sur son adversaire. Sire Xia chancelait, luttant pour retrouver son équilibre. Le jeune écuyer lança un appel et lui présenta la lame de manière qu'elle puisse la saisir. Le temps s'arrêta.

Dedreugh fendit l'air de son épée et transperça le ventre de l'écuyer de part en part.

Je me levai. Les autres spectateurs aussi.

Le choc et l'illusion naïve que le duel était terminé – comment aurait-il pu en être autrement ? – persuadèrent Sire Xia de baisser sa garde. Elle avait les yeux fixés sur son écuyer agonisant.

Dedreugh arracha son arme au corps du jeune homme, pivota vers Sire Xia, et se servit de son épée ensanglantée pour écarter son bouclier.

Sire Xia hurla lorsque l'épée de Dedreugh s'enfonça dans le col de son armure, puis la transperça jusqu'à l'aisselle. Dedreugh fit brusquement remonter sa lame, faisant jaillir une gerbe de sang ; du même coup, il avait sectionné une artère importante et coupé le bras du chevalier.

— Tamin ! criai-je.

L'extase se peignit sur les traits du baron, enivré de victoire et de sang. Il se tourna vers moi.

— Vous êtes mon amie, pas mon comte. Je n'apprécie pas que vous me parliez de cette manière.

— Ils vont mourir, insistai-je. Sire Xia et son écuyer vont mourir tous les deux.

Tamin me regarda comme si je lui avais parlé dans une langue étrangère. Pourquoi donc devrait-il se préoccuper le moins du monde de ceux qui allaient succomber sous ses yeux ? Il s'enfonça dans son siège.

— Les tournois ne sont-ils pas destinés à nous préparer à faire la guerre ? À la guerre, n'y a-t-il pas des morts ?

Il leva une main pour accorder sa bénédiction à Sire Dedreugh, tandis que d'autres s'avançaient pour ramasser les corps.

— Tamin…

Il sourit et esquissa un geste désinvolte, mais son expression se fit glaciale lorsqu'il posa les yeux sur moi.

— Ne remettez pas mes agissements en question, Janel. Je suis à la tête d'une bannière au bord de l'effondrement. Je n'ai d'autre choix que de prendre des mesures radicales[1].

— Des mesures radicales ? (Je m'efforçai de conserver un ton égal.) Tamin, Dedreugh est votre soldat. Lorsqu'il tue quelqu'un, c'est à vous de payer le prix du sang. Avec une bannière dans un tel état, comment pouvez-vous vous le permettre ?

— Je n'ai pas besoin des conseils d'un étalon qui a préféré fuir son propre canton plutôt que d'affronter le Blâme. (Tamin se pencha en avant, le visage cruel.) Croyez-vous que j'ignore les véritables raisons de votre visite ? Votre ancien fiancé, Sire Oreth, avait soudoyé vos hommes avant même que votre grand-père n'ait rendu son dernier soupir. Et vous, vous êtes restée les bras ballants, sans vous apercevoir que vous vous couvriez de ridicule. C'est pour cela que vous n'êtes pas venue ici par Gemmeporte… Vous n'aviez ni Gemmeporte ni Garde-Portes à disposition.

Ses mots me blessèrent plus sûrement que des poignards, sans doute parce qu'ils étaient vrais. Ils étaient aussi destinés à détourner mon attention, mais je ne me laissai pas faire.

— Dedreugh est un monstre. C'est en amie que je vous mets en garde : ne prenez pas un monstre à votre service afin de prouver votre idorrá.

Il y a toujours eu des gens pour croire que l'idorrá doit s'accompagner de violence, que le bâton est l'outil le plus efficace pour s'assurer de l'obéissance du troupeau. C'est à

1. Je crois que je ne comprendrai jamais ce qu'espérait ainsi accomplir Tamin.

cause de cette notion erronée que nous pratiquons le Blâme. Certes, les nobles gouvernent à Jorat ; mais ils ne gouvernent que parce qu'ils possèdent la confiance de nos citoyens. Et lorsque la noblesse devient plus dangereuse pour notre peuple que toute autre menace… elle est neutralisée. Telles sont nos coutumes, depuis toujours.

— Et c'est en ami, répliqua Tamin, que je vous conseille de vous occuper de votre propre troupeau plutôt que du mien.

Je levai les mains en signe d'apaisement.

— Tamin, je ne voulais pas vous offenser. L'hiver a été dur pour vous comme pour moi.

Du coin de l'œil, je vis le Chevalier Noir du tournoi s'avancer dans l'arène. Il avait été envoyé distraire la foule de la mare de sang qui s'étendait derrière lui, et que les préposés finissaient de nettoyer. « Thorra ! Thorra ! » invectivaient les spectateurs ; mais lorsque le capitaine Dedreugh braqua le regard sur eux, ils se turent.

La colère de Tamin reflua en partie.

— Comme je vous envie, Janel. Vous, au moins, vous avez pu fuir vos démons.

Je sentis ces paroles me mordre cruellement la chair.

— Non, pas tous. (Je posai ma main sur la sienne, choisissant soigneusement mes mots.) Mais nous avons la possibilité de nous aider mutuellement.

Le Chevalier Noir paradait en enchaînant les pitreries, comme l'exigeait son rôle. Il était vêtu d'une armure noire ornementée, bien trop petite pour lui aux endroits les plus gênants. Son gros ventre débordait de son plastron, tressautant au rythme de ses danses et du galop de son flammesang noir étreinte-de-feu.

Tamin m'arracha vivement sa main.

— Je n'ai pas besoin d'aide. Ces sorcières croient pouvoir se jouer de moi. Je vais leur montrer. Je les brûlerai toutes !

— Est-ce le sort que vous réservez aux prisonniers que je vous ai amenés ?

— Ceux qui ne sont pas des sorcières sont leurs complices. Je n'ai pas le choix ! (Il grinça des dents.) Je connais Kalazan depuis l'enfance, Janel. Je n'arrive pas à croire qu'il ait pu me trahir.

Le gardien ne nous prêtait pas attention ; la servante lui avait rendu son chiot. Elle-même, en revanche, scrutait le bois de la tribune des nobles d'un air si concentré qu'elle devait être pendue à nos lèvres. La femme ne s'écarta que lorsqu'un juge du terrain s'approcha pour lui poser des questions. Elle ne prit pas la peine de consulter le gardien avant de donner ses instructions.

— Vous devez ressentir la même chose que moi après ce que m'a fait subir Oreth, dis-je. Après sa trahison.

— Il vous aime, répondit Tamin.

— Le besoin obsessionnel de posséder quelque chose n'a rien à voir avec l'amour.

Il soupira et remplit son verre de vin.

— Avez-vous toujours été si sage, chère Janel ?

— Vous me flattez, Tamin. Si j'étais sage, je ne serais pas en si fâcheuse posture.

— Vous me comprenez, n'est-ce pas ? Nous sommes tous les deux contraints de prendre les mesures qui s'imposent. Je dois tuer toutes les sorcières que compte cette bannière. Jusqu'à la dernière. Je n'en laisserai pas une pour invoquer des démons capables de nous détruire. Relos Var m'a ouvert les yeux sur le danger qui nous guette.

Je me tournai vers lui.

— Quel danger ?

— L'enfant, expliqua Tamin. L'enfant-du-démon. Il y a une prophétie : « L'enfant-du-démon rassemble les brisés, sorcières, hors-la-loi et insurgés, pour orchestrer conquête et révolte tandis que l'hiver sacrilège cache ses chaînes dans le palais du roi des neiges. »

Je le regardai, interdite.

— N'avez-vous pas compris ? C'est pourtant limpide !

— Je ne…

— Il y en a une autre, insista-t-il. « L'enfant attend, non dans la mort mais dans le repos, rêvant d'horreurs et d'âmes tombant sous la faux, car lorsque jour et nuit enfin se rejoindront, les barreaux du Roi Démon soudain s'envoleront. » Cette fois, vous avouerez que c'est très clair. Si les démons parviennent à trouver l'enfant qu'ils recherchent, ils l'utiliseront pour détruire le monde[1].

Rien de tout cela ne me paraissait particulièrement clair, mais je ne cherchai pas à répliquer.

— Lorsque jour et nuit enfin se rejoindront… une éclipse ?

Malgré mes efforts, le sarcasme avait percé dans ma voix ; Tamin ne le remarqua pas.

— Oui, c'est ce que je pense. Mais je ne peux pas en être sûr. Cela pourrait vouloir dire toutes sortes de choses.

Je réprimai l'envie de lui faire répéter cette dernière phrase, plus lentement. Avec un mouvement du menton, je repris :

— Donc, les runes gravées sur ces poteaux… sont destinées à combattre les démons ?

— Oui. Chaque sorcière qui meurt est une sorcière qui ne pourra plus invoquer de démons.

— Ah, c'est ingénieux, répondis-je. Je comprends, maintenant.

C'était vrai. Je comprenais parfaitement.

Voyez-vous, grâce à l'éducation « aimante » que j'avais reçue de Xaltorath, j'étais en mesure de lire ces runes gravées. J'avais également constaté la force surnaturelle expliquant la série de victoires de Dedreugh. Je ne suis pas une imbécile. Le professeur de Tamin, Relos Var, son fidèle conseiller, avait concocté un beau tissu de mensonges. Et Tamin les avait

1. Ce n'est pas comme ça que je l'interpréterais, moi.

gobés sans sourciller. Quelqu'un invoquait bel et bien des démons dans la bannière de Barsine.

Malheureusement, et quoiqu'il soit manifestement convaincu du contraire, cette personne n'était autre que Tamin lui-même.

7

Plans d'action

Colonie de Jorat, Empire de Quur.
Deux jours après qu'Urthaenriel a été arrachée au sol.

Kihrin s'enfonça dans son siège, avec l'impression que toute la roche qui les entourait se resserrait sur lui. Il frissonna.

— C'était moi, vous savez. Je suis le jeune frère qui a été vendu comme esclave à Kishna-Farriga. Et Relos Var a bien essayé de m'acheter.

— Oh, répondit Janel. Donc, vous êtes ce frère-là.

— Oui, enfin… Je ne suis pas son frère du tout, en réalité. Du moins, pas dans cette vie.

Janel haussa les épaules :

— Je ne crois pas qu'il fasse la distinction.

— Non, je suppose que non. Il me déteste comme si j'étais son vrai frère, en tout cas.

Elle marqua une pause, une expression indéchiffrable sur le visage.

— Vraiment ?

— Oui. C'est peu de le dire. (Il releva les yeux vers elle.) Vous n'y croyez pas[1] ?

---

1. Pourquoi détester une épée, lorsqu'il est plus judicieux de détester la main qui la tient ?

Elle réfléchit avant de répondre :

— Nos sentiments sont rarement simples lorsqu'il s'agit de notre famille.

— Facile à dire pour vous. Vous n'avez jamais rencontré mon frère aîné, Darzin. Et je suis ravi de vous annoncer que vous ne le rencontrerez jamais.

Elle parut étonnée.

— Je vois. Néanmoins, nous semblons avoir beaucoup de connaissances communes, alors… qui sait ?

Il se pencha en avant avec un rictus satisfait.

— Darzin est mort.

Janel soutint son regard.

— Vous aussi, vous l'étiez.

Kihrin sentit son sourire se décomposer. Darzin pourrait-il… non. La déesse de la mort haïssait Darzin. Elle ne lui permettrait jamais de Revenir.

— Et ces prophéties dont parlait Tamin ? Elles ressemblent… (Kihrin hésita.) Elles font penser aux Prophéties devoranes. J'ai rencontré une Voix du Conseil qui était aussi un prêtre devoran. Chaque fois qu'il entendait pépier un oiseau, il était certain que c'était lié à l'un de ces maudits quatrains[1].

— Oh, mais ce sont des Prophéties devoranes, confirma Frère Qown. Je m'en suis assuré, pour le cas où Tamin ou Relos Var les auraient inventées de toutes pièces pour justifier leurs atrocités. Mais non : les strophes qu'a citées Tamin sont authentiques. Bien entendu, cela ne les rend pas plus vraies que les milliers d'autres quatrains amassés par les Devorans depuis des siècles.

— Très rassurant, ironisa Kihrin. Tamin se trompait, vous savez. Du moins, pour ce qui est de la première prophétie. Elle doit forcément se référer à Vol Karath.

1. J'ai toujours trouvé amusant qu'on les appelle les « Prophéties devoranes », alors qu'elles proviennent de démons, et non de l'île de Devors.

(Il lança un regard inquiet à Qown.) Espérons seulement que ce quatrain ne se réalisera jamais.

— Vous avez déjà prononcé ce nom… (Janel fronça les sourcils.) De qui parlez-vous ?

Qown resta un instant bouche bée.

— Quoi ? Janel ! Vous ne savez pas qui est Vol Karath ? Personne ne vous a expliqué qui était… *Vol Karath* ?

Janel leva les mains en signe d'impuissance.

— Non. Je présume, à entendre votre ton scandalisé, qu'il doit s'agir de quelqu'un d'important.

Kihrin se racla la gorge.

— On peut dire cela, oui.

Janel le regarda en plissant des yeux.

— C'est le Roi des Démons…, commença Qown.

— Pas du tout, coupa Kihrin. Vol Karath, c'est ce qu'est devenu le dieu que vous vénérez sans le vénérer, Qown. Le huitième des Huit Immortels.

Qown le dévisagea sans rien dire, l'air horrifié.

Kihrin soupira.

— Il y a très longtemps, un mage a dupé l'un des Huit Immortels pour lui faire prendre part à un rituel. Je dis « dupé », parce que le rituel s'est apparemment terminé par le sacrifice de l'Immortel en question. On peut supposer qu'il n'avait pas donné son accord pour cela. Quoi qu'il en soit, cela s'est mal fini.

» Les autres personnes participant à ce rituel sont toutes devenues des dragons, cependant cet Immortel – je sais que vous l'appelez Selanol, mais ce n'est pas son vrai nom – est devenu un être pire encore. En réalité, il est mort ; mais sa dépouille a donné naissance à une incarnation du mal et de la destruction, un monstre si dangereux qu'il devait être emprisonné, sans quoi il aurait annihilé le monde. Peut-être même tout l'univers. On lui a donc attribué un nouveau nom : Vol Karath. Je ne crois vraiment pas qu'il s'agisse du Roi des Démons. Il rêve d'anéantir les démons tout autant que le reste.

— Oh. (Janel déglutit.) Dans ce cas, veuillez m'excuser ; je sais exactement de qui vous parlez. Les morgages lui ont donné un autre nom[1]. Et les Prophéties devoranes que j'ai lues ne le désignaient jamais comme « Vol Karath ». Le Roi des Démons, en revanche… oui, j'en ai entendu parler.

Kihrin laissa échapper son souffle. Il n'expliqua pas le reste de l'histoire, le fait que si le corps de S'arric était devenu l'hôte de cette puissance obscure et corrompue, son âme, elle, avait fini par être libérée et ramenée dans l'Au-delà.

Lui permettant de renaître en tant que Kihrin D'Mon.

Janel planta ses yeux dans les siens.

— Mais j'ai aussi entendu dire qu'un « Guerrier de l'Enfer » devait le délivrer, et ainsi déclencher la fin des temps.

— Ça… Personne n'est d'accord à ce sujet. Je ne crois pas non plus que ce soit vrai, répondit Kihrin. Nous sommes sûrs qu'il ne s'agit pas que d'une personne, en tout cas. Un seul « Guerrier de l'Enfer ». Nous sommes quatre.

— « Nous » ? releva Qown.

Kihrin fit la grimace sans répondre.

— Mais ce n'est pas logique, fit remarquer Janel. Pourquoi pas huit ? Huit Immortels, huit dragons, huit Guerriers de l'Enfer ?

Avant que Kihrin n'ait pu reprendre la parole, Qown l'interrompit :

— Bon… Attendez un peu. Revenez à cette histoire de dragons. Même en admettant que le reste soit vrai, vous avez dit que les concernés étaient devenus des dragons. Vous êtes sûr d'avoir bien entendu ce détail ?

---

1. L'Enfant de Guerre. Mais il porte toutes sortes de noms, bien sûr. Quand on est tellement terrifiant que dieux et démons tremblent à l'idée de notre existence, on a bien mérité tous ces titres, j'imagine.

— Sans le moindre doute, déclara Kihrin sans regarder le prêtre. C'est ainsi que les neuf dragons ont été créés.

— Les huit dragons, rectifia Qown.

Kihrin lui lança un regard agacé.

— J'ai l'impression que ce problème va devenir récurrent. J'ai bien dit neuf. C'est ce que je m'apprêtais à dire à Janel : les chiffres ne sont pas toujours les mêmes. Voyez-vous, l'homme qui a concocté ce rituel et l'a mis en œuvre… il s'est également transformé en dragon. Vous l'avez déjà rencontré. Ces temps-ci, il se fait appeler Relos Var.

Qown cilla :

— Mais Relos Var n'est pas un dragon !

— Bien sûr que si. Simplement, il choisit de ne pas revêtir l'apparence d'un dragon la plupart du temps. (Kihrin haussa les épaules.) C'est peut-être pour cela qu'il n'est pas aussi désaxé que les autres dragons ? Pour être franc, je n'en sais rien.

Qown en resta médusé, la bouche ouverte. Kihrin se retourna vers Janel.

— C'est vrai que le premier quatrain semble faire allusion à vous.

Elle haussa un sourcil.

— Vraiment ? Suis-je en train de rassembler des hors-la-loi et des sorcières pour préparer un soulèvement ?

— Je ne sais pas. À vous de me le dire.

Frère Qown leva son livre :

— Je vais continuer à lire, si cela ne vous dérange pas.

Ni Kihrin ni Janel ne protestèrent.

Récit de Qown. Château de Mereina, bannière de Barsine, Jorat, Quur.

Le château paraissait vide, avec son nombre réduit de domestiques et sa grande porte close. La plupart de ses occupants habituels s'étaient rendus dans l'arène pour le tournoi. Mais Frère Qown se sentait néanmoins vulnérable et exposé aux regards, alors que Dorna et lui cheminaient en soutenant une Ninavis boitillante. Ils espéraient se donner l'apparence de serviteurs revenant d'une mission ayant mal tourné.

— Elle va bien ? demanda un garde en désignant Ninavis.

Dorna agita la main.

— Oh oui, ça va, ça va. Elle est maladroite, c'est tout. Elle a trébuché sur une marche.

— Hé ! Comment ça, maladroite ?

— Ha ! Qui est la jument qui s'est emmêlé bêtement les pinceaux ? Ce n'est pas moi, en tout cas !

Avec un petit rire, le garde s'éloigna pour continuer sa patrouille. Il n'avait même pas posé les yeux sur Frère Qown.

Ils se dirigèrent vers le troisième étage, où le comte avait été installée dans les appartements de l'ancien intendant.

Ils poussèrent un soupir commun en refermant la porte derrière eux. Dorna lâcha Ninavis et se mit à préparer des bagages.

Frère Qown protesta :

— Mais le comte a dit…

Par-dessus son épaule, Dorna répliqua :

— Vous me croyez sourde ? Je sais bien ce qu'elle a dit. Mais je vous garantis qu'on ne va pas quitter cet endroit dans le calme et la pondération. Il vaudrait mieux qu'on se tienne prêts à décamper.

Frère Qown voulut rétorquer quelque chose, avant de se raviser. Ninavis était toujours appuyée contre son épaule.

— Laissez-moi jeter un coup d'œil à votre jambe. L'attelle n'était qu'une mesure provisoire. Il faudrait que j'arrive à mettre en place quelque chose de plus durable.

Ninavis lui lança un regard maussade en arrachant le foulard de fortune enroulé autour de sa tête, puis se mit à claudiquer en direction du lit.

— Vous êtes sûr que vous n'essayez pas de me reluquer les mollets encore une fois ?

Frère Qown réprima l'envie de lever les yeux au ciel.

— Je suis prêtre des Mystères Vishai.

— Et donc… ?

— Donc, il ne peut pas courir avec le troupeau, si vous voyez ce que je veux dire.

Dorna fit le geste de couper quelque chose avec des ciseaux imaginaires.

Avec effort, Frère Qown l'ignora et fit signe à Ninavis de s'asseoir sur un siège à proximité.

— Ce n'est pas une question de « pouvoir » mais de « vouloir ». Les membres de mon ordre prêtent serment. Je ne m'intéresse pas à vos jambes, sauf pour ce qui est de les soigner correctement.

Il ne releva pas non plus le ricanement de Dorna.

Il n'employa pas l'Illumination sur Ninavis pour plusieurs raisons, dont le fait qu'elle était consciente, en alerte et marakori jusqu'au bout des ongles. Cela signifiait qu'elle serait peut-être en mesure de comprendre ce qu'il faisait. Les Marakoris n'étaient pas aussi méfiants que les Jorats à l'égard de la magie.

D'ailleurs, les Marakoris étaient probablement la raison pour laquelle les Jorats en avaient peur.

Heureusement, les os fracturés n'avaient pas percé la peau, ce qui aurait augmenté les risques d'infection. Comme on pouvait s'y attendre, elle présentait quelques déchirures musculaires et un œdème. Si elle parvenait à se reposer, elle guérirait intégralement ; mais il n'était pas sûr qu'elle en ait l'opportunité.

— Dorna, croyez-vous qu'il serait possible de dénicher du crêpe enduit ? Je vais faire un bandage.

Frère Qown se mit à fouiller la pièce à la recherche de tissu qu'il pourrait faire bouillir et couper en lanières. Cependant, avant qu'il n'ait pu amorcer ses préparatifs, le comte Janel s'engouffra brusquement dans la pièce.

—Vous avez réussi à arriver jusqu'ici. Bien. Dorna, aidez-moi à mettre mon armure. Ensuite, j'aurai besoin que vous partiez tous les trois sans attendre. Vers le nord, en direction de Visallía. Le margrive est une cousine éloignée à moi. Elle vous ouvrira ses portes.

Elle s'approcha des bagages qu'avait rassemblés Dorna et récupéra l'épée de sa famille.

—Poulain… Qu'est-ce qui s'est passé ? Vous ne pouvez pas… Hé, mais qu'est-ce que vous faites ? s'exclama Dorna en posant les mains sur ses hanches.

—J'ai donné ma parole, déclara le comte. J'ai l'intention de la tenir.

—Que se passe-t-il ? (Ninavis voulut se lever, mais elle chancela et se rassit.) Qu'est-ce qu'ils vont faire de mes hommes ?

—Attendez, supplia Qown. Comte, je vois bien que vous êtes troublée. Mais je vous en prie, expliquez-nous ce qui se passe.

Le comte de Tolamer se dirigea vers une coupe et un pichet en étain, posés sur une table de nuit. D'une main tremblante, elle versa de l'eau dans la coupe, puis la but d'un trait avant de jeter le verre sur le côté.

Elle n'avait pas fait preuve d'autant de retenue qu'à l'ordinaire. La coupe portait l'empreinte déformée de ses doigts. Elle passa une main dans son laevos.

—Avant que nous ne quittions le canton de Tolamer, lorsque mon grand-père était encore en vie, il employait un Garde-Portes de la Maison D'Aramarin, un dénommé Kovinglass. Un Kazivari. Je ne l'aimais pas, mais je n'aurais pas cru qu'il puisse s'agir d'un traître. Du moins, pas avant la mort de mon grand-père. Lorsque j'ai commencé à compulser les documents laissés par ce dernier, j'ai changé d'avis. J'ignore si mon grand-père le rétribuait trop chichement, ou si Kovinglass avait subi un affront dont il ne s'était jamais remis. À mesure que l'état de mon aïeul empirait, Kovinglass le poussait à prendre de plus en plus de piètres décisions, qui ont creusé les dettes de notre Maison.

— Nul besoin de manier l'épée pour être un voleur, commenta Frère Qown. Certains s'accommodent très bien de pinceaux et d'encre.

Le comte hocha la tête avec amertume.

— C'est ce qu'il semblerait, oui.

Ninavis fronça les sourcils.

— Où est le rapport avec Tamin, et avec mes compagnons ?

— Ayant moi-même été victime d'un traître comme Kovinglass, expliqua le comte Janel, je voulais croire que le baron Barsine avait été abusé lui aussi. J'avais du mal à avaler son histoire au sujet du défunt père de Kalazan, et de sa tentative d'assassinat et de renversement. Même si Tamin avait réagi de façon excessive au meurtre de son père, il pouvait néanmoins avoir été utilisé par des hommes tels que le capitaine Dedreugh… et peut-être ce fameux Relos Var.

— Qui ?

— Relos Var. Un étranger[1]. C'est le professeur de Tamin. Voyez-vous, je connais Tamin depuis des années. Je voulais lui laisser le bénéfice du doute.

— Évidemment. Vous, les nobles, vous vous serrez toujours les coudes, pas vrai ? (Ninavis leva les yeux au ciel.) Toujours un pour couvrir les conneries de l'autre.

— Fermez-la, vous, aboya Dorna. Vous n'avez pas le droit de parler à mon comte comme ça !

— Non, elle est tout à fait en droit de me faire des reproches.

Janel s'assit, l'air abattu.

— Comte, insista Frère Qown. Que s'est-il passé ?

---

1. Apparemment, à Jorat, toute personne venant de l'autre côté des Pics-Dragons est considérée comme « étrangère ».

— Le baron l'ignore, mais c'est lui qui invoque des démons, révéla-t-elle. Il croit tuer des sorcières, mais en réalité, il accuse des innocents, les fait exécuter et les donne en offrande à un démon du nom de Kasmodeus. Il y a bien une sorcière à Barsine… et ce n'est autre que Tamin.

— Vous allez devoir le tuer, déclara Ninavis. Il le faut. L'opportunité ne se présentera pas deux fois. Vous êtes la seule personne à même de passer outre à ses soldats pour l'atteindre.

Le comte Janel dévisagea la voleuse, choquée.

— N'avez-vous rien écouté de ce que je viens de vous dire ? Tamin a été berné ! Nous devons lui montrer que…

— Et donc, cela excuse tout ce qu'il a fait ? Les villages rasés ? Les hommes, femmes et enfants envoyés au bûcher ? (S'appuyant sur ses mains, Ninavis se releva.) Je vous interdis de me dire que sa crédulité suffit à justifier ses actes.

Le comte serra les dents face à Ninavis, faisant saillir le contour de sa mâchoire. Dorna se leva. Frère Qown l'imita, sans savoir ce qu'il pourrait bien faire ensuite.

— Il existe des moyens…

Ninavis leva le menton.

— Vous allez me parler du Blâme, c'est ça ? Parce que sur ma vie, si…

Cependant, sa voix mourut et laissa place à un silence hagard. Son regard était toujours fixé sur le comte de Tolamer. Les yeux de Janel étaient devenus incandescents. Inhumains.

— Permettez-moi de vous dire, reprit le comte, comment fonctionne la politique ici, à Jorat.

Elle s'avança, et Ninavis recula ; seulement, celle-ci se trouvait déjà au bord du lit, si bien qu'elle s'y assit.

— Si je m'en vais benoîtement assassiner le baron, qui n'a pas d'enfants et qui n'a pas désigné d'héritiers, son titre et ses terres ne me reviendront pas. Ils seront confiés au plus puissant étalon qui se trouve à son service. Et qui cela peut-il être, à votre avis ? Hmm ? C'est Dedreugh. Dedreugh dirigerait cette bannière. Vous ne l'avez pas vu se battre durant le tournoi. Il est aussi fort que moi, sinon davantage. Il nous tuerait tous, et rien ne changerait. À Jorat, on ne peut pas se hisser au pouvoir en assassinant ses rivaux[1]. Alors peut-être – je dis bien peut-être – devriez-vous envisager la possibilité que je sois la plus qualifiée pour trouver une solution au problème.

Le comte se dirigea vers une malle, en ouvrit brusquement le couvercle et se mit à fouiller à l'intérieur. Un long silence gênant enveloppa les occupants de la pièce.

— Qu'est-ce que vous êtes, au juste ? interrogea Ninavis.

Le comte de Tolamer tourna la tête.

— Je suis… déterminée.

— Ce n'est pas ce que je voulais dire.

— Je sais. Ça m'est égal.

Ninavis prit une inspiration excédée.

— Dites…, commença-t-elle.

— Avez-vous l'intention de m'aider, ou bien de décortiquer le moindre de mes faits et gestes comme un petit moineau curieux ? lança Janel. (Elle laissa tomber les vêtements qu'elle portait et se retourna face à Ninavis.) Je peux vous aider, vous et vos compagnons. Mais pas si vous me considérez comme une ennemie, dont la seule raison d'être est de vous permettre de ruer dans les brancards.

Il y eut un silence. Dorna et Frère Qown observèrent les deux femmes sans oser respirer, attendant de voir laquelle bougerait en premier.

— Bon, j'ai peut-être un peu dépassé les bornes, admit Ninavis.

Frère Qown relâcha son souffle.

---

1. Bien sûr que si, naïve enfant. Simplement, c'est un petit jeu basé sur la popularité et non sur les lignées.

Janel pencha la tête de côté, mais ne dit rien et continua à jeter des vêtements sur le sol.

— Ce sont mes hommes, poursuivit Ninavis. Et ils sont sur le point d'être sacrifiés à des démons.

— Peut-être… (Frère Qown s'éclaircit la gorge.) Ne pourrions-nous pas envoyer un message au suzerain de Tamin ? Le prévenir qu'un de ses barons joue cavalier seul ? D'ailleurs, quel est le comte en charge de cette région ?

— Ysinia, répondit Dorna. Mais comment voudriez-vous vous y prendre, jeune homme ? Ce n'est pas comme si on disposait d'un Garde-Portes. Ou alors, vous avez des talents que vous ne nous avez pas encore dévoilés.

Frère Qown sourit tristement, ce que Dorna interpréta comme une dénégation.

Il n'avait aucune aptitude en matière de téléportation, avec ou sans Gemmeporte pour l'aider. Il n'en concevait pas de regrets. Certes, les Gemmeportes permettaient de voyager aux quatre coins de l'Empire, mais servir de portier n'avait jamais rien eu d'attrayant aux yeux de Qown.

En revanche, Frère Qown possédait bien une accréditation en règle de la Maison D'Mon l'autorisant à pratiquer la magie, et il était à jour de ses cotisations. Malheureusement, à Jorat, toute personne qui s'y adonnait – à l'exception des prêtres des Huit ou des Garde-Portes officiels – était considérée comme une sorcière. Frère Qown n'était pas sûr que les Jorats lui laisseraient le temps de présenter ses documents d'identification avant de brandir leurs torches et leurs fourches.

— Bon…, reprit Dorna. Puisque Mereina est le chef-lieu de la bannière de Barsine, elle dispose d'une Gemmeporte. Mais d'après les gens du coin, le baron est trop avare pour se payer un Garde-Portes attitré. Il demande aux D'Aramarin de faire le strict minimum. Une Porte a été ouverte la veille du tournoi, et une autre sera ouverte le lendemain. Si quelqu'un a besoin de se déplacer en dehors de ces moments-là, il doit le payer de sa poche. Et probablement le demander à l'avance.

— Tout ça ne nous est d'aucune aide, répliqua Ninavis.

— En effet, acquiesça Dorna. C'est pourquoi je suis toujours convaincue que la meilleure chose à faire est de s'enfuir. (Elle fit trottiner deux de ses doigts pour illustrer ses propos.) Je suis vraiment désolée pour vos compagnons, Ninavis. Ç'avait l'air d'être de braves gens. Mais jusqu'ici, je ne crois pas avoir entendu de plan qui nous permette d'aller les délivrer. Il y aurait tellement d'arbalètes pointées sur nous qu'au moins un carreau toucherait sa cible. Et si ce capitaine Dedreugh est aussi fort que vous, mon poulain, et deux fois plus gros ? Je ne crois pas que vous ayez de grandes chances de le battre à la loyale. Et puis, n'oublions pas que votre ami Tamin joue les apprentis sorciers. Je ne miserais pas mon métal sur le fait que ce fameux professeur qu'on ne voit jamais soit le seul à jeter des sorts. (Dorna plissa les yeux et pencha la tête de côté, observant le comte.) Alors, qu'est-ce que vous allez faire ? (Elle leva un doigt.) Et ne me dites pas que vous allez « vous battre jusqu'à trouver une porte de sortie ». Je vous l'interdis.

— Pas du tout, répondit le comte en sortant une épaisse cotte de mailles de sa valise. J'ai l'intention de combattre jusqu'à trouver une porte d'entrée.

Des reflets chatoyants dansaient sur les mailles indigo du haubert ; on l'aurait cru fait de nuit et d'arcs-en-ciel, un feu semblant couver sous le métal d'un bleu profond. Ni cuivre, ni fer, ni acier, cette matière n'était autre que le shanathá, le métal pour lequel l'Empire de Quur avait conquis Kirpis et chassé les vané. Posséder du shanathá était pour ainsi dire illégal parmi la population civile, même pour ceux qui en auraient eu les moyens.

Les nobles jorats, qui appartenaient encore officiellement à l'armée de Quur, faisaient exception.

— « Une porte d'entrée ? », répéta Dorna. Que voulez-vous dire par là ?

Le comte sourit en ramassant d'autres vêtements posés à terre : un gambison d'un rouge si sombre qu'il paraissait noir et une vieille cape élimée dont il était impossible de distinguer la couleur.

— Le moment ne pourrait être mieux choisi. Le baron est jeune, sans expérience.

Ninavis renifla :

— Et vous, vous avez quoi… dix-sept ans ?

Le comte se renfrogna.

— Ne dites pas n'importe quoi, voyons.

Frère Qown glissa un regard en biais à Janel et se racla la gorge. L'air penaud, elle reprit :

— Non… J'ai atteint ma majorité il y a trois mois, juste avant de quitter Tolamer.

Ninavis écarquilla les yeux.

— Oh. Oh, je vois. Pardon. Que je suis bête ! Vous avez *seize ans*… Ça change tout !

Elle darda un regard noir sur Dorna et Frère Qown, comme pour les défier de la reprendre.

— Je suis jeune par les années, rétorqua Janel. Pas par les épreuves.

Ninavis rencontra son regard. Ce qu'elle y lut lui fit détourner les yeux.

— Et qu'est-ce que ça a à voir avec votre plan, poulain ? lança Dorna, perdant patience.

Le comte Janel ne parut pas se formaliser de la mauvaise humeur de sa nourrice. Elle semblait soulagée que la conversation se porte sur un autre sujet que son jeune âge, évident aux yeux de toutes les personnes présentes.

— Notre cible n'est pas Tamin. C'est Dedreugh. Et contrairement au baron, Dedreugh n'est pas hors d'atteinte : il fait partie des participants au tournoi. Même si, après l'affrontement auquel je viens d'assister, je serais surprise qu'il ait encore à se battre. Ses adversaires vont se retirer et lui accorder la victoire par forfait. Puisque personne ne désire connaître le même sort que Sire Xia, il l'emportera... mais ne vous y trompez pas : pour que le baron puisse exécuter les hommes de Nina en toute légalité, Dedreugh doit absolument gagner. Sinon, ces prisonniers n'appartiendront pas au baron.

— Mais... et les accusations de sorcellerie dont ils font l'objet ? glissa Frère Qown.

Il répugnait à aborder le sujet, mais il s'y était senti obligé. Janel secoua la tête.

— Là aussi, les conséquences dépendent de l'issue du tournoi. Tamin va combiner le procès par combat habituel avec le tournoi. Ce n'est pas sans précédent. Mais à nouveau, pour que le baron prouve qu'il s'agit bien de sorcières, Dedreugh doit l'emporter.

— Mais qui l'affrontera ? objecta Ninavis. J'ai la jambe cassée, et vous, vous appartenez à la noblesse. Vous n'avez pas le droit de participer aux tournois.

— Non, en effet, acquiesça le comte en revêtant nonchalamment son gambison. En tant que comte Tolamer, je peux être représentée par un chevalier lors d'un tournoi, mais jamais y participer moi-même. C'est interdit.

Une pointe d'humour perça dans sa voix. Elle était en train de raconter une plaisanterie, mais n'en avait pas encore révélé la chute. Dorna adressa un regard sévère à la jeune noble.

— Le Chevalier Noir ? C'est de ça que vous parlez, n'est-ce pas ? Vous voulez y aller sous les traits du Chevalier Noir.

Frère Qown protesta :

— Je ne comprends pas. Qui est le Chevalier Noir ?

Dorna répondit avec un ricanement :

— Personne. N'importe qui. Toute personne qui le souhaite peut endosser son identité. Le Chevalier Noir est any… amo…

— Anonyme, coupa Ninavis.

— Voilà. C'est ça. Le Chevalier Noir est un pitre, un fou. Le bouffon des cieux. C'est un mystère – le noir est la couleur des secrets et du danger, voyez-vous – et la preuve vivante que quelles que soient les bardes qui ornent votre cheval, il y aura toujours un con pour venir vous pisser sur les bottes. Ce con, c'est lui. C'est un rôle accordé par plaisanterie, un cadeau de départ à la retraite offert à n'importe quel pochetron qui passe ensuite la journée à montrer son cul, à siffler de la cervoise gratuite et à pincer le derrière des beaux garçons. C'est très amusant.

— Je ne comprends toujours pas. En quoi cela nous aiderait-il ?

Le comte termina d'attacher son gambison. Elle portait plusieurs couches épaisses de tissu ; associées au corset qu'elle serrait toujours sur sa poitrine, elles masquaient entièrement ses courbes.

— Puisque l'identité du Chevalier Noir n'est jamais révélée, expliqua le comte, n'importe qui peut jouer ce rôle, même un noble en position de pouvoir. Personne n'en parle ouvertement, mais le secret le moins bien gardé de cette colonie est que la personne qui porte l'armure noire pourrait être un aristocrate qui a décidé de s'encanailler. Ce qui veut dire que je peux me battre… et que la victoire de Dedreugh n'est pas aussi certaine qu'il le croit, conclut-elle avec un sourire en coin.

— Mais le Chevalier Noir est toujours choisi avant le début du tournoi, fit remarquer Ninavis. Je pense que les gens le remarqueraient s'il en apparaissait un second.

Le sourire du comte ne faiblit pas.

— En effet, dit-elle en enfilant la cotte de shanathá. Par conséquent, je pense qu'il serait impoli de ne pas rendre d'abord une petite visite au Chevalier Noir du baron[1].

1. À y repenser, j'aurais vraiment dû enquêter sur *tous* les membres de l'entourage du baron.

8

Le fou

Colonie de Jorat, Empire de Quur.
Deux jours après la destruction de la Pierre des Entraves.

— Donc, vous êtes le Chevalier Noir. Je le savais !

Kihrin se laissa aller contre le dossier de sa chaise, content de lui. Sa théorie concernant Janel semblait de plus en plus plausible.

— Navrée de vous décevoir, mais non.

— Quoi ? Mais vous venez de dire…

— J'ai été le Chevalier Noir, précisa Janel. Chaque jour, il existe autant de Chevaliers Noirs que de tournois en cours.

Kihrin marqua un temps de silence.

— Ce n'est pas vous dont la tête a été mise à prix par le duc Kaen ?

Janel lança un regard vers le comptoir de la taverne, puis se retourna vers Kihrin.

— Non, dit-elle.

— Ah.

— Vous avez l'air déçu.

— En effet. C'est pour trouver cette personne que je suis venu jusqu'ici. Le duc Kaen de Yor offre une récompense considérable à qui lui rapportera sa tête. Plus de métal que beaucoup de gens n'en verront jamais de toute leur vie.

Je me suis dit que si le duc désire à ce point-là la mort de cet individu, j'ai toutes les raisons d'en faire mon allié.

Mais tandis qu'il parlait, Janel et Qown posèrent sur lui des regards étranges.

— Si vous me dites que Kaen se trouve juste derrière moi…

Janel ricana :

— Non, non.

— Alors pourquoi me regardez-vous comme ça, tous les deux ?

— Disons simplement que… je ne pense pas que Kaen va nous poser problème, lâcha Janel.

— Mais ne vous inquiétez pas ! s'exclama Qown en tapant sur la table. Nous aurons bientôt tout un assortiment de nouveaux problèmes pour le remplacer. Et ils sont tout aussi inquiétants… sinon plus. Beaucoup plus.

— Si vous dites cela pour me réconforter…

— Non, pas vraiment.

— Ah. Dans ce cas, je vous félicite, c'est très réussi.

De nouveaux hourras, s'élevant du groupe qui s'adonnait à l'étrange jeu de lancer de pierres, attirèrent l'attention de Kihrin[1]. Le plus costaud des hommes tenta de convaincre les autres de commencer une nouvelle partie, mais personne ne semblait volontaire.

Frère Qown rit, le nez dans sa tasse de thé.

— Quelle issue surprenante, plaisanta-t-il. Il gagne à chaque fois, mais il s'étonne que plus personne ne veuille jouer avec lui.

Janel sourit et répliqua :

— Attendez un peu voir…

— Personne n'ose me défier ? cria l'homme en levant les mains.

---

1. Ce jeu s'appelle le pagos. Il est pratiqué dans les tavernes d'un bout à l'autre de Jorat, mais a l'inconvénient de provoquer de nombreuses bagarres.

Des grognements et des rires lui répondirent, et quelques-uns lui lancèrent leurs serviettes de table.

—Allez, les amis… C'est juste un jeu!

C'est alors que la tenancière sauta par-dessus le comptoir, prenant appui sur une main, et s'empara d'une des pierres taillées que brandissait le vainqueur. Cette femme aux muscles élancés rappela à Kihrin les membres féminins de son ancienne bande de criminels, les Danseurs de l'Ombre, dont les spécialités étaient les cambriolages et le maniement du poignard. Elle avait la peau d'un brun rougeâtre et des cheveux violacés aux épaules, rasés sur un côté du crâne et lui masquant le visage de l'autre.

La foule émit un «ooooh» suivi de cris d'encouragement.

Kihrin n'avait aucune idée de la manière dont les joueurs marquaient des points, mais le jeu consistait en tout cas à faire rebondir des cailloux pour frapper une cible. La femme fit ricocher son galet sur le sol de pierre; avec un son rappelant le pépiement d'un oiseau, le projectile heurta la cible en plein dans le mille.

Elle salua la foule et adressa un geste grossier à l'homme à la peau grise, puis repartit en direction de son comptoir. Avec un petit rire, Kihrin se retourna.

—J'ai l'impression que je devrais parier du métal sur ce jeu.

—Pourquoi pas? Tout le monde le fait, répondit Janel.

—J'y penserai un peu plus tard, quand ce sera l'heure des dés. Pour l'instant, dites-m'en plus sur ce Chevalier Noir.

Récit de Janel. Tournoi de Mereina, bannière de Barsine, Jorat, Quur.

Lorsque je conduisis Frère Qown et Dorna jusqu'à l'arène où se déroulait le tournoi, le soleil avait atteint son zénith. Les épreuves s'étaient interrompues pour le déjeuner, et les personnes travaillant à l'organisation de l'événement prenaient un instant de repos. Comme je l'avais soupçonné, le capitaine Dedreugh ne s'était pas battu de nouveau ; ses adversaires avaient déclaré forfait, quittant l'arène honteux, mais vivants. Seul un idiot aurait manqué de remarquer l'humeur massacrante de la foule.

Si le Chevalier Noir de Tamin avait paradé sur le champ d'honneur juste après la mort de Sire Xia, dans l'intention de détourner l'attention du public des actes de Dedreugh, il était désormais absent. Je supposai que son départ avait été précipité, lorsque l'assemblée s'était mise à exprimer son déplaisir en lui jetant des légumes et du vin avarié. Dans sa retraite, il n'avait pu trouver refuge qu'aux azhock situées non loin de l'arène.

Ces tentes jorates formaient un camp provisoire et mobile, qui voyageait de ville en ville au rythme des tournois. En dépit de son caractère ambulant, il présentait toujours le même réseau d'allées avec leurs adresses, aussi constant que les percepteurs des impôts après la moisson.

Dorna devina qui nous nous apprêtions à voir lorsque nous dépassâmes un troupeau de chevaux – des étalons – tenus soigneusement à l'écart de toute jument. Un unique étalon flammesang trônait au centre du groupe, tel un séquoia au milieu d'un bosquet de sapins nains.

À sa vue, elle laissa échapper un petit rire.

— Ah… D'accord, je vois.

— Ne soyez pas désagréable, l'avertis-je avant d'entrer dans une tente aux motifs de toiles d'araignées rouges.

» Bonjour, Sire Baramon, dis-je en repoussant le capuchon de ma cape sallí.

L'homme qui leva les yeux de son vin de prune d'Eamithon n'était plus dans la force de l'âge, pour le dire gentiment. Sa peau était gris fer et il arborait une superbe moustache noire, dont les pointes tombaient sous son menton. Il portait encore son armure de Chevalier Noir ; son heaume était posé sur une petite table pliante, près de son lit de camp et de plusieurs bouteilles d'alcool.

L'homme leva les yeux, surpris de notre arrivée.

— Vous ne devriez pas être ici…

— Tiens, tiens…, lança Dorna en s'avançant à ma suite. Je ne crois pas que vous étiez aussi gras, la dernière fois que je vous ai vu.

— L'âge ne vous a pas embellie non plus, espèce de vieille bique. Je n'ai pas…

Posant de nouveau les yeux sur moi, il pâlit brusquement. Il m'avait reconnue.

Le chevalier ne regarda même pas Frère Qown lorsque celui-ci se glissa dans la tente. Il ne semblait plus voir Dorna, en dépit des quolibets qu'ils venaient d'échanger. J'avais toute son attention.

— À en croire votre réaction, il semblerait que je n'aie pas besoin de me présenter.

Sire Baramon lâcha un rire sec et s'essuya la bouche.

— Ah ça non, seigneur. C'est sûr. Frena serait fière de voir comme vous avez grandi.

Il se resservit un verre. Je lui agrippai le bras.

— Nous n'avons pas le temps pour cela.

Il tenta de me reprendre son bras, mais il aurait aussi bien pu essayer de faire plier une statue. Il se renfrogna, et ses yeux volèrent de son bras immobilisé à mon visage. Il avait beau être âgé et manquer d'entraînement, il demeurait un étalon.

— Que voulez-vous ? cracha-t-il.

— Vous souvenez-vous de la dernière fois que vous m'avez vue ?

— Bien sûr. (Une expression douloureuse se peignit sur son visage.) Vous étiez… (Il baissa les yeux sur son bras.) Lâchez-moi.

Je m'exécutai.

— Au canton de Lonezh, repris-je. Les démons étaient à nos portes. Et vous… vous avez fui.

— Ce n'est pas ce qui s'est passé…

— Vous avez fui, insistai-je. Avec Talaras, au beau milieu de la nuit. Vous avez abandonné votre poste, et vous avez menti aux gardes de la poterne. Vous leur avez affirmé que mon père vous avait confié une mission, et qu'ils devaient vous permettre de sortir. Alors, ils ont obéi.

— Je me souviens de ce qui s'est passé.

Le regard de Sire Baramon se fit plus dur. Il posa sa bouteille et s'enfonça dans son siège. Son silence était chargé d'émotion. Ses mâchoires jouèrent un instant, puis il se pencha de nouveau vers l'avant.

— J'ai essayé de vous emmener. Vous vous souvenez ?

Ma gorge se serra.

— Et moi, j'ai crié, je me suis débattue, et j'ai refusé de vous suivre.

— Alors, c'est pour ça que vous êtes là ? (Il regarda Dorna.) Vous êtes venue vous moquer du pleutre qui s'est enfui ?

Je tirai une autre chaise, pliée contre la paroi de l'azhock, et m'y assis face à lui. Je souris au vieux chevalier.

— Pourquoi voudriez-vous que je me moque de vous, Sire Baramon ? Vous êtes le seul à avoir fait preuve de bon sens.

Baramon releva brusquement la tête et me dévisagea. Quoi qu'il se soit attendu à m'entendre dire, cela n'avait sans doute rien à voir avec les mots que j'avais prononcés.

— Quoi ? dit-il.

— Ils se sont tous conduits comme des idiots.

Baramon cilla plusieurs fois. Dorna et Qown avaient dû en faire autant.

— Des idiots, martelai-je. J'aime beaucoup mon père, mais c'était un imbécile. Je n'ai pas la moindre idée de pourquoi il a décidé de ne pas bouger et d'essayer de se battre. Si j'avais accepté de vous suivre…

Ma voix se brisa sur ce dernier mot. J'avalai ma salive et détournai la tête, luttant contre une tempête d'émotions et de regrets. J'inspirai profondément.

— Vous avez échappé au massacre. Vous êtes le seul.

— Je ne suis pas d'accord, souffla-t-il en baissant la tête.

Frère Qown s'assit au bord du lit de camp, faisant craquer le sommier de corde. Ce son rompit l'atmosphère particulière qui s'était installée sous la tente. Un instant après avoir levé la tête à ce bruit, Sire Baramon se retourna vers moi, le visage dur.

— Qu'est-ce que vous voulez ?

— Une faveur, répondis-je. Je vais vous remplacer en tant que Chevalier Noir pour la journée.

Sire Baramon s'esclaffa de surprise, mais redevint sérieux en s'apercevant que je ne riais pas.

— Vous êtes… Quoi ? Vous n'êtes pas… (Il se racla la gorge et reprit sa phrase du début.) Nous ne faisons pas la même taille, messire.

— Vous ne faites pas la même taille qu'un rhinocéros, intervint Dorna. Mais apparemment, ça ne vous empêche pas d'essayer de leur ressembler.

— Dorna, la gourmandai-je. Ça suffit. (Je reportai mon attention sur le chevalier.) Force est d'avouer que l'armure est un peu… hum… petite pour vous. Elle n'a pas besoin d'être parfaitement ajustée. J'ai une cotte en shanathá que je porterai en dessous.

J'ouvris ma cape sallí, révélant les mailles de métal bleu. Sire Baramon observa fixement la cotte de mailles. Son regard n'exprimait pas le désir – il ne courait pas avec ceux de mon sexe – mais l'ébahissement.

— Cette cotte appartient à votre grand-père.

— Elle lui appartenait, rectifiai-je.

Son visage s'assombrit.

— Je suis désolé. Comment est-il mort ?

— Son cœur s'est arrêté.

Je luttai pour conserver une expression placide. Le fait qu'il se soit éteint dans son sommeil ne signifiait pas que cette blessure ne me faisait plus souffrir. On ne m'avait pas laissé le temps de faire mon deuil.

— Toutes mes condoléances. C'était quelqu'un de bien.

— Merci.

Je ramassai le heaume abandonné sur la table, et examinai le métal peint en noir. La plupart des pièces d'armure utilisées dans les tournois sont tout aussi robustes que celles portées par les soldats sur le champ de bataille. Les tournois ne sont pas dénués de risques, même lorsque l'affrontement n'est pas joué d'avance, contrairement à la démonstration de force du capitaine Dedreugh. Sire Baramon était peut-être un ivrogne au bord de l'effondrement, mais il n'avait pas oublié ses classes : le heaume était fonctionnel et bien entretenu. Il ferait l'affaire.

Je le remis en place.

— Pensez-vous que Talaras m'autoriserait à le monter ? Arasgon le ferait volontiers, mais quelqu'un risquerait de remarquer qu'il ne s'agit pas du même flammesang.

— Arasgon est là ? (Il soupira et se pinça l'arête du nez.) Que je suis bête. Il ne vous quitte jamais.

— Il l'a fait, une fois.

Sire Baramon ne mordit pas à l'hameçon. Il reprit sa bouteille de vin et y enfonça le bouchon d'un coup sec.

— Pourquoi donc voulez-vous jouer les Chevaliers Noirs ? Le public est déjà sacrément remonté. Et vu la façon dont se déroule ce tournoi, partir tant que c'est encore possible me paraîtrait beaucoup plus sage.

— C'est une question d'idorrá. Et puis, si je n'en fais rien, vous allez bientôt devoir affronter le même dilemme que dans le canton de Lonezh.

Dorna blêmit.

— Hein ?

Sire Baramon se leva et reprit son heaume. Je le laissai faire sans protester.

— Quelles inepties racontez-vous là ? Vous ne devriez pas essayer de faire peur aux gens avec vos histoires de fantômes.

— Oh, n'essayez pas de vous faire passer pour un grand sceptique. Combien de fois avez-vous écouté le nouveau baron de Barsine se plaindre que sa bannière est infestée de sorcières et des démons qu'elles invoquent ? (Je croisai les bras sur ma poitrine.) Comment croyez-vous que commence une Marche Infernale ?

— Cette histoire de sorcellerie n'est que le délire paranoïaque d'un enfant qui pleure encore son père.

— Oh, non, rétorquai-je en plissant les yeux. C'est bien pire que cela.

J'avoue que j'avais espéré convaincre Sire Baramon plus facilement. Je suppose que je le croyais en quête d'une occasion de laver son honneur. Mais… c'était de démons qu'il s'agissait. Pouvait-on lui en vouloir d'avoir peur ?

Cela signifiait que j'allais devoir me montrer plus convaincante.

— Ne m'obligez pas à prendre ce dont j'ai besoin, chevalier. Je n'ai pas l'intention d'essuyer un refus.

— Vous êtes une petite fille, m'admonesta Sire Baramon. Une petite fille qui ferait mieux de rentrer chez elle.

— Vous avez abandonné ma mère face à une mort certaine.

Il tressaillit.

— Je n'ai pas mérité ce reproche.

— Si mon père était en vie, il vous contredirait. Mon grand-père également. Vous avez manqué à vos devoirs envers les Theranon. Lorsque nous avons eu besoin de vous, vous avez déserté, ne pensant qu'à vous…

— Non ! coupa Sire Baramon, le regard humide. C'est faux. Frena m'a ordonné de partir. Votre mère m'a supplié de vous prendre et de vous emmener loin du danger. Elle disait que les dieux l'exigeaient. Il ne fallait pas que vous tombiez aux griffes des démons, sous aucun prétexte. Vous étiez l'espoir qui restait au monde. Je…

Sa voix se brisa dans un sanglot. Dorna lui tendit un mouchoir et lui tapota l'épaule, une expression indéchiffrable sur le visage.

Je battis des paupières et reculai, sans dire un mot de plus. Ma mère avait ordonné à Baramon de me mettre à l'abri ? Si c'était vrai, alors elle avait su, au fond d'elle, qu'il ne servait à rien d'espérer repousser les démons. Elle ne m'aurait jamais envoyée hors de l'enceinte du château si elle avait cru possible de résister à l'assaut. Cette information avait des implications terrifiantes…

Je me débattais avec ma culpabilité depuis des années, voyez-vous. Avec la suspicion que ma capture par les démons et ma possession par Xaltorath n'avaient rien d'une coïncidence. Que Xaltorath avait préféré venir me chercher, moi, plutôt que de jeter son dévolu sur n'importe quelle autre petite fille. Je sais, je sais… Nous avons tous la tentation de nous considérer comme à part des autres. Mais l'idée d'être ainsi « à part » m'aurait donné des cauchemars, si j'avais été en mesure de rêver. Je trouvais l'idée aussi horrible que présomptueuse : la moitié de Jorat et de Marakor aurait succombé à la Marche Infernale tandis que les démons cherchaient une unique petite fille. Et la Marche n'aurait pris fin que lorsque Xaltorath aurait décidé qu'elle s'était suffisamment divertie.

Je n'avais pas réussi à échapper aux démons, voyez-vous. Loin de là.

Mais je ne pouvais laisser tout cela me détourner de ce qui m'occupait.

—J'ai besoin de votre aide aujourd'hui, repris-je. Vous étiez le meilleur chevalier de mon grand-père, et maintenant… vous êtes le dernier. J'ai besoin de vous. Je vous rappelle au service de la Maison de Theranon. Je vous demande de vous acquitter de vos dettes.

Il s'essuya les yeux à l'aide du mouchoir et fronça les sourcils.

— Je suis au service…

Je secouai la tête :

— Non. Plus maintenant. Tamin ne vous mérite pas. Vous êtes mon homme, à présent, comme vous auriez toujours dû le rester.

Il serra les dents et me dévisagea, jusqu'à ce que je finisse par me demander si je ne m'étais pas trompée sur son compte.

Sire Baramon me tendit son heaume.

— La sangle est un peu lâche.

Dorna s'en empara.

— Ah ! Bien, bien. Laissez-moi régler ça.

9

L'ÉPREUVE

Colonie de Jorat, Empire de Quur.
Deux jours après la fin du règne de Gadrith D'Lorus.

Lorsque Janel interrompit son récit et fit signe à Frère Qown de prendre le relais, Kihrin se mordilla la lèvre.

— Tout bien réfléchi, je suis désolé, mais… je crois que vous avez raison. Je crois que Xaltorath vous cherchait. Vous, personnellement. De même que je crois qu'il… ou elle… me cherchait aussi, à la capitale. C'était délibéré.

— Tout effroyable que soit cette idée, je suis d'accord, avoua Frère Qown.

Janel déglutit et hocha la tête.

— Je le sais, à présent. Et je déteste cela. Je la déteste de tout mon être, cette idée que des gens sont morts simplement parce que j'existe. C'est tellement absurde. Je m'en sens coupable. (Elle leva une main.) Je sais que ce n'est pas ma faute, mais cela ne change rien à ce que je ressens.

Kihrin rencontra son regard.

— Une bonne amie m'a dit que nous nous étions portés volontaires. Nous étions quatre. Dans l'Au-delà, nous nous sommes portés volontaires pour Revenir et participer au combat. Je pense que vous êtes l'une de nous.

— Laissez-moi deviner… Je m'appelais Elana.

Kihrin cilla.

— Pardon ? Pourquoi pensez-vous que…

— Quand nous nous sommes rencontrés dans l'Au-delà, vous m'avez appelée Elana. (Elle marqua une pause.) Plusieurs fois.

— Ah. C'est étrange. Je ne connais pas d'Elana. Par l'Enfer, la seule fois que j'ai entendu ce nom… Ah ! (Janel attendit, les sourcils levés.) On m'a dit que, dans ma vie passée, une femme du nom d'Elana m'avait sauvé d'un sort… terrible. Pour tout dire, sans elle, je ne serais pas assis à cette table en ce moment.

— Ah bon ? (Janel posa son menton sur son poing.) Et qu'avez-vous l'intention de faire pour lui exprimer votre gratitude ?

L'espace d'un instant, Kihrin crut qu'elle parlait d'Atrine, mais il s'aperçut alors que non, ce n'était pas du tout ce qu'elle sous-entendait. Un sourire naquit sur ses lèvres.

— J'ai bien quelques idées.

— J'ai hâte de les entendre.

Qown s'éclaircit la gorge. Kihrin sursauta. Il oubliait sans cesse que le prêtre était assis à leurs côtés. Janel parut vaguement gênée.

— Y a-t-il autre chose qu'il faudrait que je sache ? interrogea-t-elle.

Kihrin lui adressa un sourire amer.

— Il y a une prophétie.

Elle jeta la tête en arrière et rit, les yeux au plafond.

— Par les dieux…

— C'est un peu ça. Donc, je pense que Xaltorath – étant un démon – aurait toutes les raisons de nous chercher. De nous traquer.

— Mais dans ce cas, pourquoi ne nous a-t-elle pas tués ? objecta Janel. Cela n'a pas de sens[1].

— Je pense que pour décider si cela a du sens ou non, il faudrait d'abord comprendre Xaltorath.

— Pour ça, bonne chance, soupira Janel.

— Les démons veulent vivre, déclara soudain Frère Qown, brisant son silence. Tous les êtres font de leur mieux pour survivre, non ? La question qui s'impose à nous est : cela doit-il forcément se faire à nos dépens ? Est-ce une partie de zaibur, où un seul camp doit être déclaré vainqueur, ou est-ce plutôt une partie de corbeaux et colombes ?

Kihrin et Janel échangèrent un regard.

— Heu…

— Corbeaux et colombes ? Je ne connais pas ce jeu, dit Kihrin.

— Oh, fit Frère Qown. J'y jouais en grandissant, à Eamithon. C'est un jeu d'enfants dans lequel plusieurs victoires simultanées sont possibles. D'ailleurs, la victoire la plus prestigieuse est celle où tous les joueurs l'emportent.

Kihrin eut l'air dépité.

— Ça a l'air bien, Eamithon, hein ? Je rêvais d'y ouvrir une taverne pour mon père.

Il soupira, les yeux sur son verre, puis fit signe à la tenancière de le remplir de nouveau.

Kihrin se tourna vers Qown.

— C'est votre tour, dit-il.

Récit de Qown. Tournoi de Mereina, bannière de Barsine, Jorat, Quur.

1. Sottises ! C'est tout à fait logique, au contraire. On ne détruit pas un outil susceptible de servir de nouveau. Nous ne sommes pas le seul groupe à jouer à « qui contrôle les prophéties ». Soyons francs : tout le monde aimerait faire de ces quatre-là ses gentilles petites marionnettes.

Le plan fut établi et les tâches distribuées ; dans le cas de Frère Qown et de Dorna, il s'agissait de se trouver des places pour assister au tournoi. Cette mission se révéla plus ardue que Qown ne l'avait imaginé. Les gradins n'étaient pas bondés, mais les spectateurs s'étaient presque tous agglutinés à l'avant, où ils discutaient à voix basse du tour étrange qu'avaient pris les événements, de quel autre participant risquait d'être tué, et de s'il fallait ou non s'émouvoir de la situation.

—Combien de temps faudra-t-il à Sire Baramon pour démonter sa tente, à votre avis ? murmura Frère Qown à Dorna.

Si les choses tournaient mal, ou plutôt quand les choses tourneraient mal, chaque seconde s'avérerait précieuse. Quelqu'un devrait également aller chercher Ninavis, ce qui ne serait pas sans danger. Par conséquent, Qown préférait que tout le reste soit prêt à l'avance.

Dorna examinait une bourse de cuir gravé qu'elle tenait entre les mains.

—Qu'est-ce que vous dites ? demanda-t-elle en rangeant l'objet dans ses jupes.

—Combien de temps faudra-t-il à Sire Baramon pour démonter sa tente, à votre avis ? répéta-t-il.

—Ça s'appelle une azhock, corrigea Dorna.

—Là n'est pas la question.

—Si vous voulez apprendre nos coutumes, prêtre, vous feriez mieux de commencer par les mots les plus importants… pas vrai ?

La vieille femme lui fit un clin d'œil avant de se retourner vers le centre de l'arène. Elle se pencha et tira sur la manche d'une spectatrice assise dans une tribune. Son habit était orné des armoiries carrées d'une famille marchande. Un tambour de broderie était posé sur ses genoux.

—Bien le bonjour, Jument, lança Dorna. Qui est donc ce chevalier en bleu et jaune ?

Elle désigna les deux nouveaux chevaliers qui s'avançaient dans l'arène. La femme examina Dorna, remarquant sans doute qu'elle n'arborait pas les couleurs d'une équipe, avant de répondre.

— Gozen. Il travaille pour la famille Sifen. (Elle renifla dédaigneusement.) Des fermiers. Ils cultivent la mangue.

— Oooh, s'émerveilla Dorna. Et il est bon ?

Cette fois, la femme laissa échapper un ricanement. Elle reporta son attention sur sa broderie.

— Mais… Ma bourse ! Où est passée ma bourse ?

Dorna fit mine de ne pas voir le regard accusateur de Frère Qown.

— Vous l'avez laissée tombée, peut-être ? Quand l'avez-vous vue pour la dernière fois ? Avez-vous acheté quelque chose ? Peut-être est-elle restée là-bas.

Avec un regard paniqué à Dorna, la femme attrapa son ouvrage et s'éloigna en toute hâte entre les gradins. Dorna s'installa à sa place désormais vacante, et fit signe au prêtre de Vishai de la rejoindre.

— Dorna !

Elle lui tira sur le bras pour le faire asseoir près d'elle.

— Ne faites pas d'esclandre. Les gens vont nous regarder.

— Mais vous… vous… (Frère Qown eut du mal à ne pas la montrer du doigt.) Cette place ne vous appartient pas. Pas plus que cette bourse.

— Nous gardons un siège pour Son Altesse, au cas où elle reviendrait. Vous étiez d'accord.

Dorna prit une gorgée du thé clairet qu'elle avait acheté à un vendeur ambulant un peu plus tôt, fit la grimace et lui substitua la bouteille de cidre que la femme avait abandonnée en partant.

— Ah, c'est mieux. Maintenant, taisez-vous. Ça va être au tour de Gozen… C'est mon préféré.

— Il y a une minute, vous n'aviez jamais entendu parler de lui !

— Allons, prêtre, ne dites pas de bêtises. Gozen travaille pour la famille Sifen. Ils cultivent la mangue.

Elle reporta son attention sur le tournoi.

— Vous n'avez aucune morale, bougonna Frère Qown.

La vieille femme parut flattée.

Deux chevaliers s'avancèrent. Le combattant en jaune et bleu, Gozen, donnait l'impression de s'être récemment procuré la panoplie du parfait petit chevalier. Trop jeune ou trop malchanceux, il n'avait pas encore eu l'opportunité de gagner une armure complète et une barde pour son cheval. Il affrontait un chevalier plus âgé en tenue cramoisie. Les couleurs et les bannières de ce dernier indiquaient qu'il appartenait aux Lances Rouges, une compagnie de mercenaires vendant leurs services au plus offrant.

Les deux hommes entrèrent sur la piste et effectuèrent le traditionnel premier tour, sans oublier de s'invectiver bruyamment. Frère Qown vit alors le comte Janel – ou plutôt le Chevalier Noir – s'avancer à son tour.

Personne ne la remarqua. Les gens n'avaient pas regardé de bien près le Chevalier Noir qui avait paradé plus tôt dans la journée, et le nouveau Chevalier Noir portait la même armure sombre et montait un flammesang ébène étreinte-de-feu. Les différences paraissaient évidentes aux yeux de Frère Qown. Talaras n'ayant pas consenti à être enfourché par Janel, sa monture était… un autre flammesang ébène étreinte-de-feu, ce que trahissaient les rayures qui lui zébraient les jambes. Quant à l'armure du Chevalier Noir, elle semblait soudain trop grande pour cette silhouette plus svelte.

Et malgré tout, personne n'y regarda à deux fois.

L'attention du public était focalisée sur les deux hommes, qui avaient fait halte face au gardien et à une table chargée de huit statues différentes[1]. Gozen se pencha sur sa selle et ramassa une statuette représentant une femme enceinte, assise en tailleur sur le dos d'une tortue : Galava, la Mère. Gozen la brandit afin que la foule puisse découvrir ce qu'il avait choisi.

— Ah, commenta Dorna. (Elle mâchonnait une feuille de pori, que Frère Qown ne l'avait pas non plus vue acheter.) La Quatrième Épreuve. Un choix intéressant.

— Qu'est-ce que c'est ?

— Chut ! Ça commence.

Le prêtre grinça des dents et reporta son attention sur les concurrents. La Lance Rouge s'avança vers la table et des écuyers accoururent, portant des cordes de deux types différents : d'un côté de fines cordelettes, comme pour attacher des fagots, et de l'autre une seule corde, aussi épaisse que le poignet d'un colosse. Puisque Gozen avait choisi la nature de l'épreuve, il appartenait désormais à la Lance Rouge de déterminer leurs « armes ».

La Lance Rouge se pencha et posa la main sur les cordelettes ; mais alors, il s'immobilisa. Changeant d'avis, il saisit la grosse corde. Les spectateurs lancèrent des vivats et des huées, selon leurs préférences et la façon dont ils avaient choisi de parier leur métal.

Le comte s'approcha de Gozen au moment où il s'emparait de l'autre extrémité de la corde. Un murmure parcourut la foule, et le groupe qui entourait Qown et Dorna se leva. Frère Qown se sentit à la fois coupable et heureux que Dorna leur ait déniché d'aussi bonnes places.

---

1. Il existe huit épreuves, dont chacune peut adopter deux formes, ce qui nous donne en tout seize modes distincts d'affrontement. C'est pour cette raison que les nobles jorats les plus fortunés possèdent toute une écurie d'athlètes spécialisés dans différentes disciplines.

Le Chevalier Noir prit alors la corde des mains de Gozen, et fit signe au jeune chevalier de s'écarter. Il ne participerait pas à l'épreuve ; c'est elle qui s'en chargerait.

— Elle a le droit de faire ça ? chuchota Frère Qown à Dorna.

— Oui. À dire vrai, il y a peu de choses qu'un Chevalier Noir n'ait pas le droit de faire. Remplacer un concurrent pour une épreuve, ce n'est rien du tout. Si elle gagne, ce sera sa victoire, mais elle comptera tout de même pour la famille Sifen.

— Et si elle perd ?

Elle lui donna une claque sur la poitrine.

— Taisez-vous, prêtre. Mon comte ne perd jamais.

Le Chevalier Noir alla se placer au centre de l'arène. La Lance Rouge la suivit, tenant l'autre bout de la corde, dont la longueur leur permettait tout juste de demeurer à quelques mètres l'un de l'autre.

— Ils vont… ? (Frère Qown fronça les sourcils et se pencha en avant.) Mais c'est un jeu pour enfants.

— Les règles sont simples, oui. Chaque cavalier tient un côté de la corde et ne doit pas la lâcher. Celui qui lâche perd. Celui qui tombe de cheval lâche la corde.

— Mais cette épreuve-là ne va rien décider, si ?

Dorna se retourna vers lui.

— J'imagine qu'elle va décider à quel prix les Sifen vendront leurs mangues.

— Quoi ? Mais… (Frère Qown désigna du menton les prisonniers en cage.) C'est d'eux que je parlais.

Dorna observa les cages d'un air sombre. Elle jeta un regard autour d'elle pour vérifier que personne ne les écoutait.

— Le problème avec ça, c'est que…

La foule émit un rugissement. Dorna s'interrompit aussitôt et bondit hors de son siège. Frère Qown se tordit le cou pour voir ce qui s'était passé dans l'arène durant son instant d'inattention.

Le duel était terminé.

La Lance Rouge s'efforçait de reprendre son équilibre après être tombé à bas de son cheval ; ce dernier, à quelques pas de là, piétinait d'un air surpris. Un arbitre courut échanger quelques mots avec le gardien – ou plutôt avec son infirmière – mais l'issue de l'épreuve semblait très claire. Les arbitres hissèrent le drapeau bleu et jaune de la famille Sifen, frappé d'une marque carrée indiquant qu'il s'agissait d'une famille marchande. Ils avaient gagné.

Dorna le gratifia d'une claque sur l'épaule.

— Je vous l'avais bien dit.

Le comte Janel, ou plutôt le Chevalier Noir, avait capturé l'attention du public.

Arasgon regagna le centre de l'arène d'un pas désinvolte, faisant face à la tribune du baron. Le capitaine Dedreugh se prélassait dans un fauteuil non loin de là, une coupe à la main, demeurant dans les parages au cas où un imprudent oserait le défier.

Alors que le baron levait le bras afin d'énoncer un ordre ou un jugement, un cri résonna au loin. Des spectateurs montrèrent quelque chose du doigt.

Qown regarda autour de lui, cherchant l'origine de cette agitation. Des exclamations surprises et paniquées s'élevèrent de la foule.

Enfin, le prêtre s'aperçut que les gens désignaient le château, et la colonne d'épaisse fumée noire qui s'élevait entre ses murs.

Quelque chose brûlait dans l'enceinte du château de Mereina.

Dorna et Frère Qown échangèrent un regard.

— Vous ne croyez pas que…, souffla Dorna en se mordillant la lèvre.

— Ninavis, dit Frère Qown.

Enfin, il venait de lui poser une attelle… Elle n'était pas en état de faire grand mal à qui que ce soit… Non.

C'était bien elle. Elle et Kalazan, peut-être ; en tout cas, il savait au fond de lui qu'elle avait fait quelque chose.

Le baron Tamin ordonna à ses soldats de regagner le château sur-le-champ. À le voir gesticuler, Frère Qown sentait sa colère aussi clairement que s'il s'était trouvé juste à côté de lui. L'imagination du prêtre lui jouait peut-être des tours, mais il crut entendre le nom de « Kalazan » flotter dans la brise.

Tamin lui-même ne partit pas, mais se rassit et se mit à lancer des regards courroucés en direction de la forteresse. Pendant que le baron s'occupait de ce nouveau problème, le comte Janel tira son épée et la pointa sur Dedreugh. Arasgon cria quelque chose afin d'attirer l'attention sur ce défi.

Dorna siffla.

— Ah ! Je me demandais comment elle allait s'y prendre pour ne pas avoir à affronter tour à tour une dizaine de chevaliers. De cette façon, c'est beaucoup mieux.

Le baron Tamin s'avança jusqu'au bord de sa tribune. Frère Qown n'entendit pas ce qu'il disait, mais sa consternation et sa confusion étaient manifestes. Tamin avait dû comprendre que l'individu n'était pas « son » Chevalier Noir, Sire Baramon. Il avait sans doute aussi reconnu le flammesang… ce qui signifiait qu'il avait deviné l'identité de Janel.

L'excitation de la foule monta d'un cran, faisant s'agiter et crier les spectateurs. Le tournoi avait pris un tour imprévu et grisant. Tamin leva la main jusqu'à ce qu'ils se calment. Il fit signe au Chevalier Noir de quitter l'arène. Arasgon piétina impatiemment. Le comte Janel pointa de nouveau son épée vers Dedreugh.

Frère Qown vit le baron se baisser pour écouter ce que lui disait l'infirmière du gardien, puis secouer la tête en signe de refus. D'un geste, il intima aux soldats restants de faire sortir le Chevalier Noir de la piste. Aussitôt, l'assemblée des spectateurs se mit à taper du pied et à scander à l'unisson : « Chevalier Noir ! Chevalier Noir ! Chevalier Noir ! »

Frère Qown songea alors qu'il n'avait pas entièrement compris le rôle joué par le Chevalier Noir dans ces tournois, et dans la société jorate. Oui, c'était une sorte de fou. Un bouffon sur un cheval, destiné à divertir la populace durant les interludes. Mais ne voir en lui qu'un saltimbanque revenait à ignorer son rôle véritable. Le Chevalier Noir était un fou, mais un fou au service des dieux. C'était un idiot sacré, la main espiègle du destin, le héraut malicieux du sort divin.

Le peuple de la bannière de Barsine haïssait Dedreugh. Et à présent, le Chevalier Noir s'attaquait à lui. Cela ne servirait sûrement à rien… C'était sans doute, de la part du baron, une tentative de faire oublier les atrocités commises le matin même… Il ne pouvait s'agir du jugement des Huit. C'était une farce, une blague, rien de plus.

Mais si… si c'était plus que cela ?

Le baron jeta un regard dégoûté au public et adressa un hochement de tête à son homme, Dedreugh. Le capitaine des gardes vida sa coupe et se leva. Il appela son cheval et se mit en selle d'un bond, puis fit entrer l'étalon dans l'arène.

— Qui a l'audace de vouloir m'affronter ? hurla-t-il. Me croyez-vous sujet à la peur de l'inconnu ? Croyez-vous que je tremble face aux ténèbres ? *Je suis les ténèbres ! Je suis l'inconnu que craignent tous les hommes !* Et je vais tailler cet imposteur en pièces.

Il dégaina son épée et se mit à faire des moulinets. Il poursuivit son manège le temps de quelques tours de piste, égrenant les nombreuses façons dont il comptait hacher menu le simple d'esprit qui croyait pouvoir se mesurer à lui.

Les forfanteries de Dedreugh ne semblaient pas inhabituelles. Selon une tradition qui laissait Frère Qown perplexe, tous les chevaliers du tournoi paradaient ainsi comme des coqs en échangeant des insultes. Peut-être cherchaient-ils à intimider leurs adversaires, à laisser aux gens le temps de parier, ou à impressionner leurs fidèles admirateurs. Il est des coutumes qui naissent sans que personne ne sache pourquoi.

Le Chevalier Noir attendait, immobile. Elle n'émit pas le moindre son. Le moment venu, Arasgon s'approcha de la table, la tête et la queue hautes.

Aucun des deux concurrents ne tendit la main pour saisir une statue. Bien sûr. La personne la plus faible en idorrá devait choisir en premier, et ni l'un ni l'autre ne souhaitait endosser ce rôle.

— Nous sommes dans la bannière de mon seigneur, grogna Dedreugh. Choisissez.

Janel ne répondit pas aussitôt. Mais elle finit par incliner la tête – autant que le lui permettait son heaume – et tendit une main protégée par un gantelet. Elle souleva la statue d'un homme debout, à la tête et aux ailes d'aigle : Khored le Destructeur. Frère Qown ne savait pas en quoi consistait l'épreuve, mais au vu du dieu choisi, il pensait pouvoir supposer qu'elle serait très violente.

Le comte brandit la statuette au-dessus de sa tête pour la montrer à la foule. Celle-ci émit un rugissement d'approbation.

Au lieu de sélectionner une variante de l'affrontement, Dedreugh attaqua brusquement[1].

Il sauta de son cheval et se jeta sur le comte Janel, ce que Frère Qown n'aurait jamais cru possible s'il ne l'avait pas vu de ses yeux. Dedreugh avait bougé si vite que même Arasgon avait été pris de court ; avant même que le flammesang n'ait pu réagir, le comte Janel s'écrasa au sol avec un bruit sourd.

Il y eut un mouvement de foule, si bien que le prêtre finit par se trouver plaqué contre la clôture. Le public semblait savoir qu'il assistait à un événement exceptionnel, qui pouvait bien ne plus jamais se reproduire. Le Chevalier Noir était un chevalier de pacotille, un personnage de papier ; au mieux,

1. Ce n'est pas comme si les règles avaient la moindre importance à ses yeux.

un symbole, et au pire une parodie obscène. Le Chevalier Noir ne se comportait jamais de cette manière. D'un autre côté, si le Chevalier Noir incarnait le mystère divin, peut-être ce changement n'était-il pas si surprenant que cela.

Le baron Tamin se tenait immobile au bord de sa tribune. L'infirmière à la peau blanche s'était avancée, elle aussi ; les mains sur la balustrade, elle observait le duel. Ni l'un ni l'autre ne paraissaient heureux de ce qu'ils voyaient.

Les deux chevaliers roulèrent dans la poussière. Ils se levèrent d'un même mouvement. Si leurs armures de plates étaient censées rendre leurs mouvements gauches ou laborieux, personne n'avait pensé à les en informer. Ils se mouvaient tous deux avec une grâce animale.

Dorna attrapa un pan de l'agolé de Frère Qown qu'elle tordit en boule dans son poing. Le prêtre partageait son effroi.

Dedreugh dégaina son épée, et Arasgon rejoignit Janel afin qu'elle puisse s'emparer de la lame attachée à sa selle. Elle eut tout juste le temps de tirer l'épée de son fourreau avant que les coups de Dedreugh ne commencent à pleuvoir. Elle fit un pas en arrière, malgré le risque de se retrouver piégée entre son adversaire et les gradins.

Dedreugh abattit son arme ; Janel se baissa pour l'esquiver. Le coup était si puissant que l'épée de Dedreugh s'enfonça dans le bois de la clôture. Il couvrit son bras de son bouclier afin de se ménager quelques secondes pour récupérer sa lame. Janel saisit cette opportunité pour percer les mailles qui protégeaient moins efficacement sa hanche, et son épée mordit la chair.

Frère Qown s'était dit que ce combat n'avait pas besoin d'être un duel à mort. Après tout, il suffirait que Janel fasse honte à Dedreugh, qu'elle le force à reconnaître sa supériorité et à s'incliner devant son idorrá.

Lorsque Dedreugh lâcha un rugissement de rage, Frère Qown comprit qu'il avait été naïf. Le soldat arracha son arme à la clôture et frappa de nouveau. Janel bloqua le coup à l'aide de son bouclier et porta un coup d'estoc, tirant parti de cette ouverture.

Frère Qown avait l'impression que Janel exploitait plus efficacement les opportunités qui se présentaient, en plus de se mouvoir plus rapidement. Dedreugh se révélait être un combattant lourd et brutal, faisant la part belle à sa fureur en négligeant la stratégie. Contre un ennemi dont la force était comparable à la sienne, cela ne suffisait pas.

Dedreugh frappa de nouveau, fendant l'air de son épée avec une puissance phénoménale. D'un pas dansant, Janel esquiva le coup et heurta son bouclier du sien pour le soulever, puis fit glisser sa lame contre le coude de son adversaire. Sa cotte de mailles se déchira et de minuscules anneaux tombèrent au sol, telles les pièces d'un riche marchand dans les mains d'un mendiant.

Le comte de Tolamer se mit à rire.

Dedreugh attaqua de plus belle, furieux, et Janel dansa en réponse. Frère Qown s'aperçut, ébahi, qu'elle avait copié la tactique de Ninavis : elle encourageait son ennemi à multiplier les attaques, exploitant les opportunités qui se présentaient à mesure qu'il faiblissait. Puis elle trébucha, et il rugit de plaisir. C'était un piège.

Elle frappa de nouveau au même endroit, là où sa lame avait entaillé son armure. Elle trancha cette fois l'acier et le cuir, faisant jaillir des étincelles sur le sable et monter l'odeur du métal brûlé. Sa lame pénétra dans la chair, le muscle et l'os. L'épée de Dedreugh tomba sur la terre piétinée, suivie une seconde plus tard par son bras.

La foule tout entière explosa en une clameur assourdissante.

Frère Qown sentit son instinct prendre le dessus, un instinct qu'il ne pouvait ni ne voulait réprimer. Il arracha son agolé aux mains de Dorna et enjamba la clôture basse qui entourait l'arène. S'il atteignait Dedreugh rapidement, avant que l'hémorragie ne le tue, il réussirait peut-être à le sauver.

Mais la foule se tut brusquement. Et Dedreugh ne tomba pas.

Au lieu de cela, il resta immobile, posant sur Janel un regard attendri. Il se mit alors à rire, d'un rire qui fit se dresser les poils de Frère Qown sur ses avant-bras. Aucun être humain n'aurait pu produire un tel son.

Le sang qui gouttait du bras tranché de Dedreugh n'était pas rouge. Il était noir, épais et gluant, comme du vieux sang coagulé suintant d'un cadavre. Un cadavre qui ne datait pas d'aujourd'hui.

Dedreugh n'était pas tombé, parce que Dedreugh était déjà mort.

Il était mort depuis le début, animé par l'esprit maléfique qui l'avait possédé. Un esprit qui n'hésitait pas à pousser le corps qu'il habitait bien au-delà des limites de l'endurance humaine. Un esprit qui n'avait que faire des blessures infligées à ce même corps. Il était facile de confondre cette attitude désinvolte avec une force surnaturelle. De croire qu'il s'agissait de la même malédiction que celle qui conférait au comte sa puissance infernale.

Ils avaient commis une terrible erreur.

AH, JE SAVAIS QUE C'ÉTAIT TROP BEAU POUR DURER.

Aucun son ne sortait de la bouche de Dedreugh. Il n'aurait pas daigné employer un outil aussi prosaïque que la voix.

Chaque personne que comptait l'assemblée, Frère Qown compris, sentit le démon hurler ces mots directement dans son esprit.

— Oh, Selanol, jura Frère Qown sans se préoccuper de qui pourrait l'entendre. Ce n'est pas Dedreugh. Ce n'est pas du tout Dedreugh… (Il passa un bras au-dessus de la clôture et agrippa l'épaule de Dorna.) Dedreugh n'a pas été corrompu par les démons… Son corps a été possédé. Vous comprenez ? C'est un démon !

Frère Qown n'eut pas l'impression que Dorna l'entendait. La vieille femme se dégagea et marmonna quelque chose dans sa barbe, les yeux fixés sur Janel et le démon.

J'AI FAILLI OUBLIER. QU'EST-CE QUE TU AVAIS PROMIS DE ME FAIRE, PETITE FILLE ?

Dedreugh sourit, laissa tomber son bouclier et fourra les doigts gantés de sa main restante dans sa bouche. Il tira d'un coup sec vers le bas. L'os et le muscle se déchirèrent avec un craquement écœurant.

Dedreugh s'était arraché la mâchoire inférieure[1].

Les gens hurlèrent, s'évanouirent ou s'enfuirent.

JE N'AURAI PLUS BESOIN DE ÇA, À PRÉSENT.

Une série de petits claquements retentit ; les sangles de son armure cédaient les unes après les autres sous la pression de son corps en expansion. Les crevasses de sa peau sécrétaient un sang visqueux. Son bras coupé commença à se régénérer en un appendice gondolé et bosselé de tumeurs, dont la couleur claire s'assombrissait progressivement jusqu'au bout de ses doigts bleu foncé, terminés par de cruelles griffes noires.

— Kasmodeus, je présume ? Espérais-tu me faire peur ? Parce que je m'apprête à t'arracher la tête tout entière, et…

TU ME CONNAIS ?

— De nom, oui. Nous ne nous sommes jamais rencontrés, mais tu sais combien les démons aiment s'adonner aux commérages.

Il fit passer sa langue sur ses pommettes.

JE VAIS ME REPAÎTRE DE TON ÂME.

— Allons, allons, vil flatteur ! (Le comte rit et leva son bouclier.) Il va te falloir plus que des mots doux, si tu veux m'impressionner.

Il hurla et s'élança vers elle. Ils roulèrent tous deux au sol. Un terriblement grognement emplit l'atmosphère. La foule

1. Les démons ont tendance à se montrer très mélodramatiques.

paniqua. La moitié d'entre eux ne savaient pas s'ils devaient s'enfuir ou s'approcher pour mieux voir. Personne ne semblait devoir se rendre utile.

Frère Qown se mit à étudier toutes les façons dont il pourrait éventuellement venir en aide au comte. Elle lui avait donné le nom du démon. Frère Qown lutta pour se remémorer les noms et les descriptions que le Père Zajhera l'avait forcé à mémoriser. Kasmodeus. Un démon de rang moyen, associé à la brutalité et au désespoir des êtres que la rudesse de l'hiver pousse au cannibalisme. Il préférait adopter une forme mâle, et aimait que les sacrifices qu'on lui offrait aient lieu sur un bûcher. Parmi ses faiblesses, on comptait la neige fondant pour la première fois de la saison et l'eau pure bénie par un prêtre.

De l'eau pure…

Il n'y en avait certainement pas dans les gradins. Du vin de prune, du thé vert ou de la bière de feuille poivrée, oui, mais pas d'eau pure. Frère Qown passa la main par-dessus la clôture et agrippa la bouteille volée par Dorna, puis il se dirigea en courant vers les abreuvoirs des chevaux, près de la tribune des nobles.

Derrière lui, il entendit hurler. Les gens commencèrent à fuir, prêts à tout pour échapper au rire guttural du démon. Qown vida le cidre sur le sol en courant.

Le baron Tamin se mit à gesticuler à l'intention de ses gardes, qui semblaient soudain devenus sourds. Le vieux gardien, lui, se pencha en avant d'un air hébété, l'attention enfin happée par le tournoi. Son infirmière, que Janel avait décrite comme ressemblant à une Yorane, était appuyée au bord de la tribune, les mains posées sur le bois sculpté ; toute son attention était fixée sur Dedreugh et le comte Janel. En la voyant, Frère Qown comprit pourquoi le comte Janel s'était méprise sur ses origines. Certes, elle n'était pas jorate, mais elle n'était pas non plus quuro. C'était une Doltari, membre d'un peuple vivant loin au sud des frontières de l'Empire ; ceux que l'on voyait à Quur étaient en général des esclaves.

Le grognement surpris de la foule fit trébucher Frère Qown, et il se retourna à temps pour voir l'épée familiale de Janel tournoyer paresseusement dans les airs. L'arme se ficha au sol à côté des cages bâchées, au pied des poteaux d'exécution.

Elle était désarmée.

Dedreugh-Kasmodeus sourit et leva son arme pour terminer le travail. Arasgon voulut s'avancer, mais Janel lui cria de rester en arrière. Elle esquiva le coup de Dedreugh et se mit à courir en direction des poteaux.

Frère Qown s'obligea à se concentrer sur ce qu'il avait entrepris. Dans n'importe quelle autre colonie impériale, il aurait eu peur de ce qu'il trouverait dans l'eau d'un abreuvoir ; mais à Jorat, les soins apportés aux chevaux étaient élevés au rang de religion. Ces animaux buvaient une eau plus pure que le peuple.

Il tira un médaillon de cuivre en forme de soleil de sa robe, et se mit à prier au-dessus de l'auge. Au même moment, il vit l'esclave doltari sortir un morceau de pierre lisse de son corsage, où il avait dû être pressé contre sa poitrine. Puis elle tira une petite fiole d'un gris bleuté de son panier, et une épingle de ses cheveux blancs.

Non, se reprit Frère Qown. Ce n'était pas une épingle de coiffure. C'était un pinceau de calligraphe, dont le manche avait été taillé en pointe.

Il y eut une nouvelle clameur. Frère Qown tenta de l'ignorer, mais la vague de chaleur l'empêchait de se concentrer. Il cligna des yeux. La vague de chaleur ?

Il termina sa prière et se retourna. Le comte Janel avait arraché un pieu au sol et s'en servait comme d'un maillet. Le démon était… Kasmodeus était en feu.

Les démons étaient de grands amateurs de feu. Ils les déclenchaient aussi souvent que possible, savourant leur lumière et absorbant leur chaleur. Ils s'en nourrissaient. Allumer un feu à proximité d'un démon invoqué par un mage était une très mauvaise idée. Cependant, la situation était très différente : le démon avait possédé un corps humain. Kasmodeus avait besoin du cadavre de Dedreugh, de ce lien avec le monde matériel. Détruire ce corps avait des chances de rompre ce qui reliait le démon au monde physique et de le renvoyer en Enfer.

Mais comment avait-il pris feu ?

Qown éluciderait ce mystère plus tard. Il reprit sa bouteille, désormais pleine d'eau bénite, et se mit à courir.

—Ah, voilà[1].

Frère Qown se retourna. L'infirmière doltari cessa d'observer le combat assez longtemps pour planter la pointe taillée de son pinceau de calligraphe dans le dos de sa main. Puis elle le retourna afin d'en imbiber les poils de son propre sang.

Elle dessina un glyphe sur son propre front. Ce même symbole apparut alors sur le front de tous les gardes présents.

Une terrible angoisse étreignit Frère Qown. Sa définition de la sorcellerie n'était pas la même que celle des Jorats, mais il savait reconnaître un lanceur de sorts lorsqu'il en voyait un.

—Qu'est-ce que vous faites ? cria Frère Qown. Arrêtez-la ! Arrêtez-la… Baron, vous devez l'arrêter !

La femme à la peau blanche se tourna vers lui et sourit. L'hiver lui-même n'aurait pu être plus glacial.

Elle lâcha sa fiole de verre. Celle-ci rebondit sur la balustrade et alla se fracasser au sol, avec un tintement qui passa inaperçu dans le tumulte. Une épaisse fumée bleue s'éleva des débris de la fiole. Les volutes s'enroulèrent autour du visage de la Doltari, sans pour autant la toucher. Le vieux gardien, en revanche, n'eut pas cette chance. La fumée s'infiltra dans ses narines et s'engouffra dans sa bouche. Il se mit à hurler,

1. À ce stade, j'en avais par-dessus la tête de Mereina.

luttant pour respirer. Le gardien chassa le chiot dhole, qui gémit et claqua des mâchoires face aux panaches de fumée.

La Doltari ramassa le chiot, traça la même marque sur le front de l'animal et se tourna pour partir[1].

— Senera, qu'avez-vous fait ? s'écria Tamin.

— Mon travail, répliqua-t-elle sèchement. Suivez-moi, les garçons. Nous n'avons plus rien à faire ici.

Les soldats, qui se trouvaient théoriquement au service du baron, lui obéirent. Le baron voulut protester, mais la fumée continuait à se propager. Les volutes s'insinuèrent dans son nez et sa bouche, et de nouveaux tourbillons se répandirent dans l'atmosphère.

Un autre rugissement retentit derrière Frère Qown. Le prêtre se retourna ; Janel se tenait debout, tandis que le corps de Dedreugh se calcinait peu à peu sur le sol. Le comte brandissait d'une main la tête du capitaine, qu'elle tenait par les cheveux ; un sang noir gouttait de la gorge et de la colonne vertébrale brisée. On aurait juré qu'elle venait d'arracher sa tête au cadavre.

Et c'était probablement le cas.

La chair brûlait vite, même en l'absence d'un autre combustible. Frère Qown était certain qu'il ne resterait bientôt plus rien qui puisse être réanimé par Kasmodeus. Mais le temps leur manquait.

La fumée bleue s'enroulait autour de Frère Qown.

---

1. Évidemment que j'ai sauvé le chiot. Je ne suis pas un monstre.

10

L'asphyxie de Mereina

Colonie de Jorat, Empire de Quur.
Deux jours après la Destruction des Gaesh.

Frère Qown ferma son journal et le posa sur le côté. Kihrin attendit un moment. Frère Qown prit une longue, très longue gorgée de thé.

—Alors, que s'est-il passé ? interrogea Kihrin. Qu'est-il arrivé, avec la fumée ?

Frère Qown s'éclaircit la gorge.

—Je, hum… M'accorderiez-vous une pause, je vous prie ? Je trouve le prochain passage particulièrement éprouvant sur le plan émotionnel.

—Voulez-vous que je prenne le relais ? proposa Janel.

Il poussa un soupir de soulagement.

—Cela ne vous dérange pas ?

—Pas du tout.

Récit de Janel. Mereina, bannière de Barsine, Jorat, Quur.

Il m'arrive souvent de combattre des démons, mais rarement dans le monde des vivants. Trouveriez-vous choquante l'idée que j'aie aimé me battre contre Kasmodeus ? Après tout, nous ne devons aller à l'affrontement que lorsque c'est nécessaire. Un étalon doit protéger le troupeau. Prendre trop de plaisir à se battre est un peu… hem… un peu thorra, non ? Il serait grossier de ma part d'avouer que j'ai aimé mener cette créature par le bout du nez, la faire trébucher, la duper et lui arracher la tête des épaules.

Serait-il déplacé de dire que j'ai été triste et déçue, lorsque j'ai vu que Kasmodeus était seul ? Que je n'avais pas envie de m'arrêter après l'avoir tué, que j'aurais aimé me tourner vers un nouvel ennemi, puis un autre et un autre encore ?

Même en sachant que Kasmodeus n'avait été banni que provisoirement, même en sachant qu'aucun individu sain d'esprit ne pouvait se délecter d'une telle barbarie, je ne pus m'empêcher de sourire, une fois le combat terminé.

Oui, avouer tout cela serait malséant[1]. Faites comme si je n'avais rien dit.

À la fin, je me souviens d'avoir entendu Frère Qown crier mon nom. Je me tournai vers lui, avec l'intention de le réprimander sévèrement : il n'aurait pas dû sortir de son rôle de spectateur. Mais je me tus en voyant le brouillard bleu qui s'échappait de la tribune du baron. La fumée se mouvait aussi vite qu'un homme marchant d'un pas vif. Elle n'avait absolument rien de naturel.

Dans la tribune, l'infirmière d'une pâleur mortelle ramassa son panier de broderie et un chiot. Elle intima aux soldats de Tamin de la suivre, mais je ne vis pas Tamin lui-même.

Ni l'infirmière, ni les soldats ne semblaient gênés par la fumée. Chacun arborait sur le front un étrange symbole. Quelle que soit sa signification, il n'était pas encore là lorsque j'étais moi-même entrée dans la tribune, plus tôt dans la journée.

Je vis alors la fumée s'enrouler autour d'un serviteur, les volutes s'engouffrer dans ses narines et sa bouche. Il lâcha

1. C'est mignon. Mais ça ne l'a pas empêchée de le dire, au bout du compte…

le plateau de boissons qu'il tenait et se mit à suffoquer, les mains crispées autour du cou. Je me retournai vers le public.

— Courez! rugis-je.

Mais les spectateurs fuyaient déjà pour échapper au danger. Je me précipitai vers les deux cages où étaient enfermés les bandits rebelles. Eux ne pouvaient pas fuir.

— Arasgon, aide-moi!

Il poussa un cri indiquant qu'il m'avait entendue. Frère Qown émergea en titubant de la fumée. Un glyphe jaune brillait sur son front, mais en dehors de cela, il semblait indemne. En me voyant, il me pointa du doigt et se mit à courir en hurlant. Son doigt était… lumineux.

« Heaume ». Il criait « votre heaume! ».

Autour de moi, le timbre et l'inflexion des cris se mirent à changer; ils étaient à présent mêlés de toux, de hoquets et de sanglots. Je décidai que l'heure n'était plus à l'anonymat et me débarrassai de mon heaume. Frère Qown me rejoignit et dessina un symbole sur mon front. L'air parut alors se transformer. Je ne sentais plus la cendre et la fumée, l'odeur putride du sang en décomposition, la chair brûlée, ou le parfum tiède et herbeux du fumier. L'air était pur, si frais et si vivifiant qu'il donnait l'impression de rentrer chez soi après une longue chevauchée dans les montagnes.

— Vite, lança Qown. Nous devons tracer cette rune sur autant de personnes que possible.

— Où est Dorna? demandai-je.

— Je suis là! Je suis là!

Ma vieille nourrice s'empressa de nous rejoindre, non sans trébucher sur le sol boueux et inégal. Elle avait déjà un glyphe sur le front; cependant, le sien avait été tracé à l'aide d'une substance rouge et humide, plus sombre que du sang frais.

— Est-ce que c'est… de la sauce pimentée? s'exclama Frère Qown d'un ton incrédule.

— Pas le temps de discuter, lançai-je. Je vais libérer les autres. Marquez Arasgon, puis les hommes de Ninavis.

Arasgon avait déjà arraché la bâche recouvrant l'une des cages, révélant Tanneur, Kay Hará et Vidan. Ils se levèrent, criant pour attirer l'attention ; mais la mienne était déjà monopolisée par le sauvetage. Je brisai le verrou de la cage.

— Laissez Qown vous dessiner sur le front, leur ordonnai-je. Sa bénédiction vous protégera de la sorcellerie.

Je me ruai vers l'autre cage. Je n'avais pas le temps de leur fournir des explications, d'autant que je n'en avais aucune. Ce que Qown avait fait, et les répercussions de cet acte sur nos âmes, semblait insignifiant en regard de notre mort à tous[1].

J'arrachai le verrou de la seconde cage, où étaient enfermés Gan la Fille du Meunier, Jem Nakijan et Dango. Les hurlements résonnaient de plus belle dans le lointain. Je m'étais attendue à affronter les soldats du baron Tamin, mais ces hommes n'avaient que faire des citoyens piégés dans les gradins. Ils avaient disparu, battant en retraite tandis que tous les autres luttaient pour échapper à la fumée ensorcelée. Près de moi, Arasgon secoua la tête.

— Regarde le château !

J'obéis et me figeai tout à coup.

La fumée bleue se propageait dans toutes les directions depuis la tribune du baron. Vers nous, vers la ville, vers le reste des tentes du tournoi. Et – en un mouvement qui aurait été impossible si le terme « magie noire » n'avait été impliqué – vers le château de Mereina.

— Reprends-toi ! dit Arasgon en heurtant mon épaule de sa tête.

Je secouai la mienne et fis signe à Dango.

— Trouvez le plus de monde possible. Dorna vous montrera ce qu'il faut leur dessiner sur le front.

En tout cas, c'est ce que je supposais. S'il ne s'était agi que de Frère Qown, j'aurais imaginé qu'il avait contré le sortilège

1. Il me semble que les répercussions d'un acte donné sur leurs âmes seraient justement cruciales s'ils venaient à trépasser.

à l'aide de magie, mais Dorna ne possédait aucune faculté de ce genre. Elle devait son salut à l'usage astucieux d'un condiment, et je n'avais aucune raison de penser qu'elle ne pouvait pas réitérer l'exploit. Certes, Dango serait peut-être obligé de plaquer les gens au sol pour qu'ils acceptent qu'une étrange vieillarde leur dessine sur le visage avec du piment, mais cette mission lui allait comme un gant.

Je me hissai sur le dos d'Arasgon et tendis une main à Frère Qown.

— Venez. Nous devons nous dépêcher si nous voulons atteindre le château à temps.

Je dois reconnaître qu'il n'eut pas un instant d'hésitation. Je l'avais toujours soupçonné d'être fait d'un métal plus solide qu'il ne le prétendait. On ne se formait pas à exorciser les démons sans être doté d'une volonté de fer.

Plutôt que de le tirer sur le dos du flammesang, je laissai le prêtre se servir de mon bras comme d'une corde. Arasgon s'aplatit légèrement afin qu'il lui soit plus facile de s'installer derrière moi. Je n'avais pas le temps de lui apprendre à monter Arasgon ; on ne peut pas chevaucher un gigantesque flammesang de la même manière qu'un destrier de taille plus modeste.

— Tenez-vous bien ! cria Arasgon.

Nous partîmes au galop en direction du château, luttant pour battre le nuage de vitesse.

Malgré l'air vivifiant dont les runes avaient entouré nos têtes, la fumée bleue était plus opaque qu'un épais brouillard, nous empêchant de voir où nous allions.

— Si je trébuche et que je me casse une jambe, glissa Arasgon, je retrouverai la personne responsable de tout cela et je lui arracherai la langue avec les dents.

— Tu as ma permission ! criai-je.

— Qu'a-t-il dit ? demanda Frère Qown.

Je fus surprise qu'il parvienne à entendre Arasgon par-dessus le fracas des sabots et les cris s'élevant de la ville.

— Il dit qu'il n'est pas content !

— Ah. Moi non plus. Mais évitez de parler inutilement !

Je me tournai sur la selle.

— Pardon ? Pourquoi ?

— Je ne sais pas si cette technique purifie l'air autour de nous ou s'il est en quantité limitée, comme si nous le respirions dans un sac[1].

D'instinct, j'avalai une grande goulée d'air, sans pouvoir m'en empêcher. Ma « bulle » était-elle plus petite qu'auparavant ? Je n'en avais aucune idée. Quoi qu'il en soit, ni Arasgon ni moi ne prononçâmes un mot de plus tandis que nous galopions vers le château.

Nous émergeâmes de la fumée à une trentaine de mètres de la porte. Les volutes bleues se tendaient derrière nous comme les griffes d'un prédateur ayant laissé échapper sa proie, mais les combats qui se déroulaient devant nous étaient tout aussi inquiétants. Une fumée d'un autre genre avait envahi le château, montant en épaisses colonnes noires des feux qui dévoraient plusieurs sections de la forteresse : les écuries, l'entrepôt, une partie du donjon.

Sabotage. J'aurais parié que Ninavis était responsable… si je n'avais pas su que Kalazan était encore libre, et qu'il connaissait comme personne le réseau de passages utilisé par les domestiques à l'intérieur de l'enceinte.

À première vue, les soldats avaient dû essayer de fermer la grande porte face au nuage qui affluait du tournoi. C'était à ce moment-là que plusieurs chevaliers – dont Sire Baramon – étaient arrivés à cheval, espérant pouvoir entrer se mettre à l'abri dans la forteresse. L'escarmouche désespérée qui avait suivi faisait toujours rage, tandis que la fumée maléfique approchait sur nos talons, prête à étouffer toute querelle. Sire Baramon se battait devant nous, résistant face

---

1. Ils auraient manqué d'air en quelques minutes, si c'était le cas… Ah là là. J'imagine qu'ils ont fini par comprendre.

à deux soldats, mais il semblait de plus en plus faible. Et les autres gardes…

—Janel !

—Oui, je les vois.

Ils étaient en train de hisser le pont-levis. Cela ne les protégerait pas de la fumée ; en revanche, cela bloquerait à coup sûr notre avancée.

—Vas-y, Arasgon ! lui criai-je.

Nous galopâmes. Nous sautâmes.

Entre ciel et terre, j'agrippai l'agolé de Frère Qown… mais celui-ci se cramponnait déjà à moi si fermement que j'eus l'impression de sentir ses ongles à travers mon armure. Toujours en plein vol, je vis Sire Baramon profiter de l'ébahissement de ses deux adversaires pour transpercer la jambe de l'un, puis arracher son épée à sa chair et trancher la cuisse du second. Il avait peut-être pris un peu de poids, mais il n'avait rien perdu de son talent.

Nous restâmes ainsi suspendus dans les airs pendant ce qui me parut une éternité, le passage du temps semblant s'être arrêté. Les secondes s'égrenèrent de nouveau lorsque Arasgon atterrit pesamment sur les planches de bois ; l'impact fit vibrer son corps et se répercuta jusque dans mes os. Qown émit un glapissement de surprise.

Et notre galop reprit. Les soldats s'éparpillèrent devant nous. Aucun ne semblait porter de glyphe sur le front. Ces pauvres bougres avaient simplement cherché à se protéger par le bois et la pierre… et ils avaient échoué, car ils n'avaient aucune idée de ce à quoi ils avaient affaire. Moi non plus, d'ailleurs… mais j'en savais tout de même plus qu'eux.

Arasgon se mit au trot, lançant un bref salut à son frère Talaras.

—Laissez mon compagnon vous accorder sa bénédiction, ordonnai-je à Sire Baramon. Elle vous protégera lorsque la fumée ensorcelée sera là.

—Elle est déjà là, comte, répliqua Sire Baramon.

C'était vrai. Le pont-levis fermé nous avait fait gagner quelques secondes, mais la fumée bleue s'infiltrait par les crevasses et grimpait par-dessus les planches telle une créature vivante, en quête de corps chauds et de sang.

Frère Qown tomba autant qu'il glissa du dos d'Arasgon et s'élança pour apposer la rune sur Sire Baramon et Talaras. Il semblait faire courir sur leur peau un doigt luminescent, laissant sur son passage une marque de la même couleur.

— Il faut que nous retrouvions Ninavis ! criai-je.

— Elle a toujours la jambe cassée, répondit Frère Qown. Je lui ai dit de rester se reposer dans sa chambre.

— J'ai l'impression qu'elle ne vous a pas écouté, intervint Arasgon en désignant du nez l'autre côté de la cour. Il a bien fallu que quelqu'un déclenche ces incendies.

Je distinguai alors une silhouette vêtue d'une cape sallí à capuchon. Elle aidait une seconde personne – qui boitait – à gravir un escalier montant du sous-sol. Je ne voyais pas leurs visages, mais je reconnus l'une des meilleures jupes de cheval de Dorna.

— Ninavis ! criai-je. Ninavis, attendez !

La silhouette qui boitait leva la tête. Ninavis hésita. Kalazan se raidit, sans la lâcher. J'eus l'intuition que tous les deux songeaient que leurs vies seraient sans doute bien plus simples s'ils s'enfuyaient. Bien sûr, ils ne savaient encore rien de la fumée bleue. Ils ignoraient quelle monstruosité venait de s'abattre sur la bannière de Barsine. Ils n'avaient aucune idée que tout ce qui les séparait de la liberté et d'une mort atroce était un Sang de Joras étranger, qu'ils connaissaient à peine.

Ninavis repoussa son capuchon.

— Vous avez retrouvé mes hommes ?

Kalazan demanda au même instant :

— Qu'est-il arrivé au baron Tamin ? Vous l'avez tué ?

Je courus dans leur direction, Frère Qown sur les talons.

— Ne vous préoccupez pas de Tamin. Vos compagnons sont sains et saufs. Ce sont peut-être les seuls.

— Je ne comprends pas…

— Il faut que j'appose cette bénédiction sur votre front, haleta Frère Qown en nous rejoignant. Vite. La fumée bleue tue toute créature qui ne porte pas ce symbole.

Ninavis regarda la porte par-dessus l'épaule de Qown. Elle blêmit. La fumée ensorcelée était entrée dans l'enceinte et progressait à toute allure. Déjà, on entendait s'élever les halètements de ses nouvelles victimes. L'ironie voulut que cette vapeur étouffe les incendies censés permettre à Kalazan de s'évader avec Ninavis : les flammes mouraient dès que la fumée bleue prenait la place de l'air ambiant.

— Quoi… ?

— Pas le temps d'expliquer, affirmai-je. Baissez votre capuche, mon Kalazan.

J'avais employé un adjectif que je n'étais pas en droit d'utiliser. « Mon Kalazan », mon serviteur. Je venais de le désigner comme mon vassal, acceptant la proposition qu'il m'avait faite le soir précédent, en m'appelant « messire comte ».

Il soupira, mais – peut-être parce qu'il voyait la fumée se ruer sur nous de l'autre côté de la cour – il s'exécuta.

Frère Qown termina le glyphe de Ninavis et s'attaqua à celui de Kalazan.

Le brouillard nous enveloppa. Kalazan ferma la bouche et les yeux et se pinça les narines. La fumée tenta obstinément de s'engouffrer en lui, mais Frère Qown relia le dernier trait au reste du symbole, achevant le dessin. Les volutes se retirèrent brusquement, repoussées par la poche d'air pur qui entourait la tête de Kalazan.

— Trouvez autant de gens que…, commençai-je à ordonner à Frère Qown.

Cependant, il n'avait pas besoin de mes ordres pour faire ce que son instinct lui dictait. Il avait déjà couru jusqu'à une jeune servante tombée au sol, qui haletait désespérément. Il dessina le glyphe sur son front.

Mais la fumée ensorcelée avait empli ses poumons. Nous la regardâmes mourir, impuissants.

Ils moururent tous.

Kalazan fut le premier à recouvrer l'usage de la parole. Et le premier à perdre la tête.

— Que s'est-il passé ? Qu'est-ce que ça veut dire ?

Il nous regardait fixement, les yeux écarquillés, le regard fou, habité par la colère hostile d'un homme qui ne comprend pas ce qu'il vient de voir, mais qui a la ferme intention de trouver un bouc émissaire. J'en eus presque de la peine pour lui… mais l'heure n'était pas aux états d'âme.

— Vous ne devriez pas gaspiller votre air. (Je me tournai vers Ninavis.) Calmez-le. Nous avons beaucoup à accomplir, et très peu de temps pour le faire.

Elle-même paraissait secouée, mais elle carra les épaules et posa les deux mains sur les bras de Kalazan.

— Nous sommes bien arrivés jusque-là. Suis-moi encore un peu.

— Mais que s'est-il passé ? insista-t-il, refusant de se taire.

— De la sorcellerie, répondis-je sèchement. De la vraie, celle-là. Rien à voir avec les histoires que les gens utilisent comme excuse pour tuer de vieilles juments avec trop de verrues au menton. Nous devons partir, Kalazan. Le plus tôt possible. Maintenant. Je vous jure que je vous expliquerai tout une fois que nous serons loin d'ici.

Il devint blême de peur, de colère, ou peut-être d'un mélange des deux.

— C'est le baron qui a fait cela ?

— Non, répondit Frère Qown. J'ai vu la femme qui a lancé ce sort. Elle n'aurait pas laissé mourir le baron Tamin s'ils avaient été complices[1].

À ces mots, Kalazan marqua un temps d'arrêt.

— Il est mort… Tamin est mort ?

Mon cœur se brisa en entendant l'espoir qui perçait dans sa voix, mêlé d'horreur… et de regret. Pour ma part, je ne m'étais rendue dans la bannière de Barsine que pour de rares visites, au prétexte du tournoi qui revenait. Kalazan, lui, avait grandi auprès de Tamin. Ils avaient partagé des jeux, étaient partis explorer les environs, s'étaient murmuré des histoires et avaient rêvé de devenir chevaliers.

— Nous n'avons pas le temps d'en discuter. Dorna, j'ai besoin de… (Je grimaçai en me souvenant que j'avais laissé Dorna dans les gradins.) Ah, pardon. Je vais rassembler nos affaires. Faites de même, tous, mais n'y passez pas plus de cinq minutes. Attrapez ce qui peut l'être et suivez-moi.

— Désolée de devoir critiquer votre plan, mais j'ai l'impression que la fumée tue aussi bien les chevaux que les gens, fit remarquer Ninavis en regardant les écuries.

Je pestai. Elle avait raison. Nos animaux n'étaient pas immunisés contre ce fléau.

Sire Baramon était agenouillé non loin de là, au côté d'un chevalier inanimé. Il serrait la main du mort dans la sienne et, juste avant de se lever, il l'embrassa sur les lèvres. Des larmes roulèrent sur son visage lorsqu'il retira au chevalier l'écharpe rayée qu'il portait.

Je grinçai des dents et détournai le regard. La dernière chose dont j'avais besoin était qu'on me rappelle que les morts avaient été des personnes à part entière, avec des vies, des proches… de l'importance. Je ne pouvais continuer à avancer avec cette peine insoutenable sur les épaules,

1. C'est vrai. Probablement.

aussi écartai-je ce rappel de mon esprit et fis-je de mon mieux pour m'endurcir le cœur.

J'avais l'intuition que c'était plus facile pour moi que pour les autres. J'avais beaucoup d'entraînement.

J'en vins à me féliciter que la vapeur bleue recouvre tout ce qui m'entourait. Ses volutes flottaient et tourbillonnaient dans les airs et au-dessus du sol, si bien qu'il était presque impossible de distinguer les corps. Je regrettais seulement que la fumée ne masque pas l'horrible puanteur émanant de tous ces cadavres. Sire Baramon enroula l'écharpe autour de son bras.

— Talaras et Arasgon peuvent supporter l'essentiel de la charge pendant un moment, si cela ne les dérange pas. Au moins, jusqu'à ce que nous puissions évaluer la taille de la zone couverte par la fumée. Peut-être n'a-t-elle pas atteint la ville.

— Si les Huit le veulent, acquiesçai-je. Rassemblez ce dont vous avez besoin. Arasgon, aurais-tu l'amabilité de laisser Ninavis te monter de nouveau ? Nous nous retrouverons sur le terrain du tournoi, et nous y rejoindrons les autres.

— Gan, Dango… Vous avez dit qu'ils allaient bien ? s'inquiéta Ninavis.

— À moins que quelque chose d'autre soit arrivé en mon absence. Mais plus tôt nous y serons, plus tôt nous en aurons le cœur net.

Je courus à l'étage. L'intégralité de nos bagages tenait dans une seule valise et une poignée de sacs. Il y avait des avantages à devoir voyager léger, même si cela signifiait que j'avais rarement de quoi me vêtir pour assister aux soirées de gala où m'invitaient les nobles. Pour le moment, les bals mondains étaient le cadet de mes soucis.

J'abaissai le pont-levis pour nous permettre de partir. Ninavis montait Arasgon, afin de soulager sa jambe. Le flammesang et moi marchions de conserve, nous aidant mutuellement à avancer dans cette purée de pois.

Je me demandai si la sensation était la même que lorsqu'on voyageait à travers les tempêtes de sable de Khorvesh, ou les blizzards nordiques de Yor. Sans ces poches d'air autour de nos têtes… Eh bien, j'imagine que je n'aurais pas été en état d'étudier cette fumée, tout simplement.

À mi-chemin de l'arène, je remarquai quelque chose qui bougeait sur la route principale. L'individu ne marchait pas, comme l'aurait fait quelqu'un qui portait le glyphe protecteur ; il rampait. Il était blessé, mourant peut-être.

— Frère Qown, il y a quelqu'un là-bas…

Je n'arrivais pas à croire que quelqu'un ait pu survivre aussi longtemps à cette fumée maudite. À en juger par ses convulsions et la manière dont il se traînait à genoux, l'inconnu semblait souffrir. Peut-être une personne portant le glyphe avait-elle été blessée ?

Je m'approchai et me penchai pour l'examiner. Mon estomac se noua, et la bile me monta à la gorge.

— Par les Huit, murmurai-je.

C'était Tamin.

Il n'avait pas de glyphe sur le front, ni nulle part ailleurs, à première vue. La sorcière à la peau blanche l'avait laissé pour mort. Par miracle, il était encore en vie. Pour l'instant.

Le visage de Tamin avait pris une affreuse couleur violette. La fumée bleue dansait entre ses lèvres ouvertes et dans ses narines. Immobile, il ne semblait pas respirer ; et malgré tout, il vivait.

Un jour, j'avais entendu parler d'une enfant qui s'était noyée dans la rivière non loin du château de Tolamer. Elle était passée à travers la glace hivernale et n'avait pas réussi à remonter à la surface. Les fermiers des environs avaient cassé la glace et l'avaient amenée à un prêtre, mais elle avait été privée d'air durant dix longues minutes… et elle avait survécu. Cependant, tout le monde s'était accordé sur le fait que ce miracle était survenu par la grâce des Huit, et par l'action préservatrice de l'eau froide.

Tamin ne bénéficiait pas de telles circonstances, et s'il y avait une chose dont j'étais sûre, c'est que les Huit n'étaient pas de son côté.

Frère Qown s'agenouilla près de moi. Il n'hésita pas ; il n'hésitait jamais lorsqu'une vie était en danger. Il traça le glyphe sur le front de Tamin. Je secouai la tête.

— La fumée est déjà en lui.

— Je vais trouver une manière de l'extraire, répondit-il. Une force – j'ignore laquelle – a gardé cet homme en vie. Son cas est différent des autres. Même une blessure soignée par magie ne peut guérir si personne n'arrache l'épée de la plaie.

J'entendis Ninavis crier derrière moi :

— Kalazan, non !

Il n'y eut pas d'autre avertissement.

Je me redressai et me tournai à temps pour voir Kalazan courir dans ma direction, l'épée au clair. Ce n'était pas moi qu'il attaquait. Sa colère était dirigée vers le baron, qui avait ordonné l'exécution de son père, qui avait fait de lui un hors-la-loi, et qui s'était apprêté à les tuer, lui et ses compagnons. L'homme qui avait trahi leur amitié.

Kalazan croisa mon regard et s'arrêta.

— Laissez-moi passer, messire.

— Serais-je votre seigneur ?

Sa bouche se tordit. Malgré la fumée qui nous séparait, ses yeux brillaient.

— C'est ce qu'il semble, oui.

— Dans ce cas, baissez votre arme.

— Mais il… (Kalazan montra le baron.) C'était votre ami, avant même que nous nous rencontrions. Il vous a trahie, vous aussi.

— C'était notre ami, corrigeai-je. Mais notre ami n'est plus là. Je ne sais pas ce qui lui est arrivé. Quelque chose de terrible, je le crains. Cette créature qui s'agite au sol, derrière moi… Je ne connais pas cette personne. Si vous avez peur que je le protège au lieu de m'assurer que justice soit rendue, vous n'avez rien à craindre.

— Dans ce cas, laissez-moi pass…

Il s'arrêta lorsque je levai une main.

— C'est la seule personne susceptible de m'expliquer ce qui est arrivé aujourd'hui, et de me révéler l'identité des responsables. En tant que comte de Jorat, j'ai juré de faire mon possible pour protéger cette colonie. Il est de mon devoir de découvrir qui a fait cela, et de m'assurer qu'ils n'aient jamais l'occasion de recommencer. Peu m'importe ce qu'il adviendra du baron de Barsine ; en revanche, ce témoin doit rester en vie jusqu'à ce que je sois certaine de comprendre ce qui vient de se produire. Me suis-je bien fait comprendre ?

Kalazan se passa la langue sur les lèvres, avec l'expression boudeuse d'un chien à qui on a refusé un bol d'eau.

— Me suis-je bien fait comprendre ? répétai-je.

Il mit son épée au fourreau.

— Je prends les pieds, vous prenez la tête, répondit-il.

J'aurais pu me charger seule de Tamin, mais procéder ainsi permettrait à Frère Qown de faire ce qu'il pouvait pour lui tandis que nous marcherions. Je hochai la tête et soulevai Tamin par les épaules.

Nous poursuivîmes notre route. Le long du chemin, je refusai de regarder les corps qui jonchaient la terre. La fumée me facilitait la tâche, quoiqu'elle ne cesse d'onduler autour de nous, furieuse de nous voir lui échapper.

Je ne crois pas qu'il s'agisse d'une hyperbole. Peut-être la brume était-elle véritablement emplie de colère. Elle avait presque paru se mouvoir selon une volonté consciente. J'espérai que c'était un effet de mon imagination[1].

1. Elle est attirée par les esprits doués de conscience dans un rayon donné autour du point de dispersion initial, ce qui peut donner l'illusion d'un comportement intelligent. C'est vraiment une sacrée saleté.

Lorsque nous atteignîmes l'arène, je vis Dango et Tanneur, ainsi qu'une dizaine d'autres personnes que nous avions sauvées. Ils étaient occupés à empiler des corps auprès des grands bûchers, avec l'aide de Dorna.

Je m'efforçai de ne pas perdre mon calme, de ne pas me mettre à leur hurler qu'ils étaient stupides, les pires imbéciles que j'aie jamais vus. Ils ne connaissaient pas les démons aussi bien que moi.

De toute façon, je ne pouvais pas crier : j'ignorais combien de temps durerait ma réserve d'air.

Je posai au sol les épaules de Tamin et fis signe à Kalazan d'en faire autant de l'autre côté. Le baron semblait s'être quelque peu apaisé, sans doute grâce aux soins de Frère Qown, mais son teint violacé demeurait inquiétant. Il était possible qu'il survive sans jamais redevenir complètement lui-même, complètement normal.

— Qu'est-ce que vous fabriquez ? lançai-je à Dorna.

Du calme, me répétai-je. Je devais garder mon calme.

— Oh, Dango a proposé de faire un grand bûcher. Vous savez, pour…

Dorna fit un geste vers les corps.

— L'heure n'est pas aux rites funéraires, objecta Frère Qown.

Je soupirai et résistai à l'envie de me pincer l'arête du nez ou d'envoyer mon poing au visage de quelqu'un. N'importe qui.

— Si nous brûlons les morts à Jorat, ce n'est pas pour des raisons religieuses, Frère Qown. Nous procédons ainsi pour nous assurer que les démons ne puissent posséder les corps. Vous avez vu ce qui est arrivé à Dedreugh. Cette possibilité existe dès lors qu'on permet à un corps de se décomposer[1].

Frère Qown me regarda, éberlué.

---

1. J'ai une théorie qui expliquerait pourquoi cela ne se produit qu'à l'est des Pics-Dragons et non à l'ouest, mais je n'ai pas tout à fait fini d'y travailler.

— Pardon ?

Je fronçai les sourcils.

— Votre ordre est spécialisé dans la lutte contre les démons. Comment est-il possible que le Père Zajhera ne vous ait jamais expliqué cela ?

Frère Qown me dévisageait toujours.

— *Pardon ?* répéta-t-il.

Je haussai un sourcil, et il se mit à bafouiller :

— J'ai bien vu que Dedreugh était possédé, mais je croyais que c'était par magie noire que le démon avait été invoqué… (Sa voix faiblit, et il se tourna vers Ninavis.) Elle est sérieuse ?

Ninavis était bien au fait de nos coutumes.

— Aussi sérieuse que le métal. Les démons doivent prendre possession d'une personne vivante pour invoquer d'autres membres de leur espèce, mais ils peuvent aussi posséder les morts. Les faire marcher, les faire tuer. Ce n'est pas ainsi que ça se passe, chez vous ?

Il se mit à marmonner quelque chose dans sa barbe. Je reportai mon attention sur Dango et Dorna.

— Cela me laisse donc deux questions. D'abord, puisque la fumée ensorcelée empêche le feu de brûler, comment comptez-vous allumer le bûcher ? Et deuxièmement, avez-vous vraiment l'intention de brûler ces corps à l'aide de pieux ayant fait l'objet d'un enchantement rituel, destiné à envoyer des âmes tout droit dans la gueule grande ouverte des démons ?

— Oh, misère, dit Dorna.

Dango ouvrit des yeux horrifiés.

— Mais…

Je désignai les poteaux.

— Vous ne pouvez pas utiliser ce bois. Et vous ne pouvez pas non plus brûler les morts ici. Si vous le faites, cela reviendra à faire le travail de la sorcière à sa place.

Tanneur jeta le silex et la lame d'acier avec lesquels il essayait jusque-là d'allumer le petit bois.

— Damnation ! Il faut bien brûler ces corps !

— Non, corrigeai-je. Nous aimerions pouvoir les brûler. Mais il se trouve que ce n'est pas possible. Alors, arrêtez de me faire perdre mon temps.

Il se redressa et m'adressa un regard irrité.

— Si nous ne les brûlons pas, ils ne resteront pas morts longtemps.

— Et si nous ne partons pas bientôt d'ici, nous ne tarderons pas à les rejoindre. Nous ne savons pas quand la fumée se dissipera. Peut-être sera-t-elle encore là lorsque les démons commenceront à jouer aux marionnettes avec nos camarades décédés. Nous ne pouvons nous permettre d'attendre. Vous comprenez ? Nous ne pouvons rien faire pour l'empêcher.

— Est-ce que c'est le baron ? demanda une voix que je ne reconnus pas.

Je grognai intérieurement. Les gens risquaient de rejeter toute la faute sur Tamin. Et ils auraient peut-être raison.

Une dizaine de voix s'élevèrent en même temps. Contre toute attente, ce fut Kalazan qui les fit taire.

— La personne qui a fait cela n'a pas cherché à protéger Tamin. La fumée l'a attaqué, tout comme nous.

— Et qui nous dit que c'est pas toi, le coupable ? cria quelqu'un. Il a dit que tu étais en cheville avec des sorcières. C'est toi qui as fait ça ?

— Non ! s'exclama Kalazan d'un air excédé. Bien sûr que non !

— Silence, ordonnai-je.

Ils ne prêtèrent pas attention à moi. J'inspirai profondément. Juste avant que je ne reprenne la parole, Arasgon le fit pour moi.

— Mon seigneur vous a demandé de vous taire. Vous êtes en vie parce qu'elle vous a sauvés. Alors, silence !

Ils se turent.

— Merci, dis-je. Vous tous, attrapez ce que vous arrivez à rassembler. Nous nous retrouverons en ville, si la fumée ne l'a pas encore atteinte. Dans le cas contraire, continuez à avancer jusqu'à trouver un endroit épargné par la fumée, et attendez là-bas.

— Mais mon mari…

J'élevai la voix, en dépit de mes bonnes résolutions.

— S'il n'est pas ici, s'il n'a pas été béni par l'un de mes compagnons, alors il est trop tard pour le sauver. Aujourd'hui, nous sommes contraints de laisser les morts où ils se trouvent. Maintenant, partez !

— Comment savoir si on peut vous faire confiance ?

Je me retournai brusquement vers le groupe. Ils étaient si peu nombreux, en comparaison avec la foule qui s'amassait au même endroit le matin même…

— Parce que je suis encore debout. Faites-moi confiance ou non, selon ce que vous dicte votre conscience. Mais si vous restez ici sans rien faire, ou que vous prenez le temps de brûler vos morts, vous vous condamnez à les rejoindre. Vous ne ferez qu'ajouter vos cadavres aux leurs. Faites votre choix. Nous partons tout de suite.

Les spectateurs du tournoi s'efforcèrent de remettre la main sur leurs azhock et leurs biens. Ninavis et les siens avaient déjà été dépouillés de leurs maigres possessions le jour précédent.

Le groupe de Ninavis semblait s'être étoffé. Je reconnus le forgeron qui était sorti de son azhock pour nous regarder, la veille au soir, ainsi que la jeune fille à la peau noire et aux cheveux d'argent qui était allée le prévenir de notre arrivée.

Dorna n'avait pas chômé ; elle avait réussi à sauver tous ces gens en plus de son cheval, Croque-poches, et du paisible hongre de Qown, Nuage. En tout, ils n'étaient que quelques dizaines, auxquelles il fallait ajouter ceux que Frère Qown avait sauvés. Mais le tournoi avait rassemblé plusieurs milliers de personnes.

Non. Je ne devais pas m'appesantir sur cette idée.

— Où se trouve la ville ? demandai-je à Arasgon.

De la tête, il désigna une direction dans le brouillard. Il aurait pu indiquer le château que je ne m'en serais pas rendu compte ; mais je savais que son sens de l'orientation était supérieur au mien.

J'aidai Kalazan à porter Tamin, et nous nous mîmes en route.

11

Huit portes

Colonie de Jorat, Empire de Qur.
Deux jours après que les Prophéties devoranes devinrent nettement moins hypothétiques qu'auparavant.

—Cette fumée a exterminé une ville entière ? s'écria Kihrin sans chercher à cacher sa consternation. Combien de gens sont morts ?

Janel fronça les sourcils.

—Je ne les ai pas comptés.

—Un peu plus de trois mille, répondit Frère Qown[1]. Nous avons eu de la chance. La population habituelle de Mereina avoisine plutôt les quinze mille personnes, mais une bonne partie des gens avaient déjà quitté la région, afin d'échapper à la chasse aux sorcières paranoïaque menée par le baron.

—Tout de même, c'est…

Kihrin ne trouva pas les mots pour exprimer l'horreur que lui inspirait ce récit.

Janel lui décocha un regard franc.

—Il vaut mieux que vous sachiez à quoi vous avez affaire. Cette fiole de fumée bleue n'était pas unique en son genre.

---

1. Trois mille sept cent quatre-vingt-cinq. Moi, je compte toujours.

— Il faut être un monstre pour oser faire usage d'une telle arme.

— Ce n'est pas moi qui vous dirai le contraire, répondit Janel à voix basse.

Kihrin se pencha sur son siège et se frotta les yeux de ses paumes.

— C'est affreux. J'ignore encore combien de gens sont morts à la capitale. Je ne sais pas si vous avez entendu parler de…

— J'en ai entendu parler, assura-t-elle. Ce qui s'est passé à la capitale n'était pas votre faute.

— Si je n'étais pas revenu…

Il laissa sa phrase en suspens, le regard fixé sur le feu de cheminée.

— Si vous n'étiez pas revenu, Gadrith serait encore « vivant »… si l'on peut appeler ainsi sa façon d'échapper à la décomposition.

Kihrin fronça les sourcils.

— À vous entendre, on croirait presque que vous le connaissiez.

— Peut-être est-ce le cas. Mais en parler reviendrait à brûler les étapes de l'histoire, pas vrai ? Laissons Frère Qown continuer. (Elle sourit.) Il adore ce passage.

— Pas du tout, protesta Frère Qown. Il est très triste, au contraire.

Mais il s'empressa de commencer à lire.

Récit de Qown. Mereina, bannière de Barsine, Jorat, Quur.

Frère Qown résista à la tentation de se laisser tomber au sol et de prier Selanol en voyant la lumière du soleil. Elle signifiait que la fumée n'avait pas atteint la ville. Ils y trouveraient des survivants.

Au moins quelques-uns.

Un petit attroupement attendait en bordure de la ville. Au nombre de quelques dizaines seulement, il s'agissait de gens qui – pour une raison ou pour une autre – ne s'étaient pas trouvés à proximité du tournoi lorsque la catastrophe avait frappé. Parmi ceux-là, tous n'avaient pas survécu ; quelques-uns avaient bravé le nuage pour partir à la recherche de leurs amis et de leur famille. Leurs corps, gisant à l'entrée de la fumée ensorcelée, indiquaient comment s'était terminée leur quête.

Davantage d'animaux avaient été épargnés, encouragés par leur instinct à s'enfuir plus rapidement. Des dholes erraient en meutes le long de l'avenue principale, inquiets et agressifs. Les six éléphants participant au tournoi s'étaient tous échappés et se dirigeaient vers les habitants qu'ils connaissaient pour être rassurés, ou se lançaient mutuellement des appels sonores. Certains des chevaux avaient également survécu, quoique beaucoup d'autres aient péri dans leurs enclos fermés.

Frère Qown regardait Janel diriger les opérations, hagard. Il n'était pas encore prêt à accepter ce qui venait de se passer. S'il n'avait pas connu le comte, Qown n'aurait pas deviné son âge véritable. Elle semblait insensible aux morts dont ils venaient d'être témoins, à l'horreur et à l'effroi. Tandis qu'il luttait pour ne pas s'effondrer, le comte ordonna aux survivants de se séparer en petits groupes. Elle leur demanda de fouiller la ville à la recherche d'autres habitants : ceux qui n'avaient pas assisté au tournoi, ou ceux qui s'étaient enfuis lorsque le démon avait révélé sa vraie nature. Ceux-là s'étaient peut-être enfermés chez eux, priant pour que cette monstruosité les épargne. Janel demanda qu'on amasse des provisions, qu'on réquisitionne des chariots et qu'on prépare l'évacuation.

Elle avait été formée à cela, songea-t-il. Entraînée toute sa vie à devenir la voix que tous suivraient en situation de crise. Elle partait du principe qu'elle devait endosser ce rôle, et par conséquent, cela devenait vrai[1].

Frère Qown, regardant les habitants disparaître dans leurs patios, mit un moment à comprendre ce qu'il avait sous les yeux : des rampes. Chaque enceinte privative était pourvue d'ouvertures qui descendaient sous la terre ou s'enfonçaient dans la colline, comme si Mereina n'était constituée que de sous-sols au-dessus desquels on avait oublié de construire des maisons. Les cercles de brique que le prêtre avait pris pour des foyers extérieurs étaient en fait des cheminées.

Frère Qown fut tiré de sa rêverie par des cris : Dango aboyait aux survivants de se taire. Le comte Janel s'était enroulée dans une longue cape rouge qu'elle avait dû ramasser aux alentours de l'arène. Le fait qu'elle porte une armure demeurait évident, mais son déguisement de Chevalier Noir était caché aux regards. Elle prit la place de Ninavis sur le dos d'Arasgon, se surélevant pour mieux s'adresser à la foule.

— Aujourd'hui, Mereina a été victime d'une attaque. Une terrible magie noire a été employée à l'encontre de ses habitants. La fumée bleue que vous voyez derrière nous est la manifestation de cette sorcellerie ; elle tue quiconque demeure en son sein sans protection. Nous ignorons combien de temps durera cette fumée, mais il est impossible de brûler les morts tant qu'elle ne se sera pas dissipée. Pour cette raison, il serait dangereux de s'attarder ici après le coucher du soleil.

— Et la Gemmeporte ? cria quelqu'un à l'arrière de la foule.

— Que voulez-vous en faire ? répliqua Sire Baramon. Elle se trouve là-bas, au château ! Elle ne nous est pas plus utile que si elle était au fond du lac Jorat.

Ninavis s'assombrit.

1. Attendez qu'elle se retrouve à la Cité capitale. Croyez-moi, ce ne sera plus vrai du tout.

— Qu'est-ce qui se passera quand le Garde-Portes ouvrira le portail, demain matin ?

L'expression de Janel se fit soucieuse, et elle hésita.

— Ça dépend si ce Garde-Portes est assez bête pour le franchir, vous ne croyez pas ? répondit Dorna en essuyant ses doigts maculés de piment sur ses jupes. C'est ce qu'il est censé faire, pour ouvrir les portails permettant aux gens du tournoi et aux voyageurs de rentrer chez eux. Mais s'il est prudent, il ne bougera pas d'un poil. Il verra la fumée et il courra dire à ses copains de la Maison D'Aramarin que quelque chose cloche. Par contre, s'il ne fait pas attention… (Dorna haussa les épaules.) Soit il se fera tuer par le maléfice, soit il croisera le chemin des rejetons de l'Enfer qui commenceront à se balader un peu partout… et c'est eux qui le tueront.

— Mais même dans ce cas-là, c'est bon pour nous, non ? Quand les Garde-Portes s'apercevront qu'un des leurs n'est pas revenu, ils nous enverront l'armée, fit valoir Dango. Par le portail.

— Non, déclara Kalazan. C'est bien la dernière chose qu'ils feront.

Janel inclina la tête vers lui en signe d'approbation.

— Il a raison. Si le Garde-Portes traverse demain matin pour ouvrir les portails destinés aux voyageurs du tournoi, il succombera soit à la fumée, soit aux morts possédés par les démons. Quoi qu'il en soit, il ne sera pas ouvert de second portail. Et si le préposé est assez malin pour ne pas traverser… il n'y aura pas non plus d'autre portail. Il existe un protocole bien précis réservé à ce type de situation, et il sera suivi à la lettre.

— Un protocole ? interrogea une nouvelle voix.

Il s'agissait de Gozen, le chevalier qui avait été contraint d'abandonner sa place à Janel lors du tournoi.

— Le système des portails est le plus grand atout de Quur, expliqua Janel. Mais c'est aussi notre plus grande faiblesse[1]. Si une force ennemie prenait le contrôle d'une seule Gemmeporte, elle pourrait déployer une armée entière dans n'importe quel coin de l'Empire, en une poignée de secondes. Tous les nobles dirigeants de chaque colonie sont formés au risque d'invasion, qu'elle soit mortelle ou démoniaque. Cette Gemmeporte sera considérée comme perdue et tombée aux mains de l'ennemi. À ce moment-là, l'armée quuro ouvrira un portail… mais il ne mènera pas ici. Surtout pas. Ils essaieront d'ouvrir un portail vers une Gemmeporte voisine. Et si celle-là peut être ouverte en toute sécurité, alors une armée voyagera jusqu'ici pour découvrir ce qui est arrivé à notre Gemmeporte. Pour cela, il leur faudra une semaine, au minimum.

— Une semaine ? s'écria Ninavis. Mais tous les morts qui nous entourent seront devenus des rejetons de l'Enfer, dans une semaine !

— J'en suis bien consciente.

— Mais que pouvons-nous…

— Les différents emplacements que l'armée pourrait utiliser sont au nombre de huit, tout autour de Mereina, expliqua Janel. La Gemmeporte qu'ils ouvriront sera sélectionnée aléatoirement, afin que d'éventuelles troupes ennemies ne puissent prédire par où arrivera notre armée, et monter une embuscade. Si nous voulons les retrouver et leur expliquer ce qui est arrivé ici, nous allons devoir nous séparer en neuf groupes. Huit d'entre eux se dirigeront vers les emplacements susceptibles d'être choisis par l'armée, afin de les intercepter avant qu'ils atteignent Mereina.

— Et que fera le neuvième groupe ? demanda quelqu'un.

— Nous ne sommes pas tous en mesure de voyager à bonne allure. Il y a des enfants, ici ; des blessés, des malades, des personnes âgées. Ceux-là devront se mettre à l'abri

1. Ah, oui, oui, c'est très juste. Cela pourrait poser problème, un jour. Ne serait-ce pas regrettable ?

en lieu sûr. À partir de ce soir, cette ville sera trop dangereuse pour accueillir des êtres vivants, quels qu'ils soient. Puisque je ne suis pas originaire de cette bannière, c'est moi qui vous pose la question : où pourrions-nous trouver refuge ?

La foule se mit à échanger des murmures et des regards.

— Le vieux moulin…

— Ah oui, on tiendra bien à deux ou trois ! ironisa quelqu'un. Et puis, vermoulu comme il est…

— Et Rivefraîche ? Il n'y a plus personne, là-bas.

— Il n'y a plus de Rivefraîche non plus.

— Quoi ? Qu'est-ce qui s'est passé ?

— Dedreugh, voilà ce qui s'est passé.

Ninavis soupira :

— Je connais un endroit.

Janel ne regardait qu'elle depuis le début. Elle avait dû se douter que Ninavis avait un abri en tête, mais lui laisser le loisir de le proposer elle-même.

À ces mots, les compagnons de Ninavis parurent plus détendus. Jem Nakijan hocha la tête, de même que Tanneur, Vidan et Gan qui-n'était-finalement-pas-la-fille-du-meunier.

— Oui, acquiesça Dango. Et c'est assez grand pour tous nous accueillir.

— Bien. (Janel désigna la foule.) À présent, je voudrais voir nos huit meilleurs cavaliers et tous les chevaux dont nous disposons. Si vous êtes volontaire, approchez-vous.

Pendant que Janel et les autres s'attelaient à la constitution des équipes, Frère Qown reporta son attention sur le baron Tamin. Jusqu'ici, ses efforts pour extraire la fumée de ses poumons s'étaient révélés peu fructueux ; cependant, son état s'était amélioré depuis qu'ils avaient quitté le nuage de fumée. Frère Qown était hanté par la panique qu'il lisait dans ses yeux. C'était le regard d'un homme éveillé et conscient, ressentant chaque contraction laborieuse qui crispait en vain ses poumons.

— Votre… glyphe, là, ça ne marche pas ? commenta Dorna en s'agenouillant près de Tamin.

Elle examina ses yeux, son nez et sa bouche. Tamin s'étouffait toujours, mais jamais au point d'en mourir.

— Il purifie l'air autour de sa tête, mais je ne crois pas qu'il agisse sur ce qui se trouve déjà dans ses poumons. L'air neuf ne peut pas y entrer. (Frère Qown secoua la tête.) Ce glyphe… Je n'ai jamais rien vu de semblable, Dorna.

La vieille femme fronça les sourcils.

— Qu'est-ce que vous racontez ? C'est vous qui avez commencé à le dessiner. Moi, je me suis contentée de faire comme vous.

— Mais ça n'aurait pas dû marcher ! La seule raison… (Il se reprit à temps.) Je vous expliquerai cela plus tard. Il faut que je trouve un moyen de lui dégager les poumons.

Dorna l'observa fixement, comme s'il passait à côté de quelque chose de parfaitement évident. Frère Qown leva les yeux vers elle.

— Pourquoi me regardez-vous comme cela ?

Elle se pencha vers lui et rétorqua :

— Vous n'êtes pas censé être instruit, vous ? Vous avez votre joli permis de magie de la Maison Bleue, et tout le bazar, non ?

— Je ne vous ai jamais dit… (Frère Qown baissa la voix.) Je ne vous ai jamais dit que j'avais une accréditation de la Guilde des Médiqueurs.

À Jorat, il s'était abstenu de mentionner ce type d'information. Les croyances locales n'étaient pas vraiment compatibles avec le fait qu'il ait suivi une formation officielle et reçu l'autorisation écrite de pratiquer la magie. Les Jorats ne s'accommodaient des Garde-Portes que parce que l'armée de Quur et l'économie du pays l'exigeaient. Tous étaient prêts à passer outre à un peu de magie hérétique, pour peu qu'elle leur permette de traverser régulièrement le royaume pour voir combattre leurs chevaliers favoris.

— Ah. Bah… J'ai entendu le vieux comte parler de vous autres, avant qu'il nous quitte. Vous avez lu plein de livres, voilà ce que je voulais dire.

— Vous ne m'aidez pas avec vos moqueries, Dorna…

Elle leva ostensiblement les yeux au ciel et désigna Tamin.

— Dans ce cas, dites-moi une chose, prêtre : est-il vrai que ce qui se ressemble s'assemble ? Pendant vos grandes études, vous avez bien dû apprendre ça, non ?

— Qu'est-ce que…, balbutia Frère Qown.

Pendant de longues secondes, il la regarda sans comprendre. Il ne pouvait pas agir sur la fumée ensorcelée emplissant les poumons du baron. Cependant, en effet, s'il mêlait cette vapeur maudite à quelque chose qui lui soit vaguement similaire – par exemple, une fumée ordinaire, dépourvue de magie –, il parviendrait peut-être à provoquer l'apparition d'un lien sympathique. Par la suite, ce qui arriverait à l'une arriverait également à l'autre. Frère Qown courut jusqu'à son sac et se mit à en fouiller toutes les poches.

— Une bougie, marmotta-t-il. Il me faut une bougie.

— Hum, fit Dorna en montrant une petite bougie en cire d'abeille. (Lorsqu'il fit mine de l'attraper, elle retira vivement sa main.) Pas ici ! Vous êtes bête ou quoi, poulain ? Ce n'est pas le genre de chose qu'il faut laisser voir à toute la ville, ou à quiconque s'amuserait à nous espionner. Mieux vaut l'emmener derrière les tentures du maréchal-ferrant.

Frère Qown sentit le rouge lui monter aux joues, mais la logique de Dorna était imparable. Si les gens le voyaient employer la magie sur le baron Tamin, ils ne prendraient pas le temps de lui demander s'il était prêtre. Ils iraient plutôt chercher leurs gourdins et leurs couteaux.

Un instant plus tard, l'idée que Dorna semblait bien informée sur les règles de la magie sympathique s'imposa à son esprit… mais le moment était mal choisi pour interroger la vieille femme.

— Prenez la tête, indiqua Dorna en ramassant les pieds du baron.

Frère Qown souleva Tamin par les épaules. Ensemble, en un trio étrange et malaisé, ils se glissèrent derrière de grandes tentures masquant un patio, où trônaient une grande forge et un établi.

Bien sûr, comprit-il. À moins d'y être forcés, les chevaux ne voudraient pas descendre dans le bâtiment souterrain, même par le biais d'une rampe.

Tous les autres paraissaient trop absorbés par les instructions de Janel pour prêter attention à eux. Frère Qown espéra qu'ils avaient réussi à déplacer Tamin sans se faire remarquer.

Il attrapa un torchon et s'en servit pour ouvrir la porte de la forge de briques. Il n'était pas courant de faire porter des fers aux chevaux, dans cette partie de Quur. Qown supposa qu'ils utilisaient plutôt la forge pour réparer les armures lors des tournois, et autres travaux de ce genre. Le feu qui y couvait suffit à enflammer un petit allume-feu, qui à son tour fit s'embraser la mèche de la bougie de Dorna.

La chandelle, de mauvaise qualité, dégageait une abondante fumée grise. *Parfait.*

Il s'assit en tailleur sur les briques jonchées de paille du patio, la bougie dans une main. Il s'assura de conserver dans son champ de vision la fumée qui montait de la petite flamme orange, ainsi que le corps de Tamin, secoué par la toux. Frère Qown inspira profondément et tenta d'entrer en Illumination.

Ce ne fut pas facile. Il avait vu trop d'atrocités. Les scènes défilaient dans son esprit comme une armée de fantômes obsédants. Enfin, il parvint à se calmer suffisamment pour *voir*, quoiqu'il n'utilise pas sa vue ordinaire.

Une masse d'un bleu obscur tournoyait à l'intérieur de Tamin, faisant la guerre au halo doré dont son corps était baigné. Chaque vague lumineuse repoussait la masse bleue et mouvante ; mais lorsque la lumière reculait, l'obscurité revenait.

L'énergie bleue était empreinte de malveillance. Frère Qown fit peser contre elle sa force mentale, et sa réaction lui rappela celle d'un être vivant. Elle eut un mouvement de recul, ondulant pour lui échapper.

Une fumée, pensa Frère Qown. *Tu n'es qu'une fumée.*

La sueur dégoulinait sur son front, creusant des rigoles dans la cendre et la poussière dont il était couvert, mais il refusa de baisser les bras, de s'arrêter. Sa victoire fut si soudaine qu'il vacilla, comme si le sol venait de remuer sous ses jambes.

La toux de Tamin changea de timbre : elle ne rappelait plus celle d'un homme qui s'étouffe avec un petit os, mais plutôt celle de quelqu'un qui crache des glaires après une longue maladie. Puis il roula sur le côté et vomit. La fumée se déversa de son nez et de sa bouche.

Une fumée ordinaire.

Le baron retomba sur le dos, haletant. Il ferma les yeux et se mit à inspirer profondément, à longues goulées tremblantes. Son visage, à son tour, reprit une couleur moins maladive. Dorna gratifia Frère Qown d'une claque sur l'épaule.

— Bien joué, poulain.

Frère Qown s'assit sur ses talons et leva les yeux vers elle.

— Depuis combien de temps êtes-vous au courant, pour moi ?

La vieille femme haussa les épaules et examina ses ongles.

— Vous pensiez que je ne remarquerais pas qu'un garde à qui on avait fracassé le crâne n'était pas mort ? Je suis vieille, pas aveugle.

Elle se saisit d'un cure-pieds en métal posé sur l'établi, en examina la pointe, puis l'empocha avec désinvolture.

— Personne ne vous a expliqué ce qu'être Sang de Joras signifiait pour vous, si ?

— J'ai besoin de…, articula Tamin d'une voix rauque, dont les sons évoquaient vaguement le langage des humains.

— Vous avez besoin d'un bon coup de pied au cul, c'est tout, rétorqua Dorna.

Elle attrapa le noble par le col pour le traîner derrière elle. En temps normal, Tamin n'aurait eu aucun mal à lui résister, mais toutes ses forces l'avaient quitté. Il la suivit d'un pas traînant, presque à genoux d'abord, mais parvenant peu à peu à se redresser. Titubant, il émit un cri inarticulé en débouchant sur la rue. Frère Qown leur emboîta le pas, sans être sûr de souhaiter voir ce qu'il arriverait ensuite.

— Messire comte ! appela Dorna.

Janel se tourna vers eux. Dès qu'elle aperçut Tamin, elle quitta le groupe des habitants de Mereina pour les rejoindre.

— Vous l'avez guéri.

Frère Qown ne put déterminer si elle était heureuse de le constater. Peut-être l'ignorait-elle, elle aussi.

— Il ne mourra pas de la fumée, en tout cas. C'est pas la seule chose qui va pas chez lui, commenta Dorna.

— Janel…, hoqueta Tamin.

Le comte dévisagea Tamin. Lentement, elle serra les poings.

— Qui était cette femme, Tamin ? L'infirmière du gardien. L'étrangère.

— Je ne…, balbutia-t-il d'une voix rocailleuse. Je ne savais pas. Je ne savais pas… ce qu'elle… ce qu'elle ferait.

— Je ne vous ai pas demandé si vous saviez ce qu'elle ferait. Je vous ai demandé de qui il s'agissait.

Une petite foule avait commencé à s'amasser autour d'eux. Ninavis et Kalazan retenaient les autres, appelant à la patience. Janel ne leur prêtait aucune attention.

— C'était… (Tamin se passa la langue sur les lèvres.) C'était une esclave. Doltari. Senera. Elle s'appelait Senera.

Le visage de Janel s'assombrit de plus belle.

— Elle commandait à ces gardes. Les esclaves ne donnent pas d'ordres aux soldats[1].

— Relos disait… Il disait que c'était une esclave. Il l'a amenée… (Tamin grimaça.) De l'eau ?

Janel s'accroupit près de Tamin tandis que Frère Qown cherchait son outre.

— Qui est Relos Var ? Parlez-moi de lui.

Frère Qown tendit l'outre à Tamin. Le baron but avidement. De toute évidence, l'eau était ce dont il avait besoin, car sa voix se fit ensuite nettement plus audible.

— Qu'ai-je fait ? se lamenta-t-il.

— Trop, et pas assez. Mais pour l'instant, j'ai besoin que vous restiez concentré, Tamin. Qui est Relos Var ?

Tamin s'assit péniblement, soutenu par Frère Qown.

— Un professeur. Mon père l'avait engagé pour…

Il hésita.

— Pour quoi faire ?

Les yeux de Tamin se mirent à briller comme du verre. Il inspira profondément.

— Pour me guérir de ma sorcellerie.

Dans la foule, quelqu'un hoqueta de surprise. Un autre lâcha un juron. Dorna se retourna, les mains sur les hanches, face à l'assemblée.

— Silence, vous autres. Laissez parler cet homme ou vous aurez affaire à moi, c'est clair ?

Janel pencha la tête sur le côté et plissa les yeux.

— La sorcellerie n'est pas une maladie qu'on peut soigner, comme la fièvre rouge ou la variole.

— Je ne voulais pas être une sorcière, dit Tamin. Mais je n'arrivais pas à… faire autrement. C'est ma nature. (Il leva la tête pour plonger ses yeux dans ceux de Janel.) Vous savez ce que c'est.

1. En effet, merci. Je suis heureuse que quelqu'un l'ait remarqué.

Janel fronça les sourcils, regarda en l'air comme pour en appeler à ses dieux, puis baissa de nouveau la tête vers son ami d'enfance.

— Je peux vous garantir que non. Dites-le-moi, alors. Dites-moi comment il est possible d'être une sorcière sans le vouloir.

— Quand on est maudit. Je l'ai toujours été, répondit Tamin, depuis que je suis enfant. Je soignais les animaux, réparais les coupures et les bosses. Je ne savais pas que c'était interdit. En tout cas, pas au début. Et puis, j'ai… (Son visage s'assombrit.) Mon père a été blessé lors d'un accident de chasse. J'aimais mon père, alors… je l'ai sauvé.

— Pauvre homme, murmura Frère Qown. Si vous étiez né ailleurs qu'ici, un tel don vous aurait valu une bourse d'études à l'Académie et le parrainage de la Guilde des Médiqueurs. Vous n'êtes pas une sorcière. Vous êtes un magicien.

Tamin adressa au prêtre un regard douloureux et surpris.

— Je fais de la magie. C'est de la sorcellerie.

— J'imagine que votre père n'a pas accepté vos dons, reprit Janel.

Toute cette conversation semblait l'écœurer au plus haut point.

— Il… (Le visage de Tamin se crispa. Il détourna le regard.) Non, en effet.

— Il est donc étonnant que vous soyez devenu si proche de l'homme que votre père avait engagé pour vous punir.

— Non, vous ne comprenez pas. Relos Var est un grand homme. Il m'a montré que je n'avais pas à avoir honte. Que je n'avais pas à cacher ma vraie nature. (Sa voix se fit plus basse, et il jeta un regard vers l'emplacement du tournoi.) Et quand mon père…

Il ne termina pas sa phrase.

— Qu'est-il arrivé à votre père ?

Tamin ferma les yeux.

— Oh, je pense le savoir, intervint Dorna. Son père détestait la sorcellerie. Et notre ami Tamin apprenait à se servir de ses facultés de « sorcière », juste sous son nez. Tôt ou tard, il fallait s'attendre à ce que son paternel le prenne la main dans le sac, non ?

L'expression de Janel était déjà grave, mais à ces mots, son visage tout entier se fit aussi dur que le granit.

— Qu'avez-vous fait, Tamin ?

— Ce n'était pas ma faute.

— Vous êtes le baron de Barsine. Par définition, tout ce qui se passe dans votre bannière est « votre faute »[1].

Il tressaillit en entendant la colère qui gonflait sa voix.

— Relos Var a dit que des sorcières m'avaient jeté une malédiction. Vous devriez savoir ce que c'est. Vous avez été maudite, vous aussi.

L'irritation de Janel monta d'un cran.

— Qui vous a dit cela ?

— Relos Var. Il a raison, n'est-ce pas ? Vous avez été maudite.

— Pas par des sorcières.

— Cela revient au même.

Frère Qown resserra les mains sur les épaules du baron.

— Non, pas du tout, protesta-t-il.

Mais il n'eut pas l'impression que Tamin l'écoutait.

— Avez-vous tué votre père, Tamin ? demanda le comte.

L'homme regarda autour de lui, mais la foule les avait encerclés. Les habitants étaient pendus à ses lèvres.

— Je ne l'ai pas tué, dit Tamin. Mais… j'ai retiré les soins que je lui avais prodigués. J'ai tout annulé. Il serait mort si je ne l'avais pas soigné ce jour-là, alors cette fois-ci… il est mort.

Frère Qown battit des paupières, éberlué.

— Ce n'est pas ainsi que cela fonctionne.

1. Dans les faits, Tamin n'était pas baron, à ce moment-là.

Se tournant vers le comte, il chuchota :

— Ce n'est pas ainsi que fonctionne l'acte de guérison. On ne peut pas faire cela.

Janel hocha la tête puis leva une main pour le faire taire. Elle revint à Tamin.

— Qui a eu l'idée de faire exécuter l'intendant du château pour le meurtre de votre père ? Vous, ou Relos Var ?

— C'était…

La voix de Tamin mourut dans sa gorge, et une ombre vint hanter son regard. Il ressemblait à un homme qui viendrait de s'éveiller d'un cauchemar.

La voix d'une petite fille brisa le silence ; elle venait de poser un petit panier au sol, auprès de Tamin.

— Jument Xala vous a fait des petits pains à la vapeur pour le dîner.

La fillette, âgée d'environ six ans, avait la peau rouge sombre et les doigts blancs. Elle renifla et s'essuya le nez avec la main, avant de se retourner vers une vieille femme.

— Je l'ai bien dit ?

La vieille femme hocha la tête.

— Oui, poulain. (Elle lança un paquet de laine verte aux pieds de Tamin.) Vous allez avoir besoin d'une cape, aussi, pour vous tenir chaud.

Dorna se redressa et posa une main sur le bras de Janel. Le comte ouvrit de grands yeux.

Frère Qown sentit que la foule changeait d'attitude, mais il n'en comprit ni la cause, ni la signification. Tamin parut d'abord déconcerté, puis paniqué.

— Non, dit-il en secouant la tête. Non, je n'ai pas besoin que vous me fassiez la charité…

— Vous allez prendre ce qu'on vous donne, dit Kalazan d'une voix très douce. (Il tira une dague et un fourreau de sa ceinture, et les posa près de Tamin.) Voilà une lame pour vous protéger.

— J'ai une paire de sacs de selle à vous proposer, dit Dango. La route sera longue.

Frère Qown tira sur la manche de Dorna.

— Je ne comprends pas. Il vient d'avouer qu'il avait tué son propre père et accusé le père de Kalazan du crime. Pourquoi lui font-ils des cadeaux ?

Dorna croisa les bras, regardant les habitants de la ville dénicher toutes sortes de babioles : un sac, une corde, des pommes séchées…

— Ce ne sont pas vraiment des cadeaux… (Elle fronça les sourcils, luttant pour trouver ses mots en guarem, et désigna la foule.) Ça se rapprocherait plutôt d'une… prime de démo… démobilisation[1].

— Pardon ? Je ne comprends pas.

La foule bruissait d'excitation. Les cadeaux étaient hétéroclites, tirés des provisions qu'ils avaient réussi à amasser tout en fuyant la fumée. Aux yeux de Frère Qown, il n'était pas sage de leur part de s'en séparer. Pourtant, ils le faisaient, mais sans la moindre chaleur. Ils offraient leurs présents au baron avec autant de cruauté que s'il s'agissait de poison ; chaque cadeau avait la violence d'un coup de poignard.

Tamin se mit à pleurer.

Les joues striées de larmes, il se leva.

— Je vous en prie, Janel. Je vous en prie, ne les laissez pas faire cela…

— « Ne les laissez pas faire cela » ? répéta Janel d'un air incrédule. C'est leur droit le plus strict.

Une vieille rancœur s'alluma dans le regard du baron.

— Espèce d'hypocrite ! Si vous êtes ici aujourd'hui, c'est justement parce que vous avez voulu échapper au Blâme,

1. À ce que je sais, c'était littéralement le cas, autrefois. Cette pratique est un reliquat de l'époque où les « nobles » de Jorat étaient des officiers de l'armée quuro, à qui l'on avait accordé des terres pour les récompenser de leurs faits d'armes.

vous aussi ! Comment osez-vous me reprocher de ne pas vouloir abandonner le titre qui me revient par ma naissance, alors que vous avez fui pour ne pas subir le même sort ?

Janel cessa de respirer. L'espace d'un instant, Frère Qown crut qu'elle s'apprêtait à frapper Tamin, mais elle se contenta de crisper les poings.

— Je ne fuis pas la justice. Je fuis une ordure qui a cru pouvoir acheter le canton de Tolamer, et soudoyer ses habitants – mon propre peuple ! – pour m'infliger le Blâme si je refusais de monter dans son lit. Sire Oreth n'a même pas attendu que la dépouille de mon grand-père soit froide pour arriver avec ses troupes, ses ultimatums et ses avis d'expulsion. Je n'ai pas laissé sorcières, espions yorans et démons s'amuser à envoyer les âmes de mon peuple en Enfer !

— Je ne savais pas que c'était le cas ! hurla Tamin.

— Cela prouve seulement que vous êtes trop jeune et trop naïf pour empêcher les autres de vous manipuler.

Il lâcha un rire qui ressemblait à un sanglot étranglé.

— Trop jeune ? Janel, j'ai un an de plus que vous.

— Et pourtant, de toutes les façons qui comptent le plus, vous êtes encore un enfant.

Tamin se leva tant bien que mal, ignorant les couvertures, le sac à dos et les vivres enroulés dans des linges.

— Vous allez vraiment rester là, sans rien faire ? Vous êtes un comte !

— Je ne suis pas votre comte ! cria Janel.

Tout le monde se tut. Les gens qui commençaient à préparer le départ s'immobilisèrent en l'entendant élever la voix.

— Vous devriez en être reconnaissant, poursuivit-elle d'une voix plus basse. Sinon, je vous aurais fait exécuter pour ce que vous avez fait. J'aurais moi-même tenu l'épée. Vous comprenez, Tamin ? Je vous ai vu ordonner la mise à mort d'un homme que – vous venez de l'avouer – vous saviez innocent. Vous avez tué votre propre intendant pour le punir d'un crime dont vous étiez vous-même coupable. Vous avez ri lorsqu'un démon auquel vous aviez conféré son pouvoir a massacré un chevalier et son écuyer, faisant du champ d'honneur le décor d'une scène grotesque. Vous avez brûlé des innocents que vous accusiez de sorcellerie. Vous alliez en tuer d'autres, tout cela pour récolter l'approbation de Relos Var et satisfaire les besoins d'une prophétie qu'il avait probablement inventée. Ne me demandez pas d'intervenir en votre faveur, Tamin. Mon verdict ne vous plairait pas.

Frère Qown s'aperçut qu'il ne l'avait pas entendue donner à Tamin le titre de « baron » depuis son combat contre Dedreugh.

Un silence tendu s'installa. Enfin, Gan la Fille du Meunier – ou plutôt Ganar Venos, la fille du gardien Dokmar – s'avança avec un vieux cheval. Elle sourit à Tamin, quoique ce geste paraisse lui demander de gros efforts.

— Je vous ai sellé un cheval. On m'a dit qu'elle s'appelait Orchidée. Elle ne voit pas très bien la nuit, aussi feriez-vous mieux de vous éloigner autant que possible de la ville avant le coucher du soleil.

— Gan…, dit Tamin, l'air bouleversé.

— Non, répondit Gan. Pas un mot de plus. Va-t'en, Tam. Tout de suite. (Gan regarda fixement l'homme qu'elle avait jadis pensé épouser.) Je n'empêcherais pas Kalazan de te décapiter, s'il le voulait. Au contraire, je l'acclamerais.

Tamin déglutit. Puis il ramassa les offrandes, les fourra dans le sac à dos et enfourcha le cheval. Il se mit en route vers le sud. Les survivants l'observèrent s'éloigner en silence. Puis, lorsqu'il eut disparu au coin de la dernière tonnelle aux bannières ondoyantes, tous les regards se tournèrent vers le comte Janel.

Elle se figea, sur la défensive, puis secoua vivement la tête.

— Oh, non. Pas moi. Je suis déjà comte de Tolamer. Je ne peux pas devenir aussi baron de Barsine.

— D'accord, mais qui d'autre ? dit Dango. Pas moi, en tout cas. Hors de question.

Frère Qown fronça les sourcils.

— Vous n'allez tout de même pas… (Il se tourna vers Dorna.) Ont-ils vraiment l'intention de… choisir le nouveau baron ? Comme si c'était une chose dont on peut ainsi décider soi-même ? La personne à qui Tamin devait allégeance… (Il se mordit la lèvre.) Le comte dont il est le vassal ne va-t-il pas s'offusquer de ce que des roturiers décident brusquement que le baron Tamin ne dirige plus la bannière ?

Dorna le dévisagea.

— Ce n'est pas comme ça que ça marche, poulain. Je ne sais pas comment vous faites à Kazi-je-sais-pas-quoi…

— Je viens d'Eamithon, la reprit-il.

— Oui, oui. En tout cas, à Jorat, un étalon qui n'est pas fichu de protéger son troupeau n'a pas le droit d'en être le chef, voilà. Ici, on protège ce qu'on dirige.

— Mais les groupes de chevaux ne sont pas dirigés par les étalons… Ce sont les juments qui s'en chargent, fit remarquer Frère Qown.

Ce détail le dérangeait depuis le jour de son arrivée à Jorat. Dorna leva les yeux au ciel.

— Arrêtez de parler de vrais chevaux, alors qu'on discute de politique. À Jorat, ce sont les étalons qui dirigent les troupeaux d'humains. Toujours les étalons. Mais si un vieil étalon se retrouve chassé parce qu'il ne fait pas son travail, qui doit décider par qui le remplacer ? Un autre chef de troupeau, qui ne mettra jamais les pieds dans les parages ? Non, poulain. C'est le troupeau lui-même qui choisit son chef. (Elle pencha la tête de côté.) C'est pour ça que je n'ai pas mis de cadeau sur la pile. C'est pas mon chef, à moi. Je ne lui ai pas donné mon thudajé.

L'hérésie de cette notion donnait le vertige à Frère Qown[1]. Et Dorna l'avait présentée avec un tel naturel ! Bien sûr, les gens décideraient de qui allait les gouverner. Bien sûr, le troupeau ferait son choix. Comment pouvait-il en être autrement ? Et si un chef se montrait incompétent, le troupeau n'avait qu'à… lui demander de partir. Et encore ! Ils ne le lui demandaient pas forcément. Tamin l'avait compris tout seul.

Gan posa une main sur le bras de Kalazan.

— Ça devrait être toi.

— Moi ? Mais je… (Il s'interrompit et se tourna vers Ninavis.) Non, il faudrait que ce soit toi. Tu as identifié le danger avant tout le monde. Tu as été le fer de lance de la résistance.

Ninavis secoua la tête.

— Oh non, mon gars. Je n'ai pas la moindre idée de comment diriger une bannière, et je ne veux pas le savoir. Je suis voleuse, pas seigneur. Je te laisse volontiers la place. Et que la chance de Taja t'accompagne.

Il déglutit et regarda la foule.

— Si tout le monde est d'accord, bien entendu, j'accepte d'endosser cette responsabilité.

L'assemblée eut un murmure d'assentiment, plus sonore du côté de Ninavis et de ses hommes.

— Bien, dit Janel. C'est un excellent choix. Mais pour le moment… (Elle pencha la tête de côté, d'un air presque embarrassé.) Vous allez avoir besoin de vos huit meilleurs cavaliers et de tous les chevaux qu'il nous reste, pour qu'ils puissent changer de monture quand celles-ci seront fatiguées.

---

1. Moi, je l'adore, cette hérésie. Voyez comme les Jorats sont proches de rejeter le principe de l'aristocratie dans son ensemble ! Si ça continue, ils finiront par décider que les gens ne devraient pas être systématiquement placés en situation de pouvoir simplement parce que leurs parents l'étaient avant eux.

— Tous les chevaux ? releva Dorna. Pas mon Croque-poches, si ? Ni Nuage ?

L'expression de Janel se fit contrite.

— Il ne nous en reste pas beaucoup, Dorna. Alors oui, ils auront aussi besoin des nôtres. Les huit cavaliers se dirigeront vers les portes pour informer ceux qui s'y trouvent, ou bien pour intercepter l'armée et la mettre en garde. Quant aux autres… nous allons nous réfugier dans le bastion de Ninavis.

— « Nous » ? Vous venez avec moi ? s'étonna Ninavis.

— Bien sûr. J'ai failli permettre qu'on vous fasse du mal par le passé. Je ne ferai pas deux fois la même erreur.

Ninavis fronça les sourcils.

— Mais alors, Arasgon nous accompagne aussi ? Pourtant, votre cheval… (Elle s'arrêta et se racla la gorge.) Je veux dire, les flammesangs sont plus rapides que qui que ce soit d'autre ici.

— Il est aussi capable de prendre ses propres décisions.

Arasgon secoua la tête et dit quelque chose. L'autre flammesang, Talaras, lui répondit. Frère Qown ne comprenait pas leur langage, mais à leur attitude, il crut comprendre qu'ils n'étaient pas d'accord sur la conduite à adopter.

— J'aurais aimé faire partie des cavaliers, dit Baramon, mais je manque d'entraînement.

— Et vous êtes bien trop grassouillet, déclara Dorna.

Le chevalier l'ignora.

— Mais Talaras est tout à fait capable de courir seul. Il l'a déjà fait.

Janel étudia un instant la question et se tourna vers le flammesang.

— C'est ce que vous souhaitez ?

Talaras secoua la tête et tapa du sabot ; de toute évidence, la réponse était oui. Elle hocha la tête.

— Bien. Si Arasgon vient avec…

Talaras claqua des dents vers Arasgon, qui lui répondit avec une colère manifeste. Talaras ne bougea pas, mais semblait prêt à se battre.

— Nous pouvons nous passer de toi, dit Janel à Arasgon. Nous prenons les éléphants. De plus, il faudra que quelqu'un emmène Croque-poches et Nuage jusqu'à Atrine, lorsque votre mission sera terminée. Nous te retrouverons là-bas, quand nous serons sûrs que les gens de Mereina sont en sécurité.

Arasgon n'eut pas l'air de la croire, mais il effectua quelques pas sautillants, souffla par le nez et se tourna pour rejoindre son frère.

Janel ramassa un sac au sol.

— Bon, eh bien, allons-y. Le conseil que Gan a donné à Tamin s'applique à nous aussi. Mettons autant de distance que possible entre nous et la ville avant la tombée de la nuit. (Elle se tourna vers Ninavis.) Si vous voulez bien nous montrer le chemin…

— J'aurais dû obliger cette ordure de Tamin à soigner ma jambe avant son départ, soupira Ninavis. (Elle se tourna ensuite vers la gardienne des éléphants.) Sana, vous pensez qu'une de vos demoiselles accepterait de me porter ?

Une femme d'âge mûr leva la tête.

— Un petit bout de fille comme vous ? Tishar ne remarquera même pas la différence.

La femme eut un sourire forcé, qui ne suffisait pas à masquer ses larmes.

— Allez, mettons le troupeau en route, ordonna le comte Janel. Nous avons beaucoup de chemin à faire avant le soir.

Lorsque le soleil orangé descendit à l'horizon, ils avançaient en direction de l'orée du bois, où ils prévoyaient de camper pour la nuit. Le crépuscule avait fait virer le ciel turquoise au rouge brique.

Pendant les premières heures, l'adrénaline avait donné des ailes aux habitants de Mereina ; mais les horreurs dont ils avaient été témoins et les proches qu'ils avaient perdus commençaient à peser douloureusement sur leurs esprits. Le silence s'était abattu sur la foule des réfugiés. Quelques-uns pleuraient. Ils regardaient la forêt de cèdres et de camphriers comme s'il s'agissait d'un lac après une traversée du désert.

S'ils atteignaient les arbres, ils seraient en sécurité.

Ninavis et sa bande étaient dans leur élément. Ils dirigeaient les éléphants, s'assuraient que les adultes valides portent les enfants sur leurs épaules et patrouillaient en bordure du petit convoi, pour éviter toute mauvaise surprise. Tout cela s'accompagnait de sourires et de plaisanteries, de chansons improvisées sur la fabuleuse aventure qu'ils étaient en train de vivre, et de taquineries lancées aux anciens quant à leurs folies de jeunesse. Ils leur permettaient presque d'oublier les atrocités qu'ils laissaient derrière eux.

Presque.

Pendant ce temps, Frère Qown vit que le comte Janel s'était éloignée jusqu'à cheminer à l'autre extrémité du cortège. Elle marchait seule, à bonne distance des autres. Dorna, qui s'occupait des enfants, ne l'avait pas remarqué. Mais Dorna n'avait pas pour responsabilité de veiller au bien-être physique et émotionnel du comte. Qown, si.

Frère Qown était presque arrivé à sa hauteur lorsque le comte s'essuya le visage. Elle pleurait. Ses larmes coulaient silencieusement, dessinant des rigoles humides sur ses joues rouges.

— Comte…, commença Frère Qown.

Janel détourna le regard.

— Non. Il ne faut pas que les autres me voient ainsi.

— Personne ne vous reprocherait d'être bouleversée par tout ce qui s'est passé, comte. C'était… (Il chercha ses mots, en vain.) C'était horrible.

Elle renifla de nouveau, rejeta la tête en arrière et ravala un petit rire.

— Je suis un étalon. Je dois leur paraître forte. Lorsque ce sera fini, qu'ils seront en sécurité… alors, ils comprendront peut-être qu'une fois encore, ils ont fait confiance à la mauvaise personne.

— Comte Janel, ce que vous dites n'a aucun sens. Si vous n'aviez pas été là…

— Si je n'avais pas été là, acheva-t-elle, les gens de Mereina seraient encore en vie.

— C'est faux[1].

— Ninavis avait raison ; j'aurais dû éliminer Tamin lorsque j'en ai eu l'occasion. Ne suis-je pas Janel Danorak ? C'est moi qui ai insisté pour faire les choses à ma manière. Le résultat, c'est une ville pleine de cadavres.

— Assassiner Tamin n'aurait rien résolu ! Ce n'est pas Tamin qui a libéré la fumée ensorcelée, et vous n'aviez aucune raison de vous méfier de Senera.

— Non, concéda Janel. Mais elle a agi en réaction à ce qui est arrivé à Dedreugh. Parce que j'ai révélé sa vraie nature, celle de Kasmodeus. Elle a agi pour couvrir les véritables crimes qu'ils avaient commis, et elle a prouvé jusqu'où elle était capable d'aller pour effacer leurs traces. (Janel grimaça.) C'est-à-dire très loin.

Frère Qown se mordit la lèvre. D'après lui, le comte se méprenait sur les motivations de la sorcière doltari. Pour une raison qui lui échappait encore, Senera avait paru… satisfaite, lorsque Janel avait vaincu Kasmodeus. Comme si la Doltari venait de réussir une mission. Rien, dans son attitude, n'indiquait qu'elle considérait la tournure qu'avaient pris les événements comme un échec.

---

1. C'est… en partie vrai, je dirais? Je suis sûre que vous m'auriez ordonné d'attaquer Mereina, un jour ou l'autre…

— Vous ne pouvez pas vous reprocher ce qui est arrivé, insista Frère Qown. Et puis, vous n'aviez pas tort. Vous l'avez dit vous-même : si vous vous étiez contentée de tuer Tamin, ses hommes vous auraient abattue. Croyez-vous que Dedreugh aurait mis fin au tournoi ? Croyez-vous que la « voix » du gardien, Senera, l'aurait fait ? Non. Tous les compagnons de Ninavis auraient péri sur le bûcher.

— Pensez-vous que les citoyens de Mereina trouveraient l'échange équitable ? riposta Janel. Toutes ces morts pour sauver la vie d'une dizaine de personnes ?

— Ce n'est pas vous qui avez lancé ce sort. Vous ne pouvez pas endosser cette responsabilité.

— Endosser les responsabilités fait partie de mes devoirs. J'ai provoqué tout cela en révélant la véritable nature de Dedreugh.

— Dans ce cas, vous devez tenter d'arranger les choses du mieux possible. M'est avis que Relos Var et Senera s'amuseraient beaucoup de vous voir vous imputer leurs crimes[1].

Janel s'immobilisa.

— Vous n'êtes pas d'accord ? insista-t-il.

— Je… Je n'avais pas… (Elle s'ébroua, et son regard redevint perçant.) Merci.

— Je vous en prie. Quoi qu'il en soit, il y a d'autres choses dont nous allons devoir discuter.

Elle se remit en route.

— Ah bon ?

— Le fait que nous ayons survécu.

Frère Qown jeta un regard vers les réfugiés, s'assurant que personne ne risquait de surprendre leur conversation.

— Ce n'est pas un grand mystère, répondit Janel. Vous nous avez sauvés de la fumée.

Frère Qown resta interdit quelques instants.

---

1. Je dois avouer que ça m'a fait sourire.

— Ah… Heu… (Il se sentit tout près de rougir.) Oui. Mais… Je me permets de supposer que vous n'avez aucune connaissance en matière de magie.

Elle lui décocha un regard en biais qui aurait pu déclencher un feu de forêt.

— C'est ce que je pensais. (Frère Qown s'éclaircit la gorge.) Je ne veux pas vous ennuyer, mais laissez-moi seulement vous dire ceci : le symbole que j'ai utilisé nous a sauvé la vie, mais je ne comprends pas comment.

Le comte cilla, étonnée.

— Moi non plus, mais j'admets avoir imaginé que vous en sauriez plus que moi.

— Tous les objets ont en eux une certaine… énergie, que les gens appellent le tenyé. C'est l'essence vitale qui nous habite : vous, moi… cet arbre, là-bas… Il n'y a aucune différence entre le tenyé d'un dieu et celui d'un magicien, sinon en termes de quantité…

— Frère Qown, ce genre de discours est la raison pour laquelle votre ordre est considéré comme hérétique dans la moitié de l'Empire.

Il toussa.

— Le problème avec l'hérésie, c'est qu'elle est désignée comme telle parce qu'elle met le doigt sur des vérités que certains trouvent dérangeantes. Ce que je voulais dire, c'est que l'art n'a pas de tenyé.

— Je ne comprends pas, confessa Janel.

— Un dessin, tout magistral soit-il, n'a de tenyé que celui des matériaux utilisés pour le produire[1]. Le papier, la peinture, l'encre… Il n'y a aucune différence de tenyé entre un gribouillis et un chef-d'œuvre. Les symboles présents dans un livre expriment des informations, mais ils ne contiennent pas plus de tenyé pour autant. Et la magie n'est possible que

1. J'ai envie de dire non, parce que ce n'est pas toujours le cas… Mais bon, je comprends ce qu'il veut dire.

lorsqu'elle est alimentée par le tenyé. (Frère Qown fit un geste en direction de Mereina, dans leur dos.) Ce que j'ai fait, là-bas… et ce qu'a fait Dorna… Cela n'aurait pas dû fonctionner. Je ne l'ai fait que parce que j'espérais relier le symbole dessiné par cette femme, Senera, à son sortilège. J'ai voulu tenter de m'introduire parmi les soldats qu'elle avait placés sous sa protection. C'était un effort désespéré, un pari impossible.

— Et pourtant, vous avez réussi. Ça a marché.

— Non, non, pas du tout. Cela expliquerait pourquoi j'ai été sauvé, mais… que dire de Dorna ? Elle a utilisé le glyphe en mon absence, sans même savoir quel sort j'avais essayé de lancer. Cela n'aurait pas dû fonctionner pour elle. Et si je demande à Ninavis, à Dango ou à Tanneur de dessiner le glyphe, il fonctionne aussi. Ce symbole recèle une magie intrinsèque… ce qui est impossible.

Le comte réfléchit tout en continuant à marcher.

— Mais… les invocations démoniaques requièrent des symboles spécifiques. Ces symboles n'ont-ils pas un pouvoir intrinsèque, eux aussi ?

Frère Qown battit des paupières :

— C'est… très bien observé.

— Ai-je raison, alors ?

— Non. Vous vous trompez, mais c'est une erreur compréhensible, expliqua Frère Qown. Les symboles utilisés pour invoquer des démons ne sont pas intrinsèquement magiques, eux non plus, mais nous – humains comme démons – nous sommes mis d'accord pour leur accorder une signification. Ils symbolisent le traité unissant nos deux races.

Janel se figea une nouvelle fois.

— Le traité ? Nous avons un traité ? Xaltorath ne m'a jamais…

Elle se remit à marcher, le regard fixé droit devant elle.

— Nous avons un traité, confirma doucement Frère Qown. Pour être précis, nous avons un gaesh. Nous disons avoir asservi les démons, mais en réalité, ils sont soumis à des gaesh. Tous, sans exception. On leur a donné des ordres que le gaesh les oblige à respecter. Par exemple, ils n'ont pas le droit de se manifester dans le monde physique à moins d'y être invoqués. Et ils doivent obéir aux instructions de leur invocateur.

Le comte Janel frémit.

— Pourquoi les démons auraient-ils accepté de telles conditions ?

Frère Qown fronça les sourcils.

— Je ne pense pas qu'ils les aient acceptées. Je pense qu'elles leur ont été imposées.

— Ils devaient être d'accord. Toute personne assez puissante pour forcer véritablement les démons à conclure un tel pacte aurait été assez puissante pour les détruire. Ce qui signifie qu'ils ont dû donner leur accord. Mais pourquoi ? Quel était leur intérêt, dans l'histoire ?

— J'ai toujours supposé qu'ils avaient perdu la guerre originelle entre les Quatre Races et les démons. Alors, les dieux les ont forcés à accepter ce traité.

Janel s'esclaffa :

— Non. Cela ne se passe pas comme cela, avec les démons. Ils ont dû recevoir quelque chose en retour. Sinon, ils n'auraient jamais, au grand jamais passé un tel accord.

— Vous avez peut-être raison, mais c'est un autre débat. Vous comprenez pourquoi les symboles démoniaques n'ont pas de propriétés magiques à eux seuls, n'est-ce pas ? Ils sont puissants parce que nous nous accordons à dire qu'ils correspondent à un résultat spécifique[1].

— Mais si c'était le cas pour celui-ci aussi ? Si c'était un symbole auquel on avait assigné un pouvoir particulier ?

1. Qown, très cher, tout langage n'est autre qu'un ensemble de symboles dont nous nous accordons à dire qu'ils correspondent à un résultat spécifique.

Frère Qown fronça le nez. C'était une très bonne question. Très bonne et très troublante. Il en fit le tour jusqu'à trouver une faille.

— Mais qui le lui aurait assigné, messire comte ? Les dieux ? Il faudrait une puissance divine pour créer quelque chose de cette nature, mais aucun prêtre des Huit ne possède un tel pouvoir. Le Père Zajhera en sait davantage sur la magie qu'aucune autre personne de ma connaissance. Si une telle chose existait, il m'en aurait parlé.

— Mais alors, que vouliez-vous me dire ?

— Cette femme doltari, Senera, invoque probablement des démons, à en croire ce que nous avons vu ; par conséquent, elle mérite l'appellation de « sorcière ». Mais… elle utilise une magie que je n'ai jamais vue et que je ne comprends pas. La seule bonne nouvelle, c'est que j'ai découvert que le glyphe d'air ne s'épuise pas. Sinon, les flammesangs seraient morts asphyxiés.

Janel soupira.

— Je me demande qui est le chef.

— Qui… ?

— Senera, ou Relos Var.

— Nous ne devrions pas partir du principe qu'ils sont associés.

— Tamin a dit que c'était Relos Var qui l'avait amenée ici. Je n'ai rencontré cet homme que brièvement, mais j'ai du mal à l'imaginer se faisant l'instrument de quelqu'un d'autre. J'ai tendance à le considérer comme une jument parce qu'il est professeur, mais… (Elle eut un petit sourire amer.) Je ne pense pas que Relos Var envisage ces choses-là en termes jorats. La vraie question est : est-il parti pour s'occuper d'une affaire urgente, ou parce qu'il ne souhaitait pas être présent pour la suite des événements ?

— Cela signifierait alors qu'ils avaient planifié l'usage de la fumée depuis le début. Que ce n'était pas une solution de secours.

— Difficile à dire, reprit le comte Janel. Nous n'avons pas assez d'informations en notre possession. Et rien de tout cela n'explique les Yorans déguisés en Jorats. Ni Senera ni Relos Var ne sont yorans… quoi que j'aie pu penser en voyant Senera pour la première fois. (Tout en marchant, elle cueillit trois brins d'herbe haute et se mit à les tresser ensemble.) Une Doltari, dites-vous ?

— À l'Ouest, ils sont plus fréquents, admit Frère Qown. Ils ont la réputation d'être un peuple assez primitif.

— Ou, en tout cas, qui peine à échapper aux esclavagistes[1].

Il toussa.

— Oui. C'est vrai aussi.

Elle carra les épaules.

— Bien. Donc, je vais devoir trouver les réponses à toutes ces questions.

— Vous ? (Frère Qown haussa un sourcil.) N'avez-vous pas déjà fait votre part ? Le reste ne relève-t-il pas de l'armée quuro ?

— Peut-être. (Elle eut un ricanement.) Sûrement. Mais je ne vais pas m'en décharger sur les épaules de quelqu'un d'autre et les laisser se débrouiller seuls. Qui que soient ces gens, ils se sont servis de Tamin. Ils ont tué… allez savoir combien de personnes. Je ne vais pas fermer les yeux là-dessus.

Elle ajouta :

— Avez-vous repensé à la prophétie, vous aussi ?

Frère Qown marqua un silence, espérant qu'elle n'était pas en train de passer maître dans l'art de lire ses pensées.

— La prophétie ?

— Ne faites pas semblant de n'avoir rien remarqué. Relos Var a dit à Tamin que l'enfant-du-démon provoquerait sa perte. Et c'est ce qui s'est passé.

Janel s'arrêta net. Elle resta immobile, l'air décontenancé.

— Vous venez de penser à autre chose ?

---

1. Ce n'est pas moi qui vous le dirai. Je suis née à Quur.

— Non… Quelque chose ne va pas…

Le barrissement d'un éléphant fit trembler le sol, suivi du chœur de ses congénères. Le cri exprimait la panique. Le troupeau entier se rua en avant, sans se préoccuper de leurs compagnons humains. Des hurlements résonnèrent sur la plaine.

Frère Qown reconnut l'une de ces voix : c'était Ninavis.

— Que se passe-t-il ?

Qown scruta la plaine, à la recherche de ce qui avait pu effrayer les éléphants.

Le ciel s'obscurcit.

Une ombre gigantesque tomba sur la forêt, puis survola les champs, en direction de Mereina. Les réfugiés se mirent à courir.

Frère Qown leva les yeux.

Une forme colossale ondulait dans les airs, les ailes déployées à la manière d'un oiseau surdimensionné. Le soleil couchant embrasait les contours de sa silhouette, sans parvenir à masquer le blanc chatoyant de sa peau. À observer les reflets opalins qui y dansaient, rehaussés de bleu et de violet, on aurait pu croire que la créature était faite de glace. Sa tête ressemblait à celle d'un serpent, mais jamais un tel animal n'aurait pu devenir si grand, ni fendre l'air sur des ailes si démesurées.

Le dragon s'inclina sur le côté.

Les réfugiés hurlèrent et se plaquèrent au sol ; pendant ce temps, la créature se rapprocha du sol herbeux, les ailes tendues.

Les éléphants, comprit Frère Qown. Le dragon avait pris les éléphants pour proie.

— Ninavis ! cria Janel avant de partir en courant vers le gros du cortège.

— Comte ! Attendez ! appela Frère Qown.

Mais il avait autant de chances de la rattraper qu'un dhole de happer un faucon en plein vol.

Le dragon descendit en piqué et saisit un éléphant dans chacune de ses pattes avant, puis se redressa et battit de ses ailes puissantes pour s'élever dans les cieux.

Tout le monde courait. La plupart des gens tentaient de fuir le lieu de l'attaque, mais pas tous : Janel, Frère Qown et la bande de Ninavis s'en rapprochaient. Les éléphants restants s'agitaient en tous sens, cherchant en vain à retrouver leurs sœurs disparues.

Une dizaine de flèches, jaillies des hautes herbes, touchèrent le dragon qui poursuivait son vol. Hélas, elles n'eurent aucun effet ; la bête ne donnait même pas l'impression de savoir qu'elle était attaquée. Lorsque Frère Qown rejoignit Janel, elle se tenait à côté de Ninavis, assise dans l'herbe. Le chef des bandits avait mis une corde à son arc pour tirer sur le dragon qui s'éloignait. Voyant le résultat, Ninavis s'était rabattue sur un chapelet d'insultes inutiles.

— Saloperie ! criait-elle. Reviens ici, saleté !

— Je ne pense pas qu'il vous entende. (Janel croisa les bras sur sa poitrine.) Et c'est probablement mieux ainsi. Au moins n'avez-vous pas attiré son attention en l'attaquant. Ç'aurait été idiot, vous ne trouvez pas ?

Ninavis lui répondit d'une série d'imprécations d'une grossièreté choquante.

— Frère Qown, demanda le comte Janel, pourriez-vous examiner Ninavis ? Elle semble s'être blessée. Une fois de plus.

— Tout va bien, à part mon amour-propre, grommela Ninavis.

— Ah ? J'aurais juré que vous étiez tombée sur la tête.

Ninavis se renfrogna et décrocha la corde de son arc.

— Qu'est-ce que c'était que ce monstre ?

— Un dragon, révéla Frère Qown. C'est la première fois que j'en vois un en chair et en os.

Il aurait aimé leur dire combien la créature lui avait paru magnifique, mais il avait l'intuition que son émerveillement ne serait pas bien accueilli.

— Bon, allez. (Le comte Janel tendit la main à Ninavis.) Appuyez-vous sur moi. Il faut que nous arrivions à calmer ces éléphants et à les faire repartir, et vite.

Elle montra le ciel du doigt. Dans le sillage du dragon, il virait peu à peu au noir, annonçant non pas la tombée de la nuit, mais un orage.

— Qu'est-ce que…

— Une tempête s'annonce, dit le comte. Alors où que soit votre repaire, j'espère que ce n'est pas trop loin d'ici.

12

Le festin des démons

Colonie de Jorat, Empire de Quur.
Deux jours après que la reine Khaeriel eut cessé de faire preuve de patience envers la Maison D'Mon.

Kihrin demanda :

— Alors, que faisait Aeyan'arric ?

La pièce trembla, d'une seule secousse d'une puissance terrifiante. Il n'était pas difficile d'en deviner la cause : quelque chose d'immense venait d'atterrir sur le versant, au-dessus de la taverne.

Quelque chose qui devait peser le poids d'un gigantesque dragon, sans doute.

Dans la taverne, les conversations cessèrent. Tous levèrent les yeux vers le plafond et attendirent de voir si la secousse se répétait.

Dans le silence, Kihrin n'eut aucun mal à entendre la vieille femme au comptoir demander :

— Vous ne croyez pas qu'elle puisse creuser jusqu'ici, hein ?

À cet instant, Kihrin comprit que les clients étaient tout à fait conscients de ce qui se passait à l'extérieur. Ils ne s'étaient pas mis à paniquer, à hurler ou à poser des questions affolées sur ce qui avait pu faire un tel bruit. Ils n'avaient pas tourné la tête de tous les côtés pour tenter d'en découvrir l'origine. Ils s'étaient contentés de lever les yeux. Ils savaient déjà.

Kihrin croisa le regard de Janel. Elle n'avait pas étudié l'attitude des autres. Elle l'observait, lui.

— Vous pensiez que je n'allais pas le leur dire ? lança-t-elle.

— C'est ce que je supposais, oui.

Elle quitta sa chaise et effleura de ses doigts ceux de Kihrin, tout en passant près de lui pour gagner le centre de la pièce.

— Bon ! Tout le monde, j'ai besoin de votre attention.

Les occupants de la taverne lui obéirent sur-le-champ.

— Je suis sûre que maintenant, vous avez tous été informés du petit problème qui nous attend à l'extérieur.

— Oui, qu'est-ce qu'on va faire ? demanda un homme à la carrure solide. On a perdu quinze personnes à Ferra, à cause de ce foutu dragon[1].

La tenancière rétorqua :

— Nous avons perdu quinze personnes à Ferra parce qu'elles n'ont pas suivi les ordres.

D'un geste absent, elle écarta ses cheveux de sa figure tout en parlant. Une tache couleur lie-de-vin recouvrait une partie de son visage.

Peut-être était-ce une coïncidence… Non, Kihrin jugeait cela peu probable.

Ninavis.

— Qu'est-ce que…

Kihrin balaya la pièce du regard. Il y avait trop d'étalons, maintenant qu'il savait les reconnaître. Pour une petite ville, c'était étrange, mais pour un groupe de combattants, c'était parfait. Kihrin regarda Frère Qown : lui non plus ne semblait pas surpris.

— J'ai une théorie sur ce qui se passe ici, déclara Janel. J'espère me tromper, mais pour le moment nous n'avons

1. Et nous avons bien failli les avoir aussi. Ça s'est joué à rien du tout.

pas d'autre choix que d'attendre. Et oui, Dorna, si elle avait envie de creuser jusqu'ici, elle en serait capable. Aeyan'arric n'essaie pas de nous tuer. Du moins, pas encore.

— Mais comment nous a-t-elle trouvés…, commença à demander un costaud rouan doté d'une impressionnante moustache.

Sire Baramon.

Janel l'interrompit :

— Je l'ignore, mais cela ne change rien. Installez-vous confortablement. Fondez-vous dans le décor.

Janel regagna leur table.

— Ne me regardez pas comme ça, dit-il à Kihrin. Vous n'allez pas me faire croire que vous n'avez jamais organisé un rendez-vous délicat dans un endroit neutre, et remplacé tout le monde par vos complices ? Même pas une fois ?

— Si, mais à la fin, je me suis retrouvé vendu aux enchères, donc je ne recommande à personne de tenter l'expérience.

— J'aurais agi autrement si d'autres solutions s'étaient présentées à moi.

Kihrin désigna la salle.

— Ce sont les gens de Mereina, c'est ça ?

— Il y a quelques visages que je ne reconnais pas, dit Frère Qown. Mais cela remonte à un moment, maintenant.

— Certains nous ont rejoints, d'autres nous ont quittés, répondit Janel. Et j'aurais aimé vous le dire plus tôt, Kihrin, mais vous me paraissiez déjà bien méfiant.

Il devait admettre qu'elle n'avait pas tort. Mais tout de même…

— Vous avez dit que vous aviez une théorie, concernant notre ami le dragon. C'est vrai ? Ou vous avez simplement dit ça pour les calmer ?

Janel secoua la tête.

— Contrairement à vous, il n'est pas impossible de me retrouver par magie, aussi Relos Var a-t-il dû indiquer à Aeyan'arric où elle pouvait me trouver.

Kihrin l'observa fixement. Elle n'avait pas l'air de plaisanter. D'un autre côté, il avait du mal à imaginer que le nom de Relos Var puisse faire rire qui que ce soit.

— Vous ne savez pas si c'est l'explication, avança Frère Qown. Nous n'en avons aucune preuve.

— C'est vrai, dit Janel. Et j'espère avoir tort. Je suppose qu'il ne me restera qu'à lui poser la question lorsque nous nous reverrons. Voulez-vous que je continue le récit ?

Kihrin soupira.

— Pourquoi pas. On est déjà à la fête… autant chanter en chœur.

Récit de Janel. Ruines d'une estava, bannière de Barsine, Jorat, Quur.

Lorsque nous atteignîmes enfin le refuge, il était grand temps que nous trouvions un abri. Une petite bruine s'était mise à tomber après le passage du dragon et s'était transformée en déluge après quelques minutes. Poussée par des vents violents, cette pluie glacée nous cinglait le visage, parfois mêlée d'une grêle qui se faisait de plus en plus fréquente au fil du temps. Par chance, une fois entrés dans la forêt, nous fûmes protégés par la canopée ; mais une partie de la pluie traversait néanmoins le feuillage. Le vent se faisait de plus en plus fort, si bien que les arbres penchaient en craquant et se cassaient parfois sous les rafales. La foudre illuminait par moments l'atmosphère ; certains éclairs étaient si proches que le tonnerre qui s'ensuivait faisait vibrer le sol sous nos pieds.

— C'est par là, devant ! cria Ninavis. En bas de cette colline !

Elle désigna l'endroit en question à travers une trouée entre les arbres. C'était une colline verte et boisée, parsemée de vieux blocs de pierre et de ruines. À mi-chemin du sommet, une rampe de pierre grossière débouchait sur une ouverture noire et béante. L'entrée de la caverne aurait pu passer pour naturelle, si elle n'avait été si parfaitement symétrique. Le soulagement déferla sur moi lorsque je compris ce que j'avais sous les yeux.

— Quel est cet endroit ? demanda Frère Qown.

— Une estava[1], répondis-je. Les Huit soient loués.

— Une quoi ? s'étonna Qown.

— Des abris construits par Khorsal et ses centaures, répondit Dorna en grimaçant sa désapprobation.

— Puisqu'il va nous sauver la vie, je me soucie comme d'un tas de crottin de qui l'a construit, répliqua Ninavis. Que tout le monde entre, tout de suite. Allez, allez, allez !

Sana, la gardienne des éléphants, secoua la tête.

— C'est maudit, là-d'dans !

Je me tournai vers elle.

— Jument, si par « maudit », vous voulez dire « un endroit où Ninavis et ses compagnons se sont cachés du capitaine Dedreugh pendant des mois », alors vous avez sûrement raison. Mais nous n'avons pas le temps de trouver un meilleur refuge. Je vous prie de suivre Ninavis et d'entrer à l'intérieur.

J'espérais avoir réussi à indiquer, au ton de ma voix, qu'il ne s'agissait pas d'une suggestion.

Sana aurait aimé répliquer, mais Ninavis et les siens étaient déjà en mouvement. L'éclair qui illumina soudain l'atmosphère, et le coup de tonnerre qui retentit presque aussitôt après, achevèrent de la décider. Elle encouragea les éléphants restants à se remettre en route.

Frère Qown demanda :

— Que signifie « estava » ?

Dorna fut la première à répondre :

---

1. Rétrospectivement, si j'avais su que ces lieux existaient, je me serais mise en quête de leurs emplacements. Sans les connaître, je ne pouvais évidemment pas les chercher.

— « Abri-tempête ». (Un sourire moqueur naquit sur son visage.) Vous n'avez encore jamais vu de tornade jorate, pas vrai, poulain ?

Il écarquilla les yeux, et je luttai pour ne pas rire tandis que Dorna l'agrippait par un pan de sa robe.

— Allez, venez, reprit-elle. Il fera pas bon être dehors, ce soir.

Bien que toutes les habitations jorates ne soient pas souterraines – la plupart ne le sont pas, en réalité – nous n'avons jamais oublié que nous étions sujets aux pires tempêtes que l'Empire ait la malchance de connaître. L'architecture jorate est dérivée des estava, qui ne sont pas très différentes des maisons souterraines d'aujourd'hui, sinon par la taille. Elles ne servaient pas de forteresses, mais de refuges pour les moments où – pour une raison ou pour une autre – les Seigneurs Chevaux ne souhaitaient pas éloigner leurs troupeaux des tempêtes en approche.

Les hommes de Ninavis avaient déjà allumé quelques lampes lorsque nous entrâmes dans l'abri ; cependant, elles étaient trop peu nombreuses pour éclairer un caveau de cette taille. Je supposai que l'huile de lampe était une denrée rare et précieuse pour les bandits en cavale.

Le tunnel s'ouvrait sur une salle immense aux parois de pierre, soutenue par d'énormes colonnes de granit. L'endroit était si vaste que l'on ne distinguait pas le mur opposé. Quelques détails – des lézardes sur les parois, des pans de plafond éboulés – indiquaient que l'estava était très ancienne. On entendait courir de l'eau quelque part dans l'obscurité, mais j'ignorais s'il s'agissait de la pluie ruisselant à l'extérieur, ou si l'abri disposait d'une source permanente d'eau propre.

Ninavis et ses compagnons le savaient certainement.

Les nouveaux propriétaires du caveau y avaient laissé leur marque. Des caisses étaient appuyées le long d'un mur, ouvertes sur des vivres et des piles de linge, réserves volées un peu partout dans la bannière. Je reconnaissais même les groupes marchands dont elles étaient issues : ici, du thé du consortium commercial Huit-Pièces ; là, des mangues séchées généreusement fournies par – je vous le donne en mille – la famille Sifen. Un grand tas d'oreillers et de tapis marquait l'emplacement du principal coin repos, et quelqu'un avait pris le temps de construire un four en terre.

Les réfugiés n'eurent pas besoin d'instructions : ils se dispersèrent dans la pièce, posèrent leurs bagages et se mirent à installer le camp.

Frère Qown attendit que j'aie aidé Ninavis à s'asseoir sur un bloc de pierre tombé de la charpente avant de se pencher sur elle.

— Permettez-moi d'examiner votre jambe.

Je vis qu'elle s'apprêtait à protester et intervins :

— Ninavis, je suis responsable de votre blessure. Laissez Frère Qown vous soigner. Les prêtres de Vishai n'ont pas leur pareil en matière de guérison.

Je m'assis sur une caisse en bois et m'étirai en retirant l'armure laquée de noir que j'avais empruntée à Sire Baramon. Ce dernier avait eu raison de m'avertir qu'elle n'était pas à ma taille. Mes muscles me le faisaient douloureusement sentir.

— La Guilde des Médiqueurs ne serait pas ravie de vous l'entendre dire, répliqua Ninavis.

— La Guilde des Médiqueurs cherche plus à s'enrichir qu'à aider les gens[1]. Et encore ! À Jorat, ils ne font souvent ni l'un ni l'autre.

— Peut-être que si vous arrêtiez de les brûler pour sorcellerie, suggéra Ninavis, votre métal leur paraîtrait plus attrayant.

Je m'apprêtais à protester, mais compris à temps qu'elle s'amusait à me provoquer. Je n'avais pas la patience de me prêter au jeu. Je m'apprêtais néanmoins à répliquer lorsque Sire Baramon nous rejoignit. Son visage rougi évoquait à

1. Qui l'eût cru ? Janel et moi sommes d'accord sur quelque chose.

la fois l'épuisement dû à notre longue marche et les larmes qu'il avait versées durant le voyage. Je me souvins alors qu'il avait perdu un être cher à peine quelques heures plus tôt. Je ne connaissais même pas le nom de son amant.

Il s'assit près de moi.

— C'était… (Il pinça les lèvres et reprit la parole.) Je n'ai pas rêvé, si ? Un dragon nous a bien attaqués ? Je croyais que ces créatures n'étaient qu'un mythe…

— Oh, non, répondit Frère Qown. (Il ouvrit sa sacoche, en quête du matériel dont il avait besoin pour soigner Ninavis.) C'était Aeyan'arric.

Tout le monde se figea.

— Il a un nom ? demanda Ninavis d'un air abasourdi.

— *Elle* a un nom, corrigea Frère Qown. En effet. Il existe huit dragons en tout[1]. Si je me fonde sur les descriptions que j'en ai lues, c'était Aeyan'arric, la Porte-glace, la Dame des Tempêtes. (Il hésita en voyant les expressions qui s'étaient peintes sur nos visages.) Le Père Zajhera m'a enseigné leurs noms.

— Huit…, répétai-je. Comme les dieux ?

Frère Qown me décocha un regard outré, de ceux qu'il me réservait lorsque je lui posais une question à laquelle il aurait préféré ne pas répondre.

— Non ! Enfin, il y a bien plus que huit dieux, de toute façon…

— Mais ceux qui comptent sont huit.

Il s'éclaircit la gorge avant de reprendre :

— Hum. Quoi qu'il en soit, les dragons sont l'antithèse vivante de l'ordre naturel personnifié par les dieux ; on ne peut donc les comparer les uns aux autres. (Il leva les paumes vers le ciel.) Parfois, un nombre n'est rien d'autre qu'un nombre[2].

---

1. D'accord, neuf dragons. Kihrin a raison, finalement.
2. Mais pas dans ce cas précis.

Je l'observai fixement, et sentis au plus profond de moi que mon prêtre venait de me mentir effrontément.

— Donc, il n'y en a que huit dans le monde entier, dis-je. Et pourtant, l'un d'entre eux… ou l'une d'entre eux… décide de se montrer ici et maintenant. (Je terminai de retirer les pièces d'armure qui protégeaient mes bras.) Même si nous devons nous estimer chanceux que le dragon ne se soit intéressé qu'à nos éléphants, j'avoue que je suis assez déconcertée. Elle est partie en direction de Mereina…

— Il pourrait s'agir d'une coïncidence, fit remarquer Qown.

— Ah, oui. Et quand les vautours apparaissent dans le ciel après une bataille, c'est une coïncidence aussi, rétorqua Dorna.

Elle se mit à ramasser les pièces d'armure et à les aligner soigneusement, dans l'ordre, près de Sire Baramon.

— Je proposerais bien d'aller participer à la préparation du dîner, mais j'ai peur qu'ils aient déjà eu leur lot de catastrophes aujourd'hui. Je peux aider pour ce qui est du rituel de séparation, par contre.

Je sentis la honte m'envahir. Bien sûr, les gens voudraient tout de même organiser des funérailles. Même s'ils n'avaient ni corps à brûler, ni cendres à disperser dans les champs, ils souhaiteraient néanmoins honorer les proches qu'ils avaient perdus. Nous n'aurions pas assez de rations pour le banquet funéraire, mais…

Mais il fallait bien qu'ils organisent quelque chose. Je ne pouvais le leur reprocher.

— Pensez-vous que cela les dérangerait si je disais quelques mots ? demanda Frère Qown.

— Vous n'êtes pas un prêtre des Huit, poulain…, commença à protester Dorna.

Qown fronça les sourcils d'un air déçu.

— Mais si, Dorna. Mon seigneur, Selanol, fait partie des Huit. Je suis un prêtre des Huit au même titre qu'un disciple de Khored ou de Galava.

— Ah. (Elle haussa les épaules.) Pardon. Je n'y avais pas réfléchi de cette manière.

Je posai une main sur celle de Frère Qown.

— Je suis sûre qu'ils vous seraient reconnaissants de parler au nom de leurs morts. Faites-le, je vous en prie.

Dorna me lança un regard curieux.

— Quoi ? Vous n'avez pas l'intention de le faire ?

— Je ne peux pas m'en charger. Je dois aller dormir.

Les mains de Dorna se figèrent au-dessus de l'armure.

— Il est encore un peu tôt, non ? fit remarquer Sire Baramon.

— Bien au contraire. J'espérais que nous ferions halte plus tôt. À présent, je crains qu'il ne soit trop tard.

Je me levai, sans oublier la cape que j'avais ramassée sur la dépouille de la Lance Rouge. Ayant repéré l'endroit où les autres avaient étendu leurs couvertures, je me dirigeai vers l'autre côté de la pièce, où je serais seule.

J'aurais préféré qu'Arasgon soit présent… mais à tout prendre, le mieux aurait été que rien de tout cela ne soit arrivé. Je roulai ma cape en boule afin qu'elle fasse office d'oreiller, puis je me couchai, pelotonnée sur moi-même.

L'étreinte de la mort fut immédiate, comme toujours.

Récit de Janel. L'Au-delà.

Durant mon sommeil, je visite les contrées des morts.

Même au sein de l'Au-delà, je me réveille souvent dans un endroit où des morts viennent d'avoir lieu. Un emplacement où la traversée des âmes a rendu la barrière entre le monde des vivants et celui des morts plus perméable. Les démons semblent attirés par ces endroits, eux aussi, car ils rêvent de regagner le monde des vivants… qui leur est, en temps normal, presque inaccessible.

Mais l'était-il vraiment ?

(Seul un traité les empêchait de nous attaquer aussi souvent que bon leur semblait, d'après Frère Qown.)

J'étais de retour à Mereina.

De nombreuses vies avaient franchi la barrière depuis l'édification de la forteresse, si bien qu'il était facile de la reconnaître. Et chaque mort avait créé des échos entre les Voiles, ce qui rendait le château plus tangible. La ville elle-même, plus récente, aurait pu être invisible en d'autres circonstances. Avant ce jour, elle avait été trop jeune et trop paisible pour que son image se reflète dans l'Au-delà.

Mais à présent…

La ville comme le château apparaissaient avec une clarté lugubre, nets et palpables. Une lueur phosphorescente flottait au-dessus des créneaux et auréolait les patios, les gradins du tournoi, les azhock. Des fantômes erraient entre les structures, hagards et terrifiés. Leurs apparences révélaient les circonstances de leur mort. Le pauvre gardien était debout dans la tribune des nobles, le visage bleui, libéré de sa maladie mais rendu perplexe par sa nouvelle condition.

Hélas, je n'avais pas le temps de m'entretenir avec ces malheureux pour leur expliquer leur situation, les guider vers le Royaume de la Paix de Thaena et les conseiller. Je n'avais pas le temps de leur révéler qu'ils pouvaient mourir deux fois, et que la seconde fois serait plus permanente que la première. Que les démons se serviraient de ces morts-là pour obtenir ce qu'ils désiraient le plus au monde. C'est-à-dire… le monde lui-même.

Les démons étaient venus à Mereina. Ils allaient y lancer une Marche Infernale s'ils en avaient la possibilité ; ils traîneraient ces morts comme des marionnettes à travers Jorat, massacrant villages, villes et cités, jusqu'à avoir rassemblé assez d'âmes pour attirer l'attention d'un prince démon[1]. Alors, les massacres ne s'arrêteraient plus.

Les démons étaient venus dévorer les âmes des morts.

Moi, j'étais en quête d'une proie moins facile.

Sans perdre de temps, je dégainai mon épée. Je ris lorsque mon premier coup décapita l'un des démons. Repoussant de mon bouclier un chien de l'Enfer qui bondissait, je fis un pas de côté. Je me mis alors à décimer mes ennemis, laissant la haine et la rage me réchauffer le corps. Le sang du premier démon était noir, celui du deuxième d'un violet luminescent ; l'apparence de leurs entrailles n'obéissait à aucune règle particulière.

J'étais en train d'empaler la tête d'un tigre démon sur mon épée lorsque j'entendis crier. Je levai les yeux à temps pour voir un énorme marteau s'abattre sur mon visage, me faisant tomber en arrière.

Si j'avais été éveillée, une telle attaque aurait suffi à me tuer, mais les choses marchent différemment lorsqu'on n'existe que sur le plan métaphorique.

Je pris appui du poing sur le sol et me redressai prestement. Un gigantesque démon sans peau se tenait devant moi ; ses muscles luisaient, écarlates, striés de tissus blanchâtres et de graisse jaune.

Sa mâchoire inférieure était toujours manquante, cependant.

— Kasmodeus ? (Je tournai la tête pour cracher un peu de sang.) Tu t'es remis plus vite que je ne l'aurais cru, vu la facilité avec laquelle je t'ai tué.

Les muscles de ses pommettes s'étirèrent en un rictus, ou du moins en quelque chose d'approchant.

---

1. Kasmodeus pensait que s'il amassait suffisamment d'âmes, il parviendrait à se transformer en un nouveau Xaltorath, mais je commence à me dire que cela n'aurait jamais fonctionné.

LES AUTRES DÉMONS HURLERONT ET SE CACHERONT LE VISAGE LORSQU'ILS VERRONT CE QUE JE M'APPRÊTE À TE FAIRE.

Je m'esclaffai.

— Aurais-tu l'intention de sauver des chiots de la noyade ? De faire de la soupe pour l'apporter à une vieille jument malade ? (Je souris.) Des roses ?! Non, vraiment, il ne fallait pas !

Ses yeux brillèrent.

MEURS, CATIN !

Il abattit son marteau sur moi, utilisant le poids de l'arme pour ajouter à la force du coup.

Je l'évitai de justesse. Il était plus puissant qu'auparavant… ce qui signifiait qu'il avait volé une poignée d'âmes, mortes trop près de ces satanés poteaux. Qui pouvait dire combien il en avait récoltées lors des tournois précédents ?

Il ne me laissa pas le temps de reprendre mon souffle. Après son premier assaut, qui avait envoyé voler la terre dans toutes les directions, il frappa encore et encore. À chaque violente attaque en succédait une autre. Je levai mon bouclier pour bloquer son arme, me ménageant l'occasion de porter moi-même un coup. Le sien me fit tomber à genoux. Grinçant des dents, je fouettai l'air de mon épée. Ma lame trouva sa cible, déchirant son pectoral et sa cage thoracique.

Il ne le remarqua même pas. Ou peut-être y était-il simplement indifférent.

Je hurlai lorsque son marteau m'écrasa à mon tour les côtes. Je sentis les os craquer. Comme lors du tournoi, une forte chaleur m'envahit.

Du feu naquit au sol sous mes doigts, dessinant une spirale dans l'herbe qui m'entourait. Ici, les flammes semblaient irréelles, tranchant par leurs nuances orangées sur les teintes bleues et violettes de l'Au-delà. Je n'avais pas le temps de me demander d'où venait cette chaleur, mais j'y puisai de nouvelles forces.

Ce qui restait de son visage forma un sourire.

JE VAIS ME SERVIR DE TOI COMME REPOSE-PIEDS. TON CRÂNE SERA MON TROPHÉE.

Il leva son marteau.

— Pourquoi ne pas faire un choix plus fonctionnel ? Ce dont tu as besoin, c'est d'une mâchoire…

Dans le lointain, un éléphant trompeta bruyamment.

Je levai la tête. Il s'immobilisa.

D'autres éléphants se lancèrent des appels qui ressemblaient à des coups de tonnerre. Dans le monde des vivants, ce son n'aurait rien eu de surprenant. Les éléphants n'y étaient pas rares. Dans l'Au-delà, en revanche…

Les éléphants de l'Au-delà ne connaissent qu'une maîtresse. Je me mis à rire.

— Ah… Il semblerait que la Mort nous ait trouvés, tous les deux.

13

En attendant la fin de l'orage

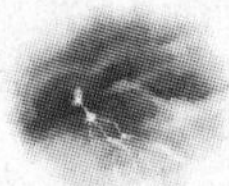

Colonie de Jorat, Empire de Quur.
Deux jours après le massacre
de la famille royale de la Maison D'Mon.

Janel sourit, s'interrompit et tendit la main vers sa chope. Kihrin soupira et s'efforça de ne pas regarder Frère Qown tout en ruminant les complications dérangeantes de sa religion. Il était incroyablement gêné à l'idée que le prêtre assis de l'autre côté de la table vénérait… Kihrin[1].

Ou du moins, la personne qu'avait été Kihrin dans une autre vie.

Il s'arracha à sa rêverie en s'apercevant que Janel n'avait pas repris son récit.

— Hé, mais vous n'avez pas fini !

— Quelqu'un a faim ? demanda-t-elle. J'ai bien envie d'aller voir ce qu'il y a dans la cuisine.

— Non, non, non, protesta Kihrin. Vous ne pouvez pas vous arrêter là. Thaena est arrivée, ou non ? Que s'est-il passé ?

— Je m'étais dit que nous pourrions peut-être faire une pause.

---

1. Oh… En toute honnêteté, je n'y avais pas réfléchi en ces termes. Kihrin a raison : c'est effectivement gênant. C'est pour cela que je déteste la religion. Enfin… c'est l'une des nombreuses raisons.

Le rictus carnassier de Janel ne pouvait être qualifié de « cruel »… mais cela se jouait à très peu de chose.

— Ou alors, sauter tout bonnement ce passage, ajouta-t-elle.

Elle le taquinait délibérément. Frère Qown rouvrit son livre et demanda :

— Voulez-vous vraiment passer à la suite ?

Cela ne semblait pas le réjouir le moins du monde.

— Non, ne craignez rien, Frère Qown. Voulez-vous dire quelque chose avant que je ne termine ma partie du récit ?

— Brièvement, si cela ne vous ennuie pas ?

Elle agita la main :

— Allez-y, je vous en prie.

Récit de Qown. Ruines d'une estava, bannière de Barsine, Jorat, Quur.

Ninavis se renfrogna lorsque le comte Janel s'éloigna.

— Hé ! La discussion n'est pas finie.

Le comte l'ignora et se roula en boule pour dormir.

Ninavis voulut claudiquer jusqu'à elle, mais la douleur la fit pester et s'arrêter. Frère Qown soupira.

— Vous êtes une tête de mule. (Il offrit son bras à Ninavis.) Cela vous tuerait-il de ne pas poser votre poids sur votre jambe pendant quelques jours ?

— Vu ce que nous venons de laisser derrière nous, j'ai envie de dire « oui », répliqua Ninavis en rampant jusqu'à Janel.

— Ne vous fatiguez pas, conseilla Dorna. Elle dort. Vous ne la réveillerez pas.

— Hé ! lança Ninavis.

Puisque Janel ne répondait pas, elle réitéra son appel… en criant, cette fois. Quelques personnes, parmi les autres occupants du caveau, se tournèrent dans leur direction.

— Besoin de quelque chose, chef ? lança Dango en réponse.

S'appuyant sur sa jambe valide, Ninavis se pencha pour secouer Janel par l'épaule. La jeune noble ne réagit pas.

— Dorna a raison, renchérit Frère Qown. Vous n'arriverez pas à la réveiller. Elle va continuer à dormir jusqu'au matin, et je n'ai jamais rien vu qui puisse accélérer le processus.

Ninavis s'écarta brusquement, surprise.

— Prêtre, elle ne respire plus.

— Oh si. Elle respire très lentement, c'est tout. Et s'il vous plaît, appelez-moi Frère Qown. Je déteste qu'on m'appelle « prêtre ».

— Je vous assure que non, prêtre. Je vois bien qu'elle ne respire pas.

Sire Baramon s'approcha, écoutant la conversation avec une inquiétude grandissante.

— Par quelle magie…

Dorna haussa les épaules en lissant sa jupe de cheval.

— Elle est maudite. Les gens qui passent leur temps à répandre de fichus commérages sur Danorak ne parlent jamais de la malédiction ?

— Quoi ? Mais…

Dorna désigna la silhouette immobile de Janel.

— Elle dort. Le prêtre dit qu'elle n'est pas morte, mais en ce qui me concerne, j'ai du mal à le croire. Elle ne respire pas. Son corps devient froid. Elle n'est plus de ce monde, et ce n'est pas qu'une expression. Elle a quitté le monde des vivants. Cette estava pourrait bien s'écrouler sur nous qu'elle ne réagirait pas plus qu'un cadavre. Sauf qu'à l'aube, elle sera de nouveau sur pied, comme après une bonne nuit de sommeil.

Ninavis resserra sa main sur l'épaule de Janel.

— Je pensais que c'était une sorcière, moi…

— Pardon ? s'écria Dorna en haussant un sourcil.

— À cause de sa force. Je croyais que c'était une sorcière.

— Mon poulain n'invoque pas de démons, ça non ! tempêta Dorna, qui semblait elle-même prête à en découdre.

— Je veux dire… (Ninavis soupira.) Je veux dire qu'elle utilise la magie. Ça fait d'elle une sorcière, non ? (Elle désigna d'un geste une caisse posée au sol.) Aidez-moi à m'asseoir là-bas, prêtre, d'accord ?

Elle ignora le soupir de Frère Qown, qui l'aida à prendre place sur le siège de fortune.

— Le comte de Tolamer ne fait pas de magie, rétorqua Sire Baramon.

Dorna et Frère Qown échangèrent un regard. Dorna pencha la tête de côté.

— Bien sûr que non. Personne ne dit le contraire. Dites, pourquoi vous n'iriez pas voir comment vont nos nouveaux amis de Mereina, et où en sont les préparatifs du banquet funéraire ? À l'odeur, j'ai l'impression que quelqu'un a commencé à faire cuire un ragoût… ou alors, je suis encore comte de la Passe de Leanan[1].

Le chevalier plissa les yeux.

— Je ne vous dois pas mon thudajé, espèce de vieille bique.

Dorna sourit.

— Ah ! Mon cher Baramon… Vous êtes sous l'idorrá du comte, maintenant, et je suis sa première jument. Donc c'est un peu le cas, non ? Allez, ouste ! C'est pas une discussion pour vos oreilles innocentes.

Sire Baramon souffla d'un air vexé et s'éloigna vers la cuisine improvisée.

— Vous ne l'aimez pas beaucoup, hein ? glissa Ninavis.

— Sire Baramon ? Je l'adore. Je l'ai connu quand on était tous les deux poulains, et si je courais avec les étalons et lui avec les juments… on se serait mariés il y a bien longtemps. (Elle fit la grimace.) On aurait dû le faire quand même. On aurait fait d'excellents parents de troupeau.

1. Honnêtement, je ne serais pas surprise si c'était vrai. Je suis tentée de vérifier, d'ailleurs.

Ninavis regarda la jeune fille endormie.

— Elle fait son âge, quand elle dort. (Le chef des bandits se laissa aller sur sa caisse, à présent que celle-ci s'était révélée assez solide pour soutenir son poids.) Mon Hava aurait le même âge.

— Je suis navré, dit Frère Qown.

— Pas la peine. Ce n'était pas votre faute. (Elle regarda ses mains un long moment.) C'était une gentille fille. Avec un cœur aussi pur que le printemps. Vous avez eu des enfants, Dorna ?

La vieillarde sourit et désigna Janel.

— Elle ne compte pas, celle-là ? Je l'aime comme si je l'avais faite.

Frère Qown hésitait à demander ce qui était arrivé à la fille de Ninavis[1]. La souffrance de la femme était presque tangible, mais sombre et intime.

Ninavis devança les interrogations du prêtre et montra le comte endormi.

— Mon mari a été tué pendant la Marche Infernale qu'elle a arrêtée. Ma fille est morte après.

Dorna et Frère Qown se figèrent tous les deux.

Ninavis attendait qu'ils disent quelque chose, n'importe quoi… mais que dire ?

— J'ai vu ce que les démons font aux gens, poursuivit-elle. Ils font des choses terribles, mais… ils ne les « maudissent » pas. Alors si vous voulez bien, j'aimerais que vous arrêtiez de me mentir et que vous m'expliquiez ce qu'il en est.

— Nous ne mentons pas, assura Frère Qown. Janel est un cas à part.

— C'est une sorcière, ou non ?

Frère Qown se racla la gorge.

1. J'ai fait des recherches. Hava a été exécutée pour sorcellerie. Ninavis l'aurait sûrement été aussi, si elle avait été la femme d'un soldat ordinaire. Et non, sa fille n'était pas une sorcière, quel que soit le sens qu'on veuille donner à ce mot.

— Si par là, vous entendez « quelqu'un qui fait affaire avec les démons », la réponse est non.

Frère Qown contournait la question en y répondant par une pirouette, mais que pouvait-il faire d'autre ?

— Tamin n'est pas une sorcière non plus, précisa-t-il. Vous autres, vous confondez le fait d'être capable d'user de magie avec la sorcellerie, alors que ce sont deux choses différentes.

— Je ne suis pas d'ici, lui rappela Ninavis. Dites-moi simplement ce qui lui est arrivé. Pourquoi elle est devenue comme ça.

— Oh, il l'ignore, répondit Dorna. (Son visage était plissé de contrariété.) Qown ne nous a rejoints qu'il y a quelques mois, parce que son Église le lui avait ordonné. Je suis sûre que le Père Zajhera lui a expliqué dans quoi il s'engageait, mais l'entendre de quelqu'un, ce n'est pas pareil que de le vivre.

Ninavis fronça les sourcils :

— Et si je vous demande de me raconter l'histoire du comte, vous allez me dire que ce ne sont pas mes affaires, c'est ça ?

— C'est la vérité, non ?

— Vous vous trompez, riposta Ninavis. Ce sont mes affaires, au contraire. Je ne suis peut-être pas née ici, à Jorat, mais mon mari et ma fille étaient tous les deux jorats. J'en sais assez des coutumes de cette région pour comprendre que cette petite fille vient de débarquer chez moi et de me piquer mes hommes sous le nez. C'est à elle que va la loyauté de Kalazan, à présent. Il est peut-être devenu baron de cette bannière, mais je vous garantis que son comte, c'est elle. (Elle pencha la tête de côté.) Je ne suis pas sûre que l'ancien comte appréciera.

Dorna leva les yeux au ciel.

— Bah, qu'est-ce que ça peut faire ? Ce vieux salopard aurait dû mettre fin aux délires de Tamin avant qu'il en arrive là.

Ninavis leva la main.

— Ce n'est pas ce qui m'importe. Ma petite bande de voleurs appartient au peuple des chevaux, comme vous. Et s'il y a une chose que je sais sur les Jorats, c'est que vous faites trop facilement confiance aux gens. Moi, non. J'ai besoin de savoir quel genre de personne je vais suivre, surtout quand on m'annonce qu'elle est maudite.

Dorna soupira :

— Je n'étais pas là quand ils sont allés à Lonezh, dans son enfance. J'étais partie à la fête des Feuilles d'Automne, cette année-là, et… (Elle secoua la tête.) Ils allaient juste rendre visite aux cousins de son père. Rien d'inhabituel. Il y avait un tournoi. Je ne sais pas non plus ce qui s'est passé…

— Mais les histoires racontent que…, commença à objecter Ninavis.

Dorna leva une main.

— Sauf que les légendes de Danorak sont fausses. Elle n'a pas devancé les démons pour avertir l'Empereur. Elle a été prise au piège, comme tous les autres ; mais les démons n'ont pas tué Janel. Au lieu de ça, leur chef, un prince démon… a décidé de posséder son corps pour pouvoir invoquer d'autres démons. Il l'a portée comme on porte une robe de cheval. Alors l'armée des démons a mis Jorat à feu et à sang, sous le commandement d'une petite fille de huit ans. Même quand l'Empereur est venu et qu'il a mis fin à la Marche, il n'a pas réussi à convaincre cette saloperie d'abandonner son nouveau corps.

— Père Zajhera pense que le démon voulait forcer l'Empereur à tuer une enfant, glissa Frère Qown.

— Et lui, rappelez-moi qui c'est ?

— Le Père Zajhera est le dirigeant de mon ordre. (Frère Qown posa une main sur sa poitrine.) Lorsque Xaltorath a possédé Janel, personne ne réussissait à le faire partir. L'Empereur espérait que le Père Zajhera en serait capable[1]. Et il avait raison. Le Père Zajhera a guéri Janel de sa possession, puis l'a surveillée pour s'assurer que…

— S'assurer que quoi ? pressa Ninavis.

— L'impact de la possession sur l'esprit est désastreux. La plupart des gens ne recouvrent jamais la raison. Le Père Zajhera s'est assuré que Janel s'en remette entièrement. Elle avait besoin d'être soignée sur le plan mental et spirituel, pas sur le plan physique.

— Ouais, ouais, soupira Dorna. Le Père s'y entend plutôt bien, disons. Janel a habité avec lui dans son joli temple pendant six mois, le temps qu'il la débarrasse du démon. Quand elle est revenue à Tolamer, le Père l'a accompagnée. Il est resté à peu près trois ans, le temps de vérifier qu'elle avait toute sa tête. Et c'était le cas… mais ça ne veut pas dire qu'elle est redevenue comme avant. J'imagine que ces six mois avaient dû lui paraître des années. Elle est revenue aussi forte qu'un éléphant, et avec cette malédiction qui la renvoyait en Enfer toutes les nuits, comme si Xaltorath avait maintenu son emprise sur son âme.

— Je vous ai déjà dit que ce n'était pas l'Enfer, protesta Frère Qown.

Ninavis observa l'adolescente.

— Qu'est-ce qu'elle est, alors ?

— Vous m'écoutez, ou quoi ? maugréa Dorna. (La vieille femme se rassit et secoua la tête.) Je me tue à vous le dire : je n'en ai pas la moindre idée.

---

1. L'Empereur Sandus s'est révélé incapable de bannir un démon ? Alors ça, c'est intéressant. Ce devrait être impossible, en raison du gaesh qui lie tous les démons. Curieux.

14

Chasse nocturne

Colonie de Jorat, Empire de Quur.
Deux jours après la dernière apparition publique du Grand Seigneur Therin D'Mon.

— Bon, c'est votre tour, maintenant, rappela Kihrin.

— Vous êtes sûr que vous ne préférez pas faire une pause ? (Janel sourit, semblant s'amuser de son impatience.) De toute évidence, il ne se passe rien de véritablement tragique… pour moi, en tout cas. Je suis encore là.

Il secoua la tête.

— Je veux savoir, c'est tout.

— D'accord, d'accord. Le prochain passage parle aussi de vous, d'ailleurs. Je ne connaissais pas votre nom à l'époque, mais… (Elle haussa les épaules.) J'ai bien l'impression que nous avons les mêmes fréquentations.

Récit de Janel. L'Au-delà.

Quelque chose d'énorme se mit à traverser les bois de l'Au-delà, dans un bruit de tonnerre. Quelque chose, ou plusieurs. J'entendis des arbres tomber dans le sillage des animaux qui parcouraient la forêt obscure, faisant s'envoler des nuées de corbeaux.

Kasmodeus se figea sur place et baissa son marteau, sidéré. Je le comprenais. L'arrivée de la Chasse était un événement inquiétant.

Et pas seulement pour lui.

Je roulai sur le côté et levai mon bouclier, aussi haut que me le permettaient mes côtes cassées. Il baissa de nouveau les yeux sur moi.

NOUS POURRIONS LES AFFRONTER ENSEMBLE. METTONS CES PETITES QUERELLES DE CÔTÉ ET UNISSONS NOS FORCES. ILS TE TUERONT AUSSI SÛREMENT QUE MOI LORSQU'ILS ARRIVERONT.

J'essuyai de mon gantelet le sang qui me maculait le visage, ne réussissant sans doute qu'à l'étaler.

— C'est une idée intéressante, répondis-je.

Les éléphants se rapprochaient à toute allure, et les fantômes de Mereina se dissipaient à mesure que les démons décampaient.

Les démons craignent peu de choses. Ce sont eux que les autres redoutent. Les Huit Dieux, cependant, font partie des entités auxquelles les démons accordent un certain respect.

Les démons fuient lorsque les dieux font leur apparition. Et ce qui s'approchait de nous était, dans le meilleur des cas, un serviteur des Huit. Avec un peu de chance.

Sinon, il s'agirait de Thaëna en personne. Je ne m'imaginais pas pouvoir survivre à cette rencontre. J'étais une intruse, ici, au même titre que les démons. Kasmodeus le savait : c'était pourquoi il m'avait fait cette proposition. Je souris.

— Hélas, je dois émettre une réserve.

Le démon inclina la tête de côté.

LAQUELLE ?

Je le transperçai de mon épée.

— Les dieux ne sont pas mes ennemis. Toi, si.

Le marteau de Kasmodeus était une arme pesante et redoutable, mais cela ne jouait pas nécessairement en sa faveur. Le démon avait du mal à parer, tandis que je me mouvais plus rapidement que lui.

Et puis, je n'avais rien à perdre. J'allais mourir, de toute façon.

Je me répétai que la douleur n'existait que dans mon esprit. Dans cet endroit, c'était plus vrai que jamais. J'arrachai mon épée à la chair du démon et le pourfendis une seconde fois. Je ne pensais pas pouvoir gagner, mais j'espérais l'empêcher de s'enfuir avant que les troupes de la Mort n'arrivent pour l'achever.

Kasmodeus avait absorbé de nombreuses âmes. Je voulais faire en sorte qu'il ne puisse pas tirer parti de ce monstrueux festin. La mort que je pouvais lui imposer ne serait que temporaire; elle l'affaiblirait momentanément, et il serait forcé de retourner en Enfer pour reprendre des forces.

Thaena, en revanche… Thaena pourrait lui reprendre toutes les âmes qu'il avait aspirées, inversant le processus afin que ces morts puissent connaître la renaissance. Les démons brisent le cycle des réincarnations: c'est ce qui les rend si abominables. Je ne pouvais rien faire pour restaurer l'ordre naturel des choses. Mais Thaena, si.

Je parvins à lui entailler profondément le bras, sectionnant les muscles et les tendons qui lui permettaient de manier son arme. Malgré tout, il demeurait dangereux, cruel et deux fois plus gros que moi. Je regrettai que Xaltorath ne m'ait jamais appris à changer de forme. D'un autre côté, il était vrai que j'aurais refusé ses leçons, si elle avait essayé.

Kasmodeus beugla et me frappa, me faisant tituber. Le marteau s'écrasa contre mon bouclier; mais ne pouvant l'utiliser correctement, le démon n'était pas en mesure de m'achever. Je hurlai et le heurtai violemment d'un coup de tête avant qu'il n'ait pu le faire lui-même. Cet assaut l'ayant étourdi un instant, je lui envoyai mon pied dans l'abdomen.

Manol, au sud. Les vané, qui résistaient encore à toute conquête, après avoir infligé à Quur son unique défaite.

Un vané manol se moquait sans doute éperdument de ce qui pouvait se passer dans l'Empire, en effet.

— Vous n'êtes pas… (Je grinçai des dents, retenant un ricanement venimeux.) Bien sûr. Vous êtes un vané manol.

Il sourit.

— Vous avez bien écouté vos professeurs, on dirait.

— L'inverse m'aurait été difficile. Ma lignée remonte à l'Empereur Kandor.

En temps normal, j'aurais prononcé ces mots avec davantage d'orgueil dans la voix. Mais cet homme appartenait à la race qui avait causé la perte de Kandor.

Il rit, dévoilant des dents aussi blanches que la peau des éléphants derrière lui. Mes révélations ne me paraissaient pas drôles. À lui non plus, je crois ; son rire semblait plus sardonique que sincère. Je lui avais donné la chute d'une plaisanterie que je ne comprenais pas moi-même.

Je me demandai s'il avait été le vané qui avait tué mon ancêtre, lorsque Kandor avait tenté en vain d'envahir le Manol. Je songeai qu'il serait plutôt cocasse que ce même vané me tue, moi aussi.

Mais j'avais besoin de l'aide des serviteurs de Thaena. Je devais lui donner une raison de se préoccuper de tout cela.

— Ils voulaient déclencher une Marche Infernale, lui répétai-je. J'ignore pourquoi. C'est une femme du nom de Senera et un homme appelé Relos Var qui ont tout manigancé. Des sorciers malveillants qui sont encore en vie, et qui vont réessayer. Même si Quur n'a pas d'importance à vos yeux, Thaena doit bien se préoccuper de toutes les âmes qui n'atteindront jamais le Royaume de la Paix.

Je me félicitai d'avoir réussi à prononcer ce discours sans mourir… ou en tout cas, sans m'évanouir.

— Relos Var ? Vous avez rencontré Relos Var ?

La surprise et l'intérêt perçaient dans sa voix. Il avait cessé de sourire. Il tenta de soulever mon épaule, mais retira sa main lorsque je réprimai un cri.

— Oui, dis-je. Mais il est parti avant que tout cela commence. Il allait chercher son frère.

Son regard se fit plus acéré.

— Son… frère… Son frère ? Vous en êtes sûre ?

— Je suis certaine que c'est ce qu'il a dit. Il devait partir, parce que son frère allait être vendu aux enchères. Vendu comme esclave, dans un endroit qui s'appelait, heu… Kesha-Farigona. Attendez… heu…

— Kishna-Farriga[1].

— Oui, voilà. (Je toussai et tentai de me convaincre de rester en vie un peu plus longtemps.) Il est parti avant que tout commence à dégénérer, mais je ne crois pas qu'il soit innocent. Ils ont tué tout le monde. Vous comprenez ? Tout le monde. Je vous en prie… Faites en sorte que je ne sois pas morte en vain. Vous devez les prévenir.

Il posa une main sur la flèche qui m'avait traversé la jambe. Ses doigts se mirent à luire doucement. La flèche disparut, dans un éclair douloureux qui me fit serrer les dents. Le contact de sa main sur ma jambe me parut intime, en dépit de mon armure.

— Vous avez mal interprété mes paroles, tout à l'heure, dit-il. Je disais que vous étiez encore en vie. Vous avez toujours un corps. Votre lien avec le monde des vivants est faible, mais bien réel. Vous n'êtes pas morte, et vous n'êtes pas un démon. Vous n'allez pas mourir ici.

— Mais si, je suis un démon. Je…

Il se pencha sur moi. Ses yeux étaient de vrais joyaux. Bientôt, je ne prêtai plus attention à la douleur, qui parut se fondre et disparaître dans le décor.

---

1. C'est donc comme ça que la Confrérie Noire a appris que Kihrin allait être vendu, ce jour-là.

— Vous n'êtes pas un démon. Si vous l'étiez, vous m'auriez déjà arraché la gorge.

Ma propre gorge s'était asséchée. Et la sienne… eh bien, la sienne était très attirante. La ligne veloutée qui reliait son oreille à sa clavicule était d'une élégance éminemment sensuelle. Je levai une main vers son visage. Il n'arrêta pas mon geste. Je lui touchai les lèvres, sans oser me permettre d'aller plus loin. Je ne savais pas si ma force, dans ce domaine, jouerait en ma défaveur ici aussi, dans ce monde où je n'avais jamais rien fait d'autre que chasser et massacrer des démons.

— Ce n'est pas ma faute si vous êtes trop mignon pour mourir, lui lançai-je.

Il sourit de ma plaisanterie. Puis il posa la main sur la flèche plantée dans ma poitrine, qui diffusait toujours sa clarté éblouissante, mais n'avait pas encore entrepris de me désintégrer. Peut-être avait-il raison, quant à ma nature. Les flèches avaient agi plus rapidement sur Kasmodeus.

— Cela va faire mal, m'avertit-il.

Je plaçai une main sur la sienne.

— Pas autant que de ne pas connaître votre nom.

Il rit franchement.

— Redemandez-le-moi lorsque nous nous reverrons.

Il fit disparaître la flèche. Je me souviens d'avoir crié, mais ensuite, plus rien.

15

Là où s'aventure le troupeau

Colonie de Jorat, Empire de Quur.
Deux jours après la libération des démons,
qui leur permit de dévaster à loisir le monde des vivants.

Lorsque Janel se tut, Kihrin se leva et s'éloigna. Il n'avait pas pu s'en empêcher. De plus, il savait qu'il ne pouvait faire pire, en matière de première impression, que de perdre son calme devant Janel. Même si, d'après elle, ils s'étaient déjà rencontrés par le passé.

Kihrin passa non loin du groupe principal. Comment fallait-il les définir ? Des militaires ? Des mercenaires ? Ils semblaient trop bien organisés pour être considérés comme des bandits. Ils étaient calmes, à présent, et débattaient entre eux à voix basse. Étoile était assis au bout du comptoir ; il l'ignorait… ou plutôt, il était encore absorbé dans sa conversation avec Dorna. Tôt ou tard, il faudrait que Kihrin découvre quelle était vraiment leur relation. À eux deux, Étoile et Dorna avaient réussi à vider une bouteille d'un breuvage qui semblait bien plus corsé que le cidre.

Kihrin inspira profondément, se laissa glisser dans un siège face au long comptoir de bois, et se répéta qu'égorger des gens n'arrangerait en rien la situation.

De toute façon, la personne qu'il aurait voulu tuer n'était pas là.

La tenancière leva les yeux lorsqu'il s'assit. Elle tira un torchon de sa ceinture et essuya le comptoir.

— Qu'est-ce que je peux faire pour vous ? lança-t-elle.

— Ninavis, c'est ça ?

Elle sourit.

— Oui, c'est bien ça. Mais chut… (Elle ramena sa mèche de cheveux sur son visage.) Je suis ici incognito.

Kihrin s'esclaffa :

— Ah, oui… Je ne vous aurais jamais reconnue. Qu'est-ce qu'ils boivent ? interrogea-t-il en désignant Étoile et Dorna.

Avec un petit rire, elle tira de sous le comptoir une bouteille ambrée.

— Voilà.

Kihrin saisit la bouteille, en renifla le goulot ouvert et cilla lorsque ses yeux se mirent à larmoyer.

— Essayez de ne pas respirer en buvant. Vous tousserez moins, conseilla la tenancière.

Il prit une lampée du breuvage, et malgré l'avertissement de Ninavis, se mit aussitôt à tousser. Le goût évoquait une braise incandescente et lui brûla tout l'œsophage, comme si quelqu'un avait modifié une liqueur de sassabim pour en retirer toute la suavité.

— Qu'est-ce que c'est ? crachota-t-il.

— De l'aris, répondit-elle non sans fierté[1]. Une distillerie du coin le fabrique avec de l'orge, puis le fait vieillir en fûts de bois pendant quelques années pour l'adoucir.

— L'adoucir ? s'exclama Kihrin. Ils mettent le feu aux tonneaux, c'est ça ?

— Ça lui donne un parfum agréable, non ?

---

1. C'est une affreuse concoction que les Jorats préparent en laissant pourrir diverses plantes, puis en distillant la bouillie obtenue. Ça ressemble un peu au sassabim, mais avec un goût de lichen.

Il décida de faire preuve de diplomatie.

— J'imagine que je pourrais m'y habituer. Qu'est-ce que je vous dois ?

Elle sourit.

— Rien. Ce soir, un généreux bienfaiteur se charge de l'ardoise.

— Quand j'étais enfant et que quelqu'un disait « un généreux bienfaiteur se charge de l'ardoise », ça voulait dire qu'il venait de détrousser quelqu'un de tous ses biens.

Elle eut un sourire malicieux.

— Compris, dit Kihrin en posant son verre. J'en veux bien un autre.

Ninavis se pencha vers lui, appuyée sur ses coudes.

— Vous avez parlé un bon moment avec Janel. Vous aviez l'air de vous rapprocher, sauf à la toute fin. Ou alors, est-ce que vous courez avec les étalons ?

Kihrin repensa aux leçons de Janel quant aux rites de séduction jorats. Le fait que quelqu'un soit un étalon ou une jument n'avait rien à voir avec l'anatomie, sauf si la conversation se rapportait au sexe ; alors, tout était différent.

— Je suis à peu près sûr que je cours avec les juments.

La femme rit.

— À peu près sûr, c'est tout ?

— Tout à fait sûr, corrigea-t-il fermement. Ce n'est pas facile de s'habituer à une telle franchise.

— Oui, les Jorats sont drôles, pour ça. (Elle sourit.) Ça me plaît. Avec eux, pas besoin de jouer aux devinettes, et il est rare de rencontrer quelqu'un qui n'apprécie pas qu'on lui dise « non ». Leur ancien dieu-roi était peut-être un salopard, mais Khorsal ne s'est jamais amusé à dire à son peuple de faire des histoires au sujet du sexe[1].

---

1. C'est ce qui me manquera, de Jorat. Lorsque je disais aux gens que je ne voulais courir avec personne, ni étalon ni jument, ils me croyaient et ils cessaient de me faire des avances. C'était bien.

Elle remplit son verre, puis regarda derrière Kihrin.

— Salut, Janel.

— Salut, Nina. (Janel prit place à côté de Kihrin.) J'ai dit quelque chose qui ne vous a pas plu ?

Il lui coula un regard oblique.

— C'est compliqué.

Janel ricana et fit signe à Ninavis.

— Un cidre, si tu veux bien, Nina. Et une tasse de thé de kulma.

— Il vous faudra autre chose, Votre Sainteté ?

Janel sourit :

— Si tu veux bien mettre un pichet de café sur le feu…

Ninavis leva les yeux au ciel. Elle revint un instant plus tard avec une tasse de thé froid, qu'elle avait versé d'un grand bocal en verre[1].

Janel saisit la chope entre ses deux mains. Le liquide se mit alors à fumer.

— Bon, parlons de ce que j'ai dit qui vous a contrarié. Ce n'était pas que j'aie fait du charme à ce vané manol, si ?

Il envisagea de vider d'un trait son deuxième verre d'aris.

— Si, dit Kihrin en se tournant vers elle. Mais ce n'est pas parce que vous lui avez fait du charme. Si je suis fâché, c'est parce que ce n'est pas n'importe quel vané manol. C'était le fils de Thaena, Teraeth. Et il se trouve que c'est mon meilleur ami.

— Oh. Et c'est tout ?

— Quand Teraeth m'a acheté, à Kishna-Farriga… (Il marqua une pause.) Apparemment, c'est à vous que je dois ce sauvetage, alors… merci. Après cela, Teraeth et moi sommes devenus amis. Mais des gens avaient besoin de moi à Quur,

1. Au cas où vous vous demanderiez pourquoi une population si désinhibée n'est pas encombrée de bébés dans tous les coins, ils ont une fleur sauvage appelée « kulma », qui constitue un contraceptif très efficace. Oui, kulma, comme le marais. Devinez où elle pousse ?

alors j'ai voulu partir. Il n'était pas d'accord. Nous nous sommes disputés. Il m'a persuadé de rester en me parlant de vous.

— De moi ?

— Oui. Je ne vais pas entrer dans les détails. Je lui ai demandé comment il savait à quoi vous ressembliez, et il m'a dit… (Kihrin rit.) Il ne m'a pas menti. Il s'est contenté de me laisser croire une contre-vérité. Il ne pouvait pas m'annoncer de but en blanc que vous vous étiez rencontrés. Il savait que je partirais immédiatement à votre recherche, si j'apprenais la vérité.

Il pianota nerveusement sur le comptoir.

Ninavis apporta une chope de cidre qu'elle posa devant Janel. Ninavis parut vouloir dire quelque chose, puis secoua la tête et disparut dans la cuisine.

Janel remplaça sa tasse de thé par le cidre. La pièce semblait étrangement silencieuse, pour un endroit où les gens riaient et chantaient à tue-tête quelques heures auparavant.

Kihrin coula un regard vers Janel.

— « Ça fait moins mal que de ne pas connaître votre nom » ? la cita-t-il en arquant un sourcil. Sérieusement ? Je n'ai jamais rien entendu d'aussi ridicule.

Janel se drapa dans sa dignité.

— J'avais mal et je délirais. Taisez-vous.

Il se mit à rire, et quelques secondes plus tard, elle l'imita.

— Ce n'est pas ma faute, marmotta-t-elle. Vous l'avez vu ? Il est sublime.

— Oh oui, il est très beau. Je ne dis pas le contraire. C'est juste que moi, je n'aurais pas été capable de conter fleurette à quelqu'un tout en agonisant dans ses bras au milieu de l'Au-delà.

Elle se tourna face à lui et battit des paupières en souriant.

— Vous en êtes sûr ?

Kihrin resta interdit un moment.

— Attendez… Qu'est-ce que je vous ai dit, dans l'Au-delà ? Qu'est-ce que j'ai fait ?

Elle eut un petit rire.

— Beaucoup de choses, mais rien dont je conçoive la moindre rancœur, rassurez-vous. Je suis désolée, je ne voulais pas vous faire peur.

— Non, non. C'est moi qui devrais m'excuser d'être parti si brusquement.

— Tant mieux. Voulez-vous regagner notre table ?

— Oui, allons-y.

Elle quitta son tabouret et se dirigea vers la table, mais se retourna tout à coup.

— Kihrin ?

— Oui ?

— Lorsque nous nous trouvions tous les deux dans l'Au-delà, je vous ai dit que je trouvais insultant que… (Elle s'interrompit un instant, cherchant ses mots.)… que Xaltorath suppose que nous aurions forcément une relation amoureuse, tant que vous y consentiriez. Que de mon côté, un refus était inenvisageable.

Kihrin eut l'impression d'avoir avalé du gravier.

— Ah.

— Il faut que vous sachiez que je ne m'amuserais pas à vous repousser simplement pour contrarier Xaltorath. Si j'étais intéressée, je vous le dirais. (Elle grimaça et leva un doigt en l'air.) Pardon, je me suis mal exprimée. Ce que je voulais dire, c'est : Xaltorath avait raison. Je suis effectivement intéressée.

Les cailloux qui emplissaient son estomac se changèrent en papillons, ce qui se révéla bien plus agréable. Cependant…

— Et Teraeth ?

— Oh, c'est à lui qu'il faudrait demander si vous lui plaisez. Ce n'est pas à moi de vous le dire.

Les coins de la bouche de Janel s'étaient légèrement incurvés.

— Très drôle, dit-il.

— Je trouve aussi. (Elle lui sourit.) Encore une petite histoire. Puis nous nous arrêterons pour le dîner.

Kihrin prit son verre et regagna la table. C'était à Qown de parler.

Récit de Qown. Ruines d'une estava, bannière de Barsine, Jorat, Quur.

La pluie tomba sans discontinuer.

Pendant la nuit, l'eau se transforma en neige pâteuse, à demi fondue. Les survivants de Mereina se pressèrent les uns contre les autres pour se tenir chaud. Frère Qown se félicita qu'ils aient trouvé refuge sous la terre : l'immense caverne les protégeait des intempéries. Cependant, tous préféraient dormir en groupe et partager les couvertures.

Ils n'avaient aucun moyen de savoir quand le matin se levait, mais Frère Qown eut l'intuition que Janel avait ouvert les yeux à l'instant même où le soleil apparaissait à l'horizon, à l'ouest. Elle s'assit, repoussa ses draps et se mit à s'étirer en examinant ses membres, comme ébahie de les trouver intacts. Elle s'approcha ensuite de l'âtre, en quête d'un petit déjeuner.

— Ils ont été malins, dit-elle plus tard.

Dorna, Sire Baramon et Dango venaient de se rassembler pour jouer aux dés.

— Malins ? répéta Qown d'un ton neutre.

— Oui. Ils savaient que la fumée tuerait tous les habitants de la ville. Ensuite, les démons qui dévoreraient leurs âmes et posséderaient leurs corps pourraient en tuer d'autres, que leurs congénères posséderaient à leur tour. Puis le dragon viendrait inonder la campagne environnante de pluie et de neige… (Elle pointa un doigt vers le plafond, et la tempête qui faisait rage à l'extérieur.) Et le mauvais temps ralentirait l'approche de l'armée[1].

—Ah, je vois, dit Frère Qown. (Il se mordit la lèvre.) Je déteste les savoir malins. J'aurais préféré, et de loin, avoir affaire à des idiots.

Elle soupira :

—Ç'aurait été préférable, en effet. (Son visage s'éclaira.) Mais au moins, ils n'ont pas réussi leur coup. Le temps est exécrable, certes, mais il ne leur servira à rien. Il n'y aura pas de Marche Infernale.

—Vous en êtes sûre ?

Elle sourit :

—Oui.

—Nous ne pouvons pas rester ici, déclara Ninavis en clopinant dans leur direction. Nous n'avons pas assez de provisions pour tout le monde. Ces gens n'ont pas pris suffisamment de vivres avant de quitter la ville. Personne n'est préparé à affronter la neige… Il ne neige jamais, ici.

Janel se pencha en arrière, appuyée sur un bras. Elle sirotait une tasse de thé fort, issu des réserves de Dorna ; mais en dehors de cela, tout le monde s'était mis d'accord pour se contenter de demi-rations. Personne n'était prêt à risquer une prédiction quant à la fin de cette tempête surnaturelle.

—Quand le blizzard sera passé, vous devriez retourner à Mereina, dit Janel.

—Mereina ? s'exclama Ninavis, consternée. Là où sont tous les démons ?

—Là où ils étaient, rectifia Janel. Ils n'y sont plus. Et vous savez que l'armée est en train de s'y rendre. Vous ne pouvez pas abandonner cet endroit, Ninavis. C'est votre foyer, désormais. Où d'autre iriez-vous ?

—Vous passez votre temps à dire « vous », remarqua Ninavis. Je n'entends pas beaucoup de « nous ».

1. Une fois encore, sa théorie tient debout. Mais elle est totalement fausse.

Janel soupira.

— Je ne suis pas votre baron. Quand Kalazan reviendra…

— Si Kalazan revient, objecta sèchement Ninavis. Nous ne savons pas…

Janel se tourna vers l'endroit où Ganar Venos (qui n'avait plus à se faire passer pour « Gan, la Fille du Meunier ») cuisinait avec les autres.

— Ne parlez pas trop fort, s'il vous plaît, demanda Janel.

L'expression de Ninavis s'adoucit.

— D'accord. Mais vous allez juste… partir ?

— Il faut que quelqu'un essaie d'avertir les autres. Et il ne s'agit pas seulement de l'armée. Quelqu'un doit s'assurer que les gens sachent ce qui s'est passé ici. Moi et les miens, nous allons nous rendre à Atrine pour nous entretenir avec le duc Xun.

Dorna leva les yeux de ses dés.

— Atrine ? Oh, poulain… C'est impossible ! Je sais que vous avez dit à Arasgon de nous retrouver là-bas, mais c'est très risqué… (Sans tourner la tête, elle tapa sur les doigts de Sire Baramon.) Vous, je vous défends de changer le résultat des dés. Je vous découperais en rondelles, vous pouvez me croire.

— Jamais de la vie ! se défendit Sire Baramon en éloignant sa main des dés. Mais… en quoi est-il risqué de se rendre dans la capitale de la colonie ?

Dango hocha la tête :

— C'est la question que j'allais poser.

Frère Qown examina ses doigts, et la nervosité se peignit sur les traits de Janel et Dorna.

— Y a-t-il quelque chose que vous ne m'avez pas dit ? insista Sire Baramon en plissant les yeux. Tamin a dit que vous aviez fui pour échapper au Blâme… C'est vrai ?

Janel soupira.

— C'est vrai. Il n'est pas… (Elle secoua la tête.) Il n'est pas mérité, vous comprenez. Le corps de mon grand-père n'était pas encore froid que Sire Oreth se présentait déjà à ma porte à la tête d'une petite armée.

— Sire Oreth ? Le fils puîné du deuxième fils du margrive de Stavira ?

Dorna leva les yeux au ciel.

— Lui-même, répondit Janel. Nos parents avaient convenu de nos fiançailles lorsque nous étions enfants, mais… nous n'étions pas faits pour nous entendre.

— Évidemment que non, renchérit Dorna. Vous êtes une charmante jeune noble, et lui, c'est un âne. On n'aime pas beaucoup les relations entre espèces différentes, dans la région. (Elle eut un sourire espiègle.) Ce n'est pas ce que vous avez écrit dans votre dernière lettre, juste avant notre départ ?

Janel ne put s'empêcher de lui rendre son sourire.

— Maintenant que vous le dites, je crois que oui.

Sire Baramon ouvrit de grands yeux.

— Eh bien… Je comprends pourquoi il vous en veut à ce point, dans ce cas.

— Non, je crois que sa rancœur est plus ancienne. Juste après nos fiançailles, il s'est comporté comme un thorra, et je lui ai donné une leçon de bonnes manières. (Janel se renfrogna.) Il voulait que je m'incline devant lui, et j'ai refusé. Alors, il a tenté de m'y obliger.

— Oh, oui, glousse Dorna. (Elle se pencha vers Sire Baramon.) Il paraît qu'elle lui a cassé les deux bras, et qu'elle l'a traîné par les pieds jusque dans la chambre de son père. Oh ! Je regrette de ne pas avoir été là. (Elle fit la grimace.) Mais je ne suis pas la bienvenue dans le domaine des Stavira.

— Quoi qu'il en soit, il pense que je lui dois mon thudajé, expliqua Janel avec un geste dédaigneux de la main. Lorsqu'il est revenu après la mort de mon grand-père, il m'a donné le choix : je pouvais l'épouser, accepter ma place de jument et le laisser devenir comte, ou… Eh bien, ma seule autre possibilité aurait été de payer à mon tour les gens qu'il avait déjà soudoyés pour m'infliger le Blâme. Puisque je n'avais aucun moyen de le faire, je suis partie.

— Quel était votre plan ? Rester en mouvement jusqu'à ce qu'il se lasse de vous poursuivre ? interrogea Sire Baramon en fronçant les sourcils.

— Non ! (Janel marqua un temps de silence.) Enfin… si. Mais Sire Oreth ne pourra continuer ainsi éternellement. Il pensait pouvoir arriver avec ses soldats et me garder prisonnière jusqu'à la fin du Blâme. Il pensait que cela ne durerait qu'une semaine. Plus je parviens à gagner du temps, plus Oreth est obligé de renouveler ses pots-de-vin, et plus la patience de son père s'épuise. Le margrive Aroth a peut-être des salles entières remplies de métal, mais cela ne signifie pas qu'il soit ravi de les dépenser.

— Aroth a toujours été très rigoureux en matière de finances. (Dorna lança les dés.) J'ai encore gagné.

— Nom de nom ! pesta Sire Baramon.

Dango secoua la tête et commenta :

— Personne ne peut être aussi chanceux.

— Je n'aime pas ça, reprit Dorna. Aller à Atrine, c'est trop dangereux. Mieux vaudrait vous tenir à l'écart de la capitale. (Elle se tut un instant.) Vous savez écrire. Envoyez-lui une lettre. « Cher duc Xun, j'espère que vous allez bien. Navrée de ne pas pouvoir vous rendre visite. Au fait, il y a des choses pas nettes qui se trament à Barsine. Vous devriez faire quelque chose. Amitiés, Janel. »

Janel secoua la tête.

— Les lettres peuvent être ignorées ou égarées. Elles peuvent aussi tomber entre de mauvaises mains. Et si nous voyageons à pied – or, nous n'avons pas d'autre choix, puisque nous nous sommes séparés de tous nos amis quadrupèdes – nous atteindrons Atrine au moment du Grand Tournoi des Défis. Tous les nobles de haut rang, à partir du titre de gardien, sont tenus d'y assister. Si j'essaie d'éviter Oreth, le duc Xun pourrait me destituer pour avoir manqué à mes devoirs. Je n'ai pas le choix.

— Ça veut dire qu'Oreth s'attend à ce que vous soyez là, rétorqua Dorna d'un ton insistant.

— Ce n'est pas aussi risqué que vous l'imaginez. Même si Sire Oreth se trouve à Atrine, il lui faudra du temps pour réunir tous les gens dont il a besoin pour m'infliger le Blâme. Ce nombre est bien plus important dans mon cas que dans celui de Tamin, qui avait perdu une grande partie de la population de sa bannière. Tant que je ne m'attarde pas, rien ne m'empêche d'aller rapidement voir le duc et de repartir avant qu'Oreth n'ait pu me chercher des noises.

— Elle n'a pas tort, fit remarquer Sire Baramon.

Dorna pinça les lèvres.

— Quand même, je n'aime pas ça.

Janel sourit.

— J'en prends note, ma chère Dorna. (Elle se tourna vers Ninavis.) Cela vous convient-il ? Vous devez avoir l'impression que je vous abandonne, mais ce n'est pas le cas, bien au contraire. Je dois découvrir qui est ce Relos Var, qui est Senera, et surtout ce qu'ils essaient de faire. Ce n'est qu'ainsi que nous aurons une chance de les arrêter.

L'air maussade, Ninavis ne semblait guère satisfaite de ce qu'elle entendait. Néanmoins, elle inclina la tête en signe de reddition.

— D'accord. Allez à Atrine. Nous allons rester ici et rebâtir ce qui doit l'être. (Elle marqua une pause.) Ce ne sera pas facile. Il ne reste plus beaucoup de gens valides, dans cette bannière.

— Faites au mieux, dit Janel. Mais je vous conseille d'essayer de convaincre l'armée de laisser un régiment ici, par précaution. Il est possible que l'objectif de l'attaque ait été d'affaiblir les défenses de cette partie de Jorat.

Ninavis la dévisagea.

— Cette partie de Jorat ? Nous sommes au centre de la colonie. En plein milieu. Si des gens essayaient de nous envahir, il leur faudrait traverser une demi-douzaine de cantons et une trentaine de bannières pour arriver jusqu'ici. On ne peut pas dire que ce soit une position cruciale, d'un point de vue stratégique.

— Sauf si la région recélait une Gemmeporte sans défenses et sans Garde-Portes, contra Janel. Alors, elle offre l'occasion parfaite de contourner l'ennemi et de faire entrer des Yorans dans notre colonie[1].

— Certes… Mais tout de même, je suis sûre qu'il y a de meilleurs endroits à conquérir en premier. Je ne sais pas…, soupira Ninavis en agitant la main.

— Tolamer, suggéra Sire Baramon. Le canton du comte Janel serait l'endroit idéal.

— Voilà. Tolamer, acquiesça Ninavis.

Après un instant de silence, elle se tourna vers Janel.

— Oui, acquiesça le comte. Ce qui ne fait qu'ajouter à mon désir de résoudre le conflit qui m'oppose à Sire Oreth… même si je doute qu'il soit de mèche avec des envahisseurs yorans.

— Les Yorans pourraient-ils envahir Jorat ? demanda Frère Qown. Ils font partie de l'Empire, après tout. Ce serait un peu étrange qu'une province de l'Empire décide d'en conquérir une autre, non ?

Les trois autres se regardèrent, comme pour échanger un propos silencieux… et se rappeler mutuellement que Frère Qown ne venait pas de l'est des Pics-Dragons.

— Yor est la dernière colonie à avoir rejoint l'Empire, expliqua Dorna.

— Je le sais, rétorqua Frère Qown.

---

1. Oui, elle avait tort au sujet des démons. Ce qu'elle vient de dire, par contre, est parfaitement juste.

— Eh bien…, poursuivit-elle en haussant les épaules. Ça les dérange, vous voyez. Je veux dire, nous, les Jorats, on est quuros depuis à peu près cinq cents ans. On s'est faits à l'idée. On en est fiers, même. Et puis ici, à Jorat, on a rejoint Quur pour que l'Empereur Kandor nous aide à nous débarrasser de notre ancien dieu-roi. On les a invités. En revanche, il y a des Yorans dont les grands-parents se souviennent d'avoir été gouvernés par leur dieu-roi, Cherthog, et son horrible déesse-reine Suless. Personne n'avait Urthaenriel, alors tuer les dieux-rois, c'était long et compliqué. Un vrai bain de sang. Des massacres au porte-à-porte, des gens brûlés dès qu'ils avaient un soupçon de faculté magique en eux. Les vrais Yorans n'ont toujours pas le droit d'accéder au pouvoir, de pratiquer leur foi ou de parler leur ancienne langue. Ils ne sont pas aussi fiers que nous de leur loyauté envers l'Empire, vous voyez.

— Ils sont quand même moins à plaindre que les gens de Marakor, regretta Ninavis. Au moins, les Yorans ont le droit de posséder des armes.

— C'est parce que les Yorans ne passent pas leur temps à se rebeller, argua Sire Baramon. (Il haussa les épaules.) Ou peut-être sont-ils simplement beaucoup plus patients. Vous voudriez vivre dans un endroit aussi inhospitalier que Yor, si on vous laissait le choix ?

Ninavis leva les yeux au ciel.

— Non.

— Bon, eh bien voilà, reprit le chevalier. Ils ont donc de très bonnes raisons de vouloir étendre leur territoire, en s'appropriant des terres plus ensoleillées et plus fertiles que l'Enfer triste et gelé qui leur est réservé.

— Relos Var, murmura Janel.

Tous les regards se braquèrent sur elle.

— Oui ? dit Dorna.

Janel secoua la tête.

— Rien. Je vais découvrir qui il est, ce qu'il a à voir avec tout cela, et quels sont ses liens avec cette sorcière, Senera.

— Et après ? interrogea Ninavis.

Penchant la tête de côté, Janel répondit :

— Après, je vais les tuer. Pourquoi[1] ?

1. Je n'ai que deux mots à dire : essayez voir.

Deuxième partie

L'épée d'argent

Ils s'arrêtèrent pour dîner.

Le repas fut constitué d'un ragoût épicé à la tomate et au piment, et de longues pâtes à la queue de bœuf. Kihrin avait l'habitude de manger avec du pain sag, mais il accepta les fourchettes à deux dents dont se servaient les Jorats pour attraper les pâtes.

En finissant de manger, il s'aperçut que l'odeur du feu de bois s'était faite plus intense. Ses yeux se mirent à larmoyer. À peu près au même moment, les gens se mirent à tousser.

En levant les yeux de son ragoût, il découvrit que la cheminée la plus proche vomissait de la fumée, de même que l'âtre plus important qui se trouvait de l'autre côté de la pièce. Un homme qu'il n'avait encore jamais vu sortit en courant, essoufflé, d'une porte dont Kihrin supposa qu'elle menait à la cuisine. Un nuage de fumée grise se déversa après lui de l'ouverture.

Janel se leva.

— Tout le monde à terre ! Restez près du sol.

— Qu'est-ce qui se passe ? demanda quelqu'un.

— Les glyphes, tout le monde. Vite ! dit une voix qui ressemblait à celle de Ninavis.

Kihrin s'accroupit. À côté de lui, Qown en fit autant.

— Écartez vos cheveux, demanda le prêtre.

— Pourquoi, qu'est-ce que…

Il ne finit pas sa phrase, se remémorant la manière dont Frère Qown avait déjoué la fumée ensorcelée, à Mereina. Cette fumée-ci n'avait rien de magique, mais elle pouvait aussi tuer par asphyxie. Kihrin repoussa ses cheveux.

Frère Qown hésita.

— Attendez. L'épée…

Le prêtre baissa les yeux vers la taille de Kihrin, où reposait Urthaenriel.

— Ça devrait marcher tout de même, assura le jeune homme. Du moment que je n'essaie pas de résister au sort, ou qu'Urthaenriel ne croit pas qu'il s'agit d'une menace. Vous ne manipulez que l'air, pas mon corps ni mon tenyé, si ?

— C'est vrai.

Qown posa un doigt sur le front de Kihrin et se mit à dessiner. Bientôt, il se tourna vers une autre personne. Aussitôt, l'air se fit doux et frais. Kihrin ne sentait plus l'odeur de la fumée. Il se leva et regarda cette dernière s'écarter de sa tête, comme repoussée par une barrière invisible. Kihrin ne distinguait pas grand-chose à travers la fumée environnante, mais au moins pouvait-il se lever… et respirer.

— Les chevaux d'abord, ordonna Janel à la cantonade. Ce seront les premiers à s'effondrer.

— Que quelqu'un éteigne les feux !

Kihrin faillit se porter volontaire, avant de se souvenir d'Urthaenriel. La magie lui était interdite. Il aurait aimé se rendre utile, mais n'était pas prêt à se défaire de l'arme.

Il n'était même pas sûr qu'elle le laisserait faire, s'il essayait.

— Qu'est-ce que je peux faire pour aider ? cria Kihrin[1].

1. Attraper un seau et éteindre les feux avec de l'eau, ça ne lui est pas venu à l'idée ? Je vous jure… Il suffit d'empêcher quelqu'un d'utiliser la magie, et d'un coup, il ne pense plus qu'à ça.

— Allez jeter un œil dans les chambres du fond, répondit un homme. Il y a peut-être des gens en train de dormir, ou… autre chose.

Kihrin n'y voyait pas assez pour savoir exactement où se trouvaient ces pièces, mais il en avait une vague idée. Il s'y rendit à tâtons et se mit à ouvrir les portes une à une.

— Il y a quelqu'un ?

L'auberge était pourvue de plusieurs chambres à coucher. La dernière était occupée. Kihrin se retourna.

— Ohé ! Habillez-vous et dépêchez-vous de sortir. Restez près du sol. Les cheminées sont bouchées.

Il sortit dès que le trio lui eut crié qu'ils avaient compris.

Lorsqu'il revint dans la grande salle, la fumée s'était faite moins opaque. Les protestations hargneuses d'Urthaenriel lui indiquèrent que quelqu'un avait utilisé la magie pour la dissiper. Janel revint de l'écurie avec Arasgon, Talaras et Hamarratus. Personne ne parut s'en étonner.

— Votre attention, s'il vous plaît ! cria Ninavis. Nous allons nous installer pour la nuit. Le froid ne parviendra pas jusqu'ici avant un bon moment. Nous allons nettoyer les résidus de fumée. Il sera peut-être possible de chauffer ces pierres, si besoin.

— Est-ce qu'Aeyan'arric l'a fait exprès ? interrogea quelqu'un[1].

— Je ne crois pas, répondit Janel. La neige et la glace accumulées ont dû finir par obstruer les cheminées. Cela ne change rien du tout, alors détendez-vous.

La foule ne se dispersa pas, mais s'installa pour la nuit. On poussa les chaises et les tables sur les côtés de la salle. L'heure n'étant pas très avancée, il était moins question de sommeil que de confort. Tout le monde avait un glyphe sur le front ; certains étaient faits de cendre ou de craie,

---

1. Non, non. Aeyan'arric est sortie de Yor par inadvertance, a trébuché sur la taverne, puis a soufflé dessus sans raison. Pure coïncidence.

mais la plupart étaient formés de lignes élégantes d'un jaune luminescent. Elles étaient manifestement magiques, dans une région connue pour détester la magie.

Kihrin espéra qu'ils auraient le temps de se débarrasser des symboles avant que la personne qu'attendait encore Janel ne fasse son apparition.

Sinon… Ils ne risqueraient pas de duper grand monde.

16

Lotus noir

Colonie de Jorat, Empire de Quur.
Trois jours après le couronnement de la première femme Empereur (enfin !).

Lorsque les occupants du caveau eurent terminé de faire le ménage et de parer aux divers petits problèmes qui se présentaient, Kihrin s'assit au comptoir à côté d'Étoile.

— Salut. Je m'appelle Kihrin, et vous ? Ça vous ennuierait de me présenter la jolie femme qui a monopolisé votre attention toute la soirée ?

Étoile le dévisagea un instant, puis fit la grimace.

— Tu peux continuer à m'appeler Étoile. Ça ne me dérange pas.

— Je m'appelle Dorna, lança la vieille femme. (Elle examina Kihrin des pieds à la tête.) Ha !

Il n'avait aucune idée de ce qu'elle voulait exprimer par là.

Janel s'assit auprès de Kihrin, si proche que leurs cuisses se touchaient. Il ressentit intensément ce contact. Chaque terminaison nerveuse que comptait sa jambe semblait s'être éveillée. Chaque fois qu'il s'approchait de Janel, l'atmosphère entre eux était chargée de tension.

Une seconde plus tard, Ninavis se glissa derrière le comptoir, attrapa une bouteille d'aris et commença à leur en servir un verre à chacun.

— De l'eau, pour moi. Nous avons tous bu comme pour un mariage ou une veillée mortuaire, ce soir. (Dorna montra les autres du doigt.) Vous aussi, vous devriez passer à l'eau. C'est compris ?

— Oui, Mère, répondit Étoile.

— Donc, la personne que vous attendez…, dit Kihrin.

Janel se pressa les phalanges sur les tempes.

— C'est un magicien qui sait ouvrir les portails. Je ne pense pas qu'il entrera par la porte.

— Et… il devrait déjà être là, c'est ça ?

— Oui, mais…

Janel s'interrompit lorsque Frère Qown s'approcha et prit place à côté de Dorna. Le prêtre repoussa le verre d'aris.

— Vous avez du thé ?

— J'ai un pichet de café, dans le fond.

— Encore mieux, répondit Frère Qown.

— Qown, des nouvelles de Thurvishar ? interrogea Janel.

— Thurvishar ? répéta Kihrin, étonné. C'est Thurvishar D'Lorus que vous attendez[1] ?

Il ne savait pas vraiment quoi penser du Seigneur-Héritier de la Maison D'Lorus. Thurvishar avait œuvré au service du terrible nécromancien Gadrith D'Lorus, mais seulement parce qu'il avait reçu un gaesh étant enfant. Une fois débarrassé de son gaesh, Thurvishar avait paru vouloir aider Kihrin plutôt que de porter assistance aux autres complices de Gadrith… parmi lesquels se trouvait Relos Var[2]. Par ailleurs, Thurvishar était effectivement un magicien

1. Il est un peu présomptueux de sa part de supposer qu'il n'existe au monde qu'un seul Thurvishar, et que c'est celui qu'il connaît. Le fait qu'il ait raison ne risque pas d'aider Kihrin à devenir moins insupportable.

2. Ha ! Vous êtes un « complice ».

hors pair, assez puissant pour ouvrir un portail seul, sans l'aide d'une Gemmeporte.

— Je vous ai dit que nous avions les mêmes fréquentations, pas vrai ?

— Qui est Thurvishar D'Lorus ? s'enquit Dorna. Enfin, à part un de ces bons à rien des familles royales. (Elle regarda Kihrin.) Sans vouloir vous offenser.

— Oh non, je suis d'accord avec vous, dit-il en haussant les épaules.

— Je lui ai laissé des messages, répondit Qown. Je n'ai pas encore eu de réponse. Oh, merci, Ninavis, dit-il en attrapant sa tasse de café.

— Attendez… vous pouvez communiquer avec Thurvishar ? Comment ? demanda Kihrin à Qown, par-dessus Étoile et Dorna.

Le prêtre se mordit la lèvre.

— C'est…

— Ne me dites pas que c'est compliqué, coupa Kihrin.

Frère Qown déglutit.

— Ma Pierre Angulaire, Âtremonde, me permet de voir par le biais des sources de chaleur, même très éloignées. C'est pour cela, entre autres, que nous savons que Morios n'a pas encore attaqué Atrine. Je surveille la ville grâce à une lanterne. Je peux aussi, hem… Je peux aussi envoyer des sorts vers tout lieu que je vois. C'est comme cela que je laisse des messages.

Kihrin émit un sifflement. N'importe quelle Maison Royale de la capitale aurait accepté de céder une dizaine de ses fils et filles préférés en échange de cette faculté[1]. D'ailleurs, même Teraeth l'assassin aurait sauté de joie à l'idée d'un tel pouvoir. Kihrin en était presque jaloux : la Pierre des Entraves était un artefact dont on aurait préféré

1. Soyons réaliste : n'importe quelle Maison Royale accepterait de céder une dizaine de filles contre une poignée de vieux clous rouillés.

ne jamais se servir. La Pierre Angulaire de Frère Qown devait se montrer bien plus utile dans la vie de tous les jours.

—Avez-vous jeté un œil à Atrine récemment? demanda Janel.

—Oui, juste avant le dîner. Toujours rien.

—Espérons que cela dure. Dites, tous les trois, nous étions en train de… (Janel balaya le comptoir du regard.) Nous avions commencé une conversation, voyez-vous. Dorna, Ninavis… (Elle regarda Étoile.) Heu…

—Étoile, dit-il.

—Ah, oui. Je sais que ce n'est pas très poli de ma part, mais puis-je vous demander de nous laiss…

—Ah non, pas question, décréta Dorna. Je ne vous ai pas vus, vous et Qown, depuis le Grand Tournoi des Défis… et vous vous souvenez de comment ça s'est fini. Ça fait des années, et on a beaucoup à se dire. Alors, je reste là.

Elle croisa les bras sur sa poitrine pour appuyer ses propos.

—Pareil, ajouta Ninavis.

Kihrin eut un petit rire.

—Bon, eh bien je crois que c'est votre tour, Janel.

Récit de Janel. L'Au-delà.

Il y a un passage de cette histoire qu'aucun de vous – pas même Frère Qown – n'a jamais entendu.

Laissez-moi vous raconter ce qui s'est passé lorsque nous avons quitté Mereina, et notre abri dans la caverne.

La tempête finit par passer. Jument Dorna, Frère Qown et moi avions été rejoints par Sire Baramon (qui affirmait qu'un bon voyage lui serait salutaire). Nous nous mîmes en route pour la capitale de Jorat, Atrine. J'avais insisté là-dessus. Je savais que l'armée marchait vers Mereina, mais je me sentais obligée de rendre compte de la catastrophe au duc Xun. Ninavis et les autres avaient accepté de retourner à

Mereina pour surveiller la région… et pour voir si la fumée ensorcelée s'était dissipée.

Lorsque nous nous arrêtâmes pour camper, l'humeur était maussade. Nous avions laissé l'essentiel des provisions à Ninavis et aux habitants de Mereina. La neige et le givre, interrompant le printemps, avaient bouleversé la vie des animaux sauvages. Dorna s'efforça de dénicher des herbes et des plantes comestibles malgré le gel, mais je regrettai qu'aucun de nous ne possède un arc et des talents de chasseur. La récolte de Dorna se résuma à quelques poignées de racines et de baies.

Cependant, me mettre au lit le ventre creux ne m'avait jamais empêchée de traverser le Second Voile dès que je fermais les yeux[1].

Lorsque je les rouvris, je me trouvais sur une petite colline surplombant un village. Sa ressemblance avec Rivefraîche me fendit le cœur ; les azhock étaient plus nombreuses, peut-être, mais les coins cuisine communs, les enclos et les maisons souterraines étaient les mêmes.

Ainsi que les morts piégés à l'intérieur.

Les démons rugissaient dans le lointain. Je tirai mon épée de son fourreau, sachant quelle besogne m'attendait. Puis les éléphants de Thaena trompetèrent de plus belle.

Je souris et changeai de stratégie. Au lieu de m'élancer dans la bataille, je m'arrangeai pour diriger les démons tout droit vers les éléphants lumineux de la déesse de la mort. Cette fois, je me tins à l'écart des salves de flèches, me contentant d'éliminer les démons qui s'écartaient de leurs congénères, me supposant moins dangereuse que la Chasse.

Je le cherchai. Tout du long, je scrutai les bois et examinai les éléphants, en quête du vané manol vêtu de vert et d'or.

1. Non, attendez, mais il faut que je reparle de ça. Est-ce que nous savions qu'elle en était capable ? Et par « nous », je veux dire « vous ».

Celui que j'avais averti des agissements de Relos Var[1]. Celui qui m'avait sauvé la vie. Mais il n'était pas là.

Déçue, je reportai ma colère sur son exutoire habituel : le massacre de démons.

Ces derniers – qui se trouvaient être jeunes, bêtes et inexpérimentés – ne comprenaient pas que la forêt de l'Au-delà était devenue leur tombeau. On leur avait promis une puissance indescriptible et la terreur de leurs victimes. Personne ne leur avait précisé qu'eux-mêmes pouvaient encore servir de proies.

Lorsque le dernier tomba, j'agitai mon épée pour la débarrasser du sang violacé qui la maculait, et je regardai les éléphants barrir triomphalement. Ils ne donnaient pas signe d'avoir remarqué ma présence. Puisque l'inverse revenait à devenir leur victime, je m'en félicitai. Cependant, il n'y avait toujours aucun signe de mon vané manol anonyme.

— Qui est-ce que vous cherchez ?

Je me retournai brusquement.

Il se trouvait derrière moi, appuyé contre un arbre mort. Il portait la même tenue que lors de notre première rencontre, et avait croisé les bras sur sa poitrine. Cette fois, ses dagues pendaient à sa ceinture.

Il avait une plaie au torse, comme s'il avait été poignardé, mais ne semblait pas se préoccuper de cette blessure.

— C'est vous…, dis-je dans un accès d'intelligence.

Je me dirigeai vers lui. Je n'avais ni entendu ni senti son approche, et l'espace d'un moment des soupçons m'envahirent. Pouvait-il s'agir de Xaltorath ? Était-il possible qu'elle ait eu vent de notre rencontre ? Avait-elle revêtu son apparence ?

Non. Elle n'en savait rien. Et même s'il en était autrement, elle n'aurait pas osé m'approcher là où Thaena elle-même

1. Je ne suis pas folle du fait qu'ils aient un moyen de communiquer par-delà la distance. C'est censé être notre botte secrète, pas la leur.

risquait d'apparaître. Tout cela était bien réel, ou du moins, aussi réel que pouvait l'être l'Au-delà. J'étais prisonnière de ses yeux verts. Il sentait le sang, le musc et les profondeurs immenses de l'océan.

—Qui voulez-vous que je sois d'autre ?

—Oubliez cela, dis-je.

Et je…

Eh bien, je ne vais pas tourner autour du pot : je l'embrassai.

C'était idiot. J'en suis tout à fait consciente. Je ne lui avais pas demandé la permission de le faire, et j'avais encore mon épée à la main. S'il avait décidé d'interpréter mon geste comme une attaque, je n'aurais pu m'en plaindre qu'à moi-même. Et même sans cela, il n'est pas correct de prendre une telle initiative sans en discuter auparavant. J'avais laissé mon désir prendre le pas sur ma raison.

Je sentis qu'il tressaillait. Il avait commencé à tendre la main vers ses armes, son instinct lui dictant de redouter un piège. Je n'avais aucune excuse. Il s'immobilisa.

—Vous vous souvenez de moi ?

Il me regarda comme si j'étais un miracle ambulant.

—Bien sûr que oui. Vous m'avez sauvé la vie.

Il fit un pas en arrière, l'air étrangement déçu[1]. Puis quelqu'un se racla la gorge dans notre dos.

Il prit une brusque inspiration. Je me tournai et découvris… Thaena.

Thaena, la déesse de la mort, se tenait derrière nous.

Comme ses statues, elle avait la peau noire et un vêtement de soie blanche. Des roses et des crânes lui ceignaient les hanches et couronnaient ses cheveux lustrés. Il ne pouvait y avoir aucun doute quant à son identité. Ce n'était pas

1. Il est déçu que la femme qu'il a sauvée soit si heureuse de le voir qu'elle se jette sur lui pour l'embrasser ? Je sais que je ne suis pas experte en matière de relations amoureuses, mais je ne crois pas que ça fonctionne comme ça, en général.

seulement qu'elle incarnait la beauté à l'état pur, en nuances d'obsidienne, d'os et d'amarante. Sa prestance redoutable et l'aura qui l'entourait rappelaient sa nature absolue et inévitable. Tous étaient mis à nu, dans le péché et dans la grâce, sous son regard vif-argent ; et tous y lisaient leur ultime jugement.

Je tombai à genoux, me prosternant devant elle. Derrière moi, j'entendis le vané manol faire un pas en arrière. Ses mouvements empestaient la culpabilité, comme s'il venait d'être pris la main dans le sac, et je me demandai si Thaena elle-même possédait le thudajé de cet homme. J'avais souvent entendu dire, par plaisanterie, « partager le lit de Thaena » au lieu de « mourir ». Il ne m'était jamais venu à l'idée que l'expression puisse avoir un fond de vérité. Avais-je été surprise en train de faire des avances à l'amant de Thaena ?

J'entendis alors le raclement d'une chaussure, un bruissement de tissu et le sifflement du métal fendant l'air.

Quoi ? *Non!*

Une vie passée à endurer les « leçons » inopinées et brutales de Xaltorath avait aiguisé mes réflexes.

Je roulai sur le côté, et l'épée de Thaena heurta le sol à l'endroit que je venais de quitter.

— Mère, non ! cria le vané.

— Donc, vous n'êtes pas amants, commentai-je.

L'idée qu'il soit son fils n'était pas nécessairement préférable.

Elle portait une lame dans chaque main, et les maniait à une vitesse ahurissante. Elle s'approcha posément, inexorablement, comme un tigre dont la proie est trop grièvement blessée pour s'échapper. Elle ne courut pas, et cependant elle fut sur moi en un clin d'œil, sans jamais paraître se hâter.

— Je vous en prie, arrêtez ! m'écriai-je en tentant d'esquiver son coup. (Je sentis son épée s'écraser sur mon bouclier, faisant vibrer l'armature de métal.) Je ne suis pas votre ennemie !

Mon bras était engourdi par la violence de l'attaque.

—Ah ? (Thaena fit un pas vers moi.) Alors, pourquoi Xaltorath vous a-t-elle épargnée[1] ? Pourquoi vous a-t-elle choisie comme la survivante de la Marche Infernale de Lonezh ? Quelle peut être l'explication, sinon que vous lui avez prêté allégeance ?

Mes protestations restèrent bloquées dans ma gorge. Les larmes me montèrent aux yeux.

—Je ne sais pas pourquoi elle m'a épargnée.

—Si, vous le savez.

Elle poursuivit ses assauts. Je vis son fils reculer d'un pas chancelant, tandis que je me baissais pour éviter les coups. Puis elle m'infligea une longue estafilade sur la cuisse, tranchant mon armure avec aisance.

Ma force ne m'était d'aucune aide dans ce combat. Ma capacité à dévier l'arme d'un ennemi, ou même à la briser, était inutile face à une divinité. Chaque assaut, chaque esquive, chaque coup manqué – de justesse ou non – ne faisait que me rappeler combien mes efforts étaient dérisoires. Bientôt, mon armure fut sillonnée de fines entailles, comme tracées au rasoir par une ennemie qui n'avait pas besoin de hâter un dénouement inéluctable.

Jamais je ne parvins à la toucher. Pas une fois je ne passai près de le faire.

Je jetai à terre mon épée et mon bouclier, et je me prosternai de nouveau. Et sentis les deux lames de métal froid se poser sur mon cou.

—Je ne sais pas pourquoi, répétai-je en désespoir de cause. Elle m'a demandé si je voulais bénéficier de sa protection. Son apparence n'était pas celle d'un démon, mais d'une très belle femme. J'ai accepté. Mais je ne me suis jamais soumise à elle. Elle a prétendu…

1. Je me demande si Thaena a réellement employé des pronoms féminins pour parler de Xaltorath, ou si c'est juste une modification apportée par Janel durant son récit ?

Je n'osais pas déglutir, percevant sur moi le regard de Thaena, qui pouvait d'un geste mettre fin à mon existence.

— Un jour, elle a prétendu que ma mère – ma vraie mère – avait passé un accord avec elle, pour me protéger. Je ne l'ai pas crue. Je ne la crois toujours pas. Xaltorath adore mentir.

— Oui. Oui, en effet. Regardez-moi.

De ses lames, elle me fit lever le menton. Je sentais sa voix vibrer dans mon squelette, autant que je l'entendais. Je levai les yeux. Nos regards se rencontrèrent.

Regarder Thaena dans les yeux revenait à contempler le reflet de tous mes péchés, toutes mes fautes, tous mes torts. Rien n'échappait à ce regard, aucun des actes honteux que j'avais pu commettre… ni ceux dont j'aurais dû avoir honte. Ses yeux disaient : *J'ai vu tout ce que tu as fait. Tu peux cacher tes péchés aux autres, et même à toi-même, mais pas à moi. Jamais.*

Cette réalité me procura un certain réconfort.

Je sais que cela peut sembler étrange, mais arracher la croûte qui recouvre une plaie peut avoir un effet apaisant. Il y a de la douleur, bien sûr, mais aussi du soulagement. Enfin, la blessure apparaît au grand jour. Enfin, j'ai avoué mes péchés. Enfin, quelqu'un sait.

Je ne la vis pas lâcher ses armes ou les ranger, mais les deux lames disparurent. Prenant mon visage entre ses mains, elle poursuivit son examen.

— Qui est votre seigneur ? me demanda-t-elle. Qui détient votre thudajé ?

— Le margrive de Stav…, commençai-je.

— Non, corrigea-t-elle.

Je frémis en comprenant la vérité contenue dans ce simple mot. En théorie, je devais mon thudajé au margrive de Stavira, Aroth Malkoessian. En théorie, je savais quelle était ma place et je lui avais accordé ma loyauté. Mais en réalité, je n'éprouvais rien de ce genre depuis le jour où il avait décidé de placer les ambitions de son fils avant l'honneur de ma Maison. Alors, qui restait-il ? Xun, duc de Jorat ? Oui, peut-être. Mais je ne l'avais pas vu depuis des années. Il est difficile d'éprouver de la loyauté envers un nom.

Alors, la réponse m'apparut, évidente.

— Vous, dis-je. Les Huit. Vous avez toujours eu mon thudajé.

Son regard emprisonnait toujours le mien, dur et implacable, mais elle fit descendre ses mains pour me tenir délicatement les joues. Elle se pencha et m'embrassa sur le front avant de me lâcher.

— Je me suis trompée à votre sujet.

— Vous vous êtes… trompée ?

Était-ce une bonne ou une mauvaise chose ? Cela signifiait-il qu'elle n'aurait pas dû m'épargner ?

Elle se détourna de moi, me délivrant de son regard. J'avais l'impression d'avoir été suspendue à des ficelles, puis soudain relâchée ; je m'affaissai au sol et repris mon souffle. Je levai les yeux vers l'homme vané, espérant une explication, mais il me dévisagea comme s'il me voyait pour la première fois.

— J'ai la mauvaise habitude de considérer les gens comme perdus à jamais, alors que ce n'est pas fatalement le cas, expliqua Thaena. Je pensais que puisque Xaltorath avait refermé ses griffes sur vous, nous vous avions définitivement perdue.

— Je ne comprends pas.

— Mère ne m'a pas cru, intervint enfin le vané, lorsque je lui ai dit que vous n'étiez pas encore un démon.

Thaena écarta les mains.

— À ma décharge, c'est une situation sans précédent. Les démons dévorent, ou bien ils infectent. Ils ne font pas preuve de miséricorde.

Je levai la tête.

— « Miséricorde » n'est pas le mot que j'emploierais.

Elle m'observa de nouveau de ses yeux-miroirs.

— Oui, je comprends bien pourquoi. (Elle tendit les mains en signe de bénédiction ou d'excuse.) Je me suis trompée à votre sujet, répéta-t-elle. Par conséquent, vous n'avez pas bénéficié de l'aide que vous méritiez. Je vous dois une faveur. Que désirez-vous ? Demandez-moi quelque chose, et s'il est en mon pouvoir de vous l'accorder, vous l'obtiendrez.

Mon cœur battait si vite que je l'entendais tambouriner à mes oreilles, couvrant tout autre son. Une faveur de la déesse de la mort. J'aurais pu demander assez de métal pour restaurer l'honneur de ma famille, racheter les gages dus au margrive de Stavira, recouvrer la loyauté de mes vassaux à Tolamer. J'aurais pu demander la mort d'Oreth, l'homme qui m'avait chassée de mon propre foyer, ou le Retour de mon grand-père. J'aurais pu demander à revoir mes parents…

Je fermai les yeux, submergée par la douleur. Non. Impossible. La phrase « s'il est en mon pouvoir de l'accorder » excluait le Retour de mes parents, ou même l'opportunité de les revoir une dernière fois. Les âmes de mes parents étaient hors d'atteinte, même des dieux.

Il n'est pas facile, au sein de nos mondes jumeaux et inextricablement liés, de mourir véritablement. Mais c'est possible. Les démons sont les créatures les plus à même d'infliger cette « vraie mort » à autrui[1].

Quoi qu'il en soit, il n'y avait qu'une requête que je puisse faire si je voulais pouvoir me regarder de nouveau dans un miroir.

— Dans ce cas, voici mon souhait : arrêtez Relos Var.

Thaena resta un instant interdite. Puis, avec un petit rire, elle se tourna vers son fils.

— Que lui as-tu raconté ?

1. Gadrith en était également capable. Je crois que je vais me mettre à l'appeler « Noméd », puisque dans le fond il n'était rien de plus qu'un démon inversé.

— Ce n'est pas moi, protesta-t-il. Elle a découvert seule l'existence du magicien.

— Je vous en prie, l'implorai-je en me levant. Je sais que Relos Var trame quelque chose de terrible à Jorat. Il bénéficie de l'aide d'une sorcière et d'un dragon, et j'ignore quels sont ses objectifs, mais je suis sûre qu'ils n'ont rien de bon.

— Oh, inutile d'argumenter auprès de moi, m'assura Thaena. Je sais mieux que quiconque de quoi il est capable. Malheureusement, vous avez choisi un souhait qu'il n'est pas en mon pouvoir de vous accorder[1].

Je fus soudain prise de vertige.

J'avais supposé que Relos Var était puissant. Relativement puissant, en tout cas. Mais assez pour se mettre hors d'atteinte du jugement des dieux ? Je la contemplai fixement, stupéfaite.

— Il est vrai qu'arrêter Relos Var est une nécessité qui nous préoccupe grandement, moi et mes frères et sœurs des Huit, admit Thaena. Par conséquent, ce n'est pas moi qui vais vous aider, mais plutôt l'inverse.

Je fronçai les sourcils.

— Je ne comprends pas.

Elle fit quelque chose de ses mains. Le geste n'avait rien d'alambiqué, mais l'instant d'après, elle tenait une lance. Une lance dorée, étincelante et magnifique. Elle me la tendit.

Je vous rappelle que la lance n'est pas mon arme de prédilection.

Je ne me souvenais même pas d'en avoir déjà manié une. Je m'étais entraînée à l'épée et à la masse, principalement, ce qui n'a rien à voir avec le combat à la lance.

---

1. J'ai envisagé d'omettre ce passage, en raison des conséquences qu'il pourrait avoir sur votre ego. Finalement, j'ai décidé de l'inclure tout de même ; dans un souci d'exhaustivité, d'une part, mais aussi parce qu'il est parfois agréable d'entendre ce que l'ennemi raconte à notre sujet. Vous méritez bien un petit plaisir de temps en temps.

Cependant, lorsqu'un dieu vous offre une arme, vous n'avez pas d'autre choix que de l'accepter. Il ne me serait pas venu à l'idée de demander un échange. Le métal était tiède au toucher. Longue et dentelée, la lance était décorée de symboles solaires. Elle était légère et équilibrée. Sans qu'elle n'eût besoin de me le dire, je sus que l'arme était magique.

— Elle s'appelle Khoreval, expliqua Thaena. Elle appartenait à un vieil ami. Si je ne m'abuse, c'est l'une des rares armes au monde susceptibles de tuer un dragon. Je regrette de ne pouvoir vous donner l'arme elle-même.

Je lui rendis son sourire.

— Ah, vraiment ? (Je m'aperçus alors de ce qu'elle venait de dire.) Que voulez-vous dire par « me donner l'arme elle-même » ? Elle est ici.

— Non, mon enfant. Ce n'est qu'une apparition. La véritable Khoreval est prisonnière de nombreux verrous, dans le palais d'Azhen Kaen, duc de Yor et champion de Relos Var.

— Cela complique la situation, en effet[1].

— Ce que je vous donne tient donc plus de la quête que du présent. Emparez-vous de cette lance dans le monde des vivants. Si elle est effectivement capable de tuer un dragon, vous aurez alors l'opportunité de priver Relos Var d'une de ses plus grandes armes : Aeyan'arric.

— Mère, c'est trop dangereux. Même la Confrérie n'est jamais parvenue à s'infiltrer dans le Demesne de Glace…

Elle leva une main, et il se tut. Je le gratifiai d'un sourire, flattée de l'entendre s'inquiéter pour moi.

1.. Elle n'a même pas cillé en apprenant que Kaen travaillait pour vous, et non l'inverse. Elle est soit bien plus maligne, soit beaucoup plus bête que nous le pensions… et elle a prouvé en d'autres occasions qu'elle n'était pas stupide. Soyez prudent.

— Votre fils n'a pas tort, vous savez. Je n'ai pas la moindre idée de comment pénétrer dans un tel endroit. Je ne suis ni une voleuse, ni une espionne.

Thaena pencha la tête dans ma direction.

— Lorsque vous arriverez à Atrine, mettez-vous en quête d'un dénommé Mithros. Il dirige une compagnie de mercenaires, des cavaliers indépendants. Il se fera un plaisir de vous conseiller sur la meilleure manière de résoudre ce problème.

— Mère, vous ne pouvez pas lui demander cela.

Thaena lui décocha un regard qui aurait pu faire fuir un millier d'éléphants.

— C'est trop dangereux, insista-t-il. Relos Var va l'anéantir, si le duc Kaen ne s'en charge pas avant lui. Il est impossible que Relos Var ignore qui elle est. Inutile d'espérer la déguiser ou la faire passer pour quelqu'un d'autre.

— Oui, répondit Thaena d'une voix douce et menaçante. Je compte justement là-dessus. C'est ce que j'attends de lui. Je sais qu'il ne lui fera pas de mal. Il adore retourner nos familles contre nous. Elle lui paraîtra irrésistible[1].

— Ce n'est pas à vous de prendre cette décision, lançai-je sèchement au vané. (Il parut surpris de mon intervention.) C'est à moi qu'elle revient.

— Vous ne connaissez pas les risques…

— Quels sont les risques qui pourraient m'en dissuader ? Le fait qu'il contrôle des gens et des forces capables de tuer des milliers de personnes ? Je le sais déjà. Le fait qu'il possède des pouvoirs magiques dont l'étendue m'est inconcevable ? Je l'ai su lorsque Thaena en personne m'a dit qu'elle ne pouvait le vaincre. Je sais que c'est dangereux. Mais quelle importance, alors que tant de vies sont en jeu ?

Il se renfrogna.

— Pourquoi faut-il que vous soyez si butée ?

1. Ah, bien vu. Merci pour le tuyau, Thaena.

— Pourquoi refusez-vous de comprendre que je suis capable de faire mes propres choix ?

Il se redressa.

— Je n'ai pas dit cela.

— Pour qui me prenez-vous ? (Je désignai la déesse de la mort, sa mère.) Elle possède mon thudajé, mais je ne crois pas vous avoir confié mes propres rênes. Absolument pas.

— Teraeth, sa décision est prise.

J'eus un instant de silence.

— Il s'appelle Teraeth ?

— Oui.

Je me mordillai la lèvre en observant Teraeth. Il paraissait plutôt jeune. Pas beaucoup plus âgé que moi. Je me retournai vers Thaena.

— Est-il déjà pris ? Il est adorable.

Une fois encore, elle battit des paupières, ébahie, tandis que Teraeth me dévisageait avec stupéfaction. Puis Thaena sourit.

— Pourquoi… Qu'êtes-vous prête à m'offrir, en échange ?

— Eh bien, vous me devez encore une faveur, avançai-je.

— Vous avez tout à fait raison.

— Mère !

Le ton scandalisé de Teraeth dissipa mes derniers doutes quant à la nature exacte de leur relation. Il était mortifié. Sa mère le mettait mal à l'aise.

Parfait. Délicieux. Oh ! Je le voulais à tout prix.

Je fis tournoyer l'illusion de Khoreval entre mes mains.

— Je crois que je vais récolter un grand nombre d'âmes pour vous, seigneur, et je commencerai dès ce soir.

Je n'avais aucune idée de la façon dont on faisait la cour à un dieu, ou à l'enfant d'un dieu ; mais pour ce qui était des coutumes de mon peuple, je venais d'annoncer mes intentions. Je ne me préoccupai pas de son père ; quel que soit l'être qui ait partagé le lit de Thaena, il ne pouvait posséder un idorrá supérieur au sien. C'est elle que je devrais convaincre de me laisser son fils.

— Mère, vous n'allez tout de même pas me vendre !

Son ton était celui de la plaisanterie, mais quelque chose de plus dur que le rire couvait sous la surface. Quelque chose de sombre. Un doute. Une question se cachait sous ses mots… une question terrible.

— Ne suis-je pas la Justice ? répondit Thaena. Ne l'aurais-tu pas mérité, le cas échéant ?

Elle avait brusquement cessé de sourire. La discussion s'était faite très grave, et je ne comprenais pas pourquoi.

Teraeth me lança un regard, et ses magnifiques yeux verts s'emplirent de regret et de culpabilité.

— Qu'ai-je besoin de savoir pour réussir à déchiffrer cette situation ?

Thaena et Teraeth se regardèrent un instant de plus, avant qu'il ne frissonne et se détourne. Puis Thaena braqua ses yeux sur moi.

— Nous n'échappons pas toujours aux péchés de nos vies passées. Mais si mon fils vous plaît et que vous parvenez à conquérir son cœur, il sera à vous, et je ne m'y opposerai pas. Dans l'intervalle, je vous souhaite bonne chasse, mon enfant.

— Teraeth ?

Cessant de scruter le sol, il leva les yeux.

— Oui ?

— Nous nous reverrons, lui assurai-je en levant le menton.

Son sourire se fit narquois.

— Et je n'ai pas mon mot à dire sur la question ?

— Si. Toujours. En attendant…

Je saluai Thaena et m'enfonçai dans les bois, en quête de démons.

17

La Passe de Tiga

Colonie de Jorat, Empire de Quur.
Trois jours après que deux femmes sont devenues les dirigeantes de facto de la Maison D'Mon.

— Par pitié, dites-moi que vous n'êtes pas mariée à Teraeth, grinça Kihrin.

— Eh bien, pour être exact…, commença Frère Qown alors que Ninavis lui tendait une tasse de café.

— Je ne suis pas mariée à Teraeth, coupa Janel. (Elle gratifia le prêtre d'une pichenette sur l'épaule.) Essayez de ne pas lui déclencher une crise cardiaque.

Qown sirota son thé en souriant.

— Qui est cet étalon dont vous parlez ? voulut savoir Dorna. Teraeth ? Pourquoi est-ce que je ne l'ai jamais vu ?

Dorna n'avait pas exigé qu'on lui présente Kihrin, songea-t-il. Mais quelque chose lui disait que tous les occupants de la taverne connaissaient son identité.

— Dorna, je ne l'ai jamais rencontré dans le monde des vivants, expliqua Janel. Mais si cela devait arriver, je promets de vous l'amener. (Elle marqua une pause.) À supposer qu'il comprenne que ce n'est pas lui qui commande.

— Oh, il faut que vous arrêtiez de vous enticher d'étalons qui voudraient faire de vous une jument, regretta Ninavis en secouant la tête. De toute façon, vous ne savez même pas s'il est en vie.

— Oh, Teraeth est en vie, assura Kihrin.

La conversation avait pris un tour beaucoup moins déplaisant à ses yeux. Teraeth n'avait donc pas achevé de séduire Janel ? Parfait[1].

— J'ai passé quelques années à m'entraîner à son côté. Par contre, c'est un assassin et un révolutionnaire en puissance.

Ninavis sourit.

— Ah ! Là, d'accord. Ça ressemble à mon type d'homme.

Dorna leva un doigt.

— Mais il est plutôt rênes, ou plutôt selle ? C'est ça, la question.

Kihrin fronça les sourcils.

— Qu'est-ce que… Par les dieux, vous ne parlez toujours pas de chevaux, c'est ça ? Arrêtez tout de suite !

Tout le monde – à l'exception peut-être de Frère Qown – se mit à ricaner.

— Maintenant, reprenez, dit Dorna en agitant la main. Je veux savoir ce qui est arrivé à mon poulain.

— Oh, nous parlons à tour de rôle, Dorna, expliqua Qown. De cette manière, nous évitons de trop nous fatiguer la voix.

Il sortit son journal et se mit à lire.

Récit de Qown. Aux environs de la Passe de Tiga, Jorat, Quur.

Ils voyagèrent de Mereina à Atrine dans des conditions déplorables. Le temps était demeuré exécrable depuis leur départ de l'estava. Frère Qown avait fini par avoir recours à la magie pour leur épargner de perdre des doigts et des

1. Oui, je suis d'accord. Je me demande si Teraeth est du genre jaloux. Je vais m'écrire un petit pense-bête, au cas où tout cela se révélerait utile à l'avenir…

orteils sous l'effet du froid, et même Sire Baramon n'avait pas protesté. Ils ne parvinrent à dénicher de quoi se nourrir qu'après plusieurs jours, lorsque le temps s'améliora enfin. Plus tard, ils s'arrêtèrent dans un petit village pour y acheter des provisions.

Frère Qown choisit de ne pas faire remarquer que le comte n'avait jamais besoin de soins. Qu'il gèle ou qu'il neige, sa peau demeurait tiède, comme si un véritable feu couvait sous ses yeux rouges.

Au bout d'une semaine, ils atteignirent une partie de Jorat qui n'avait pas été affectée par la vague de froid d'Aeyan'arric. Les plaines étaient couvertes de fleurs. Il semblait plus facile de sourire. Le comte se réveilla un matin comme si elle n'avait jamais connu ni peine ni douleur, le visage radieux, et même Dorna l'observa d'un air curieux.

— Si vous étiez qui que ce soit d'autre, poulain, je dirais que vous avez fait de beaux rêves.

— Assez beaux, oui, acquiesça le comte. (Elle se tourna, puis secoua la tête.) Je m'attends toujours à voir Arasgon.

— Il ne tardera pas à nous retrouver, intervint Sire Baramon. (Il s'étira avec un grognement.) Je suis endolori des pieds à la tête. Même mes orteils me font mal.

— Oh, voulez-vous que j'y jette un œil…, commença Frère Qown.

— Non, ça va, répliqua sèchement Sire Baramon.

Le sourire du comte s'effaça.

— Qown est un Sang de Joras, vous savez[1], fit remarquer Dorna. Ne le traitez pas comme une jument de village. Laissez-le vous aider.

---

1. C'est une particularité pittoresque de la culture jorate. Lorsque quelqu'un est considéré comme un descendant de Joras (ce qui englobe tous les gens originaires de l'ouest des Pics-Dragons), sa magie devient tout à coup acceptable. Cela leur permet de continuer à haïr la magie, tout en profitant des services des Garde-Portes de la Maison D'Aramarin. C'est d'une hypocrisie si criante que j'ai du mal à leur en vouloir.

— Sang de quoi ? s'étonna Frère Qown. Qu'est-ce que je suis, au juste ?

Mais Dorna ne faisait plus attention à lui. Elle avait les yeux rivés sur Janel.

— Poulain, qu'est-ce qui ne va pas ?

— La Passe de Tiga. (Janel désigna un point du doigt.) Regardez.

Frère Qown se tourna vers le nord. Ils avaient presque atteint les routes et les ponts en lacet menant de la Pâture, au sud de Jorat, aux Grandes Steppes où se trouvaient le canton de Tolamer et la capitale, Atrine. C'était par là qu'ils étaient passés, en sens inverse, pour gagner la bannière de Barsine. Qown avait beau préférer les routes à l'escalade des falaises escarpées des steppes, le trajet sur ces étroits chemins demeurait vertigineux et très pénible.

Mais ce qui lui noua l'estomac fut la couleur de la Passe. Blanche comme neige.

Personne ne parla, mais ils se hâtèrent tous de lever le camp. L'impatience du comte était contagieuse. Frère Qown se surprit à regretter Nuage, le hongre que Janel lui avait donné lorsqu'elle avait appris qu'il ne possédait pas de cheval. Il ne s'était jamais considéré comme un cavalier, et Dorna lui aurait certainement répondu que ce n'était toujours pas le cas, mais Nuage était doué pour se faire aimer.

— On pourrait toujours prendre le Grand Montoir, suggéra Dorna.

— C'est à cinquante kilomètres d'ici, rétorqua Janel.

— Regardez la neige. Il ne neige jamais à la Passe de Tiga. Si le dragon est là-haut, mieux vaut ne pas y mettre les pieds.

— Il faut que j'en aie le cœur net, décréta le comte avant de se mettre en route.

Dorna jura dans sa barbe et échangea un regard avec Sire Baramon, comme deux parents face à leur enfant.

Le chevalier haussa les épaules comme pour dire *Que voulez-vous ?* et emboîta le pas au comte.

Tous l'imitèrent.

Dès qu'ils eurent atteint le sommet de la Passe, Frère Qown comprit que les pires soupçons du comte étaient malheureusement justifiés. La Passe de Tiga était la manière la plus populaire et efficace de voyager du plateau vers les plaines en contrebas. Par conséquent, elle voyait défiler tous les habitants trop démunis ou trop butés pour utiliser le réseau des portails. Lorsque eux-mêmes avaient traversé la Passe, la première fois, ils avaient campé à l'extérieur de la ville, trop pauvres pour se payer une chambre et trop fiers pour demander la charité.

C'était ce séjour, d'ailleurs, qui avait donné à Janel l'idée de se faire chasseuse de primes.

À présent, la Passe et la ville étaient emprisonnées sous une épaisse couche de glace.

Le comte n'attendit pas que ses compagnons la rattrapent. Elle avança, puis se mit à courir.

— Hé ! Ne nous laissez pas…

La réprimande de Dorna mourut sur ses lèvres, tandis que quelque chose bougeait à l'autre extrémité de la ville.

Aeyan'arric, la Dame des Tempêtes, s'arrachait à sa sieste.

Le comte fit halte en dérapant sur le sol gelé. Tous l'imitèrent, en rageant d'avoir été ainsi surpris à découvert. En l'absence de tout abri ou bâtiment proche, ils n'avaient nulle part où se cacher, pas même quelques arbres. Ils étaient sans défense.

Et le dragon les avait vus. Frère Qown sut qu'ils étaient sur le point de mourir.

Aeyan'arric aurait pu les tuer en un instant. Les compétences de Qown, en matière de magie de combat, étaient bien insuffisantes pour espérer tenir tête à un dragon. Ils ne possédaient aucune arme susceptible d'affecter une telle créature. Aeyan'arric était plus grande que la ville elle-même.

Le comte Janel resta immobile. Le dragon et la jeune femme se jaugèrent mutuellement.

Puis Aeyan'arric s'élança dans les airs et s'éloigna majestueusement vers le nord.

Le silence tomba sur la ville gelée.

Frère Qown ne pouvait être sûr de ce qui les avait sauvés, mais il avait ses soupçons. Il ne pensait pas qu'il s'agisse d'un élan de clémence. Non, il avait plutôt l'intuition qu'Aeyan'arric les avait épargnés comme Frère Qown aurait laissé vivre un scarabée croisé dans les bois. Pourquoi se soucierait-il du sort d'un scarabée ?

Janel se mit à courir en direction de la ville, avec un empressement inutile. Tous les habitants étaient morts.

Frère Qown ne put s'empêcher de se demander si la catastrophe qui avait frappé cet endroit avait eu lieu juste après celle de Mereina. Est-ce qu'une sorcière doltari à la peau blanche avait libéré un nuage de fumée bleue, ici aussi ? Ou le dragon avait-il frappé au hasard ?

Cela faisait bien longtemps que Quur n'avait pas été victime des ravages d'un dragon.

Lorsqu'il rattrapa le comte, elle était tombée à genoux au cœur de la ville. Ses yeux brillaient. L'air qui entourait le comte était plus chaud qu'il n'aurait dû l'être, au milieu de toute cette glace. Et il se faisait plus étouffant de seconde en seconde. La glace sous les genoux de Janel se mit à fondre, révélant l'herbe printanière. Sire Baramon dégaina son épée, regardant autour de lui comme s'il s'attendait à une nouvelle attaque.

— Poulain, non, chuchota Dorna. Arrêtez ça.

Le comte de Tolamer lâcha un sanglot étranglé. Dorna posa une main sur son épaule.

— Je vous en prie, mon enfant. Arrêtez.

L'herbe dégelée qui l'entourait s'enflamma brutalement. Dorna retira sa main et recula.

— Nous devrions chercher un abri, suggéra Frère Qown.

Il ne savait pas quoi ajouter. Le ciel ne cessait de s'assombrir. La tempête qui succédait au passage d'Aeyan'arric était en chemin.

— Nous n'avons pas le temps, dit Sire Baramon.

— Comte, je sais que…, articula Frère Qown.

Il se racla la gorge, sentant monter la panique. Il parlait simplement pour dire quelque chose, sans but précis. Il n'avait aucune idée de la manière dont il pouvait dissuader Janel d'utiliser un sort-don, une faculté dont elle n'était peut-être même pas consciente. S'était-elle seulement aperçue qu'elle avait fait fondre la glace ? Que des flammes naissaient autour d'elle ?

— Si nous chauffons une azhock vide, reprit le prêtre, nous y serons peut-être en sécurité. Au moins, jusqu'à ce que la tempête se calme.

Il ne parla pas de nourriture. Leurs réserves étaient insuffisantes.

Personne ne dit un mot, pas même Sire Baramon. Ils retenaient tous leur souffle. L'affinité du comte avec le feu se révélait être l'une de ces terribles vérités dont tout le monde s'accommodait, tant que personne ne l'évoquait à voix haute.

Frère Qown se demanda s'il pouvait endosser la responsabilité des flammes, prétendre avoir lancé le sortilège. En rappelant qu'il était un « Sang de Joras » (quoi que cela puisse signifier), Dorna semblait lui avoir conféré une sorte d'immunité quant à la pratique de la magie. Par conséquent, Sire Baramon accepterait plus facilement qu'il soit à l'origine du phénomène, plutôt que son comte. Janel s'essuya les yeux de la main.

— Je n'arrive pas à le contrôler, murmura-t-elle[1].

— Vous pourriez apprendre, glissa Frère Qown. Vous n'êtes pas une sorcière.

Elle tressaillit.

— De même que Tamin n'en est pas une, c'est cela ?

— Que signifie « Sang de Joras » ? demanda-t-il.

Il s'était retenu de poser la question jusqu'à présent, mais ce temps-là était révolu.

Elle soupira. Dorna répondit à sa place.

— Lorsque l'Empereur Kandor nous a libérés du joug du dieu-cheval, Khorsal, il nous a demandé de lui livrer tous nos mages en échange, car il n'y en avait pas de plus puissants au monde. Ça concernait surtout le grand magicien Joras, qui avait mené la rébellion contre Khorsal. C'était quelqu'un d'important, ce Joras... Kandor a même donné son nom à la colonie. Bref, Joras a rassemblé sa famille et tous ses parents éloignés. Lui et son clan sont partis à l'ouest pour vous enseigner ce qu'ils savaient et s'unir avec vous, les Quuros...

— Jorat fait partie de l'Empire de Quur. Nous sommes tous quuros.

— Non, corrigea Dorna. Vous, vous êtes quuro. Nous sommes jorats. Quoi qu'il en soit, lui et sa famille sont allés là-bas pour que vous ayez des mages puissants, vous aussi. Et c'est pour ça que vous êtes si doués pour la magie. « Sang de Joras » veut dire que son sang coule dans vos veines, et que vous avez hérité de ses pouvoirs. Toute autre personne qui fait de la magie a dû conclure un marché avec les démons, ou être corrompue par du sang marakori. Et s'il y en a qui passent des marchés avec les démons, c'est bien les Marakoris...

Frère Qown battit des paupières, éberlué.

1. Le fait qu'elle n'ait pas fait griller tous ses petits camarades m'indique que ce n'est pas vrai.

— Vous… vous dites qu'il est permis de pratiquer la magie lorsqu'on appartient à une lignée spécifique ?

Il se tourna vers les deux autres, mais aucun ne semblait trouver les propos de Dorna étonnants ou déconcertants. La vieille femme émit un grognement.

— Je n'ai pas dit que j'y croyais. Si vous voulez tout savoir, c'est la chose la plus idiote que j'aie jamais entendue. Je répondais juste à votre question.

Frère Qown se retourna vers Janel.

— Vos yeux sont rouges. Dans toute autre province de l'Empire, les gens supposeraient que vous êtes une bâtarde ogenra de la Maison D'Talus. Leurs mages sont spécialisés dans l'usage du feu. Alors peut-être êtes-vous un Sang de Joras, vous aussi. Peut-être n'avez-vous rien d'une sorcière.

Il s'abstint de préciser que le reste de Quur la considérerait tout de même comme une sorcière, puisqu'elle n'était pas diplômée… à l'instar de toutes les femmes. Il préféra remettre cette discussion à un autre jour.

— Vous sous-entendez qu'elle est de sang impur ? s'écria Sire Baramon, se mêlant de nouveau à la conversation.

Dorna lui assena un coup de poing sur l'épaule.

— Fermez-la, vous. La mère de Janel était une roturière. Peut-être que Frena était une de ces « ongira ». Vous n'en savez rien.

— Ogenra, corrigea Frère Qown.

— On ne vous a pas sonné, vous, rétorqua Dorna. Je me fiche comme de mon dernier pruneau de savoir comment ça se prononce.

Janel se leva.

— Restez où vous êtes, tous.

Dorna prit Sire Baramon par le bras et se mit à le tirer en arrière, comme s'il s'agissait d'un enfant incapable de ne pas aller se fourrer sous les roues des chariots. Il paraissait anxieux.

Frère Qown entendit de l'eau goutter de la glace entourant Janel, qui fondait à vue d'œil, découvrant des corps.

Des corps qui s'animaient.

— Oh, Selanol, gémit Frère Qown. Comte, regardez !

Dorna fit un bond en arrière, terrifiée.

— Derrière moi ! lança Sire Baramon en tirant son épée.

Frère Qown fit de son mieux pour se souvenir qu'il s'agissait d'un combattant hors pair, malgré sa corpulence.

Le comte demeurait campé sur ses pieds. Elle dégaina sa lame et attendit que les morts possédés se dirigent vers elle. Frère Qown se creusa la tête, tentant d'imaginer un moyen de l'aider. Une bénédiction arrêterait les démons l'espace d'un instant, mais pas plus. Ces créatures n'étaient pas présentes physiquement : elles exploitaient le caractère transitoire des cadavres, utilisant ces derniers comme des marionnettes afin de s'immiscer dans le monde des vivants. Ces démons avaient dû posséder les morts… et se retrouver piégés sous la glace.

Qown fronça les sourcils. Le dragon les avait donc empêchés de déclencher une Marche Infernale[1].

L'épée de Janel siffla. La tête d'une villageoise tomba de ses épaules. Un mort attaqua le comte ; Janel fit un saut de côté, puis lui assena un coup de poing si violent qu'il lui déboîta la mâchoire et le fit tituber. Elle abattit alors sa lame de haut en bas, en une frappe puissante qui fendit le cadavre des épaules à l'entrejambe.

Les corps étaient trop gelés pour saigner.

— N'en dégelez pas d'autres ! cria Dorna.

Si le comte l'entendit, elle ne réagit pas. Elle s'avança et attaqua un autre démon.

Alors, une petite fille s'avança. Le comte hésita.

En marge de son champ de vision, Frère Qown distingua un mouvement qui attira son attention. Il se tourna pour mieux voir, et s'aperçut qu'un mort aux cheveux châtains,

---

1. Oui, je sais. C'était le but, imbécile.

vêtu de haillons, avait choisi de s'approcher d'eux par le côté plutôt que de s'en prendre au comte. Il glapit et fit un saut en arrière, mais trébucha lorsque son pied se prit dans un pan de son agolé.

Sire Baramon accourut aussitôt à son secours. Le chevalier brandit son épée, cependant il ne possédait pas la force démoniaque du comte. Il ouvrit une longue entaille dans la chair gelée du démon. Ce dernier ignora la blessure et bondit en direction de Frère Qown. Le prêtre hurla.

Le démon battit l'air de ses doigts recourbés, et Sire Baramon tira Frère Qown sur le côté. Le chevalier frappa de nouveau et, cette fois, sectionna un bras du cadavre. Celui-ci continua à se battre. Bien entendu.

Puis sa tête tomba de ses épaules. Le comte Janel se tenait derrière le corps possédé, les yeux aussi étincelants que des soleils.

—C'était le dernier, déclara-t-elle. Ça va, vous deux ?

—Cette saleté m'a coupé au bras, répondit Sire Baramon. J'ai connu pire lors de duels. Ça ira.

—Laissez-moi regarder, proposa Frère Qown.

—Cela peut attendre. Nous devons nous assurer qu'il n'y en a pas d'autres.

—Oh, je pense qu'il y en a autant que d'habitants gelés, dit Dorna en se frottant les paumes. Mais ils sont tous enfermés sous la glace, alors tant qu'on ne la fait pas fondre, on sera pas plus en danger que des poulains. (Elle darda sur Janel un regard sévère.) Alors, dites-le-moi. Dites-moi que vous n'allez pas insister pour qu'on les dégèle.

Une expression amère déforma le visage de Janel. Derrière elle, au sol, se trouvait un amas de bure grossière sous laquelle gisaient de multiples corps. Janel désigna une azhock assez éloignée de la ville pour n'avoir pas été gelée, et dont aucun cadavre n'avait émergé.

—Abritez-vous là-dedans. Ne sortez pas tant que je ne suis pas revenue.

— Et après ? interrogea Dorna.

Elle ne tenta pas de la faire changer d'avis. Elle savait quelles étaient ses chances d'y parvenir.

— Après, nous reprenons notre route vers Atrine. Nous ferons fondre la neige jusque là-bas, s'il le faut.

Janel attendit que les autres se soient mis à l'abri.

Puis elle commença son infâme besogne.

18

Les Chutes du Démon

Colonie de Jorat, Empire de Quur.
Trois jours après l'assassinat de Jarith Milligreest par Xaltorath.

Frère Qown referma son livre et fit signe à Janel.
—À votre tour.

Le voyage jusqu'à la capitale de notre colonie fut sinistre pour plusieurs raisons. L'une d'elles était ce dont nous avions été témoins à la Passe de Tiga.

Ninavis se pencha en avant :
—Attendez… Que s'est-il passé, entre-temps ?
Janel regarda ses mains.
—Rien de surprenant. J'ai dégelé le village, j'ai neutralisé les possédés, puis nous nous sommes reposés dans cette même azhock pendant que j'éliminais les démons dans l'Au-delà.
La tristesse perçait sous le ton pragmatique avec lequel elle décrivait les événements.
—Je suis désolé, dit Kihrin.
Il avait eu son lot de problèmes au même âge, bien sûr ; entre autres, il avait reçu un gaesh et été vendu comme esclave. Cependant, il ne pouvait s'empêcher de remarquer

que Janel était plus habituée aux champs de bataille que bien des soldats de l'armée quuro. Jarith Milligreest avait un jour offert un poste d'officier à Kihrin, simplement parce qu'il avait été prêt à se battre contre un démon isolé. Que dirait-il à une femme qui en avait combattu des centaines ?

Qu'aurait-il dit, se corrigea Kihrin. *Au passé.*

— Désolé ? Vous n'aviez rien à voir là-dedans, répliqua Janel.

Il espéra que c'était vrai.

Récit de Janel. Route d'Atrine, Jorat, Quur.

Pourquoi massacrer toute une ville, puis la recouvrir de glace ? Les démons auraient pu traquer les âmes des morts dans l'Au-delà. Mais les démons ne laissaient jamais passer une opportunité de se rendre dans le monde des vivants, même par procuration. Sauf que ceux-là s'étaient ensuite retrouvés piégés sous la glace. Quel pouvait être le but de tout cela ?

Cependant, cette question troublante se perdait dans le profond chaos qui m'habitait. Les flammes que j'avais invoquées. Les paroles de Tamin résonnaient à mes oreilles. Nous étions tous deux des sorcières.

Absorbée par mes pensées, je faillis ne pas remarquer que nous avions atteint les chutes.

— Quel est ce bruit ? s'enquit Frère Qown tandis que nos chevaux avançaient sur la grand-route.

Ah, oui : nous avions trouvé des chevaux. Lorsque le village de Tiga avait été attaqué, ses chevaux s'étaient enfuis. Pas tous : j'avais été forcée d'éliminer des chevaux possédés, de même que les humains. Mais nous, les Jorats, n'avons jamais enfermé nos chevaux, sauf pour les protéger des tempêtes. Une fois la ville débarrassée de son étau de glace, nous avions déniché des brides et des selles, puis convaincu certains de ces animaux de revenir.

Sire Baramon parut surpris de la question de Frère Qown, et gratifia le prêtre de Vishai d'une claque sur l'épaule.

— Vous n'avez jamais vu les Chutes du Démon ?

— Les Chutes..., répéta le prêtre d'un air étonné. Je croyais que nous n'y arriverions que dans un jour.

— Quelques heures, tout au plus, corrigeai-je.

— Mais alors... comment pouvons-nous les entendre ? s'exclama-t-il, manifestement stupéfait.

Je fis claquer ma langue et mon cheval pressa l'allure. Je l'avais baptisée Fleur-de-cendre. Elle n'aurait jamais dû être qu'un animal de ferme, mais je la trouvais agréable, quoiqu'un peu anxieuse. Elle méritait quelqu'un qui lui donnerait des carottes, lui dirait qu'elle était belle et l'emmènerait faire de paisibles promenades. Pas moi. Mais je me promis de lui trouver un bon compagnon à Atrine[1].

Nous atteignîmes le haut de la colline. Je fis s'arrêter Fleur-de-cendre, puis attendis que Frère Qown me rattrape. Ses questions se lisaient encore clairement sur son visage. Je pointai le doigt vers l'avant. Il suivit mon bras des yeux, et ouvrit la bouche, ébahi.

— Les Chutes du Démon, annonçai-je.

Je m'étais rendue de nombreuses fois à Atrine, mais, y ayant toujours voyagé par Gemmeporte, je ne l'avais jamais contemplée depuis cet endroit. Je n'avais jamais vu les Grandes Steppes se recourber pour disparaître au loin, tandis que le lac Jorat se déversait par-dessus sa berge pour former une gigantesque chute d'eau, large de plusieurs kilomètres.

Atrine, la fleur de Jorat, trônait en haut de la cascade, au centre du barrage qui retenait l'eau du lac. La cité était pointée vers le ciel comme une montagne de quartz blanc et de granit bleu, les tours effilées de son palais et de ses temples semblant gratter le ciel orageux. La cité s'étendait

---

1. Je me demande ce qui est arrivé à Fleur-de-cendre ? A-t-elle quitté la ville en compagnie d'un gentil paysan ou d'une petite fille ? Oh, la ferme.

en un énorme cercle, protégée par d'épais remparts de pierre blanche qui, à cette distance, paraissaient pourtant fins et délicats, comme faits de porcelaine.

Deux ponts reliaient Atrine au monde extérieur, des passerelles élancées dont la pierre ouvragée évoquait la dentelle, jetées entre la cité et le rivage. En réalité, ces ponts étaient larges de plusieurs dizaines de mètres et longs de quelques kilomètres chacun ; une armée de chevaux pouvait les traverser. La distance déformait toutes ces structures, leur donnant une allure fragile, une finesse diaphane.

Je fronçai les sourcils en contemplant la vue. Je distinguais, sur le pont, quelque chose qui me dérangeait.

— Que signifie cette tache sur la passerelle ?

— Une tache, comte ? s'étonna Sire Baramon.

Dorna fronça le nez.

— Ah ! Mes yeux ne sont plus ce qu'ils étaient. (Elle mit sa main en visière et scruta la cité.) Est-ce que c'est… (Elle marqua un temps d'arrêt.) Des bâtiments, sur la passerelle ?

— Qui irait construire quelque chose sur le pont ? répondis-je. C'est invraisemblable.

À ma grande surprise, Frère Qown parut indigné.

— Les cités sont comme des fleuves, comte. Elles débordent et s'étendent au-delà de leurs rives. Cela se produit partout dans le monde.

— Dans d'autres cités, rétorquai-je avec un reniflement dédaigneux. La capitale, dit-on, déborde régulièrement de détritus humains, mais à Atrine, il n'y a nulle part où aller en dehors de l'enceinte. La ville est une île.

— C'est vrai, poulain, reprit Dorna, mais vous oubliez la largeur de ces ponts. Enfin, de toute façon, la ville est déserte la majorité de l'année. On n'y manque pas de place.

— Je ne comprends pas, avoua Frère Qown. Pourquoi une cité de cette taille serait-elle déserte ?

— Parce que c'est un piège, répondis-je.

Face à l'expression perplexe du prêtre, je haussai les épaules et lui souris, espérant sembler sincère.

—Aujourd'hui, ce n'est plus un piège. Mais à l'origine, Atrine n'a pas été édifiée pour servir de ville. C'était plutôt… une provocation. Voyez-vous, l'Empereur Kandor disposait d'une armée d'infanterie, et son adversaire était le dieu-roi des chevaux. L'immense cavalerie de Khorsal comprenait des milliers de centaures, sans parler des flammesangs et de toutes les autres créatures équines à son service. Quur ne pouvait gagner la guerre en affrontant Khorsal sur son propre terrain, alors Kandor a construit des barrages sur tous les fleuves du plateau, inondant les Gorges-sans-fin, et bâti cette cité pour faire office d'appât. L'Empereur Kandor a conçu Atrine de manière que l'ego de Khorsal ne lui laisse d'autre choix que de l'attaquer. Il l'a bâtie pour tuer un dieu… La peupler, ensuite, n'était pas une priorité. (Je pinçai les lèvres d'un air désapprobateur.) Elle ne devrait pas se trouver engorgée au point de devoir empiéter sur les passerelles.

Sire Baramon haussa les épaules d'un air désabusé.

—Vous êtes-vous rendue à Atrine récemment, comte ?

Je me raidis.

—Nous étions venus juste avant… (Je m'interrompis. Juste avant le canton de Lonezh. Avant Xaltorath.) Pas depuis quelques années, concédai-je.

—Eh bien, comte… (Il gratta sa barbe naissante.) Les choses changent, avec le temps.

Je soupirai.

—Certaines choses, oui. (Je dirigeai Fleur-de-cendre vers la grand-route.) Allons-y. Plus vite nous atteindrons la ville, plus vite nous pourrons avertir le duc Xun du danger qui menace Jorat. La colonie tout entière est en péril. Il devra bien faire quelque chose.

—Moi, je ne suis pas pressée, bougonna Dorna. Vous savez bien qu'Oreth vous attend.

— Cela ne change rien, répliquai-je. J'ai un devoir à accomplir, Dorna. Il faut prévenir le duc.

— Très bien, répondit-elle d'une voix maussade qui ne laissait aucun doute sur ce qu'elle pensait vraiment.

Nous nous remîmes en route.

Les véritables dimensions d'Atrine apparaissaient à mesure que l'on traversait le pont de Merat, qui reliait l'île à la berge. La cité paraissait petite en regard du lac Jorat, vaste mer intérieure terminée par une longue rangée de vannes en forme de gueules démoniaques, qui crachaient des gerbes d'eau. À première vue, Atrine ressemblait à un charmant petit château pastoral, tout droit sorti d'un conte de dieux-rois. Ce n'est qu'en distinguant ses habitants que l'on pouvait appréhender sa taille réelle.

Elle était telle que dans mes souvenirs d'enfance. À quelques détails près.

Je ne me rappelais pas les taudis délabrés qui emplissaient le pont menant à la ville elle-même. Les huttes étaient constituées de bois et de torchis issu des berges vaseuses du lac. Je repérai une dizaine de styles architecturaux différents, allant du plâtre de l'Ouest quuro à une structure de terre torsadée rappelant une ruche. Aucune ne ressemblait à une azhock jorate.

— Des Marakoris.

Je surpris des regards hostiles aux fenêtres, entre les rideaux entrouverts et vite refermés. J'aperçus des visages au teint uni, allant du brun clair à l'acajou, et des cheveux sombres, rouges ou noirs.

— Qu'est-ce que des Marakoris viennent faire ici ? demandai-je.

Un passage étroit et sinueux traversait le quartier, assez large pour laisser passer un cheval à la fois. Nous décidâmes qu'il était plus prudent de les guider à pied. À chaque pas, je percevais sur nous les yeux pleins de reproche des va-nu-pieds.

— Ce sont des réfugiés et des fugitifs. Il est vrai que le phénomène s'est quelque peu… aggravé, ces dernières années, déclara Sire Baramon.

— Vous voulez dire que cela dure depuis des années ? m'exclamai-je. Qui possède leur thudajé ?

— Personne, répondit-il d'un air surpris. Ce sont des Marakoris, après tout.

Un cri, quelque part devant nous, attira notre attention. Des soldats tirèrent une femme hors d'une des masures et la plaquèrent au sol, tandis qu'un second groupe mettait à sac la hutte de torchis. Quelques secondes plus tard, ils ressortirent en vociférant et en traînant un homme marakori derrière eux. La femme cria de nouveau et tendit les mains vers lui, mais les soldats la frappèrent.

Près de moi, Frère Qown se crispa.

— Ne devrions-nous pas intervenir ?

J'hésitai.

— Ce ne sont pas nos affaires. Et puis, ces hommes portent les couleurs du duc.

Mon cœur tambourinait dans ma poitrine. Je voulais faire quelque chose. Je ne devais pas me mêler de cet incident, je devais faire confiance aux hommes du duc pour faire respecter la loi, mais le goût acide et brûlant de la corruption de Barsine m'emplissait encore la bouche. Je ne pouvais plus…

Alors que j'étudiais les options qui s'offraient à moi, un garde leva sa dague et égorgea l'homme marakori. Le hurlement de la femme résonna autour de nous.

J'attrapai la robe de Frère Qown avant qu'il n'ait pu s'élancer pour tenter de sauver le Marakori.

— Non ! Je peux l'aider ! supplia-t-il.

— Vous vous trompez.

Les soldats quittèrent les lieux. Ils jetèrent le corps de l'homme sur le côté, sans prêter attention à la femme, et se dirigèrent vers les portes de la ville. Quel qu'ait été leur objectif, ils l'avaient accompli ; ou alors, ils avaient décidé que le jeu n'en valait pas la chandelle.

Je lâchai Frère Qown. Il courut rejoindre la femme, qui sanglotait auprès du corps. Qui sait ce qu'il représentait pour elle : un frère, un père, un ami, un mari ? Elle ignora Frère Qown jusqu'à ce que le prêtre tente de la consoler ; alors, elle le repoussa en hurlant.

— Allez, venez, glissa Sire Baramon en le tirant en arrière. Je vous promets que vous ne pouvez absolument rien faire.

Je sentis le regard du prêtre sur moi. Quoiqu'il n'ait rien dit, je savais ce qu'il pensait.

Vous auriez pu l'éviter.

— Ça suffit, lui lançai-je d'un ton sec. Ce ne sont pas nos affaires. Ces gens ne résident ici que parce que le duc tolère leur présence. Nous ne connaissons pas les circonstances de cette affaire.

— Vous avez dit que les Jorats ne se contentaient pas d'exécuter les criminels ! Et les saelen ? Pourquoi n'a-t-il pas eu droit à un procès par combat ? À un tournoi ? Qui a gagné son thudajé ?

— Frère Qown…

— Où est la justice dans tout cela ?

Des larmes de rage coulaient sur son visage.

— Ah, gentil poulain, soupira Dorna en tapotant le prêtre sur l'épaule. Vous savez bien qu'elle ne s'applique qu'aux Jorats.

Je dépassai le lieu de l'incident avec Fleur-de-cendre, refusant de regarder derrière moi pour m'assurer que mes compagnons me suivaient. Je ne voulais pas revoir le corps du Marakori.

Je ne savais rien des circonstances de tout cela. J'ignorais quels crimes il avait pu commettre. Peut-être l'avait-il mérité. Peut-être pas. Mais j'étais certaine d'une chose.

À Jorat, on protège ce qu'on dirige.

Frère Qown ne comprenait pas. Il ne savait pas que défendre un réfugié marakori anonyme pouvait être considéré comme un acte de rébellion.

Je rabattis mon capuchon sur mon visage à l'approche de la porte. Celle-ci m'avait toujours paru minuscule ; en effet, Kandor avait souhaité qu'il soit difficile – voire impossible – pour un cheval de la traverser. Que représentaient les chevaux, aux yeux de l'Empereur Kandor ? Il n'était pas venu pour les sauver, mais pour les massacrer.

Si la porte était petite, les plates-formes réservées aux archers, elles, ne l'étaient pas.

— Messire comte, dit Sire Baramon. Laissez-moi leur parler.

Je hochai la tête, soulagée. Je ne me sentais pas encore capable de négocier. Les paroles de Frère Qown m'avaient meurtri l'âme comme autant de coups de poignard.

Mon espoir d'entrer dans la ville en toute discrétion fut douché à l'approche de la porte. La présence des réfugiés et des cabanes de fortune amassées sur le pont, comme une armée assiégeant la ville, signifiait que les gardes interrogeaient chaque arrivant et consignaient par écrit leur identité. Ces rapports seraient ensuite rassemblés et classés. Me glisser dans la ville sans me faire remarquer s'avérerait compliqué si mon nom apparaissait dans un compte-rendu présenté à mes ennemis.

Et malheureusement, mes ennemis étaient de nature à récolter ces comptes-rendus.

— Nom et motif de la visite ? interrogea le garde lorsque nous atteignîmes le devant de la file.

Sire Baramon s'esclaffa.

— Motif de la visite ? Dites-moi, brave homme, y en a-t-il pour vous répondre autre chose que « le tournoi », quand ce dernier doit avoir lieu dans quinze jours ? Autant demander à quelqu'un s'il souhaite se mouiller le front, alors qu'il nage dans le Zaibur !

Le garde toussota et lui décocha un regard inquisiteur.

— En tant que spectateurs ou participants ?

— En tant que vedettes ! tonna Sire Baramon. (Puis il se pencha vers le soldat et baissa la voix.) Pas moi, bien sûr. Cela fait quelques années que je n'ai pas été le grand vainqueur d'un tournoi. (Il se tapota le ventre pour appuyer ses propos.) Mais vous avez bien dû entendre parler du grand Sire Kavisarion de Dalrissia ? (Il baissa encore la voix, jusqu'à murmurer.) Cette année, je vous amène ma nouvelle protégée, Braise. C'est son premier tour de piste, mais vous la verrez s'illustrer, je vous le promets... Et puis, voici notre entraîneuse, Riquiqui, ainsi que son valet, Plumaufesse[1].

Frère Qown cilla, éberlué. Dorna, quant à elle, sourit de toutes ses dents et bomba le torse. Le garde nous examina des pieds à la tête, s'attardant sur ma cape rouge avant de se retourner vers Sire Baramon. Il soupira et leva les yeux au ciel.

— Pourquoi ne pas m'avoir dit que vous faisiez partie des Lances Rouges ? (Il griffonna quelque chose sur son papier.) Vos camarades sont à l'endroit habituel, sur la Place Verte, près du Temple de Khored. Vous passerez le bonjour au capitaine Desrok de ma part.

— Desrok ? releva Baramon en haussant un sourcil. N'est-ce pas plutôt le capitaine Mithros ?

Je luttai pour conserver une expression neutre et pleine d'ennui. Mithros était le nom que m'avait donné Thaena l'autre nuit, celui de l'homme qui m'aiderait à m'infiltrer dans le palais du duc Kaen.

Le garde sourit.

— Ah, oui. Au temps pour moi. Profitez bien du tournoi.

Il nous fit signe de passer avec nos chevaux.

La bizarrerie de notre équipage m'apparut tout à coup. Les candidats au tournoi arrivaient par la Gemmeporte.

1. Oh, il faut que je m'en souvienne, de celle-là. Je vais noter ça quelque part.

Nous étions apparus à pied, accompagnés de piètres chevaux dont personne n'aurait cru un instant qu'ils puissent participer aux épreuves.

Par conséquent, il nous avait fait passer un test. Heureusement, Sire Baramon l'avait réussi haut la main.

J'entendis glapir et me retournai. Sire Baramon sautillait sur un pied.

— Maudite femme ! Qu'est-ce que je vous ai fait ?

Dorna se campa devant lui, les mains sur les hanches.

— Vous le savez parfaitement. « Riquiqui » ?

— Eh bien, ce n'est pas comme si vous grossissiez avec l'âge, si ?

— Contrairement à certains !

— Comte…

Frère Qown n'avait prononcé qu'un seul mot, d'une voix sombre. Il levait la tête vers le ciel. En suivant son regard, je vis qu'il observait l'un des nombreux ponts que comptait la ville, reliant deux toits. Une cage de fer était suspendue à ce pont, le plus proche de l'entrée, afin d'être vue par tous les passants. Un feu avait déformé et noirci le métal. Ce même feu avait sans doute tué l'occupant de la cage, qui n'était plus à présent qu'un squelette calciné. Un panneau de bois, accroché à la cage, indiquait son crime.

Sorcière.

Derrière moi, tout le groupe se tut. Dorna et Baramon cessèrent de se chamailler. La cage n'était pas ornée de runes, comme à Barsine. Cela ressemblait davantage à une exécution de routine. Étant donné la proximité des taudis marakoris, et leur réputation d'adorateurs de démons et d'adeptes de la magie noire, je pensais pouvoir deviner l'origine du condamné.

La dernière Marche Infernale avait commencé à Marakor, après tout. Elle avait commencé à Marakor, mais s'était terminée à Jorat. Nous ne l'avons jamais oubliée.

Je sentis une main se poser sur mon épaule, et j'entendis Sire Baramon dire :

— Il vaudrait mieux ne pas nous attarder ici.

J'acquiesçai et nous conduisis vers le palais ducal.

Atrine est la plus magnifique des cités[1], mais après notre entrée, sa beauté ne m'apparut pas une seule seconde. Chaque recoin recelait un nouveau danger ; chaque ombre, le tranchant d'une lame. Il me fallait mobiliser toute ma volonté pour conserver mon sang-froid, pour sourire et me comporter comme quelqu'un qui n'a ni ennemis ni raison de se cacher.

Malgré tout, je ne repoussai pas en arrière le capuchon de ma cape empruntée.

Les rues de la cité formaient un vaste labyrinthe circulaire. Étroites et tortueuses, elles ne répondaient qu'à un objectif : tuer les chevaux. L'idée était de piéger les envahisseurs de Khorsal, en attirant centaures comme chevaux dans ces allées où l'on pouvait faire pleuvoir de l'huile bouillante, des pierres ou des flèches barbelées depuis les hauteurs.

La partie résidentielle de la ville ne commençait qu'au premier étage des bâtiments, accessible grâce à des escaliers exigus dont les tours et les détours les rendaient impraticables pour les chevaux. Frère Qown avait demandé pourquoi nous passions si peu de temps dans une cité habitable, mais la réponse aurait dû être évidente. Comment une Jorate n'ayant pas volé sa crinière aurait-elle supporté de séjourner longtemps loin de nos troupeaux ?

Le cœur de la cité réunissait plusieurs édifices importants : le palais ducal, une cathédrale consacrée aux Huit, et une autre – bien plus grande – dédiée à Khored, la divinité tutélaire de l'Empereur Kandor. Un océan de verdure

1. Manifestement, elle n'est jamais allée à Tara-Moatassa, à l'est de Doltar. (Moi non plus, mais j'en ai entendu parler.)

ondoyait au pied de ces bâtiments : il s'agissait du seul espace assez large pour accueillir durablement chevaux, flammesangs et même éléphants. Par conséquent, c'était le seul endroit où pouvait se tenir le Grand Tournoi des Défis.

La Place Verte grouillait de monde. Des charpentiers finissaient d'ériger les structures et les azhock. Les participants au tournoi se livraient à des entraînements de dernière minute, pendant qu'ils en avaient encore l'opportunité. En dépit de la taille de la Place Verte, elle était étroitement surveillée. Dorna avait toutes les raisons de s'inquiéter.

Pour ma part, j'estimais que tout cela pourrait jouer en notre faveur. Cet espace bondé était aussi un lieu de grand désordre et de multiples distractions. Du moins, c'est ce que j'avais cru.

Nous venions d'entrer dans l'ombre projetée par le palais lorsque le hurlement d'Arasgon me fit déchanter.

— C'est intolérable !

Lorsque je découvris à qui il s'adressait, je levai une main pour retenir Dorna et Qown. Sire Baramon s'était déjà figé sur place, avec l'expression de quelqu'un qui tombe nez à nez avec des lions en plein festin.

— Janel Danorak n'est pas un objet que l'on peut acheter ou vendre ! Sa lignée remonte à cinq cents ans !

Tout en aboyant ces mots, Arasgon claquait des dents d'un air furieux. Je voyais la colère vibrer dans chaque muscle de son corps. Il ne s'était pas encore dressé sur ses postérieurs, mais ce moment ne tarderait pas.

— C'est le margrive Stavira, souffla Sire Baramon. Aroth Malkoessian.

— Oui, confirmai-je.

Mes entrailles se nouèrent. Derrière moi, Dorna jura à voix basse.

Le margrive était un homme d'un certain âge, extrêmement bien conservé. Comme ses fils Ilvar et Oreth, il avait la peau sombre et la crinière dorée. Je ne l'avais jamais vu sourire. D'ailleurs, je ne l'avais pas revu depuis le jour où j'avais fait irruption dans sa chambre à coucher, afin de lui révéler les crimes de son fils cadet.

De tous mes ennemis, il était, à mon sens, le pire : c'était mon margrive. Je lui devais mon thudajé. Mais je ne lui avais pas donné. Arasgon n'avait pas tort. Le margrive de Stavira m'avait traitée comme un vulgaire objet. Je ne lui pardonnerais jamais.

— Je n'ai jamais cherché à la vendre, déclara le margrive.

Il croisa les bras sur sa poitrine, le dos bien droit. Il faudrait plus qu'un flammesang furieux pour l'intimider, même si ses hommes, eux, semblaient nerveux.

— Et où se trouve donc votre maître ?

— Je ne l'ai pas vue depuis des semaines, répondit Arasgon. (C'était peut-être vrai, s'il ne m'avait pas encore remarquée.) Je suis…

Le margrive l'interrompit :

— C'est la deuxième fois que nous nous trouvons dans cette situation. J'en parlerai à mon fils, mais ce qui est fait est fait. Vous mettez ma patience à l'épreuve. Hors de ma vue, avant que je ne décide que vous avez dépassé les bornes.

Arasgon souffla et secoua la tête, puis s'éloigna au trot de la grande porte du palais. Aroth Malkoessian, le margrive Stavira, entra dans le bâtiment. Ses hommes lui emboîtèrent le pas. Pour la plupart, du moins. Je vis un garde échanger un regard et un hochement de tête entendu avec un jardinier, qui faisait semblant de tailler des fleurs d'un air absorbé. Je reconnus un flammesang qui se promenait non loin de la Place Verte : cette magnifique jument, Sominias, était de longue date l'amie et la compagne de l'épouse du margrive, Shiniah.

Le margrive faisait donc surveiller l'entrée du palais. Il n'était pas difficile de deviner pourquoi.

En théorie, j'étais à son service. S'il m'ordonnait de l'accompagner, alors son fils Oreth aurait tout le loisir d'orchestrer un Blâme à mon encontre. Le fait qu'il ait soudoyé les citoyens de Tolamer pour s'attirer leur soutien n'aurait pas d'importance. Le protocole aurait été observé. Et une fois que j'aurais été exilée… Ces mêmes pots-de-vin pourraient bien convaincre mon peuple de nommer Oreth à ma place.

— Eh bien, voilà ce qui s'appelle un sacré paquet d'embêtements, marmotta Dorna à côté de moi. Vous croyez qu'Arasgon nous a vus ?

— Oui, répondis-je. Maintenant, partons d'ici.

— Où allons-nous ? interrogea Frère Qown.

Je soupirai.

— Chez nous.

19

Oreth le serpent

Colonie de Jorat, Empire de Quur.
Trois jours après que Thurvishar D'Lorus
se retira à Shadrag Gor pour travailler sur ses notes.

— Alors, vous étiez fiancée à cet Oreth, c'est ça ? demanda Kihrin.

— Le fils puîné du margrive, oui, répondit Janel. Mais Oreth et moi nous faisions une idée très différente de ma place dans cette relation. Je ne suis pas une jument. Je n'en serai jamais une.

— Et « jument » ne veut pas dire… « femelle » ? risqua Kihrin, qui voulait être sûr de comprendre.

Nina rit :

— Non, pas du tout. Les juments restent au foyer et s'occupent de la maison, c'est vrai, mais ce sont aussi des fermiers, des professeurs, des gardiens, des organisateurs. Et les étalons sont les guerriers fanfarons qui paradent autour du troupeau, au cas où des lions viendraient à s'approcher. La plupart des étalons vous diraient qu'ils sont les chefs… tandis que la jument qui chapeaute tout le monde se contente de rire.

— Ce n'est pas si simple, reprocha Janel. Et tout le monde ne se reconnaît pas dans ces étiquettes.

— Non, convint Dorna. Mais vous, vous n'allez jamais rester à la maison pour élever les poulains pendant que votre étalon part à la guerre, ça ne fait aucun doute. (Dorna agita un doigt à l'adresse de Kihrin.) Tâchez de vous en souvenir, vous.

— Oh, aucun problème de mon côté, répliqua Kihrin en levant les mains. Comme le disait un vieil ami à moi, les seuls partenaires qui m'intéressent sont ceux qui sont capables de me rosser jusqu'à me déchirer le pantalon.

Ninavis se tourna vers Janel.

— Celui-là commence à me plaire.

— Oh, merci. Du moment que j'ai l'approbation des deux grands-mères[1]… (Janel leva les yeux au ciel à l'intention de Dorna et Ninavis, puis se tourna vers Qown.) C'est votre tour.

Qown se racla la gorge et commença sa lecture.

Récit de Qown. Atrine, Jorat, Quur.

Lorsqu'ils atteignirent l'appartement réservé au comte de Tolamer et à sa famille, Qown était totalement perdu. Les tours et les détours des rues de la ville constituaient un labyrinthe déconcertant pour toute personne qui n'en était pas coutumière.

De plus, personne n'utilisait les routes.

Les gens ne descendaient au niveau du sol que lorsque c'était absolument nécessaire, par exemple pour entrer dans la cité par les grandes portes, ou pour gagner la Place Verte au centre de la ville. Le reste du temps, tout le monde gravissait les escaliers en spirale jusqu'aux ponts et aux rampes du troisième étage (le quatrième palier, si l'on comptait le rez-de-chaussée). Ces passages étaient les véritables rues d'Atrine.

1. Si j'étais Ninavis, je lui aurais montré mon approbation à coups de pied aux fesses.

Le comte Janel s'arrêta face à une porte de bois, identique à toutes les autres portes devant lesquelles ils étaient passés. Tandis que Dorna allumait une vieille lampe en cuivre, Janel tira une clé d'aspect ancien de sa cape sallí et déverrouilla le battant.

Elle attendit.

Personne ne les interpella. Personne ne vint ouvrir. Rien ne semblait bouger à l'intérieur. Janel ouvrit la porte et fit entrer tous ses compagnons. Ils traversèrent un vestibule et un salon, passant devant l'entrée de la cuisine, avant de descendre l'escalier principal.

Frère Qown se cogna le tibia contre une table basse aussitôt après avoir descendu la dernière marche. Il réprima l'envie de jurer. Dorna leva sa lanterne, illuminant des pièces spacieuses. Frère Qown ressentit un frisson agréable à l'idée que la famille Theranon occupait ces appartements depuis près d'un demi-millénaire, selon une tradition remontant à la création d'Atrine par l'Empereur Kandor lui-même.

Le comte Janel, immobile, examina la poussière pour déterminer le passage d'éventuels intrus. Enfin, elle haussa les épaules et se dirigea vers les placards encastrés alignés le long du grand salon, aux portes délicatement ajourées. Elle les ouvrit un à un, fouilla leur contenu, puis se mit à empiler des boîtes.

— Je jetterai un coup d'œil à l'étage inférieur dès que j'en aurai terminé ici, annonça Dorna avant de se mettre à allumer les lanternes de la pièce.

Sire Baramon s'assit sur un banc de pierre bas.

— Tout cela me rappelle des souvenirs.

— Eh bien, vous pouvez vous les garder, décocha Dorna. Levez donc vos fesses et aidez-moi, au lieu de…

Janel sortit une petite boîte en métal d'une des armoires et la pressa contre sa poitrine.

— Cela ira, Dorna. J'ai trouvé ce qu'il nous faut.

Elle posa le coffret sur une table et ouvrit le couvercle.

Il contenait des bijoux. Des chaînes de métal précieux, un camée en nacre, une broche de jade et des épingles de coiffure assorties, un pendentif en cornaline gravé d'un lion, un collier en opale de feu et un autre de perles noires à la régularité parfaite.

Janel poussa un soupir de soulagement.

— Je suis heureuse qu'ils soient encore là. J'avais peur que mon grand-père ne les ait déjà vendus.

— Pourquoi ne l'a-t-il pas fait ? interrogea Dorna. Ça aurait pu l'aider à rembourser ses dettes.

Elle avait cessé de se chamailler avec Sire Baramon lorsque Janel avait annoncé sa découverte, et les bijoux l'avaient détournée de la tâche qui l'attendait à l'étage du dessous.

— Parce que ç'aurait été du vol. Ils appartenaient à ma mère. À présent, ils m'appartiennent. (Elle referma la cassette et la tendit à Dorna.) Pourriez-vous les vendre, avec l'aide de Sire Baramon ?

Dorna parut surprise.

— Mais vous venez de dire qu'ils vous venaient de votre mère.

— Je n'ai pas besoin de bijoux pour me souvenir d'elle.

Dorna l'observa, les yeux humides. Puis elle baissa la tête et claqua des doigts à l'intention de Sire Baramon.

— Bon, eh bien, venez. Allons voir si Gerios achète et vend toujours des colifichets dans sa petite boutique.

Elle s'empara du coffret et se mit à remonter l'escalier menant au vestibule.

— Ne claquez pas des doigts pour m'appeler, femme. Et arrêtez de me parler comme si j'étais votre laquais.

— Oh, vous ne méritez pas cette chance, tiens.

Dorna claqua des doigts une deuxième fois. Puis, se tournant vers Janel, elle tapota la porte de ses doigts repliés selon un rythme syncopé.

— Quand on reviendra, on frappera comme ça. Pour que vous sachiez que c'est nous.

— Merci, Dorna.

Janel retourna à ses recherches. Elle replaça les boîtes dans leur placard, ferma la porte et passa au suivant.

— Y a-t-il quelque chose que je puisse faire pour vous aider ? proposa Frère Qown.

Janel marqua un temps d'arrêt, puis désigna un bureau poussé contre le mur.

— Il y a peut-être des lettres, ici. Une correspondance. Même un registre des dettes de mon grand-père me serait utile ; à l'heure actuelle, je n'en possède aucun. (Elle sourit.) Mes créanciers pourraient me réclamer n'importe quelle somme, et je n'aurais aucun moyen de me défendre.

Frère Qown hocha la tête et se mit à fouiller dans les tiroirs, jusqu'à ne plus réussir à se taire.

— Ce qui s'est passé sur le pont…

Le silence lui répondit. Il était à peu près sûr que Janel ne terminerait pas la phrase qu'il avait commencée lorsqu'elle dit enfin :

— Je vous ai déçu.

— Je ne comprends pas, voilà tout. À Barsine, vous êtes intervenue…

— Mais je n'aurais pas dû intervenir. Barsine ne fait pas partie de mes bannières. D'aucuns diraient que je n'en avais pas le droit. Et je ne pourrais prétendre le contraire.

— Mais je… (Il avait la gorge serrée.) Je ne comprends pas.

— Qu'y a-t-il de si compliqué ? (Elle se tourna pour lui faire face.) Vous voyez des enfants jouer, surveillés par un parent. Les enfants maltraitent l'un de leurs camarades, qui se met à pleurer. Que faites-vous ?

Frère Qown hésita et répondit :

— Je dis aux autres enfants d'arrêter de l'ennuyer.

— Et en faisant cela, vous dites que… ?

Il fronça les sourcils.

— Je… Que voulez-vous dire ? Je dis que les enfants ne doivent pas être autorisés à martyriser leurs camarades.

— Non, vous dites que l'enfant a besoin de quelqu'un pour le protéger, et vous dites aussi que le parent ne fait pas son travail.

Frère Qown ravala son exaspération.

— Comte, cette comparaison ne fonctionne pas, puisqu'il est évident que le parent ne fait justement pas son travail.

— Ah ? Mais comment le savez-vous ? Peut-être cet enfant imaginaire est-il une petite frappe. Peut-être le parent a-t-il encouragé les enfants à inverser les rôles afin de lui administrer une leçon de compassion. Peut-être l'enfant a-t-il tendance à pleurer sans raison, parce qu'il aime les friandises que lui donnent ses parents pour le faire taire. Peut-être l'enfant doit-il apprendre à se défendre contre ceux qui le maltraitent, car après tout, cela peut se produire même à l'âge adulte. Vous êtes arrivé au beau milieu d'une situation, et vous avez pris une décision précipitée quant à la manière de la résoudre ; de plus, vous avez émis un jugement hâtif sur l'origine du problème. Tout ce que vous avez réussi à faire, c'est prouver votre arrogance.

— Mon arrogance ? s'exclama Frère Qown d'un ton outré.

Elle ne se démonta pas.

— N'y a-t-il pas une certaine arrogance à faire montre d'humilité ? À guérir et à faire de bonnes actions ? N'êtes-vous pas convaincu, tout au fond de vous, que votre pacifisme et vos bonnes œuvres vous rendent meilleur que quelqu'un comme Dedreugh, ou quelqu'un comme moi ?

— Dedreugh était un démon !

— Moi aussi, j'en suis un. Le nom ne fait pas tout. Peut-être ne devrions-nous pas être si prompts à considérer les monstres comme intrinsèquement mauvais.

Frère Qown s'étrangla face à l'hérésie de ses propos.

— Comte…

— Je suis d'accord, quelque chose de terrible est arrivé, sur le pont. Mais si j'étais intervenue, je me serais déclarée plus qualifiée pour régler le problème que la personne concernée, qui est le duc Xun.

Frère Qown soupira et secoua la tête.

— Cette analogie ne fonctionne que lorsqu'on fait référence à la population jorate. Le duc ne prodigue pas aux Marakoris les droits que votre peuple tient pour acquis.

Janel s'assit sur une caisse avec un soupir. Son regard se fit lointain. Frère Qown interrompit ses fouilles pour se tourner vers elle.

— Ai-je tort, messire comte ?

— Non, mais…

Un bruit venu de l'étage l'interrompit. Le bruit de quelqu'un qui glissait une clé dans une serrure.

Personne n'avait frappé à la porte, et certainement pas selon le rythme annoncé par Dorna.

Janel se leva, saisit Frère Qown par le bras et, sans lui laisser le temps de protester, les tira tous deux à l'intérieur d'un placard. Ils s'y recroquevillèrent derrière les piles de caisses.

Tandis que la porte d'entrée s'ouvrait, Qown se souvint qu'ils avaient laissé les lanternes allumées, les boîtes ouvertes et leur contenu éparpillé un peu partout. N'importe qui devinerait que quelqu'un avait fouillé la pièce. Ils seraient découverts sur-le-champ. Le cœur du prêtre, qui cognait violemment dans sa poitrine, aurait suffi à les trahir.

— Quoi ? Par Khored, qui est entré ici ?

À ces mots, Frère Qown grimaça. Il n'était pas au service du comte Janel depuis très longtemps, mais il reconnut néanmoins la voix d'Oreth Malkoessian, le fils cadet du margrive de Stavira. Et l'ancien promis du comte.

— Un instant, monsieur. Je vais voir ce qu'il en est, dit une deuxième voix qu'il ne connaissait pas.

Frère Qown se recroquevilla, entendant quelqu'un s'approcher à vive allure et ouvrir brutalement l'un des placards. Ce n'était pas – Selanol soit loué – celui où le comte et lui s'étaient retranchés. L'inconnu manipula plusieurs caisses. S'il décidait de fouiller tous les placards, il les trouverait.

— Je suis désolé, monsieur. Ils ont pris la boîte à bijoux.

— Êtes-vous sûr qu'elle se trouvait dans ce placard-ci ? gronda Oreth, manifestement furieux.

— Oui, monsieur, certain. Il semble que nous ayons été victimes d'un cambriolage, bien que j'ignore qui aurait pu s'imaginer que cet appartement recèle des objets de valeur.

— Vraiment, Kovinglass ? aboya Oreth. Vous ne croyez pas que peut-être, la petite-fille de votre ancien seigneur puisse connaître l'existence de la boîte à bijoux de sa propre mère ?

— Elle ne serait pas assez stupide pour oser se montrer ici, monsieur, répondit Kovinglass.

— J'ai besoin de ces bijoux pour payer les intérêts que m'impose mon père !

— Peut-être pourriez-vous le convaincre de vous accorder un délai supplémentaire ?

Sire Oreth renifla amèrement.

— J'en doute. Selon lui, cela forge le caractère.

— Oui, monsieur, dit Kovinglass d'un ton neutre.

— Il veut me voir échouer. Il n'aimerait rien davantage que de me voir revenir vers lui en rampant. (La voix de Sire Oreth débordait de haine.) Laissez les domestiques ranger tout cela. Peut-être arriverons-nous à récupérer un ou deux objets dignes d'être vendus.

— Je ne vous dérange pas, j'espère ? lança un troisième homme, d'une voix de ténor au timbre agréable et à l'accent occidental.

On entendit cliqueter une chaîne.

— Qui êtes-vous ? Que faites-vous ici ?

— Pardonnez mon impolitesse. Je cherche le comte de Tolamer.

— Je vous le demande une deuxième fois : qui êtes-vous ?

— Oh… Je m'appelle Relos Var.

Il y eut un silence. Frère Qown devina que les deux autres hommes échangeaient un regard surpris. Il ne pouvait qu'imaginer la réaction de Janel. Cet homme devait être celui qu'elle avait rencontré à Mereina.

— Je suis le comte de Tolamer, affirma Oreth.

Relos Var eut un petit ricanement.

— Ah, vraiment ? Auriez-vous changé de coiffure ? Je ne vous avais pas reconnu. Sans doute parce que vous êtes un homme, et que vous ne ressemblez absolument pas à Janel Danorak…

— Elle s'appelle Janel Theranon, reprit Oreth.

— Ah, oui. Une charmante jeune femme. Comment appelez-vous ses couleurs, déjà ? « Étreinte-de-nuit » ? Cela lui va comme un gant.

— Janel est ma fiancée, précisa Oreth. Par conséquent, je serai bientôt comte de Tolamer.

— Je suis sûr qu'elle compte les minutes qui la séparent de ce jour bienheureux[1].

— Elle n'est pas là, lança Kovinglass. Alors peut-être devriez-vous partir.

— Ah, oui. Vous avez sûrement raison. (Des pas se dirigèrent vers l'escalier, puis s'arrêtèrent.) Mais pardonnez-moi… Je n'ai pas pu m'empêcher d'entendre votre conversation. Il me semble que nous avons l'opportunité de nous aider mutuellement. Je serais bien malavisé de ne pas vous en informer.

— Parlez sans détour, ordonna Sire Oreth. Que voulez-vous dire ?

---

1. Ha ! J'aime bien l'humour sarcastique de ce Relos Var. Nous devrions le recruter.

On entendit Relos Var rebrousser chemin.

— De toute évidence, vous n'êtes pas homme à vous laisser entraver par des coutumes jorates surannées. L'idorrá et le thudajé sont des notions fascinantes, mais un homme éclairé exploite toutes les ressources à sa disposition.

— Faites attention à ce que vous dites, vieil homme.

— Si je me trompe, je vous prie de m'en excuser. J'ai tenté de conclure un accord commercial avec le vieux comte, mais il n'était pas intéressé. La raison de ce refus m'échappe ; cet accord aurait remédié à ses difficultés financières. Je pensais que sa petite-fille accepterait peut-être d'étudier mon offre, mais lorsque je vous ai entendu parler des désagréments dont vous êtes affligé… (Relos Var marqua un temps de silence.) Je suis désolé de vous avoir fait perdre votre temps. Je vous souhaite une bonne soirée, messieurs.

Ses pas s'éloignèrent derechef.

— Attendez, appela Sire Oreth. Quelle est cette offre ?

— Oh ! Désirez-vous en savoir plus ?

Au ton de sa voix, il était facile d'imaginer le sourire de Relos Var.

— Eh bien… oui. C'est pour cela que je vous pose la question.

Sire Oreth, lui, donnait l'impression de grincer des dents.

— J'ai quelques amis qui désirent établir une route commerciale vers Jorat, et ils ont besoin d'un… d'un lieu sûr, dirons-nous. Un port d'attache… je parle au sens figuré, bien entendu[1]. Le canton de Tolamer est extrêmement bien placé. En échange d'un accès privilégié à la Gemmeporte et de votre discrétion, mes associés seraient prêts à vous verser une généreuse redevance.

— Une redevance ? intervint Kovinglass. Alors que vous nous demandez d'enfreindre le règlement des Garde-Portes ?

1. En temps normal, je vous aurais reproché d'énoncer des évidences, mais j'ai déjà rencontré Sire Oreth… alors oubliez ça.

Vous allez amasser une sacrée fortune en passant outre aux taxes royales.

— Je suis sûr que nous pourrions trouver un arrangement qui satisfera tout le monde, répondit Relos Var. Si le défunt comte avait accepté de m'écouter, il aurait évité bien des contrariétés.

— Je ne me souviens pas d'avoir entendu le comte mentionner votre nom, dit Kovinglass d'un ton soupçonneux.

— Oh, je me suis bien gardé de le contacter alors que vous étiez dans les parages. Vous êtes un Garde-Portes, après tout. Pourquoi me serais-je risqué à formuler une telle offre, alors que vous pouviez courir révéler mes projets à la Maison D'Aramarin ?

— Et me le dire maintenant ne vous dérange pas ?

Relos Var eut un petit rire.

— Maintenant, je sais que vous êtes à vendre.

— Comment osez-vous… !

Qown entendit un bruit de lutte et un gargouillis. Il retint son souffle. Il n'avait jamais rencontré Kovinglass en personne, mais il connaissait son nom : il s'agissait du Garde-Portes du canton de Tolamer. C'était aussi l'homme dont les piètres conseils avaient mené le grand-père de Janel à la ruine. Il songea que ce Relos Var avait mal choisi la cible de ses insultes.

Puis il s'aperçut que c'était l'inverse.

— Heu…, fit Sire Oreth. Vous voulez bien ne pas tuer mon serviteur ? J'ai besoin de lui.

Quelque chose de lourd tomba au sol.

— Merci, dit Sire Oreth.

— C'est tout naturel. Mais êtes-vous sûr d'avoir besoin de lui ? D'après mon expérience, un homme dont on a pu acheter la loyauté avec du métal est susceptible de la vendre une deuxième fois à quelqu'un d'autre.

Sire Oreth s'esclaffa.

— Ah ? Et quel autre moyen existe-t-il d'acheter la loyauté ?

— Par une cause qui a du sens et de la valeur, et par la reconnaissance, répondit Relos Var sans hésiter. Mes hommes ne me sont pas loyaux parce que mes coffres sont pleins, mais en raison de mes objectifs. (Il marqua une pause.) Les coffres ne font pas de mal non plus, cela dit.

Frère Qown commençait à comprendre pourquoi cet homme représentait une telle menace aux yeux de Janel. Sa réponse parut prendre Sire Oreth au dépourvu.

— D'où avez-vous dit que vous veniez ?

— Récemment ? De Kazivar.

Une caisse grinça lorsque Sire Oreth se leva.

— Faites-moi l'honneur de votre présence un peu plus longtemps, afin que nous puissions continuer nos discussions en dînant. Je… (Il s'interrompit un instant.) Les domestiques doivent faire le ménage et allumer un feu. Puis-je vous proposer de m'accompagner à la Place Verte ? Je connais une excellente taverne.

— Rien ne pourrait me faire plus plaisir. Réveillez-vous, ordonna-t-il avec un claquement de doigts impatient.

Kovinglass balbutia :

— Hein, quoi ? Que s'est-il passé ? Qu'est-ce que…

— Relos Var et moi partons dîner. Veuillez faire le ménage pendant notre absence.

Un long silence suivit ces instructions. Les Garde-Portes n'étaient, après tout, pas des domestiques. Ils servaient souvent de conseillers, simplement parce que leur degré d'éducation les rendait particulièrement qualifiés pour ce rôle. Mais avant toute chose, ils demeuraient des mages qui payaient leur dîme à la Maison D'Aramarin. Kovinglass finit par cracher :

— Oui, monsieur.

Frère Qown formula une prière de remerciement. Au même moment, Relos Var et Sire Oreth quittèrent la pièce.

Le silence s'installa. Frère Qown commença à se demander si Kovinglass avait finalement décidé de les suivre.

Puis le Garde-Portes s'approcha du placard où se cachaient Janel et Frère Qown, et ouvrit brutalement les portes.

Frère Qown faillit pousser un cri, mais parvint à se taire tandis que Kovinglass ouvrait le coffre surmontant l'une des piles. Le Garde-Portes fourragea dans ce qui semblait être du linge. Il s'arrêta lorsque quelqu'un ouvrit la porte de l'étage. Frère Qown retint son souffle, avec l'espoir insensé que Dorna et Sire Baramon ne venaient pas de revenir. La chance lui sourit.

— Qu'est-ce qui vous a pris si longtemps ? aboya Kovinglass. Il nous faut des lits refaits de frais, et quelqu'un doit nettoyer la cuisine. Elle n'a pas été utilisée depuis des années. Au travail !

Un chœur de « Oui, maître Kovinglass » salua sa réprimande. Le personnel de maison venait d'arriver. Une femme demanda :

— Voulez-vous une tasse de thé, maître Kovinglass ? J'en ai apporté une théière du château, ainsi que des petits pains vapeur au sésame. Sinon est en train de s'installer dans la cuisine.

— Oui ! Oh, oui.

L'irritation de Kovinglass parut s'évaporer à la mention du thé et des douceurs. Sa voix se fit moins forte à mesure qu'il s'écartait du placard.

— Siva, que ferais-je sans vous ?

La femme rit.

— Vous auriez faim et manqueriez de thé, maître Kovinglass. Maintenant, filez. Vous autres Sang de Joras, vous êtes trop importants pour qu'on vous fasse balayer le plancher. Je vais faire le ménage.

Frère Qown fronça les sourcils. La voix de cette femme lui semblait familière. Les pas de Kovinglass s'éloignèrent, et une seconde plus tard, Janel se leva.

— Ninavis, qu'est-ce que vous faites ici ? siffla-t-elle.

Frère Qown, éberlué, glissa un œil au-dessus du coffre. Il découvrit Ninavis, vêtue de la jupe fendue et de la tunique brun terne typiques des juments domestiques. Elle avait la main crispée au côté, comme pour attraper une arme qu'elle ne portait plus.

— Par les Huit ! chuchota Ninavis. Ne refaites pas ça ! Qu'est-ce que vous fabriquez ici, bon sang ?

— Je vous l'ai demandé en premier.

Frère Qown se leva et s'extirpa du placard.

— Peu importe, les pressa-t-il. Nous devons partir d'ici avant que quelqu'un revienne.

Janel, levant les yeux vers les cuisines, attrapa la main de Ninavis. Elle l'entraîna dans le couloir, puis vers un escalier qui descendait plus bas encore. Frère Qown les suivit, avec l'impression d'être nu et sans défense, sur le point d'être découvert. Les serviteurs étaient-ils déjà descendus ? Allaient-ils les dénoncer ? Tout cela lui donnait mal au ventre.

L'escalier menant au rez-de-chaussée donnait sur un long couloir, déjà illuminé : les domestiques avaient investi toute la demeure. Leurs bavardages résonnaient dans l'appartement tandis qu'ils nettoyaient, découvraient les meubles et préparaient les lieux à accueillir de nouveaux habitants. Le comte, ignorant le remue-ménage, fit signe à ses compagnons de la suivre jusqu'à un débarras plongé dans l'obscurité. Une fois à l'intérieur, Janel attrapa une lanterne au mur et la tendit à Frère Qown.

— Allumez-moi cela.

Elle se dirigea vers une solide grille de fer encastrée dans le sol, et fermée par une chaîne.

— Qu'est-ce que vous…, commença Ninavis.

Janel brisa la chaîne de métal à mains nues.

— Suivez-moi.

Frère Qown alluma la lanterne et la brandit au-dessus de la trappe. Le comte fit descendre Ninavis par l'ouverture, puis Frère Qown.

— Que… Qu'est-ce que…

À l'étage du dessous, une famille marakori se redressa brusquement dans ses sacs de couchage, observant les intrus d'un air abasourdi. À la façon dont des caisses avaient été poussées pour former une sorte de fort miniature, il était évident qu'ils avaient dérangé des habitants clandestins de la demeure. Ces gens avaient tiré parti du fait que les pièces du rez-de-chaussée n'étaient presque jamais investies ni même visitées.

L'espace de quelques battements de cœur, personne ne dit rien.

— Veuillez nous excuser, dit le comte Janel. Je suis désolée de cette interruption. Je vous recommande de quitter les lieux. Nos poursuivants finiront par fouiller cette pièce.

Elle enjamba un vieil homme pour gagner la porte de sortie.

— Désolé, renchérit Frère Qown. Y a-t-il quelque chose que je puisse faire pour[1]…

Ninavis l'agrippa par le bras et l'entraîna à sa suite.

La porte donnait sur le palier inférieur de la cité. Le comte retira la barre qui bloquait le battant et l'ouvrit, révélant les rues jonchées d'ordures. À en juger par l'odeur, Frère Qown supposait qu'elles servaient d'égouts aux réfugiés.

Le comte Janel se tourna vers Ninavis, le visage fermé.

— Qu'est-ce que vous faites au service de Kovinglass ? Parlez, et vite, chuchota-t-elle.

Frère Qown connaissait assez bien le comte pour savoir que c'était l'expression qu'elle adoptait lorsqu'elle était folle de rage. Ninavis leva les yeux au ciel.

— Contente de vous voir, moi aussi !

---

1. Cet homme me fait l'effet d'une rage de dents.

Janel lui montra les dents.

— Nina, je vous en prie, implora Frère Qown.

Le chef des bandits haussa les épaules.

— C'était l'idée du baron. Kalazan, je veux dire. Nous nous sommes dit que puisque vous étiez à pied, il vous faudrait un certain temps pour arriver à Atrine. Dans l'intervalle, une fois que l'armée a repris le contrôle de Mereina, leur Garde-Portes a ouvert le portail de manière que ceux qui le souhaitaient puissent quitter la région. J'ai demandé à me rendre à Tolamer. Je me suis dit que je trouverais du travail au château, que je garderais un œil sur Sire Oreth et que je vous préviendrais si je voyais qu'il mettait en œuvre son projet de Blâme.

— Crottin de Khorsal, marmotta Janel en se pinçant l'arête du nez. Je n'ai pas besoin de votre aide.

À la lumière de leur conversation sur le thème de la protection, Frère Qown comprenait ce qu'elle voulait dire… même si, d'après lui, elle mentait. Le comte Janel avait besoin d'aide. Toute l'aide qu'elle serait en mesure de récolter.

Ninavis arqua un sourcil.

— Je ne suis pas tenue comme vous aux règles de l'idorrá, comte. J'aide qui je veux aider, point. Et je n'attends pas qu'on me fasse des courbettes ou des serments en retour.

— Je voulais simplement dire que… (Janel prit une longue inspiration)… vous n'étiez pas obligée de faire cela. Et Kalazan non plus.

— Hum, pardon, mais il me semble bien que si. Kalazan vous doit son thudajé, et n'essayez pas de le nier. C'est grâce à vous qu'il est devenu baron. Vous croyez qu'il va l'oublier comme ça ?

— Et vous ? Vous venez de dire que vous ne croyiez pas à ces histoires d'idorrá et de thudajé. Pourquoi êtes-vous là ?

— Mes raisons sont…

Frère Qown s'éclaircit la gorge.

— Je suis navré de vous interrompre, mais comment allons-nous faire pour retrouver Dorna et Sire Baramon ? Si nous ne les interceptons pas, il y a de grandes chances qu'ils se retrouvent nez à nez avec Kovinglass à leur retour. Ou pire… avec Sire Oreth ou Relos Var.

Ninavis sursauta.

— Relos Var ? Il est ici ?

— Oui, répondit Janel. Et il est toujours aussi diabolique que la dernière fois que je l'ai vu.

Frère Qown se tourna vers elle.

— Est-ce qu'il a vraiment fait cette fameuse proposition à votre grand-père… ?

— Non, affirma Janel. Je n'ai jamais rencontré cet homme avant Mereina, et son nom n'était pas mentionné dans les papiers de mon grand-père. Il a menti à Oreth et l'a abreuvé de belles paroles, et puisque Oreth est un imbécile, il ne lui est pas venu à l'idée de flairer le piège. (Elle posa les mains sur ses hanches.) Au moment même où j'apprends qu'Oreth est dans la situation que j'attendais – trop désargenté pour poursuivre ses manigances –, Relos Var pointe le bout de son nez. Avec des cadeaux et une solution à tous les problèmes d'Oreth. Je me trompais. Oreth est effectivement en cheville avec Yor. En tout cas, il l'est maintenant. L'Enfer l'emporte !

Frère Qown n'était pas sûr de savoir auquel d'entre eux elle souhaitait de partir en vacances chez les démons. Aux deux, probablement.

— Mais pourquoi s'être rapproché d'Oreth ? interrogea-t-il. Qu'est-ce que Relos Var espère obtenir ? L'opportunité de se venger ?

— Non, répondit Janel. Nous avons privé Relos Var de sa Gemmeporte non surveillée, à Mereina. Il veut la remplacer par une autre, plus utile encore : la mienne. (Elle marqua un instant de silence.) Et peut-être que c'est aussi un peu pour se venger.

— Nous aurons l'occasion d'en reparler plus tard, assura Ninavis. Venez. Je doute qu'il soit prudent de trop s'attarder ici, sans parler des maladies qu'on pourrait attraper en respirant ces vapeurs.

Le comte hocha la tête et prit la lanterne à Frère Qown, balayant les rues sales d'un regard désabusé.

— Si je me souviens bien, il y a un escalier au bout de cette rue.

— Tenez, dit Ninavis en tirant une clé de fer ouvragée de son tablier. La clé de l'appartement de Barsine à Atrine. Kalazan veut que vous l'utilisiez. À moins que la situation ait changé depuis mon départ, il passera à Atrine le temps de faire serment d'allégeance, mais il ne restera pas pour les Défis. Il a trop de travail à Barsine.

— Attendez… Vous ne venez pas avec nous ? s'étonna Janel sans accepter la clé.

Ninavis secoua la tête.

— Je ne pourrai plus espionner pour vous si je quitte cet endroit.

— Je ne vous ai pas demandé d'espionner pour moi, protesta Janel.

Après un instant, elle ajouta :

— Ah, et je ne connais pas le chemin de la Maison Barsine. Kalazan vous a-t-il expliqué où elle se trouvait ?

Ninavis grinça des dents.

— Insupportable enfant.

Le comte eut un large sourire ; l'espace d'une seconde, elle ressembla à une jeune fille de son âge.

— C'est ce que vous appréciez chez moi.

— Oh ! Par la grâce du soleil, vous deux… (Frère Qown soupira, exaspéré.) Pourrions-nous aller discuter ailleurs, s'il vous plaît ?

Ninavis se renfrogna et rangea la clé dans sa poche.

— D'accord, d'accord… Suivez-moi. Et faites attention où vous mettez les pieds.

20

Le retour des bandits

Colonie de Jorat, Empire de Quur.
Trois jours après le début des crimes de Thurvishar D'Lorus
à l'encontre de la rigueur historique.

— À y repenser, je crois que Relos Var disait vrai. Il est possible qu'il ait contacté mon grand-père, admit Janel. D'une certaine manière, Oreth a gêné l'exécution des plans de Relos Var, ce qui ne manque pas de piquant.

Dorna parut perplexe.

— Votre grand-père n'aurait jamais accepté le métal d'un inconnu.

— Oh, je sais, répondit Janel. Mais moi, si.

— Janel !

— Mais oui, Dorna, je l'aurais fait. Le canton avait besoin d'aide. Si Relos Var – ou l'un de ses sbires – était arrivé à Tolamer pour m'offrir ce dont j'avais besoin, en échange de « petites faveurs », j'aurais accepté. Sauf qu'Oreth s'est empressé de me voler mes terres et mon château dès l'instant où il a appris le décès de mon grand-père, avant que quiconque ait pu réagir.

— Mais en quoi cela intéresserait-il Relos Var ? s'enquit Kihrin.

— Les montagnes séparant Yor de Jorat ne recèlent qu'une poignée de passages, expliqua Janel. L'un d'entre eux se trouve à Tolamer. D'ailleurs, en plus d'une passe montagneuse, nous disposons aussi d'une voie maritime, sans parler de la Gemmeporte elle-même. Puisque j'avais renvoyé Kovinglass, il n'y avait pas de Garde-Portes en place pour alerter quiconque d'un usage abusif de la Gemmeporte. De même que personne, à Mereina, n'aurait prévenu la Maison D'Aramarin ou l'armée impériale de l'utilisation qui était faite de la leur. Si vous prévoyiez d'envahir un territoire, ne voudriez-vous pas avoir le choix entre plusieurs manières d'y pénétrer ?

— Ce n'est pas la seule raison pour laquelle Relos Var aurait choisi Tolamer, fit remarquer Qown. C'était ce qui intéressait le duc Kaen ; mais à mon avis, Relos Var avait d'autres idées en tête.

— C'est vrai, acquiesça Janel. (Elle regarda Kihrin.) Ce que vous disiez, sur le fait que Xaltorath me cherchait personnellement… C'est la même chose. Relos Var était à la recherche des « volontaires », les gens qui s'étaient proposés pour aider les Huit. Il me cherchait, moi. (Elle sourit.) Je devrais remercier Taja que vous ayez atterri sur le marché aux esclaves de Kishna-Farriga. Grâce à cela, Relos Var n'a pas eu le temps de s'occuper de moi à Barsine.

— Hmm. Je n'y avais pas réfléchi, mais c'était effectivement un heureux concours de circonstances.

— Quoi qu'il en soit, il faut que je finisse ce passage…, soupira Janel. Ce n'est pas mon préféré.

Récit de Janel. Atrine, Jorat, Quur.

Je ne me suis jamais sentie à l'aise dans les villes.

C'est une affaire d'habitudes, je le reconnais : Tolamer est un canton rural. Chez moi, ce qui s'approchait le plus d'une cité était les tournois. Les villes, au sens où l'entendent les Quuros de l'Ouest – c'est-à-dire des communautés importantes d'habitants permanents – sont un concept qui dépasse les limites de ma compréhension et de mon confort.

Malgré tout, il s'avérait que les cités avaient un point commun avec les forêts, et pas des moindres : elles étaient souvent infestées de brigands.

Nous ne marchâmes que quelques minutes avant d'en recevoir la preuve.

— Bien, bien, bien, lâcha leur chef en émergeant d'une ruelle. Belle soirée pour une promenade, pas vrai ?

L'homme qui nous avait tendu une embuscade portait un masque en patchwork et une cape gris sombre, ainsi qu'un pantalon en cuir élimé. Je n'aurais su dire s'il était jorat, marakori ou d'ascendance plus exotique encore. Je reconnus, en revanche, son arbalète chargée. Ainsi que celles de ses compagnons.

Je soupirai et fis un pas en avant.

— En effet, c'est une très belle soirée. Nous aimerions éviter les ennuis, alors s'il vous plaît, laissez-nous passer.

Je jugeais peu probable qu'il accepte mon offre. Il ne me surprit pas.

— C'est pas toi qui décides, gamine, déclara-t-il. Il faut payer pour passer par ici. Disons 5 trônes par tête de pipe. Ça devrait suffire.

Il était marakori. Un Jorat ne m'aurait jamais appelée « gamine ».

Je jetai un regard à Frère Qown et Ninavis, tous deux désarmés. Du moins, c'était le cas de Frère Qown ; je n'avais pas oublié les redoutables coups de pied de Ninavis. Je portais mon épée, mais elle serait difficile à manier dans un endroit si exigu. Je n'avais ni armure ni protection d'aucune sorte. Arasgon n'était pas en train de paître à proximité : il ne bondirait pas de l'ombre pour les prendre à revers. Ils étaient plus nombreux que nous, et ils avaient l'avantage de la distance.

Mais surtout, nous n'avions pas de métal pour les payer.

— Ce ne sera pas possible, annonçai-je. Mais puisque ce que vous demandez est illégal, mettons que nous sommes quittes et partons chacun de notre côté.

Le bandit ricana.

— Ah ! Tu parles fort pour une demi-portion. Mais puisque tu me plais, je te propose un marché. Tu nous laisses ta jolie petite épée, et si tu veux la récupérer, tu n'auras qu'à revenir avec du métal. (Il pointa son arbalète sur ma tête.) Pour être franc, tu n'as pas vraiment le choix.

Je serrai les dents. Jamais ses exigences n'auraient pu me paraître acceptables, mais celle-là était la plus scandaleuse de toutes. Cette épée appartenait à ma famille depuis cinq cents ans, et la fondation de Jorat.

Ninavis, qui dut surprendre mon expression, s'avança près de moi.

— Vous êtes stupides, ou quoi ? Vous savez que les gens comme nous n'ont pas le droit de posséder des épées. Si vous vous pointez avec dans une échoppe, ils sauront que vous l'avez volée.

— C'est pour ça que c'est du chantage, et pas du vol, rétorqua l'homme. Je préférerais la faire fondre plutôt que de… (Le brigand pencha la tête de côté et haussa un sourcil en dévisageant Ninavis.) Attendez une minute… « Les gens comme nous », tu dis ? De quel clan viens-tu, femme ?

— Ça n'a pas d'importance.

— Oh, pour moi, si.

Elle balaya les hommes d'un œil critique.

— Vous êtes quoi, vous… des Leumites ? (Elle renifla d'un air méprisant.) Fichez-moi le camp. Croyez-moi, vous n'avez pas envie que je me fâche, sans même parler d'elle. Elle vous ferait regretter votre ancienne déesse-reine.

Ninavis retira son tablier et se mit à le tordre entre ses mains. Je n'eus pas l'impression que ce geste exprimait la nervosité.

— Regardez sa tête, dit un bandit en montrant la tache lie-de-vin sur le visage de Ninavis. C'est une Diraxon, je suis sûr.

Je conservai un visage impassible. Diraxon, Leumites… Ces noms ne signifiaient rien pour moi. S'agissait-il des régions de Marakor ? Tout comme je venais moi-même de Tolamer, un canton de Stavira ?

Les hommes, eux, semblaient connaître le nom du clan de Ninavis. Je vis trembler leurs arbalètes. L'un d'eux alla même jusqu'à presser l'arme et son carreau contre sa poitrine.

— Diraxon, mais…

Il fit un pas en arrière. Leur chef, lui, ne se laissait pas intimider si facilement.

— Et alors ? Je pourrais prétendre être le Premier Général de Quur que ça serait pas vrai pour autant. Maintenant, sortez tous vos objets de valeur et jetez-les par terre.

— Je croyais que vous n'alliez prendre que l'épée ? lançai-je en dégainant mon arme, que je tins pointée vers le sol.

— C'était avant que je découvre que votre chienne était diraxon. (Il désigna Ninavis du menton et du coude, sans détourner son arbalète de moi.) Estimez-vous heureuse que je ne lui tranche pas la gorge. La plupart des honnêtes gens se font un devoir de tuer tous les Diraxons qu'ils rencontrent, vu que c'est eux qui ont déclenché la Marche Infernale.

Eux qui…

Je me raidis, regardant Ninavis, espérant une explication, mais elle ne faisait pas attention à moi. Elle ne se récusa pas face à cette accusation… mais c'était parce qu'elle ne l'écoutait pas. Ninavis se préparait à combattre.

— Ne faites pas cela, dis-je sans vraiment savoir si je m'adressais au bandit ou à Ninavis.

Je baissai mon bras qui tenait toujours l'épée. Cette dernière ne me serait pas très utile contre des arbalètes, mais au moins l'avais-je libérée de son fourreau.

— Vous savez quoi ? Oubliez ça. J'ai changé d'avis, dit-il.

Il leva la main pour donner un ordre dont j'étais certaine qu'il ne serait pas à mon goût.

— Ne faites pas cela, répétai-je. (Il m'ignora.) Il y a d'autres solutions.

Personne ne prêtait la moindre attention à mes paroles. Seule Ninavis les intéressait.

— Je suis comte ! Si vous me faites du mal, à moi ou à mes compagnons, le duc vous traquera sans répit.

Il eut un sourire cruel.

— Le duc peut aller se faire geler.

— Frère Qown, à couvert.

— Comte, je vous en prie…

— Allez en Enfer, cracha le chef des bandits en appuyant sur la détente.

Je me cambrai sur le côté. Les plumes du carreau sifflèrent ; la pointe transperça ma tunique et ma cape, et ouvrit une entaille dans mon bras gauche. Le projectile alla ensuite se ficher dans le mur de marbre crasseux d'un appartement. La douleur me fit émettre un grognement étouffé.

— Bon sang, pesta Ninavis.

Elle frappa l'un des arbalétriers à l'aide de son tablier roulé, tout en faisant pleuvoir de petits coups de pied rapides sur la tête d'un deuxième. Le bandit s'effondra.

Il en restait d'autres, cependant, et chacun se préparait à tirer. À leurs yeux, Ninavis était la plus dangereuse. Je devais leur faire changer d'avis.

Je m'élançai vers le chef des bandits. Il eut le temps d'étudier les erreurs qu'il avait commises au cours de sa vie avant que mon poing, serré sur le pommeau de mon épée familiale, ne vienne s'enfoncer dans son crâne. Une écœurante gerbe de sang macula le mur le plus proche, mais je n'en avais cure. J'attrapai le corps par sa tunique et m'en fis un bouclier, arrêtant deux carreaux qui auraient atteint Ninavis. Je lançai le cadavre sur un autre bandit pour l'empêcher de se défendre, puis le tranchai en deux de l'aine au gosier. Quelqu'un cria mon nom, sur le ton de l'avertissement.

Je me tournai et l'espace d'un instant…

L'espace d'un très bref instant…

Je ne reconnus pas Ninavis. Je ne vis pas en elle une alliée. Elle fixait sur moi des yeux écarquillés. Elle avait dû s'apercevoir que j'étais à un cheveu de l'attaquer.

Ce furent les bandits qui, cherchant à nous tuer, lui sauvèrent la vie. Un carreau d'arbalète vint se planter dans mon dos.

Je sentis la souffrance déferler sur mon échine comme une vague de feu. Hurlant de rage, je pivotai sur moi-même, ignorant Ninavis pour me consacrer à mon attaquant. Je ne m'embarrassai pas de mon épée.

Je lui arrachai la trachée avec les ongles, puis la jetai au sol en m'élançant pour empaler le ventre d'un autre bandit. Je levai ensuite mon épée jusqu'à ce que ses intestins se déversent sur la route en un tas fumant. Une puanteur fécale, plus forte que les relents d'égout qui émanaient de la rue, se mêla à l'odeur du sang versé et du métal humide.

J'ignore ce qui arriva à Ninavis et à Frère Qown. Je ne les voyais pas, ce dont je suis infiniment reconnaissante. Les deux hommes restants reculèrent, me présentant leurs paumes. Je crois qu'ils implorèrent ma pitié, mais mes oreilles étaient sourdes aux paroles des humains. Je les tuai aussi. Il vaut mieux pour tout le monde que je n'entre pas dans les détails[1].

Je crois que je ne restai pas immobile très longtemps avant de recouvrer mes esprits. Je m'aperçus tout à coup que j'étais debout au milieu de cadavres marakoris, qui ne ressemblaient pas davantage à des êtres humains que des bêtes au sortir de l'abattoir. J'étais couverte de sang, dont une bonne partie

1. Trop tard. Rappelez-moi de ne pas lire les récits de Janel juste après avoir mangé.

était le mien. Et j'ignorais si Ninavis et Frère Qown étaient vivants ou morts.

— Nina ? Qown ?

J'entendis murmurer non loin de là. Frère Qown se leva de sa cachette derrière un chariot retourné, en dépit des efforts de Ninavis pour le retenir. Il balaya la scène du regard, horrifié. Je n'aurais pu lui en vouloir s'il s'était mis à vomir ; mais j'oublie souvent que la vue du sang ne lui fait pas perdre ses moyens.

Je voulus dire quelque chose, or ma vision s'obscurcit.

— Finalement, je suis plutôt contente que vous ne m'ayez pas fait la démonstration de vos talents d'épéiste quand on s'est rencontrées, lâcha Ninavis. (Sa plaisanterie resta sans réponse. Elle m'observa fixement.) Janel ? Janel !

Le monde glissa sous mes pieds, et je m'enfonçai dans l'abîme.

21

Une guérison difficile

Colonie de Jorat, Empire de Quur.
Trois jours après que Kihrin D'Mon, Hamarratus et Étoile quittèrent la capitale en quête d'une Gemmeporte.

Kihrin fronça les sourcils.

—Je vous ai dit que ce n'était pas ma partie préférée, fit valoir Janel.

—Non, c'est juste que j'ai eu une étrange image mentale, où je vous voyais tuer un démon à l'aide du bras tranché de quelqu'un. (Kihrin l'étudia du regard.) Mais vous n'avez pas décrit cette scène. Ah, et aussi, rappelez-moi de ne jamais m'approcher de vous quand vous vous battez.

—Il est rare que je perde le contrôle, de nos jours.

Kihrin secoua la tête:

—Oui, mais vous voyez, c'est le mot «rare» qui me dérange dans votre phrase.

—Bienvenue au club, commenta Ninavis. Au moins, la bière est gratuite.

Janel se racla la gorge et détourna le regard.

—Votre souvenir, avec le bras… C'est arrivé. Dans l'Au-delà, la dernière fois que nous nous sommes vus.

—Ah!

Kihrin n'était pas sûr de ce qu'il ressentait à l'idée de se remémorer l'Au-delà… ou, par extension, sa vie antérieure. C'était troublant.

Dorna tapota l'épaule de Qown.

— Allez, prêtre. Je n'étais pas là à ce moment-là. Dites-nous ce qui s'est passé ensuite.

Récit de Qown. Appartement de Barsine, Atrine, Jorat, Quur.

Tandis que Ninavis et Frère Qown transportaient Janel loin des lieux de l'embuscade, Qown songea qu'elle était beaucoup plus légère qu'il ne l'aurait cru. Elle occupait tant d'espace, partout où elle se trouvait, qu'il était facile d'oublier sa taille réelle.

Ils avaient gravi plusieurs escaliers et s'étaient éloignés de plusieurs bâtiments lorsqu'ils entendirent hurler, quelque part derrière eux. Ninavis lança un regard par-dessus son épaule.

— On dirait que quelqu'un vient de trouver les corps.

— Arrêtez-vous.

— Impossible, déclara Ninavis. Ils vont se lancer à nos trousses.

Frère Qown s'immobilisa tout de même, et Janel avec lui. Ninavis se mit à parler dans une langue que Frère Qown ne connaissait pas. Il supposa qu'elle s'était lancée dans une description imagée de son arbre généalogique.

— Qu'est-ce que vous faites ?

— Je n'y vois rien, dit Frère Qown. Nous avons laissé la lanterne là-bas. J'ai peur que nous trébuchions sur un banc et que nous fassions une chute de deux étages. Pas vous ?

— Il y a un peu de lumière…, protesta-t-elle.

Frère Qown invoqua une petite boule de lumière jaune. De loin, elle ressemblait à une bougie, assez brillante pour leur éclairer le chemin.

Elle secoua la tête :

— Sacré risque. Si les gens le remarquent, ils ne vont pas prendre le temps de vérifier si vous êtes un Sang de Joras ou non.

Ninavis profita de cette pause pour raffermir sa main sur la ceinture et le fourreau de la gigantesque épée des Theranon. Elle finit par faire passer le tout par-dessus son épaule pour le porter en bandoulière[1].

— Allons-y, dit-elle.

Elle avait le visage pâle, l'expression grave. À présent que le combat était terminé, les tremblements commençaient à s'installer.

Elle se baissa pour soulever Janel par les épaules, tandis que Frère Qown se saisissait de ses chevilles. Tous deux ignorèrent le sang dont ils étaient couverts, et qui appartenait en grande partie à Janel.

L'appartement n'était pas loin ; cependant, Frère Qown n'aurait jamais pu le trouver sans Ninavis. Pour le prêtre, rien ne ressemblait à un couloir sans fenêtre autant qu'un autre couloir sans fenêtre. Mais lorsqu'ils débouchèrent sur le bon corridor, Ninavis lui chuchota de poser leur compagne blessée au sol. Elle tira une clé de fer de sa poche, déverrouilla la porte et les fit entrer à l'intérieur. Ensemble, ils transportèrent le comte de Tolamer dans l'appartement réservé au baron de Barsine.

Frère Qown n'examina pas la décoration et les meubles, sauf pour chercher ce dont il avait besoin. Cette table, là-bas…

— Aidez-moi à la coucher là-dessus. Sur le ventre.

— Avez-vous besoin d'eau chaude ? Je peux allumer un feu…

— Allez-y. Nous n'avons pas beaucoup de temps.

---

1. Ils sont aimables de l'avoir récupérée pour elle. Personnellement, je l'aurais laissée où elle était.

Frère Qown fit un geste, et la petite bougie magique se transforma en une dizaine de lueurs qui illuminèrent la pièce.

Ninavis les contempla, bouche bée.

—Allumez un feu, lui rappela sèchement Frère Qown. Faites bouillir de l'eau. Qui sait de quel poison ces hommes ont pu enduire leurs carreaux ?

—Les Leumites n'utilisent pas de poison.

Frère Qown émit un soupir de soulagement.

—Mais c'est vrai qu'ils aiment bien tremper leurs pointes de flèches dans la bouse.

Quelque chose en lui se crispa. Il baissa la tête.

—Selanol, donne-moi la lumière…

Il tenta d'atteindre l'Illumination. Ninavis l'observait fixement. Il se redressa et tira un petit couteau de sa ceinture.

—Alors ? Aidez-moi, ou trouvez Dorna pour qu'elle puisse le faire à votre place. Je n'ai pas le temps d'attendre que vous vous départissiez de vos superstitions.

Ninavis rougit. Frère Qown vit jouer les muscles de ses mâchoires, puis elle se retourna et se dirigea d'un pas vif vers l'âtre. Elle se mit à y empiler des bûches tirées du coffre à bois.

Frère Qown commença par découper les vêtements de Janel pour les écarter de la plaie. La tâche aurait été plus facile – comme tant d'autres choses, hélas ! – s'ils s'étaient trouvés à l'Ouest, où la plupart des femmes portaient des raisigi coupés au-dessus du ventre. Les Jorats préféraient les tuniques longues, et ceux qui étaient dotés de poitrines laçaient un corset à armatures de roseau sur leur buste. Tout cela rendait la besogne de Qown difficile. Excédé, il finit par trancher les liens du corsage et par écarter brusquement les pans du vêtement.

Frère Qown grimaça face à la blessure qu'il venait de révéler.

Ninavis avait simplement brisé le manche du carreau afin que la blessure ne s'ouvre pas davantage durant leur fuite, mais à présent, Qown n'avait plus le choix. Dès l'instant où il retirerait le reste du projectile, le sang noir coagulé se déchirerait, et l'hémorragie reprendrait.

Un bruit sonore retentit du côté de Ninavis. Elle manipulait quelque chose de métallique. Une marmite. Il leva les yeux.

— Alors ça aussi, c'était l'effet de la malédiction ? demanda-t-elle.

Frère Qown serra les dents.

— J'essaie de me concentrer.

— Depuis le début, elle n'utilise pas la magie, si je comprends bien…

Frère Qown tapa du poing sur la table.

— Je n'ai pas le temps… *Elle* n'a pas le temps ! Taisez-vous !

Sans attendre de réponse, il se retourna vers Janel et tenta une nouvelle fois de changer de vision. Il pouvait le faire. Il devait y arriver. Cette fois, Ninavis ne l'interrompit pas.

L'aura du comte Janel lui apparut différemment de toutes celles qu'il avait vues jusque-là. Elle était torsadée, floutée et plissée comme une fumée ballottée par des zéphyrs. Une aura qui riait de ses efforts pour soigner son corps.

Frère Qown s'obstina. De nouveau, il échoua. Il n'arrivait pas à la soigner. La panique lui étreignit le cœur.

Janel avait pâli sous l'effet du choc et de la perte de sang. Si Frère Qown ne trouvait pas le moyen de la soigner…

S'il ne faisait rien, elle mourrait. Le carreau était passé à côté de sa colonne vertébrale, mais il avait transpercé son foie. Cette blessure à elle seule lui serait fatale, en supposant que l'infection et la septicémie ne l'emporteraient pas en premier.

Frère Qown fouilla dans sa robe et en sortit une petite boîte de métal.

— Qu'est-ce que c'est ? demanda Ninavis.

Elle avait dû l'observer tout du long.

— La preuve que je suis vraiment désespéré, répondit-il.

Le prêtre ouvrit la boîte. À l'intérieur se trouvait un nid de petites brindilles et de duvet, avec en son centre un œuf de rouge-gorge d'un bleu pur, lisse et parfait.

Du moins, c'était à cela qu'il ressemblait. La fine coquille d'argile avait été peinte de manière à s'approcher le plus possible de son modèle, dans toute sa beauté et sa fragilité.

Frère Qown le jeta sur le sol dallé, où il se brisa en mille morceaux.

— Père Zajhera, j'ai besoin de votre aide !

Cette seconde se transforma en éternité. Mille inquiétudes en engendrèrent mille autres.

La magie avait-elle échoué ? Était-il arrivé quelque chose au Père Zajhera ? Était-il trop occupé ?

Puis le mur se mit à briller. Sa clarté se condensa, formant des formes et des fractales qui se mirent à tournoyer, tandis que le centre s'ouvrait sur le vide.

— Qu'est-ce que…, balbutia Ninavis.

Frère Qown se souvint qu'il devait respirer.

— Selanol soit loué.

Il connaissait le Père Zajhera depuis qu'il n'était qu'un enfant. Le Père Zajhera, grand, fin et sage. L'homme qui avait proposé à ses parents une solution alternative à la Maison D'Lorus, lorsque les dons de mage de leur fils s'étaient manifestés pour la première fois. Ses cheveux blancs vaporeux étaient entremêlés et rassemblés en mèches épaisses, retenues par des barrettes de bambou, et il portait une robe similaire à celle de Qown. Il ressemblait plus à un simple moine qu'au dirigeant d'une religion tout entière.

Zajhera comprit d'un regard la situation, ne perdit pas de temps à se préoccuper de Ninavis et se précipita auprès de Frère Qown.

— Quand est-ce arrivé ?

— Il y a… une demi-heure, peut-être ? Elle a perdu beaucoup de sang, et pourtant, elle rejette mes efforts pour la soigner.

— Cela ne me surprend pas. (Le Père Zajhera tira son agolé de son épaule et le posa à côté de lui.) Commençons.

Un détail très simple rappela à Frère Qown que les Jorats vivaient dans une cité qu'ils n'avaient pas construite eux-mêmes. Atrine était dotée d'un système de plomberie.

Même pour un Quuro de l'Ouest, les salles de bains étaient remarquables : magnifiquement carrelées, pourvues de dispositifs d'évacuation efficaces et de pataugeoires encastrées… et chauffées, bien entendu.

Il se demanda si un tel luxe paraissait naturel aux Jorats. Y réfléchissaient-ils même à deux fois ? Les citoyens prenaient-ils parfois le temps de s'émerveiller de cette sorcellerie qui amenait l'eau courante jusqu'à leurs appartements, et emportait également leurs détritus ? Le système était-il entretenu par une branche oubliée de la Maison D'Evelin, ou bien l'enchantement créé par Atrin Kandor était-il si puissant qu'il continuait à fonctionner depuis des siècles ? Les égouts se déversaient-ils dans le lac Jorat ou le fleuve Zaibur, ou bien quelqu'un s'enrichissait-il en revendant l'engrais aux Maisons Royales ?

L'esprit de Frère Qown était empli de pensées triviales de ce type alors qu'il se lavait les mains.

— Elle s'en sortira, mon cher enfant. Je vois à ton visage que tu t'inquiètes encore à son sujet.

Le Père Zajhera entra dans la pièce derrière Qown et lui présenta une tasse de thé brûlant. La casserole de Nina avait finalement rempli un autre office.

— Je m'inquiète pour elle. Le problème n'est pas seulement sa blessure.

Qown accepta la tasse en porcelaine bleue de Kazivar des mains de son maître. Il se demanda si elle provenait de l'appartement, ou si Zajhera l'avait apportée. Il devait se concentrer…

— Je ne crois pas… (Frère Qown hésita.) Je ne crois pas être la personne qu'il faut pour l'aider, Père. Je sais à quel point elle compte pour vous. Je crois que vous avez fait erreur en me mettant à son service.

Le Père Zajhera observa fixement Frère Qown, qui lutta pour ne pas se troubler. Zajhera avait une manière de regarder les gens qui semblait invoquer toute l'étendue des déceptions parentales, de celles qui font monter les larmes aux yeux des enfants. Lire le mécontentement dans les yeux de Zajhera était plus douloureux qu'un coup de poignard.

— Dis-moi ce qui s'est passé. Je crois qu'il ne s'agit pas seulement d'une blessure infligée par des brigands.

Frère Qown fit signe au Père Zajhera de le suivre, car leur conversation n'était pas de celles qui se tiennent dans les salles de bains. Ils descendirent à l'étage inférieur, où se trouvait un petit salon aux sièges confortables, pourvu de tables où poser leurs tasses.

Ninavis était partie à la recherche de Jument Dorna et Sire Baramon. Ils étaient seuls dans l'appartement, à l'exception du comte endormi. Elle demeurerait toute la nuit plongée dans son sommeil proche de la mort.

— J'ai suivi vos conseils, dit Frère Qown alors qu'ils s'asseyaient. J'ai évité de parler de la source de ses facultés. Depuis que je l'ai vue pour la première fois, elle a toujours maintenu que sa force était due à la malédiction de Xaltorath. Mais ces dernières semaines… (Frère Qown s'interrompit pour boire une gorgée de thé.) Eh bien… Il est devenu difficile d'ignorer l'existence de pouvoirs qui ne peuvent s'expliquer ainsi.

Le Père Zajhera parut surpris.

— Elle possède à présent un deuxième sort-don ?

Ni l'un ni l'autre ne voulaient utiliser le terme « don de sorcière ». Les sorcières n'étaient pas simplement des magiciens ayant oublié de payer leurs frais d'accréditation.

— Avec tout mon respect, Père… Je crois qu'il s'agit du troisième. Vous dites depuis longtemps que sa force est le produit de sa propre volonté, un mécanisme de défense dû au traumatisme qu'elle a subi à Lonezh. Je pense que la « malédiction » qui l'envoie dans l'Au-delà toutes les nuits est également un sort-don. Et je crois qu'elle commence à montrer les signes d'une troisième faculté, ayant trait au feu.

Le Père Zajhera rit doucement.

— Impressionnant. Quel dommage que son grand-père ait toujours refusé de me laisser la former.

— Cela n'a rien d'étonnant. Le comte n'est pas un « Sang de Joras ». (Frère Qown décocha un regard sévère à l'autre prêtre.) Concept dont vous vous êtes bien gardé de me parler.

— Hmm ? Ah, oui. J'avais oublié cela.

— En ce qui me concerne, je ne risque pas d'oublier cette appellation. Je me demande s'il se trouverait quelqu'un pour le broder sur ma robe. Dorna, peut-être… (Frère Qown soupira et s'étira.) Ce n'est pas tout. Ce n'est même pas la moitié de tout ce que j'ai à dire.

Sans attendre de réponse, il continua :

— Nous nous trouvions à Mereina lorsqu'elle a été attaquée. Un assaut élaboré, orchestré par de véritables sorcières, qui a éradiqué presque tous les habitants de la ville et les spectateurs du tournoi. Des milliers de personnes sont mortes.

Le Père Zajhera ne parut pas surpris. Frère Qown songea qu'il aurait dû s'y attendre. Le Père connaissait bien des gens, et savait bien des choses.

— Parmi les responsables de l'attaque se trouve une femme doltari du nom de Senera. Elle a libéré une fumée magique qui étouffait ses victimes ; c'est ainsi que la plupart des gens sont morts. Cependant, j'ai vu ce qu'elle avait fait afin de se préserver elle-même de cette fumée.

Frère Qown tendit un doigt et dessina le symbole dans les airs. Il luisait, mais ne semblait rien faire d'autre ; cependant,

Qown supposa que l'air entourant le glyphe était pur et frais. La démonstration aurait été plus convaincante s'il l'avait dessiné au-dessus d'une source de fumée.

Plusieurs expressions, dont la colère, passèrent sur le visage du Père Zajhera ; la dernière traduisait une inquiétude teintée de contrariété. Il scruta longuement la rune, avant de soupirer et de s'enfoncer dans son fauteuil.

Frère Qown l'avait connu toute sa vie. Il savait interpréter ses humeurs.

— Vous savez de quoi il s'agit, n'est-ce pas ?

— C'est un emblème, dit le vieux prêtre avant de secouer la tête. Non, excuse-moi. Ce mot donne à penser qu'il s'agit d'un porte-bonheur qu'on peint sur le mur d'une chambre d'enfant. Ce que tu viens de dessiner est une représentation symbolique du tenyé, l'essence véritable de toute chose. Dis-moi… Cette femme, Senera, avait-elle sur elle une petite pierre ? Un collier, un bijou… De cette taille, environ ? Un cristal ?

Il tint son pouce et son index à quelques centimètres l'un de l'autre.

— Non, rien de… (Frère Qown s'interrompit.) Attendez. Ce n'était pas un bijou, mais elle avait une pierre à encre. Une petite. Elle était glissée dans son corsage, mais elle l'en a tirée avant de se couper. Elle a ensuite utilisé son sang pour dessiner ce symbole sur son front. J'ai pensé qu'il s'agissait de magie rituelle. (Il fronça les sourcils.) Je le pense toujours. Son pinceau devait être constitué de cheveux arrachés à tous ses soldats yorans. Le principe de la magie sympathique a dû assurer que son « emblème » se peigne sur leurs fronts au même moment.

— En effet, acquiesça le Père Zajhera. Bien observé. Et il était très astucieux de ta part de retenir le symbole utilisé et d'en faire usage à ton tour[1]. Je suis fier de toi.

1. Que dire de ce qui se serait passé s'il avait été un peu moins perspicace…

Frère Qown rougit.

— Père, je vous remercie, mais ce glyphe m'inquiète énormément. Quelle est sa nature ? D'où provient-il ? Je n'ai pas utilisé de tenyé en le traçant. Il ne devrait pas posséder le moindre pouvoir… et pourtant, chaque fois que ce symbole est reproduit, son effet magique demeure le même.

Le Père Zajhera resta silencieux un long moment. Il sirota son thé en réfléchissant à sa réponse. Enfin, il dit :

— Cette femme, Senera… à supposer qu'il s'agisse de son véritable nom[1]… La pierre qu'elle manipulait n'était pas un vulgaire galet. Il s'agit de la plus dangereuse des Pierres Angulaires : le Nom de Toutes Choses.

Frère Qown sentit un frisson lui parcourir l'échine. Il ne savait que très peu de choses sur les Pierres Angulaires. Le Père Zajhera ne les évoquait que rarement ; mais Frère Qown se souvenait qu'il s'agissait de huit artefacts aux propriétés magiques très différentes, et très puissantes.

— Vous m'avez dit un jour que ces gemmes étaient des dieux emprisonnés dans la pierre, murmura Frère Qown.

Zajhera agita la main d'un air agacé.

— Je me suis exprimé ainsi par poésie. Cette description leur prête plus de conscience qu'elles n'en possèdent réellement. Les Pierres Angulaires sont huit joyaux, dont chacun est lié à un concept universel. Elles recèlent une puissance d'envergure divine, mais pas la volonté et la capacité de réflexion d'une divinité. Il appartient à autrui de les leur apporter. Et ces personnes se trouvent être celles qui les portent. (Son sourire se fit sardonique.) Même s'il s'agit d'une esclave doltari en fuite.

— Qu'est-ce… (Qown avait la gorge sèche et serrée.) Qu'est-ce que fait Le Nom de Toutes Choses ? Quels sont ses pouvoirs ?

Zajhera haussa les épaules.

1. Ne comptez pas sur moi pour vous le dire.

— Qui pourrait le dire avec certitude ? Il prodigue des informations. Son pouvoir est subtil. Son domaine est la connaissance. Il semble que la pierre puisse répondre à des questions. Peut-être même à des questions aussi étranges que « Quel symbole tenyé pourrait être utilisé pour purifier l'air ? ».

— N'importe quelle question ?

Frère Qown sentit son cœur s'affoler dans sa poitrine. Le détenteur de la pierre pouvait-il prédire l'avenir, ou se renseigner sur les faiblesses de ses ennemis ? Y avait-il quelque chose que l'on ne puisse accomplir, avec une telle puissance à portée de main ?

— Je ne saurais le dire. (Le Père Zajhera reposa sa tasse de thé.) C'est un mystère que tu dois élucider.

— Mais je…

Zajhera leva deux doigts.

— Elle a besoin de toi, mon fils[1]. Elle a besoin de quelqu'un pour éclairer son chemin, car elle est entourée de ténèbres. Xaltorath a exercé une très mauvaise influence sur elle, et tu as vu en quoi elle se transforme lorsqu'elle perd le contrôle.

— Il faudrait la former. Je n'ai jamais vu quelqu'un doté d'un tel potentiel. Trois sorts-dons, Père ! Elle maintient cette force en permanence, et elle n'a même pas conscience de le faire.

— Qui la formerait ? rétorqua le Père Zajhera. C'est une femme. L'Empire n'accorde pas aux femmes l'autorisation de pratiquer ou d'apprendre la magie. Une femme qui connaît le moindre sort-don, quel que puisse être son potentiel, est une sorcière. Et la sorcellerie est un crime que l'Empire punit de mort, et non d'esclavage.

— Vous savez que les lois de Quur sont abominables. Néanmoins, je ne suis même pas sûr que ces lois s'appliqueraient dans son cas, en raison du rapport des Jorats au genre. Par

1. Certainement pas ! Ah… C'est de Janel qu'il parlait.

exemple, la loi jorate affirme que seuls les hommes peuvent porter un titre de noblesse, n'est-ce pas ?

Le Père Zajhera fronça les sourcils.

— Oui.

— Non, s'exclama Qown en levant un doigt. Seuls les étalons peuvent porter un titre de noblesse. Mais pour le reste de l'Empire, les étalons sont forcément des hommes. Par exemple, quelle est la traduction guarem du mot « idorrá » ?

— Eh bien, c'est « mâle », commença le Père Zajhera. Mais… ce n'est pas la signification réelle du mot « idorrá ».

— Non, en effet. L'idorrá n'est pas lié au genre. Mais parce que nous, Quuros de l'Ouest, sommes incapables de distinguer les notions de pouvoir ou d'autorité de la notion de masculinité, nous supposons que ce mot se rapporte aux hommes. Or, ce n'est pas le cas.

— Mais il s'agit simplement d'une erreur de traduction. Il est évident que les Jorats connaissent la différence entre « mâle » et « femelle ».

— Vraiment ? Ils connaissent la différence entre étalons et juments. Mais si vous leur disiez que seul un homme peut hériter d'un titre de noblesse à Quur, ils opineraient et répondraient que c'est aussi le cas à Jorat. Et si vous leur faisiez remarquer que quelqu'un comme Janel a hérité d'un tel titre, ils vous répéteraient que leur loi est la même. Parce qu'ils ne voient aucune contradiction là-dedans.

Le Père Zajhera parut perplexe.

— Pourtant, c'est une femme…

— Physiquement, concéda Frère Qown. Mais vous souvenez-vous de la première fois que vous m'avez parlé d'elle ? Vous avez dit qu'un grand nombre de rapports erronés avaient circulé, affirmant que le comte de Tolamer avait eu un petit-fils. Vous aviez supposé que les gens l'avaient vue porter des vêtements masculins, et que cela les avait induits en erreur. Mais je ne crois pas que ç'ait été le cas. Parce que les Jorats ne voient pas les choses comme vous et moi. Ce n'est pas une jument ; c'est un étalon. Pour les Jorats, le comte Janel – et remarquez qu'ils disent « comte » et non « comtesse » – est un homme, selon les critères employés à l'Ouest. À un détail près : elle est de sexe féminin.

— Mais elle devait épouser un jeune homme…

— L'idée de marier deux étalons n'a rien de scandaleux. D'ailleurs, ces appellations n'ont rien à voir avec le sexe biologique. Et puis, ils en ont trois.

— Trois quoi ?

— Trois genres. Étalon, jument et hongre. Cela n'a rien à voir avec le fait d'aimer le sexe ou avec la faculté de s'y adonner. « Hongre » est un terme général réservé à quiconque ne correspond pas aux définitions des mots « étalon » et « jument », ou qui ne souhaite pas y adhérer. Quoi qu'il en soit, rien n'empêche deux étalons d'avoir une relation. Mais si j'ai bien compris, Sire Oreth avait décidé que Janel devait être une jument, et a tenté de l'y obliger. Elle s'est donc opposée à lui. (Il marqua une pause.) Violemment.

— Ah. (Le Père Zajhera secoua la tête.) Eh bien, il s'agit sans nul doute d'une étrange contrée. Mais le fait qu'ils la considèrent comme un homme – ou un étalon – ne les empêchera pas de la brûler pour sorcellerie.

— Ils sont prêts à faire subir ce sort à toute personne issue de ce côté des montagnes. Pouvoirs magiques ou non, semble-t-il. Nous autres Occidentaux sommes les seuls à bénéficier d'un passe-droit. (Frère Qown soupira.) Il faut aussi que je vous parle de la prophétie…

Le Père Zajhera tourna vers lui ses yeux brillants comme des joyaux.

— Vous étiez aussi au courant, comprit Frère Qown.

— Il est toujours difficile de savoir où vont mener les prophéties. Je suppose que j'aurais un avantage si je détenais cette Pierre Angulaire, Le Nom de Toutes Choses, par exemple[1]. Cependant, je sais depuis longtemps que Janel est mêlée à tout cela. Sinon, pourquoi les démons s'en seraient-ils pris à elle, spécifiquement ? Continue de faire ce que tu as fait jusqu'à maintenant. Ne te fais pas remarquer, n'oublie pas de me tenir informé de tout ce qui se passe et tâche d'aider Janel sans te mettre en danger. Souviens-toi qu'un médiqueur mort ne peut soigner personne. Quant au comte Janel…

Il reprit sa tasse de thé.

— Oui ?

Le Père Zajhera sourit.

— Le fait d'avoir été maudite par un démon n'est pas illégal, mon fils, et n'est pas affecté par les distinctions de genre. Donc… Moi, je dis que toutes les facultés dont elle fait montre sont dues à une malédiction. Et c'est ce que tu vas dire, toi aussi. Me suis-je bien fait comprendre ?

Frère Qown hocha la tête.

— Oui, bien sûr, Père. Je comprends tout à fait.

1. Hum ! On va faire en sorte que ça n'arrive jamais.

22

Le prix de l'idorrá

Colonie de Jorat, Empire de Quur.
Trois jours après le début des incendies dans la Cité capitale.

Janel observa Qown un moment.

—Alors, vous saviez depuis le début.

Qown remua sur son siège, intimidé par son regard. Les yeux du prêtre balayèrent les autres occupants de la taverne, avant de tomber sur ses propres mains.

—Si je savais?

—L'origine de ma force.

—Je n'en étais pas sûr, admit-il. Mais nous le soupçonnions, oui. Les traumatismes déclenchent souvent l'apparition de sorts-dons, et… vos talents se sont manifestés dans le sillage d'un traumatisme passablement effroyable, n'est-ce pas?

Dorna fit claquer sa langue:

—Mon pauvre poulain…

—Êtes-vous toujours en contact avec ce Père Zajhera? demanda Kihrin en fronçant les sourcils.

Janel et Qown se regardèrent.

—J'imagine que nous pourrions le joindre, si le besoin s'en faisait sentir. Pourquoi? demanda Janel.

— Écoutez, je sais que vous l'appréciez beaucoup, tous les deux. Mais il y a quelque chose qui me chiffonne dans cette histoire, même si je n'arrive pas à mettre le doigt dessus… (Kihrin claqua des doigts.) Ah, voilà ! Je sais ! Qown, vous n'avez jamais dit au Père Zajhera que Senera était une esclave doltari en fuite[1].

Frère Qown cilla, étonné.

— Je… pardon ?

— Vous n'avez jamais dit au Père Zajhera que c'était une esclave, ni qu'elle était en fuite. Alors, pourquoi l'a-t-il décrite ainsi ?

— Oh…, fit Qown d'un air intrigué. Je n'y avais jamais pensé.

— Il ne se trompait pas, dit lentement Janel. Mais nous n'avons appris que plus tard ces détails concernant Senera. Qown, êtes-vous sûr que c'est ce qu'il a dit ?

Qown grimaça :

— Oui, j'en suis sûr.

— Et alors ? objecta Dorna. Peut-être a-t-il simplement fait une supposition. On dit que c'est souvent comme ça que ces gens-là se retrouvent à Quur, non ?

Kihrin haussa les épaules et s'enfonça dans son siège.

— Je ne sais pas. Cela m'a fait un drôle d'effet, mais peut-être avez-vous raison, Dorna. Peut-être n'était-ce qu'une hypothèse de sa part.

— Non. (Qown ferma les yeux un instant.) Non, il a commis une erreur… ou alors, il me mettait à l'épreuve. Dans un cas comme dans l'autre, j'aurais dû m'en apercevoir.

Janel posa sur Qown un regard curieux.

— De quoi parlez-vous ?

— Nous n'en sommes pas encore à cette partie de l'histoire. Mais c'est votre tour.

---

1. Je me demandais si quelqu'un allait s'en rendre compte.

Récit de Janel. Appartement de Barsine, Atrine, Jorat, Qurr.

Je me suis déjà demandé s'il serait préférable que j'aie tout oublié des événements de cette soirée. Serait-ce plus sain, serais-je plus heureuse, si je m'étais réveillée le matin suivant sans savoir ce que j'avais fait, rendue innocente par mon ignorance ? Aurais-je réussi à me comporter comme si je n'avais rien à me reprocher, ou aurais-je été rongée par le doute ? Que serait le pire : me réveiller en espérant n'avoir tué personne, ou savoir avec une certitude absolue que je l'avais fait ?

Peu importe. Je le savais. Je m'en souvenais.

Je rejetai les couvertures et voulus me saisir d'une robe de chambre.

— Ah, poulain ! me gronda Dorna dès qu'elle me vit bouger. Vous devriez rester au lit.

Dorna, assise à une petite table près de l'âtre, raccommodait les déchirures de ma tunique ensanglantée. Elle est la première à admettre qu'elle est une piètre cuisinière, mais une couturière hors pair ; lorsqu'elle en aurait terminé, nul ne pourrait deviner que le tissu avait été déchiré. Elle la teindrait, ensuite, pour masquer les taches.

— Ça va, Dorna.

C'était vrai. Je n'avais mal nulle part, et en touchant mon dos, je ne décelai aucune blessure.

Je ramassai mon corsage, posé sur la table à côté d'elle.

— Qui m'a soignée ? Qown ?

Je passai un doigt par le trou au dos du vêtement. Le corsage pourrait être réparé, lui aussi. Peu de temps auparavant, je l'aurais jeté et aurais ordonné à un serviteur de m'en confectionner un nouveau. À présent, j'allais devoir m'en contenter.

Dorna ne m'avait pas répondu. Lorsque je relevai les yeux vers elle, elle était si concentrée sur son ouvrage que je me demandai ce qui m'était arrivé alors que j'étais inconsciente.

— Dorna ? Est-ce que Qown a soigné mes blessures ?

Elle ignora ma question et cessa son travail.

— C'était si grave que ça ? demanda-t-elle. Bon, c'est vrai que la dernière fois, vous n'aviez pas été touchée à la poitrine, mais bon…

Je reposai le corsage sur la table.

— Où sommes-nous ? Dans l'appartement de Barsine ?

— Oui, dit-elle en souriant. Et nous avons le droit d'y être, même. Kalazan nous y autorise.

— Je sais. Avez-vous retrouvé Arasgon et Talaras ?

Dorna m'adressa un regard sévère, commença à dire quelque chose, puis pinça les lèvres.

— Poulain…

— Et les bijoux de ma mère ? Sont-ils vendus ?

Elle soupira.

— Non. Aroth a toujours été bougrement malin. Il surveille aussi les prêteurs sur gages. Mais je connais ses petites astuces. (Elle surprit l'expression sur mon visage.) On trouvera bien une solution. J'ai encore un peu de métal de côté, nos poches ne sont pas tout à fait vides. Quant aux flammesangs, ils vont bien. Ils s'ébattent sur la Place Verte, ils discutent avec de vieux amis… Ils draguent les juments, comme les petits étalons effrontés qu'ils sont. (La vieille femme se leva.) Ninavis m'a raconté ce qui s'était passé. Ne vous faites pas trop de mouron. Ce n'étaient pas de braves gens.

— C'étaient des gens désespérés, corrigeai-je. En dehors de cela, je ne sais rien d'eux[1].

— Ils vous auraient tués.

---

1. Je suis la troisième personne à entendre cette histoire, et même moi, j'arrive à deviner quel genre de personne était le chef de cette bande. Janel devrait arrêter de s'en faire.

— Je ne peux pas en être sûre. Et vous non plus. À moins de rencontrer leurs âmes la prochaine fois que je visite l'Au-delà, je ne connaîtrai jamais leurs intentions véritables.

Je frottai le bout de mes doigts les uns contre les autres. Dorna, ou quelqu'un d'autre – Qown, peut-être –, devait m'avoir lavé les mains durant mon sommeil. Mais la besogne avait été bâclée : un reste collant de sang séché demeurait sous mes ongles.

— Tout ce dont je puisse être sûre, c'est que je les ai massacrés[1].

Dorna ne répondit rien, soit parce qu'elle était d'accord, soit parce qu'elle jugeait inutile de débattre avec moi.

— Laissez-moi vous apporter votre petit déjeuner.

— Non. Revenons à ma première question. Est-ce que Qown… m'a… soignée ? articulai-je.

Puisqu'elle refusait de me répondre, cette interrogation banale était devenue cruciale.

— Oh. Je suppose que oui, avec l'aide de Zajhera…

Zajhera ? J'ouvris de grands yeux.

— Vous devriez vous reposer ! me cria-t-elle alors que je sortais pour gagner la pièce principale.

La plupart des appartements d'Atrine sont assez similaires. L'organisation générale varie peu, même si – puisque les barons sont de rang inférieur aux comtes – l'appartement de Barsine est plus petit que celui de Tolamer. Mais on y trouve la même cheminée au même endroit, les mêmes ornements en encorbellement, le même plafond sculpté, la même salle centrale. Le passage d'une centaine de générations a poli les murs de plâtre, rendant leur surface si lisse et douce qu'on pourrait la prendre pour du marbre.

---

1. Ma règle personnelle est la suivante : quand les gens vous tirent dessus avec des arbalètes, ça veut dire qu'ils essaient de vous tuer. Mais bon, je ne voudrais pas paraître pédante…

Une marmite posée sur le feu dégageait un parfum plus épicé que celui du porridge jorat traditionnel. Un énorme autel consacré aux Huit trônait en bonne place dans la grande salle, mais seuls quelques tableaux et tapisseries agrémentaient l'appartement. On n'y voyait ni sculptures ni livres. Cela correspondait à mon souvenir du père de Tamin, un homme austère pour qui à peu près tout – de la peinture à la poésie – pouvait servir de porte d'entrée à la corruption démoniaque.

Sire Baramon, Frère Qown et Ninavis étaient assis dans cette pièce, et discutaient avec une quatrième personne. L'homme se penchait vers eux avec un enthousiasme manifeste, ignorant le porridge aux épices qui refroidissait sur la table près de son coude. Le nouveau venu arborait une barbe blanche et des cheveux vaporeux entrelacés en mèches, tranchant avec le brun de son teint quuro. Ses yeux étaient pleins de sagesse, et son sourire joyeux.

Sans lui, je n'aurais jamais atteint l'âge adulte. Le Père Zajhera m'avait sauvée de mille manières différentes. Il m'avait offert la possibilité d'ignorer les hurlements qui emplissaient mon esprit, de croire que je pouvais être autre chose que la fille de Xaltorath.

— Vous l'avez vue, quand elle est comme ça ? C'est terrifiant…

Ninavis se tut lorsque Sire Baramon la poussa du bout de sa botte. Un silence gêné s'abattit sur le groupe lorsqu'ils s'aperçurent que je venais d'entrer dans la pièce.

À l'exception de l'un d'entre eux.

— Ma chère Janel ! se réjouit le vieux prêtre de Vishai. (Il se leva et s'approcha de moi en tendant les mains.) Ma chère enfant, cela fait trop longtemps que nous ne nous sommes pas vus. Je suis désolé, pour votre grand-père. Sa lumière éclairait jusqu'aux tréfonds de nos âmes.

— Père Zajhera, dis-je.

Je dus déployer des efforts considérables pour conserver une voix neutre. Je réprimai l'envie de courir me jeter dans ses bras, et de me mettre à pleurer, la tête contre sa poitrine. Au lieu de cela, je posai une main sur sa nuque et pressai mon front contre le sien. Il me rendit mon salut. Il ne s'était sans doute pas prêté à cette tradition jorate depuis la dernière fois qu'il m'avait vue, des années auparavant.

—Je vous croyais de l'autre côté des Pics-Dragons, dis-je.

Frère Qown se leva à son tour.

—Oh, c'est là qu'il se trouvait, comte. Je lui ai envoyé un message. (Il s'interrompit, une ombre passant sur son visage.) J'ai pensé que ce serait préférable.

Je m'écartai du chef du culte de Vishai et baissai les mains.

—Je vois. Merci, Frère Qown.

J'examinai leurs visages, et ce que je vis me brisa le cœur. Frère Qown semblait anxieux, Sire Baramon honteux, mais Ninavis… Ninavis refusait tout simplement de croiser mon regard[1].

—J'ai besoin de la pièce, annonçai-je. Le Père Zajhera et moi avons des choses à nous dire.

Le silence s'étira encore quelques instants, puis tous s'éloignèrent.

—Ninavis ?

Elle s'arrêta dans l'embrasure de la porte et se retourna vers moi.

—J'aurai besoin de vous parler, lorsque notre conversation sera terminée, indiquai-je.

Ninavis parut vouloir dire quelque chose, fronça les sourcils et acquiesça avant de sortir à son tour. Je la suivis

1. Si Ninavis est diraxon (ce qui expliquerait certaines choses), elle exagère, à mon avis. D'après les rumeurs que j'ai entendues, ils ont parfois tué des gens de façon beaucoup, beaucoup plus inventive que ça.

du regard un moment, avant de me retourner vers le Père Zajhera.

— Votre Clarté, vous savez que je vous dois tout… mais vous n'auriez pas dû venir ici.

Le vieil homme sourit.

— Asseyez-vous près de moi. Racontez-moi tout.

— Pourquoi ? Voudriez-vous me faire croire que Frère Qown ne vous a pas déjà fait le compte-rendu détaillé de la situation ?

Il eut un petit claquement de langue et tapota le coussin du siège situé face à lui.

— Ne soyez pas trop dure avec lui, mon enfant. Frère Qown m'a demandé de venir parce qu'il a découvert ce que je sais depuis fort longtemps : il n'est pas facile de vous soigner. Vous luttez contre. Avec autant de hargne qu'un magicien lutte contre le maléfice d'un rival[1]. (Son regard bienveillant se fit sévère.) Maintenant, asseyez-vous.

Ce ton ancestral, que tous les parents apprennent à employer avec leurs enfants, ne me laissa pas d'autre choix que de lui obéir, et je pris place près du feu, face à lui.

— Que vous a-t-il dit ? interrogeai-je.

— Il m'a parlé d'un terrible mage, d'une sorcière maléfique et de la nécessité pour vous d'entrer en contact avec le duc. De vos problèmes avec la famille Malkoessian, qui ne sont toujours pas réglés. (Il se pencha en avant.) Rien que vous ne puissiez affronter, ma chère. Vous avez ma confiance pleine et entière.

J'inspirai profondément, et dus lutter de nouveau contre l'envie de m'effondrer dans ses bras, de laisser la petite fille en

1. Lors de mes rares interactions avec Janel, j'ai pu constater qu'elle avait intériorisé ses talismans. Cela fait d'elle la troisième personne de ma connaissance qui en soit capable. Les deux autres sont vous et Gadrith (et ce dernier a triché en les cousant littéralement sous sa peau). Je vous laisse méditer là-dessus.

moi trouver du réconfort auprès du prêtre qui l'avait toujours accompagnée. Depuis ses huit ans, du moins.

Au lieu de cela, je repris :

— J'ai assassiné six personnes, hier soir. Frère Qown vous l'a-t-il dit ?

— Un assassinat, répondit le Père Zajhera, est un acte prémédité. Et si je comprends bien les subtilités de la loi, vous étiez en droit de vous défendre contre ces hommes, et même de les exécuter en punition de l'affront qui vous était fait. (Il leva un doigt lorsque je voulus protester.) Ils n'appartenaient pas à votre troupeau. Ils n'étaient pas des saelen, mais des gens dangereux qui enfreignaient la loi. Cependant le vrai problème n'est pas là, n'est-ce pas ?

Je soupirai et étudiai mes doigts noirs.

— Non. Le problème, c'est que j'ai perdu le contrôle.

— C'est bien ce qu'il me semblait. Avez-vous été possédée ? Xaltorath est-elle revenue ?

— Non, je… (Je me tournai pour contempler les flammes qui dansaient dans l'âtre.) J'étais terriblement en colère. Folle de rage. J'ai senti la colère monter en moi, comme un feu que seul le sang était en mesure d'éteindre. Je crains… Je crains d'être en train de devenir la chose que je hais le plus au monde.

— Hmm.

Je braquai sur lui un regard ébahi.

— « Hmm » ? C'est tout ce que vous avez à dire ?

Il haussa les épaules, se laissa aller contre le dossier de sa chaise et se mit à manger son porridge.

— Délicieux. Est-ce l'œuvre de Dorna ?

— Si vous dites que c'est délicieux, non.

— Vous avez beaucoup de chance de l'avoir à votre côté, mon enfant. Ce n'est pas du riz, si ?

— Je n'en ai pas la moindre idée. De l'orge, peut-être ? Vous essayez de changer de sujet.

Il eut un petit rire et se remit à manger tandis que je l'attendais. Enfin, alors que j'étais prise d'un désir impérieux de lui hurler dessus, il posa le bol sur une console.

— Je trouve que les jeunes ont tendance à… dramatiser.

— Dramatiser ? répétai-je, médusée. J'ai tué…

— Oui, oui. Vous êtes une jeune femme dans une situation difficile, contrainte de faire des choix difficiles, avec des responsabilités colossales sur les épaules et une arme plus colossale encore à sa disposition : elle-même. Est-il nécessaire qu'un démon intervienne pour que vous perdiez votre sang-froid ? Même si vous avez la sensation que votre expérience dépasse votre âge réel, votre corps, lui, est encore en train de passer de l'enfance à l'âge adulte. Il n'est pas particulièrement mystérieux que tout cela soit difficile pour vous. (Il joignit les mains sur ses genoux.) En revanche, je m'inquiète bien davantage de toute cette histoire concernant le baron de Barsine. Qu'avez-vous donc fait ?

Je l'observai fixement, bouche bée. Ce n'était même pas sur la liste des choses pour lesquelles je m'attendais à être réprimandée.

— Je n'ai aucune idée de ce que vous voulez dire.

Le vieux prêtre soupira.

— Ce peuple n'est pas le mien, mais j'en sais assez sur les mœurs jorates pour comprendre les ramifications de ce qui s'est passé.

Je plissai les yeux.

— Les ramifications ? J'ai empêché une Marche Infernale, Père Zajhera. Vous vous souvenez de comment s'est déroulée la précédente, lorsque j'étais enfant ? Ils allaient créer un prince démon à partir des âmes sacrifiées à Kasmodeus. Ils allaient ouvrir Jorat en deux comme une prune trop mûre.

— Oui, et vous avez infligé un Blâme au baron, et nommé votre homme à sa place…

— Je n'ai infligé de Blâme à personne, et Kalazan n'est pas mon homme…

Le Père Zajhera agita la main.

— Je sais comment fonctionnent l'idorrá et le thudajé, ma chère. Kalazan est votre homme. Vous gouvernez Tolamer…

— Oreth vous contredirait, fis-je remarquer.

— Jusqu'au jour où Oreth trouvera le moyen de vous retirer votre titre, vous êtes le comte de Tolamer. Et que se passera-t-il, ma chère enfant, lorsque vous entrerez dans le palais ducal, que vous lui expliquerez le danger, et que le duc… ne vous croira pas une seule seconde ?

— Cela n'arrivera pas, protestai-je.

— Oh, mais si. Parce qu'exception faite de la dernière Marche Infernale, Jorat est en paix depuis près d'un siècle. Le jeune duc Xun est incapable d'imaginer que cela puisse changer d'un jour à l'autre. Il pensera que votre sobriquet, « Janel Danorak », vous est monté à la tête, et que vous voulez absolument être celle qui préviendra la colonie d'un grand danger. Il décidera que vous êtes à bout, bouleversée par la mort de votre grand-père, et que vous cherchez à prendre l'avantage dans la querelle qui vous oppose à Oreth Malkoessian. Il ne verra en votre avertissement que le caprice d'une jeune fille qui croit être un étalon, alors qu'elle aurait dû accepter sa place de jument. Et alors, que ferez-vous ?

Je me figeai d'horreur à mesure que ses paroles pénétraient mon esprit. Non. Non, c'était impossible… Je frémis.

— Il faut que j'arrête Relos Var. Il le faut ! martelai-je. La ville de la Passe de Tiga n'existe plus, Père. Rivefraîche n'existe plus non plus. Combien de cités doivent-elles être anéanties, comme Mereina ? Combien de gens vont mourir[1] ?

Il se pencha en avant, les coudes appuyés sur les genoux.

— Et avez-vous réfléchi à ce que cela signifiera si c'est vous qui sauvez ces villes, ces bannières et ces cantons ? Si vous les sauvez alors que leurs dirigeants ont balayé le danger

1. Pour une fois, je suis d'accord avec elle. S'il existait un autre moyen…

d'un revers de main ? Comment le duc Xun réagira-t-il, lorsque son peuple vous devra plus de thudajé qu'à lui ?

Le sang reflua de mon visage lorsque je compris enfin ce qu'il disait. Dans ma hâte de faire ce qu'il fallait, d'arrêter ces démons et ces désaxés, j'avais oublié la règle de base de la politique jorate.

On protège ce qu'on dirige.

— Je… (Je déglutis.) C'est au nom du duc que j'agirais. Le mérite lui reviendrait.

Il hocha la tête.

— C'est tout à votre honneur, à condition que le duc Xun soit assez malin pour comprendre que vous lui restez loyale. Nous verrons bien, n'est-ce pas ? (Il passa un bras autour de mes épaules.) J'ai toujours su que vous étiez extraordinaire, Janel. Jadis, vous traversiez Jorat à la tête d'une armée…

J'émis un son qui tenait à la fois de la protestation et du gémissement.

— Non, ce n'est pas vrai. Xaltorath…

— Elle ne vous a pas choisie par hasard[1]. L'erreur d'Oreth – que son père a commise également, et que le duc Xun commettra à son tour – a été de vous considérer comme inférieure, comme devant se soumettre à leur idorrá. Fiancée, vassale, demandeuse, soumise. Et c'est faux. Je vous le dis, ma fille : avant la fin de tout cela, vous conduirez de nouveau une armée à travers Jorat. Votre idorrá s'étendra à tout l'Empire, et Quur se prosternera devant vous.

Ses mots me firent l'effet de coups de poing. Je l'observai, la bouche sèche et la gorge serrée.

---

1. Est-ce que Darzin, Kihrin et moi sommes les seules personnes à considérer Xaltorath comme d'apparence masculine ? (Et oui, je sais, les êtres constitués d'énergie n'ont pas de genre, mais les démons se présentent presque toujours comme appartenant à un genre ou à un autre. C'est presque comme s'ils se voyaient eux-mêmes comme genrés… ce qui, maintenant que je l'écris, est assez étrange. Je vais devoir faire quelques recherches.)

— Vos conseils m'ont toujours été précieux. Vous m'avez aidée alors que personne d'autre n'en était capable. Mais ce que vous dites… Vous vous trompez, Père. Vous vous trompez. (Je me tus un instant, reprenant mes esprits.) C'était un test, n'est-ce pas ? Comme les jeux auxquels vous me faisiez jouer pour vous assurer que j'avais échappé à la corruption de Xaltorath. Vous cherchez à vérifier que je ne me laisse pas dévorer par l'orgueil et l'ambition.

Il sourit.

— Vous lisez en moi comme dans un livre ouvert.

— Je sais que je suis quelqu'un de volontaire. Mais je ne suis pas thorra. Je connais ma place. Lorsque l'heure viendra pour moi de me soumettre à l'idorrá du duc Xun, je le ferai.

Le Père Zajhera me gratifia d'une claque sur l'épaule. Alors qu'il commençait à parler, cependant, des pas résonnèrent dans l'escalier, rapides et sonores. Ninavis fit irruption dans la grande salle.

— Janel ! Vous avez dit que la sorcière de Mereina était une Doltari à la peau blanche, c'est ça ?

Elle était calme, mais il était difficile d'ignorer l'urgence dans sa voix.

— Oui. Pourquoi, que s'est-il passé ?

— Eh bien, je suis désolée de vous interrompre, mais… elle est ici[1].

L'Empereur Kandor ayant bâti Atrine en vue d'un massacre plutôt que pour en faire une capitale, beaucoup de toits étaient pourvus de tourelles. Ceux qui s'y asseyaient pouvaient surveiller à loisir plusieurs des rues sinueuses de la ville, et ainsi sonner l'alarme et préparer leurs défenses. Sire Baramon, ayant pris place dans l'une de ces tourelles,

1. Qu'on fasse venir un ménestrel pour jouer quelques notes dramatiques !

avait vu une femme blanche comme la neige[1] s'approcher à la tête de soldats armés, et il avait envoyé Ninavis me chercher.

— Je ne me suis pas trompé, si ? interrogea Sire Baramon.

Il plissait les yeux pour mieux distinguer leurs silhouettes. Les soldats s'étaient arrêtés dans une impasse, et se disputaient quant à la direction à emprunter.

— Non, répondis-je. Vous ne vous êtes pas trompé. C'est bien Senera.

Même à cette distance, je la reconnaissais ; sa posture, la façon qu'elle avait d'incliner le bassin, m'avait laissé un souvenir aussi indélébile que la couleur de sa peau. Je sentis l'effroi me parcourir. Elle avait massacré une ville entière par la magie.

À présent, elle était à Atrine. Et en route vers l'appartement de Barsine.

Il n'était pas nécessaire d'être un génie pour deviner pourquoi. Seul quelqu'un qui savait que le baron Tamin était mort, ou avait reçu le Blâme, aurait songé à s'installer dans son appartement vide. Quelqu'un qui avait survécu à l'attaque de Mereina. Par conséquent, soit Senera avait eu la même idée que nous et désirait se calfeutrer avec ses hommes dans cet endroit…

… soit elle nous cherchait[2].

— Là-bas, regardez. (Ninavis me tira sur le bras.) Sur les rampes aériennes.

Elle désigna un endroit éloigné de plusieurs toits. Je découvris d'autres hommes, marchant dans notre direction. Peut-être était-ce une coïncidence. Après tout, il y avait à Atrine plus de personnes pour se déplacer sur les rampes aériennes que dans le dédale des rues du palier inférieur.

Mais je ne pus m'empêcher de remarquer qu'ils bloquaient les différentes routes par lesquelles nous aurions pu nous

---

1. Oh, hé… Je ne suis pas pâle à ce point-là, quand même.

2.. Je préfère ne pas donner la réponse. Ça me donne l'air plus rusée.

enfuir. Et ces hommes, sur les rampes, avaient des allures de soldats.

— C'est nous qu'ils viennent chercher, murmurai-je. C'est certain. Vite, rassemblez nos affaires.

— Peut-être puis-je vous aider ? suggéra le Père Zajhera.

Sire Baramon le considéra, l'air renfrogné

— Je ne suis pas sûr de ce que vous pourriez faire, prêtre, mais c'est gentil de proposer…

Le Père Zajhera ne s'offusqua pas de ce refus ; au contraire, ses yeux se mirent à pétiller.

— Où voudriez-vous aller ? Quelque part à Atrine, je suppose ?

Je restai interdite, mais Frère Qown balbutia :

— Père ! Nous sommes à Jorat. Êtes-vous sûr qu'il soit raisonnable de vous donner ainsi en spectacle ?

— Allons, ne vous tracassez pas pour cela. Personne ne va venir m'accuser de sorcellerie. Cet absurde conte de dieux-rois sur Joras et ses descendants doit bien avoir un avantage. Mais surtout, pas un mot à la Maison D'Aramarin. Je ne leur ai jamais payé la moindre taxe[1].

Le Père Zajhera rajusta son agolé et leva les mains, positionnant soigneusement ses doigts et tendant son corps comme un danseur au début d'un spectacle. Il chuchota quelque chose, un murmure bas, doux et velouté, d'une voix qui aurait pu plonger dans le sommeil un millier de bébés en pleine crise de larmes. Des faisceaux d'énergie ruisselèrent de ses doigts, des formes fractales qui s'assemblaient dans les airs en enchevêtrements géométriques. Elles répondaient à un ordre précis, un motif. Ce motif m'appelait, me mettant au défi de décrypter sa signification. Le cercle de lumière se fit plus intense, puis s'estompa, laissant une surface miroitante en son centre.

1. Quel rebelle intrépide nous avons là.

Un miroir qui ne renvoyait pas l'image des toits, derrière nous.

— Sorcellerie, cracha Sire Baramon.

— C'est un Sang de Joras, gros benêt. Il ne peut pas être une sorcière. Quelle que soit votre définition du terme. (Dorna venait d'atteindre le sommet des marches, plusieurs sacs sur l'épaule.) Allez, attrapez nos bagages et filez. On dit quelque chose sur les chevaux donnés et les dents qui me semble très pertinent, à l'heure actuelle, alors arrêtez de pleurnicher.

Sire Baramon amorça une rebuffade.

— Suivez-moi, le coupai-je avant de me glisser dans l'appartement.

Je n'avais pas besoin que sa sensibilité jorate à l'égard de la magie se mette en travers de notre évasion. Je soulevai ma valise et le laissai se charger de ses propres sacs, en songeant que j'avais eu raison de m'assurer que mes bagages restent prêts à tout moment, depuis Tolamer. Je n'avais aucune idée du nombre de bibelots qui avaient pu glisser des meubles de l'appartement jusque dans les poches de Dorna… mais j'enverrais mes excuses et des objets de remplacement à Kalazan dès que possible.

De retour sur le toit, désormais prête à partir, je vis que les soldats n'étaient plus qu'à deux ou trois toits de distance. Ils étaient assez proches pour me permettre de distinguer leurs visages, pâles et presque certainement yorans, malgré leur maquillage et leurs déguisements.

On entendit tambouriner à la porte, en contrebas.

— Allez-y ! criai-je.

Je saluai les soldats, puis franchis moi-même le portail.

23

La Place Verte

Colonie de Jorat, Empire de Quur.
Trois jours après que la métamorphe
Serre échappa à toute capture.

— Alors, voyons si j'ai bien compris, dit Kihrin. Vous dites qu'à Jorat, être un héros est considéré comme… une tentative de conquête ?

— Pas nécessairement, répliqua Janel. Si des centaures apparaissaient à Tolamer et que je les repoussais, je ne ferais que mon devoir de comte. Ce serait à la fois héroïque et acceptable. C'est le devoir d'un étalon de protéger le troupeau des dangers. Si j'en étais incapable, à quoi servirais-je ?

— Mais si vous ne pouvez pas le faire, et que quelqu'un arrive et le fait à votre place… que se passe-t-il ? Est-ce que les gens s'attendent à ce que vous démissionniez et que vous laissiez cette personne prendre votre place ?

Kihrin ne pouvait croire que quiconque puisse se montrer aussi naïf. Les gens qui détenaient le pouvoir ne l'abandonnaient jamais si facilement. Ce n'était pas ainsi que fonctionnait le monde.

Il se remémora les paroles du Père Zajhera. Cet homme-là savait ce qu'était le pouvoir, à n'en pas douter. Il avait compris que le désir qu'avait Janel de sauver son pays l'obligerait à entrer en conflit avec autrui. Elle se retrouverait opposée à des gens pour qui son aide représentait une menace vis-à-vis de leur propre autorité. Et cela la conduirait à… à quoi ? À renverser le duc Xun ? Janel avait dit qu'il souhaitait sa mort. À se rebeller contre l'Empire tout entier ? C'était fort possible. Fondamentalement, l'Empire de Quur ne pouvait permettre à une femme – une sorcière, qui plus est – de posséder une véritable autorité. Rien que pour cela, ils chercheraient à l'écraser. Kihrin repensa aux prophéties annonçant que le Guerrier de l'Enfer détruirait Quur pour le rebâtir. Il se souvint également que le Guerrier de l'Enfer n'était pas une seule personne, mais quatre.

Ce qui signifiait que, lorsque les armées marcheraient sur Quur, il n'aurait pas nécessairement à les diriger. Cet honneur pourrait revenir à Janel.

— C'est ce qui devrait se passer, oui, dit Janel en baissant la tête. Mais il semble que nos dirigeants aient oublié pourquoi ce pouvoir leur a été confié à l'origine.

Ninavis haussa une épaule et sourit.

— Bah… Il nous suffira de leur rafraîchir la mémoire. C'est votre tour, Qown, n'est-ce pas ?

Frère Qown hocha la tête.

Récit de Qown. Atrine, Jorat, Quur.

Dans tout l'Empire, seules quelques personnes maîtrisent l'art de la magie au point d'ouvrir seules un portail. Frère Qown n'en faisait pas partie ; ses compétences avaient toujours été essentiellement centrées sur la guérison. Même les Garde-Portes de la Maison D'Aramarin, d'ailleurs, en étaient généralement incapables. C'est pourquoi ils avaient besoin des Gemmeportes.

La Maison D'Aramarin protégeait jalousement son monopole. Par conséquent, ils auraient été horrifiés d'apprendre l'existence d'une personne assez puissante pour ouvrir seule un portail, et qui ne recevait aucun ordre de leur guilde. Pire : il dirigeait une religion marginale qui, pour beaucoup, ne valait guère mieux qu'une secte.

Regarder le Père Zajhera toucher le divin du doigt réjouissait toujours Frère Qown ; à l'observer, on aurait cru que jeter un sort était aussi simple qu'écrire une prière avec un pinceau et de l'encre. Ses mouvements modelaient le tenyé universel avec une dextérité que Frère Qown aurait donné cher pour posséder, lui aussi[1].

Le Père Zajhera leur avait fait l'honneur de sa présence. Qown savait que tout allait s'arranger, à présent.

— Père Zajh…

Alors qu'ils traversaient le portail, Frère Qown vit le vieux prêtre lui adresser un sourire bienveillant. Il leva la main droite et imprima à ses doigts un mouvement de torsion.

— Non, attendez… (Frère Qown sut à cet instant que Zajhera n'avait jamais eu l'intention de les suivre.) Père !

Et le portail disparut.

Le comte Janel posa la grande valise contenant ses possessions. Elle avait remonté son capuchon sur ses cheveux et son visage.

— Il n'est pas resté là-bas, si ? Senera…

— Oh, non, soupira Frère Qown. Je suis sûr qu'il est simplement retourné à Eamithon. C'est un homme très occupé, après tout. Il n'est resté que le temps de soigner vos blessures[2].

Elle posa une main dans son dos, à l'endroit où le carreau l'avait transpercée.

— Oui, bien sûr. Je suis sûre que le Père Zajhera est plus que capable de veiller à sa propre sécurité. Et nous ferions

1. C'est vrai qu'il est agréable de regarder un professionnel à l'œuvre.

2. Et de papoter. Et de l'aider à m'échapper… Mais je ne nourris aucune rancœur à ce sujet, figurez-vous.

bien d'en faire autant. C'est la deuxième cachette que nous sommes forcés de quitter précipitamment.

— D'un autre côté, poulain, ce n'étaient pas de très bonnes cachettes, hein ? (Dorna regarda autour d'elle d'un air critique.) Alors… Voyons si nous arrivons à faire mieux, au milieu du troupeau.

Frère Qown se mordilla la lèvre. Le prêtre n'avait pas encore eu l'opportunité de parler à Janel du Nom de Toutes les Choses. Il n'avait pas pu l'avertir que Senera parviendrait sans doute à les retrouver, où qu'ils tentent de se cacher. Il lui suffisait de poser la question à la Pierre Angulaire[1].

Puis les derniers mots de Dorna le frappèrent, et Frère Qown s'aperçut qu'elle ne parlait pas au figuré. Il avait été si absorbé par le départ du Père Zajhera qu'il n'avait pas fait attention à ce qui les entourait. Ils étaient cernés par les chevaux.

Il y en avait des centaines, au moins. Les animaux hennissaient, se balançaient d'un côté sur l'autre, soufflaient par les naseaux. L'air était empli d'une odeur d'herbe et de musc, mêlée au parfum plus puissant, mais encore végétal, du crottin. Les chevaux déambulaient sur une sorte de parc immense, encerclés par les bâtiments d'Atrine comme par un mur géant. Les pinacles étincelants du palais ducal et les flèches acérées du Temple de Khored grattaient leur ciel de leurs pointes effilées.

Il s'agissait de la Place Verte, qu'ils avaient déjà vue lorsqu'ils avaient tenté pour la première fois d'approcher

1. Ah, si seulement c'était si simple…
— Où se trouve Janel Theranon, à l'heure actuelle ?
— Au croisement de l'avenue de la Valeur et de la rue du Triomphe.
— Parfait. Et où est-ce ?
— Où est quoi ?
— Où est le croisement de l'avenue de la Valeur et de la rue du Triomphe ?
— Dans la cité d'Atrine.
Il y a des questions qui ne valent pas la peine d'être posées.

le duc. Cet océan herbeux aurait pu accueillir une bonne partie de n'importe quelle grande cité. Atrine ne possédait pas d'autre espace assez vaste pour accueillir tous les chevaux que requerrait le Grand Tournoi des Défis. Azhock colorées, bannières flottant au vent, chevaux au galop et chevaliers à l'entraînement formaient un spectacle étourdissant. Se cacher dans un tel endroit paraissait impossible... sauf que la foule des gens et des chevaux rendait extrêmement ardu de reconnaître la moindre personne présente.

Quelque part sur la Place, les flammesangs – Arasgon et Talaras – avaient retrouvé leurs familles, et récolté les dernières nouvelles, ainsi que les commérages. Les chevaux que le groupe avait amenés depuis la Passe de Tiga devaient paître non loin de là, de même que leurs propres montures, ramenées de Barsine par Arasgon. Frère Qown était impatient de revoir Nuage. Il s'était attaché à ce gentil petit gris, même s'il fallait le supplier pour qu'il avance plus vite qu'une tortue. C'était sans doute pour cela qu'il l'aimait à ce point, en réalité.

— Sire Baramon, dit Janel. Aidez-moi à porter cette malle. Ah, et où se trouve le camp d'entraînement du capitaine Mithros ? (Elle pinça la cape rouge posée sur ses épaules.) Je crois que j'ai quelque chose à lui rendre.

— Ah, bien vu, poulain. Nous faire engager comme mercenaires, c'est sans doute ce qu'il y a de plus malin à faire. Les spadassins passent leur temps à aller et venir. Personne ne fait attention à eux. (Dorna sourit de toutes ses dents.) Et puis, le capitaine est un vieil ami à moi.

— Le margrive de Stavira est aussi un « vieil ami à vous », accusa Sire Baramon. Je ne sais pas si vous avez remarqué, mais les vieux amis de Dorna ne veulent en général plus avoir affaire à elle.

Dorna renifla :

— Le margrive m'en veut toujours à cause de sa femme, c'est tout.

Sire Baramon leva les yeux au ciel en ramassant la valise.

— Vraiment ? « C'est tout » ? (Sans attendre sa réponse, il se retourna vers le comte.) Il faut vraiment que nous vous trouvions quelque chose d'autre à vous mettre sur le dos. Les Lances Rouges n'apprécieront pas de vous voir avec cette cape, même avec l'intention de la leur rendre.

Janel hésita, puis hocha la tête. Elle portait la cape rouge depuis qu'ils avaient quitté Mereina ; Qown n'était pas sûr de comprendre pourquoi. Elle courba la nuque et ôta le vêtement, puis le plia sur son bras. Dorna lui tendit un sallí brun uni – Frère Qown ne lui demanda pas où elle l'avait trouvé – que Janel revêtit.

— Par là, indiqua Sire Baramon en désignant du menton le Temple de Khored.

Leur destination n'était pas le temple lui-même, mais une zone délimitée par des cordes dans l'ombre de l'édifice. Des azhock aux nuances rougeâtres, ornées de fanions et de banderoles éclatants, y avaient été installées. Un deuxième espace, fermé lui aussi par des cordes et correspondant à la taille d'une arène de tournoi, servait d'aire d'entraînement aux chevaliers. Elle était entourée d'autres terrains dont la finalité était plus floue, mais tous avaient une chose en commun : ils étaient destinés à pratiquer des disciplines équestres. Des femmes s'entraînaient aux côtés des hommes, et presque tous portaient une cape rouge, ou au moins un bandeau rouge au bras. Un seul cavalier faisait exception à la règle : il s'entraînait à jouer le rôle du Chevalier Noir, et arborait donc cette couleur.

S'ils voulaient entrer dans cette zone, il leur faudrait soit se glisser sous la barrière de corde, soit s'adresser aux gardes postés devant l'unique entrée.

— Je suis venue m'entretenir avec le capitaine…

Avant qu'elle ait pu finir sa phrase, le garde prit la cape des mains de Janel.

— Merci d'avoir ramené la cape. Seules les Lances sont autorisés à entrer dans l'aire d'entraînement. Pas d'exceptions. Bonne journée[1].

Il retourna ensuite à sa conversation avec les autres gardes, s'attendant manifestement à ce que le comte et son escorte s'éloignent sans discuter. Janel en resta bouche bée.

Frère Qown comprit alors qu'elle ne ressemblait pas à une noble, ni même à un étalon. Ses vêtements tachés et rapiécés, associés à son laevos emmêlé et son absence de bijoux, ne laissaient pas flotter le moindre doute concernant son genre. Qui, en la regardant, n'aurait pas vu en elle une jument ?

— Hé, dites donc ! Vous savez à qui vous parlez... ?

Dorna se tut lorsque Janel posa une main sur son épaule.

— Je suis là pour passer un essai, déclara Janel.

— Les essais sont finis depuis quinze jours, répliqua le garde. Nous ne cherchons plus personne, merci.

Avec un petit rire, Ninavis se saisit de l'arc accroché dans son dos et y tendit sa corde. Les gardes ne remarquèrent pas son geste.

— Il faut simplement que je parle au capitaine Mithros.

Le garde eut un sourire moqueur.

— C'est drôle, toutes les jolies juments nous réclament la même chose.

Elle inspira profondément. Frère Qown grimaça et tendit la main vers elle avant qu'elle ne fasse quelque chose de stupide.

— Comte...

Le garde agita la main.

— Allez, fichez-moi le camp. Il sortira saluer ses admirateurs plus tard. Pour l'instant, il est occupé.

Ninavis saisit une flèche, mit son arc en joue et tira.

Le projectile partit si vite que Frère Qown ne distingua qu'une tache floue, mais il eut l'impression que la flèche était

1. Voilà qui était abrupt. Je suis vexée pour elle.

passée à deux doigts du visage du garde, qu'elle avait traversé les plumes de corbeau décorant le heaume du Chevalier Noir, puis qu'elle s'était plantée, encore frémissante, dans la cible de tir à l'arc située tout au bout de l'aire d'entraînement. Frère Qown découvrirait plus tard qu'elle l'avait touchée en plein cœur.

Alors, tout alla très vite.

D'un seul mouvement, le comte Janel et Sire Baramon se retournèrent et posèrent sur Ninavis un regard incrédule. Elle haussa les épaules, baissa son arc et gratifia le garde d'un sourire dédaigneux.

— Vous ne cherchez plus personne, c'est ça ?

L'expression de Janel suggérait qu'elle luttait pour ne pas rire.

— Vous êtes folle ? Je vais…

Mais un bruit de sabots interrompit le garde avant qu'il ait pu révéler quelle punition il comptait lui faire subir. Le Chevalier Noir avait couru jusqu'à eux. Celui-ci ne s'était pas vêtu en bouffon, comme Sire Baramon durant le tournoi de Mereina. Son armure ouvragée était décorée de corbeaux et de démons hurlants, et sa cape était constituée de plumes de corbeau. D'autres plumes ornaient son heaume en une crête rappelant une crinière, comme un laevos. Son destrier noir n'était pas un flammesang, mais il n'en demeurait pas moins impressionnant.

L'homme retira alors son heaume, et Frère Qown découvrit que sa peau, elle aussi, était noire. En contraste avec ses yeux vert clair, son teint et ses cheveux étaient plus sombres que les plumes de sa tenue.

Frère Qown était à présent si habitué aux apparences multicolores des Jorats qu'il ne comprit pas aussitôt ce qu'il voyait. Puis il remarqua que les traits de l'inconnu n'étaient pas ceux d'un Quuro, que celui-ci vienne de l'est ou de l'ouest des Pics-Dragons.

C'était un vané. Un vané manol, pour être exact ; et cette idée stupéfia Frère Qown à tel point qu'il ne put que l'observer fixement, les yeux exorbités. Que faisait un vané manol en plein Jorat[1] ?

— Qui a tiré cette flèche ?

Le vané bondit à bas de son cheval et s'avança vers eux d'un pas déterminé.

— Capitaine, je suis navré. Je ne croyais pas que quiconque puisse être assez stupide pour…

Mais le capitaine ne l'écoutait pas. Son regard balaya le groupe, s'attardant une seconde de plus sur le visage de Janel, avant de se fixer sur l'archère au visage taché de rouge. Ninavis lui adressa un signe espiègle de la main.

Il sourit alors, découvrant des dents blanches qui faisaient ressortir l'ébène de sa peau.

— Et à cheval, pourriez-vous en faire autant ?

La réponse était oui.

Le camp tout entier cessa ses activités pour observer Ninavis. Le capitaine des Lances Rouges, Mithros, aligna une série de cibles le long d'un chemin sinueux, de manière que Ninavis doive viser et tirer tout en dirigeant le cheval qu'il lui avait prêté.

Mais surtout, le capitaine Mithros permit à tout le groupe de franchir la barrière de corde pour assister au spectacle.

— Attention… prête… partez !

Mithros agita la main. Ninavis mit son cheval au galop.

Frère Qown n'avait pas assisté à ce type de démonstration au tournoi de Mereina, même s'il supposait que cette discipline aurait pu y figurer. Et si Ninavis n'était pas jorate de naissance, il n'aurait pu le deviner en la voyant monter ; elle ne semblait pas devoir fournir le moindre effort pour

1. Eh bien, il joue le rôle du Chevalier Noir, visiblement.

maîtriser son cheval. Elle se mit à sortir des flèches de son carquois et à tirer dans le mille avec une facilité déconcertante.

Elle atteignit la fin du parcours, ralentit et se retourna pour rejoindre au trot ses compagnons. Des applaudissements retentirent. Le métal circula parmi les spectateurs, indiquant une fois de plus que les Jorats étaient prêts à saisir n'importe quelle excuse pour parier, même sur une parfaite inconnue[1].

Mithros rit, puis s'inclina face à Ninavis lorsqu'elle mit pied à terre.

— Je n'ai vu personne tirer si bien à l'arc depuis que j'ai quitté mon pays. Épousez-moi, merveilleuse inconnue. Nos enfants vont sauver le monde.

Ninavis le dévisagea tandis qu'une des Lances Rouges récupérait le cheval qui lui avait été emprunté. Elle ôta la corde de son arc.

— Vous êtes un peu trop jeune à mon goût[2]. Quoi qu'il en soit, le comte voudrait vous parler. (Elle désigna Janel du menton.) Si vous voulez que je me range sous votre étendard durant le tournoi, vous allez devoir discuter avec elle.

Son refus ne parut pas troubler le capitaine, qui sourit de plus belle. Il n'accorda pas un regard au reste du groupe, pas même à Janel.

— Mais où avez-vous appris à tirer de cette manière ?

Les yeux de Ninavis s'étrécirent.

— Mon mari était dans l'armée.

L'homme parut soudain pensif.

— Les archers quuros ont dû s'améliorer, depuis la dernière fois que j'ai visité leurs camps d'entraînement.

Janel vint se placer auprès de Ninavis.

---

1. Il faut que je retourne à Jorat, une fois que tout ça se sera calmé. Tout ce dont j'aurai besoin, c'est d'un complice, d'un boisseau de graines de pivoine et d'une chèvre noire.

2. Ce qui prouve que Ninavis n'a pas bien écouté les contes de dieux-rois au sujet des vané.

— J'ai du mal à imaginer qu'un camp d'entraînement quuro ait permis à un vané manol d'en faire la visite.

Frère Qown battit des paupières. Il aurait juré que le comte était incapable de reconnaître un vané manol. Il s'admonesta intérieurement. Le Père Zajhera l'avait éduquée durant trois longues années : elle ne pouvait pas être inculte.

Pour la première fois, Janel parvint à retenir l'attention du capitaine Mithros.

— Vous avez tort de supposer que je suis du genre à demander la permission…, commença-t-il.

Janel croisa les bras et darda sur lui un regard agacé.

— Mithros ! lança Dorna. Espèce de vieil âne libidineux, arrête de provoquer les enfants et ramène tes fesses par ici. Tu me dois toujours 100 trônes, depuis notre dernière partie de cartes, et j'ai bien l'intention de les tirer de ta jolie chevelure noire. (Dorna sourit malicieusement.) Et puis, il faut qu'on discute en privé.

Mithros parut surpris. Penchant la tête de côté, il étudia Dorna, puis écarquilla les yeux.

— Quand est-ce que tu es devenue une femme ?

Dorna leva les yeux au ciel.

— Il y a des années de ça, grand nigaud. Je t'ai dit que j'allais à la fête des Feuilles… ah !

Mithros, qui avait couru jusqu'à Dorna, la souleva et tourna sur lui-même tout en l'étreignant.

— Je ne t'avais pas reconnue ! Que s'est-il passé ?

— Repose-moi par terre, andouille, ou je te rosse si fort que tu ne remonteras plus jamais à cheval. Ce qui s'est passé ? Je viens de te le dire…

— Non, pas ça… Tu es vieille !

— Oh, espèce de buse…, répliqua Dorna. Cela fait trente ans. Les humains vieillissent, tu sais.

Mithros fit un pas en arrière, l'air penaud.

— Ça fait si longtemps ? Ah… Le temps passe vite.

Il lui offrit un sourire empreint d'une douceur mélancolique. Ce sourire donnait l'impression qu'ils avaient été plus proches que des amis. Mais depuis que Qown connaissait Dorna, elle avait toujours affirmé qu'elle aimait les juments. Seulement les juments. Cependant…

Frère Qown se pencha vers le comte.

— Hum… Ai-je bien entendu ce qu'elle a dit ?

D'un air distrait, Janel se tourna vers lui.

— Pardon ?

— Dorna était un homme ? Comment est-ce possible ?

D'un air étonné, Janel lui répondit :

— La fête des Feuilles d'Automne. Elle se déroule chaque année à Nivulmir, et Galava exauce les prières des participants. C'est pour cela que Dorna n'était pas au canton de Lonezh, cette année-là. (Elle se tut un instant.) Vous faites cela différemment, à l'Ouest ?

Frère Qown cilla, perturbé.

— Non ! Non, nous ne le faisons pas. Jamais.

Janel fronça les sourcils :

— Vraiment ? Comme c'est étrange…

Sire Baramon se racla la gorge et adressa une petite révérence au vané manol.

— Sire Baramon, capitaine. Nous nous sommes rencontrés il y a quatre ans, ici même, au tournoi d'Atrine.

— Ah, oui ! Heureux de vous revoir. Où se trouve votre charmant… (Il s'interrompit et posa la main sur l'épaule de Sire Baramon.) Je suis désolé. Est-ce arrivé récemment ?

Sire Baramon hocha la tête.

— Mais merci, dit-il simplement.

— Je vous en prie. La perte de quelqu'un qu'on aime est une souffrance qui ne connaît pas de fin.

Ils échangèrent un regard. Le capitaine Mithros serra brièvement le bras de l'homme, puis le lâcha.

— Que tout le monde reprenne l'entraînement ! lança-t-il d'une voix sonore en désignant les archers. (Puis il fit signe au petit groupe de le suivre.) Quant à vous autres, vous m'avez convaincu. Il faut effectivement que nous allions discuter au calme.

Il se dirigea vers le temple, à longues enjambées qui forcèrent tous les autres à trottiner pour ne pas se laisser distancer.

— Vous avez l'intention de discuter avec nous dans un temple consacré à l'un des Huit ? s'exclama Janel d'un ton scandalisé.

À dire vrai, Qown avait pensé la même chose. Mithros ricana.

— Ce n'est pas simplement un temple consacré à l'un des Huit : c'est le Temple de Khored. (Il gratifia Janel d'un sourire éclatant.) Ne vous inquiétez pas. J'ai l'autorisation d'y flâner à ma guise.

Frère Qown eut un frisson dont il ne s'expliquait pas la cause. Ils s'engagèrent à sa suite dans le temple du dieu de la destruction.

24

Le Chevalier Noir

Colonie de Jorat, Empire de Quur.
Trois jours après l'effondrement des prix de l'immobilier dans le quartier du port de la capitale.

— Mithros, dit Kihrin. Hmm. (Il sourit à Ninavis.) Vous avez accepté sa proposition ?

— Non ! se récria-t-elle. Ne soyez pas ridicule. Je ne suis pas une poulinière prête à pondre des gosses à un vané sans âge qui a un faible pour les mortelles. Moi ? Me marier ? Hors de question que j'y passe une deuxième fois. (Elle appuya un coude sur le comptoir et sourit.) Enfin, bon, j'ai quand même couché avec lui. Je ne suis pas idiote, non plus.

Kihrin réprima un rire.

— Oh, non, je n'ai jamais pensé que vous l'étiez.

Ninavis pinça les lèvres, et son regard se fit lointain.

— Oh, oui. Je vous le recommande chaudement, d'ailleurs. Trouvez-vous un vané. Apparemment, une fois qu'on dépasse les deux ou trois milliers d'années, on a plus d'un tour dans son sac.

— Si seulement c'était une femme, regretta Dorna.

Janel se mit à rire aux éclats, à tel point qu'elle finit par poser la tête sur la table.

— Je ne vois pas ce qu'il y a de si drôle, protesta Ninavis.

Janel releva la tête, un grand sourire sur le visage.

— Oh, Nina… Tu n'imagines même pas.

Récit de Janel. La Place Verte, Atrine, Jorat, Quur.

J'avais du mal à conserver une expression paisible. Je n'avais pas pris Dorna au sérieux, lorsqu'elle s'était vantée de connaître le capitaine Mithros. Ce dernier avait dû connaître ma mère, Frena, qui avait débuté dans les tournois avec Dorna pour mentor. Mes parents s'étaient rencontrés lors de ces tournois.

Le capitaine Mithros me posait un autre problème. Sa ressemblance avec un autre vané aux yeux verts – Teraeth, fils de la Mort – paraissait trop frappante pour n'être qu'une coïncidence. Il ne s'agissait certes pas de la même personne, mais ils demeuraient incroyablement similaires. À la différence de Teraeth, Mithros était adepte des larges sourires et des clins d'œil aguicheurs. Cependant, lorsqu'il agitait la main ou qu'il laissait reposer son poignet sur le pommeau de son épée, il me semblait apercevoir la grâce dangereuse qui habitait Teraeth. De plus, il m'inspirait une familiarité d'un autre type, comme si Mithros me rappelait également une troisième personne.

Puisque je ne connaissais qu'un seul autre vané manol, cette sensation me déconcerta.

— Enfers et glace… Ne relevez pas votre capuchon, surtout, me glissa Dorna en tirant sur ma nouvelle cape brune pour masquer mon visage.

Étonnée, je baissai la tête. Une fraction de seconde plus tard, je décelai un éclat rouge et or. Du coin de l'œil, je vis un garde en tenue de cérémonie, arborant les couleurs de la Marche de Stavira.

Les couleurs du margrive de Stavira. Mon suzerain, Aroth Malkoessian.

Tout le monde, à Atrine, visitait tôt ou tard le Temple de Khored pour lui rendre hommage et implorer sa faveur lors du tournoi. Le temple était toujours empli des chuchotements des fidèles.

Je sais que d'autres colonies vénèrent des divinités des jeux et du sport, mais il s'agit toujours d'anciens dieux-rois marakoris. N'importe quel Jorat préférerait mettre les pieds dans du plomb en fusion plutôt que de les honorer. Certains considèrent que prier Taja – la déesse de la chance – est plus approprié en vue d'événements de ce type. Mais à Jorat, nous ne pensons pas que les tournois se gagnent par chance. Par conséquent, la coutume veut que nous nous tournions vers Khored, divinité des défis, des conflits et des épreuves.

De plus, Khored était le dieu protecteur de Kandor. À présent, il est aussi le nôtre.

Le Temple de Khored est un endroit sidérant. Dans le bon sens du terme. Des statues de chevaux en gardent le périmètre, tandis qu'une sculpture de marbre rouge représentant un vol de corbeaux monte – ou descend – de l'autel à la gloire de la bataille qui trône en son centre. De l'encens au parfum de sang et de cannelle emplit la cathédrale d'une brume épaisse, et les vitraux y projettent une lumière aux tons pourpres et violets[1].

Aroth Malkoessian, margrive de Stavira, était en train de prier face à l'autel principal.

Dorna m'agrippa le coude.

— Non, ne ralentissez pas. Et baissez les yeux.

Je m'obligeai à continuer à marcher, marmonnant dans un souffle une prière aux Huit. Je réprimai une bouffée de panique en me souvenant que Frère Qown portait la tenue caractéristique des prêtres de Vishai. Je me souvins,

---

1. Sang et cannelle ? Pouah ! Ce n'est pas une façon très efficace de convaincre les gens de se rendre à l'église.

cependant, qu'Aroth n'avait jamais rencontré Qown. Le margrive n'avait sans doute aucune idée de ce à quoi ressemblait un prêtre de Vishai.

Quelle que soit leur destination au sein du temple, tous les visiteurs s'arrêtaient d'abord devant l'autel. Aucune règle ne m'obligeait à faire halte à côté d'Aroth, aussi choisis-je un coussin situé à une certaine distance du margrive. Je m'y agenouillai et prononçai les paroles rituelles. Dorna s'installa un peu plus loin, et les autres se répartirent à différents endroits de la salle, afin de ne pas attirer l'attention. Qown, remarquai-je, s'était particulièrement éloigné de moi, espérant ne pas trahir ma présence par la sienne. Tout en priant, je vis Aroth se lever du premier rang, rassembler ses soldats et se tourner pour partir.

Je laissai échapper un soupir de soulagement.

Quelques secondes plus tard, Dorna émit un petit bruit étouffé tandis qu'Aroth Malkoessian prenait place à ma gauche.

Tout l'air que contenait la cathédrale devint lourd et pesant, comme un bourbier qui m'empêchait de bouger et de respirer. Ma peau se mit à me brûler, et je n'eus pas besoin de regarder autour de moi pour savoir que les hommes d'Aroth nous avaient encerclés. Même dans cet endroit, ils seraient armés. Je ne le regardai pas. Il ne le fit pas davantage. Nous ne nous prodiguâmes pas de salut officiel.

— Je n'étais pas sûr que vous viendriez assister au tournoi.

— Le devoir m'y oblige.

— Au vu des circonstances de votre départ de Tolamer, il est permis de mettre en doute votre attachement à la notion de devoir.

— Il est un peu étrange, répondis-je en luttant pour ne pas grincer des dents, de gouverner un canton sans y posséder la moindre terre, pas même le château ancestral de sa famille.

— Je vous présente mes condoléances pour le décès de votre grand-père, murmura-t-il. C'était un honnête homme.

— Et bien trop confiant.

— Il savait quelle était sa place.

Le reproche était évident. Manifestement, ce n'était pas mon cas. Il fallait dire que, pour Aroth, ma « place » était celle d'épouse de son fils, Oreth. J'aurais préféré manger du crottin.

Je serrai les poings.

— Peut-être parce que vous n'avez jamais essayé de lui imposer un mariage qui ne lui convenait pas.

— Il n'y a rien de plus malséant que l'insolence.

— Si : le fait de saisir les biens de quelqu'un qui se trouve sous votre idorrá.

— Oreth aurait effacé vos dettes en guise de cadeau de mariage.

— S'agit-il d'une promesse ou d'une menace ?

Il inspira brusquement, puis expira dans un grondement sourd.

— Vous n'en avez pas conscience, mais je vous ai protégée à de nombreuses reprises.

Je ravalai mon envie de parler sans réfléchir. J'avais bien des choses à lui dire. Je voulais lui demander comment il avait pu engendrer une créature aussi répugnante qu'Oreth. Ce dernier et son frère aîné, Ilvar, étaient comme le jour et la nuit. Je voulais savoir pourquoi Aroth avait trahi la confiance de mon grand-père.

Mais je n'en fis rien. J'étais déjà allée plus loin que ne l'autorisait le protocole. Il aurait été en droit de me réprimander. Je penchai la tête, cherchant à le regarder autant qu'il m'était possible sans me détourner de l'autel.

— Oreth pense que l'ordre naturel des choses lui donne le droit de me commander. Il pense qu'il est un étalon, et que je devrais être une jument. Ce n'est pas ma nature, et cela ne le sera jamais.

Il lança un regard dur sur le côté, là où Dorna, figée, osait à peine respirer.

— Vous auriez dû aller à la fête des Feuilles d'Automne, dans ce cas.

La colère enfla en moi, dirigée vers Oreth, vers son père et même vers mon propre grand-père pour m'avoir placée dans cette situation. La suggestion du margrive me mettait en rage. Non pas que j'aie le moindre problème avec ceux qui passaient un an au service de Galava, la déesse de la nature, en échange du don qui s'ensuivait. Si Dorna était plus heureuse en tant que femme, pourquoi y trouverait-on à redire ? Si le margrive avait décidé de devenir mâle, c'était également son droit. Mais moi, je désirais rester de sexe féminin.

Le margrive, lui, semblait penser que je ne pouvais être un étalon que si mon sexe correspondait à mon genre. Soudain, je compris où Oreth était allé chercher ses horribles convictions.

Le coussin, sous mes doigts, se mit à chauffer.

Non… Non, non. Pas ici. Pas maintenant. J'inspirai profondément et tentai de me calmer. Je priai Khored, récitant à voix basse la Litanie des Défis. Et je fermai les yeux, sentant une grande amertume se répandre en moi.

— Vous devez bien mal connaître votre fils, si vous pensez que changer de sexe suffirait à le dissuader de me dominer.

— Oreth vous aime beaucoup.

— Et Oreth est persuadé que son choix est le seul qui importe.

J'entendis Aroth se lever.

— Cela n'excuse pas les manquements à vos obligations… Pardon ?

J'ouvris les yeux et levai la tête.

Mithros se tenait devant nous, tendant la main à Dorna pour l'aider à se relever.

— Veuillez m'excuser de vous avoir perdues de vue. Laissez-moi vous montrer le chemin.

Dès que Dorna fut debout, il tendit la main vers moi.

Aroth Malkoessian paraissait ulcéré.

— Je crois que vous ne savez pas à qui vous…

Mithros rencontra son regard.

Le sang reflua du visage du margrive.

— Je…

Sa voix mourut dans sa gorge. Il cilla plusieurs fois. Mithros fit un pas vers le margrive. Le capitaine des mercenaires semblait plus imposant qu'il ne l'avait été à l'extérieur. À présent, il occupait un espace considérable. Les deux hommes étaient séparés de un mètre environ, mais Aroth fit un pas en arrière, comme si Mithros s'était trouvé beaucoup trop proche de lui.

Personne n'observait la scène, à l'exception de mes compagnons et des hommes d'Aroth. Tous les autres fidèles étaient occupés à allumer des bâtons d'encens, à dire leurs prières ou à passer des colliers de fleurs au cou des saints chevaux. Un soldat porta la main à sa lame. Le margrive secoua la tête, et l'homme baissa le bras sans tirer son épée. Aroth ne faisait plus attention à moi. Toute son énergie était concentrée sur Mithros. Je n'avais aucune idée de ce qu'éprouvait ou pensait le margrive, mais ses yeux étaient écarquillés et empreints d'effroi.

Mithros leva le bras. Aroth tressaillit, mais ne bougea pas, et Mithros posa la main sur sa nuque, puis pressa son front contre le sien. Mithros était parvenu à transformer ce salut traditionnel en un acte d'agression, d'un adversaire à un autre. La salutation qui s'effectuait d'ordinaire entre égaux s'était muée en une marque de domination. Aroth émit un son indéterminé.

— Partez, dit Mithros en lâchant Aroth.

Le margrive de Stavira recula en titubant, et s'excusa vivement lorsqu'il trébucha sur un pénitent en pleine prière. Il se retourna et fit signe à ses soldats. Lui et son escorte quittèrent le temple. Aroth ne m'avait pas adressé un regard.

Mithros se retourna vers moi en souriant.

— Veuillez m'excuser, dit-il.

— Khored ?

Ce mot quitta mes lèvres avant que j'aie pu le retenir ; c'était à la fois une question, une prière et une affirmation. J'avais déjà rencontré une divinité, cette semaine-là. L'idée d'en rencontrer une autre ne me paraissait pas inconcevable. Mon enfance avait été bercée de mille légendes sur les dieux. Aucune ne décrivait Khored comme un vané manol à la peau noire. Mais aucune ne disait qu'il ne pouvait pas en être un.

Son sourire s'évanouit un instant, mais réapparut aussitôt, plus radieux encore.

— Je vous en prie, appelez-moi Mithros. À présent, suivez-moi. Par ici.

Mithros nous mena jusqu'à une pièce au fond de la nef, où un escalier descendait dans les profondeurs du temple. Les prêtres de Khored circulaient également dans ce passage usé par les pas, mais ils ne nous prêtèrent pas attention. Quelques-uns adressèrent un hochement de tête ou un signe de main à Mithros lorsqu'il passa devant eux. Lorsque nous eûmes quitté la grande salle, Sire Baramon se tourna vers moi.

— Était-ce bien Aroth Malkoessian ? Que s'est-il passé ? Est-ce que ça va ?

— Je vais bien, oui. Il était venu prier.

— Mais qu'est-ce que…

Je secouai la tête.

— Nous en reparlerons plus tard.

Le groupe se tut. Ninavis m'adressait des regards curieux. Elle savait qu'il s'était passé quelque chose, mais elle n'avait pas été assez proche pour entendre notre conversation. Qown, lui, arborait l'air d'un enfant qui fait semblant de ne pas entendre ses parents se disputer. Et Mithros ne se sentait pas obligé de fournir la moindre explication.

Il nous guida à travers un long complexe qui servait de résidence et de lieu de méditation aux prêtres du temple. Comme leurs collègues, ils ne parurent pas faire attention à nous.

Lorsque nous atteignîmes le deuxième escalier, je commençai à me sentir très bête. Comment avais-je pu me laisser dépasser par mon imagination débordante ? J'avais assisté à une impressionnante démonstration d'idorrá, à l'étage, mais la race à laquelle appartenait Mithros était immortelle. Nul besoin d'être un dieu pour intimider Aroth ; il suffisait d'avoir plus de mille ans.

De plus, les prêtres ne faisaient pas preuve de déférence envers Mithros. Ils semblaient plutôt tout près de lever les yeux au ciel en le voyant, comme face à un vieil oncle qui met tout le monde mal à l'aise avec ses blagues salaces. Un membre de la famille, dont on ne remet jamais la présence en question. Ce n'était pas ainsi qu'on traitait un membre des Huit.

Le deuxième escalier déboucha sur un espace si vaste que ses confins disparaissaient dans l'obscurité. L'air était froid et humide. Au loin, j'entendis de l'eau ruisseler. Ce son aurait été normal pour une estava, mais Atrine avait été bâtie par un Empereur de Quur. Il n'y aurait pas construit d'estava, ou de demeures souterraines. D'ailleurs, d'après ce qu'on m'avait dit, Atrine n'était pas pourvue de caves. Pas même une seule. Les escaliers n'étaient pas faits pour les chevaux ; même un flammesang aurait renâclé à l'idée d'en emprunter un.

Le sol était constitué de vieux blocs de pierre, énormes mais réguliers. De petites lanternes éclairaient la salle, d'une lueur plus blanche que celles d'une bougie ou d'une lampe à huile. Un coin de la pièce avait été meublé de tables et de divans pour en faire une sorte de taverne, tenue par des Lances Rouges, à en juger par leurs brassards. Les occupants de la taverne saluèrent Mithros de la main et nous observèrent non sans intérêt, avant de retourner à des activités plus importantes : certains mangeaient et buvaient, d'autres s'adonnaient à des jeux d'argent.

— La plupart des gens trouvent cet endroit oppressant, même pour un peuple qui aime à construire ses habitations sous la terre, expliqua Mithros. Alors les prêtres nous ont accordé l'usage de cette pièce. Je la trouve très pratique pour les discussions privées. Et maintenant, voulez-vous que nous continuions à prétendre que je ne m'intéresse qu'aux talents de votre archère… (Il désigna Ninavis.)… ou m'expliquerez-vous de quoi il retourne ? (Il se tut un instant et sourit à Ninavis.) Je dois quand même vous préciser que ma demande en mariage était sincère.

L'intéressée leva les yeux au ciel.

— Il faut que nous discutions en tête à tête. (Je toussotai et regardai autour de moi.) Du moins, autant que nous le permettra cet endroit.

— Tout le monde, je vous laisse divertir mes invités. (Mithros montra du doigt les hommes et les femmes assis au comptoir.) Ne leur prenez pas trop de métal aux dés.

— Aux dés ? releva Dorna avec un intérêt subit. Oh, je ne devrais pas me laisser tenter… Je joue très mal aux dés.

— Oh, par l'Enfer, marmonna Mithros. Elle va les délester de tous les trônes, chances et calices qu'ils ont dans les poches. (Il montra un autre escalier, descendant plus profondément encore dans les entrailles du temple.) Suivez-moi, je vous prie.

Mes compagnons semblaient décontenancés, car je ne leur avais pas rapporté ma conversation avec Thaena. Ils pensaient tous que je voulais parler de Ninavis à Mithros, afin de nous obtenir un nouveau lieu d'hébergement… alors pourquoi refusais-je de le faire en public ? Ignorant les questions que je lisais sur leur visage, je suivis Mithros dans l'escalier.

Nous ne restâmes pas longtemps dans les ténèbres ; il invoqua des lumagies pour éclairer notre passage. L'escalier donnait sur un balcon bordé d'une balustrade de pierre sculptée, protégeant les visiteurs de l'abîme qui s'ouvrait de l'autre côté. Le ruissellement de l'eau s'était fait plus fort, et l'atmosphère était chargée d'une brume fine et fraîche. L'endroit procurait une impression de confort ; quelqu'un y avait placé des nattes de bambou, des chaises et des lanternes suspendues. Un plateau de zaibur était posé sur une table de bois gravé, ses pièces alignées de chaque côté[1].

— Sommes-nous tout près des chutes ?

D'un geste, il désigna l'obscurité.

— Elles se trouvent à plus de un kilomètre plus bas. Nous ne nous entendrions pas parler, si nous étions installés plus près. Voulez-vous boire quelque chose ?

— Non, je…

Je regardai autour de moi. Je ne voyais aucun breuvage qu'il aurait pu me servir, mais je me retins de l'interroger. Il n'était peut-être pas un dieu, mais je supposais qu'il devait tout de même s'agir d'un magicien.

Je songeai tout à coup que rien, dans nos légendes, n'expliquait les pouvoirs magiques des vané. La notion de « Sang de Joras » ne s'appliquait pas à eux, mais on ne pouvait pas non plus affirmer qu'ils avaient été corrompus par du sang marakori.

— Si je suis ici, c'est parce qu'une amie commune vous a recommandé à moi.

Il s'assit face au plateau de zaibur et s'empara de deux pions de départ, l'un en bois et l'un en métal.

— Personne ne peut nous entendre, ici, alors vous pouvez parler franchement. Thaena vous envoie parce qu'elle souhaite

1. Il faut que je voie cet endroit. Étant donné le nombre d'escaliers qu'ils ont descendus, il doit se trouver sous le lac Jorat. Je voudrais voir comment il arrive à retenir l'eau. En dehors de la solution la plus évidente.

que quelque chose soit fait, et qu'elle ignore comment le faire elle-même. Donc, elle souhaite que ce soit moi qui règle le problème. Savez-vous jouer à ce jeu ?

Les pions au creux des paumes, il mit ses mains derrière son dos.

— Mon grand-père me l'a enseigné, admis-je. (Lorsqu'il me présenta ses deux poings serrés, je tapotai celui de gauche.) Quant à Thaena, il ne m'appartient pas de deviner quelles sont les intentions des dieux.

Il ouvrit les mains. J'avais choisi le pion de bois, ce qui signifiait qu'il commencerait. Un coup de chance pour lui.

— Je la connais depuis bien longtemps.

Son ton laissait supposer qu'il ne l'appréciait pas outre mesure.

— Teraeth est-il votre fils ?

La question m'avait échappé sans que je puisse rien faire pour la retenir. Il braqua sur moi un regard stupéfait.

— Vous avez rencontré Teraeth ?

Il tourna le plateau d'un quart de tour, de manière que nous jouions sur le côté le plus long du rectangle.

J'examinai les pions. Les différents jeux présentaient différents ensembles de pions. Khorsal faisait partie de ceux-ci, bien entendu, et n'importe qui aurait supposé qu'un étalon jorat le choisirait en premier. Après un moment d'hésitation, j'optai donc pour la reine-sorcière, Suless.

— Il doit bien appartenir à votre famille. Ce n'est pas pour vous offenser que je dis que vous lui ressemblez. Est-il votre fils ? Votre frère ?

Il sourit en faisant son propre choix, sans paraître y réfléchir. Il sélectionna le dieu-roi Nemesan, toujours puissant en début de partie, avec un fort potentiel offensif.

— Dans les faits, il se trouve être mon petit-fils.

— « Dans les faits » ? Selon moi, soit il appartient à votre famille, soit non.

Il s'esclaffa.

— Oui, je suppose que c'est vrai ! Surtout, ne vous méprenez pas. Je n'ai pas honte de Teraeth, bien au contraire. Lors de sa précédente vie, je l'ai profondément aimé.

Je sentis un frisson promener ses doigts glacés sur mon échine.

— Vous saviez qui il était, lors de sa vie précédente ? Comment ? Je croyais que les gens perdaient tout souvenir de leurs vies antérieures, lorsqu'ils renaissaient.

Je ramassai un pion dragon, et m'immobilisai soudain.

Je les comptai : il y avait huit pions dragons. Comment avais-je pu ne pas le remarquer plus tôt ? Je me demandai s'ils avaient jadis porté des noms, et si l'un de ces noms était Aeyan'arric.

— Ce n'est pas moi qui ai connu la renaissance, mais lui. (Il me montra du doigt.) Tout comme vous, qui faisiez autrefois partie de la vie de Teraeth. (Face à mon expression, il eut un sourire cruel qui le priva de toute sa joliesse habituelle.) Allons, allons. N'avez-vous jamais rencontré quelqu'un avec qui vous sembliez posséder un lien particulier, même si rien ne l'expliquait, même si vous n'y compreniez rien ? Quelqu'un qui vous inspirait une méfiance immédiate, ou dont vous saviez qu'il serait prêt à donner sa vie pour vous ? Ou que vous donneriez la vôtre pour lui ? Il n'est pas si difficile d'imaginer que les âmes qui se sont connues lors d'une vie se cherchent dans la suivante. (Il haussa les épaules.) Ou que les Huit se mettent à la recherche de certaines âmes lorsqu'elles passent d'une vie à l'autre.

Je me raclai la gorge et détournai le regard. J'avais ressenti ce lien immédiat avec Teraeth. J'en avais aussi fait l'expérience avec Relos Var, de façon beaucoup moins positive.

— Alors, qu'est-ce que Thaena n'arrive pas à accomplir elle-même ?

— Je dois voler une lance appelée Khoreval.

Il me dévisagea comme si je venais de lui dire que la glace était chaude.

— Pourquoi ?

— Thaena pense que cette lance est capable de tuer Aeyan'arric. (Je sentais les mots couler comme un torrent, à la manière d'un aveu.) Relos Var a envoyé ce dragon à Jorat, afin qu'elle y attaque des villes. Et bien que je sache ne pas pouvoir m'en prendre directement à Relos Var, je peux me rabattre sur ses alliés, le priver de ceux qui le soutiennent. Sans Aeyan'arric, il sera plus difficile pour lui de… (j'hésitai)… de faire ce qu'il essaie de faire[1]. Thaena dit que vous pourriez m'aider.

— Thaena a menti.

Je me troublai et renversai un pion.

— Pardon ?

Le vané manol soupira.

— Vous souhaitez que je vous aide à vous infiltrer dans le palais du duc Kaen, n'est-ce pas ?

Je cillai. Je ne lui avais pas expliqué qui détenait la lance.

— Thaena a dit que vous sauriez comment faire.

— Et c'est vrai. Mais si elle a affirmé que je vous apporterais mon aide, elle a menti. Je n'en ferai rien.

— Quoi ? Mais…

— Pour vous, cela équivaudrait à un suicide à la fois stratégique et littéral. Peut-être qu'une femme qui manie le pouvoir de la mort n'est plus capable de comprendre ce que cela implique.

Il se mit à placer ses pions sur le plateau. Je le scrutai du regard.

— Est-ce que Teraeth vous a parlé de tout cela ?

— Il vous a déconseillé d'y aller ? Cette nouvelle incarnation me plaît déjà. Vous devriez peut-être placer vos pions.

1. Ah, la mentalité du prétendu Héros de Destinée. Il faut arrêter ce type-là. Pourquoi ? Parce que… Parce que… c'est un méchant, voilà ! Pourquoi ? Parce que je ne l'aime pas, c'est tout… Qu'on m'épargne les imbéciles et les soi-disant « héros ».

— Quoi ? Ah…

Je rougis en m'apercevant que j'avais été trop occupée à débattre avec lui pour me concentrer sur le jeu. Je me hâtai, espérant le rattraper. Il me gratifia d'un sourire désabusé.

— Vous êtes jeune et talentueuse, et vous êtes bien la fille de votre mère, mais ne faites pas la même erreur que Thaena. L'erreur qu'elle commet encore et encore. Ne sous-estimez pas Relos Var.

— Je ne le sous-estime pas. Je sais qu'il est dangereux.

— Oh. Vous savez qu'il est dangereux. C'est un bon début. (Il bougea son pion en premier, bloquant d'ores et déjà le mien contre l'adamantine.) Pour vous infiltrer dans le palais du duc Kaen, il vous faudrait l'aval de Relos Var. Il faudrait qu'il soit persuadé de vous avoir recrutée, que vous avez changé de camp. Cependant, il n'y croira pas sans preuve. Ce serait idiot de sa part, et nous savons déjà que Relos Var est tout sauf un imbécile. Alors, qu'est-ce qui l'empêcherait de vous mettre un gaesh ?

Je me figeai. De nouveau, un frisson me parcourut.

— Il enchaînera votre âme, poursuivit Mithros. Pourquoi pas ? Il n'a absolument aucune raison de vous croire loyale. Mais il peut faire en sorte que vous ne puissiez pas lui désobéir. Pour convaincre Relos Var qu'il n'a pas besoin de vous imposer un gaesh, et lui donner une preuve tangible de votre loyauté, il faudrait que vous commettiez un acte terrible. Un crime si atroce que votre conscience ne s'en remettrait jamais. C'est le seul moyen de gagner sa confiance. Peut-être ses sbires ne sont-ils pas des monstres lorsqu'ils se mettent à son service, mais ils finissent tous par le devenir[1].

Je refoulai une bouffée de panique et le désir de répliquer, de lui crier qu'il se trompait, que je trouverais un moyen de dissuader Relos Var de me mettre un gaesh.

1. Ce n'est pas très gentil.

Et s'il avait raison[1] ? Le plus idiot aurait été de se lancer dans cette entreprise sans prendre le temps d'envisager que Mithros puisse dire vrai[2].

— Vous n'avez peut-être pas tort, concédai-je.

Je capturai un pion, mais cette victoire me parut vaine et insignifiante.

— Dans ce cas, vous savez que je ne peux pas vous aider, et que vous ne devriez pas me demander de le faire. (Il s'enfonça dans son fauteuil.) En revanche, si vous voulez faire partie des Lances Rouges, je serais ravi de vous accueillir. Oh, et la Marakori aussi. À la voir tirer à l'arc, on croirait qu'elle est diraxon.

Je m'éclaircis la gorge, ignorant sa remarque.

— J'ai dit que vous n'aviez peut-être pas tort. Mais je sais que Relos Var n'obéit pas aux mêmes règles que nous autres Jorats. Et il n'hésite pas à en tirer parti. Vous pensez que je devrais le laisser tranquille, mais je ne crois pas qu'il ait l'intention de me laisser tranquille, moi. Il a déjà recruté quelqu'un parmi ses partisans en raison de son inimitié envers moi. J'ai attiré son attention.

Il pinça les lèvres.

— Voilà qui est regrettable.

— Thaena pense qu'il ne me fera aucun mal.

— Ce n'est pas Thaena qui se retrouvera morte, ou sous le joug d'un gaesh, si elle se trompe. Et même si je pense effectivement qu'il vous recruterait, s'il vous croyait sincère…

— Alors, ça pourrait marcher…

— Ne sous-estimez pas son talent pour discerner la vérité[3]. Il est rare que quelqu'un parvienne à lui mentir, et

1. Il a tort.

2. Mais ce n'est pas le cas.

3. Heureusement que Qown n'avait pas encore eu l'occasion de lui parler du Nom de Toutes les Choses.

lorsqu'il vous aura prise la main dans le sac, il vous écrasera jusqu'à vous rendre méconnaissable.

Je détournai le regard.

— J'ai vu ce qu'il avait fait à Tamin.

— Et Tamin ne lui avait pas menti, lui.

— Relos Var est arrogant, dis-je en braquant de nouveau les yeux sur lui. Assez pour se croire capable de me corrompre. Il est persuadé d'être plus malin que tout le monde.

— Il *est* plus malin que tout le monde[1].

— D'accord. Mais même si c'est vrai, tôt ou tard, les forces finissent toujours par se muer en faiblesses. Nous pouvons retourner son amour-propre contre lui. Je sais à quel point il est dangereux, mais je refuse d'abandonner simplement parce que le combat n'est pas facile.

Il voulut répondre quelque chose, se ravisa.

— Je vous en prie. J'ai besoin de votre aide, insistai-je.

— Demandez-moi une autre faveur[2].

Je me levai et me mis à faire les cent pas, sentant le désespoir m'alourdir comme une ceinture de plomb. J'avais imaginé que cet homme servait Thaena, ou un autre membre des Huit, et qu'il serait prêt à coopérer. C'était tout le contraire.

Cependant, on m'avait proposé une faveur supplémentaire. J'aurais été bien sotte de ne pas en profiter. Je me retournai vers lui.

— Pouvez-vous m'obtenir l'accès au tournoi ? Je voudrais au moins avertir le duc. Il faut bien que quelqu'un le fasse.

Il fit la grimace.

— Cela ne se déroulera pas comme vous l'espérez, cela non plus.

— Pouvez-vous m'y faire entrer, ou non ?

---

1. Il est agréable d'être reconnu pour ses qualités, n'est-ce pas ?

2. « Demandez-moi une faveur… Non, pas celle-là. Celle-là non plus. Non, celle-là non plus… Bon, allez, je vais vous dire quelle faveur je vais vous accorder. »

Je sentais ma patience s'émousser de plus en plus. Mithros soupira.

— Oh, je peux vous faire entrer. Ce qui m'inquiète, c'est plutôt la manière dont vous réussirez à en sortir.

Je levai le menton.

— Ça, c'est mon problème.

25

Les taudis marakoris

Colonie de Jorat, Empire de Quur.
Trois jours après que la Couronne et le Sceptre
échouèrent à protéger non pas un,
mais deux Empereurs de Quur.

Ninavis se tourna vers Janel.

— Est-ce que j'ai couché avec Khored, ou non ?

Janel leva les mains et répliqua :

— Vous ne voudriez pas que je vous gâche la surprise, tout de même ?

— Oh, par les dieux, grogna Ninavis. C'est donc vrai que vous êtes un démon.

Dorna gloussa.

— Je suis sûre que vous avez dit la même chose à Khored.

La vieille femme se baissa pour éviter le coup de Ninavis. Kihrin versa un verre d'aris et le tendit à la Marakori.

— Merci, dit Nina.

Elle lança ensuite un regard à Frère Qown et lui chuchota, à la manière d'un personnage de théâtre :

— Sauvez-moi !

Frère Qown sourit en reprenant son journal. Puis son sourire s'évanouit.

— Je vais sauter ce passage, si cela ne vous ennuie pas. Le plus intéressant est ce qui se passe au moment du tournoi.

— Oh non, refusa Janel. Vous ne m'avez jamais raconté ce que vous aviez fait pendant que nous nous entraînions.

Le prêtre toussota et rouvrit son livre.

— Très bien.

Récit de Qown. Taudis marakoris, Atrine, Jorat, Quur.

Le comte Janel, Sire Baramon et Ninavis passèrent les deux semaines suivantes à apprendre à se fondre parmi les Lances Rouges, ainsi qu'à s'entraîner en vue du tournoi. La tâche n'était pas trop difficile. Ninavis possédait un talent indéniable pour le tir à l'arc, qu'elle soit à cheval ou à pied. Sire Baramon, quoique trop vieux pour briller dans les épreuves, se révéla être un excellent professeur. Dorna prodiguait également ses conseils aux candidats. Elle s'employa aussi à remporter absolument tous les jeux de hasard qui s'organisaient sur le camp, amassant une somme rondelette.

Les services de Frère Qown, en revanche, n'étaient pas requis. Le prêtre se mit à rendre visite aux Marakoris dans leurs taudis.

Il arrivait aux Jorats et aux Marakoris de se côtoyer, mais ce n'était pas assez fréquent pour adoucir les rapports entre les deux groupes, loin de là. Les Jorats ne voyaient en leurs voisins du Sud qu'une horde d'envahisseurs. Ils semblaient également convaincus que tous les Marakoris jusqu'au dernier pratiquaient la sorcellerie en secret, volaient les bébés et invoquaient des démons. Le traitement qu'ils leur réservaient était donc tout sauf aimable.

Si encore les Marakoris s'étaient associés pour se défendre mutuellement… mais à leurs propres yeux, ils n'étaient même pas marakoris. Il ne leur venait pas à l'esprit de faire preuve de solidarité.

La plupart d'entre eux vivaient dans des masures bâties sur le pont, à l'aide de matériaux qu'ils avaient apportés eux-mêmes. Quelques-uns les avaient achetés à des marchands particulièrement astucieux, assemblant des chariots entiers de fournitures pour les échanger contre les biens les plus précieux des réfugiés. La majorité des Marakoris refusaient de parler des raisons qui les avaient poussés à quitter Marakor. Lorsqu'ils acceptaient de le faire, ils maudissaient les Maisons Royales et crachaient au sol. Aucun ne parlait de rentrer au pays.

— Comment t'es-tu cassé le bras ? demanda Frère Qown à un adolescent, en lui appliquant un cataplasme d'herbes.

L'apparence du jeune garçon était typiquement marakori : sa peau était brun foncé, ses cheveux acajou. Il ne répondit pas, se contentant de le regarder fixement.

— C'est ces salauds d'Agari, cracha sa mère. Son père est parti s'en occuper avec mes frères.

Frère Qown hésita :

— Vous voulez dire qu'ils vont les tabasser à leur tour ?

Le regard inexpressif qu'elle lança au prêtre trahissait son opinion quant à sa naïveté. Mais elle répondit simplement :

— Merci. C'est dur pour nous d'obtenir de l'aide, ces temps-ci. Il y a trop de gens qui prétendent pouvoir tout guérir, alors qu'ils vendent juste de l'herbe et de l'eau du fleuve.

— Oui, j'imagine que ce n'est pas simple.

— Que les démons les emportent ! Ce n'est pas bien, ce qu'ils font. Quoi qu'il en soit, je…

Elle s'interrompit, aux aguets. Un pot d'huile enflammée vola à l'intérieur de la pièce par la fenêtre ouverte. Le bois s'embrasa. La mère se mit à hurler. Frère Qown attrapa le jeune homme par son bras indemne et voulut le conduire vers l'extérieur, mais au même instant, deux flèches vinrent se planter dans le linteau de la porte.

Impossible de passer par là.

Par chance (si tant est qu'on puisse appeler cela de la chance), le taudis tenait moins de la maison que de l'empilement de gravats. La femme (Frère Qown n'avait jamais appris son nom) créa une issue à coups de pied dans les planches, et ils rampèrent tous trois hors de l'abri. La mère et le fils s'enfuirent en courant. Frère Qown voulut les suivre.

Il n'alla pas loin.

Il entendit un pas derrière lui, et une douleur terrible explosa à l'arrière de sa tête. Après cela, plus rien.

Frère Qown entendit des voix, des cris. Gardant les yeux fermés, il fit semblant d'être inconscient. En réalité, il ne s'agissait que d'une voix.

— Tu as perdu la tête, c'est ça ? On ne peut pas tuer un prêtre ! Tu sais ce que feront les soldats du duc, quand ils l'apprendront ?

Une deuxième voix lui répondit :

— Oh, arrête de râler. Il n'est pas mort, juste un peu sonné. Dis-lui juste d'arrêter de marcher sur nos plates-bandes, et laisse-le partir.

— Non, imbécile. On n'a plus le choix, maintenant. On va devoir…

Qown perçut un choc, puis deux, puis trois. Il y eut ensuite un bruit qui ressemblait à celui d'un gros livre qu'on laisse tomber. Suivi d'un deuxième.

Frère Qown tenta d'atteindre l'Illumination. S'il y parvenait, il pourrait voir sans ouvrir les yeux, et donc sans se trahir. Il allait avoir besoin de toute sa concentration. Il devrait…

Quelqu'un lui tapota l'épaule.

— Allez, prêtre, lança Ninavis. On y va.

Frère Qown ouvrit les yeux. Ninavis était accroupie près de lui. Elle avait enroulé un foulard sur ses cheveux et son visage, très similaire au masque de bandit qu'elle portait le jour de leur rencontre. Une lampe à huile suspendue projetait des ombres sur les murs d'une cabane grossière, tandis que la lueur des Trois Sœurs filtrait par la fenêtre. Deux solides gaillards étaient étendus sur le sol, où ils gémissaient en se tenant la tête ou les parties intimes. Frère Qown accepta la main de la voleuse, qui l'aida à se relever.

— Comment m'avez-vous…

— Plus tard, prêtre. Trop dangereux, ici.

Elle le poussa vers la sortie, devant laquelle le prêtre découvrit trois autres personnes – deux hommes et une femme – dans le même état que leurs comparses. Ninavis et Frère Qown regagnèrent la rue principale, éclairée par la clarté nocturne et, parfois, par les lampes posées trop près des fenêtres. Ninavis ouvrait la marche. Elle n'était pas armée de son arc et de ses flèches. Bien sûr, elle n'en avait pas besoin.

— Je ne comprends pas pourquoi ces gens…

— C'est une arnaque classique, prêtre. Ils viennent vendre des sorts de guérison aux Marakoris, parce que ces pauvres diables ne peuvent pas s'offrir les services des maisons bleues de la famille D'Mon. Et vous, vous avez perturbé leur monopole.

— Étaient-ce vraiment des médiqueurs ? s'étonna Frère Qown.

Il regarda derrière lui, mais Ninavis lui tira sur la manche pour l'empêcher de ralentir.

— Ne soyez pas idiot.

Elle soupira et le fit entrer dans une petite ruelle. Quelqu'un avait empilé des caisses et cloué des morceaux de bois pour leur donner l'apparence d'un tas d'ordures. En réalité, il s'agissait d'un escalier. Elle lui montra comment y grimper, et quels éléments de la structure pouvaient soutenir son poids. Enfin, ils atteignirent le toit délabré d'une cabane. Frère Qown manqua de s'évanouir en voyant combien ils étaient proches du bord du pont, et de l'à-pic formé par les Chutes du Démon.

— Faites attention, recommanda Ninavis en lui prenant le bras.

— Où allons-nous ?

— Asseyez-vous un petit moment.

Elle s'installa confortablement sur le toit, s'adossant à ce qui ressemblait fort à une cheminée improvisée. Alors même qu'elle prononçait ces mots, Frère Qown entendit qu'on s'agitait dans la rue en contrebas. Une foule munie de torches s'était mise en branle. Des bribes de conversations leur parvinrent, parmi lesquelles le mot « guérisseur » et « il n'a pas pu aller bien loin ». Une battue s'était organisée pour le retrouver.

— Vous voulez que je vous révèle le secret des Diraxon ? demanda doucement Ninavis.

Qown la contempla d'un air surpris.

— Je… pardon ?

Interprétant ces mots comme un « oui », elle reprit la parole, d'une voix si basse que si Qown s'était trouvé trente centimètres plus loin, il n'aurait rien entendu.

— Le secret des Diraxon, c'est que nous n'existons pas. Pas vraiment. Nous sommes un clan constitué des laissés-pour-compte et des parias des autres clans. Les Diraxon prennent avec eux les gens dont personne ne veut. Les bébés qui naissent avec un bec-de-lièvre ou une tache de naissance censée porter malheur, trop de doigts ou pas assez, un pied bot ou le dos voûté. Les Marakoris savent que s'ils ne veulent pas garder un enfant, ils peuvent l'abandonner au bord du marais de Kulma, et qu'il va… disparaître. Récupéré par les Diraxon, les fantômes de Kulma, qui le nourriront et l'abreuveront de ténèbres, de mort et de vengeance.

— Oh, fit Qown.

Il éprouvait un mélange de tristesse et de révulsion. Tristesse à l'égard des enfants rejetés, et révulsion vis-à-vis de ceux qui les avaient abandonnés à leur sort.

— Vous êtes donc entraînés à devenir des tueurs.

— Oui. Haïs, redoutés… et néanmoins très recherchés. (Le regard de Ninavis était devenu lointain.) Je suis partie avant la Marche Infernale de Lonezh. J'en avais assez de tuer. Cela ne m'amusait plus. Malheureusement, ajouta-t-elle en désignant les taudis, ces gens n'en sont pas encore à penser ce que je pense : que le reste du monde veut nous voir nous déchirer, nous entre-tuer. Et la Marche Infernale n'a fait qu'empirer les choses.

— Mais je ne comprends pas… La Marche Infernale est révolue depuis des années.

— La Marche Infernale n'est qu'un prétexte pour nous haïr. (Elle haussa les épaules.) Une occasion en or. Après tout, c'est nous qui l'avons déclenchée, pas vrai ? Alors la Maison D'Aramarin a ouvert des portails, et puis la Maison D'Erinwa a ratissé des villes entières. Ils ont ramassé tous les gens qu'ils trouvaient et leur ont mis les fers de Murad, c'est-à-dire qu'ils en ont fait des esclaves ; et ce, qu'ils aient ou non commis un crime. Les faire travailler gratuitement dans les plantations de la Maison D'Nofra est beaucoup plus économique que d'acheter leurs récoltes aux fermiers. Cela rapporte énormément, et cela ne va pas s'arrêter de sitôt. Je vous parie tout mon métal que dans vingt ans, n'importe quel Marakori dont les parents sont esclaves en sera un dès la naissance.

— L'esclavage ne se transmet pas aux enfants, protesta Frère Qown.

Cette idée lui donnait la nausée.

— Oh, vous êtes mignon… Ce n'est pas très difficile de s'arranger pour que ce soit le cas. Il existe de nombreuses manières d'y arriver. Et cela enrichit considérablement les Maisons Royales… La Maison D'Erinwa vend les esclaves. La Maison D'Nofra dirige les fermes et récolte les cultures. Cela fournit à la Maison D'Kard de quoi produire des biens manufacturés. Et puisque la Maison D'Aramarin contrôle le fret, ils gagnent du métal à chaque cargaison qui franchit leurs portails. Alors les clans qui ont fui la Marche Infernale entendent parler de ce qui les attend s'ils rebroussent chemin. Ils montent vers le nord, jusqu'à Jorat, mais les Jorats ne veulent pas d'eux. Alors, ils entendent une rumeur. Vous la connaissez. Elle dit qu'il y a une cité entière, en haut des Chutes du Démon, qui reste vide la plus grande partie de l'année. Alors ils se ramènent jusqu'ici, et ils se rendent compte qu'elle n'est pas si déserte que cela, finalement. Les Jorats n'aiment pas les Marakoris… Se retrouver envahis de réfugiés, qui commencent à se battre les uns contre les autres dès qu'ils sont installés, ne fait que confirmer aux bons citoyens d'Atrine que leurs préjugés sont justifiés.

Frère Qown retint son souffle lorsque des hommes s'engagèrent dans la ruelle qu'ils avaient empruntée. Ils portaient des torches et des gourdins, mais aucune arme tranchante. Ninavis posa une main sur son épaule et serra doucement.

Tandis que les hommes regardaient autour d'eux, Frère Qown comprit que leurs torches les rendaient presque aveugles. Si Frère Qown et Ninavis restaient immobiles, la foule ne les verrait pas. À condition que personne ne repère l'escalier.

Un homme le découvrit et commença à le gravir, mais au même moment, Qown entendit des cris et un tonnerre de sabots. Le groupe entier s'éloigna, regagna les rues principales, tandis que des soldats portant les couleurs du duc passaient à toute allure.

— J'ai vu à quel point vous étiez affecté, murmura Ninavis en les regardant partir. Quand vous avez vu les hommes du duc tuer cet étranger, sur le pont. J'ignore s'il l'avait cherché ou non, mais je sais que mes semblables ne méritent pas d'être traités comme des chiens. Je ne devrais pas avoir à me faire passer pour une Jorate pour qu'on me témoigne du respect. Je ne crois pas que Janel l'ait vraiment compris. Vous, si. Ou au moins, vous essayez de comprendre.

— Il doit bien y avoir quelque chose à faire. Une manière de les convaincre d'arrêter de se déchirer…

— Oui, je me suis posé la question, moi aussi, acquiesça Ninavis d'un ton pensif. Avant, je croyais que c'était impossible. Que nous, les Marakoris, n'arrêterions jamais de nous quereller. Mais je n'en suis plus si sûre. Les symboles peuvent être très puissants. Tous les clans le savent… mais tout ce que nous avions, c'était nos symboles à nous, nos propres dieux-rois, comme des couvertures où nous nous blottissions, qui nous donnaient l'impression d'être différents de tous les autres. Ces symboles-là nous rassemblaient. Quelque part, Jorat n'est qu'un autre des clans des dieux-rois de la vallée du Zaibur, quand on y pense. Ce qu'il nous faut, c'est un symbole autour duquel nous pourrions nous retrouver. Quelque chose qui ne concerne pas que les Jorats, les Diraxon, les Agari… ou les autres.

— Mais quoi ?

Ninavis haussa les épaules et sourit.

— Je ne le sais pas encore. Si vous trouvez quelque chose, dites-le-moi. (Elle se releva d'un bond.) Allez, venez. La foule en colère doit être loin, maintenant. Il faut que je vous ramène au pré.

26

Le Grand Tournoi des Défis

Colonie de Jorat, Empire de Quur.
Trois jours après que Teraeth échoua à tuer une métamorphe.

Janel plongea son regard dans celui de Ninavis.

— J'essaie sincèrement de comprendre, tu sais.

L'autre femme haussa les épaules.

— Je sais. Mais à l'époque…

— Je n'avais aucune idée de ce que les Maisons Royales trafiquaient, à Marakor, intervint Kihrin.

— Pourquoi l'auriez-vous su ? (Ninavis remplaça son verre d'alcool par de l'eau.) Ce n'est pas comme si les Maisons Royales se baladaient en proclamant « Hé, vous saviez que nous faisions de notre mieux pour réduire toute une colonie en esclavage ? Il y a beaucoup de métal à se faire. Pour l'instant, tout se déroule à merveille ».

Dorna eut un petit rire :

— Du moins, jusqu'à récemment.

— En effet, acquiesça Janel. C'est dommage que les gens ne cessent de se volatiliser, dans les plantations. Pas de chance, vraiment.

Kihrin posa sur les trois femmes un regard intrigué.

— Attendez. Qu'est-ce que… Qu'est-ce que vous racontez ?

— Ça dépend, rétorqua Ninavis. Êtes-vous loyal envers la Maison D'Mon ?

— Non, assura Kihrin. Croyez-moi, nous ne sommes pas en bons termes. (Il s'interrompit un instant, l'air songeur.) Même si je suppose que je devrais peut-être vérifier qui, de moi ou Galen, est le Seigneur-Héritier… (Kihrin haussa les épaules.) Bah, peu importe. Je n'y remettrai pas les pieds, de toute façon.

— D'accord. Alors, ce qu'on fait, c'est…

Nina s'arrêta lorsque Janel posa une main sur la sienne.

— Pas si vite. Je pense que notre nouvel ami devrait entendre l'histoire de ma rencontre avec le duc Xun, d'abord.

Janel gratifia Kihrin d'un sourire qui évoquait vaguement une excuse, sans vraiment aller jusqu'au bout. Il s'enfonça dans son siège et croisa les bras.

— Je vous en prie.

Récit de Janel. La Place Verte, Atrine, Jorat, Quur.

— Avez-vous trouvé Frère Qown ? demandai-je à Ninavis lorsqu'elle entra dans la tente. (Je posai une main sur ma taille, luttant contre la nausée.) Je vous en prie, dites-moi qu'il va bien.

Ninavis se laissa tomber sur une chaise et m'observa d'un air curieux. Dorna continuait de s'affairer autour de moi, lissant ma cape de plumes et la crête de mon heaume.

— Il va bien. Il s'est attiré les foudres de quelques charlatans, qui n'ont pas apprécié qu'il remette en question leur monopole. Alors, Mithros vous laisse devenir Chevalier Noir à sa place ?

— C'est le moyen le plus simple de me faire accéder au palais. Dorna, cette cape est trop lourde. J'ai l'impression d'étouffer.

— Ce n'est pas la cape, mon poulain. C'est le trac. (Dorna me lança un regard entendu.) Votre mère était pareille. Elle vomissait avant chaque représentation, figurez-vous.

Le trac. Bien sûr. La dernière fois, j'étais concentrée sur le combat, sur Dedreugh. C'était bien moins angoissant.

— Votre mère participait aux tournois ? releva Ninavis, intriguée.

— Oui, répondis-je en luttant pour ne pas rendre le peu de porridge que j'avais réussi à avaler. C'est comme ça qu'elle…

Je m'interrompis et me raclai la gorge.

— C'est comme ça que ses parents, Frena et Jarak, se sont rencontrés, dit Dorna. Et c'est comme ça que sa mère m'a rencontrée, moi. (Elle se tapa sur le thorax.) J'ai participé à son entraînement.

Ninavis braqua de nouveau son regard sur moi.

— Alors, vous êtes en train de perpétuer une tradition familiale.

Je m'assis et me concentrai sur ma respiration.

— Pour aujourd'hui seulement. Lorsque le duc quittera sa tribune pour aller dîner, je serai en bonne place pour l'attendre.

— Soyez prudente, dit Ninavis d'une voix soudain dénuée d'humour.

Je me relevai, laissant ma cape voleter autour de moi comme un corbeau géant. J'étais incapable de contrôler ma nervosité. Cependant, l'inquiétude qui perçait dans la voix de Ninavis me fit comprendre quelque chose, tout à coup.

Je la regardai et me demandai à quel moment elle était devenue l'un des miens. Toute promesse qu'elle avait pu faire à Kalazan était honorée depuis des semaines. Rien ne l'obligeait à protéger mes compagnons, à m'aider dans ma quête, à se préoccuper de ma sécurité. Et elle n'était pas jorate, ce qui signifiait qu'elle n'était pas poussée à rester par l'instinct de troupeau, parce qu'elle n'avait nulle part où aller. Si elle restait, c'était parce qu'elle en avait envie.

Je me demandai si Ninavis savait que son allégeance avait changé. Mais « changé » était-il le bon terme ? Kalazan avait été son homme, et non l'inverse. Sa loyauté envers lui participait de l'idorrá, et non du thudajé.

Elle m'observa en plissant les yeux.

— Ne me regardez pas comme si je venais de maudire votre cheval préféré. Tout ce que je dis, c'est que vous vous jetez dans la gueule du jaguar, même s'il s'agit de votre duc. Soyez prudente, répéta-t-elle.

Je m'ébrouai et attrapai le heaume posé sur la petite table de la tente.

— Je ferai attention. Ne vous inquiétez pas… (J'écarquillai les yeux, traversée d'une pensée subite.) Dorna, ils vont reconnaître Arasgon…

Dorna agita la main.

— Rien ne permettra de vous reconnaître. Je lui ai teint les jambes, et Mithros a lancé un sortilège sur ses yeux. C'est un très bel étalon noir, maintenant. Il est magnifique et plus grand que la moyenne, mais c'est tout. On a emprunté la selle et la bride aux Lances Rouges. Tant qu'Arasgon arrive à se taire et ne se met pas à crier son nom sur tous les toits, tout ira bien.

J'inspirai profondément et tentai de me calmer.

— Merci.

Dorna posa une main dans mon dos et me poussa vers l'ouverture de la tente.

— Allez, filez, maintenant. Vous avez une foule à divertir[1].

---

1. Ah, oui, c'est comme ça qu'on lutte contre le trac : en rappelant aux gens combien de personnes vont les voir se couvrir de ridicule. De quel côté est Dorna, en fin de compte ?

La journée défila très rapidement.

Le tournoi commença par un spectacle : les chevaliers, les concurrents et les saltimbanques défilaient dans toute la ville avant d'entrer sur les lieux de l'événement. Les Jorats s'agglutinèrent dans les gradins et sur les toits assez hauts pour offrir une vue des épreuves. Les plus roublards avaient loué des tronçons de rampes aériennes aux malchanceux qui n'avaient pu obtenir de place.

Les candidats au tournoi arboraient des tenues bariolées, aux couleurs de leurs protecteurs, de leurs régions et de tout marchand qui les avait payés pour faire leur réclame. Les combats de la semaine à venir seraient décisifs à plus d'un titre : ils détermineraient la signature des contrats d'affaires, le prix des denrées de base, et même l'innocence ou la culpabilité des criminels. Personne, à Jorat, ne se lancerait dans une transaction importante sans avoir d'abord établi l'idorrá et le thudajé respectifs des différentes parties. La manière la plus civilisée de mesurer ces variables était de se livrer à ce type d'épreuves[1].

Les gens suivirent passionnément la compétition, poussèrent des hourras et vidèrent leurs chopes. Des bagarres éclatèrent, à l'intérieur comme à l'extérieur de l'enceinte. Les plus grands artistes de Jorat avaient sculpté les armures laquées des chevaliers, les ornant de formes extravagantes : jaguars, éléphants, singes, perroquets… Ces armures étaient bien moins solides que leurs équivalents métalliques, aussi les blessures forçaient-elles couramment les chevaliers à abandonner la compétition.

J'eus du mal à assister au tournoi sans me remémorer Sire Xia Nilos et son écuyer, morts sous l'épée de Dedreugh. Ou encore les habitants de Mereina, asphyxiés par la fumée bleue.

1. Et les Jorats se demandent pourquoi le reste de l'Empire les juge à peine plus civilisés que les Yorans.

Mais ici, mes craintes étaient injustifiées. Atrine était la capitale de Jorat. Même si la colonie ne voyait pas la magie d'un bon œil, chaque noble était accompagné de ses Garde-Portes. Tous les prêtres des Huit étaient présents. Il n'existait pas de sorcière capable de reproduire le massacre de Senera sans être aussitôt appréhendée[1].

Arasgon et moi amusâmes donc la foule, jouant les bouffons vêtus de noir pour passer le temps. Enfin, le soleil se coucha derrière les montagnes à l'est, et le duc adressa un signe d'adieu à la foule. Ses courtisans et lui se levèrent pour rentrer au palais. Je savais qu'ils s'apprêtaient à faire la fête : huit soirées de danses, de boisson et d'allégresse succéderaient à chaque journée[2].

Je ravalai ma jalousie et ma déception. Le premier Grand Tournoi des Défis suivant ma majorité aurait dû être l'occasion pour moi d'apparaître au monde dans toute ma splendeur, en tant que comte de Tolamer ; de me présenter à mes pairs, et de profiter des danses et des louanges dont ils m'auraient abreuvée.

Personne ne m'empêcha d'entrer dans le couloir où j'avais choisi de me poster en embuscade. Enfant, je l'avais déjà utilisé pour attendre le duc de l'époque, père du duc actuel, qui récompensait ce genre de surprise par des bonbons. Je restai immobile, adoptant l'air d'un chevalier qui s'ennuie en attendant les ordres. Mon plan tout entier s'écroulerait si le duc décidait d'emprunter un itinéraire différent.

En entendant des pas, je compris que j'avais vu juste. Et tandis qu'ils s'approchaient, j'ôtai mon heaume à plumes que je calai sous mon bras. Je m'avançai alors pour sortir de mon couloir.

Foran Xun, duc de Jorat, avait endossé ce rôle très jeune. Comme moi, il avait perdu son père lors de la Marche

---

1. J'en serais capable. Sans rire. Je tenais juste à le signaler.
2. Cela m'épuise rien que de l'entendre.

Infernale de Lonezh. Sa mère, Pyna, marchait juste derrière son fils, vêtue de somptueux atours. Leur couleur brune était son unique concession aux règles d'habillement concernant les juments. Foran lui-même était un homme au teint acajou harmonieux, avec un laevos blanc et des mains étreinte-de-lumière.

Ses yeux bruns s'écarquillèrent de stupeur lorsqu'il me vit surgir devant lui. Ses soldats, armés et vêtus de vrai métal plutôt que de cuir ou de roseau laqué, ne parurent pas moins surpris mais beaucoup plus méfiants.

— Messire duc. (Je me prosternai sur le sol, tandis que les gardes dégainaient leurs armes.) Je vous supplie d'écouter ce que j'ai à vous dire.

J'entendis des pas se rapprocher. Sa réaction m'indiquerait s'il avait déjà été prévenu contre moi. Je me crispai ; j'étais même prête à m'enfuir en courant s'il le fallait.

— Attendez… Janel Danorak ? De Tolamer ? Cela fait des années que je ne vous ai pas vue, s'exclama-t-il. (Il se mit à rire.) Non, non, il n'y a pas de danger. Laissez-la tranquille.

Les gardes ne me laissèrent pas tranquille, mais ils m'aidèrent respectueusement à me relever.

— Regardez comme elle a grandi, murmura Pyna Xun à son fils. Elle est charmante, mais il faut que nous l'habillions d'une autre couleur. Cet accoutrement lui donne l'air d'un Chevalier Noir.

Elle s'esclaffa à cette idée. J'inspirai profondément et gardai les yeux fixés au sol.

— Messire duc, j'aimerais vous parler de la bannière de Barsine.

— Barsine ? Barsine… Mère, pourquoi ce nom m'est-il familier ?

— Les sorcières, mon cher.

— Ah ! Oui, c'est cela, les sorcières. (Le duc Xun claqua des doigts.) Et vous y étiez, n'est-ce pas ? Par les Huit, ce dut être abominable. Je vous en prie, marchez un peu avec nous.

Je présume que vous serez de la fête, ce soir ? On m'a dit que les cuisiniers avaient confectionné un étalon grandeur nature, tout en farine de riz et soie de maïs. Je suis très impatient de voir cela.

Estomaquée, je ne pus m'empêcher de relever les yeux vers lui. Le fait qu'il ait été informé du désastre était encourageant, mais il semblait accorder nettement plus d'importance aux festivités.

— Je suis navré, pour votre grand-père, poursuivit le duc. Même si je dois avouer que je ne suis pas surpris. Il était si vieux… N'est-ce pas, Mère ?

— Oui, très vieux. Mais d'une loyauté exemplaire.

— Je suppose, oui. Il m'a toujours donné l'impression que j'avais un reste de nourriture entre les dents, confessa le duc. Je suis sûr qu'il va conseiller à Thaena de rajuster sa robe, dans l'Au-delà. Était-il très strict avec vous ?

Il n'avait pas tourné la tête vers moi, si bien qu'il me fallut une seconde pour comprendre qu'il s'adressait à moi.

— Hum… Il ne me semblait pas particulièrement strict, je dois l'avouer, messire duc.

— Bien sûr ; vous étiez toute la famille qu'il lui restait, après tout. Il vous passait sans doute bien des choses. Vous avez apporté d'autres toilettes, j'espère ? Pour un tournoi, cette armure est tout à fait charmante, mais elle ne conviendrait pas au banquet. Les gens vont vous prendre pour une jument, si vous ne portez pas de bijoux.

— Avant toute chose, j'espérais vous parler de Barsine…

— Ah oui, bien entendu. Pensez donc, quelqu'un est arrivé et a massacré une ville entière ; durant un tournoi, par-dessus le marché… Il faut bien que je m'en préoccupe, n'est-ce pas ? Nous ne pouvons permettre que cela se reproduise.

Je laissai échapper un soupir et sentis la tension qui m'habitait s'atténuer, tandis que nous avancions le long du couloir.

— Oui, messire duc, je suis bien d'accord.

— Fort heureusement, je suis bien au fait des circonstances de l'incident, et je contrôle à présent la situation. Il n'y aura plus le moindre problème à l'avenir.

— Je m'en réjouis, messire duc. Ainsi, le baron vous a informé de ce qui s'est passé ?

— Non, non… J'ai reçu une lettre du nouveau baron, mais je n'ai pas encore eu le plaisir de le rencontrer en personne. Non : un survivant est parvenu jusqu'à la cité, et il m'a tout expliqué. C'est un homme remarquable. J'envisage de le garder à mon côté, quoiqu'il ne soit pas jorat.

Nous atteignîmes le bout du corridor, où des soldats attendaient devant une double porte. À l'approche du duc, ils saluèrent et ouvrirent les battants ouvragés.

— Il n'est pas jorat ?

Je restai un instant perplexe. Mais alors que les portes s'ouvraient, je m'aperçus qu'il n'avait pu décrire qu'une seule et unique personne. Mon sang se glaça dans mes veines.

— Messire duc, salua Relos Var avec une profonde révérence. Quel plaisir de vous voir[1].

---

1. Et le Père Zajhera trouvait que les jeunes avaient un goût trop poussé pour le théâtre. Ha !

27

À LA POURSUITE DE LA BICHE BLANCHE

Colonie de Jorat, Empire de Quur.
Trois jours après que Darzin D'Mon récolta ce qu'il avait semé.

— Vous êtes sérieuse ? (Kihrin lança à Janel un regard incrédule.) C'est là que vous vous arrêtez ? Nina a raison : vous êtes bien un monstre.

Janel se contenta de rire en tendant la main vers son verre d'eau.

— Mais j'ai soif ! (Elle leva son verre à la santé de Kihrin.) En tout cas, je suis contente de pouvoir en rire, aujourd'hui. À l'époque, je n'ai pas trouvé cela drôle du tout.

— Attendez, intervint Ninavis. Je croyais… (Elle secoua la tête, hébétée.) Y a-t-il un seul noble, de ce côté des Pics-Dragons, auquel ce salaud ne murmurait pas à l'oreille ?

— Pas vraiment, répondit Qown.

— Le duc de Marakor ? suggéra Kihrin.

— Il n'y a plus de duc à Marakor depuis la Marche Infernale de Lonezh, répondit Janel. Et personne, au Grand Conseil de Quur – vous savez, celui qui est contrôlé par les Maisons Royales –, ne semble pressé de le remplacer, pour des raisons que je ne m'explique pas, ironisa-t-elle.

—Alors, reprit Kihrin, c'est de cela que Mithros parlait, lorsqu'il disait que vous auriez du mal à prévenir le duc Xun. C'était à cause de Relos Var.

—Peut-être, convint Janel. Mais il y a une autre explication possible.

—Ah?

Elle haussa les épaules.

—Le duc Xun est un imbécile, qui n'a pas assez de jugeote pour comprendre que, lorsqu'on reste dehors sous un orage, on finit trempé.

—Ah…, fit Kihrin. Pas de thudajé pour lui, alors?

—Il n'est pas facile d'accorder son thudajé à quelqu'un dont on pense qu'il pourrait être remplacé avantageusement par un cheval. (Janel leva un doigt.) Pas un flammesang: un cheval.

—J'ai de plus en plus envie d'apprendre comment s'est passé votre entretien.

Qown toussota.

—Mais il se trouve que c'est mon tour.

Kihrin s'accouda au comptoir.

—Ah, oui. Pardon.

Récit de Qown. La Place Verte, Atrine, Jorat, Quur.

—Ah, voilà ce que j'appelle du métal, se réjouit Dorna en comptant les pièces au creux de sa paume.

Frère Qown posa sur elle un regard incrédule. Un peu plus tôt, il l'avait vue examiner le contenu d'une autre bourse. Celle-ci était assortie au corsage d'une femme avec qui Dorna s'était éclipsée un moment.

—Ce n'est pas… Hum… Elle vous a fait un cadeau?

Dorna eut un sourire qu'on ne pourrait décrire que comme «égrillard».

—Elle a apprécié ma leçon.

— Quelle leçon lui avez-vous… (Frère Qown leva une main.) Non, excusez-moi. Oubliez ma question. Je suis sûr de ne pas vouloir connaître la réponse[1].

Elle le gratifia d'un ricanement.

Ninavis avait confié le prêtre aux bons soins de Dorna, comme un chiot égaré qu'on ramenait à la maison, avant de retourner participer aux épreuves des Lances Rouges. Sire Baramon était parti retrouver ses vieilles connaissances parmi les habitués des tournois, et Janel continuait son numéro de Chevalier Noir. Frère Qown était donc resté seul avec Dorna, qui écumait le tournoi comme s'il s'agissait d'un gigantesque festin ambulant, une orgie de larcins, de liqueur et de luxure, assez généreuse pour satisfaire ses insatiables appétits.

Frère Qown la soupçonnait parfois de forcer le trait afin de le choquer.

Dorna émit alors un sifflement appréciateur. Il suivit son regard : comme on pouvait s'y attendre, elle admirait une femme passant sur une rampe aérienne.

Puisque les Jorats aimaient se comparer aux chevaux, on aurait pu dire que l'objet de sa concupiscence était un étalon blanc. Elle n'avait pas cette couleur qu'on appelle « grise », et qui paraît blanche lorsque le cheval atteint l'âge adulte ; non, elle était d'un blanc parfaitement pur, de celui qui signifiait souvent qu'un poulain mourrait prématurément. La blancheur du teint et des cheveux de cette femme suggéraient une aversion maladive envers le soleil, et sa peau se tendait sur ses formes pulpeuses jusqu'à sembler transparente. Elle portait des atours royaux qui n'évoquaient pas la mode jorate, mais plutôt les vêtements des hommes de la capitale : un misha de soie grise à col montant, très ajusté, et un pantalon kef de velours argenté rentré dans des bottes hautes. Des diamants scintillaient sur le tissu lustré de son agolé, comme des flocons de neige sur un crépuscule hivernal. La garde

1. Nous sommes deux, mon petit gars.

d'honneur qui l'accompagnait dissuadait quiconque de l'approcher ; les passants devaient donc se contenter de la contempler avec envie[1].

Puis elle tourna la tête, et Frère Qown découvrit son visage.

— Dorna ! (Il agrippa le bras de la vieille femme.) Dorna, c'est la femme doltari de Mereina. C'est Senera !

— Ah bon ? Eh bien, personne ne m'avait dit qu'elle avait caché tous les melons du potager dans son corsage[2]. (Dorna rangea sa bourse.) Je ne l'avais pas bien vue, la dernière fois.

— La dernière fois, sa tenue n'était pas si tapageuse.

— Elle est habillée en étalon, mais en dehors de ça, je trouve qu'il n'y a pas de quoi en faire un foin.

Frère Qown tordit le cou pour suivre la sorcière du regard.

— Il faut que nous la suivions.

— Pas besoin de me le dire deux fois ! (Dorna tendit sa chope à son voisin.) Tenez-moi ça, voulez-vous ?

Elle saisit Frère Qown par le bras et l'entraîna au bas des gradins.

Seul, le prêtre n'aurait jamais réussi à suivre Senera. Il n'avait aucune idée de la manière de passer des gradins à ce labyrinthe de rampes aériennes où ils l'avaient aperçue. Heureusement, Dorna connaissait Atrine comme si elle y était née (d'ailleurs, c'était peut-être le cas ; Frère Qown n'en savait rien), avec tous ses raccourcis et ses rampes dérobées.

Senera, pour sa part, se révéla facile à pister. Ses cheveux blancs brillaient comme un phare dans le lointain. Chaque fois que Frère Qown craignait de l'avoir perdue, ils apercevaient son agolé ou son escorte, et pouvaient reprendre leur filature.

Frère Qown glapit lorsque Dorna le tira derrière le coin d'une rue adjacente. Il comprit aussitôt le problème : il avait

1. Voilà qui était particulièrement gênant à lire. Je suis… flattée ? Mais à dire vrai, je n'aurais jamais cru que Qown courait avec les juments.

2. Des melons ? De quoi parle-t-elle… !

été si absorbé par leur filature qu'il n'avait pas remarqué jusqu'où elle les menait.

Au camp du margrive de Stavira.

Il déglutit à la vue des gardes en livrée rouge et or qui patrouillaient sur le terrain. Aucun ne semblait particulièrement attentif : les soldats ne paraissaient s'intéresser qu'à la foule en liesse, jaloux de ne pouvoir assister au tournoi. Mais Frère Qown était certain qu'il ne leur faudrait qu'un instant pour regagner leur vigilance, si le besoin s'en faisait sentir.

Dorna tira sur sa manche. Senera s'approchait de l'azhock principale. Qown fut surpris de voir qu'un noble Malkoessian attendait, prêt à l'accueillir, et que ce noble n'était autre que Sire Oreth. Il salua chaleureusement Senera. Frère Qown jugea que Relos Var n'avait pas attendu bien longtemps pour les présenter l'un à l'autre : il était évident qu'ils s'étaient déjà rencontrés.

— Il n'y a pas de gardes à l'arrière, chuchota Dorna.

— Dorna, c'est trop dangereux. Nous ferions mieux d'aller prévenir le comte Janel.

— Juste un instant…

De l'autre côté du camp, un chevalier de Stavira revenait du tournoi, où il avait participé aux épreuves. Son armure était en piteux état. La fausse aile d'oiseau qui ornait son épaulière s'était cassée, et traînait sur le dos de son flammesang. Puis la sangle de sa monture se cassa.

Le chevalier, dont l'équilibre était déjà précaire, fit ce à quoi on pouvait s'attendre en de telles circonstances : il tomba. Frère Qown, entendant crier le flammesang, supposa qu'il demandait de l'aide. Les gardes accoururent.

Et Dorna s'élança.

Frère Qown n'osa pas protester, de peur d'attirer l'attention des gardes. Profitant de la confusion, Dorna leur dénicha une cachette derrière la grande azhock où avaient pénétré Senera et Sire Oreth, entre des balles de foin et des tonneaux de vin de riz. Elle se pencha vers la tente, déterminée à espionner leur conversation, et fit signe à Frère Qown de l'imiter. Il s'exécuta, priant Selanol pour qu'ils ne soient pas découverts.

— Je n'entends rien, murmura sa voisine. Et vous ?

Frère Qown tendit l'oreille. Le chevalier qui avait perdu sa selle (comment Dorna était-elle parvenue à ce résultat ?) ne semblait pas avoir trop souffert, à en juger par le volume de ses jurons. Les gardes regagnèrent leur poste. Aucun bruit ne leur parvenait de l'intérieur de l'azhock.

— Peut-être sont-ils en train de… heu… vous voyez ? avança Frère Qown en rougissant.

— Ça fait du bruit aussi, prêtre, le tança Dorna.

— Ou peut-être qu'ils sont en train de s'approcher tout doucement de ceux qui les espionnent, suggéra Senera dans leur dos.

Frère Qown se retourna.

Il se trouva nez à nez avec Senera et Sire Oreth. Ce dernier avait tiré son épée, de même que le petit groupe de soldats qui les accompagnaient. Sire Oreth dardait sur Dorna un regard empli de haine. Senera sourit.

— Nous avons beaucoup de choses à nous dire. Vous voulez bien vous donner la peine d'entrer ?

28

ACCUSATIONS DE SORCELLERIE

Colonie de Jorat, Empire de Quur.
Trois jours après la découverte par Thaena d'une faille dans le processus de sélection des Empereurs de Quur.

—Oh non, pas vous aussi, se plaignit Kihrin lorsque Frère Qown s'interrompit pour boire.

Qown lui sourit.

—Je suis assoiffé.

Janel rit et se pencha pour congratuler Qown en heurtant son avant-bras contre le sien.

—Ah oui, très bien, je vois, grommela Kihrin. (Il se tourna vers Ninavis.) Et vous, alors qu'est-ce que vous avez fait ces derniers temps ?

—Oh, juste une rébellion contre l'Empire. J'ai travaillé à faire tomber les Maisons Royales. (Ninavis sourit.) La routine, quoi.

Kihrin s'aperçut qu'elle ne plaisantait pas.

—Et comment ça se passe ?

—Vous voulez que je vous dise ? Plutôt bien. Mais dès l'instant où l'Empire décidera de nous prendre au sérieux, ça deviendra très dur. Ils ne sont pas du genre conciliants. (Ninavis se tourna vers Janel et frappa du plat de la main sur le comptoir.) Allez. Moi aussi, je veux savoir ce qui s'est passé ensuite.

— D'accord, dit Janel.

Cessant de sourire, elle inspira profondément et se mit à parler.

Récit de Janel. Le palais ducal, Atrine, Jorat, Quur.

J'étais si absorbée par la présence de Relos Var que je ne remarquai pas immédiatement l'autre personne présente. Celle-ci se prosternait aux pieds de Relos Var, la tête baissée, presque plaquée au sol. Elle était vêtue d'une cape à capuchon, si bien que je ne distinguais aucun détail de son apparence.

— L'interrogatoire se passe bien, j'espère ? demanda le duc à Var en s'avançant vers lui.

Il ne donnait aucun signe de crainte, semblant ignorer qu'il se trouvait face à un homme dangereux. Quelqu'un que Thaena elle-même se déclarait incapable de vaincre.

— Oh oui, très bien, répondit Relos Var.

Cependant, ses yeux passèrent sur le duc Xun presque sans s'arrêter, et se fixèrent sur moi.

— Janel Danorak. Mon cœur chante à l'idée de me trouver en votre présence. J'étais certain que vous aviez survécu.

— Oui, n'est-ce pas merveilleux ? (Le duc battit des mains.) Je l'ai rencontrée dans le couloir. Elle s'inquiète tout autant que nous des agissements des sorcières, Var. J'ai pensé qu'elle apprécierait d'être témoin de vos efforts pour débusquer leur cabale.

— Je suis sûr que c'est son souhait le plus cher, acquiesça Relos Var.

Il posa une main sur le dos de l'homme prosterné à son côté et planta son regard dans le mien. Son idorrá n'était pas moins impressionnant que le jour de notre rencontre, à Mereina. De nouveau, j'eus envie de me troubler, de me détourner, de m'incliner. Et ce que je lisais dans ses yeux…

Il m'est difficile de le décrire. Son regard se faisait l'écho de son sourire, mais ce sourire avait quelque chose de secret : Relos Var était en train de raconter une plaisanterie que le duc Xun ne serait jamais assez fin pour interpréter.

En cet instant, je compris que Relos Var savait. Il savait que je savais. Il avait deviné que j'étais venue le pointer du doigt. Son sourire évoquait cette vérité qui flottait entre nous. Nous étions tous deux conscients de ce que nous étions l'un pour l'autre : des ennemis.

Et il s'en réjouissait.

— Duc, quoi qu'il ait pu vous dire…

— Janel ? Janel, c'est vous ?

Une voix geignarde venait de s'élever, aiguë et étranglée. L'homme prostré au sol leva les yeux vers moi. Son capuchon glissa de son laevos doré.

Tamin.

Ses joues étaient zébrées d'ecchymoses violacées. Il avait les deux yeux au beurre noir, et plusieurs dents manquantes. Un sentiment d'indignation m'envahit aussitôt. Il aurait dû pouvoir se soigner. Mais il ne l'avait pas fait.

— Dites au duc ce qu'ont fait les sorcières, Tamin. Soyez un bon garçon.

Relos Var caressa le laevos de Tamin, comme s'il flattait un chien.

Tamin commença à parler, et fut soudain secoué d'un violent frisson.

— Elles étaient nombreuses, toute une cabale. Elles m'ont… fait faire des choses. J'étais sous leur contrôle.

— Et leur chef, qui était-ce ? demanda Relos Var avec une cruauté doucereuse, sans détacher son regard du mien.

J'avais l'impression que le temps s'arrêtait, lourd de sens, chaque fois que Tamin parlait. Le duc, sa mère et leurs soldats étaient pendus à ses lèvres.

— Je ne connais pas son nom, mais elle avait la peau blanche… (Var resserra la main sur le laevos de Tamin)…

tachetée de noir. Blanche tachetée de noir. Je suis désolé, Janel. Pardonnez-moi. C'était une vieille femme mouchetée de noir. Pardonnez-moi, je vous en supplie.

— Vous…

Je savais ce qui allait se passer. Après avoir décrit Dorna, Tamin continuerait. Il évoquerait peut-être Frère Qown. Ninavis. Moi-même.

— Cette description m'est familière. Comte, n'auriez-vous pas une telle femme à votre service ? interrogea le duc en nous contournant tous les deux.

Il était si concentré sur Tamin qu'il ne semblait pas voir le duel de regards qui se jouait devant lui.

— Oh non, duc, répondis-je d'une voix douce et légère. Ma nourrice a la peau noire tachée de blanc, et non l'inverse.

— Ah oui ! Maintenant que vous le dites, je m'en souviens.

Je vis frémir la bouche de Relos Var. Cette ordure luttait pour ne pas rire[1] !

— Messire duc, repris-je. (Je n'arrivais toujours pas à quitter Var des yeux.) J'aimerais énormément assister aux festivités de ce soir, mais hélas ! Suite à l'attaque de Barsine, j'ai dû abandonner mes tenues d'apparat et mes bijoux. Pourrais-je m'en remettre à votre bonté, et vous demander de m'ouvrir votre garde-robe ?

Voyez-vous, je n'avais aucune intention de prendre part aux réjouissances, mais j'ignorais si Var avait l'intention de tenter quelque chose. La situation pouvait vite se révéler mortelle. Je voulais à tout prix écarter Dame Xun.

— Oh, ma pauvre petite ! Oui, bien sûr, je vais vous trouver quelque chose de seyant, promit Dame Xun. Et vous avez bien des choses à vous dire… Mon cher, si vous permettez… ?

---

1. Parce que c'est hilarant. Je ne suis pas sûre de ce que je trouve le plus drôle : que Janel essaie de se tirer de ce guêpier par une pirouette sémantique, ou que le duc Xun soit assez obtus pour que ça fonctionne.

— Vous voulez partir ? Ne trouvez-vous pas tout cela très excitant ? Tamin est en train de nous révéler l'identité des sorcières !

— Oh, je suis sûre que vous pouvez vous passer de moi.

Dans un bruissement de jupes, je l'entendis quitter la pièce.

Relos Var leva la tête. Ce fumier souriait toujours.

— Voulez-vous que je demande à Tamin de poursuivre ses confessions ?

Je répondis, prenant le duc de vitesse :

— Le pauvre a déjà beaucoup souffert. Et puis, j'imagine que le duc désire également entendre ma version des événements.

— Oh, c'est vrai, c'est vrai. Par les dieux, est-ce que tout va bien ? À vous voir vous regarder, on croirait que vous êtes sur le point de sortir les armes… ou de vous jeter dans les bras l'un de l'autre.

Donc, il n'était pas complètement aveugle. Relos Var détacha son regard de moi, et les paroles du duc le firent éclater d'un rire grave et mélodieux.

— Oh non, messire duc. Le comte est un peu trop jeune à mon goût. Sans vouloir vous offenser.

— Je vous en prie, murmurai-je. Peut-être votre frère cadet est-il d'un âge plus proche du mien… L'avez-vous emmené ici ?

Ah ! Son remarquable sang-froid avait donc une faille. Il riva sur moi un regard haineux. Je supposais que, concernant son « frère », les choses ne s'étaient pas déroulées comme il le souhaitait. Je ne savais pas si je devais m'en féliciter.

Je me mis à marcher en cercle autour de Relos Var, l'obligeant à se tourner pour garder un œil sur moi.

— J'ai vu la sorcière à Mereina. Une femme à la peau blanche. Étrangère. Elle avait ensorcelé un gardien, dont elle prétendait être la servante.

— Ah ! Vous voyez, duc, cela correspond à la description de l'ancien baron. (Relos Var avait retrouvé son sourire, et son calme de façade.) Mais elle devait bien avoir des complices. Les sorcières exercent toujours en cabales, après tout.

— Et vous en savez quelque chose, puisque vous êtes leur chef.

Je lançai mon accusation sur le ton de l'évidence. Je ne pouvais laisser Var contrôler indéfiniment la conversation. Je ne pouvais lui permettre de dresser le duc contre moi et mes amis.

— Pardon ? Janel ! Relos Var est notre invité, se récria le duc Xun, scandalisé.

— Faites très attention à ce que vous allez dire, m'avertit Relos Var.

— Oh, mais c'est le cas. Voyez-vous, Votre Grâce, tout cela peut paraître inoffensif, et ce Relos Var n'est pas avare de sourires et de regards empreints de sagesse. Mais la sorcière blanche qui a massacré Mereina doit son thudajé à Relos Var, de même que Tamin. Il charme par ses paroles et déforme la vérité. Il voudrait vous faire croire que mes compagnons et moi-même sommes des sorcières, pour nous empêcher de vous révéler la vérité : c'est lui qui a invoqué ces démons. C'est sur son ordre que tous ces gens sont morts.

Une expression affreuse tordit les traits de Relos Var.

— Vous me décevez. Il ne s'agit que des calomnies désespérées d'une femme qui sait que sa culpabilité apparaîtra bientôt au grand jour.

Je ris tout haut, quoique rien de tout cela ne me paraisse amusant. J'avais toujours pensé que quelqu'un, un jour, formulerait de telles accusations contre moi. Mon grand-père l'avait su, lui aussi, et c'est pourquoi il m'avait ordonné de ne jamais corriger les croyances erronées au sujet de la Marche Infernale de Lonezh.

— Vous êtes un étranger. Vous ne nous comprenez pas, ni nous, ni nos coutumes. Vous l'avez entendu, Votre Grâce ;

vous avez entendu ses paroles, ainsi que les miennes. Vous savez qu'il n'existe qu'une seule manière de trancher.

Le duc hocha lentement la tête.

— Oui, en effet. Comme c'est excitant ! Mais… Janel… Je vous en prie, dites-moi que vous n'êtes pas une sorcière.

Son expression aurait été plus appropriée s'il essayait de découvrir lequel de ses chevaux préférés s'était introduit dans le palais pour y soulager sa diarrhée.

— Je ne suis pas une sorcière, Votre Grâce. Je vous le jure.

J'avais de longue date décidé que la définition que Frère Qown donnait au mot « sorcière » – c'est-à-dire un invocateur de démons – me convenait mieux. Le prétendu crime de posséder un talent pour la sorcellerie ne méritait pas d'être condamné à mort.

— Qui ment, à présent ? cracha Relos Var.

Le duc ne parut pas l'avoir entendu ; ou alors, ces mots ne le perturbèrent pas outre mesure.

— Très bien, dans ce cas, c'est décidé.

Je lâchai un soupir de soulagement.

— Ici ? Ou sur la grand-place, peut-être ?

— Oh, sur la grand-place, répondit le duc. Nous sommes en plein tournoi, après tout. Aucune raison de ne pas en faire profiter les autres.

Ce n'est qu'alors que Relos Var parut déconcerté.

— Attendez… Qu'avez-vous décidé ?

Le duc et moi échangeâmes un regard.

— C'est un étranger, messire duc, rappelai-je d'une voix empreinte de condescendance[1].

Relos Var s'obligea à adopter une expression moins belliqueuse.

— Certes, je ne le nie pas. Mais je pense avoir le droit d'apprendre de quoi vous parlez.

Le duc agita la main :

---

1. Pfff ! Les Jorats…

— Eh bien, vous vous êtes mutuellement accusés de crimes graves. Cette situation ne peut être résolue que d'une seule manière : par combat.

Je souris à Relos Var.

— Cela signifie que nous allons nous affronter en duel. Et si vous refusez, tout le monde saura alors que vous n'êtes qu'un imposteur.

Il me dévisagea. Il semblait choqué, ou du moins, quelque peu atterré. Puis il se mit à rire doucement.

— Ma chère, vous devez bien savoir que vous n'avez aucune chance de l'emporter contre moi.

— Vous voulez dire que je ne pourrais pas battre un sorcier aussi puissant que vous ? (Je posai une main sur ma ceinture, près de mes armes, mais sans les toucher.) Oui, j'en suis consciente.

Il grimaça.

— Ainsi, c'est votre plan ? Vous pensez pouvoir me mettre dans une position qui m'obligerait à utiliser la magie pour me défendre ? Vous devez être bien sotte… De votre part, je m'attendais à mieux[1].

— Nous verrons, murmurai-je.

Le duc reprit :

— Navré de vous interrompre, mais il est d'usage que les deux parties demeurent séparées jusqu'à l'affrontement. Relos, voulez-vous m'accompagner ? Il faut que nous trouvions quelqu'un pour se battre à votre place.

— Je suis capable de mener mes propres batailles.

— Pardon ? (Le duc parut interloqué, mais finit par hausser les épaules.) Bah, si vous y tenez… Dans ce cas, nous devons vous dénicher une armure et une arme. Suivez-moi…

1. Surtout avec leur fameuse histoire de « Sang de Joras »… Mais je suppose que les gens à qui s'applique ce terme ne sont pas censés se mêler de politique. Je veux dire, de sport. Ou bien d'affaires ? Enfin, des tournois, quoi.

Je souris. Relos Var ne détacha son regard du mien que pour emboîter le pas au duc, accompagné de Tamin. Dès qu'il eut quitté la pièce, j'eus la sensation que l'air y redevenait respirable, et que mon cœur se remettait à battre.

— Qu'est-ce que j'ai fait ? marmonnai-je à la salle vide.

Mais personne ne me répondit.

29

Un duel malavisé

Colonie de Jorat, Empire de Quur.
Trois jours après que Kihrin eut jonché
les rues de la Cité capitale de talismans inutiles.

— Vous n'avez pas fait ça, s'exclama Kihrin.

— Oh que si, souffla Janel.

— Mais vous ne l'avez pas affronté, quand même. (Il arqua un sourcil.) Je ne plaisante pas quand je dis que j'ai vu Relos Var faire baisser les yeux à des dieux. Et pas des dieux-rois… Les Trois Sœurs en personne : la Chance, la Mort et la Magie. En même temps[1].

— Eh si, elle s'est battue contre lui, répondit Dorna. (Elle leva les yeux vers Étoile.) Je ne peux pas l'atteindre, d'ici. Si tu veux bien, mon petit…

— Bien sûr, répondit Étoile.

Il se pencha et gratifia Janel d'une claque à l'arrière de la tête.

— Hé ! s'écria-t-elle en lui lançant un regard courroucé. Ça ne va pas ?

1. À la décharge de Janel, les circonstances étaient uniques. Elle a dû penser pouvoir vous prendre au piège en vous imposant le combat à l'épée. C'était relativement malin de sa part d'essayer de contrôler les modalités de votre affrontement. J'ai presque pitié d'elle.

— Vous en mériteriez mille de plus, déclara Dorna. C'est pas comme ça que je vous ai élevée. (Elle tapota le comptoir du doigt.) On ne se bat pas avec quelqu'un qui intimide les dieux. N'oubliez jamais ça.

— Je savais parfaitement ce que je faisais, protesta Janel. Enfin, presque.

Qown ouvrit son livre.

— Je déteste vraiment ce passage, soupira-t-il.

Récit de Qown. Camp des Malkoessian, la Place Verte, Atrine, Jorat, Quur.

Les gardes traînèrent Frère Qown et Jument Dorna à l'intérieur de la tente. Des flammes brodées au fil rouge et or ornaient les parois de l'azhock. Le jaguar emblématique des Stavira leur souriait depuis toutes les surfaces à proximité, comme pour se moquer de leur expédition inconsciente en territoire ennemi.

Frère Qown n'avait rencontré Sire Oreth qu'une fois, lorsqu'il était arrivé au château de Tolamer quelques mois plus tôt, accompagné de ses soldats et de sa malveillance. Dans l'intervalle, il n'avait rien perdu de sa prestance. Les Jorats appelaient ses couleurs « étreinte-de-soleil » : son laevos était d'un blanc doré, et le bronze de sa peau fonçait sur ses mains pour former des balzanes brunes. L'un de ses yeux était cerclé d'une étoile blanche, et son iris était d'un caramel plus clair que son jumeau.

Son caractère ne s'était pas amélioré non plus. Une fois à l'intérieur de la tente, Sire Oreth brandit son épée face à Dorna.

— Non, Sire Oreth, le gourmanda Senera. (Son accent indiquait qu'elle était originaire de la capitale de Quur[1].) Les cadavres déclenchent des enquêtes. Nous ne voudrions

1. Je n'ai pas d'accent !

pas attirer l'attention sur nous. Le seigneur Var en serait très déçu.

— Cette garce me connaît, rétorqua Sire Oreth. Si elle me dénonce à mon père, il exigera que je rembourse l'argent qu'il m'a prêté. Et alors, vous et vos amis n'aurez plus de Gemmeporte à Tolamer.

— C'est une vieille femme. Elle ne peut pas vous faire de mal. (Senera regarda Dorna, puis les gardes.) Que quelqu'un lui enlève son bâillon.

Frère Qown s'était attendu à ce qu'un chapelet d'injures se déverse de la bouche de sa voisine dès que le garde s'exécuterait. Mais Dorna, comprenant peut-être dans quelle situation ils se trouvaient, n'en fit rien.

— Qu'est-ce qui va se passer ? demanda-t-elle, la tête haute.

— Oh, la routine, répondit Senera. On discute, je vous pose des questions, et vous essayez de me raconter une histoire – vérité ou mensonge, c'est vous qui voyez – qui me dissuadera de laisser le charmant Sire Oreth, ici présent, vous trancher la gorge[1].

Frère Qown déglutit.

— Vous savez, cela ne se fait pas, ici, fit-il remarquer. Entrer quelque part sans permission n'est pas puni de mort dans cette colonie. Si vous nous exécutez, cela paraîtra très étrange. Personne ne croira que nous étions des assassins que vous avez pris sur le fait. Si Sire Oreth nous tue, ce ne sera pas sans conséquences.

Senera le regarda pour la première fois. Ses yeux d'un gris chaud n'étaient pas touchés par les dieux : ils ne présentaient pas l'une des teintes divines dont s'enorgueillissaient les Maisons Royales.

Elle lui fit un clin d'œil.

— Le prêtre n'a pas tort, lança-t-elle à Sire Oreth.

---

1. C'était ironique, au cas où ce ne serait pas suffisamment clair.

— Cette vieillarde est une mégère diabolique à la langue agile, insista-t-il.

— Ah ! C'est ce que disait toujours votre mère, riposta Dorna.

Il dégaina de nouveau sa lame et fit un pas dans sa direction.

Un garde s'interposa.

— Dorna ! s'exclama Frère Qown. Vous n'arrangez pas la situation.

— Désolée, marmonna-t-elle. Je n'ai pas pu m'en empêcher.

Senera les observait d'un air incrédule. Elle marcha jusqu'à une table et y servit plusieurs tasses de thé.

— On dirait que je me suis trompée. Cette vieille femme est capable de faire du mal… à votre orgueil. (Elle leva une tasse.) Est-ce que quelqu'un veut du thé ?

— Avec plaisir, répondit Dorna. Si vous vouliez bien me détacher… ?

Senera l'étudia du regard, puis lui tendit la tasse.

— Faites-le vous-même. Nous savons toutes les deux que pour quelqu'un comme vous, ces liens ne sont pas plus gênants que du sucre filé.

— Que sommes-nous en train de faire ? se plaignit Sire Oreth en désignant l'entrée de l'azhock. Ma famille va revenir d'un instant à l'autre. Nous n'avons pas le temps de bavarder avec des manants. Vous n'êtes pas désagréable à regarder, Senera, mais si vous espérez passer pour un étalon, c'est peine perdue[1]. Laissez ces choses aux gens qui savent de quoi ils parlent. (Il fit signe aux soldats.) Emmenez-les. Nous allons les mettre dans la grange sud, et nous déciderons plus tard ce qu'il faut en faire.

---

1. Mignon, mais bête à pleurer. Il a réussi à ne pas remarquer que les gardes obéissaient au moindre de mes ordres. Si cela ne correspond pas à la définition d'un « étalon », dans la culture jorate, alors je n'y comprends plus rien.

— Toujours aussi chaleureux, celui-là, grommela Dorna.

Les traits de Senera se crispèrent, et elle ferma les yeux un instant, avant de reposer sa tasse.

— Sire Oreth, quel est ce bruit ?

Le chevalier se retourna vers elle.

— Pardon ?

Frère Qown comprit que Senera ne se contentait pas de faire la conversation. Un mugissement sourd résonnait dans le lointain, comme s'ils s'étaient soudain rapprochés des Chutes du Démon.

Il s'agissait de vivats. Les spectateurs du tournoi lançaient des hourras.

Un coursier en livrée rouge et or entra dans la tente, pantelant.

— Nobles seigneurs, dit-il en deux halètements. Un nouvel affrontement vient d'être ajouté au programme. Le comte de Tolamer doit se mesurer à Relos Var.

— L'imbécile ! pesta Dorna.

Frère Qown se doutait qu'elle ne parlait pas de Relos Var.

— Malédiction de l'Enfer, jura Sire Oreth. Elle va le tuer[1].

Senera posa sur lui un regard intrigué.

— Vous êtes nouveau ici, n'est-ce pas ?

— Janel a la force de dix hommes, répliqua Sire Oreth. Votre maître est peut-être très malin, mais en combat singulier, Janel va le tailler en pièces.

Senera leva les yeux au ciel. Elle semblait plus agacée qu'inquiète.

— Eh bien, allons-y. (Senera fit signe aux gardes.) Amenez-moi ces deux-là dans les gradins. Le moins que nous puissions faire, c'est leur permettre d'assister à la mort de leur cher comte.

---

1. Très, très mignon. Et très, très stupide. Ayant rencontré le reste de sa famille, je ne peux qu'imaginer qu'Oreth est tombé sur la tête lorsqu'il était bébé. À de nombreuses reprises.

— Comment a-t-elle pu être aussi stupide ? siffla Dorna entre ses dents.

Ils cheminaient en direction du tournoi, poussés de temps en temps par un garde impatient.

— Elle a dit qu'elle allait parler au duc, bon sang… pas défier un magicien en duel ! Par les glaces de l'Enfer, qu'est-ce qui lui a pris ?

— Je l'ignore, répondit Frère Qown. Que voulait dire Senera, lorsqu'elle a parlé de vos liens ?

— Ne vous occupez pas de ça, prêtre.

— Je repense au flammesang dont la sangle s'est cassée, insista-t-il. Et aux liens de Kalazan. Ah, et vous vous souvenez des arbalètes pointées sur le comte Janel, à Mereina ? Quand toutes leurs cordes se sont brisées en même temps ?

— Taisez-vous, ordonna le garde dans leur dos.

Son accent était essentiellement jorat, mais une autre origine perçait dans sa voix.

Frère Qown soupira, mais obéit. Cependant, ils ne pouvaient l'empêcher de réfléchir. Le comte Janel savait-elle que sa nourrice était aussi une sorcière, au sens jorat du terme ? Il se remémora tous les gens qui se retrouvaient délestés de leur bourse lorsque la vieille femme était dans les parages, sans qu'il ne la voie jamais manier un couteau. Il songea à son talent pour le raccommodage, à ses coutures si fines qu'elles devenaient invisibles à l'œil nu. Elle ne connaissait sans doute qu'un seul sort – l'attachement et le détachement – mais elle l'employait avec une habileté prodigieuse.

— Qu'est-ce qui lui a pris ? répéta Dorna.

Senera marchait aussi fièrement qu'une reine. Rien, dans son attitude, ne suggérait qu'elle s'attendait à payer pour tous les morts de Mereina. Sire Oreth, lui, était agité de tics et ne cessait de tourner la tête pour voir si quelqu'un les regardait. Il cherchait sans doute son père.

Senera conduisit le petit groupe jusqu'à une tribune privée, haut dans les gradins, là où tous les spectateurs étaient accompagnés de leurs gardes et de leurs serviteurs.

— Vous avez une tribune ? s'exclama Dorna d'un air scandalisé.

Senera rit en s'asseyant. Aussitôt, un petit dhole, qui ne devait pas avoir plus de huit mois, s'éveilla de sa sieste sur un coussin de velours et bondit dans sa direction, espérant recevoir caresses et friandises. Senera lui gratta les oreilles et le laissa s'asseoir près d'elle, la tête sur ses genoux.

Frère Qown, éberlué, reconnut l'animal. Il s'agissait du chiot du gardien, celui que Senera avait emporté avec elle lorsqu'elle avait abandonné la ville sous la fumée asphyxiante.

— Je vais aller dire quelques mots à mon père, déclara Sire Oreth. Si je le trouve en premier, il ne partira pas à ma recherche. Je suppose que vous êtes capables de vous débrouiller, ici…

Il s'éloigna, faisant signe à ses soldats de le suivre.

— Voilà que le bel imbécile s'en va, commenta Senera en secouant la tête. Je suis contente qu'il n'ait pas de rôle important à jouer.

Frère Qown allait lui répondre lorsqu'un nouveau rugissement retentit. Le comte Janel entrait dans l'arène. Elle brandit son épée et interpella bruyamment la foule. Frère Qown s'aperçut qu'elle criait des accusations. Elle disait que Relos Var, un magicien, avait ordonné à des démons et à un dragon d'attaquer la colonie, avec l'aide d'une sorcière blanche venue du Sud.

Près de lui, Senera cessa de caresser le dhole.

— Tout cela pourrait s'avérer gênant. (Senera se tourna vers Dorna.) Votre peuple ne possède-t-il pas de lois protégeant les gens contre la diffamation ?

— Si. Elles sont en train de s'appliquer sous vos yeux.

Relos Var apparut ensuite. Quoiqu'il ne soit pas doté d'autant de panache que Janel montée sur Arasgon, il semblait suffisamment à l'aise sur son cheval pour ne pas se couvrir de ridicule.

Le discours de Relos Var fut dévastateur.

— Cette femme n'est pas une Jorate digne de ce nom ! cria-t-il. Je sais que je suis ici un étranger, mais au moins ne suis-je pas un menteur. Elle a conclu ses pactes avec les démons dans son enfance, au canton de Lonezh. Elle n'a pas échappé aux démons... Elle était à leur tête ! Elle a mené une armée de démons jusqu'à vous ! Et à présent, elle voudrait déformer la vérité, car nous cherchons à mettre un frein à ses machinations. Ne s'est-elle pas rendue à Mereina juste avant que celle-ci ne soit détruite ? N'a-t-elle pas abandonné son canton familial de Tolamer ? Elle s'en est prise à son fiancé lorsqu'il a découvert ses agissements. Et à présent, c'est moi qu'elle accuse, parce que je sais qui elle est vraiment, et que j'ai le courage de le dire !

La foule se tut, puis rugit de plus belle.

Ils ne s'étaient pas rangés du côté de Relos Var. C'était un étranger, et elle était Janel Danorak. Ils lui accorderaient le bénéfice du doute.

Sauf si Janel perdait. Le discours du mage avait quelque chose de répugnant, notamment parce qu'il avait transformé l'histoire de Janel en un récit particulièrement accablant. Frère Qown en avait la nausée. Si Relos Var gagnait, ce combat serait toute la preuve dont les Jorats auraient besoin pour la condamner. Le duel serait alors suivi de sa mort sur le bûcher.

Senera sourit et se remit à caresser son chien[1].

Lorsque Relos Var eut terminé son tour de piste, il surprit l'assemblée en mettant pied à terre et en laissant son cheval sur le bord du terrain. Après un instant de réflexion,

1. Qui c'est qui est une gentille petite chienne ? C'est Rebelle ! Mais oui, mais oui ! Ne me jugez pas. Elle est adorable.

le comte Janel l'imita, renvoyant Arasgon à l'écurie malgré les protestations acharnées du flammesang.

Les combattants se rapprochèrent, chacun armé d'une épée et d'un bouclier. Janel portait l'épée de sa famille, qui lui conférait une portée accrue. Elle la maniait, comme toujours, à la façon d'une épée à une main. N'importe qui d'autre aurait eu besoin de ses deux mains pour la soulever[1].

Relos Var ressemblait à un bibliothécaire qu'on aurait forcé à participer à un combat de gladiateurs.

Mais son apparence ne permettait pas de préjuger de ses compétences. Il esquivait les coups de Janel, tandis que celle-ci devait reculer sous ses assauts. La force du comte ne lui conférait pas le moindre avantage. S'ils échangeaient des paroles, c'était de façon trop discrète pour que le public s'en aperçoive.

Le stade tout entier se mit à chanter en chœur :

— Danorak ! Danorak ! Danorak !

Alors, quelque chose d'incroyable se produisit. Frère Qown ne vit pas l'erreur qu'avait commise Janel. Aucune, peut-être. Le comte leva son épée, Relos Var y abattit la sienne…

Et l'épée de Janel se fracassa en mille morceaux, comme si la lame était faite de verre.

Tout le monde se leva d'un bond. Tout le monde, depuis le duc à la plus petite fille pelotonnée entre les pieds de ses parents, sur les toits surplombant la Place Verte.

Un instant plus tard, Janel tombait à genoux, vaincue. Elle se rendait à Relos Var.

— Nom de nom, commenta Dorna. Votre homme a gagné à la loyale…

C'est alors que Relos Var transperça Janel de son épée.

Le temps s'arrêta. Frère Qown resta interdit. Même à cette distance, il distinguait l'expression interloquée de Janel.

1. N'importe qui d'autre, ou presque.

Relos Var arracha sa lame de son corps, et Janel s'effondra. Une mare de sang s'élargit sur le sol, imprégnant la poussière. Elle ne bougeait plus.

La foule était muette. Senera soupira et se leva.

— Bon. Ça, c'est fait. Allons chercher le corps.

30

Une promenade dans les bois

Colonie de Jorat, Empire de Quur.
Trois jours après que Kihrin a vu la Porte de Jade
fermée pour la première fois de sa vie.

Kihrin sursauta.

— Attendez, quoi ? Est-ce que Thaena vous a fait Revenir ? Que s'est-il passé ? Comment…

— Chut, coupa Janel. Je m'apprête à vous le dire.

Récit de Janel. L'Au-delà.

Le problème, lorsqu'on meurt chaque fois qu'on ferme les yeux, c'est qu'on ne sait jamais si cette fois sera la dernière. Si cette fois, c'est pour de bon.

Étais-je morte, ou avais-je seulement perdu connaissance ? Je l'ignorais.

Je me trouvais sur le versant d'une colline, dans l'Au-delà, vêtue d'une armure noire presque identique à celle que je portais quelques instants auparavant. Le Gouffre s'ouvrait devant moi.

C'était ainsi que tout le monde appelait cet endroit, même Xaltorath. Cette gigantesque crevasse marquait la frontière entre l'Au-delà et le Royaume de la Paix. D'énormes blocs de pierre et de terre s'en élevaient vers le ciel en un flot continu, comme une chute d'eau coulant à l'envers.

Les démons attaquaient le Gouffre ; mais c'était toujours le cas. De tout l'Au-delà, c'était l'un des endroits les plus susceptibles de recevoir la visite des Huit Immortels. J'avais toujours évité cette région. Si j'étais repérée, je risquais d'être attaquée des deux côtés. Même si Thaena avait ordonné à ses troupes de me laisser en paix, les autres dieux et leurs serviteurs n'en feraient pas nécessairement autant. Ici, la règle voulait qu'on attaque d'abord et qu'on pose des questions ensuite ; et ils ne me connaissaient pas.

Aussi préférai-je battre en retraite.

Je me demandai comment réagiraient les habitants du monde des vivants, s'ils apprenaient la vérité sur l'Au-delà. La plupart des âmes n'atteignaient jamais le Royaume de la Paix. Aucune religion, à ma connaissance, n'expliquait que la récompense d'une vie de vertu était une nouvelle éternité en première ligne, à combattre les démons dans l'Au-delà.

Mais allez savoir... peut-être les soldats fantomatiques s'étaient-ils portés volontaires. Après tout, j'ignorais ce qui se passait lorsqu'on mourait véritablement. Même si, au vu de la manière dont s'était terminé mon duel avec Relos Var, ce n'était peut-être plus si vrai.

En m'éloignant, je perçus un mouvement dans les arbres, non loin de moi. Je me tournai, prête à combattre toute créature qui se présenterait.

Ce fut un dieu.

Khored le Destructeur portait une armure cramoisie et un heaume assorti, ainsi qu'une cape en plumes de corbeau. Il tenait dans sa main une épée de verre rouge, dont je savais qu'elle était capable d'anéantir tout ce qu'elle touchait.

Puis il mit son épée au fourreau et retira son heaume.

— Venez marcher à mon côté, dit Mithros.

La bataille faisait rage derrière nous, mais personne ne semblait vouloir occuper la zone où nous nous trouvions. Nous marchions seuls.

— J'avais réussi à me convaincre que vous n'étiez pas Khored, dis-je. Vos prêtres… Le savent-ils ?

Il ne me répondit pas et, tandis que nous cheminions, je discernai sa colère. Toute joie que j'avais pu éprouver à sa vue s'évapora.

Je lui avais désobéi, n'est-ce pas ? Peut-être pas au sens littéral, mais je n'avais pas non plus respecté ses désirs. Je grimaçai intérieurement. Cette discussion n'allait pas bien se passer.

— Lorsque vous l'avez défié en duel…, commença Mithros. Que s'est-il passé, dans votre tête ?

— Ce n'est pas juste, protestai-je.

— Ah bon ? Parce que j'aimerais vraiment savoir par quelle logique tordue vous expliquez la décision de défier *Relos Var* en duel[1]. Par pitié, dites-moi que vous n'étiez pas assez stupide pour croire que, parce que c'était un magicien, il était incapable de manier une épée ?

Je levai le menton.

— J'ai joué un gambit de Nemesan. Je lui ai imposé une bataille qu'il ne pouvait pas gagner.

— M'obligerez-vous à souligner la faille de votre plan ? Il a gagné, de façon irréfutable.

Je réprimai l'envie de croiser les bras sur ma poitrine.

— Si j'avais gagné, eh bien, j'aurais pu prouver sa culpabilité dans les règles. Étant donné ce que Thaena et vous m'aviez tous les deux révélé sur son compte, j'estimais avoir peu de chances de l'emporter. Mais je pouvais tirer parti de

1. Ah ! J'avoue que là, je suis du côté de Janel. Vous ressembliez à « un bibliothécaire qu'on aurait obligé à participer à un combat de gladiateurs ». Moi aussi, j'aurais cru pouvoir vous battre en combat singulier.

ma défaite. Aux yeux de mon peuple, il est prestigieux de « bien » gagner.

Mithros m'observa un instant, tentant de déchiffrer mon énigme. Puis il rejeta la tête en arrière avec un petit rire.

— Bien sûr ! Vous avez capitulé. Vous vous êtes inclinée devant lui et lui avez fourni une parfaite démonstration de thudajé jorat.

— Il ne pouvait gagner que d'une seule manière : en acceptant avec élégance ma reddition. Il ne l'a pas fait, repris-je. Ce qui fait de lui un thorra. Les Jorats tolèrent sa présence parce qu'il se donne l'image d'une jument pleine de sagesse, qui ne demande qu'à servir ; un être d'une grande humilité, auquel on peut faire confiance, bien qu'il ne soit pas jorat. À présent, plus personne ne voudra le croire. La colonie tout entière l'a vu mettre à mort un jeune étalon qui avait reconnu son idorrá. Ce faisant, il a annoncé à tous les spectateurs qu'il se pensait supérieur au margrive de Stavira, et même au duc Xun. Il s'est investi d'une autorité qui ne lui appartenait pas. Il a gagné… et en gagnant, il a perdu.

Le dieu de la destruction m'observa intensément. J'avalai ma salive et soutins son regard. C'était une tâche moins ardue que d'affronter celui de Thaena, mais elle n'en devenait pas facile pour autant.

— Vous m'avez demandé quel était mon raisonnement, me défendis-je.

Mithros inclina la tête.

— Et j'avoue que votre réponse m'a surpris. Je vous présente mes excuses. J'avais supposé que vous n'aviez même pas pris le temps d'y réfléchir.

— Croyez-moi, c'est tout le contraire, répondis-je simplement.

— Et avez-vous songé au prix que vous risquez d'avoir à payer, en échange de cette maigre victoire ?

« Le prix que vous risquez d'avoir à payer »…

— Alors, je ne suis pas morte ?

Je sentis mon cœur – ou l'illusion qui le remplaçait – battre la chamade. J'avais supposé… Lorsque j'avais vu s'approcher l'épée de Relos Var…

J'avais survécu ?

— Non. Vous n'êtes pas morte. Croyiez-vous que… (Il plaça sa main sous mon menton.) L'idée de votre propre mort est-elle si insignifiante à vos yeux ?

Une rage nouvelle m'envahit, et je me dégageai vivement.

— L'idée de ma propre mort ? Regardez autour de vous. Où croyez-vous que je passe mes nuits ? Toutes mes nuits ? Pourquoi redouterais-je le terrain de jeux où j'ai été envoyée chaque soir depuis la Marche Infernale de Lonezh ?

— Mais ce qui s'ensuit…

— Je me réveille ou non, mais dans les deux cas, je sais ce qui va suivre. Je me retrouve de nouveau ici, une nuit de plus à mener cette éternelle bataille. La mort n'est pas une fin, seulement un changement de décor.

Il se rembrunit et se mit à faire les cent pas, comme un lion en cage.

— Vous croyez n'avoir rien à perdre. Vous vous trompez.

Je détournai le regard.

— Je sais ce que j'ai à perdre. Ce que je vais perdre. On va me retirer mon titre, m'obliger à vivre en fugitive. Je suis prête à…

— Non, dit-il d'une voix douce. Relos Var va exaucer votre souhait.

Je ne compris pas. Pas aussitôt. Je le dévisageai, perplexe.

— Mon souhait ?

C'est alors que j'eus un déclic. Il ne parlait pas de l'opportunité de récupérer le canton de Tolamer, ou de prouver mon innocence, ni même d'arrêter Relos Var. Il faisait référence à ma quête, celle qui me dictait de m'infiltrer dans la forteresse du duc Kaen.

— Relos Var n'a pas l'intention de vous laisser à Jorat, dit Mithros. Il va vous ramener à Yor avec lui.

J'avais abandonné cet espoir, lorsque Mithros m'avait expliqué que Relos Var m'imposerait certainement un gaesh. À présent... un frisson d'effroi me parcourut, et je me tournai pour lui faire face.

— Pourquoi ? Pourquoi m'emmener ? Il appartient au duc de se charger de moi, maintenant. Pourquoi le duc Xun permettrait-il à Relos Var de me prendre avec lui ?

Je luttai pour élucider le mystère de ses motivations. M'étais-je trompée sur la personnalité de Relos Var ? Allait-il chercher à se venger ? À me faire souffrir pour me punir de l'avoir défié ? Allait-il...

Une saelen.

Relos Var pouvait me désigner comme une saelen, une égarée. N'avait-il pas la réputation de soigner les sorcières ? S'il parvenait à convaincre le margrive de Stavira ou le duc Xun que je pouvais faire l'objet d'une réhabilitation, s'il en appelait au désir jorat de préserver la force du troupeau... Tous mes efforts pour obliger Relos Var à m'imposer son idorrá n'auraient fait qu'aider sa cause.

Devant mon expression consternée, Mithros leva une main.

— Ce n'est pas ce que vous croyez. Var a bien des défauts, mais il n'enlèverait pas une jeune femme pour la violenter. Pas même si elle avait gêné l'exécution de ses projets.

Je battis des cils.

— En effet, ce n'est pas ce que je croyais. À dire vrai, cette possibilité ne m'était même pas venue à l'esprit.

Il se racla la gorge, l'air un peu penaud.

— Tant mieux, alors, reprit-il. Mais nous devons tout de même nous préoccuper du risque qu'il vous mette un gaesh.

Je fus prise de nausée.

— Oui, en effet.

Je n'avais jamais vu quelqu'un recevoir un gaesh, mais Xaltorath avait toujours adoré me parler en détail de ce genre de choses. La manière la plus efficace de retirer à quelqu'un un mince lambeau de son âme… La façon dont on liait ce dernier à un talisman, qui permettait ensuite de donner des ordres à la victime… Et le fait que celle-ci ait le choix entre obéir, ou mourir dans d'atroces souffrances. Je n'y étais pas invulnérable. Personne ne l'était[1].

Mithros hocha la tête.

— S'il ne peut pas être sûr que vous lui êtes fidèle, il vous mettra un gaesh. Et ce dernier anéantira toutes vos chances de voler la lance Khoreval au duc Kaen. Le premier ordre que reçoit toute victime d'un gaesh est celui de ne pas tenter de s'échapper. Il ne doit surtout pas vous infliger ce gaesh.

— Et comment suis-je censée l'en empêcher ?

— Vous n'y pouvez rien. Moi, par contre… Je vais prendre certaines mesures.

Je déglutis.

— Quelles mesures ?

— Il vaut mieux que vous l'ignoriez, répliqua Mithros. Il essaiera de vous manipuler, de vous faire rejoindre ses partisans. Il est doué pour cela[2]. Il vous arrachera des secrets dont vous n'aviez même pas conscience, vous révélera des vérités que vous ne pouviez imaginer. Il a des millénaires d'expérience derrière lui, et vous êtes – que vous soyez prête à l'admettre ou non – à peine sortie de l'enfance. (Mithros haussa un sourcil.) Si vous voulez triompher, vous devrez d'abord échouer. Relos Var va tenter de vous briser. Et vous devrez le laisser faire.

---

1. Et pourtant… Encore une fois, je n'en garde aucune rancœur !

2. Je ris et je pleure à la fois, en constatant que les Huit ne se demandent jamais *pourquoi* vous êtes si doué pour cela.

31

Saelen

Colonie de Jorat, Empire de Quur.
Trois jours après le pari risqué de Darzin D'Mon.

Ninavis frappa du poing sur le comptoir.

— Merde ! lâcha-t-elle.

Dorna leva les yeux au ciel.

— Oh, arrêtez de pleurnicher. Oui, vous vous êtes envoyée en l'air avec le dieu de la destruction. Et alors ? Au moins, vous avez pris du bon temps. (Elle pointa un doigt noueux sur elle.) M'est avis que vous vous en êtes bien sortie, comparée à nous autres.

L'expression de Ninavis se fit maussade.

— Oui… (Elle grimaça.) Oui.

Kihrin balaya le groupe du regard.

— C'est sur le point de devenir encore pire, pas vrai ?

— Oh, oui, répondit Qown avant de se mettre à lire.

Récit de Qown. Arène du tournoi, la Place Verte, Atrine, Jorat, Quur.

Frère Qown agrippa la balustrade de bois et la serra si fort que des échardes se glissèrent sous ses ongles. Tout avait paru ralentir. Il entendit les halètements saccadés de sa voisine et, au loin, les cris furieux d'Arasgon. La foule fit entendre son mécontentement par des huées, mais personne n'empêcha Relos Var de partir. Personne ne se précipita pour soulever le comte, dont le sang formait sur le sol une petite flaque circulaire.

Il avait gagné, elle avait perdu.

Il était fort, elle était faible.

Les vainqueurs avaient raison, les vaincus avaient tort.

Innocent, coupable.

Frère Qown sentit des mains lui enserrer les épaules. Les gardes l'empêchaient de bondir dans l'arène.

— Non, s'écria-t-il. Je peux l'aider !

— Patience, prêtre, répliqua Senera. Elle n'a pas besoin de votre aide.

Son ton, calme et cordial, le fit s'immobiliser. Il se tourna vers elle.

— Elle est en train de mourir… mais cela vous est égal, n'est-ce pas ?

— Bien au contraire. Et ne vous inquiétez pas. Vous faire du mal, à vous et à Dorna, ne fait pas partie du plan. Quoi que puisse penser cet imbécile d'Oreth.

— Pourquoi ? Pourquoi nous traiteriez-vous différemment ici qu'à Mereina ?

Le regard de Senera se durcit.

— Vous devriez m'en être reconnaissants.

— Ah, poulain… Depuis quand avez-vous compris que vous vous étiez trompée de camp ?

Senera tourna vivement la tête et dévisagea Dorna. La douleur se peignait sur le visage de la vieille femme et des larmes roulaient sur son visage, mais elle leva le menton d'un air de défi. Elle soutint le regard de Senera sans sourciller.

Plusieurs secondes s'écoulèrent.

— Je ne me suis pas trompée de camp[1], déclara Senera. (Elle fit signe aux gardes, et ceux-ci firent se lever les prisonniers.) Inutile de s'attarder.

Escortés par les gardes, ils quittèrent les gradins.

— Il doit bien y avoir quelque chose…

Dorna secoua la tête.

— Chut !

Frère Qown ferma les yeux et tenta de calmer les battements affolés de son cœur. Alors qu'ils quittaient les lieux du tournoi, il avait tenté désespérément d'élaborer un plan d'évasion. Mais il ne parvenait pas à dépasser le chagrin hagard qui l'étreignait. Janel avait-elle défié Relos Var en duel ? Ou était-ce l'inverse ? Le duc Xun le leur avait-il imposé, afin de déterminer lequel des deux était coupable ?

Le comte Janel était morte. N'est-ce pas ?

Un garde poussa Frère Qown en avant lorsqu'il ralentit, ce qui rappela le prêtre à des préoccupations plus immédiates. Sa propre sécurité, par exemple. Ils allaient devoir s'échapper : pour quelle raison Sire Oreth et Senera voudraient-ils les garder en vie ?

Malheureusement, ses propres talents magiques avaient toujours été subtils. Il n'avait jamais été doué pour détruire[2].

Au lieu de les ramener à l'azhock de Stavira, les gardes les conduisirent de l'autre côté des gradins principaux, vers les coulisses du tournoi, inaccessibles au public.

Bien sûr. Senera avait dit vouloir s'emparer du corps de Janel.

---

1. C'est vrai. Je regrette simplement qu'il n'y ait pas d'autre moyen de… Bah, vous connaissez mes opinions sur la question. Inutile de gâcher de l'encre en les répétant une fois de plus.
2. Étant donné ce qu'était devenu Darzin D'Mon, je me félicite que Qown ne soit pas « doué » pour la facette destructrice de la magie de guérison. Si ça lui venait un jour à l'esprit, il ne s'en remettrait pas.

Les gardes posèrent quelques questions. On leur indiqua le chemin. Frère Qown aperçut une paire de laquais porter un corps, enveloppé dans des étendards.

Senera fondit en larmes et fit signe aux laquais de s'arrêter.

Au même moment, Frère Qown sentit qu'un garde le tirait à lui et pressait un poignard contre ses côtes. Le message était clair : « Tenez-vous tranquille. » L'expression qui se peignit sur les traits de sa voisine indiquait qu'elle subissait la même chose.

Un laquais demanda :

— Heu… Que puis-je faire pour vous ?

— Messire comte ! geignit Senera.

Frère Qown ne put s'empêcher de remarquer qu'elle connaissait assez le karo pour utiliser la formule adaptée.

— Nous, heu… (Les laquais échangèrent un regard.) Nous emportons le corps à la maison bleue.

Elle renifla et s'essuya les yeux.

— Son fiancé, Sire Oreth, m'a demandé de m'occuper d'elle. Je n'arrive pas à croire ce qui s'est passé. (Elle se redressa, affectant de se draper dans sa dignité.) Nous allons l'emmener.

Frère Qown avait espéré que les laquais se montreraient méfiants. Mais plutôt que de remettre en question cette étrange requête, ils parurent heureux de se décharger de cette responsabilité. Après s'être consultés du regard, ils permirent aux gardes de Senera d'emporter le corps. Les soldats qui surveillaient les prisonniers les maintinrent sous la menace de leurs dagues, tandis que les autres s'emparaient de la civière.

Frère Qown faillit ne pas remarquer les archers, sur les côtés. Ceux-ci s'étaient tus au passage de la procession.

L'un de ces archers était Ninavis. Elle croisa le regard de Frère Qown et lui adressa un hochement de tête, avant de reprendre sa discussion à voix basse avec ceux qui l'entouraient.

Le prêtre se retint d'adresser un signe de remerciement à son dieu.

— Qu'allez-vous faire de nous ? demanda-t-il à Senera. Nous ne sommes pas une menace pour vous.

— Oh, essayons de ne pas nous mentir, je vous prie, lança Senera par-dessus son épaule. Mais ne vous inquiétez pas. Je n'ai pas l'intention de vous faire du mal. Nous partons simplement en voyage. Vers un endroit, loin d'ici, où je n'aurai pas à craindre que vous alliez raconter n'importe quoi à n'importe qui.

— Quelque chose me dit que je ne suis pas habillée assez chaudement pour cette petite virée, marmonna Dorna.

Le sourire de Senera s'élargit brièvement[1].

Frère Qown restait attentif, en quête d'un signe de leurs compagnons : Sire Baramon, Ninavis, les Lances Rouges. S'ils étaient dans les parages, ils s'étaient très bien cachés.

Pour sa part, Senera n'essayait pas de se montrer discrète. Comme Janel, elle était passée maître dans l'art d'être une reine en son royaume. Son seul maintien faisait d'elle l'image même de l'idorrá[2], et encourageait ceux qu'elle rencontrait à s'écarter de son chemin.

Le groupe finit par regagner le camp de Stavira, et l'azhock où Senera était allée retrouver Sire Oreth. Les gardes poussèrent les prisonniers sur des chaises, tandis que leurs collègues déposaient le corps du comte Janel sur une grande table.

Senera retira l'étendard qui recouvrait le comte. Dorna émit un bruit étranglé et détourna les yeux.

Frère Qown faillit l'imiter, mais sa formation prit le dessus. Janel avait subi une perforation inquiétante au torse, juste sous le sternum. Chez quelqu'un d'autre, Qown aurait considéré cette blessure comme fatale. Mais c'était de Janel qu'il s'agissait. Il savait que son métabolisme ralentissait

---

1. J'aime bien Dorna. Elle est plus maligne qu'elle en a l'air.

2. Ah, merci ! « Ne vous prenez pas pour un étalon »… Pff.

lorsqu'elle « dormait », à tel point que les non-initiés la croyaient morte. Était-il possible qu'elle soit encore en vie ?

Un pan de la tente s'ouvrit brusquement pour livrer passage à Sire Oreth. Il fit un pas à l'intérieur et s'arrêta net face au corps de Janel, une expression indéchiffrable sur le visage. Senera fronça les sourcils en le regardant.

— Ne me dites pas que vous l'aimiez.

— Est-elle morte ?

— Cette question ne signifie pas ce que vous croyez, répondit Senera. Dans tous les cas, nous devons partir avant que les mauvaises personnes se mettent à poser les bonnes questions.

Sire Oreth se renfrogna.

— Mon père ne va pas être content.

— Évidemment. Ce qui s'est passé aujourd'hui était un affront vis-à-vis de son honneur. Ce qu'on ne peut pas protéger, on doit renoncer à le diriger. C'est comme ça que ça marche ici, non ?

Elle sourit à Sire Oreth. Les traits de celui-ci se crispèrent en une expression hargneuse.

— Elle ne devait pas mourir.

— La vie est injuste.

Un autre homme entra dans la tente, l'air soucieux. Replet et bien vêtu, il ressemblait davantage à un Kirpi qu'à un Jorat.

— Qu'y a-t-il, Kovinglass ? interrogea Oreth.

— Votre père est en chemin, annonça l'homme. Et le duc l'accompagne.

— Ça n'a pas tardé, commenta Senera. (Elle étudia Kovinglass, les lèvres pincées.) Je vais avoir besoin que vous nous prodiguiez une porte de sortie.

— Il n'en est pas question. Je ne peux pas m'amuser à...

Quelque chose le fit hoqueter, et sa respiration parut se bloquer dans sa gorge. Il grimaça de douleur.

— Dépêchez-vous, mage, insista Senera.

Elle avait tendu la main vers lui. Quoique Frère Qown ne distingue aucune trace visible de magie, sa présence était évidente.

— Nous n'avons pas beaucoup de temps.

Elle baissa la main et les épaules de Kovinglass s'affaissèrent. Il se rattrapa juste avant de tomber et, pantelant, hocha la tête.

Le regard de Sire Oreth se posa sur les prisonniers. Une expression de haine traversa son visage. Dorna lui fit un clin d'œil.

— Je ne vais jamais réussir à expliquer tout cela à mon père, se plaignit-il.

— Si nous partons maintenant, vous n'en aurez pas besoin, rétorqua Senera. (Elle riva un regard appuyé sur Kovinglass.) Vous ne savez pas ce que « dépêchez-vous » veut dire ?

— Je n'ai pas d'ordres à recevoir de vous, femme, aboya Kovinglass.

Peut-être avait-il réussi à se convaincre que le sort que Senera avait lancé, quelques instants auparavant, était le résultat d'un coup de chance. Ou peut-être son orgueil lui interdisait-il d'admettre qu'il était incapable d'ouvrir un portail sans Gemmeporte.

Les soldats s'avancèrent vers lui.

Au même moment, Sire Oreth tira son épée. Mais au lieu de s'avancer vers les soldats, Oreth fit quelque chose d'autre. Il transperça Dorna de sa lame.

La vieille femme lui adressa un regard empli de stupéfaction hagarde, avant de glisser de son épée jusqu'au sol, en un petit tas informe. Frère Qown cria, mais personne ne fit attention à lui. Il voulut courir vers son amie mais les gardes le tirèrent en arrière. Senera se raidit.

— Pourquoi ? demanda-t-elle à Sire Oreth.

— Elle connaissait mon père, cracha-t-il. Elle savait des choses sur lui. Je pense qu'elle le faisait chanter, mais je n'ai jamais pu en être sûr. Quoi qu'il en soit, il aurait cru tous les mensonges qu'elle lui aurait racontés.

Frère Qown tenta de maîtriser ses émotions, de glisser sa vision de l'autre côté du Voile. Impossible. Il parvenait tout juste à s'empêcher de sangloter. Il vit s'éteindre la vie dans les yeux de Dorna et, à la différence de Janel, il n'avait aucune raison d'imaginer qu'elle avait fait semblant de mourir.

Senera observa un moment le corps de Dorna, le visage fermé, puis claqua des doigts.

— Negrach, Molash, vous porterez le corps du comte. Pragaos, prenez le prêtre. Kovinglass, où est mon portail ?

Alors que Kovinglass tentait d'ouvrir une issue magique, un sifflement se fit entendre. Un long pan du tissu de la tente flotta jusqu'au sol. Une demi-seconde plus tard, une flèche transperçait la gorge de Kovinglass.

Les soldats se tournèrent dans toutes les directions. Certains étaient équipés de boucliers, mais ils ignoraient qui avait tiré la flèche.

Frère Qown, qui connaissait bien le talent de Ninavis pour le tir à l'arc, avait sa petite idée ; mais il ne voyait aucune raison de les en informer. Lorsqu'un soldat l'attrapa par le coude, il fit semblant de trébucher et tomba, se servant de son propre poids pour déséquilibrer le garde au passage.

Des flèches pénétrèrent dans la tente et la chair des Yorans en proportions égales. Qown perçut des cris et des bruits de combat.

— Quand on veut qu'une chose soit bien faite…, marmonna Senera.

Terrifié, le prêtre songea qu'elle pourrait employer de nouveau la fumée bleue. Mais non. Elle avait ouvert son propre portail, suite à l'échec des tentatives de Kovinglass. Le tissu de l'azhock avait été ouvert en plusieurs endroits, si bien qu'elle avait agi sous les yeux de nombreux Jorats. Qu'elle soit considérée ou non comme un Sang de Joras, elle venait de conférer une grande crédibilité aux allégations de Janel.

Tandis que Frère Qown se relevait, un soldat le vit et donna un coup d'épée, en passant, comme pour tuer un insecte. Qown entendit son agolé se déchirer, et la lame entailla sa chair. Il tomba en arrière, en proie à une douleur insoutenable et saignant abondamment. Un autre soldat l'agrippa et le hissa sur son épaule.

Senera poussait ses hommes à travers le portail, y compris ceux qui s'étaient chargés du corps de Janel.

— Hé ! lança-t-elle à Sire Oreth. Vous venez, ou non ?

Sire Oreth darda sur elle un regard furieux, mais un cri à l'extérieur de la tente le fit s'élancer par la porte magique. Les autres soldats le suivirent, portant Frère Qown. Enfin, Senera traversa l'ouverture avec son chiot, et la referma derrière elle.

Lorsque le margrive, le duc et un groupe dont faisaient partie Ninavis et Sire Baramon entrèrent dans l'azhock, celle-ci était vide.

Vide, à l'exception des cadavres de plusieurs gardes, d'un Garde-Portes et d'une vieille femme[1].

---

1. Vous n'avez aucune idée de combien j'ai été tentée d'abandonner Oreth là-bas. Putain d'imbécile.

Troisième partie

Les enfants de l'hiver

32

Au bord de la mer

Colonie de Jorat, Empire de Quur.
Trois jours après que Kihrin se demanda s'il était capable de vaincre Gadrith seul (la réponse est non).

Kihrin dévisagea Dorna.

— Quoi ? lança-t-elle. Vous n'avez jamais été mort, vous, peut-être ?

Elle haussa les épaules en portant son verre à ses lèvres. Kihrin resta un instant silencieux.

— Je vois ce que vous voulez dire, finit-il par concéder.

Et sa propre mort ne datait que de quelques jours, bien qu'il ait l'impression qu'une éternité s'était écoulée.

— Parfois, j'oublie que ce n'est pas si difficile, quand on connaît des gens haut placés.

— Tout est plus facile quand on connaît des gens haut placés, dit doucement Dorna.

— Mais il y a une chose qui m'intrigue, reprit Kihrin. Qu'est-ce que vous savez sur le margrive de Stavira ?

— Je me le suis souvent demandé, moi aussi, renchérit Janel.

— Rien d'aussi terrible que semble le croire cet imbécile d'Oreth. Je me produisais dans les tournois, quand j'étais jeune.

Aroth m'admirait particulièrement. Et une chose en entraînant une autre[1]…

Elle passa un bras autour des épaules d'Étoile et lui ébouriffa les cheveux.

— M'man, protesta Étoile. Arrête !

Dorna obéit avec un grand sourire.

— Je ne regrette rien. Ça m'a valu mon Palomarn, après tout… Mais au bout de quelques années, c'est devenu très compliqué. Et plus tard, j'ai décidé que je serais plus heureuse dans un corps féminin, et Aroth a préféré adopter un corps masculin. Ça ne me dérange pas, sauf que je cours avec les juments, et lui n'en est plus une. Donc ça n'aurait pas duré, de toute façon, conclut-elle avec fatalisme.

Kihrin braqua son regard sur Étoile.

— « Palomarn » ? Ton vrai nom, c'est Palomarn ?

Le grand homme haussa les épaules :

— J'aime bien « Étoile ».

Janel, elle, regardait Dorna.

— Vous avez eu… un enfant… avec Aroth Malkoessian ?

— Hé ! protesta Étoile. Je ne suis plus un enfant.

— Alors votre fils…, souffla Kihrin.

Il avait du mal à imaginer Étoile au moment de sa naissance. Il donnait l'impression d'être simplement sorti de nulle part. Étoile, enfant… ? Étoile, bébé… ? Non.

— Comment est-ce possible que je sois tombé par hasard sur votre fils, dans les fosses aux esclaves de l'Octogone ?

Dorna jeta à Étoile un regard désapprobateur.

— Qu'est-ce que j'entends ? Les fosses aux esclaves ?

— Pas ma faute, déclara Étoile. Les gens qui maltraitent les chevaux ne méritent pas de les garder.

Dorna lui donna une claque sur l'épaule.

---

1. Oh… Je ne savais pas qu'ils avaient eu un enfant. Hmm. Et c'est le fils aîné d'Aroth, du coup… Ça pourrait s'avérer intéressant.

— Non, ce que je te reproche, c'est de t'être fait prendre. C'est pas comme ça que je t'ai élevé !

Étoile sourit et se tourna vers Kihrin.

— Je n'avais pas prévu que tu m'achèterais. C'était un coup de chance, je suppose.

— Ouais… Un coup de chance.

Kihrin ne pouvait écarter totalement cette possibilité. La déesse de la chance lui faisait parfois de petites faveurs. Et il était rare qu'elle lui demande d'abord la permission[1].

Janel reprit :

— Vous voulez bien continuer votre récit, Qown ? Personne ne m'a raconté ce qui s'était passé juste après notre enlèvement. (Qown lui adressa un long regard.) Qu'y a-t-il ?

Le prêtre soupira.

— Vous verrez.

Il ouvrit son livre.

Récit de Qown. Chaumière de Senera, lieu inconnu.

Après avoir franchi le portail, le garde déposa Frère Qown sur un banc de bois.

— Colonel, celui-là est blessé.

Frère Qown grinça des dents tandis que l'homme déchirait sa robe imbibée de sang. La plaie saignait toujours. Et elle lui faisait mal. On l'avait prévenu qu'il était souvent difficile de se soigner soi-même, car la douleur gênait la concentration, mais c'était la première fois qu'il en faisait l'expérience. En toute honnêteté, il avait toujours imaginé qu'il ferait figure d'exception, et que le jour venu, sa volonté lui permettrait d'ignorer sa peine.

---

1. Je suppose qu'il est logique que Taja s'assure parfois que certaines personnes se rencontrent.

— Mettez le corps du comte sur cette table. Sur le dos, je vous prie. Molash, allez me chercher ma sacoche rouge. Elle est là-bas, accrochée près de la porte.

Senera posa la petite dhole de huit mois au sol et lui retira son collier. La chienne se rua aussitôt jusqu'à son lit, un coussin de velours près de la cheminée. Elle tourna trois fois sur elle-même avant de s'y installer en remuant joyeusement la queue[1].

Sire Oreth balaya l'endroit du regard, puis s'approcha de la Doltari.

— Ramenez-moi là-bas. Je dois m'entretenir avec mon père.

Elle l'ignora et se pencha sur Frère Qown.

— Qu'est-ce que vous en pensez ? lui demanda-t-elle.

Qown fit la grimace.

— Ça aurait pu être pire. Seuls la peau et le muscle sont touchés. Ma cage thoracique a fait son travail : mes organes sont intacts. J'ai surtout perdu beaucoup de sang. Si j'arrivais à… me concentrer… je pourrais…

— On vous a déjà dit que vous parliez trop ? s'enquit Senera en souriant. Pas étonnant que vous n'arriviez pas à atteindre l'Illumination.

Il la regarda, estomaqué.

— Qu'avez-vous dit ?

Frère Qown sentit son cœur se serrer. *Par pitié, faites qu'elle ne soit pas un disciple de la Voie de Vishai. Faites qu'ellene prétende pas partager ma foi*[2]. Elle ne répondit pas à sa question, mais continua de découvrir la plaie sur son torse.

— Vous m'écoutez, femme ? J'ai dit que je devais y retourner, tout de suite !

---

1. Rebelle a des opinions bien arrêtées concernant son coussin.

2. Comme s'il allait me venir à l'idée d'adorer son dieu…

La colère d'Oreth commençait à se muer en panique, faisant trembler ses mains. La sorcière posa une main sur la poitrine de Frère Qown.

— Pragaos, surveillez Sire Oreth. S'il semble vouloir se rebeller, tuez-le.

— Oui, colonel.

Pragaos tira son épée de son fourreau et vint se placer à côté du noble.

— Quoi ? (Sire Oreth regarda l'homme d'un air courroucé.) Reculez immédiatement. C'est à moi que vous devez obéir.

La bouche du soldat tressauta.

— J'ai bien peur que vous ne vous soyez trompé à ce sujet.

— Pourquoi ne pas vous servir un verre, Oreth ? proposa Senera. Vous tremblez comme une… (Elle s'arrêta juste avant de terminer sa comparaison, et plissa les yeux en le regardant.) Vous n'aviez jamais tué personne, avant aujourd'hui.

Sire Oreth croisa les bras, écarquillant les yeux malgré lui.

— Quoi ? Ne soyez pas ridicule. Bien sûr que si. Simplement, je ne croyais pas… (Il marcha jusqu'au banc et s'y assit.) Je ne croyais pas…

Un soldat tira de l'eau-de-vie de l'armoire à liqueurs et en servit un verre, qu'il lui apporta.

— Il faut que je parle à mon père, murmura Sire Oreth en acceptant l'eau-de-vie. (Il la but trop vite, d'un seul trait.) J'ai besoin de lui.

— Pourquoi essayez-vous de m'aider ?

Frère Qown détourna les yeux de Sire Oreth pour regarder Senera.

— Ce serait du gâchis de laisser mourir un bon guérisseur, déclara-t-elle. On ne sait jamais quand on peut en avoir besoin. Maintenant, taisez-vous. Il faut que je me concentre.

Frère Qown ne le comprenait que trop bien. Il se laissa aller en arrière et tenta de ne pas penser à sa douleur.

D'ailleurs, celle-ci s'amenuisait de seconde en seconde… pour ce qui était de la souffrance physique, en tout cas.

Dorna. Bon sang, Dorna… C'est arrivé si vite…

Pour s'empêcher de ressasser la scène encore et encore, il se concentra sur la nécessité de récolter des renseignements et se mit à étudier ce qui l'entourait. Il faisait encore nuit, mais lorsque le soleil se couchait à Jorat, le soir était déjà tombé depuis plusieurs heures sur la côte ouest de Quur. Des lumagies emprisonnées dans des lanternes de verre éclairaient la pièce. Des herbes pendaient des poutres du plafond, soigneusement rassemblées en fagots. Des formules ésotériques avaient été gravées au feu dans le bois des solives. Un feu flambait dans un âtre assez grand pour servir à la cuisine… ou aux crémations. Des rangées de bouteilles encadraient une armoire d'apothicaire pleine de poudres et de fournitures médicinales. Deux des murs étaient percés d'une fenêtre, un troisième d'une porte ; quant au dernier, il était recouvert d'une quantité impressionnante de livres, empilés du sol au plafond. L'ensemble faisait penser à un autel – encombré et désordonné – consacré aux arts occultes. Les fenêtres n'offraient aucun indice supplémentaire : l'extérieur était plongé dans le noir.

Cependant, rien n'empêchait Qown d'élaborer des hypothèses. La maison avait été bâtie au-dessus du sol ; ce n'était pas une habitation souterraine. De toute évidence, ce n'était pas non plus une azhock, ce qui éliminait les deux types de demeures les plus courants à Jorat. La température était moyenne, excluant Yor de la liste des possibles. Avec ses murs de torchis, sa construction au cordeau et son sol de pierre, la chaumière n'évoquait pas les cabanes sur pilotis fréquentes à Marakor.

La pièce, malgré sa grande taille, avait quelque chose de chaleureux. Des livres et des étagères, chargées de bibelots étranges, tapissaient chaque pan de mur entre les fenêtres et la porte. Des dessins étaient également épinglés à la charpente : il s'agissait de représentations anatomiques, de paysages et de croquis architecturaux. Tous semblaient avoir été réalisés par le même artiste.

Dans le lointain, Frère Qown entendit des vagues s'écraser sur un rivage. Puisque Senera était capable d'ouvrir des portails, ils pouvaient se trouver presque n'importe où ; cependant, Qown avait la sensation qu'elle les avait transportés à Kazivar… ou peut-être même à Eamithon. À moins qu'elle ne soit allée jusqu'à changer de continent[1].

Une énergie rafraîchissante se répandit sur sa peau. En baissant les yeux, il vit que la femme refermait sa plaie et en joignait les bords.

— Merci, dit-il, ne voulant pas faire montre d'ingratitude. Je vais me charger du reste.

Il espérait que cette proposition lui ferait oublier de le ligoter. Il aurait plus de chances de s'échapper s'il n'était pas attaché.

— Bien. (Elle se leva et traversa la pièce jusqu'à ses hommes.) Combien de pertes ?

— Quatre, répondit l'un d'eux. Deux sont morts dans la bataille, et deux autres étaient sur le point d'être capturés.

La consternation se peignit sur le visage de Senera.

— Merci, dit-elle.

Le soldat acquiesça et fit un pas en arrière, une expression indéchiffrable sur le visage. Sire Oreth posa brutalement son verre sur la table et se leva.

— Ordonnez à vos hommes de quitter cette pièce. Tout de suite. Vous et moi devons avoir une petite discussion en tête à tête.

Le chef des soldats haussa un sourcil. Les autres se raidirent, en alerte. Plusieurs portèrent la main à leurs épées.

— Si vous insistez, répondit Senera.

---

1. Je préfère ne pas le dire. Je sais que vous le savez déjà, bien sûr, mais il existe toujours un risque que ce document tombe entre les mauvaises mains.

—Colonel…, protesta un soldat.

Frère Qown s'assit péniblement. Il était forcé de se ranger à l'avis des soldats, même si tous les occupants de la pièce lui faisaient regretter son vœu de non-violence.

Elle agita une main :

—Ça ira. Le prêtre peut rester, je présume ? Il ne faut pas le déplacer pour le moment.

Sire Oreth lança un bref regard au blessé.

—Il m'est tout à fait indifférent.

Vous avez tort. Parce que si vous vous approchez d'un peu trop près, je serais ravi de vous… Non, s'admonesta-t-il. *Non. C'est contraire à mes croyances.*

Les soldats hésitèrent.

—Allez-y, ordonna-t-elle.

Leur chef s'inclina avant de quitter la pièce. Les autres hommes le suivirent, lançant au passage des regards noirs à Sire Oreth.

Dès qu'ils furent sortis, celui-ci gifla violemment Senera.

La force du coup la fit chanceler, mais elle ne réagit pratiquement pas. Elle porta simplement une main à sa joue et baissa les yeux vers le sol[1].

Mais Frère Qown savait que sa docilité n'était qu'une ruse. *Comment pouvez-vous être aussi bête, Oreth ? Les magiciennes, surtout celles qui portent le titre de colonel d'une armée quelconque, ne se mettent pas à obéir simplement parce qu'on les frappe.*

—Vous oubliez quelle est votre place, femme. Je ne sais pas quels mensonges vous avez racontés à ces hommes, mais Relos Var vous a envoyée m'aider, moi. Pas vous lamenter sur le sort d'une satanée jument essayant de se faire passer pour un étalon. Et je sais que Janel n'est pas morte,

1. Vous avez vu comme je me suis bien comportée ? Je n'ai même pas remplacé ses os par de l'acide. Ce n'est pas comme si les gens avaient des talismans, à Jorat… Ç'aurait été tellement facile…

cessez donc de jouer la comédie. La malédiction de Xaltorath lui donne simplement l'apparence de la mort quand elle dort. Alors soignez-la. J'ai besoin qu'elle vive, pour pouvoir me céder son titre.

La femme à la peau blanche cilla lorsque Sire Oreth prononça le nom de Xaltorath. Elle leva ses yeux gris sur lui.

— Intéressant, murmura-t-elle. Je ne pense pas que beaucoup de Jorats aient entendu parler de Xaltorath. D'où tenez-vous ce nom ?

— Je n'ai pas le temps de répondre à vos questions ineptes. (Il tira son épée.) Soignez-la, et rouvrez la porte pour me laisser passer.

— Senera…, l'avertit Frère Qown.

La petite chienne, près de la cheminée, se ramassa sur elle-même et gronda vers Sire Oreth.

— Ça suffit.

Senera pointa deux doigts recourbés vers Sire Oreth. Son épée se tordit dans sa main, puis la poignée se reforma pour enserrer ses doigts, à la manière d'une menotte. La lame, quant à elle, se courba en arc de cercle, la pointe dirigée vers son porteur, comme un serpent prêt à mordre. Sire Oreth tenta de lâcher son arme, et s'aperçut qu'il en était incapable.

— Arrêtez ça ! Qu'est-ce que vous…

La lame s'arrêta à un cheveu de sa gorge. Il s'immobilisa.

— Ce que je fais ? (Elle eut un petit rire.) Cela me semble évident. Je m'occupe de votre cas. Et vous n'êtes plus dans un tournoi de cambrousse, mon bel idiot. Ces conflits-ci voient s'affronter des ennemis d'une puissance et d'une envergure telles que vous ne pouvez même pas en imaginer les enjeux. C'est pourquoi Relos Var nous a ordonné de ne tuer personne. Si nous l'avions emmenée, nous aurions pu empêcher cette vieille femme de révéler nos secrets. Mais morte… Sa mort ne fait que jouer en la faveur de nos adversaires.

— Ce que vous dites n'a aucun sens…, murmura Oreth sans détacher son regard de son épée.

Senera l'observa d'un air agacé.

— Pour qui vous prenez-vous ?

Elle s'avança jusqu'à la cheminée et se pencha pour caresser la petite dhole, dont la queue frappa contre les pierres de la cheminée.

— Que voulez-vous dire ? Je suis Oreth Malkoessian…

Elle leva les yeux au ciel.

— C'est insignifiant. Éphémère. Les titres et les détails de votre naissance peuvent vous être retirés à n'importe quel instant. Qui êtes-vous, *vous* ? (Sans attendre de réponse, elle se tourna vers Frère Qown.) Réessayons. Qui êtes-vous ?

— Je… (Qown fit la moue.) Je suis un prêtre de…

Senera l'interrompit avec humeur :

— Je m'attendais à mieux. Ça, c'est votre travail. Si je vous tuais maintenant, prêtre, cesseriez-vous d'exister ? (Elle se retourna vers Sire Oreth.) Pensez-vous n'être rien d'autre que votre forme physique ? Mignon, agile ? Jeune et stupide ?

— Hé ! s'indigna Sire Oreth.

Il tressaillit lorsque l'épée lui rappela de ne pas bouger.

— Nos âmes, reprit Frère Qown. Nous sommes nos âmes.

— Voilà ! approuva Sire Oreth. Lorsque je mourrai, mon âme se rendra dans le Royaume de la Paix.

— Ne partez pas du principe que Thaena vous apprécie tant que ça. Mais je vous accorde que vous irez au moins jusqu'à l'Au-delà. (Elle s'approcha du corps de Janel.) Ce corps que vous portez, ce n'est pas vous. Ce n'est pas votre identité. Au contraire ; c'est une prison. Votre corps vous retient de ce côté-ci des mondes jumeaux, prisonnier, facile à contrôler. Lorsque cette vieille femme se trouvait encore dans son corps physique, vivante et en bonne santé, son âme était entre nos mains. Mais à présent que vous l'avez tuée… (Elle fit claquer sa langue.) Dorna est en train de raconter tout ce qu'elle sait à Thaena, en ce moment même. Et Thaena va le répéter à ses alliés. La déesse de la mort dira tout à votre père, le margrive, la prochaine fois qu'il apportera une offrande funéraire à l'un de ses autels. Dites-moi, quelle sorte d'homme est-il ? Mentira-t-il pour vous protéger ? Ou révélera-t-il la vérité au duc ? Lui avouera-t-il que son fils est un traître et un saelen de première catégorie ? Il va être tellement déçu de vous…

Sire Oreth semblait si crucifié par ses propos qu'il cessa de surveiller l'épée pointée sur lui[1].

— Attendez, intervint Frère Qown. À vous entendre, on croirait que Thaena est l'ennemie. Thaena elle-même.

Senera haussa les épaules.

— C'est vrai. Ce sont nos ennemis. Khored, Taja, Galava… tous. On vous a abreuvés de mensonges toute votre vie. Les Huit Immortels ne sont pas nos gardiens. Ce sont nos geôliers, nos maîtres. Ils trônent au sommet d'une pyramide dont la fondation est l'asservissement de l'humanité. Pourquoi voudraient-ils jamais nous libérer ?

Elle ramassa des ciseaux et se mit à couper les sangles de cuir qui fixaient l'armure noire de Janel à son corps.

— Ce n'est pas…

Mais avant que Frère Qown n'ait pu émettre la moindre remarque, une lumière éblouissante apparut devant une étagère pour former un cercle de fractales bien reconnaissables. Les symboles se mirent à tournoyer, tandis que le centre prenait l'apparence d'un miroir.

Relos Var franchit le portail.

Le magicien ferma l'ouverture derrière lui et observa d'un œil critique l'épée serpentine qui emprisonnait Sire Oreth.

— Je vois qu'il y a au moins quelqu'un qui s'amuse, ici.

Sans un regard pour Frère Qown ou le corps de Janel, il se dirigea vers une petite table pour se servir un verre.

— Je vous demanderais bien comment les choses se sont déroulées pour vous, mais je viens de passer dix minutes à

1. Oh ! Pitié, qu'on m'épargne les jolis petits garçons trop gâtés qui ont une relation compliquée avec leur père.

m'entretenir avec un duc Xun en proie à l'hystérie, au sujet du benjamin du margrive de Stavira. Apparemment, notre jeune chevalier vient d'assassiner l'ancienne épouse du margrive. Ou était-ce son ancien mari ? Je ne suis pas sûr que cela fasse une différence.

Sire Oreth parut s'étouffer, mais ni Relos Var ni Senera ne firent attention à lui.

Frère Qown n'avait jamais vu le magicien de si près auparavant. Il éprouva une sensation tenace de familiarité, sans toutefois savoir pourquoi.

Relos Var adressa à la sorcière blanche un regard d'excuse.

— Malheureusement, j'ai dû assurer au duc que vous et moi n'étions aucunement associés. Je vous présente mes excuses.

Elle agita la main et continua la tâche qu'elle avait commencée.

— Aucun problème. Je commençais à me lasser des tournois, de toute façon.

— Mon père…, articula Sire Oreth d'une voix étranglée.

Relos Var lui décocha un regard agacé.

— Qu'allons-nous faire de lui ? Il ne nous sert à rien, concernant Tolamer. Le margrive de Stavira va vouloir lui faire rembourser ses dettes. Puisque le jeune Oreth en est incapable, le canton reviendra à son père. Je doute que nous parvenions à convaincre Aroth de collaborer avec nous.

— Relos, nous avions un accord. Je vous ai aidé ! intervint l'intéressé. Je peux tout vous expliquer. Je ne… Je ne voulais pas tuer Dorna. J'ai… J'ai perdu mon sang-froid, c'est tout.

— Pas votre sang-froid, cracha Frère Qown. Votre courage. Vous ne l'avez assassinée que lorsque vous avez appris que votre père était en route.

— Ah… Vous êtes doué pour multiplier les mauvaises décisions, n'est-ce pas, Oreth ? Et le plus drôle, c'est que Dorna est vivante, reprit Relos Var. (Il s'installa dans un fauteuil, son verre à la main.) Vous n'avez donc rien accompli du tout. Très franchement, à quoi servez-vous ?

— Mais je l'ai vue…, balbutia Frère Qown.

Sire Oreth semblait tout aussi surpris que lui.

— Vous venez de dire que je l'avais assassinée…

— Oh, elle est morte, en effet, répliqua Relos Var. Le tout est de savoir si elle l'est restée. Et ce n'est certainement pas le cas. (Il lança à sa complice un regard lourd de sens.) C'est un ange. Je suis sûr que Thaena est déjà en train de renvoyer l'âme de Dorna dans son corps, à l'heure qu'il est.

— Un ange ? s'étonna Senera. Vraiment ? Et au service de Thaena ? Je soupçonnais cette vieille femme de receler bien des secrets, mais je n'aurais jamais cru qu'elle serait l'un des serviteurs choisis par Thaena.

— Oh, non. Elle est au service de Tya.

Senera se retourna vers Janel.

— Voilà qui semble plus cohérent.

Frère Qown se pencha en avant.

— Attendez… Dorna travaille pour le compte de la déesse de la magie ?

Relos Var lui accorda un regard qui dura une fraction de seconde, avant de reporter son attention sur Senera.

— Alors, qu'allons-nous faire du beau chevalier jorat que voilà ? Lui mettre un gaesh ?

Sire Oreth écarquilla les yeux.

— C'est une idée, répondit la femme. Mais dans quelle intention ? Il mourrait en se faisant piéger dans une boucle de gaesh la première fois que nous l'enverrions chercher du bois.

Elle sortit sa pierre à encre de son misha, et se mit à moudre une petite quantité d'encre. Frère Qown n'aurait pas trouvé le raclement du bâton d'encre contre la pierre aussi sinistre, s'il n'avait su qu'il s'agissait d'une Pierre Angulaire. Se servir d'un tel artefact comme d'un vulgaire outil de scribe avait quelque chose de sacrilège.

—Vous ne pouvez pas me mettre un gaesh ! s'écria Sire Oreth.

—Taisez-vous, rétorqua Senera, ou c'est moi qui vous ferai taire. Et vous n'apprécierez pas mes méthodes. (Elle reprit sa conversation avec Relos Var.) Il ferait peut-être un joli cadeau de réconciliation pour Gadrith[1] ?

Relos Var fronça le nez.

—J'aimerais mieux l'éviter. Et puis, Gadrith préfère les magiciens, de toute façon. (Il pencha la tête de côté et étudia Sire Oreth.) Dites-moi, vous savez chanter ?

—Pardon ? dit Sire Oreth d'un air abasourdi. Je... Heu... Je suis désolé. Je chante faux. Peut-être pourrais-je essayer d'apprendre... ?

Senera frémit.

—Et dire que je trouvais mon idée cruelle... Relos, vous êtes infâme.

Le magicien haussa les épaules.

—Je ne sais pas où Sharanakal est allé s'endormir dernièrement, de toute façon.

—Et si nous nous déchargions du problème sur le duc Kaen ? proposa Senera.

Avec ses yeux écarquillés, elle était l'innocence personnifiée[2]. Relos Var se mit à rire.

—Oui, voilà. Que Kaen s'en occupe. Cela en vaudra la peine, rien que pour voir la tête qu'il fera. La dernière chose dont il a besoin, c'est d'un nouveau chiot dans sa collection. (Il vida son verre et se leva.) Je vais aller marcher sur la plage. Je ne serai pas long.

Senera sourit.

—Vous allez dire bonjour à votre amie vané ?

---

1. Honnêtement, je suis contente qu'il soit parti. Je sais que Gadrith avait son utilité, mais il avait plus d'inconvénients que d'avantages.

2. Quoi ? Ce n'est pas moi qui ai écrit ça. C'est Qown. Je suis certaine de ne pas présenter le moindre soupçon d'innocence.

— Je n'ai aucune idée de ce dont vous voulez parler, affirma le magicien d'un air candide.

— Hmm-hmm, fit Senera. Serrez-la bien fort pour moi.

Il eut un petit rire.

— Ce n'est pas vraiment son genre. Mais je transmettrai vos hommages à Sa Majesté.

— Ça vous ennuie si je mets un gaesh à Danorak pendant votre absence ? demanda Senera.

Elle aurait aussi bien pu lui demander si elle pouvait refaire du thé.

— Je vous en prie.

Dès que Relos Var fut parti, la Doltari se remit à préparer son encre. Sire Oreth se passa la langue sur les lèvres.

— Colonel ?

Senera leva les yeux, irritée. Oreth prenait soin de se mouvoir le moins possible, pour éviter de s'empaler sur l'épée qui le menaçait toujours.

— Je, heu… Je voulais m'excuser.

La femme posa la pierre à encre et le regarda, les sourcils levés.

— Je suis désolé, reprit le jeune homme. J'ai eu tort de vous rudoyer. C'était mal de ma part, et j'aimerais vous montrer combien je le regrette. Pourriez-vous, s'il vous plaît… (Son regard se posa sur l'épée, puis revint à la Doltari.) Je sais me rendre utile. Je vous le promets.

Senera esquissa un sourire.

— Je devrais penser plus souvent à menacer les hommes à l'aide d'épées animées.

— Si vous n'êtes pas idorrá, vous êtes thudajé, glissa Frère Qown.

La femme avait dû l'entendre, car elle ricana. Puis elle se pencha et considéra Sire Oreth.

— Je me demande si vous êtes sincère. On verra bien, je suppose… Sachez simplement que si vous mentez, je suis capable de vous infliger des châtiments à faire hurler un démon.

— Je vous crois.

— Bien.

Senera remua la main, et l'épée de Sire Oreth redevint droite. La poignée reprit également sa forme d'origine. Il lâcha aussitôt son arme.

— Alors, que puis-je faire pour vous aider ?

Il était l'image même de la sollicitude et de la courtoisie.

— Je suis sûre qu'une tasse de thé ferait plaisir à Frère Qown. J'en aurais bien bu une aussi, mais je vais être un peu trop occupée, ajouta-t-elle en montrant le corps de Janel.

— Mettre un gaesh au comte Janel est une idée abominable, argua Frère Qown. Aurais-je la moindre chance de réussir à vous en dissuader ?

Elle sourit :

— Non.

— C'est bien ce que je pensais.

Une nausée l'envahit. Il n'avait jamais vu quelqu'un recevoir un gaesh, mais le Père Zajhera lui en avait parlé. Il était assez bien informé pour comprendre la nature blasphématoire du rituel. Pour quelqu'un comme Janel…

Elle en mourrait. Qown ne pensait pas qu'elle soit capable d'obéir aux ordres du gaesh, même pour sauver sa vie.

Lorsque Sire Oreth se dirigea vers la cheminée pour y faire bouillir de l'eau, la petite chienne émit un grondement. Elle semblait décidée à ne pas le laisser approcher.

— Rebelle, couchée, ordonna Senera. Va sur ton coussin.

La dhole décocha à Sire Oreth un regard de reproche et retourna s'installer sur le coussin de velours.

— Le chien s'appelle Rebelle ? demanda Sire Oreth.

— Hmm. Chut. On se tait, maintenant, intima Senera en observant fixement le corps de Janel.

Elle fronça les sourcils.

Frère Qown changea de position et grimaça ; il n'avait pas encore guéri sa blessure. Il n'avait guère de mal à imaginer ce qu'essayait de faire Senera : elle soignait le corps de Janel avant d'entamer le rituel du gaesh. Il savait aussi pourquoi cela ne fonctionnait pas… tout comme cela n'avait pas fonctionné lorsqu'il avait tenté de la soigner, quelques semaines plus tôt.

S'il n'intervenait pas…

L'état de Janel paraissait stable, mais Frère Qown ignorait si c'était le résultat d'un sort lancé par Relos Var, ou bien des propres pouvoirs du comte. Quoi qu'il en soit, le charme finirait tôt ou tard par se dissiper… et Janel achèverait de mourir.

Si Senera la soignait, elle connaîtrait un sort plus grave encore. La perspective d'être enlevée et emmenée à Yor était déjà effroyable : la réputation de cette colonie, en matière de traitement des femmes, était tout sauf flatteuse. Mais si Relos Var et Senera avaient l'intention d'y emmener Janel sous le joug d'un gaesh…

Qown songea à ce qu'avait dit Senera, lorsqu'elle avait affirmé que la mort pouvait être salutaire. Thaena ramènerait-elle Janel ? Peut-être, peut-être… Mais il existait malgré tout un risque que Xaltorath, et non Thaena, récupère l'âme de Janel. D'ailleurs, Qown était prêt à parier que Xaltorath avait tout prévu pour que ce soit le cas. Quel destin semblait pire ?

Qown n'eut pas à y réfléchir longtemps.

— Vous allez avoir besoin d'aide, annonça-t-il à Senera.

Celle-ci leva les yeux.

— Ses défenses magiques ne sont pas sélectives, expliqua-t-il. Cela la rend difficile à soigner. Vous allez avoir besoin que quelqu'un vous aide.

— Si vous tentez quoi que ce soit…

— Je sais, je sais. Si je tente quelque chose, vous me ferez regretter d'être né.

— J'aurais apporté quelques nuances, mais c'est à peu près ça, oui. (Senera lui fit signe d'approcher.) Prenez un tabouret, et allons-y.

Le travail de guérison dura environ trente minutes, au terme desquelles ils se retrouvèrent munis de deux tasses de thé et d'un comte jorat en bonne santé.

Frère Qown aurait aimé s'en réjouir. En sauvant la vie de Janel, il avait eu l'impression de la trahir.

— Allez vous rasseoir. Je n'ai pas besoin de vous pour la suite, déclara Senera. Ah, et c'est maintenant que vous risquez de faire quelque chose de stupide par pure bravoure, alors sans doute vaudrait-il mieux vous épargner toute tentation. Sire Oreth, si vous voulez effectivement vous rendre utile, gardez un œil sur le prêtre. Vous n'aurez sans doute pas besoin de recourir à la violence, mais si j'étais vous, je garderais mon épée à portée de main. Ah, et je ne devrais pas avoir à le préciser, mais… surtout, ne le tuez pas. C'est compris ?

Le Jorat hocha la tête et récupéra sa lame tombée au sol. Il la tenait du bout des doigts, comme s'il venait de la sortir du four.

Frère Qown se rassit sur son banc, se passant les doigts sur le corps pour vérifier qu'il n'avait plus d'hématomes. Cependant, sa curiosité professionnelle se fit trop forte, et il se mit à regarder Senera peindre sur les mains, le visage et le thorax de Janel.

— Vous n'êtes pas… (Il fronça les sourcils.) Qui allez-vous invoquer ?

Senera eut un petit rire.

— Personne.

— Mais je ne comprends pas.

— Ça ne m'étonne pas.

Le regard de Sire Oreth passa de l'un à l'autre.

— Attendez… Pourquoi est-ce qu'il faudrait invoquer un démon ?

— Parce que c'est nécessaire, répliqua le prêtre, surpris. Pour mettre un gaesh à quelqu'un, il faut invoquer un démon.

— Oh, fit Sire Oreth d'un ton hésitant. Alors… Figurez-vous que… je me suis toujours demandé ce qu'était un gaesh. Je sais que c'est quelque chose qu'on fait aux esclaves…

— Adorable, commenta Senera. Mais il se trouve que Frère Qown se trompe. Il n'est pas obligatoire d'invoquer un démon pour mettre un gaesh à quelqu'un. Il est simplement plus facile de le faire faire par un démon.

— Et un gaesh, c'est… ? insista Sire Oreth.

Senera leva les yeux au ciel.

— C'est ce dont vous avez entendu parler. Une manière de garder quelqu'un sous son contrôle. De façon plus ou moins fiable.

— Cela consiste à arracher un morceau de l'âme de quelqu'un, précisa Frère Qown. Et à s'en servir ensuite pour lui infliger une douleur insoutenable lorsque cette personne vous désobéit. Cette douleur est si terrible qu'elle se révèle souvent fatale. (Il lança un regard appuyé à Sire Oreth.) Souvenez-vous que c'est ce qu'ils envisageaient de vous faire subir.

Sire Oreth parut troublé, mais reprit aussitôt ses esprits.

— Donc, nous allons invoquer un démon ?

Frère Qown s'attendait à ce qu'il soit terrifié, ou au moins dégoûté, face à une telle perspective. Mais il semblait presque impatient[1].

Senera secoua la tête.

— J'ai dit que nous n'allions pas invoquer de démon. Nous allons utiliser une Pierre Angulaire.

Frère Qown se redressa.

— Laquelle ?

— La Pierre des Entraves.

— Vous avez la Pierre des Entraves ?

1. Mignon. Stupide.

— Non, mais ça n'a pas d'importance.

Senera continuait de dessiner sur le corps de Janel. Frère Qown ignorait à quoi pouvaient servir ces motifs, mais il songea qu'ils avaient peut-être la faculté de canaliser le pouvoir de la Pierre Angulaire.

Enfin, elle fit un pas en arrière et admira son travail. Elle avait peint de multiples spirales centrées sur les points d'énergie de la femme inconsciente.

— Maintenant, j'ai besoin qu'aucun de vous deux ne fasse le moindre bruit, déclara Senera en ramassant un médaillon en forme de lion sur une étagère. Et je ne plaisante pas lorsque je dis que si vous essayez de vous opposer à moi, vous passerez le reste de vos jours à hurler. (Elle les regarda tous les deux.) Compris ?

Les deux hommes hochèrent la tête.

Senera piqua de nouveau son pinceau dans ses cheveux et fit un geste en direction du corps de Janel. Celui-ci s'éleva lentement dans les airs, puis se pencha à la verticale.

Tenant le médaillon dans une main, Senera toucha de l'autre celles de Janel, ainsi que son cou et son front. Puis elle plaça ses doigts, courbés comme des griffes, face au cœur de la Jorate.

Frère Qown ne put s'empêcher de penser que ce dernier geste devait être symbolique, voire inutile. *Le muscle du cœur ne recèle pas de foyer significatif d'énergie spirituelle.*

Il s'abstint de formuler cette pensée à voix haute.

Lorsque Senera éloigna ses doigts, de minces faisceaux d'énergie ruisselèrent du corps de Janel à la main de la Doltari. Qown eut l'impression de la voir filer la laine : l'énergie ressemblait à ces filaments tendus vers le fuseau. À mesure que les fibres d'âme s'accumulaient dans la main de Senera, celle-ci étirait soigneusement le fil avant de le transvaser dans le médaillon.

Lorsque Senera aurait terminé son œuvre, toute personne détenant le médaillon de Janel pourrait lui donner l'ordre qu'elle désirait. Janel ne pourrait y désobéir qu'en sacrifiant sa propre vie. Janel, qui ne bougeait pas, n'émettait pas le moindre son. Elle parcourait toujours l'Au-delà. Elle n'aurait aucune idée de ce qui s'était passé jusqu'à son réveil… et alors commencerait l'horreur qui hanterait le reste de ses jours.

Frère Qown scruta la pièce à la recherche d'un moyen de détourner l'attention de Senera ou de neutraliser Sire Oreth. Il ne trouva rien. Il ne réussirait qu'à se faire tuer. *Un médiqueur mort ne peut soigner personne.*

Enfin, Senera cessa de tirer les filaments et referma son poing sur le médaillon. Celui-ci brilla quelques instants, avant de redevenir une babiole sans intérêt.

— Très bien, dit Senera. Le plus dur est fait…

C'est alors que le collier tomba en poussière.

Le fragment d'âme luminescent flotta jusqu'à Janel et réintégra son corps. Senera resta immobile, médusée.

— Est-ce que c'est normal ? interrogea Sire Oreth.

Même Frère Qown ne put s'empêcher de se pencher en avant.

— Non. Non, pas du tout. (Senera semblait atterrée.) N'approchez pas.

Elle se saisit d'un deuxième collier ; cette fois, il s'agissait d'une dent de fauve chasseur.

Senera recommença le rituel, répétant les mêmes gestes avec la diligence d'une élève qui s'y serait entraînée des milliers de fois. Cette fois, elle s'acquitta des étapes plus lentement, pour s'assurer qu'elle n'en avait oublié aucune. Lorsqu'elle eut terminé, la dent de fauve chasseur se désagrégea à son tour.

— Par l'Enfer, mais qu'est-ce que…, marmotta Senera.

— Je n'ai jamais vu cela, affirma le prêtre.

Pour être exact, il aurait fallu préciser que c'était aussi la première fois qu'il assistait à la pose d'un gaesh.

— Pragaos, Molash, à moi ! cria Senera.

Les gardes se ruèrent dans la pièce, les épées au clair, prêts à en découdre. Un soldat baissa le regard vers la poitrine dénudée du comte, mais les autres gardèrent les yeux fixés sur Senera.

— Oui, colonel ?

— Allez chercher Var, dit Senera. Il faut qu'il voie ça.

Lorsque le magicien revint, il fit sortir tout le monde à l'exception de Senera, Janel et Frère Qown. Sire Oreth parut tout guilleret à l'idée de s'éloigner de Senera. Une fois la porte refermée, Relos Var et Senera effectuèrent le rituel une troisième fois, ensemble. Et pour la troisième fois, ce fut un échec.

Relos Var s'acquitta ensuite seul de la tâche. Il décomposa le processus, expliquant chaque étape, avec une telle profusion de détails que Qown eut l'impression qu'à la fin, il aurait lui-même été capable de poser un gaesh à quelqu'un. Le prêtre comprit qu'il ne s'agissait pas d'un sortilège, pas plus que l'emblème qu'il avait reproduit après avoir observé Senera. Lorsqu'on effectuait le rituel, étape par étape, sans se tromper, un résultat fiable et prévisible s'ensuivait. Les facultés magiques de l'exécutant n'avaient aucune importance. N'importe qui pouvait s'en charger, à condition de bien suivre les instructions.

Et malgré tout, le rituel échoua de nouveau.

Relos Var se mit alors à lancer des sorts, aspirant plus de pouvoir, renforçant des liens. Il finit par ouvrir un portail vers un autre emplacement, lorsqu'ils eurent épuisé leur réserve de bijoux pouvant accueillir le gaesh. Tandis qu'il travaillait, quelque chose captiva une nouvelle fois l'attention de Frère Qown. Cette impression de reconnaître quelqu'un, des détails familiers. Var n'était pas un inconnu. Qown le connaissait.

Puisqu'il était resté discret et n'avait pas bougé de sa place, sa présence était vite passée inaperçue. Personne ne l'empêcha de se concentrer pour entrer en Illumination. Il vit alors pourquoi Relos Var lui paraissait si familier.

Sa façon de lancer des sorts était la même que celle du Père Zajhera.

Frère Qown avait reçu une éducation magique plus pointue que la majorité des élèves de l'Académie. Le Père Zajhera avait été un professeur consciencieux, convaincu de l'importance des fondamentaux et de la théorie. Par conséquent, Frère Qown savait que l'instruction magique n'était susceptible que de prodiguer sources d'inspiration et conseils. La magie était un art personnel. Deux personnes différentes ne pouvaient l'envisager de la même manière. Même des jumeaux n'auraient pu la manipuler de façon identique.

Mais Relos Var lançait des sorts comme le Père Zajhera.

Exactement comme lui. Qown ne décelait aucune différence[1].

Ses yeux s'écarquillèrent d'horreur, et il se leva.

— Zajhera, murmura-t-il.

Relos Var leva les yeux. Leurs regards se croisèrent au-dessus de la pièce.

Relos Var fronça les sourcils. L'espace d'un instant, son visage exprima le désarroi.

Le chagrin.

Il détourna les yeux et jeta de côté le cristal qui lui avait servi de catalyseur.

— Je ne suis pas surpris que vous ayez échoué, apprentie. Quelqu'un nous a coiffés au poteau.

Senera le dévisagea, perplexe.

— Pardon ?

— Nous n'avons pas pu lui poser de gaesh parce qu'elle en a déjà un. Nous ne sommes pas les premiers. Son âme appartient déjà à quelqu'un d'autre.

— Qui ?

Relos Var parut y réfléchir quelques instants.

1. Ah. Alors, c'était ça… Je me suis toujours posé la question.

— Je ne sais pas. (Il rit.) Ah ! Voilà une phrase que je n'avais pas prononcée depuis des siècles. Malheureusement (il désigna Janel) nous n'avons pas le temps de découvrir la réponse à cette question. S'il est impossible de lui mettre un gaesh, nous allons devoir trouver une autre manière de procéder.

— Qu'avez-vous en tête ?

— Nous allons couper ses griffes à notre petit lion. Essayons au moins de limiter sa capacité à envoyer valser les soldats comme autant de souris. Je serais contrarié de l'avoir ramenée chez le duc Kaen pour que la première chose qu'elle fasse soit de lui arracher la tête. (Relos Var se tut un instant.) Ne parlez pas au duc Kaen de cette histoire de gaesh. Il est déjà assez paranoïaque comme ça.

Ils ne semblaient pas se souvenir de la présence de Frère Qown. Celui-ci songea alors que Relos Var n'avait pas dû entendre ce qu'il avait dit. Il sentit se desserrer l'étau qui lui emprisonnait la gorge, et poussa un long soupir.

— Retournons-la, suggéra Senera. Sur son dos, ce sera plus facile.

Elle ajouta un peu d'eau à son encre noire pour la diluer, tandis que Relos Var retournait délicatement Janel sur la table.

Frère Qown lança un regard à la porte. S'il tentait de s'enfuir, jusqu'où irait-il avant d'être rattrapé par les gardes ? Hélas, il ne connaissait pas de bons sorts d'invisibilité ; il ne savait cacher que les mots. Peut-être qu'en détournant l'attention des soldats…

Mais lorsqu'il tourna la tête, Senera peignait sur le dos de Janel. Il ne put s'empêcher de l'observer. Elle dessinait un emblème.

Il ne s'agissait pas du symbole qu'elle avait utilisé pour purifier l'air, mais d'un autre motif similaire. Tandis que Senera faisait courir son pinceau sur la peau de Janel, l'encre y pénétrait et séchait, permanente, aussi sombre que les doigts de la jeune fille.

Senera recula et contempla son œuvre.

— Ça devrait aller, dit-elle. Plus de griffes à l'horizon. (Elle eut un instant de silence, et son expression se fit triste et amère.) Pourquoi faisons-nous cela ? (Var haussa un sourcil.) Pourquoi l'emmener ? poursuivit-elle. Qu'espérez-vous accomplir ?

Il parut surpris.

— Remettez-vous en doute mes décisions ?

— Vous avez privé une femme… (Elle marqua une pause.) Non, pas une femme. Vous avez privé une *jeune fille* de son pouvoir, et maintenant, vous voulez la jeter dans la gueule du loup. Cela ne vous ressemble pas.

Il rit doucement.

— Nous ne l'avons pas privée de son pouvoir, voyons. Seulement de sa béquille. Elle n'a jamais eu besoin de développer ses talents par le passé. Dites-vous que nous lui avons prodigué la motivation de le faire. Quant à ce que je désire accomplir… (Il posa un bref regard sur Qown, avant de revenir à Senera.) La même chose que d'habitude, chère enfant. Je m'assure que les prophéties se réalisent. L'enfant-du-démon, vous vous souvenez ?

— « L'enfant-du-démon rassemble les brisés, sorcières, hors-la-loi et insurgés, pour orchestrer conquête et révolte tandis que l'hiver sacrilège cache ses chaînes dans le palais du roi des neiges. » Prophéties devoranes, livre 3, quatrain 17. (La bouche de Senera se tordit en un rictus.) D'accord. Je veux bien que le palais du roi des neiges soit à Yor, mais j'ai du mal à voir comment elle pourrait orchestrer une rébellion alors qu'elle y est prisonnière. Et puis, je croyais que l'enfant-du-démon était le duc Kaen ?

— C'est possible, concéda Relos Var en souriant. Mais entre nous, j'ai toujours trouvé cette interprétation un peu tirée par les cheveux. (Il baissa les yeux sur le corps de Janel, et son sourire disparut.) Je miserais plutôt mon métal sur elle. Mais vous savez ce qu'on dit. Quand on veut gagner une course hippique…

— … il faut parier sur tous les chevaux, acheva Senera. Serait-ce l'heure de partir ?

— Pas encore, répondit Relos Var. (Une expression de regret traversa ses traits.) Je crains que nous ayons d'abord un autre gaesh à poser.

Il se retourna et regarda Frère Qown droit dans les yeux.

Ce dernier sut alors qu'il n'avait pas réussi à se faire oublier de lui.

33

Chaleureuses retrouvailles

Colonie de Jorat, Empire de Quur.
Trois jours après que Kihrin découvrit
qui dirigeait les Hommes du Griffon.

— Alors, est-ce que Relos Var vous a mis un gaesh ? s'écria Kihrin.

Qown frissonna.

— À votre avis ? (Il grimaça.) Veuillez m'excuser. Je me suis montré malpoli. Mais après trois ans à ne pas pouvoir en souffler mot à quiconque…

Janel repoussa sa chaise et quitta la pièce, en direction de l'écurie. Qown se leva.

— Oh. Elle…

— Savait-elle qui était vraiment le Père Zajhera ? souffla Kihrin en se levant à son tour.

— Non, répondit Qown, désarmé.

Kihrin se souvint de ce que disait Janel sur le Père Zajhera, et la façon dont il l'avait aidée à se remettre de sa possession par Xaltorath. Les paroles de Dorna lui revinrent en mémoire : *« Quand elle est revenue à Tolamer, le Père l'a accompagnée… »*

Un bruit retentit. Quelque chose semblait avoir heurté violemment la porte du caveau. Les occupants de la taverne se figèrent. Dorna se leva à son tour.

—Je ferais mieux d'y aller…

—Non. (Kihrin leva les mains.) Je m'en charge.

Sans attendre leur assentiment, il sortit à la suite de Janel.

Il arriva à temps pour la voir se jeter de nouveau contre la porte bloquée par le gel. Le craquement de la glace emplissait l'énorme salle de pierre. Des fragments de bois durci au feu se détachèrent du battant et tombèrent au sol, mais en dépit de cela, le mur de glace ne céda pas.

—Arrêtons ces petits jeux! vociféra Janel. Où est ton oncle, Aeyan'arric? Dis à cette vieille mule arrogante de ramener ses fesses et de m'affronter en face!

Derrière Janel, Arasgon hennissait et tapait du pied, secouant sa crinière noire avec irritation. Quoi qu'il soit en train de dire à Janel, celle-ci faisait la sourde oreille.

Elle posa les deux mains sur la porte. D'un coup, celle-ci s'embrasa.

Kihrin supposa que Janel avait l'intention de faire fondre le mur de glace, mais ce qu'il ignorait, c'est comment elle comptait se débarrasser du dragon qui l'attendait de l'autre côté[1].

En tout cas, il ne pouvait pas l'atteindre sans passer devant un flammesang ulcéré et très protecteur.

—Hé, Arasgon… Laisse-moi essayer.

Le flammesang tourna vivement sur lui-même pour lui faire face. Kihrin se souvint de… quelque chose. Un éclair de feu et de sabots; la sensation qu'Arasgon s'était déjà dressé en travers de son chemin, quelque part. Kihrin crut que le flammesang s'apprêtait à l'attaquer, mais au lieu de cela, il partit rejoindre Scandale et Talaras.

---

1. Lui donner une indigestion? Rester coincée entre ses dents?

Janel serra les doigts sur le bois incandescent, qu'elle continuait à consumer peu à peu.

— Je refuse d'être le pion de Relos Var ! Vous m'entendez ?

Kihrin posa la main sur l'épaule de Janel.

Le feu mourut.

Elle se retourna brusquement et voulut le frapper, mais soudain, elle ne possédait pas plus de force que n'importe quelle femme de sa taille et de son poids. Urthaenriel refusait de laisser ses pouvoirs magiques affecter Kihrin.

Celui-ci lui attrapa le poignet.

— Janel…, dit-il. Arrête. Je t'en prie, arrête.

Les yeux de Janel s'emplirent de larmes et de colère. Elle s'adossa à la porte calcinée, laissant échapper un faible sanglot.

— Le Père Zajhera me racontait des histoires, chuchota-t-elle. Il me chantait des berceuses le soir, pour m'endormir.

Kihrin sentit sa gorge se serrer, mais il s'efforça d'emprunter un ton léger.

— Quoi ? Il sait chanter ?

Janel leva sur lui un regard empli de chagrin.

— Non, répondit-elle. Il ne sait vraiment pas chanter[1].

Elle fondit en larmes.

Il l'enlaça, l'attira à lui et la laissa pleurer dans son misha. Il savait que ce n'était pas facile pour elle : pleurer était un acte délicat et embarrassant, représentant pour un étalon un signe de faiblesse. Kihrin commençait à comprendre que Jorat imposait aux hommes les mêmes contraintes que la capitale. Seulement, ils permettaient que certains d'entre eux soient de sexe féminin.

Il l'étreignit comme si rien de tout cela n'avait d'importance… car c'était le cas.

---

1. Hum… Vraiment ? Enfin, je ne vous ai jamais entendu chanter, mais… Bah, oubliez ce que je viens de dire.

Janel serra les poings contre son torse et sanglota, avec toute la fureur d'un être trahi par quelqu'un qu'il aime. Et c'était bien ce qu'avait été le magicien.

Au bout d'un moment, ses pleurs s'apaisèrent, et Janel s'écarta assez pour s'essuyer le nez et prendre un air penaud. Elle semblait sur le point de s'excuser pour se retirer dans une pièce à part.

Kihrin ne la lâcha pas. Au lieu de cela, il lui effleura la joue.

— Je sais ce que c'est. Bon, d'accord, la personne à qui je faisais confiance ne s'est pas révélée être Relos Var, mais même sans ça… je sais combien c'est dur.

— Il me préparait…, souffla Janel. (Sa bouche se tordit.) Le salaud…

— Il t'a soignée, après la possession de Xaltorath. Je n'arrive pas à le haïr pour ça. Est-ce que c'est Xaltorath qui t'a mis ton gaesh ?

— Je ne sais pas… (Janel détourna le regard.) Si oui, elle ne s'en est jamais servie[1]. Quoi qu'il en soit, Relos Var ne m'a guérie que parce qu'un outil cassé ne pouvait lui être utile.

— Je me fiche pas mal de ses motivations. Peu importe ce qu'il a fait… ce qui compte, c'est que tu sois encore là.

Ils se regardèrent longuement. Puis Janel leva les doigts le long du misha de Kihrin, jusqu'à les poser sur sa mâchoire, aussi légers qu'une plume. Kihrin se demanda qui s'était mis à jouer du tambour dans la pièce, avant de s'apercevoir que ce qu'il entendait était son cœur.

— J'aimerais t'embrasser, murmura Janel.

— Ah, bien. Moi aussi, ça me plairait.

Il baissa la tête vers la sienne.

---

1. Cela n'a vraiment aucun sens. Mais j'ai posé la question au Nom de Toutes les Choses, par curiosité. Xaltorath a effectivement mis un gaesh à Janel. Pourquoi ? Je n'en ai fichtrement aucune idée.

Leur baiser fut d'abord lent et doux, presque timide. Cela ne dura pas. Il ne sut pas lequel des deux en avait donné l'impulsion, mais soudain, ils s'embrassaient avec fièvre et sauvagerie, laissant danser leurs lèvres et leurs langues jusqu'à se trouver tous deux à bout de souffle. Elle enfonça ses doigts dans la peau de son dos et l'attira brutalement à elle, jusqu'à ce qu'il sente chacune des courbes de Janel se presser contre lui. Il sentit l'odeur de feu de bois imprégnant son laevos, et entendit leurs deux cœurs battre à l'unisson. De quoi parlait Khored, déjà ? D'un lien immédiat ? C'était ça. C'était mille fois ça[1].

Il glissa les mains sous la tunique de Janel et ne rencontra pas la peau, mais le métal. Étonné, il baissa les yeux.

— Tu portes une cotte de mailles ?

Janel haussa une épaule.

— Je voudrais être prête pour le moment où Morios attaquera.

— Ah. Oui. Logique.

Kihrin s'était mis à l'embrasser dans le cou lorsque plusieurs grognements sonores s'élevèrent du côté des chevaux. Janel regarda les flammesangs et leva les yeux au ciel.

— Est-ce qu'ils viennent de nous dire qu'il y avait des auberges pour ça ?

— Pire. Ils font des commentaires. (Janel lissa son misha sur le torse de Kihrin.) C'est vrai qu'il y a des balles de foin, dans le fond.

Ses yeux étaient rougis d'avoir trop pleuré, mais son sourire indiqua à Kihrin qu'elle parlait sérieusement.

Kihrin ne doutait pas que ce soit le cas. Et bien qu'il soit enthousiasmé par cette idée… très, très enthousiasmé… il savait d'où elle venait. Ce n'était qu'une autre manière de

---

1. J'ai pensé que vous voudriez connaître les détails de leur… relation. Faites-moi confiance : j'ai été aussi gênée en l'écrivant que vous avez dû l'être en le lisant.

noyer son chagrin, substituant une étreinte brûlante à l'aris et à la bière.

Kihrin l'embrassa sur le front.

— Ça serait hâtif et inconfortable. Je préférerais que notre première fois ne soit ni l'un ni l'autre, chuchota-t-il.

Janel frémit contre lui. C'était un bon frisson. Elle leva vers lui des yeux mi-clos et fit descendre ses mains jusqu'en bas de son dos. Puis elle le plaqua de nouveau contre elle. Kihrin grogna, et décida qu'il était prêt à se laisser utiliser comme remède contre la douleur.

Mais Janel le repoussa, haletante. Laissant échapper une longue expiration, elle s'adossa à la porte. Le fait que celle-ci soit couverte de glace à demi fondue ne semblait pas la gêner.

— Bien. Si ça ne te dit rien, on ferait mieux d'arrêter.

— Ne crois pas que… (Kihrin fit courir ses doigts sur sa cotte de mailles)… que je n'en ai pas envie.

Janel rit.

— Je sens bien que tu en as envie. (Elle ferma les yeux.) Mais… tu as raison. Le moment est mal choisi. Et puis, j'ai quelque chose à te dire, avant.

— Tant que tu ne me dis pas que tu vas sortir te transformer en Guerrier de l'Enfer gelé dès que j'aurai le dos tourné, je suis prêt à l'entendre. Ni Aeyan'arric, ni son oncle ne sont…

Kihrin s'interrompit en s'apercevant de ce qu'il venait de dire. Et de ce que Janel avait dit, un peu plus tôt.

— Attends… Son oncle ? répéta-t-il.

Janel toussota et répondit :

— Oui, son oncle. Relos Var est l'oncle d'Aeyan'arric.

Kihrin, incrédule, fit un pas en arrière.

— Aeyan… arric.

Janel se redressa et rajusta sa tunique.

Kihrin n'avait pas fait le lien auparavant, mais… Le vrai nom de Relos Var était Rev'arric, de même que son propre nom, dans sa vie antérieure, se terminait en « arric ». De toute évidence, il s'agissait de leur nom de famille.

— Est-ce que Relos Var a… d'autres frères et sœurs ?

— Non.

— Alors, ce dragon, dehors… C'est la nièce de Relos Var, et ma…

Il pinça les lèvres.

— Ta fille, acheva-t-elle avant de se corriger : La fille que tu as eue dans une vie antérieure. Pas ta fille à toi, bien entendu.

— Ça ne me console pas beaucoup.

Kihrin sentit une bouffée de colère monter en lui. Aeyan'arric avait-elle participé volontairement au meurtre de S'arric, comme Sharanakal et les autres dragons ? Avait-elle espéré devenir une déesse, tentée par les miroitements du pouvoir, avant d'être transformée en effroyable monstre ?

Relos Var lui avait-il murmuré à l'oreille, à elle aussi ?

Kihrin la prit par la main.

— Retournons avec les autres. Si nous restons ici plus longtemps, ils vont croire que nous sommes vraiment allés faire un tour dans le foin. Et même si cela me plairait énormément, je crois qu'il faut vraiment que j'écoute le reste de l'histoire.

Janel lui adressa un regard inquiet.

— Oui, je le pense aussi.

— Ça va, poulain ? demanda Dorna lorsqu'ils revinrent.

Janel s'assit.

— Oui, merci. Et pardon. J'étais sous le choc, c'est tout.

Qown hocha la tête avec compassion.

— On va surmonter tout ça.

Janel se mit à parler.

Récit de Janel. Le Demesne de Glace, Yor, Quur.

Je m'éveillai le lendemain matin dans un lit, guérie.

Ce n'était pas mon lit. Mes vêtements n'étaient pas les miens. Plusieurs choses me paraissaient anormales. Très, très anormales.

La plus évidente était que je ne m'étais jamais sentie aussi faible de ma vie. Toute ma force m'avait été retirée. J'étais à peine capable de repousser les fourrures qui recouvraient mon corps.

— Comte ?

Frère Qown s'était endormi sur un petit canapé, non loin de moi. Il s'assit en bâillant.

— Qu'est-ce que…

Je me levai, raide.

Il m'est difficile de décrire ce qui avait changé, sinon en disant que je bénéficiais depuis l'enfance d'une force surnaturelle. Après la Marche Infernale, j'avais dû réapprendre à manipuler les objets du quotidien sans les briser. Vous n'avez aucune idée de la facilité avec laquelle on peut fracasser le verre qu'on tient dans la main, ou déchirer ses bottes en essayant de les enfiler. Lorsque tout à coup, j'ai recouvré la force ordinaire d'une personne de mon âge et de ma corpulence, j'ai eu l'impression d'être tombée malade.

— Comment vous sentez-vous ? me demanda Frère Qown en se frottant les yeux.

Les couvertures étaient de fourrure blanche. Les murs, dépourvus de fenêtres, étaient constitués d'épaisses dalles de pierre noire et polie. Plusieurs lanternes pendaient à des crochets, et un feu brûlait dans l'âtre, de l'autre côté de la pièce. Celle-ci ressemblait davantage à un tombeau ou à un mausolée qu'à une chambre destinée à accueillir des êtres vivants. L'une des parois était percée d'une large porte, et une autre de deux plus modestes. Des meubles robustes et volumineux, ornés d'étranges motifs géométriques et d'entrecroisements, complétaient le décor. Rien de tout cela ne me rappelait Jorat.

J'inspirai profondément et fis la grimace.

— Je me sens…

Je me frottai la poitrine, à l'endroit où l'épée m'avait transpercée. Il ne me restait plus rien, pas même un bleu, pour me rappeler cet événement.

— Je ne me sens pas très bien, pour être honnête. Sommes-nous les prisonniers de Relos Var ?

Frère Qown hésita, puis hocha la tête.

Lui non plus n'avait pas bonne mine. Les cernes noirs sous ses yeux indiquaient qu'il n'avait pas beaucoup dormi. Par ailleurs, il semblait extrêmement nerveux. S'il avait été un enfant jorat, ce genre de comportement aurait suffi à convaincre son village de le soustraire à la garde de ses parents.

— Frère Qown, nous allons nous en sortir. Bon… Lorsqu'ils reviendront, ils essaieront de me mettre un gaesh…

Frère Qown m'interrompit :

— Non.

— Pardon ?

— Ils l'ont déjà fait.

Mon cœur cessa de battre. Je me sentais très bête. Bien sûr qu'ils l'avaient fait pendant mon sommeil. C'était beaucoup plus facile si je n'étais pas en état de me rebeller. Khored avait dit qu'il me protégerait, mais je ne savais pas encore comment il comptait s'y prendre…

— Enfin… Ils ont essayé. (Qown parut choisir soigneusement ses mots.) Mais ils ont échoué. Il s'est révélé impossible de vous poser un gaesh.

— Comment ça ? Cela n'a aucun sens, répondis-je, estomaquée. Tout le monde peut recevoir un gaesh. Tout ce qui a une âme. Même les démons…

— Je les ai vus essayer. Plusieurs fois de suite. Chaque tentative s'est soldée par un échec.

Je me rassis. Khored avait réussi. J'ignorais comment, mais il avait réussi.

— Ont-ils capturé les autres ? interrogeai-je.

Il hésita :

— Dorna… Sire Oreth l'a transpercée de son épée…

J'inspirai profondément et serrai les poings, avant de me souvenir que Sire Oreth n'était pas dans la pièce. Et même s'il l'avait été, je me sentais trop faible pour lui faire quoi que ce soit.

Il ajouta :

— Relos Var paraissait certain qu'elle pourrait Revenir. Je ne sais pas ce qu'il est advenu des autres, en revanche.

Pouvais-je me permettre de croire aux paroles de mon geôlier ? Mais pourquoi aurait-il menti ? Si Dorna était morte, pourquoi ne pas l'admettre, et rejeter la faute sur moi ? D'un autre côté, si quelqu'un devait réussir à s'extirper de l'Au-delà, j'étais prête à miser tout mon métal sur Dorna. Elle connaissait plus de tours de passe-passe que Taja elle-même[1].

Si personne d'autre n'était mort, alors tout s'était bien passé.

À condition d'oublier les dégâts infligés à ma réputation, bien entendu. Et le fait que le duc Xun m'avait très probablement retiré mon titre. Et le fait qu'à l'origine, j'avais prévu d'effectuer cette mission toute seule.

Je rentre, je trouve la lance et je ressors. Je pensais que cette partie-là serait facile, car il me suffirait d'utiliser Khoreval pour me débarrasser du petit toutou glacé de Relos Var. Sauf qu'à présent, ce n'était plus quelque chose qui ne me demanderait presque aucun effort, bien au contraire.

Je m'approchai de Frère Qown.

---

1. Je ne suis pas loin de penser que c'est vrai. (Mais pas tout à fait.) Et non, Dorna n'est pas Taja elle-même. J'ai vérifié.

— Qown, je suis vraiment désolée. Je ne voulais pas que vous vous retrouviez mêlé à tout cela. Var ne devait emmener que moi.

— Il ne devait… ? (Il me dévisagea un instant, interdit, puis leva une main.) Je vous en prie, ne dites pas un mot de plus. Vous ne pouvez plus me faire confiance. Je vous ai dit qu'il était impossible de vous poser un gaesh… mais ce n'est pas mon cas.

J'en restai bouche bée. Un sentiment d'horreur m'envahit, et la vérité me serra le cœur. Je n'avais jamais eu l'intention de mettre mes amis en danger. Et certainement pas à ce point.

— Où est-il ? Qui détient votre gaesh ? Je vais…

Mon corps me rappela une fois de plus que j'étais aussi faible qu'un poulain nouveau-né ; à mes propres yeux, du moins. Je tenais à peine sur mes jambes, ne possédant plus qu'un dixième de ma force habituelle.

Je posai les mains sur mes genoux et m'obligeai à respirer calmement. Ce n'était pas ce que j'avais prévu. J'avais imaginé que tout se déroulerait conformément à mes désirs.

Tout me réussissait toujours, n'est-ce pas ?

Si Mithros avait été là, il m'aurait ri au nez, et pas de façon amicale. Teraeth, lui, n'aurait pas ri… mais sous sa colère couveraient les mots « Je vous l'avais bien dit », et ce serait pire encore. Ils m'avaient tous les deux prévenue que c'était trop risqué, et je les avais ignorés. Je m'étais montrée trop confiante, trop arrogante, trop sûre de réussir. Je m'étais lourdement trompée.

— Qu'est-ce qu'ils m'ont fait ? demandai-je.

— Vous avez désormais un tatouage dans le dos, répondit-il. C'est un motif qui rappelle l'emblème que nous avons vu à Mereina. J'ignore comment il fonctionne, mais Relos Var a dit qu'il servirait à vous « couper les griffes ».

Je hochai la tête, ravalant à la fois ma nausée et mon angoisse. Me prendre ma force revenait effectivement à me couper les griffes, mais ils se trompaient s'ils pensaient que leur symbole pouvait transformer un étalon en jument.

Je posai la main sur l'un des murs, sombre et lisse au toucher. Combien de ces cloisons me séparaient-elles de la liberté ? Nous avaient-ils placés dans une pièce aveugle pour nous empêcher de nous échapper… ou parce que dans une colonie en proie à un hiver perpétuel, seul un imbécile aurait percé les murs pour y mettre des fenêtres ?

— Alors, nous sommes à Yor, repris-je.

— Nous sommes à Yor, confirma Frère Qown.

Senera entra, portant un plateau. Contrairement à nous, elle était très en beauté, à l'aise dans sa veste en fourrure et sa longue tunique grise.

— Je vous aurais bien demandé comment vous vous portez, ce matin, mais je connais déjà la réponse. J'espère que la chambre vous convient. Je leur ai demandé d'en choisir une particulièrement chaude. Les Yorans ont tendance à oublier que tout le monde ne supporte pas le froid aussi bien qu'eux.

Senera posa son plateau.

— Je vous ai apporté de quoi déjeuner. Nous n'allons pas tarder à participer à un banquet, mais vous devriez manger un peu avant. Le régime yoran est constitué presque exclusivement de viande. Il vous faudra un petit temps d'adaptation.

Je me demandai si elle était retournée à Jorat, simplement pour nous en rapporter ce repas. Je vis plusieurs bols de riz parfumé au jasmin et à la noix de coco, un ragoût de légumes odorant, des œufs de canard sur le plat et un pot de sauce pimentée, ainsi que tous les accompagnements habituels et condiments fermentés, et même du thé.

Je fronçai les sourcils. Elle nous traitait en saelen. Pas comme des prisonniers, pas comme des ennemis, mais comme de nouveaux membres de sa famille. Comme s'il était évident que nous finirions par accepter notre sort. Les égarés ne manquaient jamais de le faire.

Je compris alors qu'elle ne faisait pas preuve de générosité ou de confiance. Elle ne souhaitait pas non plus que nous nous sentions acceptés parmi eux. Ce n'était ni plus ni moins qu'une mesure de sécurité. Pour manger de la viande, il fallait un couteau. Ce repas n'avait pas cet inconvénient.

— Je ne mange pas de viande, dit Frère Qown.

— Pas de chance, déclara-t-elle. Vous allez devoir vous y mettre.

Senera marcha jusqu'à l'une des petites portes, qui se révéla être un placard. Elle en tira une chemise, un pantalon et une longue robe rouge sombre.

— Je vous ai déniché des vêtements pendant que vous dormiez, afin que vous ayez quelque chose à vous mettre pour être présentés au honn.

— Le honn ?

— C'est ainsi que vous appellerez le duc. (Elle sourit.) Les Yorans n'utilisent pas les titres quuros.

Je plissai les yeux.

— Mais le duc est quuro.

— Si j'étais vous, j'éviterais de dire cela devant lui.

— Pourquoi ne pas simplement m'avoir tuée ? Pourquoi m'avoir amenée ici ?

Elle cessa de sourire.

— Relos Var pense que vous lui serez plus utile vivante. Pour l'instant, du moins. Vous devriez essayer de vous conduire en conséquence.

Elle lança les vêtements sur le lit et désigna une commode.

— Vous trouverez des bijoux et des peignes dans les tiroirs. Ils devraient suffire à satisfaire votre orgueil d'étalon. Mangez et préparez-vous. Je reviendrai dans une heure vous emmener voir le duc.

— Et si nous refusons ? rétorquai-je en croisant les bras.

Elle eut un haussement d'épaules dédaigneux.

— Ne soyez pas idiote. Ce n'est pas parce que nous ne souhaitons pas vous faire de mal que nous n'en serions pas capables. Et vous n'êtes plus quelqu'un d'exceptionnel, à présent. Juste une jeune fille ordinaire. Quant à lui… (Ses yeux gris se posèrent sur Frère Qown.) Le faire souffrir est un véritable jeu d'enfant.

— Je vous interdis de… ! m'exclamai-je en m'avançant vers elle.

Elle tressaillit. Mais sa surprise ne dura qu'un instant. Elle attrapa mon poignet et le tordit ; je criai de douleur. J'étais trop faible pour lui tenir tête. Elle me poussa contre le bord d'une table.

— Vous êtes… à notre… merci, murmura-t-elle.

Puis elle quitta la pièce.

Lorsque je me retournai vers Frère Qown, il commençait à se servir.

— Mangez, me conseilla-t-il. Nous allons avoir besoin de toutes nos forces.

Les habits qu'avait apportés Senera étaient lourds, épais et chauds. Il s'agissait principalement d'un pantalon de laine et d'une chemise bordée de fourrure pour Qown, et d'une longue robe de laine rouge pour moi. J'observai cette dernière avec déplaisir.

— Je ne voudrais pas avoir à me battre dans cette tenue, déclarai-je.

— J'ai l'intuition que les Yorans ne croient pas que les femmes doivent se battre, répondit Qown.

— Je ne suis pas… (Je m'interrompis et soupirai.) Je ne vais pas réussir à les convaincre de me traiter comme un homme, si ?

— Je… Je ne crois pas. Non.

J'émis un grognement inintelligible et ôtai ma chemise de nuit. Des écailles de peinture tombèrent de ma peau.

— J'ai besoin de prendre un bain, dis-je. Mais je doute que ce soit possible, à Yor… Quoique…

Je ne voyais de pot de chambre nulle part. Soit Senera avait oublié de nous en fournir un, ce qui ne lui ressemblait pas, soit elle avait voulu se montrer cruelle, ce qui ne cadrait pas avec le reste de son comportement.

J'examinai les murs. Leurs blocs de pierre noire étaient parfaitement imbriqués, sans mortier. Si j'avais eu un couteau, je n'aurais pas pu en glisser la lame dans les rainures. C'était un travail d'une qualité dont je n'avais jamais vu l'égale à Jorat, sauf à Atrine.

Ce qui suggérait…

Je gagnai l'autre petite porte et découvris une salle de bains, équipée d'eau courante chauffée. Je me souvins qu'une des guildes royales était chargée de fournir cette commodité. Le duc – ou le « honn » – ne se privait donc pas d'acheter les services de magiciens.

C'est la seule chose que je regrette, chaque fois que je quitte Atrine. Pouvoir obtenir de l'eau sur commande est un confort exquis.

— Vous devez vous évader, déclara Frère Qown. (Sa voix me parvenait presque comme un écho depuis la pièce principale.) Vous ne pouvez pas rester là. J'ai entendu parler du traitement qu'on réserve aux femmes, ici.

Je demeurai muette un instant, effaçant les traces d'encre qui marquaient mon visage.

— J'ai entendu la même chose, répondis-je. Quiconque tentera quelque chose à mon égard risque d'être désagréablement surpris.

— Ce n'est pas de cela que je parle, répliqua Frère Qown. Enfin si, mais… pas seulement. Je… je n'ai jamais entendu parler d'une femme qui était restée célibataire, à Yor. Jamais. Lorsqu'une femme ne se marie pas, on l'y oblige. Elles n'ont pas leur mot à dire.

— De ce côté-là aussi, ils peuvent toujours essayer.

Mais je savais que tout cela ne tarderait pas à poser problème. J'aurais aimé me convaincre que ce ne serait pas le cas, mais… Les Yorans ne considéraient pas le genre comme l'expression d'un rôle consenti. Pour eux, il ne constituait que la forme physique d'une personne. Le contenant, pas le contenu. Par conséquent, j'étais une femme à leurs yeux, et les femmes étaient… « seulement ».

Seulement des épouses. Seulement des mères. Seulement des possessions. Je grinçai des dents.

J'entendis la porte principale s'ouvrir.

— Vous êtes prêts ? appela la voix de Senera.

— Juste un instant !

Je soupirai et enfilai la combinaison fournie, puis la robe rouge. Celle-ci était constituée d'un corsage ajusté et d'une jupe évasée. J'eus l'impression que j'allais me prendre les pieds dans le tissu si jamais il me fallait emprunter des escaliers. En dépit de sa teneur en laine, le vêtement ne suffirait pas à me protéger du froid si je m'aventurais à l'extérieur, ce qui était sans doute délibéré.

L'hiver est une des meilleures prisons qui soient, pour qui n'est vêtue que d'une robe d'été.

— J'ai apporté des chaussures. J'espère qu'elles sont à votre taille. Qown, vous voulez bien les essayer ?

J'entrai dans la grande pièce. Senera s'était changée ; sa robe argentée lui donnait l'air d'une statue de marbre qu'on aurait enchantée pour lui donner vie. La tenue lui conférait une silhouette évasée, similaire à la mienne, mais son corsage à elle était plus ample. Elle portait de petites épingles d'argent dans les cheveux et des bagues aux doigts, mais rien que je puisse lui prendre pour m'en servir comme d'une arme.

J'ignorais pourquoi, mais elle arborait également une petite pierre à encre en ardoise. Cette pierre, d'un gris uni, était nichée au creux d'un pendentif en argent. Je songeai qu'il devait s'agir du symbole d'une guilde, ou peut-être d'un emblème de scribe.

— Vous êtes ravissante, affirma-t-elle en me voyant.

— Je n'en ai pas l'impression, répliquai-je.

Je me dirigeai vers la commode et l'ouvris. J'y découvris des rangs ordonnés de bagues et de colliers en or, ainsi qu'une très longue ceinture de métal, devant être portée bas sur les hanches. Je m'en emparai, pensant qu'elle pourrait me servir de fléau improvisé. Les bijoux, de grande qualité, étaient faits d'or fin et de gemmes aux couleurs du feu : rubis, hyacinthes, topazes et cornalines. Je n'en reconnus pas le style, si ce n'est qu'il n'était pas jorat.

À mi-chemin de mon exploration de la commode, je m'aperçus que les signaux exprimés à Jorat par de tels accessoires – la puissance et l'orgueil d'un étalon au faîte de sa gloire – ne seraient peut-être pas les mêmes à Yor. Je me figeai.

— À qui appartiennent ces bijoux ?

— À Relos Var, répondit-elle.

Je me mis à les retirer un à un.

— Non, non ! dit-elle en levant les deux mains. Écoutez… Je comprends ce que vous devez ressentir.

— J'en doute fortement, répondis-je.

— Ils sont destinés à vous protéger.

— Comment est-ce possible ? rétorquai-je.

La sorcière soupira.

— Eh bien, Yor est très… traditionnelle dans sa vision des femmes. Même en comparaison avec la capitale, ce qui n'est pas peu dire. Les femmes d'un certain âge doivent être mariées. C'est une question de religion, aussi fou que cela puisse paraître. Nous avons dû nous adapter à ces charmantes coutumes locales. Et vous allez devoir en faire autant.

— Êtes-vous en train de dire que je dois me marier ? Qui voudriez-vous donc me voir épouser ? (Je montrai Frère Qown.) Lui, peut-être ?

Elle grimaça.

— Non, certainement pas. Ici, il est permis de tuer quelqu'un pour lui prendre sa femme. Enfin… ce n'est pas « permis ». Le honn a rendu cette pratique illégale. Mais cela se fait. Notre cher Frère Qown ne resterait pas longtemps en vie, si nous disions à tout le monde que vous êtes mariés. Il faut que ce soit quelqu'un que personne n'osera tuer.

— Si vous dites « Sire Oreth »…

— Hmm, ce n'est pas une mauvaise idée, acquiesça Senera. Mais je ne suis pas censée le laisser mourir, lui non plus.

Je croisai les bras, me remémorant ma conversation avec Khored. Il m'avait assuré que Relos Var n'irait pas jusqu'à enlever une femme pour la violenter.

— Donc, c'est de Relos Var que vous parlez.

Senera haussa les épaules.

— Je suis « mariée » à Relos Var depuis cinq ans, en apparence uniquement. Nous ne vous obligerons même pas à endurer une cérémonie.

— Comme c'est généreux de votre part, dis-je en levant les yeux au ciel.

— Je voulais vous prévenir, poursuivit Senera, pour que, quand il vous présenterait au honn en tant que sa nouvelle épouse, vous n'alliez pas faire quelque chose de stupide. La polygynie est légale, ici, aussi personne ne s'étonnera-t-il que mon compagnon ait épousé une autre femme.

— Et Frère Qown, qu'en faites-vous ? interrogeai-je.

— C'est son nouvel assistant. Personne n'a besoin de savoir qui il est vraiment : notre otage, garantissant votre bonne conduite.

— Vous n'avez pas besoin de cela, protestai-je. Je vais bien me tenir. Relâchez-le.

Elle me tapota la joue.

— Finissez de vous habiller. Il est temps que vous rencontriez le reste de la rébellion.

Mais le prêtre de Vishai avait d'autres projets. Nous nous retournâmes toutes les deux en l'entendant vomir copieusement sur le sol. Puis il s'effondra.

34

La seule échappatoire

Colonie de Jorat, Empire de Quur.
Trois jours (environ) depuis que Serre
donna à Thurvishar un caillou magique.

Frère Qown se racla la gorge, l'air mal à l'aise.

—Je, heu… Je ne dispose pas d'un compte-rendu très précis du passage qui suit.

—Ah bon? s'étonna Janel. Mais vous… (Elle se tut.) Ah.

Kihrin haussa un sourcil:

—Il me manque un élément pour comprendre, c'est ça?

—Je n'ai pas consigné grand-chose de ce qui s'est produit ensuite, avoua Frère Qown. (Il ouvrit son livre.) Je vais vous lire ce que j'ai noté, mais vous devrez bientôt prendre le relais, Janel.

Récit de Qown. Le Demesne de Glace, Yor, Quur.

Frère Qown passa les premières heures suivant la pose de son gaesh à envisager très sérieusement l'idée de se suicider.

Après tout, qu'auraient-ils pu faire pour l'en empêcher? S'il désobéissait au gaesh, la douleur le tuerait. Donc, pour mourir, il n'avait rien d'autre à faire que de désobéir. Son âme libérée voyagerait jusqu'au Royaume de la Paix pour y être réincarnée. Ou peut-être serait-elle capturée par des démons ; mais il pourrait tenter de leur échapper.

Il serait libre. Cela signifiait que Janel le serait aussi. Si Frère Qown avait pour fonction de garantir la bonne conduite de Janel, il lui suffisait, pour faire échouer ce plan, de se retirer de l'équation.

Le gaesh signifiait qu'il disposait d'une arme permanente contre sa propre personne. Ils ne pourraient jamais lui retirer sa capacité à dire « non », ni les conséquences de ce refus. Ils pouvaient lui ordonner tout ce qu'ils souhaitaient, sauf une chose : ne pas se suicider.

Mais il n'en fit rien.

S'il ne se tua pas, c'était en raison de ce qu'elle avait dit. *« Var ne devait emmener que moi. »*

Ce qui signifiait qu'elle avait prévu de se faire emmener à Yor par Relos Var. Le fait qu'elle ait pu élaborer un tel plan ne l'étonnait qu'à moitié. Défier le magicien en duel avait été un acte stupide, commis par une jeune femme qui n'était pas connue pour sa stupidité… quoiqu'elle possède la regrettable habitude de résoudre ses problèmes par la violence. Janel avait dû savoir qu'exploiter les concepts jorats d'idorrá et de thudajé était inutile, face à un étranger. Mais si elle souhaitait perdre depuis le début…

Alors peut-être. Peut-être.

Mais Janel ne connaissait pas la vérité sur l'identité de Relos Var. Elle ne savait pas non plus que quelqu'un, quelque part, détenait un fragment de son âme.

Elle ne savait pas, et il ne pouvait le lui dire. De sa vie, il ne s'était jamais senti aussi désarmé qu'en cet instant.

Il ignora la conversation des deux femmes, et se concentra à la place sur le médaillon en forme de soleil qu'il conservait toujours sur lui. Ils ne le lui avaient pas retiré, et ni Relos Var ni Senera ne s'étaient montrés cruels au point de s'en servir comme réceptacle pour son gaesh. Il portait donc toujours ce symbole, et se mit à le caresser du pouce par habitude. Le Père Zajhera était un imposteur… mais la religion tout entière l'était-elle aussi ?

La grâce de Selanol et le miracle de l'Illumination étaient-ils à jamais ternis par ses mensonges ? Recelaient-ils encore un soupçon de vérité ? Et cette vérité était-elle trop importante pour être mise de côté, même si elle avait été manipulée pour servir les intérêts d'un homme malfaisant ?

Il avait dû revêtir les habits qu'avait apportés Senera, mais il ne se souvenait pas de l'avoir fait. L'instant d'avant, il lui semblait porter ses vêtements de nuit ; puis d'un coup, il était couvert de fourrure. Tout semblait s'être joué en une seconde. Depuis son réveil, il ne cessait d'être ballotté d'instant en instant, sautant par-dessus de longs moments et retombant au milieu de nouvelles horreurs.

État de choc. Il était assez expérimenté pour faire son propre diagnostic. La trahison de Zajhera et la pose du gaesh l'avaient traumatisé. Zajhera était comme un père pour lui. Qown n'aurait pas hésité à lui confier sa vie.

Le grand-père de Janel, l'ancien comte de Tolamer, lui avait également fait confiance. Il avait mis la vie de sa petite-fille entre ses mains. C'était Zajhera qui avait exorcisé Janel lorsque le prince démon s'était révélé insensible aux méthodes habituelles, y compris à un ordre direct de l'Empereur. C'était aussi Zajhera qui avait ensuite soigné l'enfant, restaurant patiemment sa santé mentale… et l'empêchant de se transformer en un être vénéneux, obnubilé par la colère et la haine.

Zajhera était un homme bon. Le meilleur qui soit. Zajhera ne pouvait être Relos Var.

Et pourtant, c'était le cas.

Tout cela était trop dur pour Frère Qown. La trahison. La douleur. L'existence.

Mais s'il désobéissait, la douleur s'arrêterait[1].

Il se souviendrait d'avoir vomi, et rien d'autre.

1. Je devrais sans doute faire une plaisanterie, mais je n'ai pas le cœur à me moquer de lui.

35

Le château de glace

Colonie de Jorat, Empire de Quur.
Trois jours après que Serre échoua
à tuer un vané manol.

Lorsque Frère Qown termina sa phrase, tous se turent un moment.

— Ça n'a pas dû être un choix facile, dit Kihrin.

Il s'était lui-même trouvé face à cette décision, lorsqu'il avait reçu son gaesh, mais il n'avait jamais vraiment envisagé de passer à l'acte.

— Je suis contente que vous ayez décidé de rester, déclara Janel.

Elle se pencha et embrassa Qown sur le haut du crâne. Dorna, elle, lui tapota la main.

— Moi aussi, dit le prêtre. Je veux aider à arranger les choses. Je crois que cela n'aurait pas été facile, depuis l'Au-delà.

À Dorna, il ajouta :

— Et je ne connaissais pas de gens capables de garantir mon Retour[1].

— À mon tour, annonça Janel.

---

1. Eh bien… On peut dire que maintenant, si !

Senera et moi nous précipitâmes vers Frère Qown. Il avait replié ses genoux contre son torse et se balançait d'avant en arrière, pleurant dans les plis de sa robe.

— Est-ce l'effet du gaesh ? demandai-je à Senera.

— Non.

La Doltari toucha les poignets de Frère Qown et le creux de sa gorge, puis lui examina les deux yeux, soulevant ses paupières à l'aide de ses pouces.

— Il n'est pas pris dans une boucle de gaesh.

— Une boucle ?

— Des ordres contradictoires. Ce conflit se révèle généralement fatal. Mais quelque chose l'a fait entrer en état de choc. Aidez-moi à le porter jusqu'au lit.

Je voulus soulever le prêtre, et criai lorsque mes bras me parurent tout près de se déboîter. J'avais oublié que j'avais perdu ma force.

— Ensemble, précisa Senera.

— Je vois.

Cette fois, nous portâmes toutes les deux Frère Qown, et parvînmes à le déposer sur le lit. Je vis qu'elle avait raison : il n'avait pas perdu connaissance, et il n'était pas non plus en proie à une crise convulsive. Il avait les yeux rivés droit devant lui, le regard vide.

Et je connaissais ce regard. Tout au fond de moi, je le connaissais.

J'avais vécu dans cet état d'hébétude, où l'on ne peut être ni triste, ni contrarié, ni fâché. Cet endroit où rien n'a de sens, où tout est douloureux.

— Ce n'est peut-être pas une… Qu'avez-vous dit ? Une boucle de gaesh… Mais je pense que c'est effectivement une réaction au gaesh. Il est entré en transe en raison de ce qu'il a subi. (Je marquai une pause.) Ou alors, il a été possédé par un démon… mais je ne pense pas que ce soit le cas.

Senera soupira.

— Très bien. Laissez-le.

Je lui décochai un regard assassin.

— Nous n'avons pas le temps de nous occuper de lui, argua-t-elle. Sa présence lors du banquet n'est pas obligatoire. La vôtre, si. Nous verrons plus tard ce qu'il faut faire de lui.

Je bondis sur le lit et passai un bras autour de Frère Qown.

— Je refuse de le laisser seul dans cet état. Il pourrait en sortir brusquement et se blesser. Et si quelqu'un essayait de lui faire du mal, il ne pourrait pas se défendre. Je reste.

Les yeux de Senera s'assombrirent.

— Hors de question, assena-t-elle.

— Si.

Avant que je n'aie pu faire un geste, elle toucha le front de Frère Qown. Ses yeux se fermèrent, et son menton tomba sur sa poitrine. Entre mes bras, il semblait soudain peser très lourd.

— Voilà. Il dort et ne risque de blesser personne, lui-même y compris. Je fermerai la porte à clé derrière nous. Alors vous pouvez me suivre de votre plein gré, ou je peux appeler des gardes pour vous traîner de force, mais quoi qu'il arrive, vous assisterez au banquet. Je vous laisse le choix.

Je retirai mon bras du dos de Frère Qown, le reposai doucement sur le lit et le recouvris de fourrures.

Je m'efforçai de marcher dignement jusqu'à la porte. J'avais prévu depuis le début de l'accompagner. J'étais venue ici avec une seule et unique mission : trouver la lance Khoreval et la voler. À présent, j'en avais une autre : trouver le gaesh de Frère Qown et le voler aussi. Dans les deux cas, il fallait que je parvienne à ne pas être traitée en prisonnière. Je devais convaincre Relos Var qu'il m'avait ralliée à sa cause. Mais pour cela, je devais être bonne comédienne, et rendre la progression crédible.

On n'accorde jamais de prix à un trophée remporté sans effort[1].

Nous laissâmes donc Frère Qown à son sommeil, et Senera verrouilla la porte derrière nous. Il n'y avait pas de gardes dans le couloir, ni de soldats pour nous escorter. C'était inutile.

L'endroit était décoré dans un style différent de tout ce que j'avais pu connaître auparavant. Ce n'était que pierres noires à la régularité parfaite, incrustation de cristaux géométriques et lignes d'argent étincelantes. Tout paraissait propre, net et froid, évoquant des images de vastes étendues gelées et de stalactites.

— À quand remonte cet édifice ?

— Plus loin que l'Empire, répondit Senera. Il a été bâti par le dieu-roi Cherthog et la déesse-reine Suless.

— Je suis surprise qu'il ait survécu à l'invasion quuro.

— En réalité, ce n'est pas le cas. Il a été reconstruit ensuite.

Je ne cherchai même pas à masquer mon ébahissement. Le bâtiment aurait pu rivaliser avec la cité d'Atrine, et cette dernière avait été érigée par Kandor lui-même.

Nous gravîmes des escaliers, et je décidai que ma première évaluation de la beauté et de la complexité de ce palais avait été prématurée.

Je crus tout d'abord que les marches nous avaient conduites à l'extérieur, jusqu'à un énorme plateau de marbre en haut d'une montagne. Tout autour de nous, et même en dessous de nous, des chaînes de montagnes aux contours dentelés entaillaient le ciel turquoise. Des nuages blancs dansaient à nos pieds. Une tempête, particulièrement massive et déchaînée, grondait sur les vallées en contrebas, mais se gardait de monter vers nous ; ainsi, nous pouvions

1. Nous l'avons fortement sous-estimée. Ou peut-être n'était-ce que moi. Je vous soupçonne de ne pas être tombé dans le piège. Après tout, vous avez participé à faire d'elle ce qu'elle est aujourd'hui.

simplement admirer le scintillement des éclairs dans les nuées, à des kilomètres de là.

Je m'aperçus alors que je ne ressentais ni le froid, ni le vent. L'air ne soufflait pas à mes oreilles. Le soleil faisait jouer ses rayons sur un maillage argenté, au-dessus de nos têtes. Lorsque je tendis la main comme pour toucher le ciel, mes doigts heurtèrent une paroi de cristal, froide et invisible. Un mur d'une transparence parfaite.

Nous étions toujours à l'intérieur.

En un âge déchu, le dieu-roi de l'hiver s'était édifié une superbe demeure, d'où l'on pouvait admirer son domaine. Et par miracle, ses envahisseurs quuros avaient préservé cette merveille, alors même qu'ils anéantissaient tout le reste. La vue était si fabuleuse que j'oubliai de respirer.

Le palais du roi des neiges…

— Magnifique, n'est-ce pas ? dit Senera. La première fois que je suis venue ici, je crois que j'y suis restée des heures.

Je posai de nouveau la main sur la paroi transparente, observant les traînées de condensation que laissaient mes doigts tièdes sur la surface glacée.

— De quoi sont faites ces parois ?

— Aucune idée[1].

Les murs étaient inclinés. Ils se rejoignaient au-dessus de nos têtes, formant une pyramide au sommet tronqué, dont le toit était un plafond carré ; il s'agissait de la seule surface opaque. On y voyait luire des cristaux aux formes géométriques, bordés d'argent, disposés de manière à représenter un vaste et puissant empire de glace. Les éclats cristallins, concaves et convexes, s'assemblaient pour imiter l'apparence de stalactites, de flocons de neige ou peut-être d'étoiles, lointaines et gelées. Le plafond devait flotter à une trentaine de mètres au-dessus de nous, et les lumagies s'y

1. Je n'en sais toujours rien. Et je ne vais pas poser la question au Nom de Toutes les Choses. Parfois, il faut savoir accepter qu'un mystère reste entier.

réfractaient, faisant danser des étincelles bleues et violettes entre les cristaux. Comme Senera, j'aurais pu passer des heures à admirer la vue, mais des voix me rappelèrent que nous n'étions pas seules.

Au centre de la pièce, un vaste foyer prodiguait à la grande salle l'essentiel de sa chaleur. Il était cerclé d'un anneau de fer, noirci par les flammes, destiné à retenir les escarbilles. Des tables étaient disposées tout autour du foyer, et chacune accueillait nobles et courtisans ; tous avaient les yeux fixés sur nous. La plupart des convives étaient d'allure yorane, par comparaison avec la moyenne des Quuros. Le teint des Yorans était souvent blanc, mais parfois bleu clair, violet ou gris. Ceux que j'avais sous les yeux avaient tressé leurs longs cheveux pâles et les avaient relevés en hauts chignons. Les hommes arboraient des barbes nattées et ornées de bijoux. Tous portaient des habits de couleur claire. La robe que m'avait fournie Senera tranchait sur l'ensemble, me donnant l'impression d'être une flamme traversant une feuille de papier. Si j'avais espéré passer inaperçue, c'était peine perdue. Senera avait manifestement souhaité attirer l'attention sur moi.

Une vieille femme, à côté de laquelle Dorna aurait fait figure de petite fille, entretenait le foyer au cœur de la pièce, à côté d'une meute de… Non, ce n'étaient pas des loups, mais des hyènes, au pelage blanc et aux yeux bleus. La vieille femme s'était tournée pour m'observer dès l'instant où j'avais posé le pied dans la salle. Elle plissa les yeux et se renfrogna, semblant prête à me jeter des bûches incandescentes si j'osais m'approcher d'un peu trop près. Puis elle me sourit de toutes ses dents, en un rictus qui n'évoquait rien tant qu'un chien montrant les crocs. Je ne l'avais jamais vue auparavant.

— Le trône du dieu-roi se trouvait là-haut, indiqua Senera.

Elle désigna un escalier qui suivait l'angle des parois, et continuait à monter à travers une ouverture dans le lointain plafond. À la base de l'escalier, plusieurs dizaines de femmes étaient assises ensemble autour d'une seule longue table.

— Qui sont…, commençai-je.

— Les épouses du honn, révéla-t-elle. Ne vous inquiétez pas. Nous n'aurons pas à nous asseoir auprès d'elles.

— Ses épouses ? répétai-je, abasourdie.

Senera m'avait dit que les Yorans étaient coutumiers de la polygynie. Les Jorats aussi, d'ailleurs, mais les associations de ce type se limitaient chez nous à de plus petits groupes, entièrement polygames. Trois personnes ou, plus rarement, quatre.

— Combien d'épouses a-t-il ?

— Une de chacune des quarante-huit tribus, déclara-t-elle. (Elle désigna les tables principales.) Allons retrouver les autres, si vous voulez bien.

Senera nous fit louvoyer entre les tables, jusqu'à ce que je découvre des habits aux couleurs plus vives que les tenues pastel des Yorans, portés par des hommes et des femmes aux teints quuros. Ils étaient vêtus de teintes unies, correspondant à différentes familles royales, compris-je tout à coup. Cette idée me surprit et me troubla. En théorie, ces gens gouvernaient Quur. Alors pourquoi auraient-ils partagé la table d'un homme réputé pour sa haine vis-à-vis de l'Empire ?

J'entendis alors un rire familier : celui de Sire Oreth. Il semblait n'avoir eu aucune difficulté à se fondre parmi eux.

Les convives avaient commencé à boire avant le début du repas. Des serviteurs passaient et repassaient devant chaque table, remplissant inlassablement les verres à mesure qu'ils se vidaient.

Sire Oreth surprit mon regard et m'adressa un sourire mauvais. Il donna un coup de coude à l'homme assis à côté de lui, vêtu de bleu des pieds à la tête. L'autre homme lui rendit son sourire et esquissa un geste obscène. Je détournai le regard et regrettai de ne pas être armée[1].

Relos Var nous rejoignit, quittant la table qu'il partageait avec deux autres nobles des familles royales, quoique ceux-ci soient vêtus de noir et non de couleurs vives. Ils n'auraient pas pu paraître plus disparates. L'un était maladif, très pâle pour un Quuro ; l'autre aurait ressemblé à Dango, si le bandit athlétique avait décidé de se raser la tête.

Relos Var prit les mains de Senera et l'embrassa sur le front.

— Le honn est en chemin. Comment nos hôtes se comportent-ils ?

— Janel s'est montrée docile, mais je m'inquiète au sujet du prêtre de Vishai. Nous avons dû le laisser dans sa chambre. Il y a quelque chose qui cloche, chez lui.

Je reportai mon attention sur Relos Var, déterminée à intervenir dans leur conversation. Je n'en eus pas l'occasion.

— Tiens tiens, quelle nouvelle épice nous as-tu ramenée aujourd'hui, Stalactite ? lança un homme derrière nous d'un ton goguenard. J'en prendrais bien une pincée pour accompagner mon repas.

Et quelqu'un m'agrippa le postérieur.

J'avais cru pouvoir rester sage. N'oubliez pas que je me sentais encore très faible, en raison de la marque que Senera avait tracée dans mon dos. La dernière chose dont j'avais envie, c'était de me battre. Néanmoins, j'avais encore mon orgueil. Dans ma colonie, certains gestes étaient immédiatement suivis de représailles. Et cette personne ne m'avait pas gratifiée d'une gentille petite tape sur les fesses ; il s'était immiscé, les doigts recourbés, dans des endroits où il n'avait jamais été convié.

Je me retournai et, mobilisant toutes mes forces, lui décochai un coup de poing.

1. Si elle l'avait été, je l'aurais sans doute laissée faire.

En y repensant, j'étais allée trop loin en voulant compenser la perte de ma force surnaturelle. Certes, je n'avais plus cette puissance, mais je savais encore frapper quelqu'un. Malheureusement, j'ignorais comment le faire sans me blesser. Je sentis craquer le cartilage du nez de l'inconnu, et au même instant, quelque chose se brisa dans ma main, m'occasionnant une douleur insoutenable.

L'homme que je venais de frapper avait la peau brun clair, des yeux bleu glacier et des cheveux sombres et bouclés. Il avait entrepris de laisser pousser sa barbe dans le style yoran, mais elle était encore trop courte pour être tressée ou ornée de bijoux. Et il ne s'attendait surtout pas à ma réaction.

Je l'avais envoyé s'effondrer sur les genoux de l'homme assis à côté de lui, dont je découvrirais ensuite qu'il était l'auteur de la provocation goguenarde que j'avais entendue. Il semblait orgueilleux et imbu de lui-même. Ses yeux bleus étaient si lumineux qu'ils parvenaient à éclipser sa tenue de soie, bleue également.

Bien que nous nous trouvions dans une pièce pleine de guerriers et de mages aux réflexes aguerris, personne ne semblait savoir comment réagir. Toutes les conversations se turent. Même les musiciens cessèrent de jouer. Je pressai ma main cassée contre ma poitrine, les larmes aux yeux.

Dans un éclair d'argent, Senera revint se placer à mon côté. Elle m'attrapa par le bras et tenta de me faire passer derrière elle. Le jeune homme que j'avais frappé se redressa, bouche bée, et porta la main à son nez en sang.

— Comment osez-vous… !

Je crois qu'il aurait aimé continuer, mais son nez cassé gênait son élocution. Il dut s'apercevoir aussitôt qu'il était ridicule. Il posa alors la main sur son épée.

— Exidhar, que se passe-t-il ? dit quelqu'un.

Les yeux du jeune homme s'écarquillèrent d'horreur, tandis que tous les autres – même les membres des familles royales – les levaient. Et je reconnus son expression : c'était celle d'un jeune homme pris en faute, qu'un parent s'apprête à rappeler à l'ordre devant tous ses amis. Le fait que tous ces amis se soient tout à coup pris de passion pour le paysage montagneux, et qu'ils se soient levés comme un seul homme, m'indiquait que le « parent » n'était pas n'importe qui. Ce qui signifiait que j'allais avoir des ennuis.

Je cillai pour chasser mes larmes, fis de mon mieux pour surmonter la douleur, et examinai pour la première fois Azhen Kaen, duc de Yor.

Je n'avais jamais vu quelqu'un incarner d'aussi près l'idéal de l'homme yoran, et je n'en ai pas revu depuis. Il était grand, large d'épaules, et si blanc de peau que Senera paraissait bronzée en comparaison. Les tresses de sa barbe grise étaient constellées de diamants, scintillant comme des paillettes de glace, dont la couleur rappelait celle de ses yeux. Il s'agissait d'un homme d'âge mûr, mais il n'en demeurait pas moins séduisant, ni moins intimidant.

Il arborait également un laevos.

Ce détail m'irrita particulièrement. Son laevos gris avait été dressé à la verticale, soit par magie, soit à l'aide de colle. Je me souvins alors que tout comme Quur avait conquis Jorat à l'aide de soldats khorvesh, Yor avait été conquise par des soldats de Jorat.

Le premier gouverneur de Yor, qui deviendrait le premier duc de Yor, était donc jorat. Il avait dû vivre moins de cent ans plus tôt ; c'était donc le grand-père du duc Kaen, ou peut-être son arrière-grand-père.

Exidhar Kaen semblait tenté d'aller se cacher sous la table.

— Je… J'ai… En fait… (Il pointa un doigt vers moi, l'autre main toujours pressée sur son nez ensanglanté.) Elle m'a frappé !

Bien sûr, ce qu'il prononça se rapprochait plutôt de « Gnelle gna gnappé ! ». Le duc Kaen haussa un sourcil, m'adressa un bref regard puis se tourna vers Relos Var.

— Me trompé-je en supposant que mon fils vient de peloter les fesses de votre nouvelle épouse ?

Derrière Exidhar, le noble vêtu de bleu se racla la gorge et se mit à scruter intensément son verre de vin. Je grinçai des dents, en me demandant si je ne venais pas de frapper la mauvaise personne[1].

Pour être franche, j'aurais aimé leur distribuer des coups de poing à tous… mais cela ne risquait pas de me rendre service sur le long terme.

Relos Var paraissait indifférent.

— Je pense qu'elle a déjà défendu mon honneur autant que faire se peut.

— Deux minutes, marmonna Senera. On est arrivées il y a à peine deux minutes.

Les nobles assis à la table d'Exidhar se mirent à rire, se délectant manifestement de la scène. En examinant le visage du jeune homme, je n'eus pas l'impression qu'il la trouvait aussi divertissante que ses amis.

En réponse à leur hilarité, Relos Var ricana doucement.

— Mes excuses, Votre Grâce, pour tout ce tapage. Permettez-moi de vous présenter Janel Danorak, ma nouvelle épouse.

Je parvins à lever les yeux au ciel. La douleur m'y aida. Je ne pris même pas la peine de corriger Relos Var en donnant mon véritable nom.

Le duc Kaen me sourit.

— Charmé, bien sûr. (Il fronça les sourcils en me regardant.) Est-ce que tout va bien ?

Je suppose qu'il avait remarqué mes yeux pleins de larmes.

— Très bien, assurai-je.

— Vraiment ? insista-t-il en me saisissant la main.

Je serrai les dents et parvins – de justesse – à m'empêcher de crier.

1. Bien sûr que c'était Darzin. Moi aussi, je suis contente qu'il soit mort.

— Il semble que vous vous soyez cassé la main, reprit le duc.

— Ah ? Je ne l'avais pas remarqué.

Il darda sur moi un regard incrédule. Puis, à son tour, il s'esclaffa. Se tournant vers Relos Var, il ajouta :

— Je suis sincèrement charmé. Dites-moi que vous avez l'intention de la laisser ici.

— Avec votre permission, bien entendu. (Le magicien se frotta distraitement le nez.) Je dois vous prévenir qu'elle se montre rarement docile.

— Les meilleures ne le sont jamais.

Je fermai les yeux et me concentrai sur la douleur afin de ne pas dire quelque chose que je regretterais. Je n'avais pas l'habitude d'être traitée comme si je n'étais pas dans la pièce, comme quelqu'un dont on parlait, plutôt que de lui parler. Quelqu'un qui observait un silence respectueux tandis que les grandes personnes discutaient de choses importantes[1].

Je comprenais sans mal pourquoi Relos Var avait tenu à me retirer ma force. Sinon, j'aurais arraché le cœur de toutes les personnes présentes.

— Bien. Mangeons. Je ne sais pas si vous avez faim, mais moi, je pourrais dévorer un cheval, déclara le duc Kaen, toujours hilare.

Il me lança un coup d'œil, comme pour s'assurer que j'avais compris son allusion.

J'avais commencé à tirer un siège vide à moi lorsque je sentis la main de Senera sur mon épaule.

— Pas ici, glissa-t-elle.

— Mais je vous en prie, dit l'homme aux yeux bleus. Prenez place près de moi. Je serais ravi de pouvoir vous admirer tout au long du banquet.

1. Oui, Janel, bienvenue dans le monde merveilleux des femmes. C'est comme ça tous les jours, et nous passons toutes notre temps à bouillir intérieurement.

Dès qu'il prit la parole, je reconnus sa voix. C'était lui qui avait émis le désir de me prendre « pour accompagner son repas », et non le fils du duc Kaen.

— Darzin…, l'avertit Senera.

— Oui, « Dame Var » ? J'aimerais simplement soigner la blessure de cette jeune femme. Cela vous pose-t-il problème ?

Il regarda fixement Senera, comme pour la défier de protester.

J'observai ses vêtements bleus. Je n'en connaissais la signification qu'en raison des cotisations dont s'acquittait Frère Qown. La Maison D'Mon était la famille royale chargée de contrôler les maisons bleues et la Guilde des Médiqueurs.

— Il est vrai que votre Maison est réputée pour ses talents en matière de guérison, lui lançai-je. (Je le gratifiai d'un sourire aussi doucereux que me le permettait ma fracture.) Par conséquent, plutôt que de me porter secours, je vous conjure de venir en aide au fils du duc. Après tout, il a reçu le coup qui vous était destiné.

Darzin rit, confirmant qu'il était bien l'homme qui m'avait touchée.

Senera me tira par le coude et nous nous installâmes face à Darzin et Oreth, entre Relos Var et les deux nobles vêtus de noir. Le duc Kaen prit place à côté du magicien, et le siège voisin – celui où j'avais voulu m'asseoir – demeura vide. Le fils du duc Kaen, Exidhar, quitta un moment sa table pour rejoindre la vieille femme près du feu ; ce fut elle qui guérit son nez, et non Darzin. Tout du long, elle lança des regards venimeux dans ma direction.

Je me demandai si elle était la grand-mère d'Exidhar ; cependant, elle était vêtue misérablement. Ces haillons ne me semblaient pas convenir à la mère d'un duc. Une boule de poils couina dans un panier tapissé de fourrure à ses pieds ; elle se révéla être non pas une petite hyène des neiges mais un ourson blanc.

— Montrez-moi votre main, murmura Senera tandis que les serviteurs apportaient le premier plat.

Je la laissai faire, prétendant ne pas voir que tout le monde nous observait. Les domestiques apportaient la nourriture petit à petit, plutôt que de disposer tous les plats sur la table et de laisser les gens se servir comme ils le souhaitaient. Je ne vis pas le moindre condiment : ni sauce pimentée, ni légumes marinés, ni épices séchées.

C'est alors qu'un serviteur posa un bol de sang devant moi. Je m'estimai heureuse que Senera m'ait encouragée à manger un peu plus tôt.

— Je sais que c'est dur, chuchota Senera en m'examinant la main. Mais essayez de sourire et de laisser couler.

Je croisai son regard.

— Je préférerais me poignarder avec les os brisés de ma main pour l'éternité. (Je me penchai vers elle.) N'essayez pas de me faire croire que ce n'est pas pareil pour vous[1].

Une douce chaleur envahit ma main.

— Vous n'êtes pas du genre facile, hein, bougonna-t-elle.

Lorsque Senera reposa ma main, je remarquai qu'elle semblait fatiguée. D'ailleurs, elle était en nage.

Sire Oreth regarda sa soupe dégouliner du dos de sa cuillère.

— Qu'est-ce... Qu'est-ce que c'est ?

— Du sang de narval, répondit Darzin. Allez-y, goûtez. Cela nécessite un temps d'adaptation, mais c'est plutôt bon[2]. (Il haussa les sourcils.) Très épicé... Il s'agit d'un mets recherché, ici, à Yor. On le réserve à la noblesse. Il me rappelle notre nouvelle amie, ici présente.

Je ne pus m'empêcher de lever les yeux au ciel. Quant à Sire Oreth, il éclata de rire et laissa retomber sa cuillère dans son bol, éclaboussant de sang la nappe de lin blanc.

1. Oui, oui, elle avait raison. Vous connaissez mes vues à ce sujet.

2. Le plus agaçant est que c'est effectivement très bon.

— Oh, son apparence est trompeuse, mais ne vous méprenez pas : Janel n'est pas de sang noble.

Senera réagit plus vite, cette fois. Elle m'agrippa le bras avant même que je n'aie pu me lever. Cependant, Exidhar Kaen, revenant à table une fois son nez soigné, n'avait aucune intention de laisser passer cette révélation. Étant donné ce qui venait de se produire, il était normal qu'il soit avide de commérages.

— Ah bon ? Je croyais que c'était une kola ? Pardon, une comtesse… C'est bien « comtesse » que l'on dit, en jorat ? Comment est-ce possible, si elle n'est pas noble ?

— Sire Oreth, les événements récents ont dû vous déranger l'esprit, lançai-je sèchement. Vous connaissez parfaitement ma lignée.

Il m'adressa un sourire malveillant.

— Oh oui, en effet. Mieux que vous, pourrait-on dire. J'en ai même la preuve. J'allais la présenter au duc Xun lors du tournoi, mais…

Il haussa les épaules et tira une feuille de papier de son manteau. Le document, d'aspect ancien, semblait avoir été plié et déplié de nombreuses fois.

— Bien… Si cela ne dérange personne… ?

— Cela me dérange, rétorquai-je. Au plus haut point.

— Votre opinion n'a pas d'importance.

Relos Var se pencha en avant :

— Je ne pense pas que ce soit le moment, ni l'endroit…

Mais Exidhar lui fit signe de se taire.

— Non, non, Relos. Cela m'intéresse.

Toujours souriant, Sire Oreth ouvrit son papier et se mit à lire :

— « À mon margrive, Aroth Malkoessian, de la part de votre dévoué gardien de troupeau, Jarin Theranon. »

Je me raidis. Jarin Theranon était mon grand-père.

— « Cher Aroth, je vous écris pour implorer votre aide, car je suis désemparé. Suite à la mort de mon fils, je me trouve face à une terrible réalité : ma lignée s'est arrêtée. Je dois donc vous avouer un secret que j'espérais emporter dans la tombe : ma petite-fille, Janel, n'est pas de mon sang. »

Je secouai la tête.

— C'est un mensonge. Vous avez tout inventé…

Il retourna le papier de manière à me montrer qu'on pouvait bien y lire les mots qu'il prononçait ; pire, je reconnus l'écriture de Jarin.

— Pas du tout, répliqua-t-il. J'ai trouvé ceci dans les papiers de mon père, il y a des années. C'est absolument fascinant, figurez-vous.

— Oh ! J'adore les scandales familiaux, se réjouit Darzin en s'appuyant contre son dossier. Je vous en prie, continuez. Je veux tout savoir. D'ailleurs, j'ai une meilleure idée…

Il arracha la lettre des mains de Sire Oreth.

— Hé !

— Puisque j'ignore les noms des personnes concernées, il sera beaucoup moins facile de m'accuser d'avoir tout inventé, n'est-ce pas ?

— Darzin, espèce de salopard, siffla Senera à voix basse.

Il se contenta de sourire d'un air amusé.

— « Je l'avais toujours soupçonné. J'aimais sincèrement ma belle-fille, mais je ne suis pas un idiot. Après qu'ils eurent si longtemps tenté d'engendrer un enfant, sans succès, comment aurais-je pu ne pas remarquer que Frena était revenue de leur voyage avec un bébé qu'elle n'avait jamais porté ? Elle ne produisit jamais de lait pour Janel. Elle ne se départit jamais de sa silhouette de jeune fille. Je savais que mon fils ne parvenait pas à donner un enfant à Frena. Je savais combien ils en souffraient. Aussi ne remis-je pas en question cette naissance miraculeuse. Ils l'aimaient, tout comme moi. »

Un vertige m'envahit. La tablée tout entière avait cessé de bavarder ; ils étaient pendus aux lèvres de Darzin.

— Je vous en prie, arrêtez, suppliai-je.

Mais bien sûr, il continua.

— « Cependant, nul ne peut ignorer que l'enfant n'est pas d'origine jorate. J'ai été forcé de m'adresser à la Maison D'Mon… » Oh, tiens ! C'est moi. « … à la Maison D'Mon, et de me plier à leurs tarifs exorbitants… » C'est vrai, nos services sont hors de prix. « … pour m'assurer que cette petite fille porte les marques équines de notre peuple. En raison de cette dépense, notre situation était désastreuse lorsque survint la Marche Infernale, et nos coffres presque vides lorsqu'il nous fallut rebâtir. Je m'en remets donc à votre bonté, et vous propose une éventuelle solution. En dépit de ses origines modestes, Janel est une beauté. Elle ferait une excellente épouse pour votre fils puîné. Ainsi, Tolamer demeurerait – comme il se doit – sous l'autorité de la noblesse. Avec mes salutations respectueuses, votre dévoué Jarin Theranon. »

— Non…, dis-je.

Je sentis la panique monter en moi. Oui, je savais que mon grand-père avait arrangé mon mariage avec Sire Oreth. Cependant, il n'avait pas protesté lorsque je lui avais annoncé que je ne voulais plus en entendre parler. Mon grand-père ne m'avait jamais traitée que comme sa petite-fille. Je n'avais jamais été inférieure à ses yeux.

Cela ne pouvait être vrai.

— Vous auriez dû accepter votre destinée et me laisser vous épouser, déclara Sire Oreth. Au lieu de cela, regardez où vous nous avez menés. (Il désigna la pièce de la main, puis se tut brusquement.) Enfin… sans vouloir offenser qui que ce soit.

— Oh ! Vous devriez voir votre tête, petite fille, me lança Darzin. Votre monde vient de basculer, et je n'en ai pas perdu une miette. (Il regarda Relos Var.) Sérieusement, combien en demandez-vous ? Je paierai.

— Ce que je veux, c'est que vous cessiez d'être un imbécile, rétorqua le magicien. Mais j'ai bien peur que ce soit au-dessus de vos moyens.

À côté de lui, l'homme rasé vêtu de noir se mit à rire[1].

Je les écoutais d'une oreille, dans l'éventualité où Relos Var essaie de me vendre, mais mon attention était fixée sur Oreth. D'abord, il avait ri et s'était délecté de mon humiliation ; mais à mesure que Darzin avait avancé dans sa lecture, il avait semblé de plus en plus furieux. Empli d'une colère dont enfin, après toutes ces années, je comprenais la cause.

Ses actes avaient toujours constitué un mystère à mes yeux. Nous jouions à nous tourner autour à la manière de deux poulains, sachant depuis l'enfance que nous étions promis l'un à l'autre. Mais lorsque les rumeurs concernant Janel Danorak s'étaient répandues, il était devenu évident que je serais un étalon. Alors, son comportement avait changé du tout au tout. Il ne m'avait jamais témoigné de thudajé. Il devait connaître de longue date la vérité sur mes origines, et se considérer comme supérieur à moi. Mon sang de roturière signifiait que j'étais destinée à devenir sa jument, et lui mon étalon. Surtout pas l'inverse.

J'avais refusé, durant toutes ces années, de comprendre quelle était ma place.

— Ah ! C'est surprenant, s'étonna Darzin. Je croyais que vous aviez simplement voulu vous offrir une petite chose jeune et innocente à corrompre, mais il semble que vous ayez des sentiments pour elle. Il est vrai que vous aimez récupérer les femmes dont les autres ne veulent plus, n'est-ce pas, Var ?

À côté de moi, je sentis Senera se raidir.

— Assez, intervint le duc Kaen d'un ton sévère.

Relos Var haussa un sourcil.

---

1. Je n'aime peut-être pas les nobles des familles royales, mais au moins Thurvishar et moi serons-nous toujours unis par notre haine commune de Darzin D'Mon.

— Oui, oui. La vraie mère de Janel était une danseuse, et son père était un soldat khorvesh. (Il se pencha pour regarder Darzin.) Êtes-vous en train de dire qu'avoir un parent khorvesh est source d'indignité ? Votre propre mère n'était-elle pas d'origine khorvesh[1] ?

Je ne pus m'empêcher de remarquer que les yeux qui n'étaient pas fixés sur Darzin ou sur Relos Var s'étaient tournés vers le fils du duc Kaen. Son fils qui, de toute évidence, était métis. La peau brune et les cheveux noirs d'Exidhar indiquaient que sa mère n'était pas originaire de Yor.

Le jeune homme s'agita sur sa chaise, embarrassé. Il surprit mon regard et s'obligea à adopter une expression hautaine et méprisante. Je ne m'étais pas fait un ami.

Darzin parut s'apercevoir de sa bévue.

— Oh ! Ce n'est pas ce que je voulais dire, bien entendu. Les lignées khorvesh sont les plus prestigieuses de tout l'Empire. En tout cas, quoi qu'en pense le jeune Oreth, votre nouvelle épouse n'est pas une roturière. Pas avec ces yeux de rubis, touchés par les dieux. Sa mère devait être une Ogenra de la Maison D'Talus, c'est évident.

Relos Var souleva son verre.

— Évident, en effet.

Près de moi, Senera se détendit. Des conversations se lancèrent sur d'autres sujets : la politique, les rumeurs, les différentes manières de se soustraire au joug de l'Empire. J'aurais dû me montrer plus attentive, mais je n'arrivais pas à me concentrer.

J'en avais la nausée. Ils mentaient, c'était certain… J'avais été bercée par les soins attentifs de Xaltorath. Je savais que les mensonges pouvaient être maniés comme des armes, pour poignarder, pour faire saigner. Je savais aussi que la vérité était

1. Sa mère n'était-elle pas la belle-sœur du Premier Général Milligreest ?

susceptible d'entailler les mêmes veines… et qu'il s'agissait d'une lame bien plus facile à aiguiser.

— Ne leur montrez pas que ce qu'ils disent vous touche, murmura quelqu'un.

Je levai les yeux. L'un des nobles vêtus de noir – l'homme au crâne rasé – s'adressait à moi.

— Ils se nourrissent de la souffrance qu'ils provoquent, dit-il. Ils y prennent plaisir. Ne leur accordez pas cette satisfaction[1].

— « Ils » ? N'êtes-vous pas l'un d'eux ?

Il eut un léger sourire.

— Je suis très différent d'eux.

Il ne me regardait pas. Le brouhaha permanent des conversations nous enveloppait. Et cependant, je l'entendais tout de même murmurer.

— Je m'appelle Thurvishar D'Lorus. Je vais essayer de vous aider, si je le peux, mais ne comptez pas trop là-dessus. Mon champ d'action est limité, à plus d'un titre.

— D'Lorus ? De quelle Maison…

— Les livres. Nous dirigeons l'Académie.

— Merci.

Je n'ajoutai rien de plus. L'Académie. C'était une école, bien sûr, mais j'avais entendu la majuscule. Il s'agissait de l'institut de magie de Kirpis.

Je coulai un regard vers lui. Je n'arrivais pas à déterminer son âge. Il avait cette sorte de visage anguleux qui fait paraître vieux lorsqu'on est jeune, et jeune lorsqu'on est vieux. Quand il lança un regard à Relos Var, je vis que ses yeux étaient assortis à sa tenue. Le noir… la couleur du mystère. En dehors de Jorat, c'était aussi celle de la magie.

La couleur de sa Maison Royale importait peu, cependant. Sans doute cherchait-il, lui aussi, à humilier la nouvelle

1. J'étais assise à côté d'eux, et à aucun moment je n'ai vu bouger les lèvres de Thurvishar. Je ne peux donc que supposer qu'il faisait usage de magie.

arrivante. Thurvishar D'Lorus faisait simplement montre de plus de subtilité que Darzin D'Mon.

Lorsque Senera et moi nous retirâmes, les hommes restèrent assis, pour boire et échanger des histoires rocambolesques. Je ne m'aperçus pas que la vieille femme hargneuse avait quitté sa place auprès du feu. Mais ce détail, même si je l'avais remarqué, n'aurait pas eu de signification particulière à mes yeux.

— On croirait presque manger au milieu d'une meute de loups, pas vrai ? commenta Senera sur le chemin du retour. Ils mordent, ils se bagarrent et cherchent à se dresser les uns contre les autres. Ils veulent tous être les favoris, dans l'espoir que Kaen les place à la tête d'une colonie lorsqu'il aura renversé l'Empire. Bande d'imbéciles.

Je ne répondis pas, et nous continuâmes notre route. Elle s'arrêta dans le couloir, non loin de la chambre, et se tourna pour me faire face.

— J'ai assez étudié la culture jorate pour savoir qu'être « de sang noble » n'est pas obligatoire pour diriger une région. Votre peuple ne répète-t-il pas constamment que le sang se prouve par les actes ? Même si vous êtes adoptée, ça ne change rien.

Je me frottai la lèvre inférieure, luttant pour me souvenir que m'énerver ne me serait d'aucune utilité sur le long terme… même si cela m'aurait fait un bien fou sur le moment.

— Vous ne comprenez pas, répondis-je.

— Je pense que si.

— Si Oreth a raison… si Relos Var a raison… alors, je ne suis même pas jorate. Et ça, c'est très important. (Je m'interrompis.) Comment Relos Var sait-il qui étaient mes vrais parents ? Mon grand-père l'ignorait, lui.

Senera tira de sa robe la pierre à encre qu'elle portait, enchâssée dans un pendentif ; puis elle la glissa de nouveau sous le tissu.

— C'est grâce à ça. Lorsqu'on pose une question avant d'utiliser la pierre, ce qu'on écrit répond à la question.

Je la dévisageai. Voilà un jouet qui devait s'avérer commode… si commode qu'il me donnait l'impression d'être une enfant combattant des lions à mains nues.

Connaissaient-ils déjà mes intentions ? Savaient-ils depuis le début que je n'étais venue que pour voler une lance magique et tuer leur dragon de compagnie ? Que j'espérais mettre un frein à leurs projets d'invasion ?

Elle eut un petit sourire.

— Le processus n'est pas infaillible. Si on lui pose la mauvaise question, on obtient la mauvaise réponse. Et elle refuse de répondre lorsque ce qu'on lui dit est une opinion. Elle ne révèle rien de ce qui ne s'est pas encore passé. Mais ce que je préfère, c'est qu'une fois qu'on a commencé à écrire, la pierre ne nous laisse pas nous arrêter avant d'avoir tout retranscrit. Il est donc crucial de s'en tenir aux questions précises. Ça s'est mal fini pour la dernière personne à qui Relos a prêté cette pierre : il a posé une question si vague qu'il est mort d'épuisement avant d'avoir terminé d'écrire la réponse.

— Alors, c'est vous qui lui avez demandé qui étaient mes parents.

Senera hocha la tête.

— Oui.

— Qui est-ce ? Sont-ils encore en vie ? Donnez-moi leurs noms.

Elle laissa échapper un petit rire, tandis que nous nous rapprochions de la porte qu'elle avait verrouillée, plus tôt dans la journée.

— Peut-être que, si vous êtes sage, je vous le dirai. Mais pour l'instant, ça restera mon petit… (Elle fronça les sourcils.) Qu'est-ce que…

Je me tournai. La porte était entrouverte.

Je me précipitai à l'intérieur. Frère Qown avait disparu.

36

Des excuses dérisoires

Colonie de Jorat, Empire de Quur.
Trois jours après la transformation de Tishar D'Mon
en une ravissante pierre tsali bleue.

— Alors, vous avez bien rencontré mon frère aîné, finalement, dit Kihrin à Janel. Et aussi incroyable que ça puisse paraître, il se tenait à carreau, ce jour-là.

— Si c'est ce qu'il appelle « se tenir à carreau », j'ai une flèche dans mon carquois qui mettrait fin au problème, proposa Ninavis.

— C'est très gentil de votre part, répondit Kihrin, mais j'ai déjà tué Darzin il y a trois jours.

Janel sourit :

— Je savais que tu me plaisais.

— As-tu fini par découvrir qui étaient tes vrais parents... ? commença Kihrin.

— Oui, répondit aussitôt Janel. Au bout d'un moment. Et il s'est avéré que Dorna était au courant depuis le début, déclara-t-elle avec un regard irrité à la vieille femme.

— Oh, poulain... C'est plus compliqué que ça...

Janel leva une main pour la dissuader d'en dire davantage.

— Mais vous le savez, à présent, n'est-ce pas ? insista Qown. Parce que sinon, je ne veux pas lire la suite de mon récit.

— Ne vous inquiétez pas. Je ne serai pas prise au dépourvu.

Le regard de Janel revint se poser sur Kihrin, et elle l'observa en penchant la tête de côté.

— Tu sais de qui il s'agit, toi aussi, n'est-ce pas ?

Kihrin hésita, puis répondit :

— J'ai de très gros soupçons à ce sujet. Je crois avoir déjà rencontré ta mère. (Du bout des doigts, il pianota sur le comptoir.) Et ton père ne m'aime pas beaucoup. Pas depuis…

Il désigna vaguement Urthaenriel. Le sourire de Janel se fit crispé.

— Tu n'imagines même pas le peu de cas que je fais de l'opinion de mon père.

— C'est quelqu'un de bien, dit Kihrin.

— Il soutient le règne d'une bande de despotes cupides et dégénérés. Comment pourrait-il être « quelqu'un de bien »[1] ?

Ninavis se pencha en avant.

— De qui est-ce qu'on parle exactement ?

— C'est ce que j'allais demander, renchérit Dorna. Je ne sais pas qui c'est, ton père, mon poulain. Ça n'a jamais eu d'importance pour moi.

Janel se renfrogna.

— Nous n'allons pas tarder à y venir. (Elle fit signe à Qown.) Vous vous sentez prêt à prendre le relais ?

Qown hocha la tête.

— Je crois que oui.

Récit de Qown. Le Demesne de Glace, Yor, Quur.

Qown s'éveilla dans une bibliothèque. Il le sut avant d'ouvrir les yeux, sentant l'odeur du cuir et celle, puissante

1. Est-il possible que nous ayons fini par influer réellement sur ses opinions ?

et vanillée, des vieux papiers, mêlées au parfum de son thé à la cannelle préféré. Il sourit, avant de se souvenir pourquoi le thé le réconfortait à ce point.

Il s'assit sur le divan où il dormait quelques instants plus tôt. Quelqu'un lui avait fait changer de vêtements. Il se sentait propre, et son menton était rasé de frais. Sa sacoche de livres était posée près de lui, et son médaillon en forme de soleil pendait à son cou. Frère Qown se sentait en parfaite santé ; mais un abîme de désespoir lui semblait flotter en marge de son champ de vision, si vaste et si vorace qu'en tournant la tête, il aurait presque pu le voir à l'œil nu.

Cependant, l'incarnation humaine de sa douleur n'était pas loin non plus. Relos Var était assis à une table non loin de là ; il écrivait à l'aide d'une plume de Kirpis. Une grosse théière vernissée de Kazivar était posée sur la table, de même que des tasses assorties. Il s'agissait de la théière qu'utilisait toujours le Père Zajhera.

Frère Qown savait qu'il devait dire ou faire quelque chose, mais il se contenta d'observer fixement la scène, hagard.

— Prends une tasse de thé, proposa Relos Var. C'est ton préféré.

Qown hésita un instant, mais ne ressentit aucune douleur, aucun signe qu'il mourrait dans d'atroces souffrances s'il désobéissait. Il ignorait si cela signifiait que Relos Var n'avait pas son gaesh sur lui, ou s'il avait simplement décidé de ne pas s'en servir.

Dans tous les cas, le thé lui faisait envie.

Var en servit deux tasses, et plaça la seconde devant la chaise en face de lui.

— Je sais que les excuses sont dérisoires, en regard du chagrin qui te tourmente. Je ne t'aurais jamais envoyé aider Janel si j'avais eu l'intention d'en arriver là. Tu es l'un de mes apprentis préférés. Curieux, intelligent, débordant de compassion. Ce sont de grandes qualités, et tu ne mérites pas de te trouver dans cette situation.

Frère Qown se saisit de sa tasse, luttant contre la nausée. Les excuses étaient dérisoires… Relos Var lui avait arraché un morceau d'âme. Qown ne savait même pas entre quelles mains il se trouvait, à présent. « Les excuses sont dérisoires », ce n'était pas la façon dont il aurait résumé son sentiment sur la question.

— Vous m'avez menti, accusa-t-il après avoir écarté une centaine d'insultes et de protestations puériles.

— Non.

Qown, malgré lui, en resta un instant bouche bée.

— « Non » ?

— Qown, je suis en vie depuis très longtemps. Était-ce mentir que de me présenter à toi comme quelqu'un dont je revêtais déjà l'identité avant ta naissance ? Zajhera n'est pas un déguisement qu'adopterait un assassin métamorphe le temps d'accomplir sa besogne. Zajhera est un homme bienveillant, qui souhaite aider les gens à trouver ce qu'il y a de meilleur en eux. Il n'est pas moins réel que Relos Var, quoique les opinions de ce dernier soient plus controversées. Et si ni l'un ni l'autre ne se trouve être ma véritable identité, leur existence n'en est pas moins sincère pour autant.

Frère Qown plissa les yeux face au magicien. Lorsqu'il vivait au sein de la Voie de Vishai, il avait rencontré des personnes dont les traumatismes étaient si graves qu'ils avaient scindé leur esprit, comme un cristal brisé en plusieurs éclats, afin de s'en protéger. Il ne pensait pas que Relos Var souffre de cette pathologie. Du moins, il l'espérait.

Enfin, il ricana et détourna le regard.

— Vous essayez de vous justifier, mais vous m'avez menti. Vous avez menti à tout le monde.

— Rediscutons-en dans quelques millénaires, lorsque tu auras dû te réinventer une centaine de fois, et que tu auras vu ceux que tu aimes arriver puis repartir, comme des feuilles tombant dans la forêt.

Frère Qown passa outre à cette réponse.

— Alors… qui êtes-vous ? Qui êtes-vous vraiment ? Si tout ceci… (Il fit un geste vague vers lui)… n'est qu'un mensonge, et que le Père Zajhera l'est aussi, alors à quoi ressemblez-vous ? Quel est votre vrai nom ?

— Rev'arric, répondit Relos Var. Quant à mon apparence… (Il grimaça.) Je préférerais ne pas te la révéler. Suite à un rituel qui s'est mal terminé, je ne suis malheureusement plus très présentable. Et puis, Kaen m'en voudrait de détruire son palais.

Frère Qown croisa les bras et se les frotta, comme s'il avait froid.

— Vous êtes un monstre, chuchota-t-il.

— Non, répondit Relos Var. « Monstre » est une idée très facile à appréhender. C'est un être horrible, pourri jusqu'à la moelle, irrécupérable. Si je suis un monstre, alors toute personne qui s'oppose à moi doit nécessairement être un héros, n'est-ce pas ? (Il se pencha en avant.) Ce n'est pas si simple. Parfois, tout le monde a tort, et il faut décider laquelle de ces positions fautives est la plus acceptable.

Frère Qown refusait de poser les yeux sur le thé. La boisson fumante, dont se dégageait un alléchant parfum, évoquait des mensonges confortables. Le Père Zajhera n'avait jamais été le Père Zajhera. Monstre.

Relos Var soupira et ramassa sa plume. Il la trempa dans l'encre et se remit à écrire.

— Tu dramatises, Qown.

— Je me sens si idiot de ne pas avoir compris plus tôt ce qu'il en était.

— Comment aurais-tu pu le comprendre ? Et tu n'es pas un idiot, Qown. Je ne forme pas d'imbéciles.

— Le baron Tamin, à la bannière de Barsine, est la preuve vivante du contraire.

Relos toussota.

— J'avoue que j'attendais… davantage de Tamin. (Il posa sa tasse et sa plume.) Qown, je n'ai jamais eu l'intention de te trahir.

Le prêtre releva la tête.

— Donc, vous admettez m'avoir trahi ?

Var parut triste.

— Bien sûr. Comment une personne saine d'esprit interpréterait-elle autrement ce qui s'est passé ? Certes, je ne voulais pas te faire de mal, mais j'ai quand même fini par te mettre un gaesh. Et cela ne me réjouit pas, crois-moi. Les gaesh sont des instruments terribles. Mais je ne pouvais pas prendre le risque que tu révèles à Janel qui j'étais.

Le fait que Relos Var ait raison – Frère Qown aurait effectivement informé Janel de l'identité du Père Zajhera – ne lui procura aucun réconfort.

— Et maintenant ? Qu'allez-vous faire de moi ? Me sacrifier à un démon ? Me vendre à un noble yoran ayant besoin d'un guérisseur ? Peut-être le duc vous donnerait-il plus de métal que les autres…

Le magicien sourit.

— Je me suis dit que j'allais te révéler tout ce que tu souhaitais savoir. T'expliquer mon plan dans les moindres détails. Répondre à toutes tes questions.

Frère Qown se figea :

— Pardon ?

— Tu dois avoir des choses à me demander, des préoccupations diverses. Et… (Il le regarda dans les yeux.) Eh bien, tu es ma punition pour n'avoir souhaité prendre que des élèves brillants. Quelqu'un de moins malin que toi n'aurait pas fait le lien entre la signature magique de Relos Var et celle du Père Zajhera. (Il rit doucement.) Senera ou Irisia l'auraient remarqué, mais… encore une fois, je ne prends que des élèves brillants.

Frère Qown savait qu'il cherchait à flatter son ego, à l'amadouer pour le rallier à sa cause. D'un autre côté, même si le gaesh de Qown l'empêchait de révéler ce qu'il savait à quiconque, pouvait-il refuser l'opportunité de découvrir ses projets ?

La réponse était non, décida-t-il. Quelle question devait-il poser ? Elles étaient si nombreuses… Au bout du compte, l'une d'elles lui parut plus impérieuse que toutes les autres.

— Pourquoi faites-vous tout cela ? Pour prendre le contrôle de Quur ?

Relos Var ne lui rit pas au nez. Il hocha la tête, but une gorgée de thé et réfléchit un moment.

— Contrairement à Kaen et aux Maisons Royales, je ne souhaite pas régner sur Quur. Ce n'est qu'un moyen d'obtenir ce que je désire. (Il se tut un instant.) J'essaie de sauver l'humanité. C'est plus difficile que cela n'en a l'air.

— Sauver l'humanité ? répéta Qown, estomaqué. Vous avez exterminé un village entier. C'était bien vous, n'est-ce pas ?

— Oui, c'était moi, admit-il. Et cela n'a pas été qu'un seul village. Il y en a eu bien plus. Tuer ne me procure aucun plaisir, mais dans ma quête pour sauver notre peuple, je serais prêt à faire couler le sang d'un million de nouveau-nés, si j'y étais obligé.

Qown se laissa aller contre le dossier de sa chaise, les yeux écarquillés. Le nom que récusait Relos Var s'imposait de nouveau : « monstre ».

— Qown…, soupira le mage en secouant la tête. Je ne m'attends pas à ce que tu approuves mes actes. Je serais même horrifié, si c'était le cas. Mais… depuis toutes ces années que nous nous connaissons… j'aimerais que tu me croies quand je te dis que ces choses-là sont nécessaires.

— Mais je ne vous connais pas, en réalité. Et ce que vous dites est injustifiable. Aucune excuse ne peut rendre de telles choses acceptables.

— Je comprends. Le concept de guerre, fondamentalement, est opposé à toutes les valeurs du culte de Vishai. En créant cette religion, j'ai voulu en faire quelque chose qui soit meilleur que moi. Je suis content d'avoir réussi, même si, pour le moment, elle entre en contradiction avec mes projets. Je ne vais pas t'accuser d'être naïf, te dire que tu n'y comprends rien. J'espère simplement qu'un jour, je réussirai à créer un monde où les gens comme toi ne seront plus victimes… (Il eut un sourire amer)… victimes des gens comme moi.

Frère Qown avait envie de pleurer. De hurler.

—Nous ne sommes pas en guerre.

—Mais si. C'est l'un des rares points sur lesquels nous nous rejoignons, les Huit et moi : la guerre n'a jamais pris fin.

Frère Qown prit une inspiration tremblante et posa sa tasse de thé. Il ne pouvait laisser ses émotions – son indignation, sa colère et son immense souffrance – prendre le contrôle. Cette conversation était une chance. Il devait la considérer comme une opportunité exceptionnelle ; celle d'amasser le plus de renseignements possible dans l'espoir, même ténu, même illusoire, qu'il serait un jour en mesure de les révéler à quelqu'un d'autre.

—Et Janel ?

Relos Var haussa un sourcil.

—Je te demande pardon ?

—Et Janel ? Vous l'avez soignée. Vous l'avez aidée. Et vous m'avez envoyé lui venir en aide à mon tour. Elle doit jouer un rôle important dans cette histoire. Lequel ?

Relos Var sourit.

—Me croirais-tu si je te disais qu'il existe une prophétie ?

—Le quatrain qu'a récité Senera, dans sa chaumière…

—Oui, mais pas seulement. Je sais que tu connais les prophéties. Je t'ai prêté plusieurs livres sur le sujet, à l'époque où elles te fascinaient, à l'adolescence. Je pense qu'une proportion très inquiétante de ces quatrains se réfère à Janel. Janel, spécifiquement.

—Ce sont des délires démoniaques.

— Les démons, mon fils, ne perçoivent pas le temps de la même manière que nous. Et le plus terrifiant est qu'ils ne le *traversent* peut-être pas de la même manière non plus. Ils parlent encore moins que nous le langage de l'univers, et les règles qui les entravent sont moins nombreuses. Nous ne pouvons pas balayer leurs prédictions d'un revers de main. J'aurais aimé me convaincre que les prophéties n'étaient rien d'autre qu'un gigantesque canular orchestré par les démons. Au fil des millénaires, j'en suis venu à penser que l'éventualité la plus probable est, hélas, la pire : les prophéties sont authentiques. Et je ne suis pas le seul à le croire. Les Huit Immortels sont tout aussi déterminés à s'assurer qu'elles se réalisent… de façon à servir leurs intérêts, bien entendu. Et ils contrôlent les réincarnations à un degré qui dépasse de très loin mes capacités. Janel est l'une des manières dont ils se sont insérés dans la course, un outil créé sur mesure pour correspondre aux prédictions d'un millier de démons. Je dois reconnaître cela à Tya (encore une élève trop brillante, d'ailleurs) : j'ai bien failli ne pas trouver Janel. Si Xaltorath ne l'avait pas repérée en premier, je ne crois pas que j'y serais parvenu.

— Tya, la déesse de la magie ? Qu'a-t-elle à voir avec Janel ?

Relos Var eut l'air amusé.

— C'est sa mère. La vraie. Sa mère biologique. Et crois-moi, ce n'est pas souvent que Tya fait des enfants.

— Sa mère ? Mais c'est…

— Vrai, compléta Relos Var. C'est vrai. Dis-le à Janel, si tu le souhaites. Je ne vais pas t'en empêcher. Mais tu es assez intelligent pour savoir que cette information suffirait à faire s'écrouler tout le château de cartes qu'elle a bâti autour d'elle, n'est-ce pas ?

Frère Qown inspira profondément. Il avait raison. Car même si – miracle ou malédiction – Janel était bien la fille de la déesse de la magie, et non l'enfant de la famille Theranon… la vérité serait tout sauf providentielle. Où était

Tya durant la Marche Infernale de Lonezh ? Où était-elle, lorsque Xaltorath avait possédé Janel ? Où était-elle lorsque le grand-père de Janel agonisait et qu'Oreth avait chassé Janel de sa demeure familiale ? Où était Tya, la déesse, l'une des Huit, durant les heures, les jours et les mois effroyables qui s'étaient écoulés, depuis le premier moment où sa fille avait eu besoin d'elle ?

Elle en aurait le cœur brisé. Elle se retournerait contre les Huit et tout ce qu'ils représentaient. Et Relos Var en serait enchanté.

De même que Relos Var aimerait savoir que Frère Qown connaissait ce secret et le dissimulait à Janel. Le mage aurait alors la possibilité de semer la discorde entre eux, dès qu'il en éprouverait le désir. Il lui suffirait de dire à Janel que Qown connaissait la vérité, et qu'il ne lui avait rien dit.

Frère Qown s'était toujours efforcé de faire preuve de respect envers les Huit. Et cependant, si Tya était apparue devant lui à cet instant, il l'aurait giflée. Tya avait fait le lit de Relos Var, en cachant la vérité à sa propre fille.

Le mage quitta la table et revint quelques instants plus tard avec une boîte de bois gravé.

— Sachant que tu n'es pas en mesure d'aider Janel en lui dévoilant ces secrets, j'ai une proposition à te faire. Si tu le souhaites, je peux te renvoyer chez toi.

Frère Qown battit des paupières, éberlué.

— Pardon ?

— Je vais te renvoyer chez toi. À Eamithon. Au Temple de la Lumière. Tu auras toujours ton gaesh, et tu ne pourras pas révéler ce que tu sais, mais tu seras au chaud et en sécurité. De retour au Temple, avec tes amis, occupé à méditer et à soigner les malades qui voyagent jusqu'au Lac Arc-en-ciel. (Relos Var posa la boîte sur la table, juste devant Frère Qown.) Ou alors, tu peux m'aider à sauver l'humanité. Je te laisse le choix.

— Que contient cette boîte ? interrogea Frère Qown.

— Un cadeau pour toi, si tu décides de m'aider. Ouvre-la.

Il s'exécuta. Un gros éclat d'agate y reposait sur un lit de velours noir. Le cœur de la pierre luisait et vacillait comme une flamme.

37

Les épouses du duc

Colonie de Jorat, Empire de Quur.
Trois jours après que la haine de Miya pour Darzin devint une affaire personnelle.

Kihrin dévisagea Qown d'un air stupéfait.

— Wouah…

Qown hocha la tête.

— Oui. Il… semble si rationnel… C'est le plus difficile. On en arrive à se demander si on n'est pas coupable de l'avoir jugé injustement.

Ninavis regarda Dorna.

— Tu sais, je ne m'étais jamais rendu compte que j'étais hors du coup à ce point-là. Moi qui m'inquiétais de savoir si nous allions réussir à convaincre les Adoreli d'arrêter de faire la guerre aux Gadurans… (Elle s'interrompit face à leurs expressions perplexes.) Des clans marakoris que nous sommes en train de recruter. Peu importe. Vous, vous êtes à un tout autre niveau… (Elle se pencha vers Janel.) Tya ? Non mais… c'est une blague ?

Janel secoua la tête et haussa les épaules.

— Je ne l'ai pas choisi. (Elle marqua une pause.) Du moins, je ne crois pas l'avoir choisi. Sinon, ce serait encore pire[1].

— Teraeth te bat à plate couture, cela dit, intervint Kihrin. En plus d'être un ange, apparemment – ce qui constitue ma nouvelle définition de l'ironie –, il est le fils de Thaena et le petit-fils de Khored. (Il leva une main.) Mais je ne sais pas si ça veut vraiment dire grand-chose. J'ai l'impression que la divinité n'est pas héréditaire.

— Non, acquiesça Qown. Je ne le crois pas non plus.

Kihrin regarda Janel.

— C'est ton tour, non ?

Elle hocha la tête.

Récit de Janel. Le Demesne de Glace, Yor, Quur.

— Où est-il passé ?

Je me ruai à l'intérieur de la chambre et ouvris la salle de bains, puis les placards. Il n'était nulle part en vue. La sacoche de Frère Qown avait également disparu.

Senera ne me répondit pas. Elle tira la pierre de son corsage, y frotta son index, puis traça des lettres luminescentes sur le mur de marbre. Elle les lut avant qu'elles ne s'évaporent, et parut soulagée.

— Tout va bien. Relos Var a envoyé Pragaos le chercher.

— En quoi cela signifie que « tout va bien » ? m'exclamai-je avec colère.

Je savais que Frère Qown, l'otage censé garantir ma bonne conduite, ne leur servirait plus à rien s'ils lui faisaient du mal. Mais si Qown avait réussi à se réveiller et à se suicider en mon absence, le plus sage, de leur point de vue, aurait été de me mentir.

1. Je suis à peu près sûre que non. Je suppose que ça a quelque chose de réconfortant.

Elle leva les yeux, surprise de mon ton hargneux. Puis elle sourit.

— Oh, ma chérie, vous êtes vraiment persuadée que Relos Var est le grand méchant de l'histoire, pas vrai ? Et vous, êtes-vous le héros ?

— Au moins, moi, je n'ai pas décimé des villages entiers.

— Non, mais vous soutenez un gouvernement qui le fait, rétorqua Senera. Pensiez-vous que c'était moi qui avais inventé le gaz lysien ?

— Le quoi… ?

Senera agita la main d'un air impatient.

— La fumée bleue. Une invention qui nous vient tout droit de votre Académie de magie, à Kirpis. Quur s'en est servi lors de l'invasion de Yor. Contre, tenez-vous bien… « des villages entiers ».

— C'était… c'était la guerre, balbutiai-je pour masquer mon émotion.

Je décidai qu'elle devait mentir. C'était la seule explication.

— Réveillez-vous, railla-t-elle. Nous sommes toujours en guerre. Pensez-vous que Quur ait rencontré les dirigeants de Yor pour négocier, en disant : « Ah oui, très bien. N'hésitez pas à capituler officiellement, dès que vous serez prêts, afin que nous puissions établir une paix durable » ? Non. Les Quuros ont massacré les Yorans jusqu'à ce que toute la glace ait viré au rouge. Ce n'est que lorsqu'ils ont considéré qu'ils les avaient véritablement brisés, moralement et physiquement, qu'ils sont venus s'installer. (Elle rit.) J'imagine qu'à Jorat, il n'a pas été si difficile de vous dominer. Avec vos histoires de thudajé… Vous, vous êtes doués pour accepter la défaite.

La désinvolture avec laquelle elle prononçait ces mots n'enlevait rien à leur cruauté. J'en ressentis la brûlure, même en sachant que – si Relos Var avait dit vrai – j'étais d'origine khorvesh, et non jorate.

Quelle importance, de toute façon ? Je ne savais presque rien de Khorvesh, sinon qu'ils avaient la réputation de faire de bons soldats, et qu'on les retrouvait en première ligne de toutes les conquêtes quuros. Je savais que leurs terres, chaudes et arides, étaient à l'opposé des plaines fertiles de Jorat. Je savais que l'armée qui nous avait aidés – nous, les Jorats – à vaincre Khorsal était d'origine khorvesh.

Ha ! Je ne pourrais plus m'enorgueillir d'être une descendante d'Atrin Kandor[1].

— Nous n'avons pas été vaincus par Quur, répliquai-je. Nous nous sommes alliés à Quur, et ils nous ont aidés à nous débarrasser du tyran qui nous avait asservis. Et quoi qu'aient pu faire les Quuros à Yor, ne vous attendez pas à ce que je vous dise : « Oh, dans ce cas, ce n'est pas grave. Vous pouvez utiliser une arme terrible contre des innocents qui n'ont rien demandé, puisque Quur l'avait fait en premier ! »

— Non… mais je suis quand même en droit de signaler que c'est Quur qui a édicté les règles du jeu. Nous ne faisons que les exploiter à notre tour.

Je ne répondis pas. Cela semblait inutile. Nous ne réussirions pas à nous convaincre mutuellement. Je me souvins alors qu'en apparence, j'étais censée me ranger peu à peu à ses arguments.

Senera alla s'asseoir sur le canapé.

— Je sais que vous le considérez comme un être abominable, mais peut-être devriez-vous prendre le temps d'y regarder à deux fois. C'est le meilleur homme que j'aie jamais rencontré.

— Si ce sont ceux avec lesquels nous avons déjeuné qui vous servent d'unités de mesure, je pense que vous devriez en rencontrer d'autres.

Elle ricana.

1. Coïncidence amusante : il se trouve qu'elle l'est toujours.

— Vous n'avez pas tort. Je n'étais pas beaucoup plus vieille que vous lorsque j'ai rencontré Relos Var. Sauf que, contrairement à vous, j'étais l'une des esclaves sexuelles du Grand Seigneur de la Maison D'Jorax. Vous pouvez me croire quand je vous dis que, comparé aux membres des familles royales, Relos Var paraît presque sans failles.

Un frisson me parcourut.

— Je suis désolée.

— J'allais dire que c'était pire que tout ce que vous pourriez imaginer, mais vous avez connu Xaltorath, alors… je doute que ce soit le cas. Quoi qu'il en soit, vous comprendrez aisément que je voue une estime particulière à Relos Var.

En effet, je la comprenais. Qui aurait pu rivaliser avec l'homme qui l'avait sauvée de telles horreurs ? Pourquoi se retournerait-elle jamais contre son bienfaiteur ?

Mais il n'avait pas fait que la secourir. Il l'avait éduquée, formée ; il lui avait donné une cause à défendre. Senera ne pensait pas être quelqu'un de malfaisant. Elle pouvait faire des choses terribles, certes ; mais elle pensait manifestement que tous les crimes qu'elle commettait étaient justifiés, qu'ils participaient à bâtir un avenir meilleur. Elle n'était pas un démon, mais un ange, menant une guerre sainte contre les monstres qui lui avaient infligé toutes ces souffrances. Des souffrances que personne, ni homme, ni femme, ni enfant n'aurait jamais dû endurer[1].

Je ne pouvais pas me promettre, en la regardant, que je ne serais jamais victime du même piège qu'elle. Il est si facile de se convaincre qu'on est infaillible, que nos convictions sont les seules qui comptent… C'est la plus efficace des chausse-trappes, car elle en appelle à notre besoin le plus impérieux : celui de nous convaincre de notre propre valeur.

— S'il vous plaît, pourriez-vous… me laisser seule un moment ? J'ai besoin de réfléchir.

---

1. Oui… mais c'est parce que nous avons *raison*.

Senera parut sur le point de dire quelque chose, se ravisa.

— Entendu.

Dès qu'elle eut quitté la pièce, j'inspirai profondément et me permis de succomber à la pulsion que je réprimais depuis ce qui me semblait une éternité. Parce qu'on m'avait élevée dans la conviction que, pour accomplir mon devoir, je devais être un symbole de force aux yeux des autres. Mais je n'étais plus le symbole de personne. Plus personne ne comptait sur moi pour maîtriser la situation. Je ne maîtrisais rien du tout.

Je voulais voir mon grand-père. Je voulais voir mes parents. Ma mère. Sauf que ce n'était pas ma vraie famille. Elle n'était pas ma vraie mère, et elle ne l'avait jamais été. Je fondis en larmes. Je ne m'arrêtai de pleurer que quand mes sanglots se muèrent en ce qui, chez moi, faisait office de sommeil.

Lorsque je m'éveillai, j'étais de retour dans l'Au-delà. Et sur le point d'être attaquée par des démons. Bien sûr.

Je n'hésitai pas ; je m'élançai dans la bataille en hurlant.

Au beau milieu du combat, alors que je pataugeais dans le sang jusqu'aux chevilles, je m'aperçus que je n'étais pas seule. Je n'avais pas entendu les éléphants, cette fois, ni vu pleuvoir les flèches tirées par les troupes de Thaena.

Et cependant, Teraeth se battait à mon côté. Il égorgeait les démons ou glissait ses lames sous leur armure avec une précision et une élégance hors pair. Pour tout salut, il m'adressa un signe de tête, avant qu'on poursuive notre tâche commune.

Je n'avais pas fini de pleurer. Sans cesser de sangloter, je me débarrassai de mon épée, qui ne suffisait pas à satisfaire ma rage ; à mains nues, je continuai à déchirer, à mutiler, à mettre en charpie.

J'avais eu beau considérer ma force surnaturelle comme une malédiction, je savourais soudain cette puissance qui m'était refusée dans le monde des vivants. Je laissai libre cours à mon ivresse barbare, écrasant les crânes et arrachant les gorges de mes doigts recourbés. Enfin, il ne resta plus que nous.

— Janel… (Il rengaina ses dagues et se dirigea vers moi à pas vifs.) Que s'est-il passé ? J'ai entendu dire que…

Je faillis m'asseoir sur un cadavre de démon, optai finalement pour un rocher, sachant que le corps se désintégrerait dans les minutes à venir. J'aspirai une goulée d'air et fis de mon mieux pour reprendre le contrôle de mes émotions.

— Teraeth. J'ai fait une terrible erreur.

Il s'agenouilla près de moi et m'effleura la joue, aussi délicatement que je l'avais naguère fait pour lui.

— Je vais monter une équipe pour venir vous secourir. Mère m'a dit ce qui était arrivé. Il ne sert à rien que vous restiez là-bas…

— Il a mis un gaesh à Qown, révélai-je tristement. Relos Var.

Il se mordilla la lèvre. À cet instant, je me souvins qu'il ignorait totalement qui était Qown. C'était la première fois que je lui parlais du prêtre. Mais même sans connaître son identité, Teraeth avait dû deviner ma culpabilité.

— D'accord, dit-il. Ma mère peut nous aider. On va vous sortir de là.

— Non. Non, je… (J'inspirai profondément.) Il faut toujours que je trouve la lance. Qui sait combien de Jorats risquent encore de mourir, tant que je ne l'aurai pas trouvée ?

Ses traits se crispèrent.

— Thaena a dit que la lance serait peut-être en mesure de tuer un dragon. « Peut-être ». Elle n'en est pas sûre. Personne ne l'a jamais fait. Cette hypothèse n'est pas assez solide pour vous faire prendre de tels risques.

Je fus presque flattée de l'inquiétude qui perçait dans sa voix. Presque. Parce qu'il s'y trouvait aussi une certaine dose de condescendance. « J'en sais davantage que vous », semblait-il dire. Je n'étais pas d'humeur à endurer cela.

— Non, répétai-je. Je refuse de battre en retraite après être arrivée jusque-là. Il faut que je trouve le moyen de récupérer le gaesh de Qown, ainsi que la lance. Dans l'intervalle, je récolte des informations d'une valeur inestimable. Par exemple, ils ont en leur possession une Pierre Angulaire appelée Le Nom de Toutes Choses, dotée du pouvoir de répondre à toutes les questions. Si vous avez l'impression que vos ennemis en savent toujours trop, ce n'est pas le fruit de votre imagination[1].

Teraeth ouvrit de grands yeux.

— Quoi ?

— Vous voyez ? Vous avez appris quelque chose. Inutile de me remercier.

— Vous voulez dire que la seule chose qui les empêche de découvrir que vous êtes une espionne, c'est… qu'ils n'ont pas encore posé la question ? dit-il d'une voix de plus en plus alarmée. Non, ça ne va pas du tout. Je viens vous chercher. Je vais en parler à Mithros. Il se fait un sang d'encre à votre sujet…

— Mithros sait où je me trouve, Teraeth.

Il reprit, troublé.

— Non. Il l'ignore. Je lui ai parlé hier. Il m'a dit qu'il ne s'était pas entretenu avec vous depuis le matin du tournoi.

— Mais… Ce n'est pas… (Je quittai mon rocher et fis les cent pas, laissant dériver mes yeux en direction du Gouffre.) Lorsque je l'ai vu ici, dans l'Au-delà, il ne souhaitait pas s'approcher du Gouffre. D'ailleurs, il m'en a délibérément éloignée.

— Et… ?

— C'est là qu'on a le plus de chances de rencontrer un dieu. (Je rivai mon regard sur lui.) Je croyais que j'étais face à Khored… à Mithros. Hum, vous savez qui est Mithros, n'est-ce pas ?

1. Ah oui, parce qu'évidemment, elle leur a tout raconté. Merveilleux.

Il agita une main :

— Oui, je sais. Continuez.

— Et si j'avais discuté avec quelqu'un d'autre ? Xaltorath, peut-être ? Mais pourquoi aurait-elle… (Je réprimai l'envie de me tordre les mains.) Teraeth, si c'était bien elle… Il semble qu'elle m'ait fait quelque chose qui a empêché Relos Var de me mettre un gaesh. Pourquoi aurait-elle fait une chose pareille ?

— Elle vous aurait immunisée contre les gaesh ? (Il arqua un sourcil, abasourdi.) Je ne comprends pas.

— Khored – ou Xaltorath, ou qui que cela puisse être – a fait quelque chose pour me protéger contre les gaesh. Et puisque je n'ai pas de gaesh à l'heure actuelle, il semble que cela ait fonctionné.

Teraeth secoua la tête :

— C'est impossible.

— De toute évidence, non.

Il fronça les sourcils.

— Et si Xaltorath vous avait déjà posé un gaesh ? À ce que je sais, il n'est pas possible d'en avoir deux.

— Je pense que je le saurais, si c'était le cas.

— En êtes-vous certaine ? insista-t-il. Dormez-vous d'un sommeil sans rêves ? Vous sentez-vous affaiblie ?

Il connaissait déjà la réponse à l'une de ces questions : je n'avais d'autres rêves que mes voyages à travers l'Au-delà. Et je me sentais affaiblie, en effet… à cause de Senera.

Alors si j'avais effectivement reçu un gaesh, me serais-je aperçue du changement ? Je continuai à faire les cent pas.

— C'était donc Xaltorath ? demandai-je.

— Qui d'autre ? Il ne pouvait pas s'agir de Khored. Cela n'aurait aucun sens[1].

1. Je pense personnellement qu'il ne faut écarter aucune possibilité… mais c'est vrai que cela ne semble pas cadrer avec le personnage.

— Pourquoi Xaltorath m'aiderait-elle ? Ça n'a pas de sens non plus.

— Certes, mais lorsqu'il est question de démons, ce n'est pas inhabituel.

Je me rassis.

— Xaltorath a tendance à enfreindre les règles censées s'appliquer à tous les démons. Elle a refusé d'obéir à l'Empereur lorsqu'il lui a ordonné de me laisser tranquille. Vous l'auriez vu… Il en est resté bouche bée. (Teraeth m'observait d'un air ébahi.) Voilà, c'était un peu ça.

Il se passa la main sur le visage.

— Vous vous rendez compte de ce que vous venez de dire ? Lorsque les démons ont été asservis, ils ont reçu des gaesh. Qui contrôle ces gaesh, à votre avis ? C'est l'Empereur ! C'est pour cela que la Couronne et le Sceptre ont été créés. Et vous me dites qu'un démon a simplement refusé d'obéir à un ordre du détenteur de son gaesh ? (Il lâcha un long soupir.) Ce ne serait possible que si Xaltorath n'était pas un démon, ce qui est évidemment faux[1].

Je me relevai d'un mouvement nerveux.

— Êtes-vous en train de dire que je ne me « souviens pas bien » de l'événement le plus traumatisant de toute ma vie ?

— Janel, c'était traumatisant, justement ! Il n'est pas ridicule de supposer que l'horreur de ce que vous avez subi a pu déformer vos souvenirs.

— Le Premier Général était là. L'Empereur Sandus aussi. Vous croyez sincèrement que Sandus aurait pu…

---

1. Je suis aussi inquiète que Teraeth à ce sujet, alors j'ai posé la question à la pierre. Vous savez ce qu'elle m'a répondu, quand je lui ai demandé pourquoi Xaltorath n'avait pas reçu de gaesh des mains de Grizzst ? Elle a dit : « On ne peut pas poser de gaesh à quelque chose qui n'existe pas. » Je n'ai aucune idée de ce qu'elle a voulu dire.

oublier d'ordonner à un démon de cesser de posséder une enfant ?

—Bon sang, Janel, je les ai portées, ces fichues reliques ! Je vous dis que ce n'est pas comme ça qu'elles fonctionnent !

Je m'interrompis, et les arguments que je m'apprêtais à lui renvoyer au visage moururent dans ma gorge. Au lieu de cela, je lui demandai d'un ton calme :

—Comment un vané manol aurait-il pu porter une couronne destinée aux humains… sans même parler de la Couronne et du Sceptre de Quur ?

Il se figea.

—Teraeth ? Comment un vané manol…, répétai-je.

—Je vous ai entendue la première fois. (Il inspira profondément.) Merde !

—Alors répondez à ma question, je vous prie.

Il n'en fit rien, pendant un long moment. Puis il s'éloigna de moi, allant s'asseoir sur un rocher en haut de la falaise. Les arbres tordus et brisés de l'Au-delà s'étendaient devant nous. Dans le lointain, une brume jaune caressait la surface d'un lac, plus répugnante que romantique.

Je le rejoignis.

—Le cycle, dit-il enfin, veut que nous mourions, puis que nous naissions de nouveau, sans conserver le souvenir de ce que nous avons vécu d'une fois sur l'autre. Sauf que moi, je m'en souviens parfaitement. Et dans ma vie précédente, je suis devenu Empereur de Quur.

—Lequel ?

Il grimaça :

—Janel, cela n'a pas d'importance…

—Lequel ?

—Atrin Kandor.

Je le dévisageai, stupéfaite.

— Quoi[1] ?

Il leva les yeux au ciel.

— J'étais Atrin Kandor. Vous vous souvenez ? L'homme qui…

— Je sais qui est Atrin Kandor ! Tout le monde sait qui il est ! Une grande partie de l'Empire n'existerait même pas, s'il n'avait pas été là. C'est l'homme qui a bâti Atrine en une nuit, et tué le dieu-roi Khorsal, et chassé les vané kirpis hors de chez eux. C'était… vous ?

— Vous avez oublié de mentionner le fait que j'aie envoyé les armées de Quur se faire massacrer en essayant d'envahir le Manol.

— Aviez-vous… perdu un pari avec votre mère, Thaena ? Parce que l'idée qu'Atrin Kandor se soit réincarné en… en vous… ressemble beaucoup à une plaisanterie. Vous étiez la pire chose qui soit jamais arrivée aux vané, et elle vous réincarne… en vané[2] ?

— C'est vrai qu'elle aime bien s'assurer que les gens récoltent ce qu'ils ont semé. (Il leva un doigt.) Mais j'aimerais tout de même signaler qu'on m'a attribué des méfaits que je n'ai jamais commis. Par exemple, je n'ai pas exterminé les dreth. Ils sont toujours là ; seulement, ils sont sous terre. Littéralement.

— Je vois, répondis-je.

J'étais sincère ; en tant que Janel « Danorak », je savais à quel point les mythes pouvaient être déformés.

— Y a-t-il autre chose que vous aimeriez m'avouer, pendant que nous sommes ici ?

---

1. Ah ! Il s'est passé quelque chose entre vous et Kandor, non ? Vous pensez que c'est pour ça que Thaena l'a choisi, plutôt qu'un autre ?

2. Je me demande qui Thaena essayait de punir : l'Empereur Kandor, ou le roi vané Terindel ? Mais surtout, je suis très intriguée que Teraeth se souvienne de sa vie antérieure. C'est tout à fait anormal.

Il ne répondit pas, tapotant du bout des doigts contre le rocher.

— Teraeth…, commençai-je.

— Quand j'étais Atrin Kandor, tu étais ma femme.

J'attendis, au cas où il m'annoncerait qu'il s'agissait d'une plaisanterie. Mais il n'en fit rien.

Je ne pouvais lui en vouloir de faire preuve d'honnêteté, cependant cet aveu me mit mal à l'aise. Il était intime et dérangeant. J'avais l'impression d'apprendre, après avoir beaucoup trop bu, que j'avais fait des choses dont je ne me souvenais pas. Même si j'avais été consentante sur le moment, le fait de ne pas me rappeler les choix que j'avais faits ou le raisonnement qui m'y avait conduite me procurait une douloureuse sensation de vide.

— J'imagine que c'était le plus grand amour de tous les temps, finis-je par hasarder.

Je ne savais pas quoi dire d'autre.

— Non, dit-il d'une voix étranglée. Non, absolument pas. Je t'ai traitée n'importe comment. Je ne te méritais pas. Et lorsque j'ai compris mon erreur, il était trop tard pour la réparer. (Sa voix était douce, sombre, et empreinte d'un regret incommensurable.) Quand je t'ai rencontrée…

— Non, l'arrêtai-je.

— Je veux simplement que tu saches…

Je posai une main sur ses lèvres.

— Tais-toi.

Il me dévisagea, pris de court.

— Cela ne m'intéresse pas, continuai-je. (Je fis de mon mieux pour me convaincre que c'était vrai.) Une autre femme, qui partage mon âme, a épousé un autre homme, qui partageait la tienne. (Je retirai ma main de sa bouche.) Es-tu toujours Atrin Kandor ?

Il s'esclaffa :

— Non.

— Et moi, je ne suis pas cette personne. Comment pourrais-je l'être ? Qui était-elle, une princesse ? La fille d'un duc ?

— Non, dit-il. Non, ce n'était personne. (Il grimaça.) Je veux dire… C'était une musicienne. Elle jouait de la harpe… (Il tressaillit.) Oh, par les dieux… On dirait bien que c'est ma faiblesse.

— Tu vois ? Si c'est ce qui te plaît, je ne suis plus dans la course. Je ne sais jouer d'aucun instrument, hormis ceux du massacre. Je ne sais même pas chanter. J'aime bien danser et porter de belles tenues pour les fêtes, mais par-dessus tout, j'aime l'ivresse de la victoire. Je ne serai l'épouse d'aucun homme, même si je ne peux pas jurer que personne ne deviendra mon épouse, ou mon mari, ou les deux. Il se pourrait que je ne me limite pas à une seule personne.

Il posa sur moi un regard ébahi, mais pas choqué.

— Veux-tu m'épouser ? dit-il.

— Étant donné ce qui s'est passé entre nous, je crois que nous devrions remettre cette question à plus tard, lorsque nous nous connaîtrons beaucoup mieux. Je suis prête à parier que tu n'avais aucune idée de la couleur favorite de ta femme, ou des objectifs personnels qu'elle recelait au fond de son cœur. Quelque chose me dit que t'épouser n'était pas son rêve le plus fou[1].

Teraeth m'attira dans ses bras.

— Tout cela est vrai… mais je te trouve tout de même merveilleuse.

— C'est un bon début.

Je me pressai contre lui et attendis. Il attendit aussi.

Je lui chuchotai à l'oreille :

— C'est le moment où tu dois me demander quels objectifs je recèle au fond de mon cœur.

— Oh ! Heu, je…

1. En tout cas, j'espère que non !

Il ne me lâcha pas, mais l'atmosphère redevint gênante. Je m'écartai légèrement pour le regarder dans les yeux.

— Commençons par le plus facile. Ma couleur préférée est le turquoise.

Il haussa un sourcil :

— Le turquoise ? Vraiment ?

— La couleur d'un ciel sans nuages en plein été. Vraiment. Et toi ?

— Si je dis « rouge », tu croiras que c'est pour te faire un compliment.

— Pas si c'est vrai.

— C'est vrai. (Son regard se fit lointain.) Il existe un rouge… une sorte de cramoisi aux tons changeants, qu'on obtient en employant du cuivre pour vernir la porcelaine. Il est très difficile de le créer délibérément. La plupart des gens utilisent le cuivre pour fabriquer du vernis vert. Mais lorsqu'on connaît les bonnes techniques, on peut obtenir du rouge, et lui donner la nuance que l'on souhaite. Elle peut aller du grès rouge de Khorvesh au sang tout frais jailli d'une artère. Mon père en fabriquait… (Il s'interrompit.) Je parle de mon père dans ma vie antérieure. Pas dans celle-ci. Dans celle-ci, je ne connais pas vraiment mon père.

— Je commence à penser que ce n'est pas un privilège de se souvenir de sa vie antérieure.

— Je suppose que non, en effet. Mais… (Il eut un sourire ironique, semblant se moquer de lui-même.) Tôt ou tard, nos bénédictions finissent toutes par devenir des malédictions.

— Oui.

Je m'approchai de lui, et…

Eh bien…

Disons simplement que nous entreprîmes justement d'apprendre à mieux nous connaître, et restons-en là[1].

1. Je suis terriblement soulagée qu'elle ait pris l'initiative de sauter ce passage. Comme ça, je n'ai pas eu à m'en occuper.

Le lendemain matin, je me réveillai de bonne humeur. Cela dura environ deux secondes.

Et je ne peux simplement l'expliquer par ma contrariété de me réveiller à Yor. En revanche, je peux en attribuer la faute à la femme étrange penchée au-dessus de mon lit.

Elle était vieille… mais sa vieillesse n'avait rien de gracieux ou de charmant. Dorna aussi est vieille ; mais son visage est celui de la grand-mère rêvée, au regard plein de chaleur et au sourire bienveillant[1]. Cette vieillarde-là ressemblait à quelqu'un qu'il ne faut surtout pas laisser approcher des enfants. Sa peau ridée évoquait celle d'un lézard ; un lézard albinos, aux yeux bruns larmoyants. Ses cheveux ressemblaient à des queues de rats entremêlées de bouts de ficelle. Son rictus me donna la chair de poule.

— Je t'ai préparé un bon petit déjeuner, ma jolie.

Sur la table de nuit, elle posa un plateau chargé de bouillie d'avoine et de pommes, de pain doré et d'un ragoût de viande rouge. Je tendais la main vers une tranche de pain lorsque Senera franchit la porte. Après un regard à la vieille femme, elle cracha :

— Ne mangez rien de ce qu'elle vous donne !

Elle balaya le plateau, renversant le ragoût et le porridge sur le sol. Je battis des paupières, interloquée, tandis que la vieille femme vociférait :

— Espèce de garce ! J'essayais d'être gentille !

Senera la gifla.

— Hé ! Qu'est-ce que…, m'indignai-je.

1. Et ses mains qui traînent toujours dans les poches des autres, et sa langue acérée… Les Huit sont décidément très forts pour choisir leurs anges, pas vrai ?

— Quelle viande as-tu utilisée, Wyrga ? Du chaton ? Du chiot ? Ou peut-être un autre bébé qu'une femme aurait abandonné dans le blizzard[1] ?

Je cessai de protester, envahie d'une horreur qui ne fit qu'augmenter face au sourire ravi de la vieille femme.

— Ah ! Tu gâches toujours mes farces. J'ai trouvé un poulain mort-né, hier soir.

Je m'écartai, ravalant la bile qui me montait à la gorge.

— Bon sang, Wyrga… Combien de fois faudra-t-il qu'on te dise d'arrêter de faire ce genre de choses ?

— Pour toujours, rétorqua la vieillarde. Laisse-moi donc m'amuser.

Senera se renfrogna.

— Venez, Janel. Nous partons, de toute façon. Wyrga, nettoie-moi tout ça.

— Je suis pas ta bonniche, riposta l'autre. Tu n'as qu'à nettoyer, toi. (Elle riva son regard sur moi lorsque je me levai.) Je te connais. J'ai connu ta mère, aussi, dans le temps. C'était une putain. Tu en es une, toi aussi ?

— Par les Huit, qu'est-ce qui vous est arrivé pour que vous soyez devenue quelqu'un d'aussi détestable ?

Au même moment, je me souvins d'où je l'avais déjà vue. C'était la femme qui entretenait le feu lors du banquet, et qui m'avait jeté des regards aussi acérés que des lances.

Elle gloussa :

— C'est une sacrée histoire, figure-toi ! C'est la meilleure question qu'on m'ait posée depuis des années. (Elle leva un doigt noueux dans ma direction.) Viens me voir un de ces quatre, et je te ferai voir ça. Juré craché.

— Wyrga, je te l'interdis, siffla Senera. (Elle tira de nouveau sur ma chemise de nuit.) Venez. Partons d'ici avant

1. Sérieusement, ne mangez jamais rien de ce que vous donne Wyrga. C'est une de mes règles d'or.

que je me laisse emporter. Le duc est très attaché à Wyrga, pour des raisons que je ne m'explique pas.

La vieille sourit de toutes ses dents, dont aucune ne manquait. Au contraire, elle semblait en avoir trop, et elles étaient étrangement aiguisées.

— Il aime bien ce que je sais faire avec ma bouche.

— Oh, ça m'étonnerait fort. Et tu es répugnante, sache-le.

Je ne me fis pas prier pour suivre Senera, même sans avoir pu m'habiller. Les vêtements à ma disposition n'étant de toute façon pas les miens, cela m'importait peu.

— Où allons-nous ? demandai-je lorsque Wyrga ne fut plus à portée de voix.

— Je retourne travailler, et je doute que vous ayez envie de vous mêler de ces choses-là. Et puisque je n'ose pas vous laisser ici toute seule, je vais vous mettre avec les épouses du duc. C'est l'endroit le mieux gardé de tout le palais. Vous y serez en sécurité.

— Attendez… Quoi ? Je ne veux pas…

Senera s'arrêta net et se retourna vers moi.

— Deux minutes. Il ne vous a pas fallu deux minutes pour vous attirer des ennuis, quand vous vous êtes retrouvée au contact des hommes d'ici. Je n'ai aucune raison de penser que ça ne se reproduira pas. Et ni moi, ni Frère Qown, ni le seigneur Var ne serons là pour vous soigner la main quand vous vous la casserez de nouveau en l'envoyant dans la figure de quelqu'un. Alors, je préfère vous mettre en lieu sûr.

— D'accord, d'accord.

— Si ça se trouve, ça vous plaira. Quelques-unes – les plus naïves – sont persuadées que le duc va les engrosser, mais la plupart profitent simplement du luxe de ne pas être forcées à subir la compagnie des hommes. Elles ont même des livres.

— Ça m'a l'air parfait. J'imagine qu'elles n'ont pas d'écuries… ?

— Par ce climat ? Non. Honnêtement, j'ai du mal à imaginer où Wyrga aurait pu trouver un cheval. Elle a peut-être menti. Ce qui se rapproche le plus d'une monture, ici, ce sont les hyènes des neiges qui tirent les traîneaux. Il arrive aussi qu'on aperçoive un mammouth.

Je hochai la tête, me répétant une fois de plus que je devais trouver la lance, découvrir qui détenait le gaesh de Frère Qown – ainsi que Frère Qown lui-même, d'ailleurs – et organiser notre évasion.

Le plus tôt serait le mieux.

Je n'avais toujours pas la moindre idée d'à quoi ressemblait le palais, vu de l'extérieur. Les murs, sans fenêtres, étaient tous constitués de la même pierre noire et lisse. On se serait cru à l'intérieur d'un immense labyrinthe, éclairé par les lumagies. L'air y était sain, néanmoins ; je supposai que c'était grâce à un sortilège. À dire vrai, je n'aurais pas été surprise d'apprendre qu'une armée de serviteurs sillonnait les couloirs, peignant des symboles d'air pur sous les chaises et derrière les tableaux.

L'unique entrée de l'aile des femmes, gardée par des sentinelles, donnait sur une vaste salle. L'un des murs semblait constitué du même cristal que les parois de la salle de banquet. Plusieurs balcons saillaient de sa surface quasi invisible, comme suspendus dans le ciel turquoise. La pièce, bordée de fleurs et de bassins à la surface miroitante, incarnait ce que l'hiver pouvait avoir de plus doux et de plus confortable. Des coussins, des fourrures et des étoffes de soie en profusion avaient été disposés un peu partout. Même moi, que le froid ne dérangeait presque jamais, sentais encore sa morsure. Les épouses, elles, ne semblaient pas en être incommodées.

Les plus jeunes étaient à peine plus âgées que moi, et les plus vieilles devaient avoir l'âge de Ninavis, mais pas davantage. Elles étaient toutes yoranes, pâles de peau, avec des yeux et des cheveux couleur de glace, rarement jolies.

— Pas d'hommes ? chuchotai-je à Senera.

Elle me lança un regard étrange que je ne pus interpréter, avant de secouer la tête.

— Non, les hommes ne sont pas admis ici. Ceux qui s'approchent le plus sont les gardes postés à la porte, et même eux n'ont pas le droit d'entrer lorsque le duc Kaen rend visite à ses femmes. Le duc tient à ce qu'elles ne connaissent d'autre plaisir que celui qu'il leur donne.

Je manquai de m'étrangler.

— Hum, mais… Heu…

Senera cessa de réprimer son sourire.

— Oui ?

— Personne n'a expliqué au duc Kaen qu'il était possible de prendre du plaisir sans hommes ?

Ses yeux se mirent à pétiller.

— N'allez pas tout gâcher. Plusieurs relations de longue date sont tolérées, ici, mais seulement parce que leur époux ne semble pas savoir que cela puisse exister.

— Oh, il ne me viendrait pas à l'idée d'en avertir quiconque.

Une femme nous remarqua et s'approcha à petits pas.

— Vous nous avez amené la jeune Khorvesh ? (Elle pinça les lèvres.) Vous ne ressemblez pas à une Khorvesh.

— Merci, répondis-je avec franchise. Je n'ai pas l'impression d'en être une.

— Bikeinoh, voici Janel. (Senera me poussa en avant.) Je vous serais reconnaissante de garder un œil sur elle en mon absence.

La femme haussa les épaules d'un air dédaigneux.

— Bien sûr. Nous n'avons rien de mieux à faire, n'est-ce pas ?

Sous son ton acerbe perçait une vieille rancœur.

— Surveillez-la, c'est tout. Et trouvez-lui quelque chose à se mettre. Wyrga s'est introduite dans sa chambre, ce matin, alors j'ai préféré l'emmener sur-le-champ.

J'aurais parié mon métal que le symbole que dessina alors l'autre femme était destiné à repousser les esprits maléfiques.

Senera se tourna vers moi :

— Je serai de retour dans quelques jours.

— Ne vous dépêchez pas pour moi, surtout.

Elle leva les yeux au ciel et s'éloigna.

— Qui est Wyrga ? demandai-je dès qu'elle fut partie.

Bikeinoh regarda autour d'elle avant de me répondre.

— C'est le monstre de Kaen. Et la dompteuse des autres monstres de Kaen. Elle s'occupe des animaux. Les ours polaires, les hyènes des neiges… Elle est ici depuis plus longtemps que moi. C'est quelqu'un d'infâme. Mais tout le monde n'en pense pas autant à son sujet, alors si j'étais vous, j'éviterais de la critiquer ouvertement.

— Quelqu'un l'apprécie ? J'ai du mal à le croire.

Bikeinoh regarda de nouveau autour d'elle avant de me glisser :

— Wyrga prétend être la dernière mère-sorcière.

Je battis des paupières sans comprendre.

— Mère-sorcière ? Qu'est-ce que c'est ?

— Voici donc la nouvelle épouse khorvesh du magicien…, lança une autre femme en s'approchant.

Elle semblait proche de mon âge, et sa démarche était outrageusement chaloupée. Manifestement, elle était déterminée à s'assurer que je ne me ferais pas d'illusions quant à l'ordre hiérarchique de cet endroit, et la place qui m'était réservée.

Je lui adressai un regard oblique.

— Cela vous pose-t-il problème ?

La femme haussa les épaules.

— Non. Tant que vous ne vous approchez pas d'Azhen.

— Qui ?

— Mon époux, précisa-t-elle. Azhen Kaen.

— Oh, Veixizhau, par pitié… Tu es sa femme numéro vingt-huit. Tu penses vraiment qu'il s'en rendrait compte, si tu disparaissais[1] ?

— Ce qui est sûr, c'est qu'il lui serait égal que tu disparaisses, toi. Depuis combien de temps êtes-vous mariés, déjà ? Et tu n'es jamais devenue enceinte ?

— Tu t'obstines à ne pas comprendre que je m'en moque éperdument.

— Tu as tort. S'il continue à me prendre dans son lit aussi souvent, je serai bientôt sa première épouse.

Veixizhau battit des cils et s'éloigna d'un pas léger, balançant des hanches avec une vigueur renouvelée. Certes, c'étaient de très jolies hanches… mais sa personnalité suffisait à les faire oublier.

— Charmante, finis-je par dire.

— Ne vous préoccupez pas d'elle. Elle est contrariée de ne pas être enceinte. (Bikeinoh s'esclaffa, puis se mit à chuchoter.) Comme si nous avions la moindre chance de devenir mères… Kaen veut s'assurer qu'Exidhar lui succède. C'est sa façon de se garder d'être assassiné par les clans.

— Que voulez-vous dire ?

— Vous avez rencontré le fils du honn ?

Je repensais à notre funeste entrevue.

— Oui, je l'ai vu. (Je me tus un instant.) Est-ce que les gens ne veulent pas qu'il soit l'héritier parce qu'il est à demi khorvesh ?

Ayant reçu la désagréable nouvelle que j'avais moi-même au moins une moitié de sang khorvesh, la réponse m'intéressait particulièrement. Allais-je être confrontée à d'autres préjugés, en plus de ceux que me valait mon sexe ?

— Oui. Le scandale a été terrible, quand le honn a épousé sa femme khorvesh. À tel point que les clans ont

1. Pour ma part, je suis certaine que non.

jugé indispensable d'intervenir. On dit que son fantôme hante encore les tunnels creusés sous le palais. Quand on descend jusqu'aux garde-manger et qu'on tend l'oreille, il arrive de l'entendre hurler. (Elle eut un petit rire.) Mais nous n'avons pas le droit d'y descendre, de toute façon.

— Pourquoi avoir tué cette femme ? N'aurait-il pas été plus logique d'assassiner le duc et son fils ?

— Le honn, corrigea Bikeinoh.

— D'accord, le honn.

— Oui, ils ont essayé de le faire. Lorsque Azhen Kaen a commencé à interdire les vieilles coutumes, qu'il s'est mis à parler d'éducation et de droits, les chefs de clan ont pensé que c'était le moment d'agir. Azhen et Exidhar ont survécu, mais pas Xivan, son épouse. (Le visage de Bikeinoh s'assombrit.) Toute ma vie, j'ai entendu mon père répéter que les Kaen étaient trop tendres, pas assez fermes. Trop de sang quuro dans les veines[1]. Eh bien, les clans ont résolu le problème. En tuant la femme du honn, on peut dire qu'ils l'ont endurci. Et par Cherthog, il ne s'est pas privé de nous le faire regretter. Il a traqué les Simoshgra et a exterminé leur clan tout entier. Jusqu'au dernier. Dès que nous avons appris cela, j'ai dit à mon père que nous ferions mieux de prodiguer un gage d'amitié à Kaen. Il faut que nous lui donnions la preuve que nous regrettions ce qui s'était passé ; sinon, il ne se contenterait pas d'avoir massacré les Simoshgra. C'est ce que je suis. C'est ce que nous sommes toutes. Des gages d'amitié. Depuis, je vis ici.

— Je suis désolée.

— Ce n'est pas si terrible. On ne m'a jamais donné de raison de m'en plaindre à Suless, en tout cas.

— Je vous crois…

1. Je veux bien croire que les Quuros soient décadents, cupides et amoraux, d'accord… mais tendres ? Oh, mes pauvres enfants…

Je balayai l'endroit du regard. Certes, tout ceci était très coquet… mais cela paraissait aussi terriblement ennuyeux.

— Avec toutes ces épouses, il doit avoir fort à faire.

— Oh, non, s'esclaffa Bikeinoh. Je pense qu'il préférerait oublier notre existence… mais de temps en temps, il s'en souvient et vient accomplir son devoir. Je crois que si nous lui donnions une bonne raison de le faire, il serait ravi de toutes nous renvoyer dans nos familles.

— Ce serait bien, non ?

Elle ouvrit grand les yeux :

— Non !

Je ne comprenais pas. À Jorat, les mariages arrangés étaient assez rares : mais ils pouvaient se révéler heureux, lorsque les familles avaient bien fait leur choix. En revanche, les mariages forcés, impliquant de multiples partenaires, n'existaient pas. La crainte qu'un des partenaires ne se sente saelen et finisse par… aller se promener ailleurs aurait dissuadé quiconque de s'engager dans de telles pratiques. Et si un individu avait décidé d'emprisonner ses conjoints pour éviter qu'ils ne le quittent, il aurait été considéré comme thorra. Personne n'aurait pu l'approuver.

Bien sûr, ces femmes n'avaient peut-être aucune envie d'aller se promener où que ce soit. Bikeinoh semblait satisfaite de sa situation. Cela en disait long sur les traitements réservés aux femmes dans le reste de Yor.

— Vous n'avez pas encore petit-déjeuné, si ? reprit Bikeinoh. Et si nous allions…

Mais avant qu'elle ait pu finir sa phrase, une autre épouse s'approcha de nous en trottinant, essoufflée. Sa peau multicolore suggérait que parmi ses ancêtres se trouvaient au moins un ou deux soldats jorats, parmi ceux – très nombreux – que comptait l'armée d'occupation quuro, quelques décennies plus tôt.

— Vous êtes la nouvelle, c'est ça ?

Je ne pris pas la peine de la corriger.

— En quoi puis-je vous aider ?

— Moi ? En rien, dit-elle. Mais le honn voudrait vous voir. Tout de suite.

38

L'Œil de feu

Colonie de Jorat, Empire de Quur.
Trois jours après que Jarith Milligreest
choisit la solution numéro deux.

— Alors… ces épouses, elles sont encore emprisonnées ? interrogea Dorna. Quelqu'un devrait aller les libérer.

— Arrêtez vos allusions grivoises, rétorqua Janel. Je sais que c'est dur, mais par pitié, essayez. Par ailleurs, croyez-moi : elles n'ont pas besoin d'être secourues.

— Et ta troisième rencontre avec Teraeth confirme l'identité d'Elana, dit Kihrin en secouant la tête.

Lorsque Janel le regarda, il expliqua :

— Tu disais que je t'avais appelée Elana, dans l'Au-delà ? C'était la seule Elana que je connaisse. L'épouse d'Atrin Kandor : Elana Milligreest.

— Milligreest ? répéta Janel d'un ton surpris.

— Oui. Après la mort de Kandor, elle a repris son nom de jeune fille.

Kihrin se tut et se mit à se masser les tempes avec ses pouces.

Apparemment, la déesse de la mort s'était montrée d'une telle cruauté que Kihrin en restait abasourdi. Thaena avait pris deux personnes dont tous savaient qu'ils étaient des ennemis mortels… et en avait réincarné un en tant que fils de l'autre.

C'était… vraiment féroce.

Sans même parler du fait que la veuve d'Atrin, Elana, avait ensuite épousé Terindel.

Oui, le même Terindel.

Kihrin se félicitait de pouvoir observer de loin ce sac de nœuds. Enfin… presque. Étant donné ce qu'il éprouvait pour Janel, il ne pouvait se prétendre impartial.

— Est-ce que… ça va ? interrogea Frère Qown.

Kihrin leva les yeux.

— Oui, pardon. Je… Je pensais juste au fait que Janel aussi a ses faiblesses, en matière de partenaires.

Teraeth et son père, Terindel, avaient plus d'un point commun… de même que Terindel devait ressembler à son propre père : Mithros.

— Oh, c'est vrai, dit Dorna. Je n'y avais jamais pensé, mais vous ressemblez pas mal à Oreth ! À part les yeux, bien sûr, mais… le reste…

— Non, ce n'est pas ce que je… (Il serra les lèvres et regarda Janel.) Sérieusement ?

Janel leva les mains en signe d'impuissance.

— Vous vous ressemblez un peu, oui, mais je t'apprécie nettement plus que lui. (Elle remua sur sa chaise, mal à l'aise, puis se tourna vers Qown.) Vous voulez bien continuer ? S'il vous plaît ?

— Avec grand plaisir, répondit-il d'un ton pince-sans-rire.

Récit de Qown. Le Demesne de Glace, Yor, Quur.

Frère Qown attendait dans la bibliothèque, les yeux fixés sur l'agate dans son écrin. Ses contours bruts luisaient d'un éclat mouvant, comme s'il tenait la pierre tout près d'une flamme.

Lorsque Relos Var réapparut, il portait une pile de livres, de l'encre, un pinceau, et sans doute une pierre à encre ; il déposa le tout sur la table.

Qown fronça les sourcils.

— À quoi tout cela va-t-il me servir ?

— Tu vas voir. (Relos Var tira une chaise près de lui et s'y assit.) Ramasse la pierre, et concentre-toi dessus. Ce sera peut-être plus facile en fermant les yeux.

Frère Qown hésita.

— Tu n'es pas sûr de ta décision ? glissa Relos Var.

Le prêtre grimaça et ramassa la pierre.

Et… rien ne se passa. Il ne vit pas son bras s'enflammer, ne sentit aucune énergie particulière parcourir son corps. La pierre ne semblait avoir aucun effet inhabituel. C'était une gemme superbe, mais ordinaire.

Il ferma les yeux et se concentra.

— Maintenant, je veux que tu imagines un feu. Il y en a un dans la cheminée, non loin de nous.

Frère Qown s'exécuta.

Il se sentit porté par une sorte de rafale, et se retrouva debout au bout de la table. Devant lui, Relos Var était assis près de… Qown lui-même. Toutes les couleurs paraissaient altérées. Frère Qown était d'un rouge flamboyant ; la table avait une teinte plus froide, et Relos Var, lui, était comme incandescent.

Il hoqueta, laissa tomber la pierre et rouvrit les yeux.

— Qu'est-ce que…

— Âtremonde, comme tu l'as peut-être déjà compris, te permet de voir au-delà de ta propre perception, avec le feu comme point d'observation. Il faut du temps pour maîtriser ce pouvoir, et plus encore pour apprendre à s'en servir à des vues d'espionnage. Mais puisqu'il n'existe dans l'univers aucun feu qui ne soit susceptible d'être ainsi exploité, toute personne – dieu ou mortel – qui se trouve près d'une flamme est vulnérable. Le tout est de les trouver.

— Je croyais que vous utilisiez Le Nom de Toutes Choses pour espionner les gens.

— C'est ce qu'on pourrait croire, en effet… Mais Le Nom de Toutes Choses se contente de répondre aux questions. C'est un pouvoir très puissant, néanmoins il nécessite de savoir exactement quelle question poser. Et puis, les réponses sont beaucoup trop littérales. Si je lui demandais si tu as mangé ce matin, elle me répondrait par oui ou par non. Si ce que je désirais savoir était *avec qui* tu avais mangé, cela ne me serait d'aucune utilité. Le pouvoir de cette gemme-ci est bien plus souple… ou du moins, il est soumis à des restrictions différentes.

Frère Qown se saisit de nouveau de la pierre.

— Je vois. Et je suppose que vous souhaitez que j'écrive ce que les gens que j'espionnerai se disent.

— De même que tout autre point que tu jugeras pertinent. Je sais que tu en es amplement capable. Tu as toujours eu le souci du détail.

Frère Qown hocha la tête. Après tout, il n'avait pas le choix, s'il voulait pouvoir contourner les contraintes du gaesh et aider Janel. Il examina la pierre.

— Avez-vous une liste de « cibles » ?

— Ne brûlons pas les étapes. Pour l'instant, je veux que tu apprennes à te servir de la pierre. Il peut être difficile de trouver la personne que l'on cherche, surtout si elle se trouve à des milliers de kilomètres. La pierre te permettra de sauter d'un feu à l'autre, mais son utilisation nécessite de l'entraînement. Tu ferais mieux de t'y mettre sans tarder. (Il marqua une pause.) Je vais te faire apporter un repas et du thé chaud. Il faudra aussi que tu prennes soin de t'arrêter régulièrement. Il est facile d'être si absorbé par la pierre qu'on en oublie sa propre enveloppe corporelle.

— C'est ce qui est arrivé à la dernière personne à s'en être servie ?

— En un sens, oui. Il l'a utilisée tout en marchant, et il a sauté d'un balcon. Il a fallu deux semaines à la duchesse pour retrouver la pierre, à cause de la neige. (Il se leva et se dirigea vers la porte.) Je crois que tu en sais assez pour commencer.

— Attendez… c'est tout ? le retint Frère Qown, luttant contre une bouffée de panique. Vous n'allez pas me donner d'autres instructions ?

Relos Var s'arrêta devant la porte.

— Je te connais depuis que tu es enfant, Qown. Tu as toujours eu tendance à mieux apprendre quand je te laissais découvrir les choses par toi-même. Je reviendrai dans quelque temps voir où tu en es.

Var avait été malin de ne pas lui expliquer le fonctionnement de la pierre. En obligeant Qown à enquêter seul sur ses facultés, il s'était assuré qu'il n'aurait pas le temps de réfléchir à sa situation. Qown se raccrocha à cette bouée de sauvetage, avec l'enthousiasme de celui qui n'avait jamais été capable de résister à une énigme.

Le pouvoir d'Âtremonde était effectivement fondé sur le feu, comme le mage l'avait expliqué. Mais la vue en était un autre aspect important, puisque Frère Qown pouvait focaliser la pierre sur un feu qu'il connaissait déjà, comme un brasero suspendu du Temple de Khored, à Atrine. Mais il ne pouvait pas commencer par les feux situés à l'intérieur du palais d'Atrine, qu'il n'avait jamais vus. En revanche, une fois qu'il se trouvait « dans » le brasero, il pouvait faire un saut de puce vers un feu voisin, puis un suivant, puis un suivant… et changer de direction à sa guise. Qown parvint à trouver un candélabre dans la salle à manger et, de là, parvenir jusqu'à un four du palais ducal d'Atrine.

Ce processus, cependant, lui prit presque toute la journée. Lorsqu'il parvint à s'arracher à la gemme, son corps était en pleine révolte : il était affamé, assoiffé, et il fallait absolument qu'il aille aux toilettes. Il en avait été conscient, d'une certaine manière ; simplement, il était trop passionné par l'énigme de la pierre pour s'en préoccuper.

Le principal défi consistait à repérer assez vite où se situait son point d'observation, de manière à pouvoir bondir vers le feu suivant. Il n'avait aucune idée de comment progresser, mais s'il voulait pouvoir trouver quelqu'un sans y passer trop de temps, il allait devoir se montrer plus efficace.

La fois suivante où il vint s'entraîner à la clairvoyance par le biais d'Âtremonde, cependant, il vit quelque chose qui le fit s'arrêter net. Ninavis.

L'ancienne voleuse était assise près d'un brasero, à l'intérieur d'une azhock, et se réchauffait les mains au-dessus des braises. Elle était vêtue d'une cape à capuchon et ne cessait de regarder par-dessus son épaule.

Derrière elle, des soldats – les hommes du margrive, mais aussi ceux du duc – étaient déployés en formation, en pleine recherche. Ils se déplaçaient d'azhock en azhock, traquant leurs proies. Ils abaissaient les capuches et écartaient les mèches de cheveux. Personne n'échappait à leur inspection. Tôt ou tard, ils finiraient par trouver la tente où attendait Ninavis. Toutes les deux minutes, elle portait la main à son arc, comme pour se rappeler qu'il était déjà tendu, prêt à l'usage. Elle n'avait pas l'intention de se laisser emmener sans résister.

L'air sentait le feu de bois, et l'odeur ne provenait pas que du foyer. Le ciel, au-dessus de la cité, était maculé de traces gris sale.

Frère Qown ne reconnut pas les autres occupants de l'azhock, mais ils étaient tous vêtus de rouge. Sans doute faisaient-ils partie des Lances Rouges de Mithros. Ils avaient la posture tendue des soldats attendant le moment de se battre. Puis le sol se mit à trembler.

Frère Qown ignorait ce que ce bruit signifiait, mais tout le monde réagit immédiatement.

— Cavalcade ! cria quelqu'un.

Les gens se mirent à courir. En effet, un vaste troupeau de chevaux, rassemblé sur la Place Verte en raison du tournoi, s'était élancé en une ruée incontrôlable.

Le pan de tissu à l'arrière de l'azhock s'ouvrit, et Dorna entra, un énorme sac sur l'épaule.

— Ah, te voilà ! Je te cherchais.

Frère Qown soupira de soulagement. Elle était en vie. À ce sujet-là, au moins, Relos Var n'avait pas menti.

— Qu'est-ce que tu fais là ? demanda Ninavis d'un ton irrité. Le margrive avait promis de te faire sortir de la ville.

— Pas question de partir sans vous autres. Et puis, Mithros a un plan. (La vieille femme posa son sac près du feu.) Mets ça, et vite. Arasgon et Talaras ne vont pas pouvoir exciter les chevaux éternellement : un autre flammesang finira par venir les calmer.

— Dorna, ils arrêtent tous les Marakoris qu'ils trouvent, et ils ont ma description. Qu'est-ce que tu veux qu'on…

Mais elle s'interrompit lorsqu'elle acheva d'ouvrir le sac, découvrant le heaume laqué de Mithros, son armure noire et sa cape en plumes de corbeau. Le costume du Chevalier Noir.

— Mithros m'a assuré qu'il t'irait. Il y a fait quelques modifications. Maintenant, dépêche-toi.

Frère Qown se détourna lorsque Ninavis entreprit de se déshabiller, et regarda Dorna errer distraitement à l'intérieur de la tente. La vieille femme semblait en pleine santé. Elle adressa un signe de tête aux Lances Rouges qui n'étaient pas parties assister à la cavalcade. Tandis qu'elle marchait, une kyrielle de petits objets de valeur disparurent dans les plis de ses jupes ; mais jamais lorsque quelqu'un – à l'exception de Frère Qown – faisait attention à elle.

— Aide-moi à mettre la cape, s'il te plaît, appela Ninavis.

L'armure noire dissimulait sa corpulence et son genre, grâce aux épaulières d'aspect menaçant et au plastron dont les motifs complexes masquaient les courbes de sa poitrine.

Un hennissement retentit ; Frère Qown aperçut les jambes zébrées de rouge d'Arasgon, à l'extérieur de la tente.

— On arrive ! cria Dorna. (Elle souleva la cape de plumes pour la poser sur les épaules de Ninavis.) Arasgon est prêt à t'emmener. File au Temple de Khored. Les autres y sont déjà. Mithros vous fera quitter la ville discrètement.

— Mais… et toi ? Le duc ne va pas te laisser partir si facilement…

La vieille femme eut un geste désinvolte.

— Ça, c'est sûr. Je vous déconseille de Revenir à la vie devant des nobles : ils vous traitent de sorcière avant même que vous ayez eu le temps de remplir vos poumons d'air. Mais ne vous faites pas trop de bile pour moi. Je vous retrouverai dans les grottes.

Des bruits les interrompirent, annonçant le retour des soldats et le départ des chevaux vers leurs enclos.

— Allez, dépêche-toi. Ils t'attendent.

— Qui ça ? demanda Ninavis.

— Ton armée. (Dorna agita un doigt sous son nez.) Tu ferais mieux de ne pas la faire attendre !

39

Une couronne donnée

Colonie de Jorat, Empire de Quur.
Trois jours après que Tyentso dut avouer qu'elle n'était pas prête, pas prête du tout.

Ninavis ramassa un torchon et le lança sur Qown.

— Je suis désolé ! s'écria-t-il d'un air impuissant. J'avais un gaesh !

— Ouais, ouais, grommela-t-elle. C'est ce qu'ils disent tous.

Janel sourit et prit la suite du récit.

Récit de Janel. Le Demesne de Glace, Yor, Quur.

Bikeinoh me dénicha une robe et m'escorta hors des appartements des femmes. Tout du long, je sentis les regards hargneux des épouses posés sur moi. Elles semblaient voir en moi une rivale, à présent, bénéficiant d'une attention qui aurait dû leur revenir.

J'avais envie de rire, de les traiter d'imbéciles, de brocarder cette idée ridicule. Mais je ne connaissais pas le duc Kaen. Peut-être que, contrairement à ce qu'affirmait Relos Var, Kaen ne respecterait pas son « territoire », et notre simulacre de mariage. Et s'il désirait justement ce qu'il ne pouvait obtenir ?

Elles n'avaient peut-être pas tort, finalement.

Le fait que Bikeinoh me conduise jusqu'à l'antichambre du salon privé du duc ne fit rien pour me rassurer. Comme les appartements des épouses, cette pièce était située face à une paroi extérieure, offrant une vue étourdissante sur le paysage montagneux. Dès qu'elle fut sortie, une autre porte s'ouvrit, laissant entrer Wyrga. La femme au dos voûté portait une grande brassée de vêtements, parmi lesquels la robe rouge qu'on m'avait fait mettre et les bijoux de Relos Var. Ce détail, lui aussi, me mit mal à l'aise. Comme elle l'avait fait remarquer à Senera, Wyrga n'était pas une servante.

— Ah, voilà la petite putain, gloussa Wyrga.

— Dites-moi, passeriez-vous beaucoup de temps en commérages avec des démons ? Parce que vos insultes sont tout aussi inventives que les leurs. Je ne crois pas que vous soyez assez déterminée à me blesser. Allez… Faites un petit effort.

Elle rit, enchantée, en laissant tomber les vêtements sur une chaise.

— J'ai connu ta mère, tu sais.

— Vous me l'avez dit, oui. Sauriez-vous, par hasard, comment elle s'appelait ?

— Irisia, même si ce n'est plus le nom qu'on lui donne, aujourd'hui. Ils sont tous revenus, quand Vol Karath en a eu terminé avec eux, et ils ont découvert que le monde leur avait donné de nouveaux noms pour remplacer les anciens. (La vieillarde marcha jusqu'à moi et se pencha pour me renifler de près.) J'ai connu ta mère, j'ai vu passer les Voiles. Tu lui ressembles beaucoup. Mais ne les laisse pas te transformer en gentil petit toutou. C'est l'erreur qu'a faite Irisia. Les lions ne devraient jamais se mettre à aimer leurs cages.

Je restai un instant interdite.

— Vraiment ?

— Tu ne me crois pas capable de reconnaître ceux de mon espèce ? On est toutes les deux des monstres sauvages, toi et moi. (Elle sourit de plus belle.) Alors, Rev'arric croit pouvoir te dresser… L'imbécile. Mon époux croyait m'avoir dressée, lui aussi, mais je n'ai jamais appris à aimer ma laisse. Oh ! Je le lui ai bien fait payer. Les gens qu'on emprisonne injustement méritent bien de se venger de leurs geôliers, non ?

Malgré moi, j'étais de plus en plus intriguée.

— Qui est Rev'arric ? interrogeai-je.

— J'ai dit « Rev'arric » ? Je voulais dire « Relos Var ».

Son haleine sentait la viande crue.

— Qui… Qui êtes-vous ? Qui êtes-vous vraiment ?

Elle se redressa, l'air aussi scandalisé que si je venais de l'inviter dans mon lit.

— Je ne peux pas te le dire. (Elle se remit à glousser.) Mais je sais pourquoi tu es là. Je sais tout ce qu'il y a à savoir sur toi, ma petite lionne.

Je passai outre au malaise que m'inspirait cet échange. Elle paraissait folle à lier, mais cela ne voulait pas dire qu'elle mentait. Bien au contraire.

— Et que savez-vous donc ?

— « Dans la cité de pierre des trois routes, le lionceau est roussi par une grande catastrophe, tandis que la marche terrible de la mort s'avance sur la terre de l'abondance. Seul le lionceau survit, affligé d'une grande force, et grandit parmi les chevaux. » (Elle recula et me montra du doigt.) C'est toi, ma chère. Guerrier de l'Enfer.

Avant que j'aie pu répondre, la porte s'ouvrit, laissant apparaître le duc Kaen.

— Wyrga, que fais-tu ici ? Retourne t'occuper de tes animaux.

— Oui, oui, Votre Grâce.

Elle lui adressa une révérence qui ne semblait pas plus sincère que le sourire d'une hyène, et s'éloigna à la hâte.

— Comte Tolamer, reprit le duc. Je vous en prie, entrez. Nous avons beaucoup à nous dire.

— Qui est cette femme ? Ce n'est tout de même pas…

Je m'interrompis en découvrant son salon privé.

Une immense bibliothèque recouvrait la cloison que je venais de traverser, mais ce n'est pas ce qui retint mon attention. Non. J'étais captivée par les accessoires de tournoi jorats qui ornaient la paroi opposée. Il y avait assez de drapeaux et de bannières pour satisfaire un demi-terrain plein de spectateurs en délire.

Il ne s'était d'ailleurs pas borné à soutenir une seule équipe, quoiqu'il semble affectionner les chevaliers de Ferra, qu'on donnait trop souvent perdants. Une carte du Quur oriental tapissait un autre mur. Je remarquai une épingle plantée dans le chef-lieu de la bannière de Barsine, Mereina. Et une autre à la Passe de Tiga.

Je détournai le regard.

Le feu flambant dans l'âtre et quelques fauteuils confortables conféraient à la pièce une atmosphère chaleureuse. Les murs de pierre noire étaient dissimulés sous des lambris, ce qui participait aussi à rendre l'endroit plus intime.

— Vous êtes un passionné de tournois ? (Je ne parvins pas à masquer mon incrédulité.) Vraiment ?

Avec un petit rire, il s'assit face à la cheminée. Sur la table, devant lui, se trouvait un grand plateau couvert de viande et de plats en sauce, ainsi qu'une croquette dont j'espérai qu'elle contenait des légumes. Je remarquai aussi une carafe d'argent, dont s'échappait une douce vapeur. À côté du plateau, on avait posé un jeu de zaibur sans pions.

— Oh oui, répondit-il. J'adore cela. Pas seulement les épreuves en elles-mêmes, mais les principes qui fondent ces tournois. La plus grande question qu'aient eue à se poser les dirigeants de ce monde, depuis des siècles… que faire de son armée, en temps de paix ? Kandor avait résolu ce problème en se cherchant toujours une autre guerre à mener, mais que se passe-t-il lorsqu'on n'a plus de terres à conquérir ? (Il écarta la main.) Khorvesh doit se défendre contre la Balafre, et – en quelque sorte – le Manol, mais Jorat ? Jorat est coincée entre trois autres colonies quuros, sans frontières extérieures, à l'exception d'un littoral si accablé de tempêtes qu'aucune armada n'oserait l'attaquer. Que doit donc faire Jorat de tous ces soldats, élevés dans la conviction qu'un adulte se mesure à sa valeur sur le champ de bataille ?

Bien sûr, je connaissais depuis ma plus tendre enfance la réponse à cette question.

— Nous en avons fait un sport.

— Exactement, acquiesça-t-il. Un sport important, et une portion non négligeable de votre économie, mobilisant la population à un degré considérable. On y trouve tout l'héroïsme qui fait la saveur des batailles, mais on y meurt beaucoup moins. Cela tient du génie. (Le duc se tut un instant.) Du moins, jusqu'à ce qu'un véritable danger ne revienne menacer la région. Alors, le génie n'est plus si évident, lorsque les « chevaliers » ignorent comment affronter une situation véritablement périlleuse.

— Oui… Qui aurait pu prédire que vous les assailliriez à coups de magiciens, de démons… et d'un dragon ? lançai-je avec un mépris non dissimulé.

— N'est-ce pas ? répondit-il avec un large sourire. Avez-vous mangé ? (Il désigna la nourriture.) Je serais honoré que vous partagiez mon repas.

— Merci. Je suis affamée.

Je m'assis et entrepris de me servir. Il parut surpris. Je songeai alors que la règle devait exiger qu'il soit le premier à manger ; soit en tant que duc, soit en tant qu'homme. Dans un cas comme dans l'autre, il ne me jugeait pas digne de passer avant lui. Si je l'avais su, je me serais délibérément assurée d'être la première à remplir mon assiette.

J'ouvris la croquette en deux à l'aide de mon couteau, et vis qu'elle était remplie d'une substance blanche et gélatineuse.

— Qu'est-ce que c'est ? demandai-je.

— De la graisse de baleine, répondit-il. Vous devriez goûter. C'est délicieux.

Je balayai le plateau du regard.

— Y a-t-il quelque chose, dans tout cela, qui ne soit pas de la viande ?

— Le thé n'en contient pas, répondit-il. Je suis navré. Personne ne m'avait prévenu que vous ne mangiez pas de viande.

— J'en mange, rectifiai-je. Comme la plupart des Jorats. Simplement, nous n'en mangeons pas tous les jours. Un tel régime risquerait de me rendre malade.

Je me saisis de la carafe, puisque le thé, lui, ne risquait pas de me décevoir.

Je me trompais. Une énorme noix de beurre flottait dans le liquide. Cela ne me dissuada pas de le boire, mais son goût étrange me fit réprimer un haut-le-cœur.

Il m'observait, les lèvres pincées.

— Il fait très froid, ici, à Yor, expliqua-t-il. Nous nous nourrissons donc de viande et de graisse. Nous mangions davantage de plantes, avant que les Quuros ne nous envahissent et détruisent les Grottes Printanières.

— Vous pourriez aussi importer des légumes, lui fis-je remarquer.

— Oui, acquiesça-t-il. Nous le pourrions, en effet.

— Si vous refusez de commercer avec les Maisons Royales, pourquoi un tel nombre de leurs représentants prenait-il part à votre banquet, hier ?

— Vous n'y avez pas vu de membres de la Maison D'Aramarin, je me trompe ? Personne n'était vêtu de vert. Les Maisons D'Nofra et D'Kard n'étaient pas représentées, pas plus que la Maison D'Erinwa… Toutes ces familles se satisfont des choses telles qu'elles sont. Les autres, en revanche… sont plus ouvertes à d'éventuels changements.

— Vous ne craignez pas qu'elles vous trahissent ?

— Je sais qu'elles me trahiront… si elles pensent que je risque d'échouer.

Je posai ma tasse de thé.

— Votre Grâce, pourquoi suis-je toujours en vie ?

Il rit et s'enfonça dans son fauteuil.

— Vous n'êtes pas du genre à tourner autour du pot, n'est-ce pas ?

— Je suis contente d'être en vie, mais je préférerais savoir exactement pourquoi. Et ce n'est pas le cas. (Je joignis les mains sur mes genoux.) Vous avez attaqué des villages et des villes jorats. Vous l'avez fait de façon qu'il soit difficile pour le duc Xun de s'en apercevoir, et à plus forte raison de se défendre. Et que se passera-t-il à Jorat, lorsque les gens se rendront compte que leur duc ne peut les protéger d'une menace si récente que leurs enfants en cauchemardent encore ? Une nouvelle Marche Infernale. Que se passera-t-il lorsque vous arriverez, et que vous ferez ce que n'a pu faire leur duc : les sauver des démons ? (Je haussai les épaules.) Vous aurez alors accès à toutes les plaines fertiles dont vous pourriez rêver. Cela pourrait même passer pour une conquête sans effusion de sang… à condition que personne ne sache que vous étiez à l'origine des premières attaques. Vous n'aurez pas besoin de faire la guerre à Jorat. Nous vous donnerons la couronne de notre plein gré, et nous demanderons au Grand Conseil de Quur de vous confier le pouvoir.

Kaen était enchanté.

— Vous êtes vraiment délicieuse, c'est vrai.

Je levai les yeux au ciel.

— Le fait que j'aie compris votre stratégie ne me rend que plus perplexe quant aux raisons pour lesquelles vous m'avez amenée ici. Pourquoi n'avoir pas laissé Relos Var me tuer ?

(Je m'interrompis.) Ou alors… était-ce lui qui souhaitait me garder en vie ?

— Les deux sont un peu vrais. Peut-être arriveriez-vous à deviner pourquoi ?

Je me renfrognai.

— Je ne vous aurais pas posé la question si… (J'hésitai.) Est-ce que cela a à voir avec mes parents ? Mes véritables parents ?

Thaena me l'avait bien dit, après tout. Relos Var aimait s'attaquer à ses ennemis par le biais de leurs familles. Pour cette raison, je lui paraîtrais irrésistible.

Mais en principe, aucun de mes parents proches n'était encore en vie. C'est du moins ce que j'avais cru, jusqu'à ce que Darzin D'Mon lise la lettre de mon grand-père. À présent, je devais accepter l'idée que mes parents étaient peut-être encore vivants… et que Relos Var les considérait peut-être comme ses ennemis.

Si Thaena avait raison, j'étais un appât destiné à piéger quelqu'un d'autre.

— Oui, répondit Kaen. Enfin, cela ne concerne pas votre mère. Je suis sûre que c'était une jeune femme charmante. Une danseuse, d'après Var, c'est bien cela ? Quelque chose dans ce goût-là. Mais votre père… (Il sourit.) C'est un soldat khorvesh, c'est vrai. Cela dit, ce n'est pas un simple officier. C'est le Premier Général Qoran Milligreest, le chef du Grand Conseil, et l'homme le plus puissant de l'Empire.

— L'Empereur…

— … n'est qu'une marionnette ayant remporté une foire d'empoigne pour magiciens et prenant ses ordres du Conseil… que dirige votre père.

Je ne répondis pas. Je crois que j'étais en état de choc. *Le Premier Général ?*

— Je lis l'expression sur votre visage… Qoran est un homme bien. Je l'ai rencontré à plusieurs reprises.

Malheureusement, il est incapable de garder sa braguette fermée. Son épouse ne mérite pas cela.

— … dit l'homme qui est marié à plusieurs dizaines de femmes.

— Question de politique, répliqua-t-il. Je serais fidèle, si j'étais à sa place. Bien sûr, c'est parce qu'il est incapable de se contrôler que nous avons l'honneur de vous connaître… alors pourquoi nous plaindre ? Ses manquements auront tourné à notre avantage.

Je me félicitai d'être déjà assise, car je me sentais près de m'évanouir.

— Je l'ai déjà rencontré.

— Après Lonezh, j'imagine.

— J'ai cru…

Je repris ma tasse de thé et en bus une gorgée. Cette fois, je ne sentis pas le goût du beurre.

— Vous avez cru que le Premier Général s'intéressait à vous parce qu'il voulait savoir pourquoi Xaltorath vous avait choisie. Pourquoi Xaltorath refusait de repartir. Mais non. Le Premier Général vous avait repérée bien avant cela, avant la fin de la Marche Infernale. Quelqu'un – l'Empereur Sandus, probablement – a observé votre aura et a deviné qui vous étiez : une Milligreest. Une Khorvesh. Mais Milligreest n'a jamais admis la vérité. Il vous a laissée chez les Vishai et il est rentré chez lui, après s'être comporté comme s'il n'avait rien à voir avec vous. Cela a failli fonctionner, d'ailleurs.

— Et après cela, vous espérez encore le faire s'intéresser à mon sort ? ironisai-je.

— Oh, je n'en doute pas une seconde. Parce qu'il aurait dû déchaîner toute la puissance magique de l'armée quuro sur cette Marche Infernale, s'il avait été indifférent au sort de la petite fille de huit ans qui marchait à sa tête. Mais il ne l'a pas fait. Il n'a pas de bonne raison de vous avoir épargnée. Lorsqu'il sera de nouveau temps pour lui de prendre une telle décision, je veux qu'il hésite de nouveau. Et ce sera le cas, car il tient à vous.

Les mots ne peuvent décrire le sentiment d'hébétude qui m'avait envahie. C'était pire, bien pire que ce que j'avais imaginé. Pire que cette farce qui voulait qu'on m'appelle « Danorak » et qu'on m'acclame en héros.

J'avais survécu parce qu'un père que je n'avais jamais vu avait préféré me protéger, moi, plutôt que la colonie. Pourquoi ? Parce que j'étais née de sa semence, suite à une nuit dont j'étais sûre qu'il se souvenait à peine. Jorat pouvait bien mourir, tant que son… son *rejeton* survivait.

Son arrogance me brûlait la gorge.

« Ils vont tenter de vous briser », avait dit Khored. Non, attendez… Ce n'était pas Khored…

« Relos Var va tenter de vous briser », avait dit Xaltorath. *« Et vous devrez le laisser faire. »*

Pourquoi, Xaltorath ? Pourquoi m'as-tu choisie, moi ? Quels étaient tes objectifs ? Je voyais tourner des roues imbriquées dans d'autres roues ; mais sans contexte, sans connaître les motivations de chacun, leurs mouvements n'avaient aucun sens. Je voyais le jeu, mais je n'avais aucune idée des forces qui le régissaient.

Malgré tout, en cet instant, je sus que bien des puissances s'affrontaient, et qu'elles avaient toutes l'intention de faire de moi leur pion.

Tandis que je restais assise, immobile et les yeux dans le vague, le duc Kaen se leva. Il ramassa le plateau et alla le poser sur une autre table ; puis il se dirigea vers la porte, et je l'entendis parler à voix basse avec quelqu'un d'autre, à l'extérieur. Je me penchai et examinai la carte.

Lorsqu'il revint, je me tournai vers lui.

— Je suis désolé, dit-il. Je vous ai bouleversée.

— Rien de ce que vous dites ne pourrait me bouleverser, murmurai-je.

Je savais, pourtant, qu'un enfant de cinq ans ne se serait pas laissé berner par un mensonge si ridicule.

— Je dois tout de même ajouter que toutes les menaces ne proviennent pas de moi. D'autres dangers guettent Jorat, des dangers dont votre peuple n'a même pas conscience, et qui pourraient le détruire, s'ils ne sont pas repoussés.

Je haussai un sourcil.

— Oh… Et je suppose que vous êtes la seule personne qui soit en mesure de nous sauver ? Comme c'est commode.

— Si seulement c'était vrai… Aeyan'arric – c'est le dragon de glace que vous avez croisé – est plutôt docile, et en pleine possession de ses moyens, ou presque. Relos Var lui confie des tâches, et elle les accomplit. Les autres dragons, en revanche… (Il secoua la tête.) Les dragons sont fous. On ne peut les maîtriser, ni les dresser. Relos Var est capable de convaincre Aeyan'arric de lui obéir, mais jamais je n'irais jusqu'à lui faire confiance. Et le plus grand, le plus dangereux, Morios, dort sous le lac Jorat. Lorsqu'il se réveillera – et j'ai bien dit « lorsque », pas « si » –, il détruira la moitié de la colonie avant d'être neutralisé. Il y a même une prophétie à son sujet. Voudriez-vous l'entendre ?

— Une prophétie… (Je le dévisageai fixement.) Je n'aime pas les prophéties.

— Elles peuvent se révéler utiles. (Il tira un livre de son étagère et l'ouvrit à une page marquée d'un signet.) Surtout celle-ci. « Dans la vingtième année du faucon et du lion, sous l'épée d'argent, se brisent les chaînes de la bête endormie. Le dragon des épées dévore les Chutes du Démon, tandis que la nuit envahit la terre. » (Kaen me tendit le livre.) C'est un quatrain devoran.

Le livre en question, relié de cuir, paraissait très vieux. En l'examinant, je m'aperçus que la moitié des volumes de la bibliothèque lui ressemblaient.

— Combien… (Mon regard revint interroger le duc.) Combien y a-t-il de Prophéties devoranes ?

— Beaucoup. Mais je suis un lecteur passionné.

— La vingtième année du faucon et du lion… À quel calendrier font-ils référence ?

— À moins que Relos Var se trompe…

Azhen Kaen leva la main et me gratifia d'une pichenette sur le bout du nez, avant que j'aie pu me dérober.

— Le lion, c'est vous. Ce qui signifie que nous n'avons plus que quelques années devant nous, avant le réveil de Morios. Le temps file. Et en ce qui me concerne, je n'ai pas l'intention de laisser Morios – le dragon des épées – détruire Atrine avant que j'aie pu la conquérir. « Atrine », vous le savez, signifie…

— « La Lame d'Argent », complétai-je. (Je m'appuyai au dossier de ma chaise, au cas où il lui prendrait encore l'envie de me toucher le nez.) Je sais. Tous les enfants jorats connaissent la signification du nom d'Atrin Kandor. Alors, qu'avez-vous l'intention de faire pour l'empêcher ?

— Absolument rien.

J'attendis qu'il s'explique davantage, mais il n'en fit rien.

— Pardon ?

— Je ne vais rien faire du tout, déclara-t-il. Parce que Var ne pense pas que je sois prêt à le faire. Et puisqu'il ne me croit pas prêt, il n'est pas dans l'obligation de m'ouvrir un portail vers un emplacement que j'ignore. Comme son nom ne l'indique pas, le « lac » Jorat est en fait une mer intérieure. Il me serait impossible de trouver le dragon par mes propres moyens, même s'agissant d'une créature aussi gigantesque que Morios. Sans parler du fait que le duc Xun interpréterait mon acte comme le signe d'intentions plus belliqueuses… telles qu'une invasion.

— Relos Var est votre… (Je m'agitai, mal à l'aise.) Il travaille pour vous, non ?

— Il m'assiste. Je ne peux pas obliger son apprentie, Senera, à me dire où trouver Morios. Jusqu'à maintenant, Relos Var a également refusé de m'y aider, affirmant que ce n'était « pas le moment ». J'ignore ce qu'il veut dire par là. (Il leva sa tasse de thé dans ma direction.) Je commence à penser que le vrai problème, c'est que je supposais que c'était moi qui terrasserais ce dragon… tandis que Relos Var avait quelqu'un d'autre en tête. (Il darda sur moi un regard entendu.) Il ne doit pas forcément s'agir de moi, après tout.

Je sentis un poids s'installer dans ma poitrine.

— Que voulez-vous dire ?

— Il n'est pas nécessaire que je me rende à Jorat pour sauver la situation. Ce n'est pas de gaieté de cœur que le Grand Conseil céderait le gouvernement d'une colonie à un homme qui en commande une autre. Ils souhaitent que les colonies demeurent bien distinctes. Et que dire de la méfiance des Jorats à l'égard de Yor ? Mais si une Jorate venait sauver la situation et terrasser Morios… par exemple, le grand héros Janel Danorak… J'ai comme l'impression que le Premier Général ne s'opposerait pas à vous.

Je me creusai la tête, en quête d'excuses.

— Mais il semble que je ne sois pas jorate, finalement.

Le duc balaya cet argument d'un revers de main.

— Les Jorats vous considèrent comme l'une des leurs. Vous seriez portée aux nues.

— Et tout ce que j'aurais à faire, c'est trahir mon peuple…

Je savais que mon titre m'avait été retiré, et j'avais probablement été accusée publiquement de sorcellerie. Si je revenais et que je tuais un dragon, surtout s'il était aussi dangereux que l'affirmait le duc Kaen… autant dire que j'avais toutes mes chances de remplacer le duc Xun.

On protège ce qu'on dirige.

J'étais tentée. Après tout, avec mes connaissances et mon expérience, ne serais-je pas capable d'orchestrer une révolution pacifique à Jorat ? Le duc Kaen ne les comprenait pas comme moi. Il ne savait pas comment les convaincre de changer de camp. Moi, si ; et je n'aurais besoin ni de dragons, ni de démons.

Les massacres s'arrêteraient si j'acceptais sa proposition. Et pas lorsque j'aurais trouvé une lance, et tué un dragon. Pas lorsque j'aurais trouvé le moyen de détruire Relos Var. Non : ils s'arrêteraient immédiatement.

Combien de vies sauverais-je, en jurant allégeance au duc Kaen ? J'obtiendrais tout ce que je désirais. Kaen n'aurait plus de raison d'envoyer Aeyan'arric dévaster des villages jorats[1]. Et s'il disait vrai au sujet de Morios, je participerais à sauver des centaines de milliers de vies en l'éliminant.

Il me suffisait de dire « oui ».

Kaen reprit :

— S'agirait-il vraiment d'une trahison ? N'est-ce pas que justice, puisqu'ils ont été les premiers à vous faire du tort ? Relos Var m'a expliqué votre situation. Votre margrive ne vous a pas protégée, alors que son devoir l'exigeait. Il a tenté de se servir de son autorité pour vous forcer à accepter une union déshonorante. Votre grand-père vous a trahie en supposant que vous accepteriez de vous soumettre à la domination d'un homme, et en laissant ses lamentables penchants racistes diminuer votre valeur à ses yeux.

— Et pourtant, ces gens ne m'ont pas fait accuser de sorcellerie ; ils ne m'ont pas tuée en duel, ni enlevée et retenue contre mon gré dans un pays étranger.

— Mais si votre empressement à sauver des gens qui vous ont maltraitée est proportionnel à la gravité de leurs crimes, alors nous avons toutes nos chances de vous convaincre que Yor vaut la peine d'être défendue.

Il sourit ; manifestement, il se trouvait très drôle. Ce n'était pas mon cas, aussi fis-je semblant de rire.

— Ah bon ? Et pourquoi Yor a-t-elle besoin d'être défendue ?

---

1. Ah ! Naïve enfant… Si seulement l'ambition du duc Kaen était la seule chose qui rendait cela nécessaire…

— Parce que notre terre se meurt, répondit Azhen Kaen avec une gravité subite. Quur l'a assassinée.

La jeune épouse qui m'avait questionnée lorsque j'étais arrivée, Veixizhau, m'attendait lorsque je regagnai les appartements des épouses. Je n'aurais su dire si elle avait décidé de m'impressionner ou de m'intimider, mais elle portait une longue robe de samit et un éblouissant collier de diamants.

J'étais distraite, absorbée par mes réflexions sur l'honneur, et sur l'importance que j'accordais respectivement à mon orgueil et à mon peuple. N'étais-je pas justement venue ici pour gagner la confiance de Relos Var et du duc Kaen, quoi qu'il m'en coûte ? Alors, pourquoi regimber face à la proposition de Kaen ? Après tout, rien ne m'obligeait à tenir les promesses que je leur faisais.

Mais j'en avais envie.

Oh ! Cette idée ne me fit pas plaisir ; et pourtant, c'était vrai. Je voulais que quelqu'un de plus compétent que le duc Xun prenne la tête de Jorat. Je voulais que le margrive de Stavira reconnaisse mon idorrá. Je voulais…

— Vous y êtes restée longtemps, fit remarquer Veixizhau, interrompant mes pensées.

Si elle avait fait de son mieux pour paraître amicale, elle était encore loin du compte.

— Vraiment ? Je n'ai pas vu l'heure passer. Où est la cuisine ? Je meurs de faim.

— Segra, va chercher quelque chose à la cuisine pour notre invitée.

— Oui, merci, renchéris-je. Pas de viande, s'il vous plaît. Je veux bien du pain. Du porridge, s'il y en a.

Segra, une jeune femme aux grands yeux violets, m'adressa un petit sourire nerveux avant de s'éloigner. Veixizhau me présenta un siège.

— Je vous en prie, asseyez-vous. Racontez-moi toute votre conversation. Il est si rare que j'aie l'occasion de découvrir ce qui se passe en dehors du palais.

Son ton doucereux m'étonna.

— Le duc… pardon, le honn… ne vous donne pas accès aux informations venues de l'extérieur ?

— Nous n'avons que des livres. De vieux livres. Rien de récent.

Ces mots attirèrent l'attention d'une autre épouse, qui ajouta :

— J'aime bien les livres… mais ce n'est pas la même chose que de connaître les dernières nouvelles.

— Où est Bikeinoh ? interrogeai-je.

Je regardai autour de moi, mais ne vis aucun signe de l'aînée des épouses.

— Elle devait avoir une corvée à faire, j'imagine. Ses allées et venues ne m'intéressent pas. Alors, que vous a dit le honn ? demanda Veixizhau en se penchant en avant.

Je compris alors qu'elle ne pensait pas que nous ayons discuté de quoi que ce soit. Elle espérait m'obliger à me trahir en me faisant inventer de toutes pièces une conversation.

— Il veut que je l'aide à conquérir Jorat, lui rétorquai-je.

Elle battit des paupières, éberluée.

— Pardon ?

Je soupirai. Je n'avais aucune envie de jouer la comédie. Mon entretien avec le duc avait assombri mon humeur et, à en juger par la douleur qui avait envahi mon bas-ventre, mes menstrues étaient sur le point d'arriver. Je n'avais pas la patience d'amadouer une femme jalouse qui me soupçonnait d'avoir séduit son mari.

— Votre époux veut que je l'aide à conquérir Jorat. Nous en avons longuement discuté. (Je tirai à moi un autre siège que celui que Veixizhau m'avait proposé, et m'y laissai tomber.) Il est question de tuer un dragon, ce qui à mon sens est une tâche que tout dirigeant prudent prendrait soin de déléguer. Oh, et il veut aussi m'utiliser pour dissuader mon père de s'attaquer à Yor. Ce qui est tout aussi charmant de sa part.

J'avais fermé les yeux, si bien que je ne vis pas son expression ; mais elle émit un petit bruit surpris.

— Oh ! Ma pauvre enfant, je suis désolée. Croyez-moi, je sais ce que c'est d'être arrachée à sa famille contre son gré.

Je levai la tête, rouvris les paupières et la dévisageai.

— Rien de ce que vous venez de dire ne m'a semblé sincère. Sauf la fin, lorsque vous disiez avoir été enlevée à votre famille.

— Vous vous méprenez sur mon compte, se défendit-elle en ouvrant de grands yeux innocents.

— J'en doute fort. Je vais m'efforcer de vous l'expliquer calmement : je ne m'intéresse pas à votre époux. Je n'ai aucunement l'ambition de devenir son épouse numéro soixante-treize, ou… remplacez cela par son nombre actuel de femmes, plus une. S'il tente de s'imposer à moi, je le tuerai, ou je mourrai en essayant de le faire.

— Vous êtes donc si dévouée au magicien, Relos Var ? Vous devez beaucoup l'aimer.

J'émis un bref ricanement.

— Je ne dirais pas cela.

Elle posa sur moi un regard indéchiffrable, tandis que Segra revenait avec un bol de porridge sans assaisonnement. Elle tendit le bol à Veixizhau. Mon cœur se serra lorsque j'en sentis l'odeur. Ce n'était pas du porridge, mais du brouet. Du brouet cuisiné avec du bouillon de viande.

Veixizhau posa le bol sur la table. J'observai un instant cette pâtée peu ragoûtante, puis me décidai tout de même à la manger. Elle avait un goût étrange, et je me demandai quelle viande ils avaient utilisée. Sans doute ne l'aurais-je pas reconnue ; et peut-être était-ce préférable.

Je levai les yeux vers Veixizhau.

— Alors ? Vous êtes rassurée ?

Elle haussa un sourcil et esquissa un petit sourire narquois.

— Oui, en effet. Soyez franche… vous n'avez jamais connu d'homme, si ?

Je ne répondis pas aussitôt. À Jorat, nous n'accordions pas de valeur particulière au fait d'être « intouchée », mais je savais que ce n'était pas le cas partout dans l'Empire. Ce dont j'étais sûre, c'est que la lueur qui s'était allumée dans ses yeux ne me plaisait pas.

— Je suis mariée, répliquai-je.

— Vraiment mariée ? J'ai du mal à y croire. (Elle rit.) Ne vous inquiétez pas, je ne dirai rien. Très franchement, je suis ravie.

Un malaise m'envahit.

— Pourquoi ?

— Les femmes célibataires ont… une place à part, au sein de notre peuple. Elles sont rares et recherchées. Et une célibataire aussi peu méfiante que vous… c'est aussi précieux qu'un diamant.

— Pardon ?

Je baissai les yeux vers le brouet. Il n'avait rien d'inquiétant, à première vue ; mais je me sentis soudain prise de vertige.

Elle souriait encore lorsque je glissai au sol.

40

Le fils de l'Empereur

Colonie de Jorat, Empire de Quur.
Trois jours après que je me félicitai,
une fois de plus, que Khaeriel soit de notre côté.

— Les vierges sont « recherchées » ? (L'expression de Kihrin s'assombrit.) Ça ne me dit rien qui vaille.

Janel haussa les épaules :

— Ce n'est pas ce que tu crois. (Elle marqua une pause.) Enfin, si tu pensais à quelque chose de sexuel.

— Eh bien… Je… (Kihrin s'éclaircit la gorge.) Content de l'apprendre.

Ninavis lui fit un clin d'œil.

— Alors, vous pensez que Kaen a raison, au sujet de Morios et de la prophétie ? demanda-t-il pour mettre un terme à la conversation précédente.

— Oui. Et toi et moi avons tous les deux vingt ans, reprit Janel. Si je suis le lion…

— … je suis le faucon. Parce que c'est le symbole de la Maison D'Mon. Je vois. (Kihrin ricana.) Donc, d'après les prophéties, c'est maintenant que Morios va décider de se réveiller et d'aller faire une petite promenade.

— Je déteste les prophéties, maugréa Janel. Je vous ai dit à quel point je détestais les prophéties ?

— Le pire, c'est quand elles se réalisent, soupira Dorna. C'est une période noire qui s'annonce, c'est moi qui vous le dis.

Ils sombrèrent tous dans un silence éloquent.

— Je vais, heu…, finit par dire Qown en montrant son livre.

— Ah, oui. Allez-y, je vous en prie.

Récit de Qown. Le Demesne de Glace, Yor, Quur.

Lorsque Frère Qown s'éveilla le lendemain matin, il s'aperçut qu'il s'était endormi assis, sans quitter sa table de la bibliothèque, en bavant dans sa main. Il se frotta les yeux, battit longuement des paupières puis se souvint à quoi il avait employé sa nuit. Les gargouillis de son estomac, quant à eux, lui rappelèrent qu'il n'avait rien mangé depuis vingt-quatre heures.

Qown commençait à comprendre combien il serait facile de se tuer en utilisant cet artefact.

— Vous avez travaillé dur, glissa une voix grave.

Il sursauta et se retourna. Il découvrit un homme grand et large d'épaules, qui compulsait les rangées de livres. La peau sombre et le crâne rasé, il portait des vêtements d'un noir profond ; mais les ténèbres de ses yeux étaient plus insondables encore.

— Vous êtes un membre de la Maison Royale D'Lorus, dit Frère Qown sans réfléchir.

— Et vous, vous êtes un prêtre de Vishai. Si nous arrivons à dénicher un morgage et une auberge de luxe, nous aurons entre les mains le début d'une blague. (Il pencha la tête de côté.) Je suis Thurvishar. Je ne crois pas que vous devriez laisser cette chose sans surveillance… quoiqu'on m'ait dit qu'elles n'étaient pas faciles à voler.

Frère Qown s'aperçut alors qu'Âtremonde était posée, bien en vue, sur la table, à quelques centimètres de ses mains.

Il prit la pierre et songea qu'il devrait trouver un moyen discret de la porter. Un collier comme celui de Senera, peut-être.

— Est-ce que vous… (Frère Qown toussota.) Vous ne savez pas où je pourrais trouver à manger, par hasard ?

— Je présume que, par « nourriture », vous entendez le genre de plats qu'un prêtre d'Eamithon jugerait savoureux. Si oui, vous n'en trouverez nulle part à Yor.

— Je sais cuisiner. Je serais ravi de préparer moi-même mes repas, si l'on m'en fournissait les ingrédients…

— Vous risquez d'avoir du mal à vous les procurer. Mais suivez-moi. Il se trouve que je connais une cuisine qui ne sert que très rarement. (Il se tut un instant.) Ne vous inquiétez pas, pour votre gaesh. Ce n'est pas une tentative d'évasion. Je vais m'assurer que Relos Var sache où vous vous rendez.

— Ah, tant mieux. (Frère Qown resta pensif un moment.) Mais… où allons-nous ?

— À Shadrag Gor.

Ce n'est qu'après avoir presque fini de cuire une fournée de pain sag et commencé à faire mijoter un curry d'aubergine que Frère Qown songea qu'il devrait peut-être se méfier de l'hospitalité de Thurvishar D'Lorus. Le pire étant que, puisque Thurvishar était resté avec lui dans la pièce, le mage parut s'apercevoir aussitôt que cette pensée avait germé dans son esprit.

— Il ne viendrait à personne l'idée de vous accuser de paranoïa, fit remarquer Thurvishar. À dire vrai, je trouve cela plutôt rafraîchissant.

— Oh, je… C'est-à-dire que…

— Ce n'est pas un piège, promit Thurvishar. De temps en temps, j'aime bien bavarder avec des gens dont l'activité favorite n'est pas « trouver des manières nouvelles et originales de conquérir le monde ».

Frère Qown eut un petit rire.

— Je pensais que vous essayiez peut-être de… comment dire… Votre famille est dotée d'une réputation un peu particulière.

— Vraiment ? dit une voix dans l'encadrement de la porte. Je ne l'avais pas remarqué.

Le nouveau venu était lui aussi vêtu de noir, mais sa peau pâle suggérait qu'il souffrait d'une longue maladie, et il était bien plus maigre que Thurvishar. Ses yeux noirs, en revanche, ressemblaient aussi à des abîmes creusés à la surface du monde.

Quelque chose, chez lui, donna la chair de poule à Frère Qown.

— Le repas est-il bientôt prêt ? Je suis affamé.

Il balaya le prêtre du regard comme s'il convoitait un dessert particulièrement alléchant.

— Il est à Relos Var, protesta Thurvishar.

— Var ne s'en apercevra même pas.

— Dans son cas, je pense que si.

L'autre homme soupira.

— Oui, vous avez raison. Un jour, je devrai faire quelque chose à son sujet. En attendant, je serai dans mon bureau. Ne me dérangez pas.

Lorsque l'inconnu quitta la pièce, Thurvishar laissa échapper un soupir.

Frère Qown sentit lui aussi une vague de soulagement déferler sur lui, bien qu'il ignore à quel sort terrible il venait d'échapper.

— Je crois comprendre que cet endroit n'est pas aussi sûr que vous avez bien voulu me le dire, dit-il enfin.

— Il n'entre jamais dans la cuisine, d'ordinaire. Je pensais que c'était le dernier endroit où vous risqueriez de le croiser, répondit Thurvishar d'un air triste.

— Qui était-ce ?

— Il vaut mieux que vous l'ignoriez. Sinon, je devrai demander à Relos Var de l'ajouter à la liste des sujets dont vous ne devez pas parler, et ce n'est pas ce que nous voulons, ni l'un ni l'autre.

Les deux hommes se regardèrent un long moment.

Frère Qown se retourna vers ses préparations.

—Eh bien, je vous remercie de m'avoir amené ici. Je suis sûr que les domestiques, à Yor, ne m'auraient jamais laissé approcher de leurs fourneaux. Et même s'ils l'avaient fait, ils n'auraient pas eu de bons légumes à me donner.

—Et puis, il y a d'autres avantages, ajouta Thurvishar.

Il y eut une pause.

—Que voulez-vous dire ?

—Nous sommes tous deux des gens instruits. Vous devez bien savoir où nous nous trouvons.

Frère Qown déglutit et répondit :

—J'ai entendu des légendes, mais parfois… eh bien, il ne s'agit que de légendes, justement.

—Pas ici. Shadrag Gor est en décalage avec le cours normal du temps. Il s'est passé quelque chose, ici… Quelque chose qui a endommagé la place de cet endroit dans l'univers. Par conséquent, le temps s'y écoule très rapidement. Cela convient à mon maître, car cela lui permet d'effectuer ses recherches sans être interrompu. On peut passer ici des mois, des semaines ou des jours… qui, aux yeux du reste du monde, ne correspondront qu'à une poignée de minutes ou de secondes. Et pour quelqu'un qui souhaiterait se consacrer à l'étude d'une Pierre Angulaire, cela constituerait le lieu idéal.

—Je ne sais pas si…

Mais Frère Qown se tut. Si le temps se mouvait ici plus vite qu'ailleurs, cela signifiait que lorsqu'il observait le reste du monde, il aurait l'impression de contempler des tableaux inanimés. Ce serait très commode, puisque son principal problème avait été de ne pas se laisser dépasser par le rythme auquel les choses évoluaient.

—Hmm, fit-il.

— Je vous laisse y réfléchir, reprit Thurvishar. Cependant, vous n'auriez pas d'autre choix que de tolérer ma présence. Il ne serait pas sûr pour vous de fréquenter cet endroit seul.

— Eh bien, cela ne me semble pas si terrible. (Il se flagella intérieurement. Ce n'était pas ce qu'il avait voulu dire.) Enfin… si Relos Var est d'accord, bien entendu. Puisque cela me permettrait d'apprendre beaucoup plus vite, je ne pense pas qu'il y verrait un inconvénient. Cependant, j'ai une faveur à vous demander.

— Je vous en prie.

— Trouvez un moyen de veiller sur Janel, s'il vous plaît. Je m'inquiète pour elle. Tout ceci… Cela ne doit pas être facile.

— Sans doute pas, mais elle est faite de métal, répliqua Thurvishar. Néanmoins, j'accepte volontiers de garder un œil sur elle.

— Merci.

À ces mots, Frère Qown retourna aux préparatifs de son repas.

Thurvishar avait raison : l'étude de l'artefact se révéla bien plus facile lorsqu'il n'avait pas à se préoccuper de suivre la marche du monde. Il pouvait même faire une pause, aller se préparer du thé, et revenir ; l'objet de ses observations n'avait bougé qu'imperceptiblement.

Thurvishar lui-même s'avéra être un excellent partenaire de travail. Calme et réservé, il ne lui arrivait que rarement d'interrompre Frère Qown ; en général, c'était parce qu'il revenait de la cuisine avec du thé, ou de ce café noir et épais si populaire à Khorvesh. Le phare était un refuge agréable et sûr, et même si Qown savait qu'il devrait regagner Yor pour dormir et se laver, il avait presque l'impression d'être de retour dans la bibliothèque du Temple de la Lumière.

Il comprit rapidement que Relos Var se trompait lorsqu'il disait que la Pierre Angulaire était liée au feu. En réalité, Âtremonde n'avait besoin que de chaleur ; nul besoin que l'objet soit en train de brûler. La difficulté, cependant, tenait au fait que les choses n'étaient différenciées de ce qui les entourait que par leur température. Deux objets ayant la même température paraissaient identiques, indissociables l'un de l'autre. Par conséquent, bien que Qown puisse repérer les gens grâce à la chaleur de leur corps, il n'avait d'autre choix que de sauter de personne en personne jusqu'à trouver la bonne, ce qui pouvait prendre des semaines.

Toutefois, il s'aperçut bien vite que les températures des différents individus variaient plus qu'il n'y paraissait.

Il parvint à affiner sa perception de manière à pouvoir chercher les personnes dont le corps était plus chaud que ceux de leurs voisins. Janel était l'une d'entre elles – en ce moment même, elle prenait son petit déjeuner –, de même que Relos Var, dont la chaleur était plus impressionnante encore. Qown avait le sentiment qu'il aurait pu le retrouver n'importe où. À dire vrai, le corps de Relos Var était si ardent qu'il devait se trouver dans un état de combustion permanente ; ou alors... il n'était tout simplement pas humain.

Qown n'avait aucune idée de ce qu'il devait en penser.

Plusieurs autres occupants du palais présentaient des pics de chaleur similaires. La vieille femme qui dressait les ours blancs brûlait plus vivement que quiconque, à l'exception de Relos Var ; étonnamment, c'était aussi le cas de son ourson de compagnie.

Frère Qown ne s'expliquait pas ces disparités, mais il les notait toutes, au cas où elles se révéleraient utiles. Dans le pire des cas, elles lui serviraient à retrouver ces gens par la suite ; il s'agissait donc d'informations précieuses.

Mais en utilisant la pierre pour perfectionner ses facultés, il fit deux autres découvertes surprenantes. D'abord, il s'aperçut qu'Âtremonde lui permettait de lancer des sorts à travers toute source de chaleur qu'il explorait.

Frère Qown s'en rendit compte en cherchant à s'immiscer dans la chaumière de Senera. Un coup de chance lui avait permis de deviner son emplacement, à l'aide de ses observations. Il avait eu raison de supposer qu'elle laissait toujours quelques braises chaudes dans la cheminée ; cependant, lorsqu'il avait ouvert les yeux sur l'intérieur de la demeure, il y faisait trop noir pour distinguer quoi que ce soit. Sans réfléchir, il remua la main pour lancer un charme de lumière.

Qui éclaira aussitôt la chaumière.

Et en conséquence de cette première découverte, Qown en fit une seconde : Relos Var utilisait la maison de Senera pour s'entretenir avec son amie vané. Car en cet instant même, ils se trouvaient tous les deux figés dans l'embrasure de la porte, entrant au ralenti dans la chaumière.

Frère Qown éteignit la lumière et s'arracha à sa divination pour retrouver le phare. Il s'appuya contre le dossier de son siège, le cœur battant. Avaient-ils vu la lumière ? Et s'ils l'avaient vue, devineraient-ils ce qu'elle signifiait ?

— Est-ce que ça va ? lui demanda Thurvishar.

Frère Qown voulut lui répondre, puis ferma la bouche, craignant que sa confession n'enfreigne les ordres du gaesh.

— Que savez-vous des vané ? préféra-t-il demander.

— Hmm… Qu'ils sont puissants, immortels… Mais parlez-vous des vané kirpis ou des vané manols ? Les vané kirpis subirent une terrible défaite des mains de notre peuple, et les vané manols se chargèrent de les venger au centuple. Ni les uns, ni les autres ne nous apprécient outre mesure, et qui oserait le leur reprocher ?

— Ils ne se ressemblent pas entre eux, si ? Je veux dire qu'il est possible d'identifier quelqu'un grâce à son apparence, n'est-ce pas ? Et ils ont des cheveux vaporeux, de toutes les couleurs de l'arc-en-ciel ?

— En général, oui. Mais je pense qu'il est raisonnable de supposer que certains se ressemblent plus que d'autres. Avez-vous vu quelqu'un en particulier ?

— Je l'ignore, avoua Frère Qown. La reine vané a-t-elle les cheveux bleus ?

— La reine vané… ? Vous avez le don de poser les questions les plus intrigantes qui soient. Attendez un instant ; je crois pouvoir trouver la réponse.

Thurvishar se dirigea vers une bibliothèque, et en revint quelques secondes plus tard avec un livre très mince intitulé *Familles royales des Grandes Races*.

— Voyons voir… La reine actuelle s'appelle Miyane, et elle a effectivement les cheveux bleus. Ils sont frisés, mais ce n'est pas étonnant, puisqu'elle est à demi kirpi. (Il haussa un sourcil.) Pourquoi ?

Qown grimaça :

— Je ne peux pas vous le dire.

— Je comprends. Eh bien, si vous avez trouvé la reine Miyane, je suis sûr que quelqu'un voudra le savoir, ne serait-ce qu'à cause de son époux, le roi Kelanis. Il vient d'arriver : personne ne sait grand-chose à son sujet.

Frère Qown se mordilla la lèvre.

— Pourriez-vous me ramener au palais ? Il faut que je… hem… que je vérifie quelque chose.

S'il se dépêchait, il reviendrait peut-être à temps pour espionner la conversation de Relos Var et de la reine vané.

— Avez-vous vu un éclair de lumière, vous aussi ? demanda la femme.

Relos Var fronça les sourcils en entrant dans la chaumière, et esquissa quelques gestes pour allumer des bougies aux quatre coins de la pièce.

— Oui, mais je ne suis pas sûr que… (Il s'interrompit et balaya l'endroit du regard.) Il n'y a personne. Peut-être était-ce la foudre, dans le lointain ?

— J'ai peur que cette entrevue n'ait été une très mauvaise idée, déclara la femme en tournant les talons.

— Mais non, la rassura-t-il. Vous n'enfreignez ni loi ni règle.

— Si c'était le cas, répondit-elle, je vous garantis que nous ne serions pas en train d'avoir cette conversation. (Elle désigna la demeure.) Quel est cet endroit ?

— L'une de mes élèves aime à s'y retirer. Elle est partie en mission, aussi y serons-nous à l'abri des oreilles indiscrètes[1].

La vané avala sa salive et détourna le regard d'un air malheureux. Elle semblait jeune, mais la crispation autour de ses yeux et de sa bouche la faisait paraître plus âgée.

— Vous l'avez trouvé ?

— Je vous en prie, asseyez-vous. Voulez-vous du café, du thé ? J'ai aussi de la liqueur, si vous préférez.

Elle tira une chaise et s'y assit.

— Vous l'avez trouvé ?

Il hésita, s'asseyant à son tour.

— Oui.

Elle poussa un soupir de soulagement.

— Je ne peux le sortir de l'endroit où il se trouve actuellement. Mais soyez assurée qu'il est en sécurité, en compagnie de gens qui le traitent bien.

Elle braqua sur lui un regard soudain brûlant de rage. Relos Var leva une main.

— Cela pourrait se révéler avantageux pour nous. De cette manière, nous évitons les manœuvres complexes empêchant mes différents « amis » de se croiser. Je devrais envoyer un cadeau de remerciement à Khaemezra.

— Khaemezra ! s'exclama la femme.

L'expression venimeuse qui se peignit sur ses traits aurait suffi à tuer un dieu.

— Oui. (Il sourit.) N'y a-t-il rien de pire que d'être trahi par sa propre famille ?

Les traits de la femme s'adoucirent, et elle émit un rire.

1. C'est aussi ce que j'aurais cru, à votre place…

— On peut dire cela, en effet. Ainsi, elle détient mon…

Elle se tut et pinça les lèvres.

Malgré lui, Frère Qown tressaillit. Il se demanda si elle s'était interrompue par prudence, ou si une force invisible l'avait empêchée de terminer sa phrase. Il était devenu assez perspicace pour déceler les nuances de ce type.

L'expression de Relos Var se fit compatissante.

— Je suis navré… Jamais je n'ai souhaité que vous vous retrouviez dans cette situation.

— Je m'en veux d'avoir imaginé que les dieux voudraient trouver une autre solution. Mais non… Toutes les autres races ont souffert. Pourquoi s'arrêter en si bon chemin ? (Elle inspira profondément pour se calmer.) En parlant d'affaires non résolues, avez-vous Valathea ?

Relos sourit et inclina la tête.

— Oui, je l'ai. Mais il n'a pas été facile de la reprendre aux prêtres devorans, permettez-moi de vous le dire.

Elle secoua la tête.

— Je ne comprends pas ce qu'ils espéraient accomplir, en l'enlevant.

— À leur décharge, je crois qu'ils l'ignoraient aussi. Ils savaient simplement qu'elle était importante. Mais passons… C'est aussi pour cela que je souhaitais que nous nous retrouvions ici.

Il se dirigea vers un placard et en tira un triangle enveloppé d'étoffe. L'ayant posé sur la table, il dénoua le tissu.

Qown battit des paupières, surpris. C'était… une harpe. Elle était de style ancien mais élégant, à doubles cordes, constituée de différents bois rares et splendides. La femme aux cheveux bleus se leva lorsque Relos Var apporta l'instrument, et elle tendit la main pour en caresser la console.

— Valathea, murmura-t-elle. C'est bon de vous revoir, ma reine.

— Si je puis me permettre, Votre Majesté, pourquoi ne pas vous en être emparée plus tôt ? Vous l'avez eue à portée de main durant des mois, après tout.

— Relos… Je ne suis pas autorisée à m'approprier les affaires d'un membre de la famille. En revanche, personne ne m'a dit que j'étais dans l'obligation de rendre ce que quelqu'un d'autre avait déjà volé.

— Qu'allez-vous faire d'elle ? interrogea le mage.

— Pour le moment, la laisser sous votre garde, répondit-elle. Je n'ai pas d'endroit sûr où la cacher. Lorsqu'ils l'ont prise, j'ai failli… eh bien… Il s'est avéré que je pouvais souffrir davantage que je n'avais déjà souffert, même si cela n'a pas été chose aisée. (Après un instant de silence, elle se pencha et lui prit les mains dans les siennes.) Promettez-moi que vous ne lui ferez aucun mal, Relos.

— Votre Majesté, croyez-moi, faire du mal à votre fils ne fait pas partie de mes projets. Il est bien trop important. (Il sourit.) Il va nous aider à détruire Quur. Nous avons besoin de lui.

Elle accueillit ces paroles comme une main venue la sauver de la noyade. Inspirant profondément, elle hocha la tête, puis embrassa Relos Var sur la joue.

— Merci.

À ces mots, elle se leva et ouvrit un portail, traçant les runes qui la ramèneraient chez elle, où que ce soit. Au Manol, sans doute, pensa Frère Qown.

Mais s'étant attardé après son départ, il était toujours là lorsque Relos Var s'enfonça dans son fauteuil, les traits déformés par la colère et les yeux dans le vague. Le magicien écrasa la coupe de métal qu'il tenait à la main jusqu'à ce qu'il n'en reste qu'une boule compacte, qu'il jeta dans le feu.

41

L'AMOUR D'UNE MÈRE

Colonie de Jorat, Empire de Quur.
Trois jours après l'échec du bluff de Kihrin face à Gadrith.

— Kihrin, est-ce que ça va ? s'inquiéta Janel.

Kihrin s'enfonça dans son siège et ferma les yeux.

— C'est vrai, ce que tu disais… Nous avons beaucoup de connaissances communes. Bah… au moins, je sais maintenant ce qu'est devenue ma harpe.

Janel l'observa fixement.

— Tu joues de la harpe ?

— Oui, je joue de la harpe. Et Valathea, c'était ma…

Kihrin se tut devant l'expression goguenarde de Janel. Puis il se souvint de ce qu'avait dit Teraeth au sujet de sa « faiblesse ». Il se racla la gorge.

— Ce n'est pas ce que tu crois. Teraeth est mon ami, c'est tout.

— Oh, j'en suis sûre, acquiesça Janel. Comment pourrait-il en être autrement ? Tu ne cours qu'avec les juments, après tout[1].

— Attendez, je ne comprends pas, reprit Qown. La personne que vous connaissez, c'est… une harpe ? Mes excuses. Je croyais que vous parliez de la reine Miyane.

1. Je retire ce que j'ai dit. Si quelqu'un est jaloux, c'est plutôt Janel.

Kihrin grimaça et se tourna vers Frère Qown.

— Ce n'était pas la reine Miyane. C'est vrai qu'elle a les cheveux bleus, et elles sont sans doute parentes, à en juger par les premières syllabes de leur nom… mais ce sont deux personnes différentes.

— Dans ce cas, de qui s'agit-il ?

Kihrin se frappa l'arrière de la tête contre le dossier de sa chaise, plusieurs fois.

— Vous l'avez dit : Relos Var adore s'attaquer aux gens par le biais de leurs familles. C'était ma mère. Et je vous aurais bien expliqué les méandres de mon arbre généalogique, mais il faut aussi prendre en compte la Pierre des Entraves… Nous ne resterons sûrement pas coincés ici plus de quelques semaines. Ce ne sera pas suffisant pour tout passer en revue.

— Elle avait l'air de s'inquiéter pour toi, fit remarquer Janel.

— Oui. Je suppose qu'elle a demandé son aide à Relos Var après mon enlèvement, lorsque les recherches lancées par mon père n'ont produit aucun résultat. Et Relos Var lui a dit ce qu'elle avait envie d'entendre. Je me demande ce qu'elle dirait, si elle savait qu'il avait envoyé un kraken me dévorer[1]. Il n'a aucune intention de me garder en vie et en un seul morceau. (Il secoua la tête.) J'aurais dû m'en douter. Merde ! J'aurais dû m'en douter. Bien sûr.

Janel et Frère Qown échangèrent un regard.

— Bon, reprit Janel. Eh bien, je suppose que c'est le moment de parler de ma mère à moi.

Récit de Janel. L'Au-delà.

Je sus ce qui s'était passé dès l'instant où je m'éveillai, dans l'Au-delà.

---

1. Quoi ? Certes, je sais que vous pourriez invoquer un kraken si vous en aviez envie, mais franchement… *pourquoi ?* Ça ne vous ressemble pas du tout.

— Bordel de fils de mule, marmonnai-je.

Je me demandai si j'étais vraiment morte, cette fois. M'avait-on fait avaler de la drogue ou du poison ? Je ne le découvrirais que lorsque je me réveillerais. Ou pas, justement.

QU'EST-CE QUE NOUS NOUS SOMMES TUÉS À TE RÉPÉTER, SUR TA FÂCHEUSE TENDANCE À FAIRE CONFIANCE À N'IMPORTE QUI ?

Je dégainai mon épée et me tournai pour faire face à Xaltorath. À sa voix, je sus aussitôt qu'elle n'avait pas l'intention de m'adresser un gentil sermon maternel sur l'importance de bien se tenir à table.

— Tu n'avais peut-être pas tort, pour une fois.

TA MORT NE FAIT PAS PARTIE DE MON PLAN. C'EST COMPRIS ? JE REFUSE QUE TU TE FASSES ÉLIMINER PAR UNE PETITE YORANE TROP GÂTÉE DONT L'AMBITION PRINCIPALE EST DE METTRE SON MOUFLET SUR LE TRÔNE.

— Écoute, je ne pensais pas que…

Du revers de la main, elle me frappa au visage. À le dire comme cela, on croirait voir le geste d'une femme noble envers un courtisan qui lui aurait déplu. Mais venant de Xaltorath, le coup me propulsa six mètres plus loin, et m'aurait tuée si nous nous trouvions dans le monde des vivants. Puis elle se rua sur moi, armée d'un glaive qui n'existait pas un instant auparavant.

Je lui entaillai le ventre de mon épée, mais sa plaie guérit immédiatement. Je la transperçai, pourtant elle agrippa ma lame, souriant lorsque le tranchant lui mordit la chair. Elle brisa l'épée en deux et en jeta les morceaux au sol, derrière moi.

JE VAIS ÊTRE OBLIGÉE DE TE DONNER UNE BONNE LEÇON.

Elle tendit la main vers moi.

— Je ne préférerais pas, intervint une voix.

Je criai lorsque Xaltorath referma sa main sur mon cou. Elle se retourna, m'entraînant avec elle. Une femme se tenait devant nous.

Je l'observai, bouche bée.

Elle avait la peau d'un brun rougeâtre et les cheveux noirs. Ses yeux ressemblaient aux miens. Elle n'avait ni laevos, ni marques équines, mais ces détails n'enlevaient presque rien à notre ressemblance. Contrairement à moi, cependant, elle était drapée des pieds à la tête dans une magnifique robe où se mouvaient des nuances de vert, de rouge et de violet.

Je sus aussitôt de qui il s'agissait. Il n'y avait pas de doute possible.

Tya, la déesse de la magie.

— Notre arrangement est terminé, Xaltorath, dit-elle. Après tout, tu avais promis de veiller à sa sécurité, et ce n'est pas du tout ce que tu as fait, n'est-ce pas ?

Xaltorath rit et me souleva dans les airs, ignorant mes gesticulations.

ALORS, VEUX-TU QUE JE LA TUE MAINTENANT, TYA ?

— Tu ne vas pas la tuer, répondit Tya en s'avançant vers nous, ou tu l'aurais déjà fait il y a des années de cela. Pourquoi ne pas nous battre ? Un tel combat suffira-t-il à satisfaire ton orgueil ?

Xaltorath ouvrit la main et me laissa tomber à terre.

ÇA NE SERA PLUS TRÈS LONG MAINTENANT. LES PROPHÉTIES VONT SE RÉALISER.

— C'est ce que tu prétends, en tout cas, riposta Tya. Nous verrons bien, pas vrai ?

EN EFFET.

Je me massai le cou, sonnée, puis regardai autour de moi, en quête des fragments de mon épée. Lorsque je relevai les yeux, Xaltorath avait disparu, et seule l'autre femme demeurait. Tya.

Je m'assis sur le sol, les jambes repliées sous moi. La femme se retourna.

— Janel…

— « Notre arrangement est terminé » ? répétai-je. De quel arrangement s'agit-il, dites-moi ? Et comment me connaissez-vous ?

— Janel, s'il te plaît, laisse-moi t'expliquer…

— C'est justement ce que je vous demande.

— Je suis ta mère, révéla Tya. Ta vraie mère.

Je luttai pour conserver mon sang-froid. La rage meurtrière qui m'avait envahie ne m'y aidait pas.

— Toute ma vie, on m'a dit que ma mère s'appelait Frena. Puis, plus récemment, qu'il s'agissait d'une danseuse. Vous ne ressemblez ni à l'une, ni à l'autre.

— Qui t'a dit que ta mère était… oh. Laisse-moi deviner : Relos Var[1] ? (Elle soupira et marcha jusqu'à moi.) Je suppose que cette description n'a pas toujours été erronée. C'était il y a bien longtemps, cependant.

Elle s'assit en face de moi, sans se soucier de la fange où traînaient les pans de sa belle robe. Je la dévisageai.

— Est-ce que vous avez la moindre idée de ce que Xaltorath m'a fait subir, au fil des ans ?

Ma mère détourna le regard, le visage empreint de douleur.

— Je… Je crois le savoir, oui. Rien de tout cela n'aurait dû se produire.

— Cela me réconforte beaucoup de l'apprendre.

Mon ton amer la fit grimacer.

— J'ai choisi tes parents avec le plus grand soin. Il s'agissait d'un couple bienveillant, qui désirait un enfant et qui t'aurait fourni une très bonne éducation.

— Je les aimais, avouai-je, la gorge serrée.

---

1. Pour être franche, j'aimerais beaucoup savoir comment une danseuse s'est retrouvée déesse de la magie. Sans rire.

— Et je me croyais si maligne, soupira-t-elle. Parce que même si je m'étais conformée aux prophéties, aux « recettes », avec ton père, j'avais aussi fait en sorte que tu sois difficile à trouver. Je n'ai pas essayé de te garder. Je ne t'ai pas confiée à quelqu'un que je connaissais. Sauf que, sans que je ne comprenne pourquoi, Xaltorath l'a su. C'est devenu évident lorsqu'elle a attaqué Lonezh. Alors, je me suis trouvée face à un choix : accepter l'accord qu'elle me proposait, ou la laisser te tuer sous mes yeux.

— Tu es une déesse, non ? (Je cessai d'examiner la paume de mes mains pour poser sur elle un regard assassin.) Tu es là, dans l'Au-delà. Tu as fait fuir Xaltorath. Elle t'a appelée Tya. Tu fais partie des Huit. Et pourtant, tu n'étais pas capable de repousser un démon isolé ?

— Ce n'est pas un démon isolé. C'est Xaltorath. Un million d'âmes hurlantes composent son identité, et certaines de ces âmes appartiennent à des dieux-rois[1]. J'aurais risqué de te détruire si je l'avais affrontée. Quand un démon tue, il dévore ses victimes ; il absorbe leurs âmes. On ne peut jamais être sûr de réussir à leur reprendre une âme, et lorsque le démon n'est autre que Xaltorath… (Tya secoua la tête.) Xaltorath ne se serait pas laissée faire. Alors, nous avons passé un accord.

— Et que voulait-elle ?

— Toi. Qu'on la laisse te voir. Et que je n'essaie pas d'intervenir.

Je fermai les yeux.

— Sais-tu pourquoi ? demandai-je.

---

1. Est-ce qu'on sait lesquels ? Je me permets une conjecture : est-il possible que Xaltorath ait été à l'origine un dieu-roi ? Peut-être que c'est pour ça qu'il « n'existait pas » quand Grizzst a mis leurs gaesh aux autres démons ? Cela dit, je croyais que l'action de Grizzst imposait des gaesh à tous les démons et à tous leurs rejetons futurs pour l'éternité… alors je me demande comment ce serait possible.

— Non, mais Taja m'assure que c'est bon signe. Je n'attends pas de toi que tu me pardonnes…

— Tant mieux.

Tya soupira.

— J'avais mes raisons.

Je me sentis submergée par un tumulte d'émotions. J'ignore pourquoi le champ où nous nous trouvions ne s'embrasait pas sous l'effet de ma colère. J'en voulais terriblement à Tya, ainsi qu'à Qoran Milligreest. Et pourtant, ils avaient tous les deux prouvé qu'ils étaient prêts à sacrifier des milliers de personnes pour me sauver. Mais pourquoi ? Dans quelle intention ?

Pourquoi étais-je si importante ? Parce que je correspondais aux exigences d'une prophétie démoniaque ? Parce que je m'étais « portée volontaire », dans une vie dont je n'avais aucun souvenir ? J'avais envie de leur hurler des insanités, à tous les deux. Je voulais les traiter d'imbéciles. Les prophéties n'étaient qu'un tissu de mensonges. Je le savais, parce qu'elles avaient été créées par les démons.

S'il y avait une leçon que j'avais retenue de l'éducation de Xaltorath, c'était celle-ci : les démons mentent. Toujours.

Je rouvris les yeux.

— Alors, c'est à cause de mon père que le duc Kaen ne m'a pas fait tuer. Et c'est à cause de toi que Relos Var ne m'a pas fait tuer. Parce qu'il aime se servir des familles de ses ennemis pour les atteindre.

— Oui.

— Est-ce que ton vrai nom est « Irisia » ?

Tya fronça les sourcils.

— Où as-tu entendu ce nom ?

— C'est une vieille femme nommée Wyrga qui m'en a parlé.

— Rares sont ceux qui se souviennent encore de mon vrai nom. Qui qu'elle soit, je pense qu'elle doit être bien plus vieille qu'elle n'y paraît.

— Et elle paraît déjà très vieille, complétai-je. Bien… Je sais que tu es ma mère, à présent. Tu peux partir.

Tya eut l'air à la fois surprise et peinée.

— Janel, j'avais pensé que…

— Que quoi ? Que nous fêterions nos retrouvailles ? Que je t'accueillerais à bras ouverts, en te disant que tu es la mère dont j'ai toujours rêvé ? La mère dont j'ai toujours rêvé est morte quand j'avais huit ans, tuée par les démons. Toi, tu m'as abandonnée. Tu pensais peut-être avoir de très bonnes raisons de le faire, mais cela ne change rien au résultat. Et lorsque tu m'as abandonnée, c'était pour de bon. Maintenant, il est trop tard pour dire que tout va bien, que tout est pardonné. Ce n'est pas le cas, et cela ne le sera jamais.

Ses traits se durcirent. Elle disparut.

Je hurlai dans le vide laissé par son départ.

— Messire comte ?

J'écarquillai les yeux et me levai à la hâte. En me retournant, je me trouvai face à Arasgon.

— Quoi ? Non… Que s'est-il passé ? Tu ne devrais pas être ici…

Je ne pouvais imaginer qu'une seule raison à la présence d'Arasgon dans l'Au-delà : il était mort. Mais alors que cette idée semait la panique dans mon esprit, je m'aperçus que son apparence avait changé.

Le feu brûlait au fond de ses yeux et autour de ses sabots. Ses rayures avaient disparu, et sa crinière s'était changée en une masse de flammes et d'étincelles. Je l'aurais pris pour un démon, si ce feu avait été bleu et non rouge. Cependant, j'aurais reconnu Arasgon entre mille. La courbe de ses flancs et de son encolure, la ligne douce de son nez… Ce n'était pas Xaltorath.

Il s'approcha de moi et pencha la tête pour me pousser l'épaule. Je l'enlaçai et me mis à pleurer.

— Qu'est-ce… Comment…

J'avais perdu la faculté de dire quoi que ce soit de cohérent.

— C'est ta mère, répondit-il. Elle a pensé que tu aimerais me voir, alors elle m'a montré comment te rejoindre ici[1].

Je n'avais même pas imaginé qu'une telle chose était possible, et je n'avais aucune idée de comment Tya avait pu s'y prendre. Mais j'étais prête à admettre que la déesse de la magie s'y connaissait sûrement mieux que moi.

— Si elle croit que je vais lui pardonner, simplement parce que…

Pourtant mes paroles moururent dans ma gorge. Parce qu'en matière de preuves d'amour, c'était un bon début.

Je sanglotai contre son pelage, jusqu'à ce qu'Arasgon en ait assez et me pousse d'un coup de tête.

— Bon, allez… J'aimerais bien courir.

— Tu as toujours envie de courir, répondis-je.

Le rire et les larmes se mêlèrent dans ma voix, et je m'essuyai les yeux. Il s'esclaffa silencieusement et hocha la tête.

— Courir est un des grands plaisirs de la vie. Vous, les deux-jambes, vous essayez toujours de tout compliquer avec vos devoirs, vos obligations, vos punitions. Vous feriez mieux de courir. Tu te souviens combien tu aimais ça, avant ?

— Et tout abandonner derrière moi ? répliquai-je. Je ne veux plus m'enfuir, Arasgon.

— Je te parle de courir. Pas de t'enfuir en courant, protesta-t-il.

Je sentis mon rire résonner dans ma poitrine, tout en caressant son nez plus doux que le velours. Non, je n'allais plus m'enfuir. L'espace d'un instant, toutefois, je regrettai mon canton de Tolamer. Je l'avais abandonné, en me promettant que c'était nécessaire pour le sauver.

Et je songeai à ce que ma mère avait fait pour moi.

D'accord, j'étais hypocrite. Nous le sommes tous, non ?

1. C'est un mage. Ça veut dire que c'est un mage ! Pourquoi est-ce que personne ne m'a dit que ces fichus flammesangs pouvaient devenir magiciens ?

Une autre pensée me traversa alors l'esprit.

— Attends… Es-tu avec Dorna ? Dans le monde des vivants, je veux dire ?

Arasgon opina.

— Et Talaras, Sire Baramon et Ninavis. Nous nous cachons, pour le moment, parce que nos têtes sont mises à prix. (Il retroussa les lèvres.) Imbéciles de deux-jambes.

— Imbéciles de deux-jambes, tu l'as dit, murmurai-je. Penses-tu que tu pourras revenir ici ? Puisque Tya t'a montré comment faire ?

— Elle ne m'a pas vraiment montré comment faire. Elle m'a dit que, quand tu t'endormirais, je le saurais, et que j'aurais la possibilité de te rejoindre si je le souhaitais. Ce ne sera peut-être pas possible toutes les nuits ; cela dépendra des moments.

J'ouvris de grands yeux. J'avais désormais le moyen de communiquer avec Ninavis et Dorna. J'avais une manière de leur transmettre des messages, et les renseignements que j'avais glanés en observant la carte du duc, sur le mur de son salon privé. Même si je ne venais pas en aide à Kaen, je pouvais reprendre ses projets à mon compte. Et s'ils étaient persuadés que je l'aidais…

Bon. J'allais devoir trouver un moyen d'examiner ses cartes et ses plans, n'est-ce pas ? N'étais-je pas Janel « Danorak » ? Il était temps de tourner cela à mon avantage.

J'eus un large sourire.

— Parfait. Dans ce cas, nous avons du pain sur la planche. Nous allons voler une rébellion.

Je ne demeurai pas dans l'Au-delà aussi longtemps qu'à mon habitude, car j'avais perdu connaissance, plutôt que de m'endormir. Je fus soulagée de me réveiller : je n'étais pas morte.

Ce soulagement dura environ cinq secondes, au terme desquelles je m'aperçus que j'étais entourée de blanc.

De la neige. La neige tourbillonnait autour de moi, et la glace s'étendait sous mon corps. Je tentai de me lever, ce que rendit plus délicat le fait que j'étais allongée dans une flaque. La glace était terriblement glissante.

Veixizhau m'avait fait jeter en dehors du château, dans le blizzard qui entourait le Demesne de Glace. Une eau glacée avait imbibé ma robe de laine ; bien loin de me protéger, le vêtement me rendait plus vulnérable encore.

Je remarquai alors un autre détail. Je n'avais pas froid. Senera m'avait volé ma force, mais pas mes pouvoirs magiques.

Je me mis à rire, et ce bruit s'éleva dans les airs, porté par les violentes rafales de vent qui se déchaînaient autour de moi. Je venais de comprendre qu'avec un père khorvesh et une mère immortelle, j'étais plus « Sang de Joras » que quiconque. Je n'étais pas une sorcière aux yeux de mon peuple. Seulement vis-à-vis du reste de Quur, pour qui la seule chose qui comptait était que je sois une femme.

La neige m'empêchait de voir à plus de quelques mètres devant moi, mais une série de glapissements retentit non loin de là. Je reconnus ce son, que j'avais entendu dans mes plaines natales : il s'agissait de hyènes. D'ailleurs, j'avais vu des hyènes blanches dans la salle de réception du palais, plus grandes et plus velues que leurs cousines du Sud.

Les hyènes pouvaient se révéler dangereuses : j'ignorais la taille de leur clan. Je pensais pouvoir en repousser une ou deux assez facilement, mais si leurs mœurs étaient similaires à celles de leurs parentes jorates, je pourrais bien me trouver face à trente ou quarante de ces maudites créatures. Je commençai à distinguer des silhouettes à travers le voile de neige. Elles s'approchaient.

Un nouveau cri s'éleva, puis s'arrêta net.

Un coup de tonnerre déchira le ciel, et le sol se mit à trembler. Les nuages gris s'écartèrent, et la neige cessa de tomber autour de moi. Un lambeau turquoise lézarda le ciel, de l’horizon au zénith, comme des rideaux s’ouvrant sur le commencement du monde.

Et dans cet interstice apparut le dragon de glace, Aeyan’arric. Elle se dirigeait droit sur moi.

42

Les louveteaux

Colonie de Jorat, Empire de Quur.
Trois jours après que Xaloma, le dragon de l'Au-delà,
tenta d'engloutir la mauvaise âme.

— Vous ne croyez pas que vous vous êtes montrée un peu dure envers votre mère ? glissa Dorna.

Janel lui lança un regard acéré.

— Non. Pas du tout.

— Mais quand même…

Janel leva une main pour l'arrêter.

— Vous savez que je vous adore, Dorna, alors s'il vous plaît, essayez de ne pas trop me rappeler que vous travaillez pour Tya depuis le début, et que vous ne m'avez jamais avoué la vérité.

Dorna soupira et scruta le fond de sa chope d'un air abattu. Étoile passa un bras sur ses épaules. De l'autre côté du comptoir, Ninavis se pencha pour pousser Qown du doigt.

— Ah, oui, dit-il en rouvrant son journal.

Récit de Qown. Le Demesne de Glace, Yor, Quur.

Lorsqu'il n'étudiait pas Âtremonde à Shadrag Gor, Frère Qown avait repris ses quartiers dans la bibliothèque du Demesne de Glace. Mais un événement imprévu vint interrompre son travail.

La porte de la bibliothèque s'ouvrit, laissant entrer plusieurs hommes. Frère Qown ne leva pas aussitôt les yeux de ses écrits, concentré sur sa description des variations thermiques appliquées à la clairvoyance. Puis quelqu'un attrapa son cahier.

— Qu'est-ce donc ? (L'intrus – un grand et séduisant Quuro – feuilleta le livret.) Êtes-vous vraiment en train d'écrire sur le rendement annuel des différents types de céréales ?

Frère Qown se leva, glissant discrètement Âtremonde dans son agolé. Son sang se glaça lorsqu'il reconnut Sire Oreth. Il ne connaissait pas les autres hommes, mais il en savait assez pour comprendre qu'ils étaient issus de familles royales… à l'exception d'un jeune homme à la peau plus claire, qui semblait à demi yoran.

— Mes excuses, dit Frère Qown en s'inclinant. Mais j'effectue des recherches sur les ordres de Relos Var.

Non, il n'écrivait pas sur le rendement des champs de céréales ; mais l'un des sorts qu'il avait appris en premier consistait à dissimuler ses écrits sous l'illusion d'un charabia ennuyeux. Il l'utilisait très régulièrement.

— Oh ! Voyez comme il est timide, Darzin, gloussa Sire Oreth. C'est le prêtre qui sert de laquais à Janel Theranon, celui auquel Relos Var a mis un gaesh. Il le garde en otage pour garantir la bonne conduite de Janel.

— Il n'aura plus besoin de se préoccuper de cela, à présent, fit remarquer le jeune Yoran. C'est une triste plaisanterie que d'avoir reçu un gaesh pour rien.

Darzin leva les yeux au ciel.

— Exidhar, vous auriez besoin d'une petite leçon de subtilité.

Frère Qown eut soudain la chair de poule.

— Pardonnez-moi, messires, mais je ne comprends pas de quoi vous parlez.

— Oh, rien du tout, répondit Oreth avec un sourire en coin. (Puis il croisa les bras et affecta un frisson.) Brrrr !

Les autres hommes s'esclaffèrent. L'angoisse qui étreignait Frère Qown se mua en véritable panique.

— Êtes-vous en train de sous-entendre que quelque chose est arrivé au comte Tolamer ?

Sire Oreth répondit :

— Ce n'est plus un comte, à présent. Elle n'est même pas jorate. (Il sourit franchement.) Elle n'est plus rien.

— Laissez-nous, ordonna Darzin. Nous sommes venus ici pour y être tranquilles.

Frère Qown se pencha pour ramasser son matériel. Darzin plaqua la main sur ses pinceaux.

— Partez, insista-t-il.

Frère Qown se redressa et tendit la main.

— Bien sûr, messire. Mais je vais avoir besoin de tout cela. Relos Var attend mon rapport.

Darzin baissa les yeux sur le livre, puis regarda la cheminée.

— Non, je vous en prie…

Hilare, Darzin lança le cahier dans l'âtre. Frère Qown se précipita pour le récupérer, mais le D'Mon lui agrippa les épaules.

— Relos Var attend votre rapport, c'est cela ? Vous allez devoir lui dire que vous avez trébuché et que votre livre est tombé dans la cheminée… Que vous êtes maladroit !

Frère Qown cessa de se débattre, sachant que c'était ce que le noble attendait de lui. Le prêtre se redressa, puis s'inclina face à Darzin D'Mon.

— Merci, messire.

Darzin le regarda fixement.

— Quoi ? Vous n'aviez pas besoin de ce cahier ?

— Oh, si, messire. Grand besoin. Et lorsque je dirai à Relos Var ce qui s'est passé, il saura que je dis la vérité. Mais vous m'avez administré une leçon édifiante sur la nécessité de se détacher des choses matérielles, y compris les livres. Il n'y avait rien, sur ces pages, qui ne puisse être reproduit. Je vous remercie de l'avoir rappelé.

Et il s'inclina derechef[1].

Décontenancé, Darzin finit par lever les yeux au ciel.

— Fichez-moi le camp.

Frère Qown se mit en quête de Thurvishar.

— Je crois qu'ils ont fait quelque chose à Janel, dit Frère Qown dès que Thurvishar lui ouvrit la porte de ses appartements.

Il s'engouffra à l'intérieur, sans lui laisser le temps de répondre.

— Attendez… De quoi parlez-vous ?

Frère Qown s'efforça de se calmer. Il ne savait même pas si Janel était encore en vie. Mais si Relos Var avait raison…

S'il avait raison, Janel devait vivre. Ils avaient tous besoin qu'elle vive.

Il secoua la tête :

— Je prenais des notes dans la bibliothèque de l'aile sud lorsqu'un noble D'Mon m'a interrompu. Darzin et ses compagnons. Sire Oreth en faisait partie, d'ailleurs…

— Les Louveteaux.

Frère Qown s'interrompit.

— Pardon ?

— C'est le nom que nous donnons aux amis d'Exidhar : les Louveteaux. Le fait que Darzin se trouve désormais parmi eux ne me surprend pas le moins du monde. Lui non plus

1. Je pense que transformer Darzin en tas de boue aurait été plus satisfaisant, mais le plonger dans une confusion inextricable n'est pas désagréable non plus.

n'a jamais dépassé l'adolescence. (Thurvishar parut las.) Qu'est-ce qu'ils ont fait ?

— Exidhar et Sire Oreth ont tous les deux fait des allusions ironiques au fait que Janel serait en danger dans un endroit très froid.

— À ce que je sais, on l'a laissée avec les épouses. (Thurvishar rit.) L'atmosphère doit être glaciale, en effet.

— Non, vous ne comprenez pas… J'ai utilisé Âtremonde pour consulter tous les feux du palais. Elle n'y est pas. Je ne l'ai trouvée nulle part.

Thurvishar cessa de sourire.

— Est-il possible qu'elle se soit échappée ?

Frère Qown cilla. Cette idée ne lui avait pas traversé l'esprit. Oui, c'était possible. Janel pouvait tenter de s'évader quand elle le souhaitait ; elle, elle ne portait pas de gaesh.

Il secoua la tête.

— Non. Elle… Elle ne serait pas partie sans moi.

— En êtes-vous certain ?

Frère Qown acquiesça.

— Absolument. Et si c'était le cas, ils n'auraient pas eu l'air si contents d'eux. Quelque chose de terrible lui est arrivé, et ces hommes y sont mêlés.

— Allons voir le honn.

43

Les grottes de feu

Colonie de Jorat, Empire de Quur.
Trois jours après la découverte par Kihrin D'Mon
qu'il est possible de fabriquer des talismans pour autrui
… contre leur gré.

— Darzin a toujours été quelqu'un de formidable, pas vrai ? lâcha Kihrin en secouant la tête.

— Thorra, dit simplement Janel.

— Oui, acquiesça-t-il avec un petit rire froid. Thorra, c'est ça.

— Il m'a l'air d'un sacré numéro. (Ninavis bâilla en examinant sa chope.) Je crois que je vais refaire du café.

Elle s'éloigna en direction de la cuisine. Janel la suivit du regard, l'air soucieux. Kihrin n'arriva pas à déterminer si le problème était lié à Ninavis, ou s'il était plus général.

— Est-ce que ça va ? demanda-t-il en lui serrant doucement la main.

— Ce n'est pas Thurvishar que nous attendons, annonça soudain Janel. C'est Relos Var.

La tablée tout entière se tut, estomaquée. Kihrin retira sa main.

—Janel ! (Frère Qown se leva.) Nous étions en train d'expliquer le contexte…

Dorna ajouta :

—Si j'étais vous, je n'aurais pas…

—Silence ! dit sèchement Janel. (Elle se tourna vers Kihrin.) Khoreval n'est plus en notre possession. Je l'ai eue pendant un temps, mais Relos Var l'a récupérée. Alors, nous avons conclu un marché. Si je te convaincs de nous aider à tuer Morios, il nous donnera Khoreval. Nous avons besoin des deux armes pour accomplir cette tâche. C'est ça qu'il fallait que je te dise, conclut-elle à mi-voix.

Kihrin ne savait pas quoi penser, mais l'expression de Janel ne lui permettait pas de douter de son sérieux. Elle avait vraiment prévu de le trahir.

Du moins, cela lui aurait fait l'effet d'une trahison.

Il quitta son siège, sans vraiment savoir quoi faire. Il savait seulement qu'il devait faire quelque chose.

—Kihrin, je t'en prie…

Il se retourna brusquement et désigna le plafond.

—Si toi et Var travaillez ensemble, pourquoi est-ce que la fille que j'ai eue dans une autre vie nous attend à l'extérieur ? C'était simplement pour m'empêcher de partir, peut-être ?

—Var a dû deviner que j'allais dire à Janel la vérité sur le Père Zajhera, dit Qown d'un ton pensif. Puisque les gaesh ont tous été brisés, rien ne m'empêchait plus de le faire.

—Ce qui me conduirait à révéler ce que je savais, moi aussi. Mais Relos Var ne sait pas que Thurvishar est notre allié, expliqua Janel. Nous l'avons laissé à Atrine, au cas où les choses tourneraient mal[1]. Et dès que Thurvishar apercevra le moindre signe de l'arrivée de Morios, il ouvrira un portail pour nous rejoindre ici.

1. Rétrospectivement, nous aurions vraiment dû deviner qu'ils allaient s'associer.

— Donc… J'aurais pu partir n'importe quand, avec l'aide de Thurvishar ?

— Attendez… C'est vrai ? Nous aurions pu partir depuis le début ? demanda Dorna en écho.

Elle semblait aussi surprise que lui. Kihrin ignora la vieille femme et continua de dévisager Janel d'un air furieux.

— Dis-moi que tu ne savais pas que Relos Var allait nous envoyer Aeyan'arric pour nous piéger ici.

— Je jure que je ne le savais pas, répondit-elle. Je ne savais même pas qu'Aeyan'arric était revenue à la vie. Relos Var m'avait affirmé que ce serait le cas, mais je n'avais aucune idée que ce serait si rapide.

Kihrin serra les dents, luttant pour réprimer sa fureur.

— Et tu voudrais que je te fasse confiance, c'est ça ? Tu as révélé à Relos Var où je me trouvais. Ce n'est pas mon ami, Janel. Me concernant, ses intentions n'ont rien de pacifique.

Janel parut sur le point de protester, inspira profondément avant de reprendre la parole.

— Même si c'était le cas, cela n'aurait pas d'importance, dit-elle. Il est comme un fermier qui élève du bétail. Le fermier peut aimer un cochon, lui donner un nom, des caresses et des friandises… mais il l'abattra tout de même une fois l'automne venu. Même s'il t'aimait, même s'il m'aimait, moi… cela ne l'empêcherait pas de nous tuer, s'il pensait que c'était nécessaire.

— Voilà… et le fait d'avoir été aimé doit beaucoup consoler les cochons.

— Cependant, intervint Qown, je le connais désormais assez bien pour affirmer avec certitude qu'il ne tue jamais sans motif. Les prophéties semblent toutes indiquer que Morios sera vaincu… et nous n'avons aucune raison de douter que Relos Var souhaite nous aider à y parvenir.

— Maintenant que vous le dites, je me sens beaucoup mieux, lança Kihrin d'un ton hargneux. Ah non, attendez… Ça ne change rien !

— Qown, envoyez un message à Thurvishar. Dites-lui d'ouvrir un portail jusqu'ici, pour que Kihrin puisse partir.

Janel se massa les tempes, en étudiant le bois du comptoir.

— Mais…, répondit Qown en écarquillant les yeux. Le… Le dragon… Il y a actuellement deux cent cinquante mille personnes à Atrine…

— Nous n'aurions jamais dû mentir à Kihrin pour qu'il accepte de nous aider. Je ne sais pas pourquoi je ne m'en suis pas rendu compte immédiatement.

— Parce qu'il y avait deux cent cinquante mille personnes à sauver, mon poulain, dit Dorna.

Étoile, lui, haussa un sourcil.

— Alors, tu vas partir ?

— Oh, toi, ne commence pas, rétorqua Kihrin.

Il se rassit et fit signe à Qown de remettre Âtremonde dans son agolé.

— Rangez-moi ça. Je reste.

Janel lui adressa un regard abasourdi.

— C'est vrai ?

— Pour… quatre raisons, précisa-t-il en avalant ce qu'il restait de son café froid. D'abord, parce que je suis venu ici pour te trouver, et même si je ne suis pas ravi du tour qu'ont pris les événements, je refuse de partir sans toi. Deuxièmement, parce qu'il n'est pas question que je me retrouve à fuir Relos Var, alors que c'est moi qui détiens Tueuse de Dieux. C'est lui qui devrait fuir devant moi. Troisièmement, parce que j'aurai vraiment l'impression d'être un salaud si Morios existe vraiment, et que j'ai abandonné tous ces gens à leur triste sort.

— Et la quatrième raison ? demanda Janel.

Il grimaça.

— Vous ne pouvez pas arrêter de raconter l'histoire maintenant… Il faut que je sache ce qui va se passer.

Janel ne rit pas, mais elle reprit son récit.

Récit de Janel. Non loin du Demesne de Glace, Yor, Quur.

— **Tu es dans mon royaume!** hurla Aeyan'arric en volant dans ma direction. **Tu n'es pas la bienvenue ici, intruse!**

Elle semblait encore plus gigantesque que dans mes souvenirs. Son corps était d'une blancheur éclatante, et ses yeux intensément bleus. Son ventre écailleux était parcouru de nuances changeantes aux reflets d'azur et de turquoise, une danse lumineuse évoquant le chatoiement de la glace. Aeyan'arric était éblouissante de clarté, et cependant, elle projetait une ombre noire tout autour d'elle. Les nuages se dissipèrent, révélant les contours scintillants du palais au-dessus de ma tête. Lorsque Cherthog avait construit ce château, il avait décapité une montagne, afin d'y édifier cette immense pyramide de marbre et de cristal.

Quelque part, tout là-haut, Veixizhau m'avait jetée d'un balcon, afin que je glisse sur la paroi du palais étincelant comme un vulgaire déchet, et que je meure gelée dans le blizzard.

Par miracle, j'avais survécu à la chute et au froid… et il me semblait comprendre pourquoi.

Cependant, mon endurance vis-à-vis du froid ne m'empêcherait pas d'être déchiquetée par des griffes à moitié aussi grosses que moi.

— Je suis désolée! criai-je, ne sachant pas quoi dire d'autre. Y a-t-il un chemin pour remonter vers le château? Je vais partir tout de suite.

Elle m'observa de ses yeux azurés et déments, retroussa les babines et ouvrit grand sa gueule. Un instant plus tard, elle ferait quelque chose dont je risquais fort de ne pas me remettre.

Je bondis sur le côté, cherchant désespérément un abri. Au même moment, un faisceau d'air glacé et de neige me parvint de sa direction. Je frémis, manquant de justesse d'être emprisonnée dans un étau de glace. Soudain, j'eus froid, pour la première fois depuis mon réveil. Je me mis à trembler, transie jusqu'aux os.

Devant moi, la glace frissonna et se fendit ; elle venait d'y planter ses griffes, creusant de profonds sillons dans cette surface miroitante.

Du feu, pensai-je. *Il me faut du feu.*

Malheureusement, je ne disposais d'aucun combustible, à l'exception d'une robe trempée. Veixizhau m'avait pris tous mes bijoux, de ma ceinture à mes épingles de coiffure ornées de pierreries. Nous nous trouvions sur le versant d'une montagne d'eau gelée, qui ne pouvait évidemment pas brûler.

Je n'aurais donc qu'une seule chance de m'en sortir… et mon seul espoir était l'effet de surprise.

Je retirai vivement ma robe et la lançai en l'air. Elle gela entièrement dès l'instant où elle ne fut plus en contact avec ma peau, mais cela n'avait pas d'importance. Je l'enflammai.

Le dragon sursauta, surpris.

Et durant cet instant d'étonnement, je me mis à courir.

En réalité, je glissai plus que je ne courus ; sous mes pieds, le glacier formait une pente escarpée. Je suis sûre que je devais paraître ridicule, nue et sans armes. Je n'aurais pu être plus vulnérable.

C'est pourquoi la fuite m'avait semblé être la meilleure solution. Arasgon aurait été fier de moi. Dorna aussi.

À la base de la montagne, le glacier se terminait par une crevasse. J'espérai qu'elle serait trop étroite pour permettre au dragon de me suivre… même si elle ne me protégeait pas de son souffle glacé.

Cependant, je n'avais rien à perdre.

En écoutant les hurlements furieux d'Aeyan'arric, je songeai que la colère de Xaltorath n'était peut-être pas tout à fait injustifiée. J'avais de grandes chances de mourir ici, sans rien réussir de ce que je souhaitais accomplir. En réalité, il était déjà incroyable que j'aie survécu aussi longtemps.

Je bondis dans la crevasse, au moment où l'ombre d'Aeyan'arric me rattrapait. Elle n'était qu'à quelques secondes derrière moi. Je trébuchai et criai lorsqu'un éclat de glace tranchant me déchira le tibia ; la preuve que je n'étais pas immunisée aux blessures ordinaires.

Aeyan'arric tenta de m'attraper en glissant ses griffes dans la fissure, mais celle-ci était effectivement trop mince pour elle. Grattant furieusement, elle détacha d'énormes blocs de glace des bords de la crevasse ; mais ils laissèrent bientôt place à des étincelles, lorsque ses griffes rencontrèrent le granit. Je rampai en arrière, dessinant sur le sol une traînée de sang et de glace fondue par la chaleur de mon corps.

Puis l'assaut cessa. J'entendis battre ses ailes. Elle s'éloignait.

J'attendis.

Je ne regagnai pas l'ouverture pour m'assurer qu'elle était bien partie. Je ne suis pas une imbécile. Mais je restai assise dans la caverne durant plusieurs minutes. J'écoutai, nue et grelottante. Le froid était tel qu'il aurait tué n'importe qui d'autre, ou presque.

J'entendis alors un bruit de pas derrière moi. Au même instant, une douce lueur projeta des ombres sur la paroi qui me faisait face. Je fis l'effort de m'accroupir.

Une femme entra dans la grotte, tenant une lanterne d'une main et un long sabre incurvé de l'autre. Sa peau sombre avait un reflet gris-bleu, et ses cheveux noirs étaient entremêlés en mèches épaisses, évoquant la laine feutrée. Elle était vêtue d'une cotte de mailles, sous un manteau constitué de plaques de métal imbriquées. Elle paraissait khorvesh ; mais surtout, elle semblait… gelée. Son visage était cerclé de givre, et des flocons de neige brillaient sur ses cils noirs.

Elle semblait aussi tout à fait morte ; mais cet état ne paraissait pas la déranger outre mesure.

— Tiens, tiens, dit la femme. Qu'est-ce que la petite Aeyan m'a apporté, aujourd'hui ? Ce n'est pas un endroit pour vous, jeune fille. (Elle sourit.) Mais le fait que vous ayez survécu jusqu'à maintenant tient de l'exploit. Surtout dans cette tenue[1].

— Qui…, articulai-je en grelottant. Qu-qui êtes-vous ?

La morte me fit signe de la suivre.

— Je suis Xivan Kaen. Venez… Je vais vous trouver quelque chose à vous mettre sur le dos.

— Je croyais…

Je me raclai la gorge en suivant la femme dans les profondeurs de la crevasse, qui s'était transformée en une véritable caverne, faite non plus de glace, mais de roche.

— Pardonnez-moi. Je croyais…

— Laissez-moi deviner. Quelqu'un vous a dit que la duchesse Xivan Kaen était morte. (Elle haussa les épaules.) Ils ne vous ont pas menti, vous voyez ? Et vous, qui êtes-vous ? (Elle tira une écharpe de sa ceinture.) Tenez. Pour votre jambe.

— Janel Theranon, répondis-je en me frottant les bras. Et merci.

Je me baissai pour nettoyer la coupure, puis enroulai l'écharpe autour de mon tibia. Il me faudrait le bander proprement, mais le moment paraissait mal choisi.

— Et que venez-vous faire ici ? Je vous avoue que je suis contente d'avoir de la visite ; personne n'est jamais arrivé de ce côté-là des grottes, auparavant. Vous avez eu de la chance que le bruit se répercute dans les tunnels.

— J'ai bien peur qu'une des épou… hum.

1. Ou cette absence de tenue, justement.

— Une des épouses du duc… Je sais qu'il s'est remarié, m'assura-t-elle.

L'idée ne semblait pas la réjouir.

— Oui, voilà. À vrai dire, je n'ai aucune idée de quelle mouche l'a piquée. Elle a découvert…

Je m'interrompis, ne sachant pas si je devais en dire davantage. Xivan haussa un sourcil.

— Il faut vraiment que vous appreniez à finir vos phrases. Elle a découvert… ?

Je la dévisageai. Elle était khorvesh. Une Khorvesh morte, assassinée par des Yorans. Par conséquent, je ne pensais pas qu'elle réagirait comme eux en apprenant mon « célibat ».

— Elle a découvert que je n'étais pas vraiment mariée. Ensuite, elle m'a droguée et m'a jetée dehors, afin que j'y meure de froid. Je ne comprends pas vraiment pourquoi.

— Intéressant, commenta Xivan. Et à qui n'êtes-vous pas vraiment mariée ?

Je me raclai la gorge avant de répondre :

— À Relos Var.

Elle eut un rire bref.

— Ah, oui… Relos Var. Je l'ai connu, il y a bien longtemps. D'ailleurs, c'est à lui que je dois d'être…

Xivan désigna son propre corps.

— Je croyais que c'étaient les Yorans qui… ?

— Oh, Var ne m'a pas tuée. Il m'a ramenée à la vie… ou quelque chose d'approchant, en tout cas. En échange, il a récolté un duc. (Elle fronça les sourcils.) Je sais pourquoi vous avez été abandonnée dans le blizzard. Il semble que l'une des épouses de mon mari soit une fidèle de la reine-sorcière Suless.

— Je ne comprends pas.

Elle s'approcha de moi.

— Dites, est-ce que vous faites cela délibérément ? Vous êtes très… chaude.

J'eus un geste d'impuissance.

— Je ne fais rien du tout.

— Ça aussi, c'est très intéressant. (Xivan regarda la lueur de la lanterne jouer sur la paroi de la caverne.) Dans l'ancien temps, avant que nous – les Quuros – n'arrivions ici, la reine-sorcière Suless avait passé un accord avec ses fidèles. Elle était prête à exaucer n'importe quel vœu formulé par les femmes qui la vénéraient, mais seulement si elles lui sacrifiaient l'une de leurs semblables ; seulement, cette dernière ne devait pas avoir été mariée. En général, les femmes sacrifiaient leurs filles… or, en réalité, rien n'exigeait que la victime soit un membre de leur famille.

— Je n'ai pas l'impression d'avoir été sacrifiée, répondis-je.

Mais je me souvins aussi d'avoir entendu les glapissements moqueurs des hyènes qui se rapprochaient, et m'interrogeai… Que se serait-il passé, si Aeyan'arric n'était pas arrivée ?

— Heureusement que Suless est morte, n'est-ce pas ? (Son regard se fit pensif.) Mais il est très difficile d'éliminer totalement une religion. Les gens perpétuent encore les vieilles traditions. Ils considèrent les hyènes et les ours comme des animaux sacrés, car il s'agissait des symboles de Suless et Cherthog. Les hommes s'empressent aussi de marier leurs filles dès qu'ils en ont l'occasion. Ils ne se souviennent sans doute même pas qu'autrefois, cette pratique servait à s'assurer qu'elles ne servent pas d'offrandes à la reine-sorcière… en échange d'un vœu qui risquait fort de leur nuire.

— Quelle barbarie… Laissez-moi deviner : les sacrifiées étaient abandonnées dehors, dans le froid ?

— Oui, pour y être dévorées par les hyènes des neiges… ou pire encore. Suless mangeait des bébés : n'importe qui vous le confirmera. Personnellement, je doute que ce soit vrai. Les vieilles histoires ne racontaient pas d'où provenaient les mères-sorcières. Voyez-vous, Suless avait ses propres prêtresses – des sorcières, naturellement – qu'elle avait créées en façonnant la neige, et qu'elle envoyait épouser les chefs de clan qui s'étaient attiré ses faveurs.

Je reniflai, incrédule.

—Elle les créait… en façonnant la neige ?

—Moi, je pense qu'elle récupérait toutes ces jeunes filles sacrifiées et qu'elle les élevait elle-même, avant de les renvoyer dans les clans pour y devenir ses agents personnels et sa police secrète. Après tout, si Suless avait vraiment été capable de créer des sorcières à partir d'eau gelée, Yor n'aurait pas perdu la guerre.

—Qu'est-il arrivé aux mères-sorcières, alors ?

Je repensai à ce qu'avait dit Bikeinoh : Wyrga prétendait être la dernière de ces prêtresses.

—Quur les a toutes éliminées, bien entendu. (Elle agita la main.) Cela s'est passé il y a des décennies, bien avant votre naissance.

—Mais si les mères-sorcières n'existent plus depuis longtemps, qui a pu expliquer à Veixizhau comment me sacrifier à Suless ?

—Ah, c'était elle ? (Elle sourit.) Peut-être me suis-je trompée. Peut-être vous a-t-elle jetée dehors et laissée pour morte par pure jalousie. Mais vous avez dit que le fait de ne pas être mariée avait paru l'intéresser. Ses raisons ne devaient pas être celles auxquelles on s'attendrait de la part d'un homme, alors je tire des conclusions ; hâtives, peut-être. Restez bien plaquée au mur de gauche. Quoi qu'il arrive, ne vous approchez surtout pas de l'entrée de cette grotte, à droite.

—Pourquoi, que contient-elle ?

Les rayons de la lanterne projetaient des ombres longues sur la caverne en question.

—La mort.

Elle désigna l'endroit où la grotte s'ouvrait sur une salle de taille moyenne. Une fumée bleue flottait au ras du sol, à notre droite.

Je me redressai.

—J'ai déjà vu cette fumée.

— Dans ce cas, vous savez à quel point elle est redoutable. (Elle montra le passage de gauche.) Par ici, il n'y a pas de danger.

Je m'exécutai. Je n'avais pas besoin d'en entendre davantage. J'avais reconnu la fumée ensorcelée vue à Mereina.

Tandis qu'elle marchait, le sol se fit de plus en plus lisse et aisément praticable.

— Restez à gauche. Nous allons passer devant une autre grotte dangereuse.

Nous cheminions sur une mince corniche, surplombant un à-pic vertigineux s'ouvrant sur notre droite. En temps normal, je n'aurais pas été capable de percer l'obscurité ; mais quelque chose, en bas, émettait une douce clarté. Je vis la fumée bleue flotter au sol, serpentant entre des ruines abandonnées. Puis je découvris la source de la lumière.

C'était une lance.

Une lance dorée, posée sur un support, au centre de la grotte.

— Qu'est-ce que c'est ?

Je m'étais arrêtée, fascinée.

Je feignais l'ignorance, mais j'avais reconnu la lance que m'avait montrée Thaena. Et une fois que j'aurais trouvé un moyen de voler Khoreval, j'aurais effectué la partie la plus facile de ma mission.

Je n'étais pas inconsciente au point de croire qu'il me serait aisé de terrasser un dragon[1].

— Une mort plus lente que celle qu'on trouve dans la grotte précédente, répondit Xivan.

Soit elle n'avait pas l'intention de répondre à ma question, soit elle l'avait mal comprise.

— Je suis la seule à pouvoir me rendre là-bas sans m'écrouler raide morte… puisque je le suis déjà. Vous,

1. C'est même presque impossible. À mon avis, certains dragons ne peuvent tout simplement pas être tués.

en revanche… si la fumée ne vous tue pas, la roche s'en chargera.

Je l'observai, curieuse.

— La roche ? Que voulez-vous dire ?

— C'est une malédiction inventée par l'Académie, pour pallier le fait que les Yorans étaient trop difficiles à tirer de leurs cavernes. Ils ont changé la nature même des grottes. Ils les ont rendues toxiques. C'est un peu comme de mettre le feu à un château qu'on assiège pour forcer tout le monde à sortir… sauf qu'un siècle plus tard, le château brûle toujours.

Ma gorge s'asséchа.

— Combien de personnes vivaient-elles ici ?

— Elles étaient des milliers, répondit-elle. Et ce n'est qu'un seul réseau de tunnels. Des centaines d'autres ont été ainsi empoisonnés, aux quatre coins de Yor.

Je restai immobile une minute de plus, submergée d'effroi. Comme à Mereina, la fumée bleue masquait un sol jonché de cadavres.

Elle posa une main sur mon épaule.

— Nous ferions mieux de ne pas nous attarder. Pas ici.

Je la suivis le long du tunnel. Le passage semblait ancien, solide et presque confortable à mes yeux, en raison de l'affection des Jorats pour les demeures souterraines. Nous nous enfonçâmes loin dans le flanc de la montagne, marchant durant plus d'une demi-heure après avoir dépassé les grottes empoisonnées des Yorans. Lorsque le conduit s'évasa pour déboucher sur une nouvelle caverne, la température s'était considérablement adoucie.

Le sol de cette grotte avait été poli jusqu'à le rendre parfaitement lisse, et divisé en plusieurs sections. Des appartements, compris-je ; mais je n'étais pas sûre qu'ils soient utiles ou même nécessaires à Xivan. Avait-elle besoin de dormir ? De manger ?

Et si elle mangeait… que mangeait-elle ?

Par ailleurs, la caverne était occupée. Dans l'une des sections, quelqu'un avait dessiné des cercles sur le sol et disposé des mannequins en bois. Une ravissante jeune femme frappait à l'aide d'une épée d'entraînement ces ennemis imaginaires, s'arrêtant régulièrement pour corriger sa posture. Elle était vêtue d'un pantalon confortable et d'une chemise ample ; et comme Xivan, elle semblait khorvesh.

Mais, à la différence de Xivan, elle paraissait vivante.

— Nous y voilà, annonça Xivan. Bienvenue dans mon humble demeure.

Lorsque la voix de Xivan résonna dans le caveau, la femme qui s'entraînait s'immobilisa, puis se tourna vers nous. Ses grands yeux bruns s'écarquillèrent à ma vue, et je sentis le sang me monter brusquement aux joues. Pour la première fois depuis notre entrée dans la grotte, j'eus honte de ma nudité.

— Talea, lança Xivan. Nous avons une invitée. Trouvons-lui quelque chose à se mettre avant d'aller semer la zizanie là-haut. Ça pourrait se révéler très amusant.

44

La cour de la vérité

Colonie de Jorat, Empire de Quur.
Trois jours après que Kihrin s'aperçut
qu'il avait le mal du pays.

Ninavis revint de la cuisine avec un pichet de café.

— Qu'est-ce que j'ai manqué ?

— Tout cela est un piège orchestré par Relos Var ; cela ne m'empêchera pas de le tuer ; la femme du duc Kaen est morte, mais elle tient encore debout, récapitula Kihrin.

Il lui prit le pichet des mains pour se servir une tasse.

— Tu lui as dit, pour Relos Var ? (Ninavis se tourna vers Kihrin.) Et vous êtes encore là ?

— Vous plaisantez ? Je ne vais pas laisser passer l'occasion de l'avoir à ma merci[1]. (Kihrin se tourna vers Janel.) Alors, Xivan Kaen est-elle un vampire, comme Gadrith ?

— Ils ont des choses en commun, admit Janel. Du moins, c'est ce que je crois. Mais elle est nettement moins obsédée par la magie.

— C'est déjà ça, commenta Kihrin.

— Je n'en suis pas sûre, répliqua Janel. Elle manie le sabre comme personne.

---

1. Honnêtement, je comprends son point de vue. Même si ça reste de l'inconscience.

— Et puis, est-il nécessaire de connaître la magie quand on est capable de dévorer l'âme de quelqu'un ? renchérit Qown.

Il rouvrit son livre et se mit à lire.

Récit de Qown. Le Demesne de Glace, Yor, Quur.

Frère Qown tomba à genoux lorsque les gardes le poussèrent dans la grande salle.

— Est-ce vraiment nécessaire ? protesta Thurvishar D'Lorus.

Qown essuya le sang qui coulait de ses lèvres et tenta de se lever. Le garde, qui en avait décidé autrement, posa le bout de sa lance sur le dos du prêtre et le força à rester immobile.

Frère Qown aurait dû se douter qu'il serait la première personne qu'on soupçonnerait d'avoir provoqué la disparition de Janel.

Il n'était pas vraiment en état d'admirer la perfection géométrique de la salle des banquets. L'air était froid et mordant. Qown avait l'impression de se trouver dehors par un beau jour d'hiver, au milieu d'une cathédrale de glace et de neige.

À condition d'oublier la foule des Yorans qui s'était assemblée pour assister à son jugement.

Et le duc, debout près du grand foyer central. Le cœur de Qown se serra lorsqu'il s'aperçut que ni Relos Var ni Senera n'étaient en vue.

Il avait compté sur leur présence – et le fait que Senera possède Le Nom de Toutes Choses – pour prouver son innocence. Ils n'auraient eu aucun mal à faire éclater la vérité au grand jour.

— Nous avons vérifié toutes les pièces, Votre Grâce, annonça le garde. Elle n'est pas dans le palais.

Le duc se rembrunit.

— Qui a vu Janel pour la dernière fois ? demanda-t-il aux quelques dizaines de femmes alignées non loin de là.

L'une d'elles, qui devait avoir le même âge que lui, fit un pas en avant.

— C'est Veixizhau qui a accueilli Janel, lorsqu'elle est revenue.

Une autre, plus jeune – Veixizhau, sans doute –, tourna vivement la tête pour lui décocher un regard assassin. À son tour, elle fit un pas en avant.

— Je suis partie lorsque Segra lui a apporté son repas, mon époux… mais je dois avouer que Janel semblait d'humeur chagrine. Est-il possible qu'elle n'ait pas souhaité demeurer ici ? Ce jeune homme est un mage, n'est-ce pas ? Peut-être l'a-t-il aidée à s'échapper.

Il fallut plusieurs secondes à Frère Qown pour s'apercevoir que c'était lui qu'elle appelait « ce jeune homme ».

— Je n'ai pas vu…

Le garde le frappa.

Frère Qown porta une main à son visage. Une douleur sourde avait envahi sa joue.

— Laissez-le répondre, ordonna le duc.

Frère Qown tenta de nouveau de se lever. Il sentit une main sur son bras ; Thurvishar s'était avancé pour l'aider.

— Merci, murmura-t-il.

— Je vous en prie.

À l'aide de son agolé, Frère Qown essuya sa lèvre ensanglantée.

— Avec tout mon respect, Votre Grâce, je n'ai pas vu le comte depuis au moins…

Il s'aperçut alors qu'il n'en avait aucune idée. Combien de jours s'étaient écoulés ? Il avait perdu la notion du temps.

— Et je n'arrive même pas à concevoir comment… (Il marqua une pause.) Toute évasion me paraît impossible.

— Pour vous, oui, répliqua le duc Kaen. Mais peut-être pas pour elle.

— Peut-être est-elle sortie par une fenêtre ? suggéra Veixizhau.

— Et qu'aurait-elle fait, ensuite ? rétorqua Thurvishar. Elle aurait glissé le long du château, en plein blizzard, avec une robe pour tout vêtement ? Même en tenue d'hiver, je ne pense pas qu'elle puisse espérer survivre à une telle descente.

— Vous êtes des mages, tous les deux, cracha-t-elle d'un ton accusateur. Qu'avez-vous fait d'elle ?

— Nous n'avons même pas accès à vos appartements...

— Ça suffit ! aboya le duc.

Tous se turent. Il s'avança, et le bruit de ses pas résonna sur le sol de marbre. Il s'arrêta devant un groupe d'hommes, qui avaient tous été présents lorsque Darzin D'Mon avait brûlé le journal de Frère Qown. Darzin lui-même, de toute évidence, avait regagné la capitale.

— Fils, dit le duc à Exidhar. Avez-vous quelque chose à voir dans tout cela ? Je sais que cette femme vous a mis dans l'embarras, mais elle a un rôle important à jouer dans mes projets.

— Le prêtre doit mentir, interrompit Sire Oreth. Il s'efforce toujours de la défendre...

Le chevalier se tut en rencontrant le regard du duc.

Kaen se retourna vers son fils.

Frère Qown retenait son souffle. Si Exidhar ou ses amis étaient mêlés à la disparition de Janel, le fils du duc semblait le plus susceptible de l'avouer à son père. En revanche, s'il parvenait à convaincre Kaen que Frère Qown était doté d'une imagination débordante, ou pire : qu'il tentait de maquiller l'évasion de Janel en enlèvement, le prêtre se trouverait en mauvaise posture.

Il frémit en songeant à la manière dont la situation pourrait dégénérer... et au sort qu'avait peut-être déjà connu Janel.

— Alors ?

Exidhar cligna des paupières et jeta un regard paniqué à ses compagnons.

—Père, je… (Il se passa la langue sur les lèvres.) Je n'ai rien fait, je vous le jure. Je ne savais pas…

Le jeune homme regarda les épouses. Le duc soupira.

—Ce que vous voulez dire, c'est que vous ne saviez pas… mais que vos amis, si.

Sans crier gare, il pivota et attrapa Sire Oreth par son laevos. Le chevalier porta la main à son épée ; aussitôt, il se trouva lui-même nez à nez avec une dizaine de lames.

—Absolument rien ne m'empêche de vous jeter dans le blizzard, homme-cheval, déclara le duc. Et puisque vous venez d'arriver, votre disparition ne risque pas de peiner mon fils. Aussi feriez-vous mieux de tout m'expliquer.

Sire Oreth n'hésita pas.

—C'était l'idée de Darzin D'Mon, messire. Une farce, rien de plus. Il a dit que la neige ne la gênerait pas, puisque c'était une Ogenra de la Maison D'Talus.

À ces mots, toute l'assemblée se mit à chuchoter son indignation. Frère Qown sentit monter sa propre colère, mais ce n'était pas pour les mêmes raisons. Janel possédait effectivement une grande résistance au froid, mais Darzin D'Mon n'avait aucun moyen de le savoir. En réalité, il devait même supposer le contraire… car les Maisons Royales n'enseignaient pas la magie à leurs filles.

Ce qui signifiait que Darzin avait tenté d'assassiner Janel par plaisanterie. Du moins, si Sire Oreth disait la vérité. Il était fort possible qu'il s'agisse de son idée depuis le début.

—Et comment vous êtes-vous infiltrés dans les appartements des épouses ? reprit le duc. Soyez précis, je vous prie.

Avant qu'il n'ait pu répondre, une femme hurla, et tout le monde se retourna vers l'entrée principale. Une morte venait d'entrer dans la pièce.

Elle aurait pu être belle, si elle n'avait pas été si manifestement dénuée de vie. Elle ressemblait à un cadavre réanimé, qu'on aurait laissé sous la glace depuis des années. Elle était constellée de paillettes de givre bleutées, luisantes tels des joyaux. Le froid avait soudé sa peau à son squelette.

Elle n'était pas yorane ; sa peau était trop sombre. Ses cheveux évoquaient des serpents de laine, retenus en arrière par des épingles et des anneaux d'argent. Elle était vêtue comme pour se battre, de mailles et d'acier étincelant. Rien, chez elle, ne semblait à sa place au sein de la cour du duc. À l'exception de son maintien, qu'aurait envié n'importe quel souverain.

Deux femmes marchaient derrière elle, comme les deux suivantes d'une reine guerrière. L'une d'elles était Janel.

Un silence stupéfait s'abattit sur la grande salle.

Xivan Kaen, la duchesse de Yor – morte, mais pas disparue –, se mit à rire.

— Oh, mon époux..., dit-elle. (Elle esquissa un sourire, auquel sa peau desséchée conféra un aspect sinistre.) Pensez-vous qu'ils m'aient déjà oubliée ?

— Le temps a passé, ma bien-aimée, murmura le duc Kaen.

Xivan tira son sabre et le pointa vers les courtisans, balayant lentement l'assemblée de sa lame avant de la remettre au fourreau.

— Pensiez-vous qu'il vous suffisait de m'assassiner pour vous débarrasser de moi ? Pensiez-vous que ce serait... si facile ?

— Xivan, avez-vous décidé de nous rejoindre ? (Kaen ne paraissait ni surpris ni choqué de son apparition.) Vous savez que j'ai toujours souhaité que vous reveniez vivre ici, et non dans ces maudites cavernes.

Elle rit doucement.

— Oui... Et puis, vous et Exidhar m'avez beaucoup manqué. J'avais besoin de temps pour réfléchir.

— Quinze ans se sont écoulés, lui rappela Kaen.

— Qui eût cru qu'il serait si difficile de se remettre d'un assassinat ? Et puis, je ne pensais pas que vous seriez ravi de me voir massacrer votre cour tout entière. Pourtant, j'en avais terriblement envie.

— Et maintenant ?

Elle pencha la tête de côté.

— Je suis là, non ?

Il la souleva dans ses bras et la fit tourner autour de lui, tandis que la foule reculait, cachant mal son horreur face à cette démonstration d'affection.

Une épouse s'évanouit, ou fit semblant.

Frère Qown, que personne ne surveillait plus, rejoignit Janel. Celle-ci l'attrapa par le bras.

— Oh, les Huit soient loués, vous êtes sain et sauf… (Elle lui toucha la joue.) Mais il faudra soigner vos bleus.

— C'est plutôt pour vous que je m'inquiète. Vous saignez. (Il lança un regard à l'autre femme.) Je vais examiner sa jambe, si cela ne vous dérange pas.

— Je vous en prie.

L'inconnu, khorvesh elle aussi, regarda par-dessus l'épaule de Qown et agita la main, comme pour dire bonjour à un vieil ami.

Thurvishar, comprit-il. Elle avait salué Thurvishar. Il fit un effort pour se concentrer sur la blessure de Janel.

— Qu'avez-vous fait… ? interrogea-t-il.

— J'ai trébuché sur la glace, expliqua Janel. En essayant d'échapper à Aeyan'arric.

Puisque seuls le duc et la duchesse parlaient encore, et que leur conversation s'était muée en murmures, les paroles de Janel résonnèrent avec une clarté parfaite dans la grande salle. Le duc se tourna vers elle.

— Et que faisiez-vous sur le glacier ? l'interrogea-t-il.

— Vous devriez poser cette question à Veixizhau, répondit-elle.

L'épouse en question s'élança pour s'enfuir avec une ardeur remarquable. Elle n'alla pas bien loin ; courir en robe longue n'est pas tâche aisée. Les soldats la rattrapèrent et la conduisirent devant le duc.

Xivan lui adressa un regard, haussa un sourcil et se retourna vers son mari.

— Vous pouvez remercier Veixizhau ; c'est elle qui m'a convaincue de revenir. En effet, je suis presque certaine qu'elle a tenté de sacrifier votre jeune invitée à Suless. N'est-ce pas curieux ?

Qown savait que Suless, déesse de la sorcellerie et des trahisons, avait autrefois régné sur Yor ; elle était l'épouse du dieu-roi Cherthog. Puis, lorsque Quur s'était emparé de Yor, l'Empire avait interdit la pratique de leur culte. C'était inhabituel, de la part d'un Empire qui préférait généralement intégrer les religions des terres conquises à la sienne.

Le duc Kaen avait beau haïr l'Empire, il ne tolérerait aucun manquement à cette loi. Pas alors que son propre grand-père avait participé à la mise à mort de Suless et Cherthog. Vénérer l'un ou l'autre de ces dieux-rois revenait à entrer en rébellion, non seulement contre Quur, mais contre Kaen lui-même.

Ce qui expliquait peut-être pourquoi l'expression du duc s'était durcie. Il fit signe à certains de ses soldats.

— Fouillez les appartements des épouses. Ramenez-moi tout signe de la reine-sorcière. Et ne traînez pas.

Ils s'inclinèrent aussitôt et quittèrent la pièce.

— Je vous en prie ! supplia Veixizhau en se jetant aux pieds du duc. Je vous en prie, ayez pitié ! Je porte votre enfant !

Un murmure parcourut la salle. Le visage du duc se fit glacial.

— Wyrga ! appela-t-il.

Une vieille femme, vêtue de haillons, s'avança en trottinant.

— Oui, messire honn ?

— Porte-t-elle mon enfant ?

Wyrga s'approcha des épouses, un ourson blanc sous le bras. Elle souleva le menton de Veixizhau et l'examina de la tête aux pieds.

— Elle porte bien un enfant, répondit-elle. Mais ce n'est pas le vôtre.

— Sois maudite ! hurla Veixizhau en s'écartant. Espèce de garce ! Tu…

Elle porta alors la main à sa gorge, comme si elle s'étouffait en tentant de parler. Wyrga glissa un regard sournois au duc.

— Voulez-vous savoir qui est le père ? Je crois que ça va vous plaire…

Le duc posa sur elle un regard étréci.

— Non.

— Oh ! Mais c'est…, protesta-t-elle.

— Silence ! tonna Kaen. Plus un mot, jusqu'à ce que je t'adresse la parole.

Wyrga grogna, plaquant son ourson contre sa poitrine. Indifférent à sa mauvaise humeur, le duc se tourna vers Veixizhau.

— Qui est le père ?

Elle leva le menton d'un air de défi.

— C'est vous.

— Vraiment ?

Veixizhau ne répondit pas. Une minute s'écoula, en silence.

— Que sommes-nous en train de faire ? demanda enfin Xivan à Kaen. Enfin, hormis mettre le reste de la cour très mal à l'aise.

— Nous attendons, répondit le duc Kaen.

— Ah, fit-elle simplement.

Ils attendirent.

Environ dix minutes plus tard, les soldats du duc revinrent, portant un coffre.

— Votre Grâce ? Ceci devrait vous intéresser.

Les hommes posèrent la malle sur le sol et l'ouvrirent. Frère Qown ne vit pas ce qu'elle contenait, mais l'expression du duc se fit meurtrière.

— Où se trouvait-il ? demanda-t-il à ses soldats.

— Dans une pièce attenante à la salle commune, Votre Grâce. La porte n'était pas verrouillée.

Le duc plongea la main dans le coffre et en sortit un crâne d'animal ; un carnivore, à en juger par ses crocs acérés. Le crâne avait été noirci au feu, et gravé de symboles complexes. De longs rubans, décorés de perles, avaient été accrochés à ses mâchoires.

Le duc Kaen présenta le crâne à l'assemblée. Les courtisans se mirent à murmurer et reculèrent. Wyrga découvrit les dents.

Frère Qown ne comprenait pas. À en juger par l'expression de Janel, ainsi que celle de la jeune fille accompagnant la duchesse, c'était aussi leur cas. Les Yorans, en revanche, ne semblaient pas nourrir le moindre doute à ce sujet.

— Serait-ce un masque sacré de Suless ? interrogea Thurvishar. Je n'en ai jamais vu auparavant.

Le duc Kaen ne répondit pas. Il riva un regard froid sur ses nombreuses épouses.

— Quel est cet animal… un loup, peut-être ? chuchota Qown à Janel, sans vraiment savoir pourquoi il s'attendait à ce qu'elle le sache.

— Je pense que c'est un crâne de hyène, lui souffla-t-elle. Apparemment, il s'agissait des animaux sacrés de Suless.

Elle lança un coup d'œil à la vieille femme, Wyrga.

— Qui a fabriqué cet autel ? Veixizhau ? Avait-elle des complices ? Laquelle, parmi vous, s'est livrée à ce culte ? (Sa voix se répercutait dans toute la salle.) Dites-le-moi immédiatement.

Le silence lui répondit. Kaen laissa retomber le crâne dans le coffre.

— Tuez-les toutes, siffla-t-il d'une voix empreinte de rage. Et renvoyez leurs corps à leurs familles.

Les gardes se regardèrent, mal à l'aise.

— Messire… ?

— Êtes-vous devenus sourds ? Je vous ai ordonné de tuer mes épouses.

— Toutes vos épouses ?

Les soldats écarquillèrent les yeux. Le duc agita la main.

— Oubliez cela. Xivan, je vous les laisse.

Certaines des femmes se mirent à trembler ; d'autres fondirent en larmes. Quelques-unes s'évanouirent, pour de bon, cette fois. Les autres se tenaient droites, dans des postures pleines de défi.

Qown se demanda si ces dernières étaient celles qui avaient prié la reine-sorcière, à l'aide de leur autel de fortune. Veixizhau appartenait à cette dernière catégorie. Le duc le remarqua, lui aussi.

— Avez-vous quelque chose à me dire ? lui demanda-t-il.

Veixizhau secoua la tête :

— Absolument rien, messire.

Xivan semblait étrangement contrariée, pour quelqu'un qui s'était justement chargé de rapporter cette affaire au duc. Elle balaya la pièce du regard, comme en quête d'une autre solution ; mais elle ne semblait pas vouloir s'opposer à la décision de son époux. Lorsque les gardes s'avancèrent pour emmener les femmes, elle s'écarta de leur chemin.

— Attendez ! cria Janel.

Le duc Kaen se retourna.

— Qu'y a-t-il ?

— J'implore votre pitié.

Frère Qown se mordit la langue pour éviter d'admonester Janel. Il se sentait tiraillé entre l'inquiétude et la fierté.

Le silence retomba sur la pièce. Le duc Kaen observa Janel, intrigué.

— Que dites-vous ?

— J'implore votre pitié, Votre Grâce. (Janel désigna le coffre.) Comment savoir qui a participé à ce culte ? Vos épouses ne sont pas les seules à pouvoir entrer dans ces appartements. Senera y est admise, par exemple. Et Wyrga, peut-elle aller et venir à sa guise ?

Kaen parut troublé.

— Oui.

Derrière lui, la figure de Wyrga se tordit en une grimace infâme, mais elle ne dit rien.

— Peut-être vos femmes ne sont-elles pas en mesure de parler… car elles ignorent la réponse à vos questions.

— Avez-vous oublié que Veixizhau a tenté de vous tuer ? De vous sacrifier à une déesse disparue ? Il ne peut y avoir de doute sur sa culpabilité, dans tous les cas. Et personne n'a tenté de l'arrêter. Aucune de mes « épouses » n'a appelé les gardes. Par ailleurs, il est évident qu'elles n'ont pas été les seules à s'adonner à ces manigances. Darzin D'Mon et Sire Oreth sont également concernés, au minimum ; et ils ont associé mon fils à leurs méfaits. Tous étaient prêts à vous tuer, et à se congratuler ensuite de leur habileté.

Le visage de Janel se ferma, buté.

— Je vous implore d'être clément envers vos épouses, insista-t-elle. Même si certaines connaissaient les intentions de Veixizhau, ce n'était certainement pas leur cas à toutes. Je supplie donc Xivan de les épargner.

Xivan fit un pas en avant.

— Les épargner ? répéta-t-elle d'un ton incrédule. Pourquoi ?

Qown se posait la même question. Non qu'il ait particulièrement envie de les voir exécutées ; mais il était curieux du raisonnement de Janel.

— Parce que ce sont des prisonnières, dit celle-ci à Xivan. Parce qu'elles vivent depuis de longues années dans une cage dorée. Elles n'ont jamais possédé d'autre pouvoir que celui que pouvait leur conférer, indirectement, l'intérêt d'un homme. Est-il surprenant que ces femmes aient cru nécessaire d'éliminer leurs rivales ?

Les femmes qui ne pleuraient pas adressèrent à Janel des regards étonnés. Elles ne semblaient pas davantage la comprendre que si elle avait parlé dans une langue étrangère.

Xivan pencha la tête, intriguée.

— Quelle solution proposez-vous, mon enfant ?

Janel étendit les bras, comme pour embrasser la cour tout entière.

— Vous formez déjà Talea. Pourquoi ne pas aller plus loin ? Entraînez-les au combat, elles aussi. Offrez-leur une chance de devenir autre chose que des otages ou des marchandises.

Xivan fronça les sourcils.

— Pourquoi donc ferais-je une chose pareille ?

— Combien de femmes yoranes sont mortes lors de la guerre contre les Quuros ? Combien ont succombé, alors qu'elles auraient pu prendre les armes pour défendre leur patrie ? En quoi est-ce différent de ce qu'a subi Khorvesh, lors de l'invasion morgage ? Les femmes de Khorvesh ne se sont-elles pas battues ? N'est-ce pas pour cette raison que vous, de même que toutes les femmes khorvesh, portez désormais le sabre ?

Xivan cligna des paupières, prise de court.

— Ce n'est pas la même chose.

— Pourquoi ? Il est probable que la plupart de ces femmes soient innocentes. Mais vous et moi savons que l'innocence n'offre aucune protection contre les lames.

Le duc se racla la gorge.

— Ces femmes ne sont pas des guerrières, objecta-t-il.

— Pas encore, répondit Janel. Mais nous pouvons faire en sorte que cela change. Pourquoi Yor enferme-t-elle les gens qu'elle oblige à vivre en tant que femmes, alors qu'elle pourrait les former ? Ces gens devraient manier épée et bouclier pour protéger leur foyer. Pourquoi vous privez-vous de l'aide de la moitié de votre population[1] ?

Le duc dévisagea Janel, interloqué.

C'est alors que toute la salle éclata de rire. Janel avait formulé là une bien belle plaisanterie. Parmi les hommes, seul Exidhar paraissait malheureux. Les autres la trouvaient adorable et désopilante. Des femmes guerrières ? Hilarant.

Toutes les femmes s'étaient renfrognées.

Enfin, les rires cessèrent. Janel restait immobile au centre de la pièce, les poings serrés.

Frère Qown était peiné pour elle. C'était une belle tentative. Mais quel Yoran aurait prêté l'oreille à des arguments aussi loufoques ? La plupart des Quuros y auraient été tout aussi hermétiques, d'ailleurs.

— Cela me plaît, dit Xivan.

Le duc Kaen se tourna vers elle.

— Pardon ? (Il eut un petit rire.) Ma très chère… c'est une idée ridicule.

— Pourquoi ? N'avons-nous pas besoin de soldats ? (Elle ajouta alors :) Et puis, ce n'est pas à vous d'en décider.

L'assemblée tout entière parut retenir son souffle. La duchesse morte-vivante arqua un sourcil.

— Vous venez de me céder ces femmes, il y a quelques minutes de cela.

— Ne me faites pas dire ce que je n'ai pas dit, femme ! Je vous les ai données pour que vous les exécutiez, de même que tous les autres condamnés que j'envoyais dans les grottes afin d'assouvir votre appétit.

Le duc Kaen leva une main pour dissuader Xivan de lui répondre. Il se tourna vers Janel.

— J'accepte de les confier à mon épouse, comme je l'ai promis. Mais puisque c'est vous qui implorez ma pitié, c'est vous qui en paierez le prix.

1. Parce que nous réduire en esclavage les intéresse bien davantage, évidemment.

Janel parut soudain méfiante.

— Le prix ?

— Je vous ai demandé votre aide, juste avant votre petite excursion en dehors des murs du palais. À présent, j'exige votre parole que vous me prêterez assistance. Je veux que vous m'assuriez officiellement de votre loyauté. (Il sourit d'un air rusé.) Que disent les Jorats, déjà ? Votre « thudajé » ? J'exige que vous me donniez votre thudajé.

Janel parut avoir reçu un coup de poing dans le ventre. Les courtisans échangèrent des murmures perplexes. Pourquoi leur duc se préoccupait-il de la loyauté d'une femme ? Même ces dernières semblaient interloquées. Tous pensaient sans doute que Kaen souhaitait ajouter une nouvelle Khorvesh à sa collection, quoique Janel soit déjà « mariée » à Relos Var.

— Alors ? insista le duc. Je ne vous le demanderai pas deux fois.

Janel s'agenouilla et inclina la tête, puis souffla quelques mots.

— Pardon ? Je ne vous entends pas, lança le duc.

Janel leva les yeux.

— Je disais que je m'engage solennellement à vous servir, Votre Grâce.

Qown entendit un hoquet de surprise, et s'aperçut qu'il venait de lui.

— Alors… Ce n'était pas si difficile, n'est-ce pas, Janel Danorak ? Mais j'aimerais que nous procédions dans les règles de l'art.

Il fit signe à l'un de ses serviteurs, prononçant quelques mots dans une langue que Qown ne connaissait pas.

Aussitôt, un homme robuste à la barbe frisée et au crâne rasé s'avança. Sa barbe était chargée d'une telle quantité de bijoux qu'on peinait à croire qu'il puisse bouger la tête. Lorsque l'inconnu adressa quelques mots au duc Kaen, Qown comprit aussitôt qu'il était très contrarié.

Le duc lui répondit avec la même dureté, d'un ton sans appel. Le courtisan sortit en trombe de la grande salle, et plusieurs hommes le suivirent.

Pendant ce temps, le serviteur revint avec une boîte en bois ouverte. Kaen y plongea la main et en sortit un bijou qui ressemblait à ceux qu'il portait dans sa barbe, à l'instar de bien des hommes de l'assistance. Il saisit une mèche du laevos de Janel et la fit passer dans le petit anneau.

— Répétez après moi : tant que l'hiver est froid, j'accours pour défendre mon roi.

— Tant que l'hiver est froid, j'accours pour défendre mon roi, dit Janel.

Il sortit du coffret un deuxième anneau étincelant, légèrement différent du premier.

— Tant que l'hiver est long, je protège mon peuple au nom du souverain.

Elle répéta derechef cette tirade. Il glissa également l'anneau dans ses cheveux.

— Tant que l'hiver est rude, je vaincrai nos ennemis.

De nouveau, il lui offrit un bijou tandis qu'elle répétait ses paroles.

— Jusqu'à la fin de l'hiver, ma vie appartient à Yor.

Le même rituel se répéta.

Tout du long, la foule resta muette, les yeux écarquillés. Qown se demanda s'il avait fait de Janel une sorte de chevalier, de ceux qui n'étaient pas associés uniquement aux épreuves des tournois et aux contrats d'affaires. Cela expliquerait peut-être pourquoi le courtisan s'était montré si outragé. Le duc Kaen termina de mêler le dernier anneau à ses cheveux et fit un pas en arrière.

— Je te nomme ma main, extension de ma volonté. Lève-toi.

Janel se leva, légèrement chancelante.

Le duc se tourna vers sa femme morte-vivante.

— Elles sont à vous, déclara-t-il.

Le couple se remit à discuter. Les courtisans, eux, paraissaient pour la plupart choqués ou mal à l'aise.

Janel rejoignit Qown.

— Est-ce que ça va ? s'enquit celui-ci en se penchant vers elle.

— Reposez-moi cette question plus tard… Pourquoi est-ce que tout le monde me regardait d'un air ébahi ?

— Parce que vous êtes la première femme à avoir fait l'objet d'une telle cérémonie, expliqua Thurvishar D'Lorus. Mes excuses… Je n'ai pas pu m'empêcher d'entendre votre question.

Janel voulut répondre, mais se ravisa, dévisageant Thurvishar.

— Je me rappelle vous avoir vu au banquet. D'Lorus, c'est bien cela ? L'Académie ?

— Lui-même, répondit Thurvishar.

Il parut sur le point d'en dire plus, se tut et tourna la tête vers le duc.

Au même moment, le duc Kaen chercha Janel du regard et désigna Sire Oreth.

— Qu'en est-il de lui ? Voulez-vous aussi implorer ma pitié en son nom ?

Sire Oreth tressaillit.

— Moi ? Attendez… Je croyais que nous étions tous d'accord sur le fait que les femmes…

— Taisez-vous, le coupa le duc Kaen. Souhaitez-vous qu'il vive ?

— Lui ?

Elle haussa un sourcil, incrédule. Sire Oreth ouvrit de grands yeux affolés.

— Janel, je vous en prie…

— Trois fois, lança-t-elle à Oreth. Trois fois, vous vous êtes dressé contre moi. D'abord, vous avez tenté de m'obliger à devenir votre jument. Ensuite, vous m'avez volé mes terres. Et pour finir, vous avez cherché à me tuer.

— Janel, bon sang… Ce n'est pas vrai ! Écoutez-moi, par pitié… Je n'ai rien fait de mal. Je n'ai rien à voir avec cette affaire ! C'est un scandale !

Elle se retourna vers le duc. Seul Frère Qown s'aperçut que la rage faisait trembler ses doigts.

— Il ne mérite pas ma clémence. Faites ce que vous voulez de lui, Votre Grâce.

Le duc hocha la tête.

— Xivan ? Il est à vous.

— Quoi ? Non ! s'écria Sire Oreth.

Il dégaina son épée et la pointa vers la morte-vivante qui s'approchait de lui.

— Je suis d'accord, commenta la Khorvesh. Il est préférable de mourir l'épée à la main.

Elle tira son propre sabre à la lame incurvée, bien différent de l'épée droite d'Oreth.

Frère Qown détourna le regard.

— Je ne peux pas voir cela…

Mais ce qu'il craignait n'eut pas lieu. À peine avait-il tourné la tête qu'il entendit un bruit de métal tombant au sol, suivi d'un grognement. Lorsque Qown tourna de nouveau la tête, le jeune homme avait été désarmé, et Xivan Kaen le tenait par le cou. Il se débattait, tentant en vain d'échapper à l'étau qui lui enserrait la gorge. Une lueur diffuse se déversa alors de ses yeux et de sa bouche jusqu'à la duchesse. La cour tout entière observa la scène en silence.

Celle-ci dura quelques secondes ou une éternité, selon la manière dont on choisit de la mesurer. Lorsque Xivan eut terminé, elle laissa tomber le cadavre sur le sol. La duchesse était soudain en bien meilleure forme ; sa peau ne semblait plus si bleue qu'auparavant, et ses joues étaient plus rebondies. On aurait presque pu la croire en vie.

— Bien. Nous en avons terminé, annonça le duc.

45

Les délaissées

Colonie de Jorat, Empire de Quur.
Trois jours après que l'histoire de Kihrin se termina…
pour un temps.

Kihrin désigna les anneaux qui brillaient dans les cheveux de Janel.

— Est-ce que c'est… ?

Elle secoua vivement la tête.

— Non. Et ma loyauté envers le duc Kaen… Eh bien, je la lui ai donnée dans des circonstances mensongères, n'est-ce pas ? (Janel étudia le fond de sa tasse de café.) Ce n'était que faux-semblants, des deux côtés. Azhen Kaen savait que je faisais partie des candidats au rôle du Guerrier de l'Enfer annoncé par les prophéties, aussi souhaitait-il me tenir à l'œil. S'assurer que je n'essaierais pas d'usurper la place qui lui était réservée. Et s'il arrivait à me recruter dans son camp, j'étais bien plus susceptible de l'aider dans ses projets concernant le général Milligreest. Vous imaginez quelle tête ferait ce dernier, si Kaen se présentait avec moi à son côté ?

— Je crois que je n'aime pas beaucoup ce duc Kaen, médita Dorna.

Janel soupira.

— Par moments, il n'était pas si mal. Malheureusement, il y avait aussi… tous les autres moments.

Kihrin réprima un bâillement et saisit sa tasse de café. S'ils continuaient, ils finiraient par parler toute la nuit. Mais tout bien réfléchi, il préférait rester éveillé – même exténué – plutôt que d'être en train de dormir lorsque Relos Var ferait son apparition.

— Oui… mais Xivan est plus dangereuse encore, déclara Kihrin.

Ninavis rit doucement.

— Vous êtes plutôt doué pour vous faire une opinion des gens.

— On pourrait le croire, oui, rétorqua le garçon d'un ton désabusé.

Janel haussa les épaules.

— J'avoue que j'ai un petit problème, concernant Xivan.

— C'est-à-dire ? s'étonna Kihrin.

Janel soupira :

— Je l'aime bien…

Récit de Janel. Le Demesne de Glace, Yor, Quur.

J'étais en proie à une sorte de torpeur hagarde lorsque je regagnai les appartements des épouses.

Personne ne le remarqua ; mais c'était uniquement parce que tout le monde éprouvait la même chose. Xivan resta auprès de Kaen. Qown et moi fûmes séparés. Je ne sus pas ce qu'il advenait de Talea. Les gardes escortèrent toutes les autres femmes, moi y compris, jusqu'à nos chambres. Personne ne parlait.

Je n'avais pas imaginé… Je n'étais pas prête à cela.

Ce qui venait de se dérouler dans la grande salle m'avait coûté plus cher que je n'aurais jamais pu le prévoir. J'avais su que j'en arriverais là. Je savais que c'était le prix à payer.

Et pourtant, ce n'est qu'au moment d'ouvrir ma bourse que je ne parvenais plus à m'y résoudre.

Quelle proportion de mon amour-propre, de l'image que je me faisais de moi-même, reposait-elle sur l'idée d'être quelqu'un d'honorable, une noble digne de ce nom ? Je n'avais qu'une parole. J'étais fidèle à l'Empire et à mes dieux. Mais à présent, cela ne pouvait plus être vrai. J'étais soit une menteuse, soit une traîtresse.

Je savais, pourtant, que c'était la raison pour laquelle j'avais voulu me rendre à Yor. J'avais souhaité m'infiltrer dans la demeure du duc Kaen ; j'avais souhaité lui mentir et gagner sa confiance, afin de lui voler la lance magique, Khoreval. Puisque j'avais besoin de cette lance pour tuer Aeyan'arric et l'empêcher de continuer à dévaster Jorat, je devais être prête à faire n'importe quoi pour m'emparer de cette arme.

Depuis le début, j'avais prévu de trahir Kaen… n'est-ce pas ?

Mais si mon nouveau statut – dont j'ignorais encore la nature – signifiait que je pouvais le dissuader d'envoyer Aeyan'arric attaquer Jorat, alors… avais-je véritablement besoin de la lance ?

Je pouvais obtenir tout ce que je désirais, à condition de trahir ma propre nature.

J'effleurai les anneaux désormais mêlés à mon laevos, tandis que les autres femmes traversaient la salle commune. En silence, elles se dispersèrent dans les différentes pièces. Cela me fit penser aux survivants de Mereina, tous ces gens trop bouleversés pour faire quoi que ce soit, sinon regarder dans le vide. L'une des épouses s'assit sur un canapé et se mit à pleurer.

De l'autre côté de la salle, sur un balcon, un mouvement attira mon attention. Je m'aperçus que Wyrga s'y trouvait, et qu'elle semblait lancer des lambeaux de viande à son ourson blanc. Elle croisa mon regard, m'adressa un sourire carnassier et me fit un clin d'œil. Puis elle posa un doigt sur ses lèvres, comme pour me faire signe de me taire.

J'observai autour de moi pour voir si quelqu'un d'autre l'avait remarquée, mais lorsque mon regard revint au balcon, Wyrga avait disparu. Et elle n'avait pu aller nulle part. Pour descendre du balcon, il fallait nécessairement passer par la grande salle, ou… par l'à-pic de plus de trois cents mètres qui le séparait du glacier en contrebas.

Une sorte de tension envahit alors l'atmosphère. Je crus que Wyrga venait d'entrer par une porte dérobée ; mais en me retournant, je découvris que la raison était tout autre. Veixizhau venait d'arriver.

Elle croisa les bras et balaya la pièce du regard.

— Qu'est-ce que vous regardez, bande de garces ?

La femme qui m'avait accueillie lors de ma première visite, Bikeinoh, leva les yeux au ciel.

— Vraiment ? Après tout le cirque que tu as déclenché ? Tu as de la chance qu'on ne te tue pas nous-mêmes.

— Comme si la moitié d'entre vous n'en aurait pas fait autant, si vous en aviez eu l'opportunité ! Je vous ai coiffées au poteau, c'est tout. Et n'essayez pas de jouer les saintes-nitouches avec moi. Nous avons *toutes* prié…

Veixizhau s'interrompit lorsqu'une autre épouse se racla la gorge et pointa quelque chose du doigt. Ou plutôt quelqu'un. Moi.

J'agitai la main. Veixizhau se renfrogna.

— Qu'est-ce que vous faites ici ?

— Je demande l'asile, répondis-je. Un comble, n'est-ce pas ? Ils n'avaient aucun autre endroit où me mettre. Mais vous avez retenu la leçon, non ?

Elle étrécit les yeux.

— Oui. J'ai retenu la leçon. J'aurais mieux fait de vous empoisonner.

— Ce sera pour la prochaine fois, rétorquai-je.

Aucune des autres femmes n'intervint en sa faveur. Sans leur accorder un regard, Veixizhau me dévisagea d'un air courroucé.

— Je ne sourirais pas comme ça, si j'étais vous, tumai. Parce que vous vous êtes trompée, tout à l'heure. Je n'ai raconté qu'à une seule personne ce qui vous était arrivé : à Exidhar. Et je suppose qu'il l'a répété à ses amis pour les impressionner. Mais eux n'avaient rien à voir là-dedans. Ce qui veut dire que la personne que vous avez fait dévorer par le monstre mort-vivant de Kaen… était innocente.

Je cessai effectivement de sourire.

— Non, Oreth a dit que Darzin…

C'était impossible. Oreth avait bel et bien cherché à me tuer. J'en étais sûre… Veixizhau pouffa.

— Dans n'importe quel autre cas, ç'aurait été très malin d'accuser un membre d'une famille royale. Après tout, le duc n'aurait jamais puni un membre d'une Maison. Je suis sûre que votre cher Oreth n'a pas pensé une seconde à dire la vérité. Il a cru qu'accuser quelqu'un d'autre serait plus efficace. Il se trompait.

— Vous mentez.

— Et non ! C'est ça le plus amusant. Et n'essayez pas de jouer les grandes dames vertueuses avec moi. Vous appartenez à Suless, maintenant. Elle viendra vous chercher… Ce n'est qu'une question de temps.

— Suless est morte, lui rappelai-je.

— Je vous garantis que non. Oh ! J'ai hâte que vous vous rencontriez. Elle adore les assassins.

À ces mots, je tressaillis. Ma réaction la fit sourire. Puis Veixizhau tourna les talons, la tête haute, et disparut dans une pièce voisine.

Toutes les femmes restèrent silencieuses, jusqu'à ce que Bikeinoh frappe dans ses mains.

— Bien… Allons dîner et ne tardons pas à nous mettre au lit. Quelque chose me dit que demain sera une longue journée.

— Que veut dire « tumai » ? demandai-je.

L'hébétude était revenue, si bien que j'étais obnubilée par des détails insignifiants. Elle ne répondit pas aussitôt.

— J'imagine qu'en guarem, on dirait « chevalier ».

Je hochai la tête. Dans la bouche de Veixizhau, ce mot ressemblait à une insulte ; mais peut-être n'en était-ce pas une. Peut-être cela n'avait-il pas d'importance. J'avais un autre mot en tête, plus approprié. « Monstre ». Kaen les collectionnait, non ?

Bikeinoh m'effleura le bras.

— Nous allons vous trouver une chambre.

Aucun dieu ni déesse ne se présenta à moi dans les semaines qui suivirent ; ni dieu-roi, ni membre des Huit. De toute évidence, les menaces de Veixizhau étaient infondées.

Mais je ne parvenais pas à chasser ses accusations de mon esprit. À me débarrasser de l'idée qu'Oreth était innocent… de ce crime-ci, du moins.

Je me repliai sur moi-même, cessai de parler sans que l'on m'adresse la parole, ne recherchant la compagnie de personne et refusant sèchement les tentatives de conversation. J'avais réussi à éviter Senera et Relos Var ; et quoiqu'en principe, je sois désormais au service du duc Kaen, il n'avait pas cherché à me mettre au travail. Je ne vis pas non plus Frère Qown, et m'en félicitai. Je m'étais emmitouflée dans ma colère comme dans un manteau, et je ne voulais pas l'entendre me dire que j'étais en train de m'y étouffer.

Cela dura plusieurs semaines.

— Janel, que faites-vous ?

Je levai les yeux du livre de Prophéties devoranes que j'avais « emprunté » dans la bibliothèque du duc.

— N'est-ce pas évident ?

Nous nous trouvions sur le terrain d'entraînement, qui – comme tout ce qui faisait partie du Demesne de Glace – était niché au cœur de la pyramide de cristal. Cette vaste salle était divisée en plusieurs sections, si bien que différents groupes pouvaient s'y entraîner simultanément. Elle était imprégnée, malgré sa taille, d'une forte odeur de transpiration.

Xivan désigna le tapis d'entraînement.

— Montez là-dessus, dit-elle. Je veux voir ce dont vous êtes capable.

— Je suis occupée.

Autour de nous, tous les bruits cessèrent. Même les hommes interrompirent leurs passes d'armes.

Les soldats du duc Kaen partageaient leurs lieux d'entraînement avec les nouvelles recrues de Xivan, bien qu'aucun d'entre eux ne soit ravi d'y accueillir des femmes. Cela signifiait que, tout au long de leur travail, ces dernières étaient observées, harcelées et raillées par les hommes ; du moins, autant qu'ils estimaient pouvoir le faire sans s'attirer les foudres de Xivan. Des incidents étaient survenus ; des soldats s'étaient permis des attouchements sur les recrues, voire – à trois reprises – pire encore. Certains pensaient que le duc ne s'en formaliserait pas ; après tout, elles avaient cessé de lui appartenir.

Xivan avait traîné ces hommes hors de la pièce, et nous ne les avions plus jamais revus. Au bout du troisième « exemple », les incidents avaient cessé.

Mais en cet instant, tous les regards s'étaient braqués sur moi.

Xivan haussa les sourcils.

— Allez. Tout de suite. Si vous m'obligez à vous le demander une troisième fois, c'est moi que vous combattrez, et pas Talea.

Celle-ci – l'apprentie de Xivan, que j'avais rencontrée dans les grottes – avait commencé ses leçons huit mois plus tôt, ce qui lui conférait un avantage sur les autres élèves. Je repris la lecture de mon livre.

Je savais que je me comportais comme une enfant, pourtant je n'arrivais pas à m'en empêcher. Ma colère était sourde et diffuse ; et le fait que j'ignorais vers où la diriger ne faisait que l'attiser. Il m'aurait été si facile de détester une seule et unique personne, plutôt que le monde entier…

Un sabre incurvé de Khorvesh atterrit – côté tranchant vers le haut – sur mon livre, et me fit lâcher le volume. Je n'eus que le temps de m'apercevoir que Xivan faisait glisser une épée vers moi, avant qu'elle n'abatte sa propre lame en direction de ma tête.

Elle n'avait pas l'intention de retenir ses coups.

Je roulai sur le côté et attrapai l'épée, puis me levai. Mon sourire s'évanouit lorsque je sentis le poids de l'objet. Je ne m'étais jamais battue sans pouvoir manier mon épée comme s'il s'agissait d'un carré de soie. Je parvenais tout juste à soulever celle-ci. Il m'était impossible d'en faire une extension de mon bras, et de ma volonté.

C'était un problème.

— Vous ne souriez plus ? me décocha Xivan.

— Je sourirai lorsque nous aurons terminé.

Je l'attaquai, mais mon coup était lent et d'une force irrégulière. Elle para et s'approcha pour m'entailler légèrement le bras. Je sifflai de colère.

— Quand vous serez prête à commencer, dites-le, railla Xivan.

Ma mémoire musculaire et mon instinct me dictaient de me battre d'une manière donnée ; mais sans la force de dix hommes, ces réflexes s'étaient mués en pièges.

Je m'élançai de nouveau vers elle en hurlant, refusant que mes efforts demeurent totalement vains. Elle me regarda approcher d'un air amusé, bloqua l'assaut avec désinvolture et tournoya sur elle-même au dernier moment.

— Je ne suis pas étonnée qu'Oreth n'ait pas voulu voir en vous un étalon. Vous vous battez comme une jument.

Je vis rouge, littéralement. Sur le côté, j'entendis quelqu'un crier.

La tunique de Xivan prit feu. Elle baissa les yeux sur le tissu enflammé et se mit à rire. Gardant son sabre dans une main, elle étouffa les flammes de l'autre.

— Souvenez-vous de cette astuce, mon élève. Contre un autre adversaire, ce genre de diversion pourrait se révéler utile.

Elle abattit son sabre incurvé, d'un mouvement gracieux qui évoquait une danse.

Je voulus parer, sans succès ; je vis mon épée dévier de son axe, et décidai alors de donner un coup de pied à la duchesse. Elle plia la jambe pour y emprisonner la mienne.

Je finis plaquée au sol, le sabre de Xivan pressé contre la gorge.

— Comment voulez-vous vaincre vos ennemis, alors que vous n'êtes pas capable de vous maîtriser vous-même ? demanda-t-elle d'un ton égal.

Sa question ne semblait pas purement rhétorique.

— Je…

Je ne trouvai pas quoi répondre. Je m'étais battue avec stupidité. J'avais transformé une session d'entraînement en crise de colère. Je n'avais aucune idée de comment contrôler le maelström de mes émotions. Sans essayer de me relever, je restai couchée là, désespérée. Je sentais tous les regards posés sur moi, mais j'étais trop hagarde pour m'en préoccuper.

Xivan écarta son sabre de ma gorge et s'agenouilla près de moi.

— Ne me dites pas que vous l'aimiez.

— Pardon ? De qui parlez-vous ?

J'étais aussi surprise de ses paroles que si elle m'avait giflée ; mais au même instant, je sentis la morsure du remords. Je savais de qui elle parlait. Oreth.

Mais non, je ne l'aimais pas.

J'avais essayé de l'aimer. J'avais souhaité qu'il m'aime aussi. Ni l'un ni l'autre de ces souhaits ne s'était réalisé. Au lieu de cela, son orgueil lui avait dicté de me briser, et le mien…

— Du chevalier, précisa-t-elle. Celui que j'ai exécuté.

— Non, je… (Je fermai les yeux et sentis perler mes larmes.) C'est juste que… (Ma voix était chargée de sanglots.) Ce n'est pas que je l'aimais. Mais tout est tellement absurde… tellement injuste… Je ne voulais pas qu'il meure. Aucun d'entre eux n'aurait dû mourir…

Le chagrin me fit lâcher un long soupir tremblant. À mon insu, la mort d'Oreth s'était mélangée à celle de tous les autres : les citoyens de Mereina, les gens de Lonezh, la Marche Infernale, mes parents, le Marakori sur la passerelle d'Atrine…

Tous les gens que je n'avais pas été capable de sauver.

— Alors, c'est vous-même que vous haïssez, dit tristement Xivan.

J'eus l'impression qu'elle venait de retirer les fondations d'un bâtiment sur le point de s'écrouler. Je sentis un frisson, une convulsion atroce, puis une avalanche. Ses paroles me déchirèrent l'âme, et j'eus l'impression d'être engloutie par le tumulte. Naturellement, je me haïssais. Comment pouvait-il en être autrement ? Je survivais toujours. Pas parce que je le méritais, pas parce que j'avais fait ce qu'il fallait, mais pour tenir mon rôle dans les jeux contrefaits des démons, obéir aux ordres des généraux et de ces satanées prophéties. Je survivais, mais je n'avais pas pour autant réussi à améliorer la vie de quelqu'un. J'étais devenue un étalon pour protéger ceux que j'aimais, mais je n'arrivais même pas à me protéger moi-même.

À quoi bon, alors ? Quel était l'intérêt de tout cela ?

Je me retournai sur le ventre, me détournant de la duchesse, et me mis à pleurer dans mes mains. Des sanglots violents secouèrent longtemps mon corps ; je ne parvenais pas à m'arrêter. Si j'affrontais de nouveau le monde, il faudrait alors que je fasse quelque chose. Il faudrait que j'essaie de réparer mes erreurs.

Je ne pensais pas en être capable, cette fois.

Sa main caressa mon laevos.

— Oh, ma chère petite fille… Qu'ils doivent vous brûler, ces feux que cache votre cœur…

Je pleurais sans vergogne, à présent. Nous étions en public ; cela ne m'empêcha pas de m'essuyer le nez et la bouche avec mes mains.

— Vous avez laissé tous ces gens vous dire qui vous étiez, me murmura-t-elle. Il y avait tellement de gens pour vous dire quoi faire.

Je ne pouvais la laisser déclarer cela sans répliquer.

— Je me suis rebellée…, balbutiai-je.

— Cela revient au même. Lorsque des forces opposées s'affrontent, elles se définissent mutuellement. Vous ne pouvez affronter un ennemi sans le laisser vous façonner au passage. Vous avancez vers lui, il avance vers vous. Vous vous mesurez ainsi contre les autres, en vous exposant à leur approbation ou à leur mécontentement… et chaque fois, vous leur accordez le droit d'agir sur vous, que vous l'ayez compris ou non.

Elle cueillit ma joue dans sa paume, et je sentis la chair froide de sa main. Ce contact n'avait rien à voir avec celui d'un être vivant. Cela ne m'horrifia pas autant que je l'aurais cru.

— Vous devez trouver qui vous êtes, ma chère. Trouver votre propre cœur, votre propre beauté, votre propre vérité. (Elle se leva et me tendit la main.) Et ensuite, nous pourrons découvrir le moyen de vaincre vos ennemis.

Je ris, d'un rire hoquetant qui frôlait l'hystérie, tandis que je me redressais en m'accrochant à sa main noueuse. Car voyez-vous, mon ennemi, c'était elle. Le couple Kaen, Relos Var, et toutes les forces qui se tenaient prêtes à les aider. Mes ennemis.

Ou mes amis.

Je ne voyais plus la différence entre les deux. Xivan n'était-elle rien d'autre qu'un obstacle m'empêchant de voler la lance tueuse de dragons, Khoreval ? Ou bien était-ce une femme destinée à m'aider à vaincre le duc Xun et le margrive Aroth, afin de reconquérir Jorat ? Était-il préférable de devenir le tumai du duc Kaen, ou de tenir la promesse que j'avais faite à la déesse de la mort en détruisant tous les alliés de Relos Var ?

Depuis l'instant où Tya, déesse de la magie, avait enchanté Arasgon pour qu'il puisse me rejoindre dans l'Au-delà, j'avais été le traître tapi dans l'entourage du duc Kaen. J'avais transmis des messages et des instructions à mes complices toutes les nuits, pendant mon « sommeil ». Et toutefois, je savais que je n'avais pas réellement accepté mon rôle. Peut-être Oreth avait-il eu raison. Peut-être ne saurais-je jamais quelle était ma place.

J'étais censée trouver les crimes de Yor impardonnables, tout en ignorant le sang qui maculait mes propres mains.

Xivan Kaen m'attira dans ses bras et me pressa contre elle, tandis que les sanglots s'emparaient de nouveau de moi.

Plus tard, Talea m'escorta jusqu'à ma chambre, un bras passé autour de mes épaules. Elle m'assit sur une chaise près du lit et s'agenouilla près de moi.

— Voulez-vous que je vous apporte quelque chose ? demanda-t-elle. Du thé ? Quelque chose de plus fort, peut-être ?

— Je me suis ridiculisée, là-bas, n'est-ce pas ?

Elle sourit.

— Ridiculisée ? Pas du tout. (Elle retourna les fourrures qui couvraient le lit.) Vous êtes en deuil. Laissez-vous un peu de temps. Moi, je ne m'en suis pas encore remise… (Talea dut remarquer mon expression, lire la question dans mes yeux.) J'avais une sœur. Elle a été assassinée.

Elle avait prononcé ces deux phrases comme s'il s'agissait d'observations prosaïques, mais la douleur qui perçait dans sa voix me brisa le cœur.

— Et…, souffla-t-elle.

Je lui rendis son sourire, beaucoup plus faiblement.

— Vous allez tuer son meurtrier, complétai-je.

Je la voyais toujours prendre ses leçons avec une rage qui me semblait très personnelle, comme si chacun des moulinets de son sabre était destiné à quelqu'un en particulier.

Elle renifla et se tourna pour s'asseoir sur le lit.

— J'aimerais bien… mais c'est Darzin D'Mon qui l'a tuée.

Cette déclaration parvint à me surprendre, malgré ma torpeur.

— Le noble… Le noble qui…

Je faillis dire « qui a essayé de me tuer », mais je n'étais plus sûre que ce soit la vérité.

— C'est ce qu'affirme Thurvishar, répondit-elle. (Elle secoua la tête.) À mon avis, Darzin ne sait même pas ce qu'il a fait. C'est arrivé par hasard. Elle s'est retrouvée au mauvais endroit au mauvais moment, et l'assassin engagé par Darzin ne voulait pas laisser de témoins. Ma sœur fait partie de ces innocents qui se sont retrouvés mêlés aux jeux dangereux des familles royales. Et Darzin a fait bien pire que cela… (Elle détourna le regard.) Il a une longue liste de dégâts à son actif.

Je quittai ma chaise pour aller m'asseoir près d'elle, et pris ses mains dans les miennes.

— Je suis désolée. Avez-vous l'intention de le tuer ? Voulez-vous que je vous aide ?

Elle rit et serra mes mains à son tour.

— Merci de la proposition. Reposez-moi la question dans quelques années. Il paraît que Darzin manie l'épée comme personne, alors je pense que j'aurai besoin d'un peu plus de huit mois d'entraînement… malgré la qualité de l'enseignement de Xivan.

— Le moment venu, je serai ravie de vous prêter main-forte.

Talea sourit.

— Merci. Un de ces jours, je serai devenue assez habile pour le battre, et Darzin cessera d'être utile au duc Kaen ; alors, j'espère que je serai en mesure de l'atteindre. Soit moi, soit Thurvishar. Je pense qu'il essaiera peut-être de me disputer l'honneur de tuer Darzin.

— Comment pouvez-vous être amie avec un membre d'une famille royale ? Avec le Seigneur-Héritier des D'Lorus ?

Elle avala sa salive.

— C'est lui qui m'a rachetée à Darzin.

Talea surprit l'expression de mon visage, et ajouta :

— Mais Thurvishar m'a affranchie. Immédiatement[1]. Il m'a demandé ce que je voulais faire de ma vie, et m'a dit qu'il exaucerait mon souhait, quel qu'il soit. J'avais l'impression d'être dans un conte de dieux-rois, quand la petite paysanne délivre un lion dont la patte est coincée dans un piège… sauf que le lion s'avère être une déesse, qui lui propose de lui accorder un vœu. (Talea toussota.) Eh bien… Je lui ai dit que je voulais me venger.

— Darzin est toujours en vie, lui fis-je remarquer. Donc, je suppose que Thurvishar n'a pas encore rempli sa part du contrat.

1. Je suppose que Thurvishar avait l'intention de faire d'elle son garde du corps, ou quelque chose dans ce goût-là. Ça reste un membre d'une famille royale, quand même. Je ne peux pas croire qu'il l'ait aidée sans une quelconque idée derrière la tête, une manière de se faire récompenser de sa « bonté ».

— Il m'a dit que ce serait à moi de le faire, dit Talea. Mais il m'a expliqué… (Elle s'interrompit et me reprit la main.) Il m'a expliqué ce qu'ils essaient d'accomplir. Oui, je déteste Darzin, mais ils essaient vraiment de renverser l'Empire. L'esclavage ne fait pas partie de la culture yorane. Kaen a l'intention de l'abolir, quand il sera au pouvoir. Et je donnerais n'importe quoi pour que Quur ne connaisse plus l'esclavage.

J'étais véritablement éblouie par la force de sa volonté. Cependant, j'étais très sceptique quant aux motivations réelles des nobles de Quur. Les Maisons Royales avaient pour fondations l'esclavage, la cupidité et la souffrance[1]. Je ne pensais pas que quiconque tirant sa fortune d'un tel système soit très enthousiaste à l'idée de le détruire.

Je comprenais le raisonnement de Kaen : Yor étant soumise au joug de Quur, il était logique de renverser d'abord l'Empire, afin de pouvoir s'en affranchir ensuite.

Mais les familles royales, elles, n'avaient d'autre désir que d'augmenter leur pouvoir. Elles en voulaient toujours plus.

— Ce doit être une vraie torture de le voir se pavaner ainsi, sain et sauf, dis-je enfin.

Talea haussa les épaules.

— Pas depuis que je m'entraîne avec Xivan. Je ne quittais plus beaucoup les grottes, ces temps-ci. Et puis… (Elle eut un petit rire.) Il m'a vue une fois, lorsque je suis arrivée avec Thurvishar. Ce salaud ne m'a même pas reconnue, vous vous rendez compte ?

— Mais à présent, vous ne vivez plus dans les grottes. (L'idée que Talea serait forcée de faire face à Darzin m'emplissait d'horreur.) Vous allez le croiser. Il fréquente souvent cet endroit.

— Non, dit-elle en souriant. Je ne risque plus de le voir. Et c'est grâce à vous.

1. Difficile de lui donner tort, pas vrai ?

— Comment cela ?

— Le honn a banni Darzin de la cour, pour le punir d'avoir été complice de l'attaque que vous avez subie. Darzin enverra peut-être un émissaire à sa place, mais il ne sera pas autorisé à revenir.

Je jugeai déplacé de signaler que Darzin avait peut-être été accusé injustement.

— Je suis heureuse de l'entendre. J'avoue que je n'étais pas impatiente de le revoir.

— C'est un monstre, dit-elle d'une voix où perçaient de nouveau la haine et la rancœur.

J'avais beau être moi-même un monstre, je ne pus qu'acquiescer.

Elle tendit la main et me toucha la joue. Ses doigts s'attardèrent juste sous ma lèvre inférieure.

— Est-ce que vous voulez que je reste avec vous, ce soir ?

Je sentis un frisson courir de ma joue à mes reins. J'hésitai.

— Est-ce que vous me proposez de… partager mon lit ?

Son sourire faiblit légèrement.

— Seulement si vous en avez envie. J'espère que je ne vous ai pas offensée. Si vous préférez les hommes…

Je laissai échapper un rire qui n'en était pas un. Le désir de l'attirer à moi, de prendre son visage entre mes mains, de l'embrasser la bouche ouverte et de la plaquer sur le lit me submergeait. En avais-je envie ? Oh, oui.

Je cueillis sa main et embrassai un à un les cals au bout de ses doigts. Je la sentis frémir.

— Rien ne pourrait me plaire davantage, répondis-je.

46

En quête du Chevalier Noir

Colonie de Jorat, Empire de Quur.
Trois jours après la traversée par Janel
d'un pont minuscule et délabré.

— Je m'étais toujours demandé ce qui était arrivé à Talea, dit Kihrin. J'avais pensé poser la question à Thurvishar, mais j'avais peur qu'il me dise qu'elle s'était fait manger par… Enfin… Je connais une métamorphe qui… Bref ! Je suis content que Thurvishar l'ait libérée[1].

Qown leva la tête.

— Une métamorphe, dites-vous ? Je croyais que ce n'était qu'une légende…

— Oh, non. Ils existent bel et bien, et ils sont terrifiants. Et cette métamorphe-là – Serre – est l'assassin dont parlait Talea. C'est elle qui a tué sa sœur, Morea.

— Eh bien, je suis contente que vous ayez enfin décidé d'être raisonnable et de courir avec les juments, déclara Dorna en dodelinant de la tête. (Elle tapota l'épaule de Janel.) Talea m'a l'air tout à fait charmante.

Janel leva les yeux au ciel.

1. Évidemment… Il était complètement perturbé à l'idée que Janel se mette à fréquenter Teraeth, mais ne bronche pas en l'entendant raconter qu'elle a couché avec une autre femme. Typique.

—Dorna, ne commencez pas…

—Vous pouvez courir avec qui vous voulez, ma chérie. Je vous aimerai toujours, assura Dorna.

Avec un grand sourire crispé, Janel se tourna vers Qown.

—Commencez à lire. Tout de suite.

Récit de Qown. Le Demesne de Glace, Yor, Quur.

Frère Qown ne revit pas Relos Var pendant plusieurs mois. Mais lorsque le magicien réapparut, il semblait d'humeur massacrante. Il s'arrêta devant la porte du bureau, parlant encore à quelqu'un qui se trouvait à l'extérieur.

—Pourquoi ne l'avez-vous toujours pas tuée ? lança Relos Var par-dessus son épaule. (Frère Qown n'eut pas l'impression qu'il avait remarqué sa présence.) Vous pouvez me croire lorsque je vous dis que vous regretterez cette loyauté déplacée. Elle est dangereuse. Il faut l'éliminer.

Le honn, Azhen Kaen, entra alors dans le bureau, bousculant presque le magicien.

—J'ai mes raisons. Je n'ai aucune envie d'en discuter, Var.

Tandis que les deux hommes s'avançaient, Frère Qown fut traversé de l'espoir insensé qu'ils ne le remarquent pas, absorbés par leur conversation. Cependant, la chance n'était pas de son côté.

Le honn donna une claque sur la table face à Frère Qown, le faisant sursauter.

—Vous êtes le nouvel apprenti de Var, c'est bien ça ?

—Je, heu…

Frère Qown déglutit avec effort. « Apprenti » n'était pas vraiment le bon mot. Mais rappeler au honn qu'il était l'esclave ensorcelé – et enchaîné, non par le corps, mais par l'âme – de Relos Var ne lui semblait pas non plus très judicieux.

—Ne t'inquiète pas, Qown, intervint son maître en lui souriant. Le honn nous a demandé de lui prêter assistance pour régler un problème survenu à Jorat. Et puisque tu as dû avoir le temps d'apprivoiser le fonctionnement d'Âtremonde, je lui ai proposé tes services. J'espère que cela ne te dérange pas.

Frère Qown déglutit de nouveau, mais cette fois, il parvint à esquisser un faible sourire.

— Bien sûr que non, seigneur Var.

— Parfait, reprit le honn. Je dois découvrir qui a endossé le rôle du Chevalier Noir. Quelqu'un a revêtu l'armure noire lors des dix derniers tournois de Jorat, et j'en ai plus qu'assez.

— Je vous demande pardon ? En quoi est-ce dérangeant qu'une même personne devienne le Chevalier Noir plusieurs fois de suite ? Ce sont des tournois. Ils influent sur le prix des marchandises, les contrats…

Le honn décocha à Qown un regard où il lut clairement « Vous êtes le dernier des abrutis », et le prêtre dut résister à la tentation de se cacher sous le bureau.

— C'est dérangeant pour cent raisons différentes. Lorsqu'il a gagné le tournoi de Praliar, il a ensuite utilisé son idorrá pour convaincre le baron local d'évacuer la ville voisine… juste avant l'arrivée d'Aeyan'arric. À plusieurs reprises, il s'est montré si incontrôlable que les seigneurs de la région ont annulé le tournoi et renvoyé tout le monde chez soi. Sans parler du fait qu'il s'infiltre dans les tournois sans y être invité, déloge la personne qui devait tenir le rôle de Chevalier Noir, et *gagne* la compétition… pour ensuite distribuer l'argent de la récompense à la foule. Ce qui fait passer les dirigeants locaux pour des imbéciles. (Il grogna.) C'est censé être mon rôle, Var. Comment puis-je arriver triomphalement pour sauver ces gens, si ce salopard ne cesse de le faire à ma place ?

Frère Qown cilla et regarda Relos Var.

— Ne serait-il pas plus simple d'utiliser le Nom de…

Relos Var secoua la tête.

— Pour cela, il faudrait lui poser des questions trop ambiguës. Le Chevalier Noir n'est pas une dénomination spécifique. Puisque c'est un rôle, et non un titre, nous hériterions de mille noms, ou d'aucun. Il y a des moments où personne ne porte ce nom, à Jorat, lorsque personne n'incarne le Chevalier Noir dans un tournoi. Cependant, nous avons déjà dressé une liste des personnes qui ont joué ce rôle au cours de l'année écoulée. Il est très probable qu'il en fasse partie.

Il se saisit alors du grand parchemin qu'il tenait sous son bras et le déroula sur le bureau. Le parchemin était si long qu'il traversa la table et roula du bord opposé[1].

— Nous savons que Janel Theranon s'est acquittée de cette tâche lorsqu'elle est venue perturber nos plans, à Mereina. Mais de toute évidence, elle ne se trouvait pas à Jorat lorsque ces incidents récents se sont produits. Rassemble autant d'informations que possible avant de m'adresser ton rapport.

Frère Qown ramassa le parchemin. Le nom de Janel devait y figurer, de même que celui de Sire Baramon et du capitaine Mithros. Ninavis était la dernière personne qu'il avait vue revêtir l'armure noire, mais Qown ignorait si son nom figurerait sur la liste, puisqu'elle cherchait simplement à échapper aux soldats du duc Xun. Puisque Relos Var ne lui en avait pas donné l'ordre direct, Frère Qown ne se sentit pas obligé de lui révéler ce qu'il savait déjà.

— Bien, monsieur. Je m'y mets tout de suite.

Le honn dévisagea Frère Qown pendant une interminable seconde, puis grogna :

— Très bien.

— Kaen…, reprit Relos Var.

Le duc attendit.

1. Il m'a fallu deux jours pour établir cette liste. J'ai dû d'abord me lancer un enchantement pour éviter d'avoir à manger, boire ou dormir.

— Concernant les femmes, poursuivit Var. Vos épouses.

Kaen soupira et agita la main.

— Mes anciennes épouses, vous voulez dire… Eh bien, cela m'est égal. Vous tenez à ce que ce D'Lorus leur enseigne la magie ? D'accord. Peut-être finiront-elles par servir à quelque chose.

— Toutes ne posséderont pas de don pour la magie, précisa Relos Var. Mais je crois que Thurvishar souhaite commencer par leur apprendre à lire[1].

— Peu importe. Vous avez mon aval.

Le duc quitta la pièce aussi rapidement qu'il y était entré.

Relos Var, en revanche, s'y attarda. Il regarda le honn s'éloigner, patienta quelques secondes, puis tira un siège pour s'asseoir auprès de Frère Qown. Il ouvrit un portail, avec la grâce qui lui était coutumière, et se mit à tirer des assiettes et des bols de cette petite ouverture. Quelques secondes plus tard, le bureau était chargé de petits pains de riz à la vapeur, de la soupe de truffe noire favorite de Frère Qown, et d'une théière fumante.

— Oh, ce n'était pas nécessaire…

— Je pense que si. Tu oublies de manger, ce qui ne te ressemble pas. (Relos Var lui lança un regard appuyé.) On m'a dit que tu avais rencontré quelques problèmes, durant mon absence.

Frère Qown baissa les yeux sur ses mains, tandis que son voisin empilait des petits pains aux légumes sur une assiette, puis lui servait un bol de soupe.

— Ce n'était rien. Rien d'autre que des hommes faibles cherchant à se convaincre qu'ils sont forts, répondit Qown.

Relos Var sourit.

1. Apparemment, ce n'est pas considéré comme une compétence indispensable pour les femmes yoranes. Mais bon, en toute franchise, c'est souvent le cas dans le reste de l'Empire également.

— Oui… Les hommes les plus faibles sont toujours ceux qui posent problème, n'est-ce pas ?

Frère Qown eut le sentiment qu'un piège couvait sous ces paroles, aussi ne répondit-il pas. Au lieu de cela, il passa environ deux secondes à se demander si l'envie de dévorer la nourriture offerte par son geôlier faisait de lui un être indigne. Var lui présentait des plats traditionnels d'Eamithon, de ceux dont rêvait Qown tout en lisant, dans la bibliothèque du Demesne de Glace. Qown décida qu'aucun homme – quelle que soit sa force morale – n'aurait pu résister à une telle tentation, et se mit à manger. Le sorcier posa la main sur son épaule.

— Je me suis aussi laissé entendre que tu passais beaucoup de temps en compagnie de Thurvishar D'Lorus.

Frère Qown reposa son assiette.

— Cela pose-t-il problème ?

— Sois prudent. Thurvishar n'est pas plus digne de confiance que toi.

Frère Qown cligna des paupières. Voulait-il dire que…

— Il a reçu un gaesh, clarifia Relos Var. Des mains de Gadrith le Déviant. S'il t'arrive de rencontrer un homme mince et pâle, avec les yeux noirs des D'Lorus, enfuis-toi dans la direction opposée. Ce n'est pas ton ami… Ce n'est l'ami de personne.

— Oh, par les dieux, souffla Frère Qown. En effet, j'ai rencontré quelqu'un qui correspond à cette description. Je crois que…

Il frémit en se remémorant le regard avide de l'homme blême qu'il avait croisé à Shadrag Gor.

— Attendez… Gadrith le Déviant ? Je croyais que Gadrith D'Lorus était mort.

— Le fait que tout le monde en soit persuadé est extrêmement avantageux pour lui. Cependant, sa Maison est utile au honn ; pour ma part, je me sers de ses bibliothèques ; et il détient… (Relos Var se tut un instant.) Il détient quelque chose d'important à mes yeux. Gadrith sait que je ne ferai rien contre lui tant qu'il l'aura en sa possession.

Frère Qown parvint à ne pas s'étouffer avec sa gorgée de soupe, ni d'ailleurs à faire montre de la moindre réaction. Intérieurement, cependant, ses émotions se bousculaient. Après tout, s'il existait un talisman ou un artefact susceptible d'être utilisé contre Relos Var… et que Gadrith l'avait en sa possession… peut-être Qown pourrait-il le trouver. Du moins, s'il parvenait un jour à se libérer du gaesh qui lui avait été imposé.

— Ainsi Thurvishar porte un gaesh… et il est l'espion de Gadrith, reprit Qown pour orienter la conversation vers un sujet moins délicat.

— Oui. Toutefois, Thurvishar est encore plus doué que son père en matière de magie ; par conséquent, il est éminemment qualifié pour t'aider dans tes études. À un détail près : il suivra les ordres de Gadrith, même les plus atroces ou déshonorants.

L'expression de Relos Var s'assombrit.

— Parfois, il est utile de comprendre la nature de notre relation avec autrui, qu'il soit notre allié, notre ennemi… ou, dans ce cas précis, les deux.

— Je suis sûr qu'ils pensent la même chose, répondit Frère Qown. Mais vous avez tous un ennemi commun, non ? Quur ?

Var ricana.

— Je ne m'amuse pas à pêcher le menu fretin, mon cher Qown. Laissons le Cercle de Fer – Gadrith, Darzin, et tous ces faibles d'esprit – penser que le but est de renverser Quur et son Grand Conseil. Les vrais enjeux sont bien plus colossaux qu'ils ne peuvent l'imaginer.

Frère Qown se mordilla la lèvre.

— Alors, lorsque vous êtes arrivé… La femme dont vous disiez qu'elle devait mourir…

Relos Var ne répond pas immédiatement. Il mangea, but du thé et prit quelques cuillerées de soupe. Enfin, il reprit :

— J'ai de l'affection pour Azhen Kaen. Cela ne signifie pas que nous soyons d'accord sur tous les sujets. Il arrive que l'on voie ses amis faire des erreurs, et que l'on ne puisse rien faire d'autre que les laisser se tromper.

— Vous ne devez pas penser qu'il s'agisse d'une erreur importante. Sinon, vous l'empêcheriez de la commettre.

— Il n'est pas mon seul pion dans la partie, Qown. Loin de là.

— Est-ce donc ainsi que vous nous voyez ? Comme des pions ? répliqua le prêtre sans parvenir à masquer la peine dans sa voix.

Relos Var tendit la main pour la poser sur la sienne, puis la serra, comme à l'époque où il s'appelait encore Père Zajhera.

— Non, pas du tout. Mais j'ai vécu trop longtemps et vu trop de choses pour me laisser freiner par les défaillances morales ou les mauvaises décisions d'une seule personne. Ce que nous essayons d'accomplir est plus important.

Frère Qown se demanda si le mage abandonnerait ce point de vue s'il devenait lui-même dispensable.

— Lorsque vous dites « ce que nous essayons d'accomplir », on dirait que vous avez un plan précis en tête.

Relos Var sourit.

— Mon cher enfant, j'ai toujours un plan précis en tête.

Senera avait dû passer un temps considérable à retranscrire la liste des Chevaliers Noirs. Comme prévu, Sire Baramon et Janel Theranon y figuraient tous les deux.

De même que Ninavis. Et Dorna. Ainsi que Dango, et Kay Hará.

À dire vrai, une bonne partie de ces noms n'appartenaient pas à des chevaliers, ni à des gens dont on soupçonnerait qu'ils puissent le devenir un jour. Frère Qown devina rapidement de quoi il retournait, avant même d'utiliser Âtremonde pour mener l'enquête.

Ses amis faisaient de leur mieux pour brouiller les pistes.

On aurait presque cru qu'ayant découvert que leur ennemi était capable de se renseigner sur leur compte, ils s'étaient délibérément arrangés pour faire endosser le costume du Chevalier Noir à toutes sortes de personnes différentes. Cela rendait difficile, voire impossible, d'identifier le « vrai » Chevalier Noir.

Une pensée germa dans l'esprit de Frère Qown ; une idée si farfelue qu'il s'arracha au brasero qu'il consultait, à Atrine. Janel avait-elle un moyen de communiquer avec leurs compagnons ?

Cela semblait impossible, mais il savait que la conscience de Janel voyageait lorsqu'elle « dormait ». Il avait toujours supposé qu'il s'agissait d'une faculté passive, qu'elle ne contrôlait pas, même si c'était elle qui avait créé ce sort sans s'en rendre compte. Mais avait-elle trouvé un moyen d'utiliser cette capacité pour maintenir le contact avec les autres ?

Non, se dit-il. C'était impossible. Si elle se rendait dans l'Au-delà, il lui faudrait communiquer avec quelqu'un qui posséderait la même capacité. Il ne pensait pas que quiconque en soit doté, à l'exception des dieux. Et peut-être de Relos Var.

Il avait du mal à se défaire de l'impression qu'il lui manquait une information cruciale.

Mais quand bien même ce serait le cas… Il ne rendrait pas service à Janel en découvrant son secret, pour ensuite le révéler la prochaine fois que le magicien lui demanderait de lui dire « tout ce qu'il avait découvert ». Mieux valait qu'il n'y regarde pas de trop près. Il ne pouvait trahir un secret qu'il n'avait pas réussi à élucider.

Comme son maître lui-même l'avait rappelé, Frère Qown était indigne de confiance.

Il décida donc de commencer par les autres noms de la liste, les noms qu'il ne connaissait pas et qui ne lui rappelaient pas une reine-voleuse marakori et sa bande de hors-la-loi forestiers. Il s'avéra difficile de retrouver les Chevaliers Noirs ; en effet, ceux-ci reprenaient le cours habituel de leur vie lorsqu'ils ne jouaient pas leur rôle dans les tournois. Personne ne passait l'intégralité de son temps à fanfaronner dans une arène, vêtu de noir de pied en cap, et à renverser des chopes de bière pour faire rire l'assistance.

Puis il se trouva face à un Chevalier Noir qui n'essayait pas d'être drôle.

Cela lui avait pris des semaines, notamment parce que les tournois n'avaient pas lieu tous les jours. Et lorsque c'était le cas, ils tendaient à se produire tous en même temps, aux quatre coins de Jorat, si bien que Qown était contraint de multiplier les sauts de puce entre divers emplacements. De plus, ils se déroulaient durant la journée, lorsque les gens n'allumaient ni feux, ni lanternes, ni bougies. Et les feux de cuisine n'étaient en général pas installés à portée de vue des gradins. Tout cela rendait la tâche confiée par le honn particulièrement délicate.

Il faillit demander son aide à Thurvishar, songeant qu'une retraite à Shadrag Gor lui fournirait tout le temps nécessaire. Mais il décida qu'il préférait ne pas lui parler de sa mission.

Lorsqu'il trouva le bon Chevalier Noir, il faillit ne pas le remarquer, laissant glisser son regard sur le cavalier et sa monture. Puis il reconnut le cheval. Ce n'en était pas un ; c'était Arasgon, maquillé et vêtu de noir.

Frère Qown ne reconnut pas le Chevalier lui-même, mais il lui semblait bien trop musculeux pour être Ninavis.

Un hasard dans la disposition des azhock permettait à Qown d'assister au tournoi depuis la forge du maréchal-ferrant ; ainsi, il put voir concourir le Chevalier Noir. En soi, ce n'était pas inhabituel ; le fait qu'il remporte épreuve après épreuve, en revanche… Les messes basses et les protestations étouffées des autres chevaliers le lui confirmèrent. L'admiration, cependant, couvait sous les reproches.

La rumeur de ce qui s'était passé à Mereina s'était répandue, racontant que le Chevalier Noir avait terrassé un démon en plein tournoi. Cette histoire se mélangeait à celle, désormais légendaire, du duel de Janel et de Relos Var, dont les détails ne cessaient eux-mêmes d'évoluer. Personne ne savait s'ils avaient sous les yeux un Chevalier Noir ordinaire, ou « le » Chevalier Noir.

Les gens se mirent à commérer allégrement, les histoires se faisant de plus en plus épiques.

Le Chevalier Noir semblait sur le point de remporter le grand prix lorsqu'une grande clameur s'éleva du château voisin. Quelqu'un arriva en courant, portant les couleurs du margrive local.

— Au feu ! Au feu ! Incendie au moulin ! cria-t-il.

Le chaos s'empara du tournoi. Frère Qown tenta de reculer en sautant d'un feu à l'autre, mais ceux-ci étaient trop rares. Il parvint tout de même à apercevoir un chariot, rangé derrière une azhock de garde, non loin des gradins. Des gens y hissaient des caisses d'armes et d'armures, marquées au sceau du margrive.

Frère Qown reconnut Dango.

— Qu'est-ce que tu manigances, Ninavis ? demanda Frère Qown à voix haute, quoique personne ne puisse l'entendre.

Le cambriolage se termina rapidement. Lorsque les gardes revinrent annoncer la bonne nouvelle – le moulin était intact –, tout l'équipement martial des soldats du margrive avait été dérobé. Le Chevalier Noir opéra une retraite hâtive, avant la fin du tournoi. Et au moyen d'un impressionnant tour de passe-passe, l'homme qu'observait Qown entra dans une azhock et se volatilisa. Arasgon en ressortit, arborant ses couleurs habituelles. Puis le forgeron à la peau sombre, que Frère Qown avait vu pour la première fois à Mereina, se mit à se plaindre bruyamment qu'il avait été dévalisé, lui aussi.

Tout le monde s'accorda à dire que c'était le meilleur tournoi auquel ils avaient assisté depuis des lustres.

Frère Qown perdit les voleurs de vue lorsqu'ils quittèrent la ville, puisque personne n'avait besoin de torches ni de lanternes en pleine journée. Il en aperçut quelques-uns dont il savait qu'ils faisaient partie de la bande de Ninavis, mais il ne vit ni Dorna, ni Ninavis elle-même.

Frère Qown aurait pu croire que Dango avait rejoint un autre groupe de bandits, retournant à sa vie de criminel, si Arasgon n'avait pris part à l'opération.

La deuxième fois qu'il découvrit quelqu'un qui semblait être « le » Chevalier Noir, plusieurs mois plus tard, les circonstances entourant son intervention retournèrent l'estomac de Qown. Un baron local, doté d'un sens des affaires particulièrement aiguisé, avait décidé que les réfugiés marakoris entrant sur son territoire lui serviraient à récolter ses cultures. Les payait-il ? Frère Qown l'ignorait, mais c'était peu probable. S'ils avaient été rémunérés, il n'aurait pas eu besoin de les fouetter pour les motiver.

Le Chevalier Noir et son destrier apparurent sur le pont menant au manoir du baron, peu après la tombée de la nuit. D'une voix tonnante et démoniaque, le Chevalier Noir ordonna au baron de relâcher les Marakoris avant l'aube ; sinon, il jetterait sur ses terres une malédiction dont il ne pouvait pas même concevoir l'ampleur.

Le baron rit et ordonna à ses archers de l'abattre.

La situation prit un tour inattendu, cependant, lorsque les cordes de tous leurs arcs cédèrent avant qu'ils aient pu tirer une seule flèche.

Alors, les bandits cachés dans la forêt voisine répliquèrent. Leurs arcs à eux tinrent bon. D'autres salves de flèches s'ensuivirent, affaiblissant les défenses du baron avant que des hors-la-loi ne s'éparpillent dans le domaine pour rassembler les Marakoris.

Frère Qown perdit le groupe de vue lorsqu'il s'enfonça dans le sous-bois ; mais il n'avait pas eu besoin de voir Dorna pour savoir qu'elle était parmi eux. Il connaissait le fonctionnement de son sort-don. Il ignorait ce que Dorna avait l'intention de faire des Marakoris ; mais plusieurs des esclaves libérés avaient fait montre du même style de combat à mains nues que Ninavis, en aidant les bandits à délivrer leurs compagnons.

Frère Qown prenait des notes détaillées, mais il s'aperçut bien vite que ses chiffres n'avaient aucun sens. Il avait d'abord supposé que Ninavis et Dorna avaient décidé de se consacrer de nouveau au banditisme, puisqu'elles avaient toutes les deux une prédilection pour ce type d'activité.

Mais ce qu'il avait sous les yeux ne pouvait être le simple fait de Ninavis, Sire Baramon, Dorna et leurs cinq ou six compagnons. Durant ses mois d'observation, il avait pu découvrir plusieurs centaines de personnes différentes – dont de multiples flammesangs – agissant aux quatre coins de la colonie. Ils paraissaient… organisés.

Frère Qown se laissa aller dans son fauteuil et poussa un long soupir. Il tendit la main vers son thé, depuis longtemps refroidi. Ce qu'il avait sous les yeux n'était pas l'action d'une poignée de voleurs au cœur d'or, s'appropriant le métal des Quuros les plus fortunés pour venir en aide aux opprimés.

C'était le début d'une rébellion en règle.

L'étude des exploits du Chevalier Noir n'était pas le seul sujet de recherche de Frère Qown. Quelques semaines après l'exécution de Sire Oreth, et le divorce simultané d'une bonne quarantaine de femmes, un serviteur apporta à Frère Qown une boîte de ses biscuits au chocolat préférés et un mot de Janel.

Le mot disait : « Merci de vous être renseigné pour moi sur les malédictions de guerre quuros. Je suis sûre que cela se révélera extrêmement utile à l'avenir. Remerciez aussi Thurvishar de ma part. »

Mais bien entendu, Qown n'avait fait aucune recherche sur les malédictions de guerre quuros.

Alors, il s'y employa. Et il eut bel et bien besoin de l'aide de Thurvishar.

— À votre avis, quelle serait la meilleure manière d'en apprendre davantage sur la magie guerrière utilisée par les Quuros, lors de l'invasion de Yor ? demanda-t-il à Thurvishar en revenant à Shadrag Gor.

Le Seigneur-Héritier D'Lorus avait entrepris d'apprendre à écrire aux épouses du honn. Il était en train de compulser des listes d'exercices adaptés lorsque Frère Qown l'avait interrompu. Il leva les yeux.

— Pourquoi donc voudriez-vous vous renseigner à ce sujet ? s'étonna-t-il.

— Pour venir en aide à Yor, bien entendu.

Cela n'avait en réalité rien d'évident, mais Frère Qown devinait ce qui avait éveillé l'intérêt de Janel. Les armes utilisées contre Yor hantaient encore la contrée. Cependant, les mécanismes de ces sorts étaient méconnus des Yorans, ce qui constituait une opportunité de gagner la confiance du duc, de s'attirer des privilèges plus importants et d'accéder à… Eh bien, à ce que Janel était venue chercher à Yor. Si quelqu'un comme Janel – ou Frère Qown – apportait au duc des informations sur les dispositifs employés contre son pays, et – mieux encore – sur la manière de les éradiquer…

Thurvishar plissa les yeux et s'appuya contre le dossier de sa chaise.

— Vous voulez faire ami-ami avec les Yorans.

— Ma vie dépend de l'utilité que je revêts à leurs yeux, lui rappela Frère Qown. Vous le savez, n'est-ce pas ? Ce qu'ont fait les Quuros ?

— Oh, oui, répondit Thurvishar. Nous avons déchaîné de véritables horreurs contre ces pauvres gens.

Frère Qown attendit. Thurvishar soupira et reprit :

— C'est irréversible, dit-il. Ce que nous avons fait… (Il quitta son siège et se dirigea vers une haute pile de livres.) Voilà… *Rituels de guerre*, par Ibatan D'Talus. Et…

Techniques de siège de l'invasion de Yor, par Sivat Wilavir. Ces deux ouvrages sont les plus exhaustifs sur le sujet. Mais si j'étais vous, j'éviterais de les lire juste après avoir mangé.

Frère Qown dévisagea le magicien.

— Selanol nous préserve... C'était si terrible que cela ?

Thurvishar s'assombrit, et il se détourna.

— Nous devrions avoir honte. Mais ce n'est pas le cas. Nous n'avons jamais honte. C'est notre devoir, après tout ! Notre destinée ! Nous sommes prêts à créer n'importe quel prétexte pour nous convaincre que nous avons eu raison de piétiner ainsi nos ennemis.

Frère Qown sentit sa gorge s'assécher.

— Le méritaient-ils ? interrogea-t-il.

— Cela dépend de ce que vous entendez par « mériter », répliqua Thurvishar avec un léger sourire. Les dieux-rois Cherthog et Suless étaient des crapules. Cherthog était une brute assoiffée de pouvoir, et Suless... Oh ! Suless avait tant de sang sur les mains qu'il aurait fallu mille océans pour réussir à l'en laver. Saviez-vous qu'elle avait inventé le rituel des dieux-rois ?

— Pardon ?

— Elle a inventé le processus permettant de transformer un mage en dieu. C'était elle, le premier dieu-roi... ou plutôt la première déesse-reine. Les Huit Immortels sont bien plus anciens, et ils ne sont pas apparus de cette manière. Même si personne ne vénérait Argas, en tant que membre des Huit, il existerait toujours ; parce que le concept qu'il représente existe encore. C'est la même chose pour Thaena et la mort, ou Galava et la vie. Les Huit sont liés à des concepts qui leur confèrent leur pouvoir. Les dieux-rois, en revanche, ont besoin d'être vénérés activement, et de recevoir des sacrifices de tenyé pour conserver leur force. Sans le rituel créé par Suless, nous n'aurions pas de dieux-rois ; seulement de puissants magiciens. Elle a trouvé un moyen de devenir bien plus que cela. Puis elle l'a enseigné à son mari, Cherthog, et à sa fille, Caless. Caless, elle, l'a enseigné à son amant, Qhuaras, qui finirait par fonder ce qui deviendrait Quur... (Thurvishar écarta les mains.) Vous connaissez le reste. Peut-être quelqu'un d'autre aurait-il fini par l'inventer si Suless, la reine-sorcière, ne s'en était pas chargée. Mais le fait est que c'est elle qui y est parvenue en premier. Pensez à toutes les races de monstres qui n'existeraient pas, sans Suless. Le roi-serpent, Ynis, n'aurait pas créé les Thriss. Khorsal, à Jorat, n'aurait jamais créé les centaures et les flammesangs. Les Filles de Laaka n'existeraient pas. La liste est longue. Alors... Est-ce que Suless « méritait » de mourir, lorsque Quur est venu conquérir Yor ? C'est une question intéressante.

—Même si elle l'avait mérité, beaucoup de Yorans étaient parfaitement innocents.

—Tout à fait. (Thurvishar pianota sur le bois de la table, triste et amer.) Il y a un sort, en particulier... Il a été inventé par Henakai Shan il y a environ deux cent cinquante ans. Il transforme la roche ordinaire–qu'elle soit ou non volcanique–en minerai de razarras, une substance... mortelle. Même les Hommes Rouges de la Maison D'Talus ne savent plus comment manier le razarras en toute sécurité[1]. Et il tue toutes les créatures vivantes qui l'entourent. Des cavernes entières, dans cette colonie, sont devenues impraticables, car le minerai empoisonne toute personne qui l'approche. Et on n'en meurt pas vite... Loin de là. Lorsque nos mages se sont aperçus que les Yorans faisaient pousser leur nourriture dans ces grottes, ils les ont maudites pour les affamer. Le poison corrompt tout ce qu'il touche. Et il ne se dissipe jamais.

Frère Qown en eut le vertige.

—Mais pourquoi...

1. Si tant est qu'ils l'aient jamais su. Je parie que les dreth en sont capables, en revanche.

Il ne termina pas sa question. C'était inutile. Il savait déjà pourquoi. Ils l'avaient fait parce que c'était possible ; parce que cela semblait être une solution facile et ingénieuse à leurs problèmes.

Il commençait à détester les solutions faciles et ingénieuses.

Il ouvrit l'un des livres. Le premier chapitre s'intitulait « Éliminer des foyers importants de population à l'aide du gaz lysien à propagation rapide ». Le tout premier paragraphe contenait un avertissement recommandant d'effectuer tout essai dans une zone bien ventilée. Et la toute première phrase indiquait que le gaz magique ainsi invoqué était d'une jolie couleur bleutée. Frère Qown referma le livre, pris de nausée.

— Je vous avais prévenu que ce n'était pas une lecture agréable, lança Thurvishar.

Le prêtre prit plusieurs inspirations. Il se rappela qu'il avait toujours su – au fond de lui, du moins – que Quur était capable de commettre des atrocités. Après tout, on ne devenait pas le plus grand empire du monde à force de compassion et de générosité. Quur avait toujours anéanti ses ennemis, sans pitié et sans hésitation. Il se trouvait face à un nouvel exemple de cet état d'esprit. Rien de plus.

Mais il avait vu cette arme de ses propres yeux. Et il savait qu'il découvrirait pire encore, à la lecture de ces livres.

— Avez-vous d'autres ouvrages de ce type ? demanda-t-il, plutôt que de s'enfuir.

Thurvishar fronça les sourcils.

— Ce n'est pas un sujet de recherches très réjouissant, mon ami.

— Si je veux trouver le moyen d'annuler une malédiction, je vais devoir comprendre comment elle fonctionne.

— Les traités les plus pointus sont enfermés dans la réserve de la Maison D'Lorus, révéla Thurvishar. Mais puisque je suis le Seigneur-Héritier, j'en possède la clé.

47

La reine-sorcière

Colonie de Jorat, Empire de Quur.
Trois jours après que Kihrin se souvint brièvement avoir été S'arric.

Tout le monde resta silencieux lorsque Qown se tut.

— L'Académie consacre énormément de temps en recherches sur… les armes. Enfin, les sorts pouvant servir d'armes, finit-il par conclure. Ils sont devenus très efficaces en la matière.

— Quand j'ai dit qu'il fallait être un monstre pour faire usage d'une telle arme… (Kihrin déglutit et regarda Janel.) Tu le savais.

— Oui, je le savais, acquiesça-t-elle. Il est vrai que je déteste les prophéties, mais je vais vous dire une bonne chose : celles qui annoncent que le Guerrier de l'Enfer renversera l'Empire de Quur et le réduira en miettes… j'espère vraiment que celles-là sont vraies. Quur l'aurait bien mérité.

— J'ai l'impression d'entendre Teraeth.

Janel remplit de nouveau sa tasse de café.

— Ai-je tort pour autant ? lança-t-elle.

Kihrin se frotta les yeux de ses paumes. Il commençait à ne plus savoir ce qu'avoir tort signifiait. À sa grande horreur, il se surprenait à penser comme son frère…

comme Relos Var, plutôt. Peut-être tout le monde avait-il tort. Peut-être fallait-il simplement décider quelle position fautive était la plus acceptable.

— Si l'Empire de Quur est si puissant que vous le dites, et si cruel… quel espoir y a-t-il de parvenir à se rebeller[1] ?

— Tôt ou tard, tout le monde finit par tomber. (Janel et Kihrin se regardèrent, l'espace d'un instant suspendu. Puis Janel inspira profondément.) Bon… Il me semble que c'est mon tour.

Récit de Janel. Le Demesne de Glace, Yor, Quur.

— Bikeinoh, j'ai une question à vous poser.

Je m'étais penchée vers l'ancienne épouse du duc, tandis que nous attendions notre tour en marge du terrain d'entraînement.

Certaines femmes n'avaient pas souhaité se former au maniement des armes, mais elles avaient été étonnamment nombreuses à le faire. Et plus encore avaient désiré apprendre à lire et à écrire, ainsi que découvrir si elles possédaient des facultés magiques. Le Seigneur-Héritier D'Lorus avait été estomaqué de s'apercevoir que toutes les Yoranes auxquelles il avait fait passer ces tests, sans exception, présentaient d'importantes prédispositions à la pratique de la magie. Il avait marmonné que cela ne s'était jamais vu. Les femmes avaient ri, et lui avaient rappelé qu'elles étaient tout de même *yoranes*.

Bikeinoh se tourna vers moi.

— Oui ?

— Qui a appris ce qu'elle sait à Veixizhau ?

Elle me dévisagea sans comprendre.

— Comment cela ?

---

1. La première erreur que font la plupart des gens est d'appeler ça une « rébellion ». Quand on fait bien les choses, ça s'appelle juste « être ambitieux ».

J'observai les deux femmes qui effectuaient des passes d'armes, sous le regard critique de Xivan.

— Cela fait cent ans qu'il est interdit de vénérer Suless. Veixizhau a-t-elle appris à le faire par sa famille ? Sa mère ? C'est le genre de pratiques qu'un chef de clan éviterait d'encourager au sein de sa propre famille, j'imagine.

— C'est sans doute là qu'elle l'a appris, oui…

Je haussai un sourcil.

— C'est vraiment ce que vous pensez ?

La femme avala sa salive et détourna la tête.

— Non, pas vraiment.

Je suivis son regard. Elle contemplait Wyrga, qui avait pris l'habitude de visiter le terrain d'entraînement pour assister aux leçons. Portant son ourson au creux du bras, elle observait elle aussi les combattantes.

— Cela fait presque quinze ans que je suis ici, dit doucement Bikeinoh. Elle a toujours eu ce fichu ourson. Il n'a jamais grandi d'un jour… Un peu comme elle.

Wyrga dut sentir nos regards posés sur elle. Elle se tourna vers nous, sourit de toutes ses dents puis se mit à rire. Elle était trop éloignée pour que je puisse l'entendre, mais je connaissais assez bien son affreux gloussement pour l'imaginer. Je quittai mon banc.

— Merci. Dites à Xivan que je ne me sentais pas bien, d'accord ? Je reviendrai.

La femme haussa les épaules.

— D'accord.

Je m'éloignai, espérant trouver une certaine personne afin qu'elle réponde à ma question.

L'emploi du temps de Senera était imprévisible, mais j'avais de la chance : elle était de retour.

Lorsqu'elle ouvrit sa porte, elle avait les yeux rouges et les joues striées de larmes. Son regard gris se fit dur comme l'acier sur moi, comme si j'avais commis une faute impardonnable en surprenant ce moment de vulnérabilité. Elle regagna son siège sans mot dire, laissant la porte ouverte derrière elle.

Je décidai que c'était sa manière de m'autoriser à entrer.

Assise devant la cheminée, elle remplit sa tasse de thé vide. Puis elle se mit à scruter le feu, impassible.

La chambre de Senera se révélait être celle où je m'étais réveillée, le premier jour. Elle ne recelait pas plus d'objets personnels que la dernière fois que je l'avais vue. Senera consacrait son temps et son énergie à son travail sur le terrain[1].

Je vis alors que je m'étais trompée quant à l'absence d'objets personnels. Senera avait laissé des papiers et des fusains sur une table, ainsi qu'une petite poupée en lin et en fil de coton blanchi. La poupée était incolore, à l'exception de deux perles d'argent, figurant les yeux. Et le papier…

La feuille posée au-dessus des autres avait été déchirée en deux ; mais on y distinguait toujours le visage d'un jeune Jorat. Je n'aurais pu dire si le portrait était ressemblant, mais les yeux de l'enfant étaient gais et rieurs. Et je n'avais aucune raison d'imaginer une explication tragique à ce dessin, mais…

Je repensai aux larmes sur le visage de Senera lorsqu'elle m'avait ouvert la porte, à ses yeux rougis… Si un malheur était survenu, il était fort probable que Senera elle-même en ait été la cause. J'arrachai mon regard au portrait, avec un frisson[2].

— Vous désirez quelque chose ? lança-t-elle, déchirant le silence.

— Senera, que s'est-il passé ?

1. J'ai tendance à oublier que, même si elle y a été amenée, elle n'a jamais vu ma chaumière. Elle doit donc être persuadée que je vivais dans cette misérable petite chambre.

2. Je n'ai aucun souvenir de tout cela. Je ne vois pas pourquoi j'irais pleurer sur le portrait d'un enfant jorat.

Je traversai la chambre pour la rejoindre, mais elle refusa de croiser mon regard.

— Vous allez m'obliger à me répéter, c'est ça ? contra-t-elle.

— Je suis venue vous demander un service, mais vous avez l'air bouleversée. Voulez-vous en parler ?

Elle me montra les dents.

— Absolument pas. Maintenant, dites-moi ce que vous voulez et partez. Ou mieux : partez immédiatement.

Je m'assis et admirai les flammes qui crépitaient dans l'âtre, savourant l'odeur du thé et des aiguilles de pin. Je l'entendis prendre une brusque inspiration pour m'insulter.

— Quand est-ce que le prix devient trop élevé ? lui demandai-je en levant les yeux.

— Vous n'êtes pas en train de me demander un service, rétorqua-t-elle sèchement.

— C'est vrai. Mais je me demandais comment vous le sauriez, quand le prix serait trop élevé. Où est la limite ?

Elle ferma les yeux et pesta à voix basse. Je suis certaine qu'il était question de révélations honteuses au sujet de mon arbre généalogique. Je me penchai en avant.

— Combien de vies vous sembleraient-elles trop nombreuses ? Combien de gens doivent encore mourir pour que cela s'arrête ?

Elle renifla dédaigneusement.

— « Mourir » est un mot qui ne veut rien dire. Ils vont dans l'Au-delà. Puis ils renaissent, et cela recommence. Que voulez-vous que ça me fasse ?

— Oh, non… Personne ne vous l'a dit ? Les démons et la magie ont changé les règles du jeu. Les âmes ne sont immortelles que jusqu'à un certain point. Après cela, elles sombrent véritablement dans l'oubli. Lorsque Xivan tue quelqu'un, cette personne ne se rend pas dans l'Au-delà. Lorsque les démons dévorent les âmes de leurs victimes ou, pire, qu'ils transforment ces âmes en nouveaux démons, elles ne voyagent pas jusqu'au Royaume de la Paix. Le traumatisme subi par ces âmes est bien réel ; et, en supposant que Thaena parvienne à les secourir, il se transmet d'une vie à la suivante. « Que voulez-vous que ça me fasse ? » Mais cela vous fait quelque chose, en réalité. Vous refusez simplement de l'admettre, parce que cela voudrait dire que vous vous êtes trompée.

Elle se leva, les traits tordus d'une fureur qu'elle pensait sans doute légitime.

— Comment osez-vous… ? Avez-vous la moindre idée de ce que j'ai traversé, lorsque j'étais esclave ? De ce que subissent tous les esclaves ? Les gens comme vous ne se soucient même pas de…

— Toute compassion que je pourrais éprouver à l'égard de votre passé s'est évaporée lorsque vous avez commencé à massacrer des villes entières, et que vous avez décidé de mettre un gaesh à Qown. Vous vouliez m'en mettre un aussi, d'ailleurs, même si cela n'a pas fonctionné.

Elle ferma la bouche à l'instant où elle allait protester, le regard étincelant de colère. J'avais sans doute visé un peu trop juste, en faisant ressortir sa culpabilité encore à fleur de peau.

Je détournai les yeux.

— Je suis désolée, dis-je. Je ne suis pas venue me disputer avec vous.

— Et pourtant…, ironisa-t-elle.

— Oui. C'est juste que… (Je secouai la tête.) Je suis désolée, répétai-je. Ces derniers mois n'ont pas été faciles pour moi.

— On m'a raconté ce qui était arrivé à Oreth. J'aimerais pouvoir dire que je suis navrée, mais…

Je souris et me retournai vers elle.

— C'était un âne.

Elle hocha la tête.

— En effet.

— Malheureusement, je suis à peu près sûre qu'il était innocent.

Senera se rassit.

— Vous pensez que c'est Darzin D'Mon qui cherchait à vous tuer ? Il semble que le honn lui ait interdit de remettre les pieds ici.

— Non, ce n'est pas lui non plus. Je suis sûre que Darzin est un être méprisable, mais je crois que nous ne devrions pas faire la même erreur que le duc et ses courtisans. Ils partent du principe qu'un homme devait forcément être mêlé à tout cela. Moi, je pense que ce crime a été commis exclusivement par des femmes. Après tout, si Veixizhau avait décidé de me sacrifier à Suless, les hommes n'avaient aucun intérêt à l'y aider.

Elle posa sur moi un regard inquisiteur.

— C'est plausible, en effet. Mais… pourquoi cela vous préoccupe-t-il encore ? L'affaire est terminée.

— En êtes-vous sûre ? Ce n'est pas Veixizhau qui a imaginé ce plan. Elle a été manipulée par quelqu'un d'autre. Imaginez ce qui aurait pu se passer : quarante-huit chefs de clan recevant la tête de leur fille dans une boîte… avec une lettre précisant qu'elle avait été exécutée pour avoir vénéré Suless. Comment pensez-vous que tout cela aurait fini ?

Elle soupira.

— Je vois. Si j'étais l'un d'eux… (Elle émit un bref ricanement.) Kaen a déjà suffisamment de mal à maintenir l'unité de sa colonie…

— Exactement. Cette affaire aurait jeté de l'huile sur le feu. Et je pense savoir qui est responsable… mais je ne veux pas aller trouver le duc Kaen sans en apporter la preuve.

— Ah ! C'est donc cela que vous veniez me demander. Vous voulez que je consulte pour vous Le Nom de Toutes Choses.

— Oui. Précisément.

— Je n'ai pas pour habitude d'interroger la pierre chaque fois que quelqu'un se présente avec sa petite question personnelle, vous savez. Si je faisais cela, je n'aurais pas le temps de dormir.

—Mais il ne s'agit pas d'une petite question personnelle. Tout ce que je veux savoir, c'est si Wyrga a enseigné à Veixizhau comment vénérer Suless.

Senera s'interrompit alors qu'elle s'apprêtait à boire une gorgée de thé.

—Wyrga ? Pourquoi... (Elle se tut un instant.) Hmm.

—Wyrga cache quelque chose. Elle sait des choses qu'elle devrait ignorer. Et j'ignore pourquoi Kaen lui voue une telle confiance, mais je ne pense pas que ce soit sage de sa part.

—Mais quelles seraient ses motivations ? S'il perdait le pouvoir, elle ne pourrait plus bénéficier de sa protection.

—Faut-il que ses intentions soient rationnelles ? Nous parlons d'une femme qui a essayé de me faire manger de la viande de poulain, simplement parce qu'elle savait que cette idée me révulserait. Je pense qu'elle aime simplement causer des problèmes, pour le plaisir. Et puis, c'est elle qui dresse les hyènes des neiges à l'aide desquelles les soldats patrouillent la région. Ces animaux ne sont-ils pas les favoris de Suless ?

Senera pinça les lèvres.

—C'est vrai. De plus, votre question appelle une réponse par « oui » ou par « non ». C'est celles que je préfère.

—Alors, vous acceptez de le faire ?

—Et qu'est-ce que j'obtiendrai en échange ?

Au moins, ce n'était pas un refus.

—Eh bien, pour commencer, vous aurez la satisfaction d'avoir aidé des femmes qui ne sont pas beaucoup mieux traitées que des esclaves.

Elle rejeta la tête en arrière, m'adressant un coup d'œil amusé.

—Oh ! Alors, ce serait un acte de charité et de solidarité ? Et moi qui croyais être dans le mauvais camp...

— Il se pourrait que Wyrga se retrouve en très mauvaise posture ? hasardai-je encore.

Son regard se fit plus intense.

— Ah… Voilà qui est plus tentant. Relos Var déteste Wyrga. (Elle tira Le Nom de Toutes Choses de son corsage.) Il est très rare qu'il haïsse véritablement quelqu'un, vous savez. Elle fait partie d'une courte liste de privilégiés.

Elle se concentra sur la pierre, lécha son doigt et traça un mot sur le bois de la table.

Cette fois, elle n'avait utilisé ni encre ni papier. Ces outils n'avaient qu'une valeur symbolique. La surface cirée de la table lui suffisait à lire le résultat.

— Oui, déclara-t-elle. C'était elle.

Elle se concentra, puis écrivit de nouveau.

« Oui ».

— Que lui avez-vous demandé ?

— Si Wyrga avait ordonné à Veixizhau de vous offrir à Suless.

Je fronçai les sourcils.

— Xivan m'a dit que, dans l'ancien temps, les femmes sacrifiaient leurs filles pour obtenir la faveur de la reine-sorcière.

— Ce qu'elle a fait n'était pas exactement un sacrifice, précisa Senera. C'était une offrande. Les femmes ne revoyaient plus jamais leurs filles, mais Suless ne les tuait pas.

— C'est aussi ce que pense Xivan. Que Suless les formait à devenir ses prêtresses, les mères-sorcières. (Je me penchai au-dessus de la table.) Senera… est-il possible que Wyrga soit une prêtresse de Suless ? Une mère-sorcière ?

— Les Quuros les ont toutes tuées…, commença-t-elle.

— Mais est-ce possible ?

Senera se mordit la lèvre.

Elle se concentra une troisième fois, puis traça un nouveau mot. Je n'eus pas besoin de plisser les yeux pour voir que la réponse était « non ».

Senera secoua la tête.

— Eh bien, c'était une hypothèse intéressante. Mais non, il est plus probable que Wyrga ne soit qu'une vieillarde abjecte, qui connaît assez de vieilles légendes pour causer des ennuis à un groupe de jeunes femmes trop naïves. Elle a sans doute agi par jeu, pour pouvoir retourner se tapir dans son terrier et tout raconter à son satané ourson.

Je sursautai. Bien sûr.

— L'ourson. Demandez-lui quelque chose sur l'ourson.

Senera haussa un sourcil.

— Pourquoi donc ?

— C'est juste que… (J'agitai la main.) On m'a raconté que l'ourson ne vieillissait pas.

— Quoi ? (Senera rit.) Ne soyez pas ridicule. Je suis sûre qu'elle les garde un moment, puis qu'elle les tue et qu'elle les remplace.

— Pourriez-vous vérifier ?

Elle renifla.

— Maintenant, nous en arrivons aux questions idiotes. De celles auxquelles je refuse de répondre.

— Demandez l'âge de l'ourson de Wyrga. C'est une question simple, non ? Elle ne présente aucun risque. On ne peut pas y répondre par « oui » ou par « non », mais la réponse est forcément précise.

Je ne savais pas vraiment où je voulais en venir, mais j'aurais mis ma main à couper que quelque chose clochait chez Wyrga… Elle était capable de réciter des passages entiers des prophéties. Elle prétendait avoir connu ma mère, Irisia. Tout en elle était suspect.

Et ma mère s'appelait bel et bien Irisia. Wyrga l'avait su avant moi. Combien de personnes savaient-elles que la déesse de la magie était née sous un autre nom que « Tya » ?

De guerre lasse, Senera interrogea une fois de plus Le Nom de Toutes Choses. Nous observâmes toutes les deux le nombre qu'elle traçait sur la table.

Un nombre très important.

— Est-ce que ce sont… des minutes ? Des mois ? balbutiai-je sans comprendre.

Il ne pouvait s'agir d'années…

Senera écarquilla les yeux. Sans mot dire, elle courut à son bureau et en sortit un papier et un crayon, qu'elle ramena sur la table.

Elle se concentra et écrivit un mot : « voras ».

Cela ne m'apprit rien de plus.

— Qu'est-ce que cela veut dire ?

Senera parut exaspérée.

— Je croyais que Thurvishar était censé vous instruire, toutes autant que vous êtes.

— Ne me confondez pas avec les épouses délaissées, rétorquai-je.

— Avant l'existence de l'Empire Quuro, expliqua Senera, bien avant, il existait quatre races immortelles : les voras, les voramer, les vorfelané et les vordredd. Toutes ces races, à l'exception des vorfelané, avaient été forcées de renoncer à leur immortalité afin que Vol Karath demeure emprisonné. Les voras furent les premiers à le faire. Ils devinrent alors les humains.

— Je n'ai jamais entendu parler des vorfelané.

— C'est parce que nous les appelons « vané », à présent. (Elle écarta d'un geste mes interrogations.) Ce n'est pas de cela que je vous parle. L'ourson n'est pas né sous la forme d'un animal. Il était humain ; ou du moins, l'équivalent immortel d'un humain. Il est né voras.

Senera écrivit de nouveau la suite de chiffres, cette fois à l'aide d'un fusain sur le papier.

— Ce sont des années.

— Plus de quatorze mille ans ? soufflai-je. Comment un ours polaire peut-il vivre quatorze mille ans ?

— C'est impossible. C'est pour cela que j'ai demandé à quelle race appartenait l'ourson lorsqu'il est né.

— Quel est son nom ? Son nom de naissance ? J'ignore comment l'appelle Wyrga, mais je suis sûre qu'elle me mentirait si je lui posais la question.

— J'ai presque peur de la réponse…

— Demandez-le tout de même.

Senera se concentra sur l'artefact au creux de sa main, puis écrivit un mot.

« Cherthog ».

Cherthog, le dieu-roi yoran de l'hiver. Nous scrutâmes toutes les deux ce mot.

Puis Senera dit :

— Putain de merde.

Après cela… il n'y a pas grand-chose à raconter.

Et je ne veux pas dire par là qu'il ne se passa rien. Nous poursuivîmes notre entraînement. Je continuai à chercher des manières de traverser les grottes empoisonnées pour récupérer la lance. Le duc Kaen se mit à me demander mon avis sur les stratégies de défense jorates, me donnant accès à sa salle de guerre et à ses plans. Il entreprit, petit à petit, de mettre ma loyauté à l'épreuve. Ce n'était pas toujours plaisant.

Les épouses en voulaient à Veixizhau, mais elles semblaient préférer la laisser tranquille en attendant son accouchement. Personne ne savait ce qu'il adviendrait d'elle, après la naissance du bébé ; il était encore fort possible que le duc Kaen la fasse exécuter pour adultère. Pour cette raison, les autres femmes étaient prêtes à supporter ses crises de nerfs. Je l'évitais autant que possible.

Une semaine après que Senera et moi découvrîmes la vérité sur Wyrga et son ourson de compagnie, un messager m'indiqua que le honn demandait à me voir.

Le messager m'avait trouvée dans ma chambre, seule. Quoique Talea et moi soyons toujours amantes, j'insistais pour dormir séparément. Je ne voulais pas qu'elle – ou quiconque – s'aperçoive que ma torpeur nocturne ne pouvait être interrompue.

Lorsque j'entrai dans le salon privé du honn, je vis que Senera et Wyrga étaient déjà présentes. Wyrga était agenouillée au sol. Pour une fois, son ourson n'était nulle part en vue.

Je lâchai un soupir. Senera m'avait demandé d'attendre avant de parler de Wyrga au duc Kaen, et j'avais obéi. Apparemment elle avait décidé de lui en faire part elle-même.

L'important était de savoir ce qu'elle lui avait révélé, exactement. Lui avait-elle expliqué que l'animal était Cherthog ? Lui avait-elle dit ce que cela signifiait, concernant Wyrga ? Ce n'était pas une mère-sorcière, non… Le Nom de Toutes Choses avait eu raison de nous dire qu'elle n'était pas l'une des filles choisies par Suless. Non, c'était bien pire encore.

Wyrga était Suless elle-même.

— Fermez la porte derrière vous.

Senera semblait tendue, presque au garde-à-vous, le regard fixe. J'eus la sensation qu'elle avait subi un interrogatoire poussé, juste avant mon arrivée. Près d'elle, sur la table face au honn, reposait Le Nom de Toutes Choses. Plusieurs morceaux de parchemin froissé avaient été jetés au sol.

— Merci de vous joindre à nous, Janel.

Je m'inclinai.

— Je vous en prie, Votre Grâce. En quoi puis-je vous être utile ?

— Je pense que vous le savez déjà.

Je me redressai et tentai de conserver une expression égale.

— Je vous demande pardon, Votre Grâce, mais je préfère éviter toute supposition hâtive. S'agit-il de Wyrga ?

L'expression du honn ne changea pas. Ses yeux couleur de glace s'aimantèrent aux miens. Il était furieux. Je ne l'avais jamais vu dans cet état.

— Oui, répondit-il. Senera a eu la bonté de chercher à en savoir plus sur la manière dont vous avez fini dehors, sur le glacier. Elle m'indique que la responsable n'est autre que Wyrga. De plus, c'est aussi à elle que je dois d'avoir persuadé mes épouses de se livrer au culte oublié de Suless.

Il contourna le bureau et, en passant devant la vieille femme, il lui donna un coup de pied. Elle cria et se recroquevilla, les mains pressées sur l'estomac.

Je fronçai les sourcils. M'étais-je trompée ? S'il s'agissait bien de Suless, pourquoi ne résistait-elle pas ? Pourquoi n'essayait-elle pas de se défendre ?

— Si vous n'étiez pas intervenue en faveur de mes épouses, son plan n'aurait jamais été découvert. Du moins, pas avant qu'il ne soit trop tard. Je me trouverais sans doute aux prises avec un soulèvement généralisé.

— Dans ce cas, je suis contente d'avoir été là, Votre Grâce.

Je tentai de lui sourire, mais je ne pus me défaire de mon anxiété. Son humeur massacrante ne m'avait pas échappé. Senera paraissait inquiète. Non… elle paraissait terrifiée.

— Wyrga est au service de ma famille depuis de nombreuses années, reprit Kaen en faisant les cent pas.

Derrière lui, les montagnes brillaient telle une couronne ; leurs pics enneigés, d'une blancheur immaculée, étincelaient sous les rayons aveuglants du soleil.

— On m'a souvent recommandé de ne pas lui faire confiance, mais j'ai toujours ignoré ces avertissements, car elle nous servait plus fidèlement que quiconque. N'est-ce pas, Wyrga ?

La vieille femme se prosterna de plus belle.

— Oui, messire. Oui, je vous ai toujours servi. J'ai toujours fait ce que vous me demandiez.

— Tu as un gaesh, Wyrga, ajouta Kaen en portant la main au collier qu'il portait. Tu n'as pas le choix, n'est-ce pas ?

— Non, messire.

— Un gaesh ? Mais…

Je m'aperçus que j'avais ouvert la bouche, stupéfaite. Si Suless portait un gaesh, cela expliquait bien des choses. Je n'aurais simplement pas cru possible d'imposer un gaesh à un dieu-roi.

— Savez-vous qui est le père de l'enfant de Veixizhau ? me demanda le duc Kaen.

— Je… (Je ne m'attendais pas à cette question.) Non. Je l'ignore.

— Mon fils. Le bébé de Veixizhau sera mon petit-fils, ou ma petite-fille.

Je battis des paupières.

— Vraiment ?

— Vraiment, confirma sèchement le duc. C'était l'idée de Wyrga, bien entendu. Elle a convaincu Veixizhau de séduire Exidhar en l'abreuvant de promesses insensées selon lesquelles elle pourrait transformer l'enfant de mon fils pour qu'il devienne le mien. Ce n'était que mensonges, bien entendu. Wyrga avait la ferme intention de révéler les agissements de Veixizhau au grand jour. J'aurais alors exécuté ma femme infidèle, ainsi qu'Exidhar… tuant du même coup mon fils et mon petit-enfant. Ce serait un résultat digne de la déesse de la trahison, n'est-ce pas, Wyrga ? N'est-ce pas ?

Wyrga s'écria :

— Oui, messire !

Je rencontrai le regard de Senera. À cet instant, je compris que Kaen savait exactement qui était Wyrga. Il savait déjà qui elle était. Il l'avait toujours su.

Le duc s'appuya contre le bord de la table, secouant la tête.

— Merci, Wyrga. Tout se passe toujours mieux, lorsque tu dis la vérité. (Il semblait… blessé. Déçu. Et toujours aussi fou de rage.) Mais j'espère que tu as compris que tu avais mérité une punition.

— Messire honn, commença Senera. Je dois vous recommander d'être prudent…

— Je me charge de régler cela, magicienne. Votre tâche est terminée. D'ailleurs, vous êtes libre de vous retirer.

Senera glissa sa pierre dans son corsage.

— Votre Grâce, je vous en prie…

Mais elle n'acheva pas sa phrase. Elle me gratifia d'un regard compatissant et quitta la pièce. Pour être tout à fait honnête, je me sentis abandonnée.

Dès que la porte se referma, Azhen Kaen se tourna vers Wyrga et dit :

— Arrache-toi les yeux.

Je ne sus pas si le hoquet de surprise que j'entendis venait de moi ou de Wyrga. Des deux, peut-être.

Je n'avais pas vraiment pris conscience de toute l'horreur du gaesh, jusqu'à cet instant. Et quels que soient mes sentiments envers Wyrga, je ne pouvais rester les bras ballants tandis qu'il l'obligeait à s'infliger un tel châtiment.

— Non ! criai-je.

Elle leva sa main vers son visage. Je me jetai sur elle et lui agrippai le poignet, mais Wyrga me repoussa.

— Non, cracha Kaen en m'attrapant par mon laevos. Je ne vous laisserai pas l'en empêcher.

— Si vous lui faites subir ce genre de choses, ne vous étonnez pas ensuite qu'elle complote contre vous et votre famille. Qu'attendiez-vous d'elle ? Qu'elle soit loyale, fidèle ? Vous auriez peut-être gagné sa loyauté, si vous l'aviez libérée !

— Elle n'a ni honneur ni loyauté. C'est un être maléfique, une créature du chaos, et j'aurais dû la tuer il y a des années.

Il me tira en direction du bureau, et cette fois, je ne me débattis pas. Il lâcha mes cheveux au moment où Wyrga poussait un hurlement. Je savais que, lorsque je me retournerais, je verrais le sang ruisseler sur sa figure.

Qu'importe que Wyrga ait tenté de me tuer, ou qu'il s'agisse d'un être profondément malfaisant. C'était une esclave; elle était vulnérable. Je devais faire quelque chose. Je n'étais pas assez folle pour attaquer le duc Kaen, alors… que faire? Quelles options s'offraient à moi? Comment faire pression sur lui?

Il existait un moyen. Je possédais quelque chose qui, de toute évidence, avait de l'importance pour lui. Je tirai ma dague de ma ceinture et en posai le tranchant contre le coin de mon œil.

— Ordonnez-lui d'arrêter, Votre Grâce, ou nous deviendrons toutes les deux aveugles.

Azhen Kaen se retourna vers moi, les yeux écarquillés.

— Vous… quoi?

J'inspirai profondément, serrai les dents, et enfonçai la lame dans ma chair[1].

L'arme était suffisamment aiguisée pour que je ne ressente pas immédiatement la douleur. Je sentis son contact froid, humide et désagréable, comme une griffe glacée traversant mon visage. Quelque chose se mit à suinter le long de ma joue.

On m'affirma plus tard que j'avais aussi mis le feu aux rideaux, ainsi qu'à la table.

— Wyrga! Je retire mon dernier ordre. Espèce d'imbécile!

Cette dernière injure m'était destinée.

La douleur me fendit le crâne, et je hurlai en me recroquevillant sur moi-même.

— Aide-la! ordonna Azhen Kaen à Wyrga.

« Aider » est un terme très vague. Mais Wyrga fit bien quelque chose.

Tout devint noir, et la douleur disparut.

1. Et on ose l'accuser de se comporter de manière théâtrale!

Lorsque je m'éveillai, je me trouvais dans une chambre pour invités près du sommet de la pyramide, de celles qui offraient une vue imprenable sur les montagnes. Mais surtout, je voyais des deux yeux. Je pris soin de m'en assurer. Ils étaient tous deux présents et intacts.

Je m'assis dans le lit, notant au passage que je portais encore mes vêtements, et me rapprochai de la paroi de cristal inclinée. Je contemplai les montagnes voilées de nuages, et remarquai qu'on m'avait placée dans une chambre orientée au sud, en direction de Jorat. D'ici, je ne pouvais distinguer ma patrie adoptive, mais j'en reconnaissais la direction. Je vis alors Aeyan'arric tournoyer au-dessus des crêtes, tel un diamant miroitant, gigantesque et mortel.

— Il va falloir que tu apprennes la magie, tu sais.

Je grimaçai et me retournai pour faire face à Wyrga… la reine-sorcière Suless, bien que je ne puisse évidemment l'appeler par ce nom. Elle se tenait dans l'encadrement, son animal – Cherthog – calé sous le bras. Son orbite gauche était vide, cerclée de chair rouge.

Kaen ne l'avait donc pas laissée soigner sa blessure. Au moins ne lui avait-il pas ordonné de terminer le travail alors que j'étais inconsciente.

— Je suis désolée, dis-je. Je ne pensais pas qu'il ferait une chose pareille.

La vieille femme m'adressa l'un de ses sourires carnassiers et trottina jusqu'à moi.

— Te fais pas de bile, va. Moi-même, c'est à peine si je m'en rends compte. Tu vois ?

Elle leva une main, et je vis qu'elle y tenait son globe oculaire arraché. L'œil brun, qui m'évoquait celui d'un chat, tourna entre ses doigts et se pointa vers moi.

— Oh, par les Huit…

Avec un haut-le-cœur, je me détournai. Elle se mit à rire.

— Il m'a dit de m'arracher les yeux. Il n'a jamais dit que je n'avais plus le droit de m'en servir.

— Bien sûr. Suis-je bête ? répondis-je.

Je ravalai le goût amer qui m'avait empli la bouche, regrettant de ne pas avoir un verre d'eau à portée de main. Un éclair blanc attira mon regard ; le dragon de glace descendait en piqué, perçant les nuages. Elle tourna sur elle-même pour se blottir dans le creux enneigé qui lui servait de nid. *Au moins, c'est un très beau monstre*, songeai-je.

Mais Suless était un monstre, elle aussi. Je n'avais pas cherché à la défendre parce que je l'appréciais ; je l'avais fait parce que je ne pensais pas que quiconque mérite de subir un tel traitement.

D'une certaine manière, je lui étais reconnaissante. Suless m'avait permis d'y voir plus clair. Car lorsque Kaen lui avait adressé cet ordre terrible, j'avais su avec certitude que je ne pourrais jamais le servir, quelles que soient les récompenses qu'il serait prêt à m'offrir. J'avais été brièvement tentée… mais un homme qui usait de son pouvoir comme il venait de le faire envers Wyrga ne serait jamais digne de confiance[1].

On protège ce qu'on dirige. Kaen était un thorra : une brute, quelqu'un qui se servait de sa force pour dominer les autres. Au fond de mon cœur, toute obligation que j'avais pu éprouver envers lui se désagrégea et tomba en poussière.

— Tu vas devoir apprendre la magie si tu veux te débarrasser d'Aeyan'arric, tu sais. Une épée ne suffit pas à tuer un dragon, même lorsqu'on sait s'en servir. Tu ne seras jamais assez habile. La magie, par contre, pourrait te permettre de survivre assez longtemps. Peut-être. Si tu as de la chance.

— J'ignore de quoi vous parlez.

Mon cœur battait la chamade. Quelles questions le honn avait-il posées à Senera ? Qu'avaient-ils appris ? Que savait Wyrga de ma mission ? Si le honn s'apercevait que j'avais pour

1. Honnêtement, je suis d'accord avec Janel sur ce point. Les leçons de choses sont parfois nécessaires… mais ce qu'a fait Kaen était tout simplement gratuit.

but de voler Khoreval, et de tuer le dragon qui lui servait à terroriser Jorat… Je serais en très mauvaise posture.

Elle posa son œil arraché sur la table de nuit.

— Je ne veux pas risquer de perdre ça. L'ourson se mettrait à le mâchonner, et je serais bien embêtée. (Elle se tourna vers moi, pointant un doigt décharné dans ma direction.) Veix t'a offerte à Suless. Ça veut dire quelque chose. Tu ne peux plus te cacher d'elle, maintenant. Elle connaît tous tes secrets.

Je devinai pourquoi elle parlait d'elle à la troisième personne. Kaen avait dû lui interdire de révéler son identité. Bien sûr, cela ne rendait pas ses paroles moins dérangeantes. Si toutefois elles étaient vraies.

— Tu sais que tu serais douée, pour la magie. Tu crois que Tya aurait pu mettre au monde un enfant qui ne posséderait pas ces facultés ? Elle l'a insufflée en toi à ta naissance, en a imprégné tes os, l'a instillée dans ton sang. Et pourtant, tu as tout étudié, sauf ça. L'épée ? D'accord. La stratégie ? Bien sûr. La tactique… Bref, les cadeaux de ton père, oui. Mais pas ceux de ta mère. Ceux-là, tu n'en veux pas[1].

— Vous en êtes sûre ? rétorquai-je. Je ne suis pas ici depuis bien longtemps, après tout.

— Je pense que tout ce que tu as à faire, c'est de demander. (Sa façon de me regarder accentuait la courbe de son échine, la faisant paraître bossue.) Et ta mère serait ravie de tout t'apprendre. (Elle tendit sa main noueuse et m'effleura le bras.) Mais elle est moins bon professeur que moi.

— Vous ne m'offririez qu'une aide empoisonnée. Je ne suis pas aussi inconsciente que Veixizhau.

Wyrga eut un gloussement qui rappelait le cri de ses hyènes.

---

1. Janel venait juste d'apprendre que Tya était sa mère, non ? Ah… Suless cherchait juste à la provoquer.

— Mais tu me comprends, non ? Une chienne qu'on maltraite essaie toujours de mordre son maître. Tu sais ce que c'est que de se rebeller contre son geôlier, pas vrai ? Tu as de l'affection pour Xaltorath, toi ?

Je baissai les yeux. Wyrga en savait bien trop long sur moi. Peut-être disait-elle vrai, lorsqu'elle avait parlé d'offrande. Si c'était le cas, ce n'était qu'une raison supplémentaire d'en vouloir à Veixizhau. Par sa faute, un monstre avait appris tous mes secrets.

Wyrga sourit de plus belle.

— Où était ta mère, quand tu avais besoin d'elle ?

— Taisez-vous.

— C'est pour ça que tu refuses de l'accepter, d'accepter ses présents. Elle ne t'a rien donné quand tu avais besoin de sa protection ; alors maintenant, tu ne veux pas lui offrir le plaisir de savoir que tes talents te viennent d'elle.

J'eus une expiration tremblante. Wyrga n'avait peut-être pas tort, ce qui m'exaspérait au plus haut point. Mon père, à l'époque, ignorait jusqu'à mon existence ; mais ma mère n'avait pas cette excuse. Pire : à ses yeux, je n'étais qu'un outil. Ce n'était pas l'amour, la luxure ou même un accident qui m'avaient fait naître, mais la nécessité d'accomplir l'une de leurs satanées prophéties.

Les outils peuvent être échangés. Jetés. Brisés.

— J'ai eu une fille, autrefois, médita Wyrga. Elle pensait la même chose de moi… mais en essayant de se rebeller contre moi, elle n'a réussi qu'à me ressembler[1]. C'est drôle, non ?

— On vous croirait presque saine d'esprit, aujourd'hui. Je vous en prie, dites-moi que le châtiment que vous a infligé le duc n'est pas responsable de cette amélioration.

Elle me fit un clin d'œil.

— Ne t'inquiète pas, ma jolie. Ça ne va pas durer.

---

1. Caless ? La déesse-reine de la luxure et des putains ? Personnellement, j'ai du mal à voir la ressemblance.

Ces paroles n'avaient rien de rassurant. Elle fit courir ses doigts, à la façon d'une araignée, sur la paroi de cristal. Des lignes noires se dessinèrent sur la surface transparente. Elle avait écrit quelque chose ; mais je ne connaissais pas cet alphabet.

— Que faut-il faire, dis-je, pour devenir un dieu ?

— Oh, ce n'est pas très dur, répondit-elle.

Les glyphes se multiplièrent, formant des paragraphes entiers. J'étais incapable de les lire ; et pourtant, je ne parvenais pas à chasser l'impression que j'aurais dû les comprendre.

— Du moins, ce ne serait pas très dur pour toi, précisa-t-elle.

— Je ne veux pas devenir un dieu.

— Tout le monde veut devenir un dieu, rétorqua-t-elle avec colère. La seule raison pour laquelle mon « maître » ne m'a pas posé la question, c'est parce qu'il n'a pas compris que je savais comment faire. Ce n'est pas lui qui m'a mis mon gaesh. Ce n'est pas son grand-père non plus. Tu sais qui c'est ? C'est Cherthog.

Je la dévisageai, médusée.

— Pardon ?

Son rire se fit cruel.

— C'était l'un de mes apprentis. Je ne l'ai jamais aimé. Ça s'est passé juste après que Vol Karath a tué les autres membres des Huit. Quand j'ai fait ma grande découverte, Cherthog s'est présenté sur le pas de ma porte avec une petite pierre bleue… grande comme ça. (Elle me montra son pouce et son index, séparés de quelques centimètres.) La Pierre des Entraves. Et voilà. (Elle souleva l'ourson de son autre bras.) C'est pas vrai, ce que je dis ? Qui c'est qui a été très vilain ? C'est toi ? Mais oui, c'est toi !

Elle me vit observer la bête, et dut lire ma question dans mon regard.

— Tu sais qu'il ne faut pas donner d'instructions trop précises à quelqu'un qui porte un gaesh, ou on risque de le tuer ; et si on s'exprime de manière trop vague, l'ordre peut être contourné. Cherthog avait besoin d'être caché aux yeux des Quuros… et Suless a exaucé son souhait, vois-tu ? (Elle eut un geste désabusé.) Qu'ils aillent tous en Enfer. Aucun d'entre eux ne reconnaît ma vraie valeur[1]. Kaen ne vaut pas mieux que Cherthog. Il se transformerait en dieu, s'il s'en pensait capable.

— Kaen déteste les dieux. Il pense que son destin est de trouver Urthaenriel et de s'en servir pour tuer les Huit Immortels, vous vous souvenez ?

Elle continua de tracer des mots sur le mur transparent.

— Parce qu'il juge qu'ils font mal leur travail. Ce qui est une manière détournée de dire qu'il le ferait mieux à leur place. Quand les gens renversent leurs idoles, ils n'hésitent pas une seconde à se hisser à leur place sur le même piédestal.

Je ressentis une sorte de vertige, à la vue des symboles qui se succédaient.

— Qu'est-ce que… Qu'est-ce que vous faites ?

Cette fois, elle ne gloussa pas ; elle eut un ricanement grave et rauque, qui, pourtant, rappelait encore celui des hyènes. Elle me sourit comme si j'étais sa nièce adorée. L'œil qui lui restait, brun et rond comme celui d'un chat, fut traversé d'un éclair bleu glacier.

— Kaen m'a dit de t'aider, ma chère. C'était un peu trop vague… Il existe une prophétie qui parle de quatre pères, tu sais. Tu as sûrement dû l'entendre. Ou peut-être pas. Mais il y en a une autre qui parle de quatre mères. C'est une sorte de piège, vois-tu. Parce qu'il ne s'agit pas d'une mère pour chacun d'entre vous, mes jolis petits Guerriers de l'Enfer.

---

1. Ça veut dire qu'elle porte un gaesh depuis des millénaires. J'ai presque pitié d'elle. Presque.

Non. Il s'agit de quatre mères… rien que pour toi. (Elle se tapota la poitrine.) La quatrième, c'est moi.

— Oh… Ça m'étonnerait, protestai-je d'une voix bien plus faible que je ne l'aurais voulu.

— Ah, ne t'inquiète pas, mon petit lion. J'ai bien l'intention de t'aider. Je vais tellement t'aider que c'en sera insoutenable.

Les écrits griffonnés sur la fenêtre se transformèrent et se réorganisèrent ; soudain, je fus capable de les lire.

Mais ce n'était pas du guarem[1]. Les mots n'avaient pas changé ; seule ma perception s'était altérée. Et je ne me souviens pas de ce que je lus. Je sais seulement que je lus… quelque chose.

Le monde devint noir, et cette fois… je ne m'éveillai pas dans l'Au-delà.

Le monde était blanc, et le ciel d'un bleu éclatant. Il n'avait pas sa teinte turquoise habituelle, non : c'était le bleu des poteries vernissées de Kazivar, ou encore de la Maison D'Mon.

Je me tenais au sommet de la pyramide de cristal, dans les montagnes ; les rayons qui s'y réverbéraient étaient si éblouissants que je ne pouvais baisser les yeux sans devenir aveugle. Des crânes bordaient la cime de la pyramide tronquée, les yeux emplis d'une lueur d'un bleu spectral. L'air sentait la glace et le pin, mais portait également un faible relent de sang frais et de chair racornie.

Je me retournai et découvris Suless.

C'était toujours une vieille femme ; je savais qu'elle aurait pu paraître jeune, si elle l'avait souhaité. Je savais aussi que nous nous trouvions dans un lieu de sa propre invention, et qu'elle aurait pu adopter n'importe quelle apparence.

1. Du voral, vous croyez ? Ou autre chose, peut-être… Il faudrait vraiment que je me penche là-dessus.

Ses cheveux ressemblaient à une fourrure blanche, et sa peau était si pâle que la neige paraissait sombre en comparaison. Elle était vêtue dans un style qui ne m'était pas familier, étrange et archaïque. Et pourtant, elle demeurait une vieille femme, ridée, fripée, avec des yeux du même bleu perçant que ceux des hyènes assises à ses pieds. Celles-ci, sans me prêter attention, rongeaient des os avec avidité.

— Le monde est régi par le pouvoir et la volonté, dit-elle d'une voix grave et majestueuse.

Les hyènes levèrent alors la tête et m'observèrent pour la première fois ; puis leur regard se posa de nouveau sur leur reine.

— Wyrga, dis-je avant de me reprendre. Suless. Quoi que vous soyez en train de faire…

— Mon enfant…

Elle se leva du trône de cristal et de diamant sur lequel elle était assise. À cet instant, je m'aperçus que ce trône ne se trouvait pas au centre du plateau. Ce dernier avait jadis été pourvu d'un second siège, désormais brisé ou déplacé… Le trône de Cherthog.

— Tu as entrepris une quête, et tu ne pourras l'accomplir seule. Puisque tu es trop têtue pour accepter l'aide de tes autres mères, je vais devoir t'obliger à recevoir la mienne.

J'inspirai profondément, ignorant le froid qui semblait assaillir mes poumons à coups de poignard.

— J'en ai assez d'être un pion que d'autres manipulent à leur guise.

Elle s'approcha de moi. Je fus déconcertée de constater que j'étais plus grande qu'elle. Ses yeux de chat, devenus bleus, se plongèrent dans les miens.

— Moi aussi. Mais j'attends, patiemment, et je fais semblant d'être toquée. (Elle sourit.) Et parfois, j'avoue que c'est un peu vrai. Mais ils me sous-estiment. Oh, ils nous ont toujours sous-estimés, pas vrai ? Nous avons été sages pendant si longtemps. Nous avons joué les bons serviteurs. Les esclaves dociles. Cela ne nous a valu aucune récompense ; mais ils ont cru que nous étions vaincus. Tôt ou tard, ils finissent par baisser leur garde. (Elle tendit la main et agrippa la mienne.) Alors voyons ce que nous pouvons faire à ce sujet, tu veux bien ? Ce ne sera plus long, maintenant. Bientôt, tous les esclaves seront libérés.

— Les prophéties ?

— Oh oui. Soyons prêts, car lorsque le moment viendra, nous aurons très peu de temps pour réagir.

Et avant que j'aie pu me dérober ou lui arracher ma main, elle m'attira vers elle et posa son pouce au milieu de mon front.

Ma vision s'altéra, et je vis l'univers différemment. Suless ne s'arrêta pas là, cependant. Je la sentis s'immiscer dans mon esprit ; soyeuse, glacée et terriblement douloureuse, elle se mit à en changer le contenu. À réorganiser mes pensées.

Elle s'aventura sur les vieilles routes, oubliées depuis si longtemps…

J'attends près de la grande scène, sur le point d'y monter. Je suis tendue, si tendue qu'on pourrait jouer une note en me caressant avec un archet.

Face à moi, j'aperçois A'val. Je lui souris, tout en la maudissant de m'avoir convaincue de me lancer là-dedans. Je n'ai jamais voulu faire de politique… et pourtant, je suis là.

— C'indrol, c'est le moment[1].

Elle me fait signe, et je m'avance face à l'Assemblée afin de commencer mon premier discours…

1. J'ai tenté de me renseigner au sujet de cette C'indrol, dans l'espoir de confirmer ou d'infirmer ce récit. C'est alors que j'ai découvert une particularité intéressante du Nom de Toutes les Choses : elle est incapable de remonter plus loin que sa propre création. Par conséquent, je ne peux que supposer que C'indrol est morte avant la fabrication des Pierres Angulaires.

Je me souviens de l'arrivée des démons. Je me souviens de mes hurlements, lorsqu'ils ont tué ma sœur et revêtu son corps comme une seconde peau, tandis qu'ils s'élançaient à la poursuite de notre famille. Je me souviens de la douleur et de la terreur. Je m'échappe, mais je ne me pardonne jamais d'avoir survécu, alors qu'ils sont tous morts…

Une lumière d'une inconcevable clarté illumine les fenêtres de mon appartement. Je me rue vers la porte menant à notre jardin, sur le toit. Je parviens à franchir le seuil avant que l'onde de choc ne parvienne jusqu'à moi. Ensuite, je ne me souviens plus de rien…

Je voyage à l'arrière d'un chariot, le long d'une vieille route poussiéreuse, traversant un désert à la chaleur étouffante. Je me sers du voile enroulé autour de mon cou pour éponger ma sueur, tandis que je m'exerce à jouer des accords sur la harpe de mon père. J'espère un jour m'acheter ma propre harpe…

Je pleure, et Valathea me serre dans ses bras. Les lèvres de la vané sont si douces… mais je sais qu'elle est en train de me dire adieu. C'est pire qu'un adieu, parce qu'il n'y a rien que je puisse dire pour convaincre Valathea de rester. De rester en vie. De me rendre la blessure de la vie supportable, pour quelques instants de plus. Elle pose une main sur mon ventre gonflé et murmure « Promets-moi que tu lui apprendras à jouer », juste avant de commencer le rituel qui, en fin de compte, n'est guère différent d'un suicide.

Je pose la harpe qu'on appelait jadis Valathea au bord d'une ville en ruine. Je n'aime pas le sentiment de familiarité que me procure cet endroit, l'impression de l'avoir déjà visité. Mais le pire est que je suis consciente d'avoir été suivie. Voilà des jours que je sens des regards posés sur moi. Je crois que les morgages ne vont plus tarder à se montrer. Mais si je suis venue, c'est pour une raison bien précise : pour négocier, afin de sauver les miens. Je refuse de croire que la seule manière de l'emporter soit par le fil de l'épée.

Il doit y avoir un autre moyen.

Devant moi, je vois un vaste palais, l'édifice le moins délabré de toute cette cité morte. Si les chefs des morgages se trouvent dans les parages, c'est certainement dans cet endroit. Je soulève de nouveau la harpe, en marmonnant que Valathea aurait pu attendre que nous nous soyons éloignés, au moins, avant de se maudire. Et je me dirige vers le palais…

Puis je me rappelle l'obscurité, la faim et un abîme immense, sans bornes. Je me souviens d'une voix qui hurlait. Je me souviens d'une douleur qui n'était pas la mienne et que, pourtant, je ressentais jusqu'au fond de mon être.

Je battis des paupières et me réveillai. Je me trouvais toujours sur la montagne, dans le monde rêvé de Suless. La déesse de la sorcellerie et de la trahison me retenait toujours prisonnière.

— Qu'est-ce que…

— Croyais-tu avoir oublié les vies que tu as menées ? Croyais-tu que ce savoir était à jamais perdu ? Tu as vécu tant de vies passionnantes, ma chère… Je comprends pourquoi Tya t'a choisie.

Je m'écartai d'elle à reculons.

— Je… Je n'ai vu que des images fugaces. Elles ne signifiaient rien.

— C'est égal, dit-elle. (Elle se frotta les mains l'une contre l'autre.) Nous en avons fini, pour le moment.

— Que m'avez-vous fait ?

— J'ai posé des jalons. (Son sourire était tout aussi carnassier que dans le monde réel.) Une fondation, sur laquelle tu pourras bâtir. C'est beaucoup plus facile pour un bébé, mais c'est également possible pour toute personne dont le cerveau n'a pas tout à fait fini de se développer, comme toi. Et je n'ai pas eu besoin de changer grand-chose… Les modifications les plus importantes ont dû être effectuées par Tya ou Xaltorath, avant mon arrivée.

Je parvins à me redresser. Ma tête me faisait mal, et j'avais envie de vomir.

— Je ne pense pas que je vous en remercierai un jour.

Suless sourit, et ses hyènes l'imitèrent, la langue pendante.

— Non, je ne m'attends pas à ce que tu me remercies, en effet. Ce n'est pas pour t'aider que je fais tout cela, mais tu le sais déjà. Je veux seulement voir la tête que fera Kaen, lorsque tu tueras son dragon et que tu t'empareras de tous les trophées qu'il croit être les siens. Quand tu… le *trahiras*. Oh, oui… quel bonheur !

— Très bien. Sur ce point-là au moins, je suis d'accord.

Elle leva les bras, et je me réveillai dans ma chambre.

48

Révélations

Colonie de Jorat, Empire de Quur.
Trois jours après qu'un chasseur de sorcières, portant le nom ridicule de « Piété », ne revint pas à la Cité capitale.

Tout le monde dévisagea Janel.

Elle s'enfonça dans son siège et but une gorgée de café, l'air gêné.

— Oh, poulain… (Dorna posa sur elle un regard de profonde sollicitude.) Vous n'avez pas vraiment essayé de vous crever un œil, si ?

Étoile hocha lentement la tête.

— Pas mal, dit-il.

Janel se racla la gorge et détourna le regard.

Récit de Qown. Le Demesne de Glace, Yor, Quur.

Ce fut Sire Baramon qui finit par vendre la mèche.

Frère Qown savait que Sire Baramon ne l'avait pas fait exprès ; mais tôt ou tard, il fallait bien que quelqu'un commette une erreur. Au fil du temps, Qown avait découvert les endroits et les moments où les gens étaient susceptibles d'en dire trop, d'échanger des ragots et des messes basses. Il patientait, invisible, dans les pièces où les gens savaient – sans l'ombre d'un doute – qu'ils étaient seuls. Et les gens qui se savaient seuls avaient tendance à baisser leur garde.

Dans le cas de Sire Baramon… Eh bien, il était adepte des confidences sur l'oreiller.

Un soir, Frère Qown le surprit en train d'apprécier un peu trop vigoureusement la compagnie de Dango, au grand embarras du prêtre. Qown s'éclipsa assez longtemps pour découvrir où se trouvaient ses autres sujets d'observation habituels ; lorsqu'il revint, l'atmosphère entre les deux hommes s'était faite beaucoup moins torride, mais tout aussi intime. Enlacés sous des couvertures, face au feu qui flambait dans l'âtre, ils discutèrent. Frère Qown, cette fois, se permit de rester.

— Cela ne va pas être facile, demain, dit Sire Baramon.

Il avait posé sa tête sur l'épaule de son compagnon, qui sourit et fit courir sa main sur le bras du chevalier.

— Bah… Ne t'inquiète pas, mon cœur. Ce sera dangereux, mais pas plus que la dizaine de fois précédentes.

Baramon se leva, laissant retomber la main de Dango.

— J'aimais mieux notre ancien fonctionnement, quand nous n'avions pas besoin de nous séparer. Et quand l'un de nous pouvait jouer le rôle du Chevalier Noir sans déclencher un branle-bas de combat. Je ne peux même plus le faire, moi… et c'était mon vrai travail ! De nos jours, il suffit de parler du Chevalier Noir pour faire s'évanouir tous les nobles des environs.

— C'est leur faute, pas la nôtre.

— Tu sais que j'ai trouvé un autel dressé à la gloire du Chevalier Noir, dans un des villages que nous avons traversés ? Ils affirment que le Chevalier Noir n'est autre que le Seigneur Sans-Nom.

Frère Qown sursauta. Le « Seigneur Sans-Nom » était le nom que donnaient les Jorats au huitième des Huit Immortels. C'est-à-dire à Selanol, le propre dieu de Qown[1].

— Et ça t'étonne ? Le Chevalier Noir est la réponse à leurs prières. Ces jours-ci, on ne peut pas traverser une ville sans croiser des graffitis à sa gloire sur les murs. Il y a quelques chansons plutôt chouettes, aussi.

— Si nous ne nous séparons pas…

— Janel a dit que…, commença Dango avant de s'interrompre.

— Comment pouvons-nous être sûrs que Janel Danorak a dit quoi que ce soit ? s'agaça Sire Baramon. La dernière fois que j'ai vu Janel Danorak, elle gisait, morte, dans l'arène du tournoi d'Atrine. Talaras m'arracherait les doigts s'il m'entendait dire ça, mais hormis les dires d'Arasgon, nous n'avons aucune preuve qu'elle a survécu. Et maintenant, il faudrait qu'on croie qu'il arrive à lui parler toutes les nuits ?

— Bary ! le réprimanda Dango à voix basse. Tu sais bien que seuls les flammesangs ont le droit de parler de tout ça !

Pendant un long moment, Sire Baramon ne dit plus rien. Puis il secoua la tête.

— Oui. Oui, bien sûr. (Il sourit.) Il y a des graffitis sur elle, aussi. Ça me fait chaud au cœur. Même s'il est ridicule d'espérer qu'elle reviendra nous sauver.

Dango rit et l'enlaça.

— Tu ne comprends donc pas ? C'est ce qu'elle fait, en ce moment même. Nous sommes ses mains, ses bras, son épée. C'est pour elle que nous sauvons Jorat.

Sire Baramon tenta de sourire, au prix d'un grand effort.

— Qu'est-ce que je ferais sans toi ?

Dango attira Sire Baramon contre lui.

— Tu serais malheureux, probablement…

---

1. Hmm. Dites, puisque vénérer un dieu génère du tenyé, je me demande où il passe, dans ce cas précis. Après tout, il ne peut pas être dirigé vers Kihrin…

Frère Qown s'arracha à son observation et resta un moment assis, immobile. Il réfléchit à ce qu'il venait d'entendre.

Janel utilisait les flammesangs pour relayer ses instructions et les renseignements qu'elle récoltait, sachant qu'aucun Yoran ni Quuro occidental ne comprenait leur langage[1]. Elle avait trouvé le moyen de communiquer avec ses partisans, à Jorat, et elle leur avait transmis des informations détaillées sur les armes, les projets et les troupes des Yorans. Tout le monde savait qu'elle ne pouvait être mêlée à tout cela : après tout, elle n'avait jamais quitté Yor.

Janel Danorak orchestrait la rébellion jorate depuis le début.

— Alors, as-tu découvert des choses intéressantes ? demanda Relos Var.

Frère Qown bondit sur sa chaise et resta un instant figé, avec l'impression d'avoir été surpris la main dans le bocal de friandises. Relos Var s'attabla non loin de lui. Le mage portait des vêtements de voyage qui n'auraient pas été adaptés au climat de la région… mais bien entendu, il avait utilisé un portail. Par ailleurs, Var apportait un dîner tardif : des galettes de pain sag, du riz au safran et aux légumes, des champignons fourrés au piment, et un ragoût d'aubergine d'un rouge profond, baignant dans l'huile et les épices.

Qown s'aperçut alors qu'il lui avait posé une question, et cette fois, il se sentit contraint d'y répondre. Il n'avait pas d'autre choix.

— Oui, haleta-t-il, les doigts serrés sur le bord de la table.

— Ah, très bien, sourit le mage. Viens dîner, et raconte-moi tout cela.

Qown se dirigea vers la table et s'y assit, avec l'impression de se rendre à sa propre exécution. Il remplit son assiette

---

1. Ni ne soupçonnait qu'ils étaient capables de lancer des sorts. Combien de flammesangs sont-ils magiciens ? Je me le demande…

des plats typiques d'Eamithon. Ils avaient sans doute été préparés par Loma, au monastère. Il avait tendance à ne pas utiliser assez de cardamome, mais ses ragoûts demeuraient délicieux. Qown battit des paupières et revint à l'instant présent.

—Je suis désolé. Je… Vous m'avez surpris.

—Navré. Nous sommes tous très occupés, ces temps-ci, s'excusa Relos Var en mangeant un champignon. Tu ne trouves pas que Loma se montre toujours trop avare en cardamome ?

—C'est ce que j'ai toujours dit. Je pense qu'il a peur de la gaspiller, parce qu'elle est si chère.

Il agita un morceau de pain sag.

—Cette attitude ne fait que prouver qu'il s'accroche encore à des considérations matérielles illusoires. (Il fit la moue.) Désolé. C'est le Père Zajhera qui aurait dit cela.

—Ce n'est pas grave.

C'était grave, et cela le serait toujours. Qown se concentra sur ce qu'il mangeait. Il ne sentait même pas le goût de ces plats exquis, obsédé par l'idée qu'il serait obligé de parler avant la fin du repas.

—Tu as dû découvrir quelque chose de terrible. Tu trembles comme une feuille. (Qown repoussa le plat.) Dis-moi tout.

—Janel a trouvé un moyen de communiquer avec Arasgon durant son sommeil. Ensuite, il relaie les ordres et les informations aux autres flammesangs, qui les transmettent aux groupes de résistance des humains ; soit par portail, soit en courant. Janel organise la rébellion, déjouant vos efforts pour saper l'autorité du duc Xun à Jorat. Elle sape tout de même son autorité, d'ailleurs… Seulement, elle s'arrange pour que cela lui profite à elle, plutôt qu'à vous.

—Comment ? Les Jorats doivent la croire morte.

—Oh, non. Demandez son avis à n'importe quel Jorat, et il vous dira que Janel n'est pas morte lorsqu'elle s'est battue contre vous. Elle a transcendé la mort ; ou alors, elle vous a berné pour parvenir à s'échapper ; ou alors, Khored l'a choisie pour le représenter et devenir le sauveur de Jorat. Qui pourrait tuer une légende ? Nous n'avons jamais surpris ses partisans en train d'échanger des instructions, car ce ne sont pas les humains qui s'en chargent. Janel leur a certainement parlé d'Âtremonde et du Nom de Toutes les Choses. Ils se savent observés. Mais puisque tous les Jorats comprennent le langage des flammesangs depuis l'enfance, ces derniers peuvent leur servir de messagers. Je n'ai pas encore compris ce qu'ils font avec les Marakoris, mais ils ont dû trouver un moyen de…

—Attendez… Les Marakoris ? En quoi sont-ils mêlés à cela ?

—Ils les recrutent en masse. Ils font la même chose que le duc Kaen avec ses soldats : ils les maquillent en Jorats. Un grand nombre de villages sont restés déserts suite à la Marche Infernale de Lonezh ; alors ils s'établissent discrètement dans la campagne et reprennent les fermes à leur compte. Et ils s'entraînent. Lorsque la rébellion parvient à faire s'installer assez de ses partisans dans une bannière, ils infligent un Blâme au dirigeant local, et ils le remplacent par un des leurs. Lorsque suffisamment de bannières ont été conquises, ils peuvent prendre la tête d'un canton, et ainsi de suite… (Qown secoua la tête.) Kaen souhaitait rendre Jorat invivable, de manière que tout le monde comprenne que le duc Xun n'était pas capable de protéger son peuple. Janel, elle, a choisi la stratégie opposée. Elle commence tout en bas, et remonte petit à petit l'édifice.

Relos Var s'enfonça dans son siège.

—Janel ? C'est notre Janel qui dirige tout cela ?

Qown grimaça.

—Oui, monsieur. Elle donne leurs ordres aux Chevaliers Noirs depuis le début.

Le mage parut surpris… puis il se mit à rire.

Frère Qown le dévisagea, stupéfait. Il regarda autour de lui pour voir si quelqu'un d'autre s'était glissé dans la pièce, ou si une plaisanterie mettant en scène un morgage, un vané et un Grand Seigneur était apparue au-dessus de sa tête.

— Oh, Qown… (Relos Var frappa sur la table du plat de la main.) C'est incroyable. Je ne pourrais pas être plus fier d'elle. (Il releva la main, le doigt pointé vers le ciel.) Je te donne la permission de mentir à Kaen. Ne lui souffle pas un mot de tout cela, surtout. Falsifie les rapports que tu lui donnes. Ne lui dis pas ce qui se passe vraiment.

Qown cligna des paupières, de plus en plus perplexe.

— Pardon ?

Var lui sourit.

— Mon garçon, penses-tu que je m'intéresse depuis toutes ces années à Janel Danorak sans avoir le moindre projet la concernant ?

Négligeant d'attendre une réponse, il poursuivit :

— J'avoue que, lorsqu'elle m'a défié en duel, à Atrine, j'ai cru qu'elle avait commis une erreur monumentale. Et elle s'est montrée si… conciliante, depuis son arrivée ici, que j'ai pensé qu'elle avait capitulé. Mais j'aurais dû me douter que je me trompais. Après tout, Janel connaît-elle le sens du mot « capituler » ? Quoi qu'il en soit, c'est merveilleux !

Qown resta interdit. La peine à l'idée de trahir Janel était déjà difficile à supporter… mais il s'était attendu à ce que Var soit ébranlé et furibond. Au lieu de cela, il semblait ravi. Impossible de savoir comment interpréter sa satisfaction.

— Je ne comprends pas, avoua-t-il.

— Quand on veut être certain de remporter une course, il faut parier sur tous les chevaux. J'ai donné à Kaen l'idée d'unifier Yor et Jorat, parce que nous aurons bientôt besoin de forces considérables. Mais Janel – juste sous mon nez ! – a fait d'importants progrès pour ce qui est d'allier Jorat, non pas à Yor, mais à Marakor… ce qui se trouve être encore mieux. Si je n'essayais pas d'en faire autant, c'est parce que l'entreprise me paraissait délicate, voire impossible.

— Quur ne tolérera pas cette rébellion... Dès que le duc Xun appellera à l'aide, ils feront intervenir l'armée.

— Sauf que le duc Xun ne leur révélera jamais qu'il a des ennuis. Cela reviendrait à faire aveu de faiblesse, lui rappela Relos. Et ce simple mot suffit à faire trembler notre cher petit duc jorat. Par ailleurs, Kaen est parvenu à dissuader la majorité des Maisons Royales de signaler les troubles qui agitent la colonie... ce qui sert également les intérêts des rebelles de Janel. Il y a de bonnes chances pour que le Grand Conseil ne comprenne que trop tard que quelque chose cloche à Jorat. Et ce jour-là... (Il ricana.) Oh ! Je vois d'ici la tête du Premier Général Milligreest, lorsqu'il découvrira à qui il a affaire. Quel plaisir de constater que ma pouliche sauvage est encore dans la course !

— Je pensais que vous seriez furieux, admit Qown.

— Kaen le sera, lui. Il voudra la faire exécuter, je vous le garantis. (Attristé, le mage soupira.) Fais ce que tu peux pour lui venir en aide, Qown. Essaie de ne pas te mettre toi-même en danger... Cependant, je pense que je serai bientôt forcé de décider si, oui ou non, je m'entête à protéger cet homme de ses choix désastreux.

— Vous avez un plan, n'est-ce pas ? Un plan pour sauver le monde ?

Relos Var cessa de sourire.

— Oui, en effet.

La gorge de Qown se serra. Il luttait contre des émotions qu'il ne parvenait pas à nommer, et encore moins à maîtriser.

— Je vais voir ce que je peux faire pour l'aider. Elle, heu... (Il toussota.) Elle essaie d'apprendre la magie.

— Si elle le juge nécessaire, pourquoi pas... Cela ne lui servira pas à grand-chose lorsque nous aurons retrouvé Urthaenriel, mais dans l'intervalle, cela pourrait se révéler utile. J'aurais tout de même préféré qu'elle se concentre sur les leçons de Xivan.

— Urthaenriel ? (Qown se redressa sur sa chaise.) Vous êtes à la recherche d'Urthaenriel ?

Naturellement, il avait déjà entendu parler du Fléau des Rois, la fameuse épée magique des Empereurs de Quur… mais il avait supposé qu'elle était définitivement perdue, ou accrochée au mur du roi des vané.

— Oui. Et s'il s'agissait de n'importe quelle autre épée, je pourrais demander au Nom de Toutes les Choses de me révéler son emplacement. Mais bien sûr, c'est impossible… ce qui est fort dommage, car nous en aurons bientôt besoin.

— Pourquoi ?

Relos Var rit en se levant.

— Parce qu'on l'appelle aussi « Tueuse de Dieux », mon garçon. Et c'est précisément ce que nous allons faire.

49

Les épreuves de l'hiver

Colonie de Jorat, Empire de Quur.
Trois jours après que Thurvishar, plus pédant que jamais, parvint à se corriger lui-même.

Janel eut un petit rire.

— Ne soyez pas si sévère avec Baramon, Qown. Ce n'est pas lui qui a révélé nos plans au grand jour.

Ninavis renifla et leva les yeux au ciel.

— Ah bon ? répondit Qown, l'air décontenancé. Pourtant, c'est à cause de lui que j'ai découvert ce que vous faisiez.

— Oui, acquiesça Janel. Mais Relos Var vous a ordonné de ne rien dire, vous vous souvenez ? Non, j'ai bien peur que ce soit quelqu'un d'autre qui ait vendu la mèche.

— Qui ? interrogea Kihrin.

Janel souleva son verre.

— Hum… Eh bien, c'est moi.

Récit de Janel. Le Demesne de Glace, Yor, Quur.

Les yeux de Suless deviennent bleus lorsqu'elle lance des sorts. Pas tous les sortilèges, cependant ; seulement les enchantements. Seulement lorsqu'elle joue avec l'esprit de quelqu'un. C'est comme si, l'espace de ces quelques secondes, la vieille femme nommée Wyrga ne pouvait s'empêcher de dévoiler la déesse cachée en elle. J'avais appris à repérer les indices de ce genre, mais puisque j'étais apparemment la seule, je songeai que c'était peut-être dû à ce que Suless m'avait fait.

Suless se révéla douée pour l'enseignement, mais je détestais ses leçons. Chacune d'entre elles permettait à la reine-sorcière de s'infiltrer un peu plus profondément dans mon âme, comme une infection envahissant peu à peu mon esprit. Aussi tentai-je, autant que possible, de m'instruire par d'autres moyens. J'étudiai des livres, me fis aider par Qown et assistai même aux cours que Thurvishar donnait aux Délaissées, comme se désignaient mutuellement les anciennes épouses de Kaen. Leur fierté n'était pas usurpée. Depuis qu'elles suivaient l'enseignement de Xivan, ses méthodes impitoyables avaient transformé cet essaim de prisonnières oisives et incapables en une véritable troupe de combat.

Les hommes yorans demeuraient incrédules. Ils ne parvenaient pas à comprendre que ces femmes – qui, quelques années auparavant, n'avaient été que de superbes meubles – puissent les surpasser en vitesse, en force et en férocité. Ils ignoraient quels sortilèges les femmes utilisaient désormais pour augmenter leur puissance physique à un degré surnaturel.

Les histoires que j'avais racontées à Talea, au sujet de ma propre force, leur en avaient fourni l'inspiration. Talea les avait répétées à Bikeinoh, qui avait découvert comment accomplir cet exploit. Puis Bikeinoh, à son tour, l'avait enseigné à toutes celles qui en étaient capables.

C'est-à-dire presque toutes.

Cependant, aucun homme n'envisageait que les Délaissées soient envoyées sur le terrain. Elles s'étaient muées en une sorte de porte-bonheur, un accessoire dont le honn se parait lorsqu'il recevait des invités… ce qui était également mon rôle. Les femmes guerrières scandalisaient autant qu'elles fascinaient les membres des familles royales en visite. Le duc Kaen leur avait fait fabriquer des armures spéciales, qui accentuaient leur féminité ; elles n'étaient toutefois pas plus adaptées aux températures glaciaires que leurs anciennes robes. Ces armures avaient aussi peu de chances d'arrêter un coup d'épée, puisqu'elles dévoilaient largement jambes et décolleté. Cependant, les rumeurs se répandaient. Peut-être était-ce une bonne chose, malgré tout, que de lointains villages yorans entendent parler des femmes guerrières du honn.

Peut-être.

J'apprenais à leurs côtés, moi aussi. Thurvishar D'Lorus se révéla être un excellent professeur, quoique le fait qu'il sache toujours quoi dire ou faire pour m'aider à comprendre un sort ait tendance à m'agacer. Il lui suffisait de retourner le livre entre mes mains, de reformuler une phrase ou de me signaler une erreur d'interprétation pour que tout s'éclaire dans mon esprit.

Azhen Kaen se faisait de plus en plus impatient et irascible. Il avait cru triompher aisément de Jorat ; au lieu de cela, la colonie s'était muée en bourbier. Aeyan'arric multiplia les attaques, mais de plus en plus de villages se vidaient avant son arrivée. Les « prêtres » du Chevalier Noir – vénérant le Seigneur Sans-Nom – se mirent à inculquer à la population le symbole d'air pur, rendant inutile l'action du gaz lysien. Senera se trouva face à des Jorats munis de talismans, qui les protégeaient des sortilèges. L'incapacité de Kaen – ou plutôt de Relos Var – à identifier les chefs des rebelles avait mis les nerfs du duc à vif. Il lui suffisait du moindre prétexte pour s'en prendre violemment à son entourage.

Kaen ne cessa pas d'envoyer Aeyan'arric attaquer Jorat.

Durant plusieurs années, suivant le jour où j'avais prêté allégeance au duc Azhen Kaen, il testa ma loyauté. Je détestais ces épreuves, mais il ne me demanda jamais d'accomplir une tâche trop évidemment répréhensible ; par exemple, il ne m'envoya jamais à Jorat en compagnie de Senera. Il avait fait de moi – une Jorate prenant ses ordres d'un Yoran – le symbole de son règne à venir, destiné à apaiser les doutes de ceux qui ne lui accordaient pas encore leur confiance. Il me faisait porter ses messages aux différents chefs de clan, dans la seule intention de m'exhiber publiquement. Je portais les anneaux de Kaen dans mes cheveux, et les bijoux de Relos Var sur l'encolure d'une cape rouge bien trop mince pour protéger quiconque du froid. Les nobles yorans et les courtisans prirent l'habitude de m'appeler Dyono Tumai, le Chevalier Rouge. Je ne sus pas s'il s'agissait d'un compliment, mais j'eus la sensation que ce n'était pas le cas.

Puis vint le jour où le duc Kaen me confia une tâche plus importante que les précédentes.

— Je veux que vous fassiez de la place dans la prison, m'annonça le duc en pleine partie de zaibur. Xivan ne souhaite pas prendre le temps de s'en charger, mais l'endroit est devenu beaucoup trop bondé.

Je penchai la tête de côté.

— Vous voulez que je relâche les prisonniers ?

J'espérais m'être trompée en devinant ce qu'il me demandait. Il eut un ricanement.

— Non. Je veux que vous les exécutiez.

Je me souviens très bien de ce moment. L'odeur du bois brûlant dans l'âtre se mêlait au parfum du thé au beurre et aux épices, sur le plateau posé près de nous. Les lumagies nous éclairaient de leur lueur jaune, faisant scintiller les diamants qui constellaient son épaisse barbe blanche. Je le dévisageai, et il sourit.

Azhen Kaen savait exactement ce qu'il me demandait de faire. Il souhaitait rendre ses tests plus décisifs qu'auparavant. Étais-je prête à tuer pour lui ? Pas seulement à me battre, mais à exécuter quelqu'un sur simple demande de sa part ?

J'inclinai le front en déplaçant l'un de mes pions.

— Souhaitez-vous que je fasse un exemple ?

— Non. Il faut qu'ils meurent, c'est tout. J'enverrai des hommes vous assister de la façon qui vous conviendra.

Il ordonnerait donc à ses soldats de s'assurer que je m'acquittais de ma mission, puis de lui faire leur rapport directement. Après tout, à quoi aurait servi un test sans personne pour témoigner du résultat ?

J'acculai son dieu-roi.

— Gagné, dis-je simplement.

Il posa sur le plateau un regard courroucé.

— En effet.

Le jour suivant, je descendis jusqu'à l'étage pénitentiaire – qui se trouvait encore passablement haut, en comparaison avec les Grottes Printanières s'étendant sous le palais – et compris aussitôt à quel point ce test s'avérerait difficile.

À la différence de Jorat, Yor n'était pas dépourvue de prisons. Le Demesne de Glace, en tout cas, était équipé d'un cachot. Celui-ci était l'endroit le plus triste et le plus sinistre qu'il m'ait été donné de visiter, à l'exception de l'Au-delà. Contrairement à ce que m'avait indiqué Kaen, le cachot n'avait pas besoin d'être vidé, car ses prisonniers ne survivaient jamais assez longtemps pour remplir les cellules. L'idée n'était pas d'exécuter des prisonniers, mais de découvrir si *moi*, j'étais capable de les exécuter.

La mort ne m'est pas étrangère. Mais tuer quelqu'un au combat et mettre à mort un être désarmé, ligoté et vulnérable sont deux choses radicalement différentes.

Les condamnés étaient des dissidents politiques, qui s'étaient montrés trop véhéments dans leur critique de l'autorité ducale, ou bien qui avaient tenté de le défier d'une manière ou d'une autre. Je ne savais pas s'ils avaient bénéficié d'un procès, mais j'avais l'intuition que ce n'était pas le cas. Cette dizaine d'hommes et de femmes semblaient tous yorans, et portaient sans doute les mêmes vêtements que lors de leur arrestation. À les voir, ils ne paraissaient pas avoir été tirés de leurs lits ; ils étaient tous vêtus de fourrures et de bottes, ce qui correspondait à l'attirail ordinaire des Yorans sortant affronter le froid. Puisque personne n'avait pris la peine de chauffer le cachot du palais, on les avait autorisés à conserver leurs habits. Apparemment, le honn n'avait pas souhaité qu'ils meurent de froid avant d'avoir pu être exécutés.

Ce qui m'avait donné une idée.

J'adressai un signe aux gardes que Kaen avait envoyés m'escorter. Je connaissais leur capitaine, Hedrogha : il m'avait déjà accompagnée lors de visites aux chefs de clan.

— Capitaine, sortez-les de leurs cellules et suivez-moi.

— Où allons-nous ? m'interrogea Hedrogha d'un air circonspect.

Je me demandai quels étaient ses ordres, pour le cas où je refuserais de tuer les prisonniers.

— Au chenil, répondis-je.

Le soldat écarquilla les yeux.

Les prisonniers résistèrent à peine. Ils semblaient faibles et abattus. S'ils avaient été nourris, c'était en quantité insuffisante. Je conservai un visage impassible tandis que nous remontions vers le niveau principal, et le chenil.

Ce que les Yorans appelaient ainsi était en fait ce qui leur tenait lieu d'écurie. Bien que la majorité des voyages, vers et depuis le Demesne de Glace, s'effectuent par Gemmeporte, une grand-route reliait malgré tout la base de la pyramide au reste du monde. Tous les trajets par voie traditionnelle employaient des animaux mieux adaptés au froid que les chevaux : les hyènes des neiges et les ours blancs. Ni les uns, ni les autres ne servaient de montures, mais ils étaient attelés par équipages et tiraient des traîneaux ou des chariots à travers la campagne enneigée.

Le chenil était le domaine de Suless, ou plutôt de Wyrga. Elle dressait et prenait soin des animaux du duc. Malgré l'inimitié dont elle faisait l'objet, tout le monde s'accordait à dire qu'elle s'acquittait remarquablement bien de cette tâche.

Cette grande salle était tapissée des mêmes blocs de pierre noire que le reste du palais ; mais une forte odeur de musc, mêlée à celle du sang, des abats et de la glace, emplissait l'air. Le gloussement des hyènes et le grognement des ours étaient accompagnés du grincement des harnais de cuir et des claquements de mâchoires furieux qui lui répondaient.

Je fis signe à l'un des dresseurs et lui lançai :

— Attelez un chariot d'ours.

— Votre mission est de tuer les prisonniers, me rappela le chef des soldats.

Je me tournai vers lui.

— Les Yorans sont résistants au froid, mais même vous n'y êtes pas totalement insensibles. Je vais les abandonner pour qu'ils meurent de froid. Pensez-vous qu'ils ne seront pas assez morts pour vous ?

Les soldats jetèrent des regards soucieux à la grande porte. Ils n'avaient aucune envie de sortir, comme je l'avais prévu.

Les prisonniers, ayant entendu notre échange, commencèrent à paniquer. Ils étaient ligotés ; mais certains se mirent à implorer notre pitié. D'autres fondirent en larmes.

— Tuez-les ici, plutôt, bougonna un garde.

Je dardai sur lui un regard menaçant.

— Vous osez discuter mes ordres ?

— Non, mais… (Il scruta le capitaine Hedrogha d'un air suppliant.) Il va falloir qu'on aille chercher nos vêtements de fourrure.

Je m'apprêtais à leur ordonner de le faire (ce qui m'aurait laissé le temps de faire sortir moi-même les prisonniers) lorsque Wyrga intervint.

— Sinon, vous pouvez la laisser y aller seule, suggéra-t-elle en s'approchant. Qu'est-ce que vous voulez qu'elle fasse, hein ?

Qu'elle les aide à s'enfuir par les montagnes ? Qu'elle les emmène dans un endroit chaud ? Ha ! Qu'elle essaie, tiens…

La vieille femme s'était noué un bandeau autour de la tête pour masquer son orbite vide. J'ignorais où elle avait rangé l'œil lui-même… et je préférais ne pas le savoir.

Le capitaine Hedrogha voulut protester, mais Wyrga braqua son œil sur les siens. La couleur de son iris vira, l'espace d'une seconde, au bleu glacier.

— Vous n'avez pas tort, marmonna Hedrogha.

Wyrga esquissa un sourire plein de dents.

— Comme d'habitude, mon joli.

Je réprimai un frisson. J'avais déjà vu cet éclair bleu : Wyrga venait d'utiliser un charme sur le garde. Le duc Kaen avait interdit bien des choses à sa divine prisonnière – de faire le moindre mal à sa famille, par exemple – mais elle ne lui aurait servi à rien s'il lui avait défendu d'utiliser la magie. Pouvais-je m'en plaindre ? Elle venait de me rendre service.

— Je serai vite de retour, assurai-je au capitaine Hedrogha.

Il ne me regarda même pas, toujours captif du regard de Wyrga. Les autres soldats ne parurent pas le remarquer.

Les dresseurs harnachèrent deux des grands ours pour moi ; je les préférais aux hyènes. Les ours étaient certes terrifiants – ils étaient tout à fait capables de tuer quelqu'un par inadvertance – mais ils appréciaient ma chaleur, et ma façon de les gratter derrière les oreilles. Voyager de cette manière n'avait rien à voir avec l'équitation, or, puisque je chevauchais secrètement Arasgon dans l'Au-delà, toutes les nuits, la différence ne me dérangeait pas.

Une fois que tous les prisonniers furent montés dans le chariot, nous sortîmes. Je fis de mon mieux pour ignorer leurs hurlements.

Pour moi, le principal inconvénient du voyage à travers l'hiver yoran n'était pas le froid. Il y avait bien longtemps que je savais comment réchauffer mon corps pour éviter les engelures. Non : la difficulté était de garder cette chaleur pour moi-même. Si je m'autorisais à la diffuser autour de moi, je me retrouverais à patauger dans la neige fondue, à réchauffer des équipements conçus pour demeurer glacés en permanence, ou à traverser des tas de neige et des plaques de glace que mon passage rendait irréguliers. Je l'avais constaté à mes dépens.

Sans escorte, je m'engageai sur la grand-route, qui n'était somme toute qu'un enchaînement de grands poteaux plantés dans le sol, et destinés à s'élever au-dessus des plus hauts monticules de neige. Je tournai ensuite vers le sud, m'éloignai de la route sur plusieurs kilomètres, puis m'arrêtai.

J'avais passé tout le voyage à enchanter des pièces. J'aurais préféré utiliser des cailloux, mais ils étaient presque inexistants dans ce paysage enneigé, aussi avais-je dû me contenter de métal. Fort heureusement, le honn n'était pas un homme avare ; et, à ma grande surprise, il me faisait payer une solde.

De plus, grâce à Suless, j'avais plus d'un tour dans mon sac.

Je fis halte et ouvris la portière du chariot. Puis je reculai et dégainai mon épée.

— Sortez, ordonnai-je. Je vais vous expliquer ce qui va se passer.

Ils m'observèrent avec un effroi non dissimulé.

— Je n'ai pas envie de vous tuer, dis-je. Vous pouvez sortir, et me laisser vous expliquer ce que vous devez faire pour survivre, ou vous pouvez rester où vous êtes et m'obliger à obéir aux ordres du honn. Je vous laisse le choix.

Ils sortirent tous dans la neige, et parurent déconcertés lorsque je leur tendis à chacun une pièce. Ils le furent encore plus en sentant la chaleur qui émanait du métal.

— Gardez-les sur vous. Elles vous empêcheront de mourir de froid. (Je pointai un doigt vers le sud.) Dirigez-vous vers ces deux montagnes. Le col qui les sépare vous permettra de voyager vers le sud. Vous arriverez à Tolamer. Je vais demander à des gens de vous y attendre. Cherchez une femme du nom de Ninavis. C'est compris ?

Un homme grand et robuste, aux cheveux bleu foncé, secoua la tête.

— Il nous faudra des semaines pour y arriver. Même si nous ne mourons pas de froid, que voulez-vous que nous mangions ?

J'acquiesçai. J'avais également prévu cela, malgré ma répugnance à employer les méthodes que m'avait enseignées Suless. Je sifflai, puis émis un glapissement qui évoquait un rire.

Les hyènes réagirent aussitôt. Il ne s'agissait pas des hyènes des neiges dont s'occupait Suless, au palais ; celles-ci étaient sauvages. Je les entendis aboyer en réponse, quelque part dans le lointain.

Les hyènes sont des animaux très attachés aux notions de hiérarchie. Tout animal, au sein d'un clan, sait exactement quelle est sa place sur l'échelon ; il sait qui se trouve au-dessus de lui, et qui est en dessous. Tout bien pensé, ce n'était pas si différent de Jorat.

Quoi qu'il en soit, cela signifiait que je n'avais eu qu'à dominer leur reine pour diriger le clan tout entier. Je ne pouvais communiquer à ces animaux que des ordres simples, mais cela devrait suffire à permettre aux prisonniers de quitter Yor en toute sécurité.

— Les hyènes vous escorteront et vous apporteront de quoi manger. Ne les attaquez pas, surtout. N'essayez même pas de les toucher. Mais elles vous protégeront.

Ils paraissaient terrifiés ; je pouvais difficilement leur en vouloir. Entre les pièces chaudes et l'escorte de hyènes, ils devaient se remémorer les contes de leurs aînés et me soupçonner d'être une mère-sorcière. Je n'étais pas en position de les démentir.

Je refermai la portière du chariot et m'y hissai de nouveau derrière mon attelage d'ours. Ces derniers s'agitaient, rendus nerveux par la proximité du clan des hyènes.

— C'est le mieux que je puisse faire, leur dis-je. Bonne chance.

Et je fis repartir les ours en direction du palais.

J'ignorais s'ils survivraient, mais au moins avaient-ils une chance d'y parvenir.

À mon retour, tout le monde parut convaincu que j'avais effectivement exécuté les prisonniers. Comment pouvait-il en être autrement ? Les soldats firent leur rapport à Kaen, qui parut satisfait. Je crus que j'avais réussi mon coup.

Du moins, je le crus pendant un certain temps.

50

Recherches de guerre

Colonie de Jorat, Empire de Quur.
Trois jours après que Thurvishar révéla
qu'il n'était pas le fils de Gadrith D'Lorus.

— Comment tu t'es fait prendre ? voulut savoir Kihrin. Ninavis et Janel échangèrent un regard, et la seconde agita la main.

— Non, non. Cela équivaudrait à passer directement à la fin, ou presque. Il y a encore des choses importantes à raconter ; sinon, ce sera incompréhensible.

Qown tourna les pages jusqu'à un nouveau chapitre de son journal.

— C'est presque terminé, de toute façon.

Récit de Qown. Le Demesne de Glace, Yor, Quur.

Frère Qown était assis dans la bibliothèque, penché sur ses notes, lorsque Janel fit irruption dans la pièce et s'assit à côté de lui. Elle se mit à taper du pied sur le sol d'une manière qui trahissait une anxiété mal contenue, comme si elle risquait de s'enfuir en courant à tout moment. Qown eut l'impression de se trouver face à un cheval. Il grimaça.

Cela faisait bien longtemps qu'ils n'avaient plus chevauché. Il fut surpris de constater que Nuage lui manquait. Il espéra que la personne qui s'occupait désormais du gentil petit hongre le traitait bien.

— Que puis-je faire pour vous ? demanda-t-il après un long silence.

Il ne voyait pas Janel aussi souvent qu'il l'aurait souhaité… et il songea tristement qu'il ne savait pas vraiment à quoi elle occupait son temps. Il savait seulement qu'elle effectuait les missions confiées par le duc, s'entraînait avec les Délaissées et passait sans doute des messages à la rébellion jorate. Certes, il ne s'attendait pas à ce qu'elle lui parle de cette dernière activité ; mais il était néanmoins peiné qu'ils n'aient presque jamais l'occasion de discuter.

Janel fronça les sourcils.

— C'est vous qui m'avez envoyé un message, vous vous souvenez ? dit-elle sans cesser d'agiter nerveusement sa jambe droite.

— Oh… (Qown désigna le genou de Janel.) Arrêtez cela, s'il vous plaît.

Elle s'immobilisa.

— Pardon. Alors, pourquoi souhaitiez-vous me voir ?

— Ah, oui. Un instant, je vous prie.

Frère Qown se leva et alla chercher un journal. Il désactiva le charme qui lui donnait l'apparence d'un traité assommant sur la généalogie des flammesangs du sud de Koenis.

— Je suis navré que cela m'ait pris si longtemps, mais les recherches n'ont pas été faciles. J'ai étudié la magie de guerre quuro – cela m'aurait causé des cauchemars épouvantables, si je rêvais encore – et j'ai enfin réussi à faire quelques découvertes intéressantes.

Janel se redressa.

— Qown, cela fait des années que je vous ai demandé de vous pencher là-dessus.

Il eut un instant d'hésitation, se demandant s'il avait fait tout ce travail pour rien.

— Avez-vous trouvé quelque chose de votre côté ?

Elle pinça les lèvres.

— Non.

Qown hocha la tête.

— En toute franchise, cela ne m'étonne pas. Je me suis permis quelques suppositions quant aux raisons qui vous poussaient à vous y intéresser…

Il s'arrêta pour lui lancer un regard interrogateur. Janel avait l'intention de s'attirer la confiance du duc en réhabilitant les Grottes Printanières. Du moins, c'était la théorie qu'il avait élaborée.

Elle lui fit signe de continuer.

— … et par conséquent, je pense que ce que vous recherchez est un moyen de vous protéger du minerai empoisonné, le razarras. Vous savez déjà comment déjouer l'action du gaz lysien – la fumée bleue – à l'aide du glyphe d'air pur, mais le razarras est tout à fait différent. Quur s'est servi de cette horreur sans pour autant connaître le moyen de contrer ses effets. Ils ne s'en souciaient tout simplement pas. Puisque Quur savait comment réparer les dégâts infligés aux tissus humains, toute exposition accidentelle au razarras dans le camp quuro pouvait faire l'objet d'une guérison, ou encore être considéré comme un dommage collatéral acceptable.

— Dites-moi que vous avez commencé par les mauvaises nouvelles et que les bonnes ne vont pas tarder.

— J'ai réussi à mettre au jour plusieurs manières potentielles de se protéger contre les effets de ce minerai. Les sources indiquent que son action pourrait être endiguée par… eh bien, par d'autres types de métal. Les plus denses, comme l'or ou le plomb, sont les plus efficaces ; mais la roche empêche également la diffusion du poison. C'est pour cette raison que le château tout entier ne s'est pas trouvé contaminé. Néanmoins, je m'inquiète pour nos réserves d'eau. Tôt ou tard, le poison finira par progresser jusqu'aux cuves…

— Qown, l'interrompit Janel en posant sa main sur la sienne. Existe-t-il un moyen de l'éliminer ?

— Oui, mais cela nécessiterait d'effectuer une transmutation. Ce type de magie n'est pas facile à apprendre, ni à manier. La plupart des mages, même les plus chevronnés, en sont incapables. Quelqu'un devrait démanteler le sort initialement employé par Quur pour créer ce métal… et il en va de même pour la fumée ensorcelée. À moins de prévoir de tatouer le glyphe de façon permanente sur toute la population yorane. (Il se tut et parut mal à l'aise.) Je, heu… Cela ne fait pas partie de mes compétences habituelles. C'est aussi très long, ce qui signifie que je m'empoisonnerais au passage. Je suis plus doué pour travailler sur la chair, et…

— Ne vous inquiétez pas, dit-elle. Je ne prévoyais pas de vous demander de le faire. C'est moi qui m'en chargerai.

Qown la dévisagea.

— Pardon ? Janel… Vous n'êtes pas assez bonne magicienne.

Elle arqua un sourcil.

— Et qu'en savez-vous ?

— Je ne pensais pas que Thurvishar avait progressé à ce point dans vos leçons, c'est tout.

Il toussota, embarrassé. Pendant un instant, Janel parut vaguement mal à l'aise ; puis elle changea de sujet.

— Vous dites donc que, si je descends dans les cavernes concernées, vêtue d'une armure de métal dense, je devrais pouvoir passer suffisamment de temps à l'intérieur pour transmuter le minerai qui s'y trouve ? Et vous répareriez mes tissus s'ils subissaient malgré tout de légers dommages ?

— Janel, vous ne pouvez pas faire cela…

— Ah bon ? Pourquoi donc m'avez-vous raconté tout cela, alors ? Pour me dissuader d'essayer ?

— Peut-être pourriez-vous apprendre, petit à petit… (Qown déglutit.) Je ne suis pas en train d'exagérer les risques. Ce métal peut tuer. Les personnes contaminées finissent par mourir dans d'atroces souffrances. S'il existait un moyen de le manipuler en toute sécurité, personne ne le connaît.

— Et Wyrga… ?

Qown secoua la tête.

— Ne pensez-vous pas que Kaen lui aurait déjà ordonné de tout nettoyer, si elle avait su comment faire ?

Elle se renfrogna.

— C'est vrai, il le lui aurait demandé. Ou peut-être l'aurait-il demandé à Relos Var.

— Voilà. Ce qui signifie que ni l'un ni l'autre n'est en mesure de le faire.

— Ou, dans le cas de Relos Var, peut-être n'en a-t-il simplement pas envie. Peut-être considère-t-il qu'un Kaen affamé et vindicatif, et un peuple yoran qui n'oublie pas pourquoi il déteste Quur, ne peuvent que servir ses objectifs. S'il faisait disparaître le problème, les Yorans risqueraient de perdre en hargne et détermination.

Qown médita quelques instants ces paroles. Il savait que les alliés de Kaen n'étaient pas toujours dignes de confiance ; il se demandait souvent pourquoi Kaen collaborait avec les familles D'Lorus et D'Mon. Mais il n'avait jamais vraiment envisagé Relos Var et Kaen comme deux entités distinctes, aux objectifs différents.

— Janel. Je vous ai toujours considérée comme une prodige en matière de magie, mais vous vous proposez d'employer des techniques que d'autres passeraient des années à apprendre.

— Ah, mais moi, je triche, dit-elle d'un ton teinté d'amertume.

— Vraiment ?

Il s'attendait à une explication, mais elle se contenta de se lever et de le gratifier d'une tape sur l'épaule.

— Vous allez devoir me croire sur parole. Y a-t-il des livres que je devrais compulser ? Des exercices qui pourraient m'aider à atteindre le bon état d'esprit, peut-être ?

Il hocha la tête.

— Oui. J'ai compilé toutes les informations que j'ai pu trouver sur le sujet.

Il lui tendit le cahier qu'il avait dédié à ce projet.

— Merci, dit-elle avant de s'éloigner.

— Janel…

Elle s'arrêta dans l'encadrement de la porte.

— Oui ?

— Nous devrions parler de ce qui se passe à Jorat.

Son sourire se fit… carnassier. Il donna la chair de poule à son ami. Où avait-il déjà vu ce sourire ? Ce n'était pas sur le visage de la jeune fille, en tout cas.

— Non, dit-elle. Je ne crois pas. Ah ! Et vous avez dit que seul un métal dense pourrait me protéger de ce minerai toxique. J'imagine que ce n'est pas d'un bouclier qu'il s'agit…

Qown secoua la tête.

— Il faudrait que tout votre corps soit protégé. Une armure intégrale, peut-être ? Elle devrait être fabriquée sur mesure… et elle coûterait extrêmement cher.

Janel se mordilla la lèvre, pensive. Frère Qown soupira.

— Pensez-vous vraiment pouvoir apprendre à transmuter le minerai de razarras ?

Elle soutint son regard.

— Thurvishar saura comment faire.

Il s'appuya à son dossier, se sentant soudain terriblement stupide.

— Je… Par les étoiles, vous avez raison. C'est sûrement le cas. Je n'y avais même pas pensé. (Il leva les mains.) D'accord, d'accord. Demandez-lui s'il accepte de vous aider à apprendre ce sort, et moi, je vais essayer de me procurer pour vous une armure sur mesure.

Cette fois, ce fut à Janel de paraître étonnée.

— Par les cieux, comment comptez-vous vous y prendre ? Avez-vous appris le métier de forgeron, pendant que je ne faisais pas attention à vous ?

Qown sourit.

— Vous verrez bien.

51

Chasse au dragon

Colonie de Jorat, Empire de Quur.
Trois jours après que la plupart
des gardes morts du Palais Bleu furent réanimés.

Lorsque Qown se tut, il regarda autour de lui, s'attendant manifestement à ce que quelqu'un fasse un commentaire ou pose une question. Au lieu de cela, Kihrin lança un regard interrogateur à Janel.

—Alors ?

Avec un petit rire, elle prit le relais.

Récit de Janel. Le Demesne de Glace, Yor, Quur.

Il s'avéra que Suless était beaucoup moins renseignée sur les sorts affectant les choses inanimées que sur ceux qui s'appliquaient aux êtres vivants. Cependant, personne ne devenant un dieu-roi sans être doté de facultés magiques phénoménales, elle fut capable de me prodiguer quelques astuces.

Comme je l'avais prévu, Thurvishar en connaissait plus encore.

Malgré tout, il s'écoula trois mois avant que je ne me sente prête à tenter ma chance. Je dus ensuite attendre que

Frère Qown remplisse sa part du contrat, en me fournissant l'armure dont j'avais besoin. Je suis sûre que vous imaginerez mon soulagement lorsque je reçus enfin un message de sa part. En arrivant dans sa chambre, je découvris une combinaison constituée de plaques de métal imbriquées selon un dispositif complexe, et cousues sur un matériau épais et flexible. Frère Qown se tenait debout à côté de la tenue, qu'il avait étendue sur son lit.

— Qu'est-ce que c'est ?

— Votre armure, répondit-il. Enfin, ce n'en est pas vraiment une. Vous vous souvenez que le métal constitue une protection efficace contre le razarras ? Eh bien, voilà. (Il désigna fièrement l'armure, comme pour me présenter un trophée.) J'ai inscrit le glyphe d'air pur à l'intérieur. Entre cela et le métal, vous devriez disposer d'assez de temps pour effectuer les altérations nécessaires sur le minerai, avant que le poison du razarras ne vous atteigne.

— Comment avez-vous fait pour… ?

Je tentai de soulever l'armure, et m'aperçus que j'en étais incapable. Elle devait peser plusieurs centaines de kilos. Je me demandai comment il avait réussi à la transporter. Avec l'aide d'un bataillon de serviteurs ? D'un sort, peut-être ?

— En quoi est-elle constituée ? demandai-je.

— De plomb, principalement.

Je le dévisageai, incrédule.

— Je ne sais pas où vous avez déniché cette armure, mais je comprends encore moins comment vous avez pu croire qu'elle nous serait utile. Je suis incapable de la soulever, sans même parler de la porter.

— Ah, eh bien… (Il se racla la gorge.) Ce sont les fameux forgerons de la Maison D'Talus qui l'ont fabriquée, sur l'ordre du Grand Seigneur D'Talus. Du moins, c'est ce qui était écrit sur les documents que leur ont fournis les laquais.

Je haussai un sourcil.

— Est-il utile que j'apprenne comment vous avez réussi un tel exploit ?

— Moins vous en saurez, mieux ce sera. Quant à la manière de la porter, c'est facile. Il y a encore quelques années, votre force était amplement suffisante pour cela. Par conséquent, la solution n'est pas de trouver une autre combinaison, mais de restaurer votre force.

Je marchai jusqu'à lui et posai les mains sur ses épaules.

— Comment ? Le gaesh…

Il se saisit doucement de mes poignets et me fit baisser les bras.

— Il me laisse plus de liberté qu'il n'y paraît. Personne ne m'a interdit de vous retirer le symbole inscrit sur votre dos. En fait, Relos Var m'a même demandé de vous aider. De toute évidence, cela vous aiderait.

— Relos Var ?

Je m'écartai de Qown.

— Oui. Cela fait plusieurs années, pour tout vous dire. Il n'est jamais revenu sur cet ordre… alors voilà : je vous aide. (Il grimaça.) Malheureusement, je ne peux pas vous promettre que ce sera facile. Au contraire… retirer cet emblème pourrait se révéler très douloureux.

— Que voulez-vous dire ? Pourquoi ?

— Eh bien, cela dépend. Si je parviens à effacer ce qu'a écrit Senera, tout ira bien. Les problèmes commenceront si j'en suis incapable. Ma seule manière de retirer le symbole deviendra alors… délicate. Et chirurgicale.

Je sentis mes entrailles se nouer.

— Est-ce que vous êtes en train de me proposer de m'écorcher vive ?

Il grimaça.

— Un tout petit peu ? Il faudrait juste que je retire quelques couches de la peau de votre dos. Je vous guérirais ensuite. Je suis bien meilleur guérisseur que je ne l'étais autrefois. Mais ce n'est pas la seule complication.

— Dites-moi tout.

— Je ne connais pas l'effet de cet emblème. Sa fonction intrinsèque, je veux dire. Je ne l'ai trouvé dans aucun livre. Et puis, je me suis aperçu que Senera n'avait pas besoin de livre. Elle l'a appris grâce au Nom de Toutes les Choses, si bien qu'elle est la seule à comprendre sa signification. Il vous retire votre force, mais s'il avait une autre fonction ? Nous ne connaissons pas sa finalité, seulement les conséquences de sa présence. J'ignore donc si Senera sera avertie que nous avons endommagé sa marque. Et la retirer pourrait avoir des effets catastrophiques. Je sais que vous n'avez pas regardé votre dos à travers le Voile…

— Cela me serait difficile, en effet.

— Certes. Le symbole puise le tenyé en vous, et l'oriente ailleurs. Si bien que, si nous coupons ce flux de pouvoir, quelqu'un risque de s'en apercevoir.

— Donc, vous voulez dire qu'une fois que nous aurons mis notre plan à exécution, il nous faudra procéder très rapidement.

— Et l'idéal serait de nous y mettre le plus tôt possible, avoua-t-il. Parce que quelqu'un, au sein de la Maison D'Talus, va finir par poser des questions. Par exemple, « pourquoi avons-nous fait livrer à Yor une armure sur mesure en shanathá doublée de plomb ? ».

— Vous allez avoir des ennuis, n'est-ce pas ?

J'éprouvai un sentiment de culpabilité subit que je n'avais plus ressenti depuis des années. C'était à cause de moi que Qown se retrouvait dans ce guêpier. Et si tout se passait comme prévu, je risquais fort de faire la chose que je lui avais juré de ne pas faire.

L'abandonner derrière moi.

— Ne vous inquiétez pas pour moi. Je suis utile. Relos Var apprécie mon travail. Il ne m'arrivera rien. Vous avez des choses plus importantes à faire.

— Je ne peux pas partir sans vous, dis-je.

— Qui a parlé de partir ? Vous voulez simplement explorer les cavernes qui se trouvent sous le château, n'est-ce pas ? (Il désigna l'armure.) Et si vous y trouvez le trésor enfoui d'un dieu-roi, ramenez-le avec vous, d'accord ? Kaen ne sera pas ravi lorsqu'on lui demandera de payer cette armure. Avez-vous la moindre idée du prix du shanathá ?

Je ris, quoique sa plaisanterie me fasse l'effet d'un coup de poignard. Au fil des années, depuis que nous avions été transportés à Yor, Qown avait effectivement paru trouver sa place en tant qu'agent de renseignements pour le compte des Yorans. Il n'avait pas été nourri à ne rien faire. Mais il était également un otage censé garantir ma bonne conduite… et ce que je prévoyais de faire n'entrait pas dans cette catégorie.

— Qown… Non. Je refuse de les laisser vous faire du mal.

Il secoua la tête.

— Vous allez devoir me faire confiance, lorsque je vous dis que cela n'arrivera pas.

Son sourire en coin m'indiqua que l'ironie de la situation ne lui avait pas échappé. Était-il vraiment en train de me demander de lui faire confiance ?

— Par ailleurs, la décision m'appartient. Laissez-moi décider d'une chose, je vous en prie.

Je laissai échapper une longue expiration, réprimant ma tristesse et mon angoisse.

— Promettez-moi de faire attention à vous.

— Relos Var m'a ordonné de le faire, m'assura-t-il. Quand voulez-vous descendre dans les grottes ?

— Nous allons devoir attendre que certaines circonstances soient réunies. D'une part, Aeyan'arric doit se trouver ici, dans les montagnes ; et d'autre part, aucun des magiciens ne doit être à proximité.

Qown posa sur moi un regard étonné.

— Aeyan'arric ? Pourquoi donc ?

— Parce que… (Je soupirai.) Vous n'avez vraiment pas besoin de le savoir.

— Attendez… Je croyais que vous vouliez purifier les Grottes Printanières pour que les Yorans puissent s'en servir de nouveau.

— C'est une conséquence, et non l'objectif.

— La seule raison pour laquelle Aeyan'arric aurait de l'importance serait que… (Il me dévisagea, troublé.) Vous allez essayer de la tuer, n'est-ce pas ? Même si c'était possible, et ce n'est *pas le cas*, à quoi cela servirait-il ?

— Cela l'empêchera de geler d'autres villages jorats, ou d'attaquer de nouveau mes… (Je m'interrompis.) Il faut que ce soit fait, c'est tout. Arrêtez vos questions. Quand allons-nous procéder ?

Il réfléchit un instant.

— Maintenant.

— Quoi ? m'exclamai-je.

Je ne m'y attendais pas. Qown hocha la tête :

— Oui, maintenant. Relos Var et Senera sont partis ce matin. Je ne sais pas où ils se rendaient, mais cela avait l'air important… et ils ont laissé Aeyan'arric ici. Une telle opportunité ne se représentera pas de sitôt.

— Les Délaissées n'ont pas de leçon prévue avec Thurvishar aujourd'hui… D'un autre côté, il pourrait décider au dernier moment d'en donner une. (Je réfléchis un moment aux habitudes de l'étrange mage D'Lorus.) Cependant, même s'il était ici, je ne crois pas qu'il interviendrait. Ce n'est pas sa pâture, ni ses chevaux. Mais que pensez-vous de Gadrith ?

Nous avions parlé de lui à de nombreuses reprises, depuis que Qown avait découvert son identité. Nous ne voulions surtout pas avoir affaire à lui. Il était presque drôle – à condition d'aimer l'humour morbide – de constater que Xivan se maintenait en vie par des méthodes comparables à celles de Gadrith, et qu'elle demeure très aimée ; parmi les Délaissées, en tout cas. Peut-être était-ce dû au fait qu'elle n'avait pas pour habitude de tuer chaque fois qu'elle avait un petit creux. Mais qu'elle ne soit pas magicienne, et ne brûle pas quotidiennement de grandes quantités de tenyé pour alimenter ses sorts, devait jouer en sa faveur.

— Cela fait des semaines que Gadrith n'est pas venu ici, dit Qown. Alors, si vous avez l'intention de faire cela un jour…

— Oui. Il vaut mieux le faire aujourd'hui.

Je balayai sa chambre du regard. Elle paraissait monastique, bien qu'elle se trouve dans un palais. Je n'étais pas prête… mais peut-être était-ce préférable. Je n'aurais pas l'occasion de faire mes adieux, et de trahir mes projets. Je ne risquerais pas de laisser échapper une information compromettante.

Qown toussota.

— Je crains que vous ne soyez obligée de vous déshabiller.

Il me tendit une de ses robes afin qu'elle me serve de pagne. J'eus un sourire amusé. Au fil des années, Qown avait pourtant eu plus d'une occasion d'observer ma nudité. Je lui présentai mon dos et me dévêtis, afin qu'il puisse examiner l'emblème et, si tout se passait bien, le retirer.

— Laissez-moi quelques instants, dit-il.

— Prenez votre temps.

Cependant, le silence ne dura pas. Je l'entendis soupirer.

— Ça n'a pas marché ? lançai-je par-dessus mon épaule.

— Non. Quelle que soit la manière dont a été apposée cette marque, elle ne va pas disparaître simplement parce que je le lui aurai demandé[1].

— Et vous êtes sûr que découper la peau sera suffisant ?

— Bien sûr que oui, j'en suis sûr ! Je… (Il marqua une pause.) Oh, par le soleil… et si cela ne suffisait pas ?

Je me retournai à demi vers lui.

1. Comme si j'allais la rendre si facile à retirer…

—Nous allons vite le savoir. Espérons que cela se déroule comme vous l'avez imaginé et que vous n'ayez pas à exciser toute la peau.

—Oui. Allongez-vous ici. Je vais… Hem. Je vais atténuer la douleur. Vous serez sujette à d'étranges sensations, mais vous ne devriez pas avoir mal.

—Je vous conseillerais bien de m'assommer, mais puisqu'il fait nuit, vous ne parviendriez plus à me réveiller ensuite.

—Ah, oui. Bien observé.

Je sentis le bout de ses doigts sur ma peau, puis cette sensation disparut brusquement. J'éprouvai en effet une impression bizarre, une sorte d'engourdissement des contours de mon dos, tandis que le milieu en devenait totalement insensible.

—Cela va tirer un peu. Il se pourrait que vous sentiez également quelque chose couler.

—S'agirait-il de sang, par hasard ? glissai-je.

—C'est possible, oui. Maintenant, laissez-moi travailler.

Je plaçai mes mains sous mon menton, et tentai de ne pas réfléchir au fait que mon meilleur ami était en train de m'écorcher vive. Évidemment, je ne parvenais à penser à rien d'autre.

—Bon… C'est un peu plus profond que je ne l'aurais souhaité, mais cela ne va pas jusqu'au muscle. Nous devrions pouvoir le retirer. Ne bougez pas. Lorsque j'aurai terminé, je devrais encore vous soigner.

—Ah oui, n'oubliez pas ce détail. Je n'ai pas envie de combattre un dragon alors que mon dos entier est à vif, rétorquai-je.

—Dites… À ce sujet…

—Qu'y a-t-il ? Vous pensez que je vais en garder des cicatrices ?

—Je n'en suis pas sûr, avoua-t-il. Mais je pensais à votre intention de tuer Aeyan'arric. Avez-vous envisagé de…

vous contenter de débarrasser les Grottes Printanières de leur poison ? Vous deviendriez une véritable héroïne. Ils érigeraient votre statue dans toutes les grottes de Yor.

— Et Relos Var continuerait d'envoyer Aeyan'arric geler des villages entiers. Bon sang, Qown, qu'est-ce qui vous arrive, dernièrem…

— Je vous ai dit de ne pas bouger ! aboya-t-il.

Il me plaqua vigoureusement sur le lit.

— Désolée, marmonnai-je.

— Croyez-moi, il est de la plus haute importance que vous restiez parfaitement immobile, dit-il après un long silence. Ce que je fais n'est pas facile, et j'aimerais m'assurer de ne pas vous occasionner de cicatrices… ou quoi que ce soit d'autre.

Ces derniers mots ne m'emplirent pas de joie.

Évitant de bouger, je réfléchis à ce qu'il venait de dire. Yor n'avait jamais cherché à étendre ses frontières, avant que Quur n'arrive et ne dévaste le pays tout entier. Je me remémorai les histoires que j'avais entendues dans mon enfance, sur Suless et Cherthog, et combien il avait été nécessaire de délivrer les Yorans des dieux-rois qui les tyrannisaient. Je pense que Quur ne faisait que répéter sa stratégie habituelle : tuer les dieux-rois, prendre leurs pays et les annexer à l'Empire. C'est ainsi qu'ils avaient conquis Jorat, avec la coopération réelle de la population. Ils avaient procédé de la même manière avec les cités-États formant la région de Zaibur, aujourd'hui appelée Marakor ; cette fois-là, ils avaient rencontré plus de résistance. Bien entendu, ils avaient ensuite décidé de s'attaquer à Yor. Comment pouvait-il en être autrement ?

Lorsque tous les dieux-rois avaient été vaincus, l'Empereur du moment (Gendal ? Je pense que c'était Gendal) avait dû être bien désemparé. Au sud, il n'y avait plus que la Balafre Korthaen, dont personne de sensé n'aurait souhaité s'emparer, et le Manol, que personne de sensé n'essaierait d'envahir une deuxième fois.

Mais pour en revenir à mes réflexions précédentes… Yor avait toutes les raisons de haïr l'Empire de Quur, n'est-ce pas ? Même si être libérés du joug de Cherthog et de Suless aurait représenté une grande victoire en d'autres circonstances, Quur avait littéralement empoisonné leurs terres. Combien de gens étaient morts dans d'atroces souffrances, lorsque les généraux quuros avaient brisé le siège ? Yor ne méritait-elle pas que ces horreurs soient réparées ?

Je ressentais… un étrange sentiment de solidarité. Je n'étais pas yorane ; et, à plus d'un titre, je ne comprenais pas les Yorans. Cependant, je savais ce qu'on ressentait lorsqu'on n'était qu'un pion, manipulé par plus puissant que nous. Manipulé de tous les côtés.

Je savais exactement quel effet cela faisait.

J'eus froid au dos, puis j'entendis Qown poser quelque chose d'humide sur la table, à côté de moi. Je ne parvins pas à regarder de quoi il s'agissait, car je savais déjà ce que je verrais.

Je serrai les dents pour m'empêcher de frémir, et me répétai que j'avais été blessée des centaines de fois. Rien de tout cela n'était pire que toutes ces meurtrissures, dont certaines avaient été particulièrement douloureuses.

Je ressentis alors une démangeaison.

— Est-ce que c'est normal ? interrogeai-je.

— Quoi ? Que se passe-t-il ? s'inquiéta Qown.

— Mon dos me démange.

Il expira.

— Ah ! Oui, c'est normal. N'y faites pas attention.

— C'est facile à dire. Je vous promets que si les rôles étaient inversés, vous…

— Chut ! Je me concentre.

Je grinçai des dents et me tus.

Au bout de quelques minutes, la démangeaison se transforma en une chaleur sourde et douloureuse. Alors que j'ouvrais la bouche, Qown m'annonça :

— Vous allez ressentir une brûlure. Ne vous inquiétez pas ; je restaure simplement votre sensibilité. Je m'occuperai ensuite de soulager la douleur, mais d'abord, je voudrais constater l'état de vos terminaisons nerveuses.

Je sentis un pincement bref, qui se mua en picotement.

— Vous ne m'auriez pas pincée, par hasard ?

— Je ne vous ai pas encore donné la permission de bouger. Bien… Cela me paraît normal. Est-ce que vous avez mal ?

Je me penchai en avant pour étirer mon dos. Puis je fis jouer mes épaules.

— Non. Absolument pas.

— Parfait.

Je serrai le poing.

— Heu… Quelque chose ne va pas.

Qown leva brusquement les yeux :

— Quoi ? Pardon ? Que se passe-t-il ? Vous disiez que vous n'aviez pas mal…

— Non, en effet, mais je n'ai pas retrouvé ma force.

Je me levai, m'emparai de ma tunique et la revêtis avant d'essayer de nouveau de soulever l'armure de shanathá.

— Non, elle est encore trop lourde. (Je dus lui paraître totalement paniquée. Et je l'étais.) Qown, ma force n'est pas revenue.

Il sembla soulagé.

— Oh, c'est tout ? Je m'y attendais.

— Quoi ? Mais… tout notre plan reposait sur l'idée que ma force reviendrait. Comment pouviez-vous vous y attendre ?

Qown tira une chaise et s'y assit. Il semblait épuisé. Apparemment, le processus de guérison avait été très éprouvant[1].

1. C'est comme si elle portait des talismans en permanence… et je ne suis vraiment pas convaincue que ce soit elle qui provoque cet effet délibérément.

Le fait qu'il ait pu s'en charger seul en disait long sur ses propres progrès, en matière de magie.

— Janel, je pense que vous avez compris, à présent, que votre force n'avait jamais été une malédiction lancée par Xaltorath.

Je me figeai. Devant mon expression, il soupira.

— Je vous en prie, écoutez-moi. Vous étiez une petite fille, soumise à un événement effroyable. Il est normal qu'un sort-don – ce que d'autres appelleraient un « don de sorcière » – se manifeste dans de telles circonstances. Et c'est ce qui s'est passé pour vous. Ce que vous désiriez le plus au monde, ce que désirait cette petite fille…

— Vous n'avez aucune idée de ce que je désirais, rétorquai-je d'un ton acerbe.

— Je crois que vous vouliez être forte. Trop forte pour vos ennemis, trop forte pour être la victime d'un démon. C'est ce que vous avez choisi de devenir, même si ce qui vous était arrivé n'avait rien à voir avec la force physique. Vous êtes devenue forte parce que vous avez utilisé la magie pour cela.

Je baissai les yeux sur mes mains.

— Je suis devenue forte en lançant un sort.

Je savais comment procéder, à présent. Je méritais l'appellation que j'avais toujours redoutée : « sorcière ». Et je n'en avais même pas honte. Mais admettre que j'étais moi-même à l'origine de ma force me faisait l'effet d'un échec. J'avais l'impression d'avouer que les démons m'avaient toujours servi d'excuse. *Je ne suis pas une sorcière : j'ai juste été maudite par un démon !*

Non. C'était le genre de pensée qui menait à la logique de Xaltorath, à ses abîmes distordus de remords et de récriminations. Elle adorait sous-entendre que tout était le résultat de mes désirs secrets. Que j'aimais jouer les victimes, simplement parce que cela me dispensait d'endosser la responsabilité de mes décisions.

J'allais réussir. Je *devais* réussir. Sinon, Aeyan'arric continuerait à dévaster des villes entières. Kaen continuerait à mettre en œuvre ses projets. La situation, à Jorat et à Marakor, se dégraderait de plus en plus. Et l'horrible minerai maudit que les magiciens quuros avaient laissé dans ces cavernes, sous le Demesne de Glace, finirait par faire ce que craignait Qown : il contaminerait l'eau environnante, et il tuerait tout le monde. Lentement. Douloureusement.

Je fermai les yeux et me remémorai mon enfance. Je me souvins de la peur, de la haine, de la terreur et de la souffrance. Je sentis la rage déferler sur moi et compris que, si je le souhaitais, je pourrais la transformer en une puissance destructrice hors du commun. Mes dons pour la magie ne ressembleraient jamais aux pouvoirs guérisseurs de Qown. J'éprouvai, au milieu de cette vague rouge, un lien fugace avec Khored. J'entendis l'appel des corbeaux, et perçus la présence du dieu de la destruction à mon côté. J'aurais pu tendre la main et refermer le poing sur le flot de puissance cramoisie qui l'alimentait[1].

Pas encore, petite fille. Pas encore.

Je m'emparai d'une coupe de métal posée sur la table, et l'écrasai entre mes doigts.

— Bien, dit Qown. (Il semblait encore ébranlé.) Bien. Maintenant, il faut vous habiller.

Tandis que j'observais la coupe déformée, mon regard tomba sur ce que Qown avait posé sur la table, durant l'opération. Une large section de peau rougeâtre, côté sanglant vers le bas, maculant la table de rouge. Un symbole noir y était dessiné.

— Avez-vous l'intention d'en faire quelque chose ? interrogeai-je.

Qown parut surpris, puis horrifié.

1. Honnêtement, je n'ai aucune idée de ce qu'il faut en penser.

— Oui, j'avais l'intention de la détruire, afin de ne laisser aucune preuve derrière nous.

— Laissez-la-moi. Je crois qu'elle pourrait m'être utile.

Nous nous mîmes en route au milieu de la nuit ; ou plutôt, je partis seule, car nous avions convenu qu'il était préférable que Qown ne me suive pas. Il devait me venir en aide de loin, à l'aide de sa Pierre Angulaire. C'était sans doute la manière la plus judicieuse de procéder, de toute façon. Et à quoi bon transporter une divinité non consciente dans sa poche, si l'on ne s'en servait jamais ?

Je n'eus pas besoin de lanterne. Les grottes étaient sombres, mais au fil de mes trois ans d'étude de la magie, j'avais appris à créer mes propres lumagies.

Je fourrai l'armure dans un grand sac, en enveloppant chaque élément de robes, d'écharpes et de morceaux de tissu pour l'empêcher de faire du bruit. Je m'aventurai ensuite dans les tunnels, de plus en plus profondément, jusqu'à déboucher sur les cavernes.

À partir de ce moment, il se peut que j'aie commis quelques erreurs.

Voyez-vous, j'ignorais que les Grottes Printanières formaient un tel labyrinthe de conduits, de caveaux et de falaises vertigineuses. Ma petite lumagie flottante projetait des ombres tordues sur les parois, et je finis par être totalement désorientée. Je n'avais aucune idée d'où me tourner pour continuer à progresser vers le bas… sans même parler de retrouver la grotte de Khoreval, puis le chemin de la sortie pour aller attaquer Aeyan'arric. Je n'avais pas visité ces cavernes depuis des années.

J'étais perdue.

Et Qown ne pouvait m'aider. Lui ne s'était jamais rendu dans ces grottes ; il n'avait aucune idée de la direction à emprunter.

En désespoir de cause, je revêtis mon armure (la porter sur moi se révéla bien plus facile que de la transporter dans un sac) et décidai de m'engager dans un tunnel au hasard. Ce faisant, je m'efforçai d'éviter de tomber dans un trou, de trébucher et de me casser la jambe, ou d'empirer la situation de quelque manière que ce soit.

L'armure me tenait bien trop chaud, mais au moins respirais-je un air pur et frais, grâce à l'emblème qui y était inscrit. Qown m'avait transmis quelques consignes de sécurité : je ne devais rien ramasser d'autre que la lance, ni retirer mon heaume. Et lorsque j'aurais accompli ma mission, je devais jeter l'armure dans une profonde crevasse et la fondre jusqu'à ce qu'il n'en reste qu'un amas de scories.

J'étais d'accord avec lui quant à la prudence à observer lorsqu'il s'agissait de ce métal empoisonné ; cependant, je regrettais déjà de devoir abandonner l'armure. Le matériau, à lui tout seul, aurait suffi à payer les taxes imposées à mon canton pendant plusieurs années.

Résignée, j'avais résolu de former les mots « aidez-moi » à l'aide de cailloux, pour que Qown puisse les lire lorsqu'il m'observerait ; mais alors, je distinguai une lueur dorée sur la paroi opposée de la grotte.

Khoreval, la dernière fois que je l'avais vue, émettait une clarté similaire.

Je m'approchai, centimètre par centimètre, jusqu'à découvrir l'ouverture dans la roche contre laquelle Xivan m'avait mise en garde, des années plus tôt. Plus loin, je discernai la fumée bleue des Grottes Printanières, et ses parois toxiques.

La fumée n'était pas ce qui m'inquiétait. L'armure recouvrait l'intégralité de mon corps, et une fine pellicule de verre (ou d'un matériau qui y ressemblait) protégeait mes yeux. En vérité, les forgerons de la Maison D'Talus avaient élaboré un véritable chef-d'œuvre.

Ma force me permit de descendre le long de la falaise avec une relative facilité ; cependant, je craignais tout de même de perdre prise tout à coup et de m'écraser au fond du gouffre. Heureusement, je m'aperçus que la paroi n'était pas un à-pic vertical, mais plutôt une pente très fortement inclinée.

Le sol de la caverne était jonché d'ossements, qui affleuraient à la surface de la fumée bleue.

De menus fragments de razarras d'un jaune orangé saillaient, comme des verrues, du sol de pierre noire. Certains s'étaient brisés sous les pas des Yorans, laissant derrière eux un résidu poudreux. Je commençais à comprendre pourquoi Qown tenait à détruire toute trace de razarras ayant pu s'accrocher à mon armure. Le simple fait de respirer une bouffée de cette poussière pouvait se révéler fatal. Je m'approchai du socle où trônait Khoreval.

Pour la première fois, je me demandai si je risquais de rencontrer des pièges.

Une énorme boule de pierre noire se dressait au centre de la grotte, non loin de la lance. La boule était chaude, comme incandescente ; je percevais sa chaleur même à travers mon armure. Rien de ce que j'avais sous les yeux ne l'expliquait : la roche ne se trouvait pas à proximité d'une coulée de lave, d'un geyser ou même d'un feu. Elle était brûlante, sans raison valable.

Je m'aperçus alors qu'elle était gravée du même symbole que Qown venait d'exciser de mon dos. Je m'arrêtai net.

La présence de cet emblème signifiait que Senera était passée par là. Cela m'indiquait – comme je l'avais suggéré lors de ma discussion avec Qown – que Relos Var savait probablement comment neutraliser le poison qui emplissait ces grottes. Cependant, il avait décidé de n'en rien faire, pour des raisons qui n'appartenaient qu'à lui.

Mais à quoi cette pierre pouvait-elle servir ? Et pourquoi portait-elle ce symbole ?

Je tirai la peau enroulée – ma propre peau – de mon sac. Nous n'avions bien sûr pas eu le temps de la traiter ou de la tanner, aussi constituait-elle encore un souvenir particulièrement répugnant de mon séjour chez le duc… Un souvenir qu'il me faudrait également détruire.

Même si, dans ce cas précis, le risque qu'il s'avère empoisonné ne me dérangeait pas, sachant à quoi j'avais l'intention de l'employer.

En y regardant de plus près, je m'aperçus que les deux symboles n'étaient pas identiques. Ils étaient proches, mais quelques détails les différenciaient. Il semblait s'agir de deux variations d'un même glyphe initial. Je n'avais pas la moindre idée de ce que l'un ou l'autre pouvait signifier.

Je fis passer ma vision derrière le Premier Voile, et découvris ce que la Grotte Printanière avait à me montrer. Pour être honnête, ce n'était pas grand-chose.

La prouesse la plus insidieuse des Quuros avait été d'altérer ces cavernes d'une manière qui ne requérait aucun entretien magique, et qui ne pouvait être annulée d'un claquement de doigts par un autre magicien. Leur minerai empoisonné n'avait rien de magique ; mais la fumée bleue, si. Et enfin, cette magie avait commencé à s'estomper. Si la fumée de Mereina se dissipait au même rythme, eh bien… il ne s'écoulerait que quelques siècles avant que la ville ne redevienne habitable.

Il devait exister un meilleur moyen de s'en débarrasser.

L'énorme roche noire, presque aussi imposante qu'un obélisque, recelait une quantité ahurissante de tenyé pur.

Si Xivan descendait un jour jusqu'ici et découvrait ce rocher, elle n'aurait plus jamais besoin d'exécuter un prisonnier yoran pour se nourrir. La roche contenait assez de tenyé pour alimenter une magie d'une puissance indescriptible.

Qui l'avait créée ? Relos Var ? Peut-être. En tout cas, la présence de cet emblème gravé semblait indiquer que Senera avait quelque chose à voir là-dedans ; et, par extension, Var lui-même. Quant au symbole…

Frère Qown m'avait expliqué que l'emblème dessiné sur ma peau ne se contentait pas de drainer ma force, mais qu'il canalisait mon tenyé vers un autre emplacement. Je comprenais à présent où était passé ce tenyé. Tout ce qui m'avait été volé durant trois ans se trouvait là, devant moi. C'était *mon* tenyé.

— En réalité, c'est le mien.

Je me retournai vivement et découvris ma mère, Tya, juste devant moi.

Je ne sursautai même pas.

— Que fais-tu ici ? lui demandai-je tandis qu'elle passait devant moi, en direction de la lance.

— J'enfreins les règles, répondit-elle. (Elle s'assit sur le socle.) Mais comme m'a dit un jour un homme très sage, les règles peuvent aller se faire foutre. Est-ce que c'est une peau humaine ?

Je baissai les yeux sur ce que je tenais entre mes mains.

— Oui, mais ce n'est… que la mienne.

Elle plissa les yeux.

— Cela ne me rassure pas autant que tu sembles le croire. Tu n'as pas l'air blessée, pourtant.

— Qown m'a soignée.

J'inspirai profondément. Je n'avais pas la moindre envie de discuter avec Tya. Je n'avais aucune envie de la voir là, même si, en toute logique, sa présence pouvait m'être fort utile.

— Comment Relos Var aurait-il pu drainer ton tenyé ? (J'agitai ma peau coupée.) Ce n'était pas ton dos.

Elle grimaça face à mon geste, qui avait éclaboussé mon armure de sang.

— Relos savait que je ne lui permettrais pas de te tuer. Et c'est ce qui se serait passé, si je ne t'avais pas accordé assez de pouvoir pour supporter ce glyphe. Par conséquent, au cours des dernières années, il a aspiré le tenyé que je te conférais et l'a gardé en réserve, pensant s'en servir un jour.

— Alors… tu as fait deux fois la même erreur ?

— Ce n'était pas une erreur, me soutint-elle.

Je reniflai avec dédain.

— Tu as abreuvé nos ennemis de pouvoir ! Xaltorath m'a d'abord utilisée pour te soutirer des faveurs, et maintenant, tu autorises Relos Var à en faire autant. Pourquoi ?

Elle leva un sourcil.

— Je viens de te l'expliquer.

— Non !

Je faillis retirer mon heaume dans un geste d'humeur, tiraillée entre la certitude qu'elle me protégerait du razarras et le désir impérieux de ne pas avoir à compter sur cette protection.

— Épargne-moi ce tas de crottin. Je ne vaux pas la peine que tu te plies aux désirs de Relos Var ou de Xaltorath. Je ne vaux pas la peine qu'on les laisse gagner ! Pourquoi est-ce que vous avez tous la manie de m'utiliser comme prétexte pour justifier vos échecs ?

J'aurais voulu qu'elle se mette en colère. Oui, j'aurais exulté de la voir furieuse. Mais au lieu de cela, elle parut peinée.

— Mais si, tu en vaux la peine. Je t'aime, Janel.

— Non ! Tu ne me connais même pas. Tu ne sais rien de moi. Comment pourrais-tu m'aimer ? Même moi, je ne m'aime pas !

Je ne me souviens pas d'avoir retiré mon heaume, mais il avait disparu lorsque je me retrouvai serrée contre ma mère. Elle me lissa les cheveux et m'embrassa sur le front.

— Je t'aime, murmura-t-elle. Je t'ai toujours aimée. Je t'ai aimée lorsque tu as brûlé ta harpe aux confins de la Balafre, et que tu m'as priée de guider tes pas. Je t'ai aimée lorsque Valathea s'est sacrifiée pour t'aider à libérer l'âme de S'arric. Je t'ai aimée lorsque tu es entrée fièrement à Khorvesh, un nouveau-né dans les bras, et que tu as ordonné que plus aucune femme n'y soit jamais vendue à un homme. Et je t'ai aimée plus que tout lorsque je t'ai tenue dans mes bras pour la première fois, encore ensanglantée de t'avoir mise au monde… et lorsque j'ai dû t'abandonner, j'ai hurlé si fort que tous les mages de la planète sont devenus sourds pendant trois jours. Je t'aime suffisamment pour m'abaisser à servir mes ennemis, afin que tu puisses vivre. (Elle s'écarta de moi, juste assez pour plonger son regard dans le mien.) Mais au bout du compte… lorsque tout cela sera terminé… je ne vais pas perdre. Je ne vais pas perdre, parce que ma fille ne perd jamais.

Je m'essuyai les yeux et reniflai peu élégamment.

— Trois jours ?

Son sourire se fit malicieux.

— Ils ont appelé ça le Grand Silence. Personne n'a jamais réussi à en élucider la cause.

— C'est un peu… théâtral[1].

Elle sourit.

— J'ai été saltimbanque, dans ma jeunesse.

Cela me fit rire, alors même que mes larmes coulaient toujours.

— Apparemment, moi aussi, dans une autre vie. Sérieusement, pourquoi n'as-tu pas réussi à me donner un corps doté d'un minimum d'oreille ? Je chante comme une casserole.

— Navrée. Tu tiens cela de moi.

— Bien sûr. La déesse de la magie ne sait pas chanter.

Je séchai mes larmes, consciente que je venais de me tuer en m'empoisonnant au razarras, à moins que Tya n'intervienne.

— Alors, que se passe-t-il, maintenant ?

Tya m'enlaça et m'embrassa sur le front.

---

1. Elle est mal placée pour se moquer. Au moins, maintenant, je sais d'où elle tient ça.

— Continuons à suivre ton plan. Tu voulais changer quelque chose au minerai et à la fumée, ici, c'est cela ?

— Oui.

— Cette idée me plaît. Faisons-le ensemble. Et ensuite… est-ce que tu voudrais bien laisser ta mère t'aider à terrasser un dragon ? Rien que nous deux ?

Je dus avouer que cette idée me plaisait beaucoup, à moi aussi.

Aeyan'arric batifolait dans la neige.

Sur le versant d'une des montagnes yoranes, Tya et moi regardâmes le dragon s'ébattre et se rouler dans la neige, comme un chat jouant avec une plume, espiègle et joyeux. Sauf qu'un chat qui joue ne fait pas trembler les montagnes, ni ne creuse des sillons géants dans le granit des falaises. Un chat ne déclenche pas une avalanche, pour s'élancer à sa poursuite comme s'il s'agissait d'une souris.

Elle était véritablement magnifique. Ses écailles réfractaient les rayons du soleil en un millier d'arcs-en-ciel, étincelant sur le fond blanc du paysage. Elle était, dans sa perfection glacée, l'image même de l'hiver.

Je crispai mes doigts sur Khoreval et souhaitai, l'espace d'un instant, que nous ne soyons pas obligées d'agir ainsi.

En dépit de tous ces préparatifs, j'aurais presque pu oublier de m'emparer de la lance magique. Dès l'instant où j'avais saisi Khoreval, j'avais senti le pouvoir incommensurable qu'elle recelait. Il était effectivement assez puissant pour tuer un dragon. Cependant, Khoreval ressemblait à un cure-dents face à une créature d'une telle taille et d'une telle majesté. Je me sentais idiote d'avoir cru pouvoir combattre un dragon sans une déesse à mon côté.

La déesse en question devait être traversée des mêmes pensées – du moins, concernant la beauté d'Aeyan'arric – car je l'entendis soupirer.

— C'est un vrai crève-cœur. Je l'ai connue lorsqu'elle n'était encore qu'une petite fille.

— Tu… (Je tournai la tête vers elle.) Pardon ? Aeyan'arric a été humaine ?

— Tous les dragons ont été… eh bien… oui, disons « humains ». Aeyan était la fille d'un bon ami à moi. Lorsqu'elle était enfant, ses sourires étaient aussi éclatants que le soleil perçant entre les nuages.

— Qu'est-ce qui l'a transformée en dragon ?

— Un monstre. Son oncle.

— Son oncle… ?

— Relos Var. Son oncle est Relos Var. Et il a assassiné son propre frère, le père d'Aeyan, parce que… très honnêtement, je n'en sais rien. Même après toutes ces années, je n'en sais toujours rien. (L'expression de Tya se fit hostile, et elle parut ne plus vouloir répondre à mes questions.) Cache-toi derrière cette corniche. Je vais m'arranger pour qu'elle passe en dessous de toi. Saute-lui dessus… et assure-toi de bien viser.

— C'est notre plan ? Je dois lui sauter dessus et prier pour que tout se passe bien ?

Tya s'esclaffa.

— Et que prévoyais-tu de faire d'autre ?

Je fronçai les sourcils et baissai les yeux sur mon sac. J'avais prévu de gratifier les écailles d'Aeyan'arric d'un nouvel ornement destiné à saper sa force ; mais c'était avant que je ne comprenne que Senera avait personnalisé l'emblème qu'elle m'avait dessiné sur le dos. Par conséquent, il ne fonctionnerait sans doute pas sur le dragon, surtout s'il signifiait « voler l'énergie de la fille voras d'une déesse de la magie ».

— Tu ne sais pas ce que veut dire ce symbole, par hasard ? demandai-je à Tya en le lui montrant.

Elle secoua la tête d'un air contrit.

— Aussi étrange que cela puisse paraître, venant de la déesse de la magie… non.

— J'avais dans l'idée de le jeter sur le dragon pour l'affaiblir, mais maintenant, je ne suis plus si sûre que cela fonctionne.

— Alors, ce n'est pas si différent du projet de lui tomber dessus et de croiser les doigts, n'est-ce pas ?

Je m'éclaircis la gorge.

— Non.

— Essaie d'aller vite. Si ça tourne mal, fuis. Tu ne pourras la battre sur le terrain de l'endurance, ni sur celui de la force. Et essaie de lui planter ta lance entre les deux yeux.

J'opinai et allai me placer sur la corniche. Tya se volatilisa.

Elle réapparut un instant plus tard dans la vallée, où Aeyan'arric s'ébattait toujours. Le dragon réagit immédiatement, étendant ses ailes et se dressant à la verticale tel un serpent. Elle ne s'embarrassa pas de salutations polies ou de plaisanteries. Elle attaqua, faisant souffler l'hiver à l'endroit où était apparue Tya. Mais celle-ci s'était déjà élancée, si rapide que ses voiles laissaient derrière elle une traînée irisée.

Je savais qu'il était crucial que j'agisse exactement au bon moment. Je devais bondir avant qu'Aeyan'arric ne soit arrivée à mon niveau, mais si je sautais trop tôt, je ferais une chute mortelle. Si je sautais trop tard, je connaîtrais probablement le même sort.

Le temps que je formule ces réflexions, Aeyan'arric se trouvait presque à ma portée. Je sautai.

J'atterris sur son cou, et faillis perdre à la fois la vie et ma lance tandis que je luttais pour m'accrocher à ses écailles et me rapprocher de sa gueule. Aeyan'arric remarqua ma présence et tourna vivement la tête, mais elle ne parvint pas à me mordre. Elle se dressa alors à la verticale, levant ses pattes griffues pour chercher à m'attraper.

Tya attaqua dès la seconde où Aeyan'arric détourna le regard, emplissant de feu l'air qui nous entourait. Je sentis ma peau se craqueler et former des cloques, avant de me munir des sorts de protection nécessaires. Je me maudis de ne pas y avoir pensé avant.

J'abattis ensuite Khoreval, l'enfonçant dans le cou du dragon.

Aeyan'arric hurla. Un pouvoir inconcevable d'immensité afflua de la plaie jusqu'à mon corps. Ce n'était pas une sensation agréable. Le tenyé du dragon semblait abîmé, corrompu, pourri même… comme si les énergies magiques habitant chaque création de l'univers avaient été brisées et réassemblées sous une forme chaotique et dissonante. Je hurlai à mon tour, poussant la lance plus profondément dans sa chair. Je hurlai de plus belle lorsqu'un sang glacé et acide vint m'asperger.

Puis nous chutâmes.

Heurter la neige me fit l'effet d'un soulagement ; loin de me faire mal, elle apaisa par sa fraîcheur ma chair brûlée. Aeyan'arric se tordit pour m'attaquer, et ne me manqua que parce que je constituais pour elle une cible minuscule. Mais Tya n'était pas encore partie. Lorsque sa boule de feu se dissipa, la déesse de la magie fut de retour en un instant, déchaînant une énergie violacée qui se mit à désintégrer les griffes et les ailes du dragon.

Je m'admonestai, me rappelant que j'avais plus important à faire que de prêter attention à ma douleur, et arrachai la lance au cou du monstre. Je la plantai de nouveau dans sa chair ; cette fois, entre les deux yeux. Aeyan'arric s'effondra.

Je l'imitai, couverte de sang humain et draconique, blessée à un degré que je préférais ne pas évaluer.

Mais nous avions réussi.

Nous avions terrassé un dragon.

Tya flotta jusqu'à moi. Elle émit un bruit qui me rappela la réaction de Dorna lorsque je rentrais après avoir joué dans la boue, à tel point qu'un sanglot monta dans ma gorge. Elle me coucha dans la neige, près de la tête d'Aeyan'arric, et soigna mes blessures.

—Attends-moi ici. Il faut que j'aille m'assurer que cela a fonctionné.

Le choc m'arracha à ma torpeur.

—Quoi ? Que veux-tu dire par là ?

Je désignai la créature inanimée. Tya secoua la tête.

—C'est comme cela à chaque fois, révéla-t-elle. (Je l'observai d'un air perplexe.) Nous avons déjà tué des dragons par le passé, Janel. Ils s'en remettent. Ils se soignent. Exactement comme nous. On ne peut pas tuer un membre des Huit, pas définitivement. Et on ne peut pas non plus tuer un dragon. Ce n'est pas définitif non plus. (Elle toucha la lance fichée dans la tête du dragon.) Reste ici. Je vais consulter Thaena. Elle, elle saura si cela a fonctionné.

J'acquiesçai avec un soupir, et laissai retomber ma tête. J'avais failli lui dire que je pouvais poser moi-même la question à Thaena, mais je préférais rester éveillée. Je sentis et j'entendis tournoyer le tenyé. Lorsque je relevai les yeux, Tya avait disparu.

J'observai les nuages gris se mouvoir au-dessus de ma tête. Ils semblaient se dissiper, comme s'ils ne s'étaient amassés que parce que leur reine-dragon l'avait exigé. À présent, ils pouvaient apporter la neige, la pluie et la vie à d'autres contrées.

J'ignore combien de temps je restai là. Je crois qu'il ne s'en écoula pas tant que ça.

Puis Relos Var dit :

—Lorsque j'ai ordonné à Qown de vous aider, ce n'est pas ce que j'avais en tête.

52

Les chaînes brisées

Colonie de Jorat, Empire de Quur.
Trois jours après la victoire de l'équipe de Serre.

— Je me demande s'ils le sont tous, dit Kihrin d'un air pensif.

— Pardon ? demanda Qown.

— Si tous les dragons sont les enfants des Huit Immortels. Après tout, j'ai passé quatre ans coincé sur l'île sacrée de Thaena parce que son fils dragon, Sharanakal, ne voulait pas me laisser partir. Et puis, il y a Aeyan'arric et… moi…

Qown fronça les sourcils.

— Comment cela, Aeyan'arric et vous ?

— Mmh… Peu importe. Mais ce que je me demande, c'est si c'est le cas de tous les dragons ?

— Ah. Eh bien… Voilà une conversation que je n'aurais jamais cru avoir un jour, en tout cas, commenta Ninavis.

Janel regarda Frère Qown et ajouta :

— Je pense que c'est possible. Peut-être que Relos Var a toujours eu pour habitude de s'attaquer aux gens par le biais de leur famille.

— Il n'est pas net, cet homme-là, déclara Dorna.

— Cela change beaucoup de choses, souffla Kihrin.

Des paroles prononcées par Relos Var, mais aussi par le dragon Sharanakal lui revenaient en mémoire. Ils l'avaient reconnu, non pas grâce à son apparence physique, mais à la « couleur » de son âme. Si tous les dragons possédaient cette faculté, Aeyan'arric serait peut-être capable de le reconnaître, elle aussi.

Mais était-ce une bonne chose ? Et si Aeyan'arric détestait son père ?

— Pourquoi cela changerait-il quoi que ce soit ? s'étonna Janel. Elle reste un dragon furieux, que Relos Var utilise pour nous garder piégés ici.

Après un instant, Kihrin agita la main.

— Continuez l'histoire. Il faut que j'y réfléchisse.

Récit de Qown. Le Demesne de Glace, Yor, Quur.

Frère Qown apprit qu'il pouvait espionner les dieux lorsqu'il comprit que Tya ne sentait pas sa présence[1]. Il suivait Janel depuis son départ, en utilisant la température inhabituellement élevée de son corps comme source de chaleur. Cependant, cela se révéla superflu dès qu'elle entra dans les Grottes Printanières. L'imposant monolithe qui s'y trouvait était si chaud que Qown ne pouvait l'observer directement, sous peine de s'aveugler ; il brûlait aussi ardemment qu'une fournaise.

Comme Relos Var et Janel, Tya présentait une température corporelle plus élevée que la normale. Beaucoup plus élevée. Frère Qown se promit d'enquêter sur l'éventualité d'un lien entre le tenyé et la chaleur. Le tenyé avait-il un impact énergétique tangible ? Que signifiaient ces différences physiologiques ?

---

1. Il s'en serait sûrement rendu compte plus tôt s'il avait su que Mithros n'était autre que Khored.

Puis Janel se mit à pleurer, et Tya se mit à pleurer, et Qown regretta de ne pas pouvoir cesser de les observer. C'était encore plus embarrassant que de regarder les gens faire l'amour, ce qu'il s'était obligé à faire à plusieurs reprises, de crainte de laisser des informations importantes lui échapper.

Mais il tint bon. Et il les vit s'associer pour vaincre Aeyan'arric.

Frère Qown poussa un long soupir. Quoi qu'il arrive par la suite, Janel était en sécurité. Sa mère allait l'emmener. Elle avait réussi.

Il sentit alors quelque chose le pousser, délogeant Âtremonde du creux de sa paume. Senera se tenait debout, près de son siège.

— Alors, vous avez trouvé quelque chose d'intéressant ?

— Quoi ? Je…

Elle le saisit par l'épaule et l'arracha à son fauteuil. En regardant autour de lui, il vit que les soldats de Senera avaient envahi la pièce. Ils portaient des attelles et des bandages, comme s'ils venaient de se battre. C'était sans doute le cas.

— Que s'est-il passé ? interrogea Frère Qown.

— Vous le saurez bien assez tôt, répliqua Senera. Vous préférez marcher, ou que je vous fasse porter par le lieutenant ?

Il se leva et rajusta son agolé, sans oublier de ramasser Âtremonde.

— Je vais marcher.

Ensemble, ils quittèrent la bibliothèque et montèrent les escaliers menant à la grande salle. Frère Qown sentait ses entrailles se nouer un peu plus à chacun de ses pas. Leur secret avait été découvert bien plus tôt que prévu. Tous les résidents du château avaient dû assister au combat qui venait de se dérouler à l'extérieur. Et personne – ni le duc Kaen, ni, à coup sûr, Relos Var – ne devait se réjouir du sort réservé à Aeyan'arric. Les Yorans s'apprêtaient sans doute à tuer Frère Qown ; mais il savait que ce serait le prix à payer. Il l'avait toujours su.

Cependant, lorsqu'il s'avança dans le grand trapèze de cristal, il découvrit une scène à laquelle il s'attendait… assortie de deux détails qu'il n'avait pas prévus.

Parmi ce que Qown n'était pas surpris de voir, on comptait le duc Kaen, plus furieux et menaçant que jamais. Il donnait l'impression d'avoir été tiré du lit, et n'avait pas eu le temps d'accrocher ses diamants à sa barbe blanche. Sa femme, Xivan, se tenait à son côté, de même que son fils, Exidhar. Wyrga était assise à sa place habituelle, près du feu, accompagnée de son ourson de compagnie et époux ensorcelé. Les Délaissées étaient déployées telle une garde d'honneur, vêtues de leurs armures et portant épées et boucliers. Qown ne reconnut pas le Yoran musculeux aux cheveux bleus qui se trouvait près du duc, mais cela n'avait rien d'étonnant. La plupart des nobles yorans ne voulaient pas avoir affaire à Qown ; et à cette heure très matinale, une grande partie de la cour était absente.

Voici, en revanche, ce qu'il n'avait pas prévu : Janel Danorak était étendue au sol près de Relos Var, inconsciente. Elle avait les mains dans le dos, jointes par une énorme bande de métal moulée autour de ses poignets. Et devant le duc Kaen, ensanglantée et mal en point, se trouvait quelqu'un que Frère Qown n'avait pas vu depuis des années… mais dont il se souvenait parfaitement.

Ninavis.

Ligotée à l'aide d'une corde, elle avait un bleu sur la joue, et le sang coulait de sa lèvre fendue.

—Ah ! Parfait. Tout le monde est là, à présent.

Frère Qown fut pris de nausée. Relos Var l'avait averti qu'un jour, il déciderait s'il préférait continuer à soutenir le duc Kaen, ou se ranger du côté de Janel. Il semblait avoir enfin fait son choix.

Qown étudia l'expression du mage, à la recherche d'un signe indiquant que les apparences étaient trompeuses, qu'il avait trouvé un moyen de garder Janel et Qown – et peut-être Ninavis – en vie. Mais il demeurait de marbre.

— Vous savez qu'elle va revenir, n'est-ce pas ? dit Frère Qown.

Un garde s'avança comme pour le frapper, et le prêtre planta son regard dans le sien. Le garde hésita.

Relos Var se retourna.

— Qui va revenir ?

— Tya. Pensiez-vous vraiment que Janel avait tué Aeyan'arric sans aide ?

Le duc Kaen lança un regard intense à Relos Var.

— Je commence à croire que tuer un dragon n'est pas si difficile que vous avez bien voulu me le faire croire.

Relos Var secoua la tête.

— Aeyan'arric n'est pas morte, Votre Grâce.

— Elle l'a tuée, insista Frère Qown. Je l'ai vu de mes yeux.

Le mage se pinça l'arête du nez.

— Oui, en effet. Mais il ne s'agit pas d'une mort définitive. Elle reviendra. (Il sourit à Qown.) Janel a oublié une étape importante.

— Que voulez-vous dire ?

— Voyez-vous, ce que vous avez oublié de prendre en compte, c'est… (Il s'interrompit.) Pourquoi ne remettrions-nous pas la leçon à un autre jour ? Vous savez que je n'aime rien tant que d'éduquer ceux qui en ont besoin ; cependant, vous avez raison. Je ne suis pas sûr que ce palais survivrait à mes retrouvailles avec mon élève préférée.

Qown resta un moment perplexe, ne comprenant pas pourquoi Relos Var parlait ainsi de Senera, alors qu'elle se trouvait devant lui. Puis il comprit que ce n'était pas du tout ce qu'avait voulu dire Relos Var.

Son « élève préférée » n'était autre que la déesse Tya[1].

1. Ce garçon est totalement hermétique au sarcasme.

— Alors, quelles options s'offrent à nous ? demanda le duc Kaen. Tuer Janel Danorak ? L'envoyer à Shadrag Gor ? Et que dire de notre Chevalier Noir ? (Il désigna Ninavis.) Voudriez-vous vraiment me faire croire que vous n'avez pas été fichu de retrouver une femme d'âge moyen, responsable de tous nos problèmes à Jorat ? Que c'est *ça*, le Chevalier Noir qui vous tient en échec depuis tout ce temps ?

Kaen ne remarqua pas le regard noir que lui adressait Xivan. Ninavis releva la tête et sourit, léchant le sang qui coulait de ses lèvres.

— Et je dois dire que ça a été un jeu d'enfants. Mais votre homme se trompe. Je ne suis pas le Chevalier Noir.

L'homme aux cheveux bleus prit la parole :

— C'est elle, messire honn. Je sais ce que j'ai vu à Jorat…

— Ou plutôt devrais-je dire que nous sommes tous le Chevalier Noir, à présent. Me tuer ne servira absolument à rien. Nous savions que vous cherchiez des armées, alors nous n'en avons formé aucune. Nous savions que vous cherchiez des chefs, alors nous avons fait en sorte que tout le monde soit le chef. Nous savions que vous voudriez retrouver le Chevalier Noir… alors tout le monde est devenu Chevalier Noir. Moi ? Je ne suis qu'une voleuse douée au tir à l'arc. Me tuer, c'est comme puiser une tasse d'eau dans la mer et croire qu'on a endigué la marée.

— Faites-la taire, ordonna Relos Var. Elle essaie simplement de gagner du…

Il se tut brusquement, les yeux exorbités. Une dizaine d'émotions différentes défilèrent sur son visage : la colère, la surprise, l'indignation… Mais la plus reconnaissable était la peur. Frère Qown eut l'impression de voir quelqu'un qui venait d'être poignardé ou empoisonné par un proche ami, et qui comprenait tout à coup l'ampleur de cette trahison.

Ou peut-être confondait-il les émotions de Var avec les siennes.

— Qu'est-ce qui ne va pas ? demanda le duc Kaen.

— Quelqu'un vient de tuer mon frère, répondit Relos Var.

Il se volatilisa.

Tout le monde hésita. Un instant de silence emplit la pièce, puis le duc Kaen se tourna vers sa femme.

— Saviez-vous qu'il avait un frère ?

— Je n'imaginais pas que quelqu'un comme lui puisse avoir une famille, pour être honnête.

— Hmm. Très bien. Maintenant qu'il est parti… (Le duc Kaen tira son épée et s'avança vers le corps inconscient de Janel.) Je ne supporte pas les traîtres.

— Azhen, le pria Xivan. Nous ne savons pas encore ce qui s'est passé.

Le honn se retourna brusquement vers elle.

— Nous savons que c'est une traîtresse. Nous savons qu'elle a désobéi à l'un de mes ordres, au moins, lorsqu'elle a libéré les prisonniers dont j'avais exigé l'exécution, pour les envoyer à Jorat. Elle a tué mon dragon ! Elle connaissait manifestement l'identité du Chevalier Noir depuis le début, et elle me l'a cachée. Je sais tout ce que j'ai besoin de savoir. J'espérais pouvoir lui faire confiance. À présent, je sais que ce n'est pas le cas.

Qown regarda le Yoran aux cheveux bleus qui se mordillait le poing, le regard hanté. À présent que Qown l'examinait de plus près, il n'avait pas l'impression qu'il s'agissait d'un noble. L'homme portait une tenue ordinaire, de style jorat.

— Il faut agir, je suis d'accord, concéda Xivan. Mais si nous tuons Janel, cela ne revient-il pas à l'envoyer directement à nos ennemis ?

Le duc se figea, consterné. Il avait oublié pourquoi ils prenaient justement garde de ne pas tuer certaines personnes.

Senera toussota.

— Si vous voulez, je pourrais, hum… Un enchantement pourrait… Heu… (Elle se passa la langue sur les lèvres, l'air nerveux et inquiet.) Enfin, je veux dire que…

Qown n'avait jamais vu Senera perdre son calme auparavant.

— Non, pas vous, rétorqua Kaen d'un air mécontent. Je vous ai déjà accordé ma confiance, à vous et à votre maître. Je ne suis plus convaincu de votre loyauté. D'abord, le Chevalier Noir ; et maintenant, Tya. Tya ! Les choses n'auraient jamais dû en arriver là[1].

Senera s'inclina.

— Comme vous voudrez, Votre Grâce.

— Et ma famille ? intervint l'homme aux cheveux bleus. Vous m'avez promis de me laisser retrouver ma famille.

Kaen se tourna lentement vers le Yoran, qui balbutia :

— Je… je… je vous en prie. Messire honn…

Kaen ordonna :

— Wyrga, emmenez les prisonniers, ainsi que notre nouvel ami ici présent, dans les Grottes Printanières. Je souhaite que vous vous assuriez qu'ils ne puissent pas s'échapper. Si quiconque tente de les faire sortir sans ma permission, je vous ordonne de l'anéantir.

— Quoi ? Mais je vous ai tout dit ! protesta le Yoran.

Qown était également stupéfait, pour d'autres raisons. Il était à peu près sûr que le duc Kaen ignorait que Janel et sa mère, Tya, avaient réhabilité les grottes. Par conséquent, Kaen venait de les condamner – ou avait cru les condamner – à une mort lente et douloureuse. Certes, les instructions floues de Kaen n'empêchaient pas Wyrga de les tuer, tant qu'elle ne ressortait pas leurs cadavres des grottes. Mais il lui avait également rendu la vie difficile, puisqu'il venait de lui ordonner de tuer Tya si la déesse accourait au secours de sa fille.

Et Qown ne pensait pas que Wyrga soit dotée d'un tel pouvoir.

1. Il était devenu totalement paranoïaque, à ce stade. Enfin, il n'avait pas complètement tort, mais là n'est pas la question.

Wyrga dut mener les mêmes réflexions que lui. Elle décocha un regard assassin au duc ; mais il ne le remarqua pas, ou peut-être y resta-t-il indifférent.

— Mon époux… que faites-vous ? Ce n'est pas…

— Ne me contrariez pas ! tonna le duc.

Il fit signe aux gardes, qui n'avaient pas compris qu'ils étaient, eux aussi, condamnés à mort.

— Emmenez-les !

— Vous avez perdu du poids, glissa Ninavis tandis qu'ils descendaient vers les cavernes.

— Content de vous voir, moi aussi, rétorqua sèchement Qown.

— Non, je veux dire… Ça va, vous mangez, quand même ? À vous voir, on croirait qu'ils vous ont affamé. J'aimais bien vos joues de bébé, moi. C'était mignon.

Ninavis lançait des regards autour d'elle, en quête d'un moyen de s'échapper, de la moindre opportunité qui se présenterait.

— Vraiment ? (Il secoua la tête.) Non, non. C'est juste que… j'oublie de manger, parfois.

Elle posa sur lui un regard soucieux.

Ils descendirent cinq escaliers. L'un des gardes avait hissé Janel sur son épaule. Ils entendirent alors une voix, dans un couloir voisin, qui leur criait d'attendre. Senera apparut. Soit elle avait ouvert un portail, soit elle avait couru. Les deux, peut-être.

— Combien d'étages allons-nous descendre ? souffla Ninavis à Qown.

— Mieux vaut ne pas savoir. C'est un très grand palais.

— Attendez, répéta Senera. (Elle se tenait le flanc, comme si elle souffrait d'un point de côté.) Le duc a oublié de me demander de vous enchanter.

Ninavis grogna :

— Ah, c'est vous… Je vous déteste.

Wyrga tourna vers Senera son sourire dentu et cruel.

— Tu en es sûre, petite ?

De son doigt recourbé, elle fit signe à Senera d'approcher.

En voyant son sourire, Qown resta songeur un instant. Il reconnaissait ce rictus. Son regard passa de Wyrga à la silhouette inanimée de Janel. Combien de temps cette dernière avait-elle passé avec la vieille femme, récemment ? Cependant, il n'avait pas le temps d'y réfléchir davantage.

Senera se redressa.

— Qu'est-ce que tu veux, Wyrga ?

Wyrga attrapa Senera par le cou, et tira jusqu'à ce que leurs yeux se trouvent au même niveau.

— Tu as toujours été à moi, pas vrai ? Les faux mariages, ça suffit à duper les hommes… mais moi, je suis capable de reconnaître une de mes filles quand je l'ai sous les yeux.

Senera grinça des dents.

— Lâche-moi.

Wyrga sourit plus largement encore.

— Appelle-moi « Mère », ma chérie.

— Lâche-moi, « Mère », répéta Senera.

Wyrga s'exécuta.

Senera s'avança vers le reste du groupe. Elle avait Le Nom de Toutes Choses – couvert d'encre – dans une main, et son pinceau dans l'autre.

— Cela ne prendra qu'un instant, annonça-t-elle.

Wyrga gloussa. Elle savait que le duc n'avait pas « oublié » de demander à Senera de les protéger contre les dangers des Grottes. D'ailleurs, le duc ignorait que de telles protections existaient.

Frère Qown secoua la tête.

— Ce ne sera pas nécessaire, murmura-t-il à l'approche de Senera.

La magicienne ne savait pas que les poisons avaient été neutralisés.

— Taisez-vous, ordonna-t-elle. (Elle lança un coup d'œil à Wyrga, par-dessus son épaule.) Je sais ce que je fais.

— Vous en êtes sûre ?

Qown observa la femme à la peau blême, se demandant ce que lui coûterait cet acte. Il se demanda aussi si elle tentait de leur sauver la vie pour le compte de Relos Var, ou parce qu'elle-même ne souhaitait pas les voir mourir.

Elle traça le glyphe d'air pur sur les fronts de chacun, puis y ajouta un second symbole, que Qown ne connaissait pas. Il prit soin de l'observer pour le mémoriser. Lorsqu'elle eut terminé, Senera déclara :

— Très bien. Allons-y.

De toute évidence, elle n'avait pas l'intention de rester en arrière.

Ce qui signifiait qu'elle aussi avait remarqué la faille, dans les instructions que le duc avait données à Wyrga.

Celle-ci se renfrogna mais ne protesta pas. Le groupe poursuivit sa descente jusqu'aux tunnels. Wyrga connaissait manifestement le chemin.

Senera ne lança qu'un regard au monolithe, dans la caverne principale, avant de se retourner vers le corps endormi de Janel.

— Elle a retiré l'emblème sur son dos ?

— C'est moi le responsable, confessa Frère Qown. À part rester couchée sur le ventre, elle n'a pas fait grand-chose.

Wyrga le gratifia d'un sourire narquois. Frère Qown se sentit rougir.

— Ce n'est pas ce que je voulais dire !

La vieille femme arpenta la pièce, paraissant se tenir de plus en plus droite à chaque pas. Elle émit un claquement de langue à la vue des cadavres qui jonchaient le sol.

— Le razarras a disparu. La fumée aussi. Qui donc est venu faire le ménage chez moi ?

Elle posa au sol son ourson – Cherthog[1], se rappela Qown – et le petit animal entreprit aussitôt de mâchonner le fémur d'un des morts.

— Tya a neutralisé tous les pièges, expliqua Frère Qown. Tout à l'heure.

Senera rencontra son regard.

— « Ce ne sera pas nécessaire », murmura-t-elle pour elle-même avant de pousser un soupir.

Un garde déposa Janel sur le sol.

— Vous voulez que je la réveille ?

— Je vous souhaite bien du courage ! ironisa Ninavis.

Senera s'approcha de Janel et fronça les sourcils.

— Relos Var a dû lui lancer un sort de sommeil.

— Je doute que Relos Var lui ait lancé un sort après leur duel, à Atrine, fit remarquer Frère Qown. Il est… difficile de la réveiller, une fois qu'elle s'est endormie.

Et naturellement, Janel se réveilla aussitôt.

Qown et Ninavis échangèrent un regard intrigué. Il faisait encore nuit. En temps normal, il était tout simplement impossible à Janel de se réveiller avant l'aube.

— Difficile, vous dites ? (Senera arqua un sourcil, puis fit signe aux soldats.) Relevez-la.

Indifférente à la scène, Wyrga faisait courir ses mains sur le monolithe en marmonnant dans sa barbe.

— Janel, dit Qown. Est-ce que ça va ? La situation est un peu, heu…

— On est dans la merde, récapitula Ninavis.

Janel, étonnée, se laissa hisser sur ses pieds par les gardes.

— Salut, Ninavis. Ça faisait longtemps.

---

1. J'aurais dû me douter qu'il savait qui était Wyrga… Soit Janel le lui avait répété, soit il l'avait découvert lui-même ; après tout, nous avons fait de lui un parfait petit espion, pas vrai ?

— Hé oui. Tu sais, je commençais à me demander si tu n'étais pas un fantôme qui hantait Arasgon depuis l'Au-delà. On dirait que je dois 20 trônes à Dorna.

— Oh, tu me connais. Pas facile à tuer.

Janel balaya la caverne des yeux, notant les différentes personnes présentes. Son regard s'arrêta sur l'homme aux cheveux bleus.

— Je vous ai déjà vu, non ?

Il courba la tête. Janel s'assombrit.

— Vous êtes l'un des prisonniers que j'ai libérés.

L'homme ne tenta pas de nier.

— Je voulais juste retrouver ma famille. Je suis désolé. Je pensais…

— Vous pensiez que le duc vous pardonnerait si vous nous dénonciez, termina Janel. (Elle lança un regard irrité à Wyrga.) Vous devez être aux anges, vous.

— Oh oui, acquiesça l'interpellée.

— Nous aurions dû prendre de faux noms, soupira Ninavis.

Janel reprit la parole :

— Est-ce que Tya est revenue ? Où est Relos Var ?

— Il… est parti, répondit Senera.

— Qui a réparé les murs ? demanda Xivan Kaen en entrant dans la grotte.

Elle portait une armure khorvesh intégrale, ainsi que la lance Khoreval. Elle se retourna pour crier :

— N'entrez pas ! C'est encore trop dangereux !

Les soldats se mirent au garde-à-vous et saluèrent leur duchesse, tandis qu'elle s'avançait dans la caverne. Elle avait dû demander à ses Délaissées de rester en arrière. Et puisque Xivan avait compris que les murs et le sol de la grotte ne comportaient plus le moindre risque, sa méfiance devait être dirigée contre deux personnes : Wyrga et Senera.

— Bonjour, vampire, lança Wyrga. Je ne reçois pas d'invités, alors fiche-moi le camp.

— C'est bien mon intention, répondit Xivan. Mais j'emmène tes prisonniers. Je ne te fais pas confiance pour ne pas leur faire de mal, et mon époux a agi sans réfléchir. Je ne veux pas le laisser faire quelque chose qu'il regrettera par la suite. (Elle sourit.) Je sais comment ce genre de choses se termine.

Wyrga soupira :

— Tu n'as pas la permission d'Azhen Kaen.

— Non, en effet.

Wyrga dévisagea la femme en silence, les lèvres retroussées, montrant les crocs. Qown devina que le duc Kaen avait ordonné à Wyrga de ne jamais faire de mal à ses épouses, sa famille ou lui-même.

Mais Kaen venait également de lui dire d'anéantir toute personne qui tentait de secourir les prisonniers.

Wyrga ne pouvait concilier ces instructions. Si elle attaquait Xivan, la boucle de gaesh commencerait ; mais dès l'instant où Xivan s'éloignerait avec l'un des prisonniers, elle se déclencherait également. Xivan regarda Senera.

— Avez-vous l'intention de vous opposer à moi ? interrogea-t-elle.

Senera pencha la tête de côté.

— Non, sauf si vous m'empêchez de partir avec vous.

— Il ne te le pardonnera jamais, gronda Wyrga. Ton mari se sent déjà trahi. Il a déjà perdu confiance en ses amis.

— Par ta faute, je le crains, répondit Xivan.

— Évidemment ! hurla Wyrga. Et il l'a bien mérité ! (Elle leva les mains, changeant de tactique et reprenant un ton plus raisonnable.) Je l'aide, en réalité. Je le protège contre toutes les choses que sa faiblesse l'empêche de reconnaître comme des menaces : la confiance, l'amour, le respect. Ce n'est que quand il comprendra que ses vrais ennemis étaient ses plus proches amis qu'il sera prêt à entendre ma réalité.

Ninavis se rapprocha discrètement de Frère Qown.

— J'ai comme l'impression qu'il me manque une partie de l'histoire, glissa-t-elle.

— Une petite partie, oui, confirma Qown.

Puis il cilla et porta une main à sa poitrine. Wyrga en fit autant.

Janel fronça les sourcils[1].

— Ça va ? demanda Ninavis à Frère Qown.

— Je respire, murmura-t-il. Par le soleil, j'ai l'impression de pouvoir enfin respirer normalement. Que se passe-t-il ? Pourquoi…

De l'autre côté de la grotte, près du monolithe, Wyrga ouvrit de grands yeux surpris. Joyeux. Triomphants.

— Mon gaesh… Il a disparu !

Xivan attrapa Janel par le bras.

— Courez !

Ils entendirent Wyrga glapir dans leur dos. Puis un vacarme de roche brisée vint se mêler à ses cris stridents. Xivan guidait Janel, dont les mains étaient toujours attachées dans son dos. Tous les autres – y compris les gardes et les Délaissées – couraient dans leur sillage. Personne n'avait envie de s'attarder pour découvrir ce que la reine-sorcière Suless, libérée de son gaesh, s'apprêtait à faire.

Ils débouchèrent du tunnel dans l'air glacé, au pied de la montagne. Le soleil ne monterait pas dans le ciel avant plusieurs heures. Le Voile de Tya s'étendait au-dessus de leurs têtes comme un ruban aux reflets rouges, verts et violets, juste assez lumineux pour se réverbérer sur la glace et la neige. Face à eux, une pente montait dans la direction opposée au palais.

Lorsqu'ils eurent atteint le haut du talus, Xivan s'arrêta.

— Reposons-nous ici un moment, dit-elle. Je vais vérifier que nous n'avons perdu personne, pendant que vous reprenez

1. Je parie qu'elle a senti son gaesh se briser, elle aussi.

votre souffle. Nous allons essayer de découvrir ce qui s'est passé...

Un rugissement assourdissant fit trembler le sol sous leurs pieds. Qown eut l'impression que la foudre venait de s'abattre à côté de lui, et que le tonnerre résonnait tout autour d'eux.

— Putain, souffla Senera.

Tout le monde se retourna.

Une colonne de feu de trente mètres de large traversa la pyramide, de la base au sommet, s'élevant vers le ciel. Elle teinta d'orange tous les sommets, tous les versants enneigés à cent kilomètres à la ronde. La fournaise parut se figer, l'espace d'une fraction de seconde...

Puis la colonne de feu explosa vers l'extérieur. La déflagration se déploya, dévorant la grande salle.

— Suless, murmura Janel.

Le temps parut ralentir. Les événements s'enchaînaient sans un instant de répit, mais aux yeux de Qown, le monde avait adopté une allure de tortue. Il vit les délicats pétales de la fleur de feu s'épanouir hors du palais. Les murs de cristal brisés s'envolèrent en une pluie étincelante et mortelle, susceptible de blesser toute personne qui se trouverait un peu trop près du château, ce qui était leur cas à tous. Les bords de l'explosion enflammée s'incurvèrent vers le haut, puis retombèrent... et se dirigèrent droit sur eux. L'homme aux cheveux bleus et plusieurs soldats se mirent à courir.

— Abritez-vous... ! cria Ninavis.

Qown ignorait de quels abris elle parlait ; il n'y en avait aucun à proximité. Elle ne le savait sans doute pas elle-même.

Senera leva les mains. Son sortilège empêcha les éclats de verre acérés et les rafales de vent de les tailler en pièces. Mais Qown ne pensait pas qu'elle puisse également arrêter la vague de feu.

Cependant, elle n'en eut pas besoin. Les flammes se dirigèrent vers le haut, puis se dissipèrent, faisant fondre la neige en contrebas et noircissant la roche. Tout fut terminé en quelques secondes.

Senera se retourna. Elle paraissait aussi surprise que Qown.

— Je… Qui a fait ça ? balbutia-t-elle.

Quelques instants plus tôt, Xivan agrippait fermement Janel ; mais celle-ci était tombée sur un genou, à demi accroupie sur leur sol rocheux. Qown ignorait si elle était parvenue à se libérer ou si Xivan l'avait simplement lâchée. La duchesse se tenait immobile, bouche bée, et contemplait le palais détruit.

— Si vous parlez du fait que je vous ai empêchés d'être brûlés vifs, inutile de me remercier, dit Janel.

Un panache de vapeur s'éleva en sifflant de la neige, lorsque la bande de métal qui lui enserrait les poignets se mit à fondre et à goutter au sol. Elle se leva et extirpa soigneusement ses mains de leurs entraves.

Le regard de Janel se braqua de nouveau sur le palais en flammes. Tous les autres en firent autant. Xivan, pétrifiée, n'avait toujours pas bougé. Son visage exprimait l'horreur pure et simple.

Enfin, les gardes tirèrent leurs armes et s'avancèrent en direction de Qown, Ninavis et Janel. Ils avaient beau être en état de choc, ils parlaient toujours le langage de la violence.

— Oh non…, soupira Ninavis en les voyant faire. Il fait beaucoup trop froid pour se battre, ici. Ces femmes ont l'air transies jusqu'aux os.

— C'est leur couleur habituelle, précisa Qown. Ce sont des Yoranes.

Ninavis s'adressa de nouveau aux soldats.

— Attendez une petite minute, d'accord ? N'oublions pas que nous venons de laisser une femme complètement déchaînée… enfin, je ne sais pas vraiment ce que c'était…

— C'est Suless, expliqua Janel. C'est la déesse-reine Suless. Et elle a… elle a fait exploser le palais. Qui se trouvait à l'intérieur ?

— Tout le monde, dit Xivan. Tout le monde. Ils sont tous morts. Ma famille est morte.

— Non, ils sont en vie.

Tout le monde tourna la tête vers Senera. Elle avait tiré Le Nom de Toutes Choses de son corsage ; accroupie, elle écrivait dans la neige.

— Quoi ? dit Xivan en tressaillant. J'ai laissé toute ma famille là-bas, dans la grande salle.

Senera secoua la tête en rangeant la pierre sous le tissu de sa robe.

— Je viens de poser la question. Ils étaient déjà partis lorsque le palais a été détruit. Votre famille est encore en vie[1].

— Bien sûr…, commenta Janel.

Elle semblait à présent plus écœurée que bouleversée.

— Que voulez-vous dire par « bien sûr » ? cracha Xivan en brandissant Khoreval.

Elle semblait à deux doigts de s'en servir pour attaquer Janel. Celle-ci poussa un long soupir.

— Croyez-vous vraiment que Suless ferait à votre époux – et à votre fils – le cadeau d'une mort rapide ? Cela lui ressemble-t-il, selon vous ?

Frère Qown sentit son estomac se nouer. Cela ne ressemblait pas du tout à Suless. Il frémit. Des centaines de légendes circulaient dans tout l'Empire, sur les traitements que la reine-sorcière Suless réservait aux enfants qu'elle volait.

---

1. Je ne suis pas sûre que vous l'ayez remarqué, mais Veixizhau a donné naissance à une petite fille en parfaite santé, que le duc Kaen a choisi d'ignorer superbement. Il a tout de même pris la peine d'ordonner à Wyrga de ne s'approcher ni de l'une, ni de l'autre.
Mère et fille ont disparu, elles aussi.

À Yor, on en racontait encore dix fois plus sur ce qu'elle faisait subir aux hommes. Elle avait toujours été un monstre.

Xivan se passa une main sur le visage.

— *Comment* est-ce arrivé ?

— C'est aussi ce que j'aimerais savoir, renchérit Janel.

Qown répondit :

— J'ignore pourquoi, mais mon gaesh, et celui de Suless... Ils ont disparu. Je n'ai aucune idée de ce qui s'est passé. Cela ne devrait pas être possible. Vous voulez bien arrêter, oui ?

Les gardes s'étaient remis à avancer.

— Baissez vos armes, ordonna Xivan. Libérez la Marakori. Je n'ai pas l'intention de faire des prisonniers, aujourd'hui. Délivrez-les tous.

Les Délaissées échangèrent quelques coups d'œil, mais personne ne protesta. Une femme détacha Ninavis.

— Oh..., fit Senera.

Janel se tourna vers elle.

— « Oh » ?

— Quelqu'un y est enfin parvenu. À réaliser l'une des prophéties, et à détruire la Pierre des Entraves... ce qui signifie que Tueuse de Dieux – Urthaenriel – a été retrouvée. Donc, tous les gaesh ont été brisés, comme l'annonçait le texte.

Xivan se mit à rire, d'une voix sauvage et démente.

— Parfait. C'est tout simplement parfait. Mon mari cherche cette fichue épée depuis des décennies, et il a fallu que quelqu'un la trouve maintenant.

Senera, elle, leva les yeux au ciel.

— Ce n'est pas trop tôt.

Janel lui décocha un regard meurtrier.

— « Pas trop tôt » ? (Elle se tourna vers Qown.) Ne m'avez-vous pas dit, quand nous nous trouvions dans la bannière de Barsine, que si nous conservions un semblant de contrôle sur les démons, et qu'ils ne pouvaient entrer dans notre monde sans être invoqués... c'était grâce à un gaesh ?

Qown écarquilla les yeux.

— Oh, non…

— Nous l'avions prévu, reprit sèchement Senera. Les prophéties étaient limpides à ce sujet. Pourquoi croyez-vous que nous faisions geler les corps par Aeyan'arric ? Avez-vous la moindre idée du nombre d'âmes que Thaena a pu reprendre aux démons, grâce à nous ? Combien de démons elle a pu détruire, parce que nous les avions piégés et qu'elle n'avait plus qu'à les cueillir ?

— Je croyais que vous détestiez Thaena, releva Qown.

— Oh, c'est le cas, rétorqua-t-elle. Mais cela ne m'empêche pas de me servir d'elle pour éliminer des démons. Il faut bien qu'elle serve à quelque chose.

— Je vous interdis de…, rugit Janel entre ses dents serrées. Je vous interdis de prétendre que ce que vous avez fait à Mereina recelait le moindre soupçon d'altruisme. Vous et Relos Var n'êtes pas les héros de l'histoire. Vous avez agi ainsi pour terroriser la région, afin que le duc Kaen puisse arriver triomphalement à Jorat, sauver la situation et être considéré comme le nouvel Atrin Kandor. Vous ne sabotiez pas une invasion démoniaque… vous livriez une guerre sans merci.

Senera sourit.

— C'est une guerre depuis le début. Au moins, maintenant, nous n'avons plus à feindre le contraire.

— Assez ! intervint Xivan Kaen. Je me fiche des démons. Je me fiche de cette satanée guerre que livrait mon mari ! Dites-moi où se trouve Suless, Senera. Dites-le-moi sur-le-champ !

Senera cessa de sourire.

— Votre Grâce, j'aurais aimé pouvoir vous aider, mais Wyrga – Suless – sait que je possède Le Nom de Toutes Choses. Elle connaît son pouvoir. Elle ne fera pas halte au même endroit assez longtemps pour nous permettre de la rattraper. Et pendant que vous la poursuivrez, qu'adviendra-t-il de votre colonie ?

Une fureur faussement calme se peignit sur les traits de Xivan. Lorsqu'elle parla de nouveau, ce fut d'une voix douce.

— Est-ce que vous avez une famille, Senera ? Est-ce que vous aimez quelqu'un ?

Senera parut prise de court.

— Non.

— Un jour. Un jour, cela vous arrivera. Et ce jour-là, vous comprendrez. En attendant, vous pouvez me croire quand je vous dis que je me fous royalement de ce qu'il adviendra de Yor. C'est mon mari qui est obsédé par cette colonie, pas moi. Les seuls Yorans qui m'intéressent sont ma famille, et ceux qui se trouvent ici même !

Comme en réponse, plusieurs dizaines de femmes se mirent au gardeà-vous. Les soldats yorans masculins semblaient perdus. La réalité commençait à s'imposer à tous les esprits.

— Sommes-nous libres de partir, dans ce cas ? s'enquit Janel.

— Pour aller où ? lança Ninavis. Je suis désolée d'avoir à te le dire, mais nous n'irons pas très loin sans nourriture, sans eau et sans vêtements chauds. (Elle regarda Janel.) Même si j'imagine que tu pourrais nous empêcher de mourir de froid, avec ta petite astuce.

Janel se tourna vers Xivan :

— Dites, accepteriez-vous de…

Qown cessa sa lecture.

Kihrin fronça les sourcils.

— Que se passe-t-il ? Pourquoi vous arrêtez-vous ?

Alors, il entendit un bruit derrière lui.

Kihrin se retourna à temps pour voir s'ouvrir un portail au centre de la taverne. Relos Var le franchit.

Quatrième partie

Les Chutes du Démon

53

Les frères

Colonie de Jorat, Empire de Quur.
Trois jours après la découverte par Miya que son fils n'était pas mort ; puis que finalement, si.

La paresse des gens qui dormaient ou bavardaient, de l'autre côté de la taverne, se révéla feinte. Ils bondirent sur leurs pieds et attrapèrent leurs armes. Janel se leva, le visage sombre. Ninavis glissa une main sous le comptoir pour récupérer son arc. Étoile poussa Dorna derrière lui, tandis que Frère Qown hoquetait de surprise.

Kihrin dégaina son épée et se tint immobile, les yeux plissés.

— Var… Espèce de sale… ! s'exclama Janel en s'avançant.

Kihrin l'interrompit en lui agrippant le bras.

— Attends !

Il désigna le sol devant eux. Relos Var y avait créé un portail de défense, formant une sorte de douve. Il s'ouvrait sur un vaste ciel turquoise, une étendue radieuse et immaculée. Kihrin était sûr qu'à l'endroit où ils se trouvaient, l'aube ne s'était pas encore levée.

Le portail débouchait donc ailleurs, loin au-dessus du sol.

Kihrin attrapa sa tasse, sur le comptoir, et la lança sur le mage.

La tasse traversa le magicien et tomba par le second portail, la « douve » qui encerclait Var.

— Maintenant qu'il est établi que vous ne pouvez pas m'attaquer, pourrions-nous nous entretenir calmem…, commença Relos Var.

Kihrin se tourna vers Janel.

— Si tu vois quelque chose, ce n'est pas mon cas. Crois-moi, Relos Var n'est pas ici. Je pense qu'il doit projeter une sorte d'illusion.

Relos Var soupira et disparut.

Le magicien réapparut. Cette fois, il n'avait pas utilisé de portail. En un instant, il avait simplement surgi au milieu de la pièce, comme s'il avait toujours été là.

— Ça y est, tu es satisfait ? lança-t-il.

Au lieu de lui répondre, Kihrin toucha le bord du portail circulaire à l'aide de la pointe d'Urthaenriel ; la douve trembla et disparut. Puis Kihrin s'élança, brandissant son épée…

Janel l'attrapa par la main et le retint avant que Kihrin ne bascule dans un énorme portail, qui venait de s'ouvrir juste en face de lui. Urthaenriel avait le pouvoir de détruire les portails, mais pour cela, il fallait que Kihrin en effleure les contours. Sinon, l'épée ne l'empêchait pas d'en traverser le centre, comme n'importe qui.

— Le magicien a dressé une sorte de protection devant lui, cria Dango. Je n'arrive pas à le mettre en joue.

— Pareil pour moi, avoua Ninavis. Il a dû s'envelopper de tous les côtés.

Les compagnons de Ninavis s'éparpillèrent dans la taverne. La plupart portaient des arcs, mais tous étaient affligés du même problème que Dango : ils ne distinguaient plus le magicien.

L'illusion de Relos Var apparut de nouveau, sur le côté, à l'extérieur de la barrière de portails. Kihrin ne put s'empêcher de jeter un regard en direction du mage.

— Ah… Tu me vois, maintenant, remarqua Var.

—Je vous voyais déjà la première fois, admit Kihrin. Mais je voulais vous obliger à vous déplacer. Je n'avais aucun intérêt à attaquer une illusion.

Le mage fronça les sourcils avant de se tourner vers Janel.

—Voulez-vous vraiment continuer ces petits jeux ? Parce que je peux tout à fait repartir, en emportant Khoreval avec moi. Je suis curieux de découvrir ce que vous ferez lorsque Morios arrivera pour saccager Atrine, mais ce ne sera pas mon problème.

Kihrin pencha la tête de côté.

—Est-ce que vous avez vraiment quitté le duc Kaen, sans un avertissement, simplement parce que j'étais mort ? Que vouliez-vous faire… serrer la main de Gadrith, peut-être ?

—Ne fais pas l'enfant, rétorqua Relos Var, agacé. Je sais que je te fais là une requête impossible, mais… Combien de fois devrai-je t'expliquer que je ne suis pas ton ennemi ?

—Vous pouvez expliquer tant que vous voulez ; cela ne m'oblige pas à vous croire.

—C'était ma faute. Je n'avais pas surveillé d'assez près les manigances de Gadrith et de Darzin. Merci de les avoir tués, au fait… surtout Gadrith.

—Je ne l'ai pas fait pour recueillir votre approbation.

—Ce n'est pas ce que j'ai dit, riposta Var entre ses dents serrées.

—Alors, laissez-moi deviner : vous êtes revenu de la capitale avant que Tya ait terminé de s'entretenir avec Thaena au sujet d'Aeyan'arric, récapitula Kihrin. Vous avez repris Khoreval à Xivan Kaen, et vous avez passé un accord avec Janel. Mais expliquez-moi une chose, *grand frère*. Pourquoi aurions-nous besoin de Khoreval, finalement ? Janel s'en est déjà servie pour tuer un dragon, et celui-ci n'est pas resté mort très longtemps.

—Ne sois pas si modeste, rétorqua Relos Var. Tu en as tué un toi-même.

— Quoi ? (Kihrin cligna des paupières.) Heu, non. Je suis sûr de ne pas avoir…

— Dans l'Au-delà, murmura Janel. Tu as tué Xaloma à l'aide de Khoreval.

Kihrin se tut. Il aurait aimé croire qu'une telle chose ne pouvait s'effacer de son esprit. Cela semblait plutôt important. Cependant, il était évident que ses souvenirs de l'Au-delà étaient fragmentaires. Il allait vraiment devoir découvrir comme Janel et Teraeth s'y prenaient pour ne rien oublier de leurs séjours dans le monde des morts.

— D'accord, concéda-t-il. Je vous crois. Et je suppose que « Xaloma » s'en remettra également. J'ai l'impression que Khoreval ne s'y entend pas si bien que ça pour tuer les dragons… alors pourquoi en avons-nous besoin, déjà ?

Relos Var sourit et regarda Qown.

— Vous n'avez pas encore compris.

Frère Qown se redressa de toute sa taille.

— Compris quoi ?

— Ce que sont vraiment les Pierres Angulaires.

— Qu'est-ce que les Pierres Angulaires ont à voir… (Tout à coup, il ouvrit de grands yeux.) Attendez… Oh ! Par le soleil…

Relos Var se retourna vers Kihrin et Janel.

— Vous aurez besoin de Khoreval *et* d'Urthaenriel, parce que se contenter de tuer un dragon est insuffisant. Il faut aussi détruire le cœur du dragon… ce que nous appelons une Pierre Angulaire. Et seule Urthaenriel en est capable.

— Attendez…, souffla Janel. Les Pierres Angulaires sont les cœurs des dragons ?

— Pas au sens propre, précisa Relos Var. C'est une métaphore.

Janel parut infiniment soulagée, pour une raison qui échappa à Kihrin[1].

—Où se trouve votre Pierre Angulaire ? Simple curiosité, interrogea Kihrin.

Il n'avait toujours pas baissé son épée.

—Je n'en ai pas.

—Une fois de plus, je ne vous crois pas, soupira Kihrin.

Relos Var disparut. Le mur de portails aussi. Relos Var – le vrai – s'avança vers Kihrin.

—Dans ce cas, essaie de me tuer, lui dit-il. Mais dès l'instant où tu me transperceras de ta petite aiguille, je reprendrai ma forme réelle… (il balaya la taverne du regard)… qui se trouve être beaucoup plus grande que cette pièce. Par conséquent, Urthaenriel ne vous empêcherait pas, toi et tes amis, de vous retrouver aplatis contre le granit. Moi, je me soignerais. Mais vous… (Il haussa les épaules.) Thaena est très occupée à tuer des démons, pour le moment. Mais j'imagine qu'elle finirait par te faire Revenir, un jour ou l'autre. (Var regarda Janel.) Vous aussi. Les autres, en revanche… j'en doute fort.

Kihrin posa le tranchant d'Urthaenriel sur la gorge de Relos Var.

—Vous bluffez, accusa-t-il.

Relos Var sourit.

—Tu en es sûr ?

Un autre portail s'ouvrit. Kihrin ne détourna pas les yeux, craignant qu'il ne s'agisse d'une nouvelle diversion. Mais le magicien paraissait tout aussi surpris que les autres. Il écarquilla les yeux.

—Thurvishar ? s'exclama-t-il.

---

1. Sans doute parce que Kihrin a partagé le cœur de Xaloma entre lui et Janel, du moins si l'on en croit le livre de Thurvishar D'Lorus. Je suppose que ça aurait été un geste d'une forte portée symbolique. Enfin, je crois.

Le Seigneur-Héritier de la Maison D'Lorus franchit en courant le portail, qui laissa entrevoir une vaste étendue d'eau et un ciel aux confins blanchis par l'aube. Il referma l'ouverture, se retourna, puis se figea en découvrant la scène.

— Est-ce que j'arrive au mauvais moment ?

— Thurvishar, que faites-vous ici ? demanda Frère Qown. Vous étiez censé attendre…

— C'est ce que j'ai fait. C'est pour cela que je suis ici. Morios vient de sortir du lac Jorat. Il est en train d'attaquer Atrine.

54

Du danger d'accorder sa confiance à quelqu'un

Colonie de Jorat, Empire de Quur.
Trois jours après que Kihrin envisagea la situation avec réalisme.

Avant que quiconque ait pu dire un mot de plus, Thurvishar rouvrit le portail derrière lui. Cette fois, le point d'observation était situé bien plus haut, loin au-dessus d'Atrine. Quelqu'un jura ; l'ovale du portail encadrait une scène de cauchemar.

Kihrin laissa le tranchant d'Urthaenriel se détacher du cou de Relos Var. Le ciel nocturne, de l'autre côté, s'éclaircissait peu à peu – ils avaient effectivement passé la nuit à discuter – mais Atrine elle-même était illuminée par les feux et les lumagies. Cette clarté vacillante dessinait les contours d'une silhouette colossale, qui démolissait une section de la grande enceinte de quartz blanc. Des hurlements déchiraient l'air, audibles même de ce côté-ci du portail.

Si l'échelle de ce qu'il voyait n'était pas trompeuse – et Kihrin n'en avait pas l'impression – alors Morios était bien plus imposant qu'Aeyan'arric. En comparaison, même l'autre dragon que Kihrin connaissait – Sharanakal – semblait minuscule.

La taille de Morios était tout simplement ahurissante. La lumière joua sur les écailles du dragon, et…

— Est-ce que c'est… Est-ce que ces écailles sont… des épées ? (Kihrin regarda Janel.) Pourquoi est-ce que personne ne m'a prévenu que ce dragon était recouvert de lames ?

Thurvishar secoua la tête.

— Ce ne sont pas vraiment des épées ; mais elles sont tout aussi tranchantes et redoutables. Par ailleurs, il ne s'agit pas seulement de la surface de sa peau… Morios est entièrement constitué de métal.

— Comment voulez-vous tuer un dragon en métal ? marmotta Ninavis.

Le dragon broya l'une des tours du palais ducal[1]. Des morceaux de pierre s'envolèrent en tous sens, et certaines se dirigèrent droit vers le portail béant. Thurvishar remua la main pour le fermer, mais pas avant que plusieurs fragments n'aient jailli dans la taverne. Janel et Kihrin s'écartèrent prestement, et l'un des projectiles alla s'enfoncer dans le comptoir à l'endroit où ils se trouvaient un instant plus tôt, détruisant les lambris.

Relos Var se tourna vers Kihrin.

— Alors, pouvons-nous parler, maintenant ?

Kihrin vit son épée trembler entre ses mains. Il abaissa Urthaenriel.

— Baissez vos armes, tous, ordonna Ninavis à la cantonade.

Kihrin se tourna vers Relos Var.

— Expliquez-moi comment ça se passerait, si nous travaillions main dans la main. Expliquez-le-moi comme si j'entendais parler de ce projet pour la première fois.

Kihrin s'y connaissait en escroqueries et en arnaques. Sa mère adoptive, Ola, en avait fait sa marque de fabrique.

1. Je suis à peu près certaine que ce premier assaut infligé à sa résidence fut celui qui tua le duc Xun.

Il voulait savoir si le discours de Relos Var serait différent de celui qu'il avait tenu à tous les autres ; il voulait aussi savoir quels détails resteraient les mêmes.

Le mage pinça les lèvres.

— La seule manière de terrasser un dragon de façon permanente, de même que la seule manière d'anéantir définitivement sa Pierre Angulaire, est de détruire les deux simultanément. Chaque dragon correspond à une Pierre Angulaire. Malheureusement, bien que les dragons puissent être tués de bien des manières différentes, Urthaenriel est le seul moyen que je connaisse de détruire une Pierre Angulaire. Vous comprendrez donc pourquoi je n'ai pas pris la peine de dire au duc Kaen où se trouvait le repaire de Morios. Tant que nous n'étions pas en possession d'Urthaenriel, combattre le dragon n'aurait servi à rien.

— Vous n'êtes toujours pas en possession d'Urthaenriel, précisa Kihrin.

Relos Var ignora sa remarque.

— Nous avions également besoin de savoir où se trouvait la Pierre Angulaire, mais puisque Senera détient Le Nom de Toutes Choses, nous n'avons eu qu'à lui demander. Si nous annihilons à la fois Morios et sa Pierre Angulaire, ils disparaîtront tous les deux à jamais.

Kihrin sentit un frisson glacé le parcourir.

— Attendez… quand vous avez parlé de détruire définitivement les Pierres Angulaires… Vous voulez dire que je n'ai pas vraiment anéanti la Pierre des Entraves ?

— Oh, si, répondit Relos Var. Mais cela ne durera pas. La Pierre des Entraves se reformera, et au bout d'un moment, les gens comprendront qu'il est de nouveau possible de poser des gaesh. Il sera trop tard pour réemprisonner les démons, hélas.

Kihrin grinça des dents.

— Et de quel dragon la Pierre des Entraves est-elle le cœur ?

— C'est une digression sans importance.

— Dites-le-moi quand même.

— Rol'amar, révéla Var dans un grondement.

Dans sa bouche, le mot sonnait comme une insulte. La haine se peignit brièvement sur les traits du magicien.

Kihrin rangea soigneusement ce nom dans son esprit. Il pouvait se révéler utile.

— Non que je ne croie à l'importance du duel de regards que vous êtes en train de vous livrer, intervint Janel, mais peut-être pourrait-il attendre un peu ? Que nous ayons fait évacuer Atrine, par exemple ?

Les deux hommes se tournèrent vers elle d'un air surpris.

— Je n'ai jamais dit que j'étais d'accord, rétorqua Kihrin.

Janel pencha la tête de côté et le fixa d'un regard insistant. Kihrin toussa.

— D'accord, d'accord. Je vais vous aider.

— La meilleure façon de sauver Atrine est de tuer Morios, dit Relos Var à Janel. Commencer par évacuer la ville revient à laisser le sentimentalisme prendre le pas sur la raison.

— Non, pas du tout. Si nous ne faisons pas sortir les habitants d'Atrine – le plus vite possible –, nous nous trouverons bientôt face à un mélange d'incendies et de foules terrifiées et hurlantes. Une recette propre à attirer une variété particulièrement répugnante de gourmets.

Relos Var grimaça.

— Des démons.

— Exactement. Ils envahiraient Atrine par centaines. Je préfère affronter un seul ennemi à la fois. (Janel regarda Thurvishar.) Pourriez-vous ouvrir un portail vers le pont est d'Atrine ? C'est là que se trouvent les taudis des Marakoris.

— Bien sûr. Où est Senera ? interrogea Thurvishar.

Relos Var fronça les sourcils.

— À Atrine. Elle aussi devait m'avertir de l'arrivée de Morios.

Thurvishar darda sur l'homme un regard plein de haine.

— Vous n'avez pas eu de ses nouvelles, alors qu'un dragon furieux est en train de dévaster la ville ? Et vous n'aviez pas prévu de nous en parler ? Bon sang[1] !

Thurvishar ouvrit immédiatement un autre portail et s'élança dans sa direction. Au dernier instant, il se retourna vers le reste de la pièce.

— Si vous avez l'intention de venir, faites-le maintenant, ou débrouillez-vous pour que Relos Var vous rouvre un portail plus tard.

— Thurvishar ! protesta Kihrin.

— Je ne plaisante pas, Kihrin. Je pars tout de suite, avec ou sans vous.

Ninavis frappa des mains au-dessus de sa tête.

— Bien ! Les amis, vous vous êtes assez entraînés pour savoir ce qu'il y a à faire. Tout le monde traverse le portail, maintenant. On se regroupe de l'autre côté.

Dorna courut vers l'écurie en criant :

— Arasgon ! Talaras ! Guidez les autres. C'est le moment de partir. Palom… Étoile, aide-moi, s'il te plaît.

Kihrin s'aperçut que même Relos Var était surpris de la réaction de Thurvishar. Certes, le récit de Janel et Qown indiquait que Senera et lui se connaissaient ; mais son inquiétude évoquait une relation plus intime. Kihrin se demanda s'ils étaient devenus plus que de simples associés[2].

Les occupants de la taverne étaient effectivement bien entraînés ; ils quittèrent la pièce avec une promptitude et une efficacité qui lui firent penser à des soldats. Arasgon

1. Très franchement, je n'ai aucune idée de pourquoi Thurvishar paraissait si contrarié. Croyait-il que Le Nom de Toutes Choses serait perdu, si je mourais ?

2. Non. Absolument pas. J'ai à peine échangé deux mots avec Thurvishar D'Lorus, sans parler de… de… C'est une idée ridicule. Je préférerais avaler du verre pilé que de fréquenter un membre des familles royales, dans quelques circonstances que ce soit. Et oui, je sais qu'il ne fait pas vraiment partie d'une Maison Royale et qu'il était le fils de Sandus… et que vous aviez de l'affection pour Sandus, pour des raisons qui m'échappent. Cela reste inconcevable.

et Scandale traversèrent le portail, à la tête du cortège des chevaux, tandis que Talaras fermait la marche, convainquant ceux qui renâclaient de ne pas s'arrêter.

Enfin, la pièce fut vide à l'exception de Kihrin, Janel, Thurvishar et Relos Var.

Janel posa sur Kihrin et le mage un regard plein d'une inquiétude sincère.

— Ne faites pas les idiots, tous les deux, avertit-elle. Nous avons besoin de vous, aujourd'hui.

Elle franchit à son tour le portail.

— Après toi, dit Relos Var à Kihrin.

— Vous devriez dire à Aeyan'arric qu'elle n'a plus besoin de garder l'entrée de la taverne, suggéra Kihrin.

— Elle finira par s'en rendre compte.

— Pourquoi est-ce que vous faites tout cela, en réalité ? Vous vous fichez bien que Morios soit mort ou vivant, et je ne crois pas non plus que le sort de quelques centaines de milliers de personnes vous préoccupe tant que ça. Qu'est-ce qui se passe vraiment ?

— Pourrions-nous nous dépêcher ? insista Thurvishar d'un ton acerbe.

— Un moment, je vous prie. (Le mage se tourna vers Kihrin.) Plus de mensonges entre nous. Tu as raison. Je me moque de ce qui se passera à Atrine, et mes sentiments à l'égard de Morios sont… ambivalents, à défaut d'un meilleur terme. Je n'agis ainsi que parce que je souhaite que les prophéties se réalisent. Et je m'intéresse énormément à ce qui se passera après que Janel aura arrêté Morios.

— C'est vrai. Vous devez remplacer la place de gouverneur rebelle de Jorat, laissée vacante par le duc Kaen, c'est ça ? Janel est votre solution de secours.

Il était presque revigorant d'entendre Relos Var admettre que tout cela lui importait peu. Le magicien n'était prêt à apporter son aide que lorsque ses objectifs s'alignaient provisoirement avec ceux des autres. Il voulait réaliser l'une de ces prophéties concernant les Guerriers de l'Enfer, et Janel allait l'y aider en renversant le duc Xun après avoir tué Morios. La population considérerait sa victoire contre le dragon comme la preuve qu'elle était en droit de les diriger. Ce qui représentait une étape supplémentaire du processus de démolition de l'Empire. Et c'était cela que désirait Relos Var. Comme toujours, il voyait les choses à très long terme.

Il sourit.

— Au fait, si tu brises le cœur de Janel, je ferai de ta vie un enfer.

Kihrin se sentit s'empourprer de colère.

— Vraiment ? Vous êtes en train de me jouer le numéro du père protecteur ?

— Qoran Milligreest n'avait pas l'air décidé à s'en charger.

Thurvishar toussota. Jusqu'à cet instant, Kihrin ignorait qu'il était possible de toussoter *furieusement*. Thurvishar semblait à un cheveu de leur refermer le portail au nez.

— Allons tuer un dragon, dit Relos Var.

Kihrin traversa le portail.

55

Le dragon de la guerre

Atrine, colonie de Jorat, Empire de Quur.
Trois jours après que Kihrin posa des questions
dont il connaissait déjà les réponses…
ah non, attendez : il pourrait s'agir
de n'importe quel jour des vingt dernières années.

Lorsque Kihrin regarda derrière lui, il s'aperçut que Thurvishar ne les avait pas suivis. Il soupçonnait le mage d'avoir ouvert un second portail, sans doute dans un endroit dangereux au cœur de la cité d'Atrine. Kihrin secoua la tête. Senera portait Le Nom de Toutes Choses ; et à sa connaissance, toutes les Pierres Angulaires protégeaient leur porteur des méthodes ordinaires de clairvoyance. Par conséquent, Kihrin n'avait aucune idée de la manière dont Thurvishar comptait la retrouver dans une ville de cette taille, ou l'aider si elle était effectivement en danger.

Bien sûr, après ce qu'on lui avait dit de Senera, il n'aurait pas non plus considéré son sauvetage comme une priorité. Il était clair que Thurvishar n'était pas de son avis.

Puis un rugissement assourdissant fit trembler le sol, et Kihrin plaqua les mains sur ses oreilles, se demandant confusément comment toutes les personnes qui s'en trouvaient moins éloignées que lui avaient pu le supporter. Lorsque le bruit cessa, il tourna son regard vers sa source : Atrine.

Puisque Thurvishar les avait fait déboucher à l'extrémité du pont est, Kihrin bénéficiait d'une vue presque entièrement dégagée sur la cité elle-même, qui s'élevait bien au-dessus des taudis de la passerelle. Le soleil ne tarderait pas à apparaître, le ciel s'étant éclairci pour laisser place à l'aube. Il voyait à présent ce qui s'était perché sur les plus hautes tours de la cité… dont il supposa qu'il s'agissait des restes à demi effondrés du palais ducal.

— Taja, sauve-moi, murmura-t-il.

Acier, fer, drussien, shanathá… Tous les métaux, par centaines, s'étaient entrelacés en pointes acérées comme des épées pour former le corps du dragon. Il ressemblait à un porc-épic de cauchemar, façonné par un dieu dément et malfaisant. Les ailes de Morios évoquaient moins des appendices permettant de voler que des armes destinées à déchirer, à arracher, à cingler et à annihiler. Rien, chez ce dragon, n'évoquait d'autres finalités que le massacre et le chaos.

Morios griffait et mordait sauvagement les tours, les murs et les flèches de pierre du palais, comme un chien rongeant son os favori. Le granit ancestral ne lui opposait presque aucune résistance, s'écroulant en grands éboulements sous son poids. Ses coups de queue démolissaient des bâtiments entiers, et ses griffes creusaient de profonds sillons dans les rues de la ville.

La première fois qu'il avait vu le dragon de feu, Sharanakal, il s'était demandé comment quiconque pourrait se croire capable de tuer une telle créature. Sharanakal ressemblait moins à un être vivant qu'à l'incarnation d'une force de la nature, un volcan doué de vie. Morios était pire.

Janel donna une bourrade à Kihrin.

— Reprends tes esprits. Notre priorité est d'évacuer autant de personnes que possible. Les portes d'Atrine ne sont pas conçues pour laisser passer plus de deux ou trois personnes à la fois.

Elle désigna le pont, où des habitants paniqués s'éloignaient en courant de leurs cabanes.

Kihrin sentit ses entrailles se nouer. Il se souvenait de la description que Janel avait faite d'Atrine : celle d'un endroit édifié dans l'intention de piéger et de tuer les chevaux. Elle lui semblait tout aussi susceptible de piéger et de tuer les êtres humains. Les Marakoris, forcés de vivre en marge de la ville, pouvaient s'enfuir ; mais les Jorats, eux, ne pourraient s'échapper assez rapidement.

— Comment allons-nous…, commença Kihrin.

Les flammesangs s'approchèrent au trot.

— Nous allons diriger les gens vers ce côté du pont. (Janel agrippa la selle d'Arasgon et se hissa sur son dos.) Var, suivez-nous. Je veux que vous détruisiez le mur lorsque nous atteindrons la porte est, et que vous ouvriez un portail menant à un lieu sûr. Nous enverrons tout le monde dans cette direction.

Étonné, le mage finit par sourire lentement.

— Comme vous voudrez.

Arasgon se tourna et lança quelques mots au reste du groupe[1].

— Entendu, dit Sire Baramon en enfourchant le frère flammesang d'Arasgon, Talaras.

Tout le monde s'engagea à leur suite, car bien sûr, s'agissant de Jorat, tout le monde avait son propre cheval. Frère Qown en avait un. Même Étoile était parvenu à s'en dénicher un on ne sait où.

Kihrin sentit qu'on lui donnait un coup sur le flanc. Il faillit lever son épée avant de s'apercevoir qu'il s'agissait de Scandale, qui le poussait de son nez.

---

1. Voici ce que dit Arasgon : « Entrez dans la cité et faites-en sortir autant de personnes que possible. »

— Dépêche-toi ! cria Janel. Tu es déjà monté sur un cheval, non ?

— Oh oui, je prenais des leçons d'équitation tous les jours en grandissant, dans les bas-fonds de la Cité capitale. (Kihrin eut un rictus irrité.) Bien sûr que non, je n'ai jamais monté !

Janel sourit.

— Heureusement qu'il suffit de se cramponner.

Scandale poussa de nouveau Kihrin.

— D'accord ! s'énerva-t-il. Mais si je tombe, vous ne pourrez vous en prendre qu'à vous-mêmes.

Urthaenriel émit un murmure hargneux lorsqu'il la glissa dans son fourreau, mais il l'ignora. Il agrippa la crinière de Scandale et bondit sur son dos. Naturellement, Scandale n'était pas sellée, et Kihrin était certain que cela ne ferait rien pour ajouter à son confort.

Il leva les yeux à temps pour voir Relos Var faire apparaître un cheval, une créature de fumée et de ténèbres, dont l'aspect éthéré ne l'empêcha pas de soutenir son poids avec aisance.

— Frimeur, marmonna Kihrin.

Mais tous constatèrent aussitôt un problème de taille. Le passage qui traversait les taudis était assez large pour qu'un cheval puisse s'y engager ; cependant, il était actuellement encombré de gens tentant de fuir la cité. Certains poussaient les autres pour les écarter de leur chemin, réduits à la violence par la peur qui les étreignait.

— Laissez passer ! cria Janel, mais personne ne fit attention à elle.

Les flammesangs lancèrent à leur tour des instructions ; cependant il était peu probable que les Marakoris comprennent leur langage.

— Ridicule, grommela Relos Var. Nous n'avons pas de temps à perdre avec ces inepties.

Il joignit les mains.

Un portail s'ouvrit alors dans le sol face à eux, s'étendant sur toute la longueur et toute la largeur de la passerelle.

Tous les occupants du pont – ainsi que toutes les constructions, huttes et taudis – tombèrent dans le portail. Derrière eux, un peu plus loin sur la route menant à la cité, Kihrin entendit des cris et le fracas des objets divers qui s'entrechoquaient. Il supposa que c'était le bruit de tous ces taudis et de tous ces gens, heurtant le sol au même moment.

Scandale dit quelque chose. Étoile également. Kihrin se plut à penser qu'ils avaient tous les deux juré avec la même éloquence[1]. Kihrin lui-même ne pouvait qu'observer la scène, médusé, à l'instar de tous leurs compagnons. Le temps parut un instant suspendu.

Puis Kihrin se souvint qu'il s'agissait de l'homme que les Huit Immortels se disaient incapables de tuer. Même si, à dire vrai, Relos Var n'était plus un homme depuis longtemps. L'avantage était que le pont était libre, et que les Marakoris qui y vivaient avaient été promptement évacués.

Sans se soucier le moins du monde de ce que les autres pensaient de lui, Relos Var ouvrit un second portail, qui ressemblait beaucoup moins à un piège géant.

— Il mène à la porte est, annonça-t-il.

Après un instant d'hésitation, tout le monde dirigea sa monture – qu'elle soit cheval ou flammesang – vers le portail.

Lorsque Kihrin émergea de l'ouverture et se retourna vers le rivage, il s'aperçut qu'il avait sous-estimé la longueur du pont. Soudain, il comprit pourquoi tout le monde avait immédiatement enfourché son cheval, même si Var leur avait finalement fourni un passage plus rapide. Le pont faisait plusieurs kilomètres de long. Il réprima un frisson en songeant à l'exploit que Relos Var venait d'accomplir[2].

1. C'est le cas.

2. Même moi, depuis le temps que je vous connais, je suis impressionnée, et je vous connais pourtant depuis fort longtemps.

Bien sûr, son erreur signifiait que Morios, lui aussi, était encore plus gigantesque qu'il ne l'avait cru de prime abord. Cependant, à présent qu'ils se tenaient à l'ombre des grands murs de quartz blanc, Morios n'était plus visible. Les gardes, terrorisés, ne savaient plus quoi faire pour protéger leur peuple. Ils venaient de voir tous les taudis de la passerelle se volatiliser devant eux, dans un rugissement évoquant un tremblement de terre. Le pont devait par conséquent constituer la menace la plus évidente à leurs yeux ; après tout, ils venaient d'assister à une démonstration saisissante de sorcellerie. Ils décidèrent donc de ne laisser passer personne.

— Vous ! cria un garde affolé. Déclinez votre identité !

Il donnait l'impression d'être sur le point de tirer un carreau d'arbalète, sans même attendre de réponse. Janel l'ignora.

— Ici ! lança-t-elle en mettant pied à terre. Var ! Ce mur-là !

Elle désigna, non pas la porte, mais le rempart adjacent.

Le magicien haussa un sourcil sous son ton péremptoire, mais braqua néanmoins son regard sur l'édifice en question. Celui-ci se mit à s'effondrer sur place, comme s'il succombait à une usure de plusieurs millénaires en l'espace de quelques secondes. Derrière le mur, la foule recula, manifestement terrifiée… et Morios réapparut.

— Bien, dit Janel. Maintenant, j'ai besoin…

Plusieurs gardes tirèrent.

Relos Var écarta les projectiles d'un revers de main avant de se tourner vers Janel.

— Arrêtez vos bêtises, à présent ! Vous avez une mission à accomplir.

Il tendit la main, et une lance y apparut, qu'il lança à Janel. Khoreval. Janel la rattrapa.

— Ma mission est de protéger mon peuple, Relos. Je m'occuperai de Morios lorsque la cité sera vide.

— Il va la faire s'écrouler sur vous !

— Dans ce cas, créez une diversion, suggéra Kihrin.

Var tourna la tête.

—Que dites-vous ?

—Vous êtes un dragon, vous aussi, rétorqua Kihrin. N'essayez pas de prétendre le contraire. Toutes les personnes ayant pris part au rituel de création de Vol Karath ont été transformées en dragon… même vous. Vous êtes donc tout à fait capable de détourner l'attention de Morios tandis que nous évacuons la ville. Ensuite, nous pourrons essayer de tuer cette maudite créature.

Relos Var l'observa fixement, les lèvres retroussées en un rictus méprisant. Janel les regardait, attendant la réponse du mage.

—Alors ? insista Kihrin.

Relos Var fit tourner son cheval fantôme et galopa vers le bord de la passerelle, s'éloignant du lac Jorat en direction des Chutes du Démon. Le cheval fantôme bondit.

S'il avait été n'importe qui d'autre, il se serait agi d'un suicide. Mais Var parut flotter un instant dans l'air nocturne ; son cheval magique avait disparu, et sa silhouette était devenue floue. Une créature extraordinaire prit alors sa place, énorme et reptilienne, ailée et griffue. Il venait de confirmer le soupçon que nourrissait Kihrin depuis bien longtemps : qu'il était le dragon que Kihrin avait aperçu à Kharas Gulgoth, avant que Relos Var n'apparaisse en chair et en os. Et que les morgages ne s'étaient pas trompés en décrivant neuf formes ondulées, et non huit, quittant le lieu du rituel catastrophique qui avait créé Vol Karath. Ses écailles se paraient de reflets irisés, à la lueur de l'aube.

Des hoquets et des hurlements s'élevèrent de la foule, lorsque les gens comprirent qu'ils étaient en présence de deux dragons et non plus d'un seul. Relos Var était certes plus petit que Morios, mais il demeurait gigantesque. Et puisque les bons dragons n'existaient pas, il était naturel que les gens supposent que ce second dragon était aussi malveillant que le premier.

Urthaenriel entonna un chant de haine aux oreilles de Kihrin.

— Pas encore, lui murmura-t-il. Pas encore.

Relos Var s'inclina en vol, attrapant un courant d'air transversal, puis se retourna et se dirigea vers la cité. Silencieusement, il s'approcha de Morios…

Et le heurta de plein fouet. Les pointes métalliques de Morios raclèrent, dans un grincement strident, la cuirasse plus élégante de Relos Var. Puis les deux monstres, tournant sur eux-mêmes, survolèrent Atrine et disparurent sous les flots du lac Jorat.

— Tu sais que c'était le seul d'entre nous qui puisse ouvrir un portail, maintenant que Thurvishar s'est éclipsé ? fit remarquer Janel.

— Il commençait aussi à perdre patience, en nous voyant insister pour sauver des vies, rétorqua Kihrin. Maintenant, au moins, il a de quoi s'occuper… et nous, nous pouvons aller aider ces gens.

Ninavis trotta jusqu'à Janel.

— C'est bon, tu contrôles la situation ?

— C'est encore plus facile, maintenant que les taudis ne nous barrent plus la route. Cela devrait aller. (Janel adressa un regard entendu à Ninavis.) Tu sais ce que tu as à faire.

L'archère fit signe aux autres cavaliers derrière elle.

— Allez ! On y va !

Le reste de son groupe entra à sa suite dans la cité, tandis que les derniers vestiges du mur d'enceinte finissaient de tomber en poussière. Étoile salua Kihrin en passant devant eux.

— Vous, là-bas ! cria Janel à l'intention des gardes. Venez nous aider. Tout de suite !

À la grande surprise de Kihrin, ils obéirent. L'apparition du second dragon ayant achevé de les tétaniser, ils auraient sans doute été prêts à se plier aux ordres de n'importe qui.

Les habitants se mirent à affluer de la cité sur le pont. L'absence soudaine de mur ne semblait pas les troubler outre mesure, empressés qu'ils étaient à s'engouffrer dans la brèche. Beaucoup étaient ensanglantés et couverts de poussière, suite à l'écroulement des bâtiments d'Atrine ; d'autres toussaient, intoxiqués par la fumée.

Arasgon se mit à aboyer des instructions ; les Jorats, eux, le comprenaient, et il avait l'avantage de posséder une voix de stentor. Kihrin aperçut alors un éclair lumineux en marge de son champ de vision, et vit s'ouvrir un nouveau portail. Thurvishar en sortit, portant une Senera inconsciente et blessée. Elle était aussi – inexplicablement – auréolée d'une vive lumière.

— Qown ! cria Thurvishar. Par ici !

Le prêtre de Vishai, occupé à soigner une femme qui s'était coupée au bras, leva les yeux.

— Quoi ? Oh… (Il pressa un morceau d'étoffe sur la blessure de la femme.) Continuez à appuyer, comme ceci. Mais ne vous arrêtez plus tant que vous ne serez pas de l'autre côté.

La femme hocha la tête et s'éloigna en courant, disparaissant dans la foule de plus en plus importante qui traversait le pont.

Kihrin se hâta de rejoindre Thurvishar.

— Que s'est-il passé ? interrogea-t-il[1].

Thurvishar étendit la femme sur le sol. Le sang avait plaqué ses cheveux sur le côté de son crâne.

— Un éboulement a dû l'assommer. Je l'ai trouvée à moitié enfouie sous les gravats. (Il agita la main.) Pour ce qui est de la lumière, cela ne tardera pas à se dissiper.

---

1. Il avait dû lancer un sort sur toute la ville, faisant briller tous les individus d'ascendance doltari. C'est une manière très habile de contourner les protections anticlairvoyance conférées par les Pierres Angulaires.
Il faudra que je me souvienne de cette astuce.

— Je ne savais pas que vous étiez amants, tous les deux, observa Kihrin.

Thurvishar ouvrit de grands yeux.

— Ce n'est pas le cas. (Le magicien parut chercher une explication ou une excuse quelconque à son comportement.) Elle a Le Nom de Toutes Choses. Nous allons avoir besoin de son aide.

Kihrin hocha la tête.

— C'est ça. Bien sûr. C'est manifestement la seule raison.

Thurvishar lui lança un regard noir. Qown s'agenouilla près de Senera.

— Laissez-moi un peu de place.

Il examina les yeux de la femme, puis posa la main sur le côté de son crâne.

Thurvishar tourna la tête et érigea autour d'eux un rempart de pierre de trois mètres de haut. Incurvé, il formait une sorte d'auvent protecteur au-dessus de leurs têtes.

Qown hésita et dit :

— Cela me convient.

Il se concentra de nouveau sur la femme inconsciente.

— Thurvishar, appela Kihrin avec un claquement de doigts. Qown s'en occupe. Vous, venez avec moi. Nous allons essayer de fournir à ces gens un moyen plus rapide de quitter l'île.

— Est-ce que je viens de voir non pas un, mais deux dragons survoler la ville ?

— En effet. Le second est Relos Var.

Thurvishar cilla, puis secoua la tête.

— C'est vraiment dommage qu'il ne puisse pas toujours être de notre côté.

— Oui. Si seulement la vie humaine recelait la moindre valeur à ses yeux… alors, il serait quasi parfait.

Kihrin se fraya un chemin à travers la foule, jusqu'à atteindre un recoin abrité par un énorme bloc de pierre détaché du palais.

— Ouvrons un portail ici. Le plus grand que vous puissiez créer sans vous mettre en danger. Et faites-le déboucher à proximité de l'endroit où Relos Var a envoyé les autres, pour que les familles puissent se retrouver.

Thurvishar fronça les sourcils.

— Ne vaudrait-il pas mieux les transporter aussi loin que possible ?

— Vous connaissez un endroit qui soit parfaitement sûr, à l'heure actuelle ?

— Maintenant que vous le dites…

Près du centre du lac Jorat, un faisceau de feu blanc s'éleva droit vers le ciel, projetant sur le lac et les terres environnantes une lumière aveuglante. Les gens hurlèrent et se couvrirent les yeux ; Kihrin détourna vivement le regard, mais vit tout de même des spectres lumineux danser dans son champ de vision. Un instant plus tard, Relos Var et Morios jaillissaient ensemble de l'eau, s'assaillant mutuellement à coups de griffes et de crocs.

Kihrin n'eut pas l'impression que Relos Var soit parvenu à blesser Morios. Malheureusement, l'inverse n'était pas vrai. De longues déchirures zébraient la peau écailleuse de Relos Var, faisant goutter un sang argenté dans l'eau du lac. Il était manifestement mal en point. En temps normal, Kihrin aurait exulté, mais…

Si Morios finissait par tuer Relos Var, même si ce n'était (comme l'affirmait le mage) que temporaire, Kihrin n'était pas sûr qu'ils parviendraient à se tirer de cette situation. Il secoua la tête, luttant pour reprendre ses esprits. Un désastre à la fois.

Janel avait travaillé sans relâche à orienter les gens vers le portail qu'avait ouvert Thurvishar, et le flot continu de la foule ne semblait pas devoir se réduire. Scandale et Arasgon faisaient aussi de leur mieux, empêchant les gens de se piétiner mutuellement dans leur hâte.

Chaque fois que Janel voyait un soldat jorat, quelles que soient ses couleurs, elle le convainquait de se joindre à leurs efforts.

Kihrin se frayait péniblement un chemin jusqu'à elle lorsqu'il vit Janel se figer. Un groupe de nobles jorats, en tenues resplendissantes de rouge et d'or, avançaient dans sa direction, accompagnés de leur escorte. Kihrin se souvint alors de ce que signifiaient ces couleurs. Les Malkoessian. Le margrive Aroth de Stavira. L'ancien suzerain de Janel, l'ancien époux de Dorna, le père illégitime d'Étoile[1].

Kihrin n'eut aucun mal à repérer le margrive. Aroth Malkoessian, pour sa part, tressaillit en découvrant Kihrin, sans doute parce qu'il présentait effectivement une ressemblance avec son fils, Oreth.

Le margrive et Janel se jaugèrent mutuellement, l'espace d'un instant chargé de tension. Puis Janel lui fit signe de traverser le portail avec sa famille.

Il s'exécuta.

Kihrin relâcha le souffle qu'il retenait sans s'en rendre compte.

Juste à temps pour voir la silhouette draconique et ensanglantée de Relos Var voler en travers du pont, et tomber à pic le long des Chutes du Démon.

1. Comme si les Jorats se préoccupaient de ce que les gens soient mariés ou non. Je suis sûre qu'Étoile pourrait tout à fait revendiquer sa place d'héritier. Ce qui est assez gênant, maintenant que j'y pense.

56

L'ARMÉE AUX HUIT PORTES

Atrine, colonie de Jorat, Empire de Quur.
Trois jours après la découverte par Jarith Milligreest
que son père était un imbécile.

Morios reporta son attention sur Atrine.

On ne pouvait pas dire que l'évacuation de la foule s'était déroulée dans le calme jusqu'à maintenant, mais le retour du dragon fit redoubler la panique. Thurvishar transpirait à grosses gouttes, épuisé d'avoir à maintenir si longtemps son portail. La tâche aurait sans doute été plus facile s'ils avaient disposé d'une Gemmeporte ; après tout, cela semblait beaucoup aider les mages de la Maison D'Aramarin. Puis un deuxième portail s'ouvrit près du premier, et Senera le franchit, en effleurant son crâne d'une main hésitante.

— Il faut partir, déclara-t-elle.

— Je ne peux pas vous contredire, admit Kihrin. Janel, c'est notre tour ! Allons-y.

— Tout le monde n'est pas encore…, se mit à protester Janel.

Au-dessus de leurs têtes, Morios braqua ses yeux sur la passerelle.

Kihrin n'eut pas l'impression que le fait qu'il les regarde, eux, et personne d'autre, soit le fruit de son imagination.

Il était presque sûr que le dragon ne l'avait pas seulement vu, mais qu'il l'avait reconnu. Les dragons semblaient s'intéresser de près aux âmes, plus que les êtres humains, et il ne serait pas étonnant que celle de Kihrin lui paraisse familière.

—Arasgon, emmène Janel ! cria Kihrin. Où est Qown ?

Il repéra le prêtre non loin du portail de Senera, ce qui n'était sans doute pas une coïncidence.

—Je suis là, mais je…

—Il y a un portail juste à côté de vous. Fuyez ! hurla Kihrin.

Morios leva une patte aux griffes acérées au-dessus de leurs têtes, et les gens se ruèrent vers les portails. Certains, comprenant qu'ils n'avaient plus le temps de parvenir jusque-là, se mirent à sauter du pont, côté lac Jorat.

Soudain, Scandale apparut près de Kihrin, qui se hissa sur son dos. Janel et Arasgon, sachant eux aussi qu'ils ne parviendraient pas à atteindre un portail, n'essayèrent même pas ; ils s'élancèrent au grand galop vers l'extrémité du pont. Kihrin et Scandale les suivirent. Ou plutôt, Scandale les suivit, et Kihrin se cramponna à sa crinière de toutes ses forces. Il ne pouvait que prier pour que les autres aient traversé les portails sans encombre… ce qu'il fit, à haute voix, au cas où Taja aurait une seconde à lui consacrer entre deux combats contre les démons, dans l'Au-delà.

Il entendit alors un sifflement ; en tournant la tête, il découvrit la silhouette hérissée de Morios, fendant l'air dans leur direction. Le dragon abattit sa patte griffue sur le pont, faisant onduler ce dernier d'un bout à l'autre. Sous les sabots de Scandale, le sol se souleva. Kihrin, déséquilibré, retomba violemment sur son dos lorsqu'elle se rétablit, et glissa le long du flanc du flammesang. Il n'était plus accroché à elle que par sa crinière.

Kihrin hurla. Il sentit que Scandale ralentissait pour lui laisser le temps de remonter sur son dos.

—Continue à courir ! cria-t-il.

Il entendit le crissement des griffes métalliques de Morios raclant la pierre, derrière eux. Juste derrière eux.

Kihrin tendit un bras, parvint à attraper une autre poignée de crins et se hissa tant bien que mal sur le dos de Scandale. Elle hennit, et il regretta plus que jamais de ne pas comprendre le langage des flammesangs.

Le hurlement du métal cessa brusquement. L'air vibra dans son dos, et il entendit un grand choc sourd. En tournant la tête, il vit Morios se jeter une deuxième fois contre un mur d'énergie diaphane aux reflets irisés, qui venait de se matérialiser derrière Kihrin.

Il avait déjà vu quelque chose de semblable par le passé et, tandis qu'il battait des paupières en reconnaissant le champ de force, il atteignit le bout de la passerelle. Il se trouvait de nouveau sur la terre ferme. Morios tenta une dernière fois, sans conviction, de traverser la barrière magique ; puis il reporta son attention sur la cité. De toute évidence, celle-ci l'intéressait davantage.

— Présentez-nous à vos amis, Thurvishar, disait Janel.

Kihrin se retourna, le cœur battant toujours la chamade. Plusieurs hommes en uniforme de l'armée impériale se tenaient aux côtés de Thurvishar, Senera et Qown. Un autre groupe de soldats s'occupait d'orienter les derniers habitants, ceux qui avaient réussi à traverser le portail avant que Morios ne le détruise. Mais le regard de Kihrin fut attiré par la femme, debout au milieu du pont, qui abaissait une baguette argentée. C'était une belle femme d'une quarantaine d'années à la peau olivâtre, dont les cheveux vaporeux, d'un gris tirant sur le lavande, étaient cerclés d'un simple diadème argenté. Elle était vêtue de noir, mais cette couleur ne pouvait rivaliser en profondeur avec la nuit insondable de ses yeux. Apercevant Kihrin, la femme lui sourit.

— Salut, garnement, dit Tyentso. Je t'ai manqué ?

Kihrin la regarda fixement. L'espace d'un instant, il fut pris de panique, craignant qu'il ne s'agisse pas vraiment d'elle, mais d'un monstre ayant pris son apparence ; la métamorphe Serre, peut-être, ou encore Xaltorath. Cependant, il décida que le stratagème était trop facile à déjouer pour être plausible.

Il glissa au bas de sa monture et se précipita pour la serrer dans ses bras.

— Tyentso, tu es vivante ! Par tous les dieux, tu es vivante !

— Hé, tout doux, garnement, bafouilla-t-elle. On n'est pas censé enlacer l'Empereur de Quur de cette manière, tu sais.

— Le quoi ?

Il cilla et examina de nouveau le diadème d'argent enserrant son front, la mince baguette qu'elle tenait à la main… Non… Ce n'était pas…

Mais le champ de force qui tenait Morios à distance était identique à celui qui entourait l'Arène, à la capitale. L'endroit où les nouveaux Empereurs étaient choisis, chaque fois que le précédent mourait.

— Ah, oui, reprit Tyentso. Je suis Empereur. Ou peut-être Impératrice ? Nous n'avons pas encore vraiment décidé du titre. C'est, hum… (Elle sourit de nouveau.) Je ne vais pas te mentir : c'est très agréable. Sauf qu'avoir à affronter une saleté de dragon, deux jours après le début de mon règne, ne faisait pas vraiment partie de mes plans.

Janel mit pied à terre.

— Va aider les habitants, dit-elle à Arasgon. Tu ne feras rien de plus, ici.

Il voulut protester, puis secoua la tête d'une manière dont Kihrin supposa qu'elle signifiait « Nous en reparlerons », et s'éloigna au trot au côté de Scandale. Cette dernière, pour sa part, semblait ravie de ne pas avoir à s'attarder pour participer à un éventuel combat.

— Garnement ? l'appela doucement Janel en se retournant vers eux.

Kihrin leva un doigt.

— Tu n'as pas le droit de m'appeler comme ça. Les règles sont très strictes. Seul l'Empereur de Quur a le droit d'utiliser ce surnom[1].

Tyentso sourit à Janel.

— Vous avez ma permission. (Puis elle inclina la tête à l'intention de Thurvishar.) Merci de m'avoir prévenue. Comme vous avez pu le constater, nous nous sommes déplacés aussi vite que possible.

Elle leur fit signe de la suivre tandis qu'elle s'éloignait du pont, en direction d'un groupe d'hommes rassemblés autour d'une table. Des soldats avaient entrepris d'ériger une tente tout autour d'eux.

— Par ici. Nous avons des cartes, des plans de bataille, et même des magiciens de l'Académie à ignorer. Tout le confort moderne, en bref.

— Je me demandais comment vous aviez réussi à arriver si vite.

Tandis que Thurvishar désignait un portail, Kihrin remarqua un détail qui lui avait échappé jusqu'à présent : le magicien D'Lorus portait une bague sertie d'un rubis gravé à chaque main. L'une d'elles avait appartenu au père de Thurvishar, l'Empereur Sandus… ce qui signifiait que la seconde devait être l'un des anneaux enchantés que Sandus avait distribués à tous ses agents secrets, et qui lui permettaient de le contacter directement. À présent, ils devaient mener à Tyentso.

— Où avez-vous trouvé votre seconde bague…, demanda Kihrin.

— C'est la vôtre, répondit Thurvishar. Elle faisait partie des objets que Gadrith vous avait pris. Je me suis dit qu'elle me permettrait de joindre toute personne qui portait la Couronne et le Sceptre de Quur, qu'il s'agisse ou non de mon père, Sandus.

---

1. Oh que non, garnement. C'est officiel, maintenant.

— Pourrais-je examiner l'une de ces bagues ? s'enquit Qown.

— Pas pour l'instant.

— Thurvishar, pourquoi ne pas m'avoir dit que nous pouvions…, commença Janel avant de secouer la tête. Oubliez cela. C'était très malin de votre part. J'avoue que je n'avais pas imaginé que l'armée puisse arriver à temps. Le protocole habituel…

— Parfois, l'urgence ne permet pas de respecter le protocole habituel, intervint Tyentso.

— Où est Relos Var ? demanda Senera.

— Je vous demande pardon ? s'exclama l'Empereur. Relos Var est ici ?

— Pas exactement, répondit Kihrin. Il est tombé devant les Chutes. Soit il est mort, soit il est si gravement blessé que cela revient au même.

Senera cessa de marcher, et la tristesse se peignit sur ses traits.

— Mais il guérira, vous savez, dit Qown à Senera. Relos Var reviendra.

— Pas à temps pour nous aider, rétorqua Kihrin. Et il ne nous avait pas encore dit où trouver la Pierre Angulaire de Morios. Apparemment, nous devons la détruire aussi, si nous voulons avoir une chance de tuer ce monstre définitivement.

— Dans ce cas, vous avez de la chance que je détienne cette information, fit remarquer Senera.

Thurvishar adressa un regard à Kihrin.

— Je vous avais bien dit que nous aurions besoin d'elle.

Les troupes impériales orientaient les réfugiés le long de la route d'Atrine, au-delà de la colline où l'armée avait établi son campement. Kihrin compta pas moins de huit portails magiques, dont chacun était assorti de son propre Garde-Portes D'Aramarin en tenue verte. Kihrin eut envie de protester : il connaissait la majorité des mages assez puissants pour ouvrir des portails en pleine nature, et ces hommes n'en faisaient pas partie. Puis il s'aperçut que les portails n'étaient pas à proprement parler « en pleine nature ». Quelqu'un avait gravé une combinaison complexe de symboles magiques et géométriques à la base de chacun. Kihrin fut envahi du désir soudain de questionner les Garde-Portes sur le fonctionnement des Gemmeportes, mais il parvint à le réprimer. Une chose était sûre : un ou plusieurs membres de l'armée de Quur savaient comment établir des Gemmeportes temporaires, c'était par leur biais qu'ils avaient pu amener une grande quantité de soldats et de matériel.

Ce dernier consistait principalement en une série de machines de guerre impériales : les scorpions. Kihrin avait de longue date entendu chanter les louanges des armes de siège quuros, mais il n'en avait jamais vu une seule ; à présent, elles affluaient par dizaines à travers les portails impériaux. Ces engins de métal présentaient une ressemblance frappante avec l'animal qui leur donnait son nom, sinon que chacune faisait la taille d'un rhinocéros, et pesait sans doute plus lourd encore. Le conducteur les dirigeait à l'aide d'un orbe étrange muni de poignées, tandis que deux autres soldats voyageaient à l'arrière. Un par un, les scorpions se positionnèrent le long du rivage, tournés de manière à pouvoir faire basculer leur dard à la façon d'une catapulte. Les énormes machines s'immobilisèrent, et leurs pieds s'enfoncèrent dans le sol pour les maintenir en place.

— Et voilà, annonça Tyentso lorsqu'ils arrivèrent face à sa tente.

Celle-ci n'était encore que partiellement érigée, et un essaim de serviteurs impériaux allaient et venaient d'un air affairé.

— Ah ! Parfait, vous avez ramené…

Le Premier Général Milligreest s'interrompit brusquement.

Kihrin dénombra une bonne dizaine d'hommes devant la tente, dont certains étaient manifestement des officiers de haut rang. D'autres arboraient les couleurs de diverses Maisons Royales. Et bien sûr, le Premier Général se trouvait parmi eux.

— Général Milligreest, salua Kihrin.

Le Premier Général pinça les lèvres.

— J'aurais dû me douter que je vous retrouverais partout où une cité risquait d'être détruite.

Sans plus d'égards pour Kihrin, il balaya le groupe du regard. Ses yeux s'arrêtèrent un instant sur Senera. Quant à Janel, il parut ne pas la voir.

— Soyez aimable, Qoran, le réprimanda Tyentso. (Elle s'approcha de la table et en écarta un magicien de l'Académie.) Faites place, s'il vous plaît. Les adultes ont besoin de discuter[1]. (Elle fit s'avancer ses compagnons.) Alors, que disiez-vous concernant le moyen d'anéantir Morios ?

Senera fit un pas en avant. Elle posa un regard circonspect sur les magiciens de l'Académie, puis haussa les épaules.

— Il ne s'agit que de théorie pure. Aucun dragon n'ayant été terrassé de manière permanente, nous ne faisons que manipuler des hypothèses qui...

Tyentso émit un petit bruit agacé.

— Épargnez-moi les avertissements d'usage et venez-en au fait.

— Morios et sa Pierre Angulaire, Porteguerre, doivent être détruits tous les deux en l'espace de trente secondes. Du moins, c'est ce que nous pensons. Par conséquent, nous allons devoir nous séparer. Kihrin se rendra avec Thurvishar à l'endroit où est cachée la Pierre Angulaire, pendant que nous autres tuerons Morios à l'aide de Khoreval.

Elle tira deux branchettes de son misha. Elles étaient identiques, sauf que l'une était une brindille ordinaire en bois, et l'autre semblait constituée de fer forgé.

1. Dites, on ne pourrait pas la garder ?

— Ces deux brindilles sont liées. À l'instant où Morios sera vaincu, je casserai la branchette de bois, et sa jumelle de fer se brisera aussi. Ce sera le signal indiquant qu'il est temps de détruire Porteguerre.

— À vous entendre, ça paraît facile, fit remarquer Kihrin.

— Non, répliqua Senera. Ça paraît *simple.* Ce sera tout, sauf facile.

— Pourquoi Kihrin doit-il accompagner Thurvishar ? s'enquit Janel.

— J'ai supposé que Kihrin voudrait se trouver associé à quelqu'un qui pourrait créer un portail pour le ramener. (Senera se tourna vers Kihrin.) Je pourrais le faire… mais j'ai également présumé que vous préféreriez quelqu'un à qui vous pouviez faire confiance.

— Tout cela est grotesque !

Ils se turent, se tournant vers l'homme qui les avait interrompus. C'était un Quuro d'un certain âge, vêtu d'une robe verte.

— Havar D'Aramarin, c'est bien ça ? demanda Tyentso en plissant les yeux. Par curiosité, qu'est-ce qui vous paraît grotesque, exactement ?

— Je suis le Grand Seigneur Havar D'Aramarin, corrigea-t-il avec raideur. Et l'idée que cette femme soit capable d'ouvrir un portail indépendant dépasse l'entendement. Il est évident qu'elle ment, et vous êtes tous trop naïfs pour le comprendre. (Il se renfrogna.) Quant à vous, ne pensez surtout pas que quiconque va vous considérer comme l'Empereur légitime, alors que vous n'avez même pas remporté la victoire au sein de l'Arène.

Le Premier Général lança un regard d'avertissement à Tyentso.

— Non, dit-il.

Tyentso sourit.

— Pour le moment, je me fous royalement de qui me considère ou non comme l'Empereur légitime. Tout ce qui m'intéresse, c'est de sauver ce qui reste d'Atrine et de sa population. Alors à moins que vous n'ayez l'intention de nous aider… Pourquoi n'iriez-vous pas vous occuper de vos Garde-Portes ?

Le Grand Seigneur parut sur le point d'ajouter quelque chose, mais Qoran Milligreest vint se placer au côté de Tyentso et posa un regard menaçant sur le D'Aramarin. Le magicien tourna les talons et s'éloigna à grands pas.

— Celui-là va nous causer des problèmes, plus tard, murmura Senera. Je suis sûre qu'il essaiera de nous faire arrêter pour sorcellerie, quand tout sera terminé.

Milligreest répliqua :

— Vous mériteriez effectivement d'être arrêtée. En tant que terroriste et traître à la couronne.

Senera sourit.

— C'est agréable de constater qu'on apprécie mon travail à sa juste valeur.

— Vous vous préoccuperez de tout cela plus tard, reprit Janel. En attendant, il nous manque encore une information : où est la Pierre Angulaire de Morios ?

— Oh, fit Senera comme s'il s'agissait d'un détail insignifiant. Dans la salle du trône du dieu-roi Khorsal, sous trois cents mètres d'eau, au fond du lac Jorat.

57

Souvenirs de chevaux

Atrine, colonie de Jorat, Empire de Quur.
Trois jours après que Kihrin découvrit
l'existence d'Aeyan'arric.

Janel dévisagea Senera.

— Le palais de Khorsal ? Mais… il a été détruit par l'Empereur Kandor.

— Non, corrigea Kihrin. Il a été englouti lorsque Kandor a édifié un barrage sur les Gorges-sans-fin. Il n'y a aucune raison que le palais ne se trouve pas encore au fond du lac.

Tyentso l'observant d'un air intrigué, il ajouta :

— Teraeth nous en avait parlé, tu te souviens ?

Janel pianota sur la table du bout des doigts.

— Y a-t-il autre chose que nous devrions savoir ? lança-t-elle à Senera.

Celle-ci s'empara d'une plume posée sur la table et la trempa dans l'encre.

— Oui. Thurvishar et Kihrin vont avoir besoin d'emblèmes pour leur permettre de respirer et de survivre à la pression de l'eau.

Elle s'immobilisa et étudia Kihrin d'un œil pensif.

— Ils fonctionneront sur moi, du moment qu'Urthaenriel est au fourreau lorsque vous les dessinerez, assura-t-il.

— Bien.

— Je vais en avoir besoin, moi aussi, intervint Qown. Je les accompagne.

— Vraiment ? s'étonna Janel.

— Il faut quelqu'un d'autre que Thurvishar, pour tenir la branchette qui doit nous servir de signal. Thurvishar aura besoin de rester concentré pour ouvrir des portails et repousser toute créature hostile que nous pourrions rencontrer. (Qown désigna Kihrin.) Et je ne suis même pas sûr qu'elle fonctionnerait si Kihrin la portait. Urthaenriel risquerait de bloquer le sortilège.

Kihrin grimaça.

— C'est… fort possible.

Janel hésita, puis hocha la tête.

— Très bien. Vous trois vous chargerez de détruire la Pierre Angulaire, tandis que nous irons combattre Morios.

Senera s'approcha de chacun des hommes pour leur dessiner le sort sur le front. En observant les deux autres, Kihrin découvrit le glyphe de purification d'air qui lui était désormais familier, ainsi qu'un nouveau symbole.

— Il y a un autre problème, reprit Thurvishar. Je peux ouvrir un portail, mais j'ignore où se trouve ce palais. « Au fond du lac Jorat », c'est un peu vague.

— Vous n'avez besoin de connaître que le chemin du retour. Je me charge de l'aller.

Senera se concentra et commença à tisser son sortilège. Le portail qu'elle créa s'ouvrit sur un abîme ténébreux ; la surface miroitante, caractéristique des portes magiques, ne reflétait… rien.

Kihrin eut la sensation que les magiciens des Maisons Royales qui les observaient étaient en train de s'étouffer sur place.

— Nous partons tout de suite ? demanda Qown d'un air surpris.

Il posa sa sacoche sur la table.

— Des gens risquent de mourir à chaque seconde qui s'écoule, rappela Janel.

— Pourquoi le portail est-il noir ? interrogea Kihrin.

— La lumière ne parvient pas jusqu'à une telle profondeur, répondit Senera.

Déjà résigné à finir trempé, Kihrin se dirigea vers le portail. À mi-chemin, il se retourna.

— Hé, Janel…

Elle leva les yeux. La tension qui crispait son visage la faisait paraître plus âgée de dix ans.

— Oui ?

— Botte-lui les fesses, à ce dragon. Si tu peux.

Janel sourit.

— Entendu. Et toi, sois prudent.

— Prudent pourquoi ? J'ai la mission la plus facile.

Senera brandit la branchette de métal.

— Vous n'oubliez pas quelque chose ?

— Ah ! Merci, dit Qown en attrapant la fausse brindille.

Il l'observa un instant, et le métal se mit à luire, comme si l'on avait condensé la lumière du soleil dans un petit objet transportable.

— Nous savons tous nager, n'est-ce pas ? demanda Thurvishar.

— Dans le cas contraire, on va être obligés d'apprendre, répliqua Kihrin.

Il envoya un baiser à Janel et franchit le portail. Les autres le suivirent.

La tête de Kihrin demeura sèche, car l'emblème d'air pur empêchait l'eau d'arriver jusqu'à son visage. Cependant, cela se révéla plus agaçant qu'autre chose. Au lieu d'y voir comme s'il avait plongé la tête sous l'eau, il avait l'impression que ses yeux se trouvaient au-dessus de celle-ci, et qu'il essayait de scruter les profondeurs d'un bassin en perpétuel mouvement.

Kihrin avait du mal à distinguer quoi que ce soit, en dépit de la lumière émanant de la brindille de Qown.

— Par ici !

L'eau du lac étouffa le cri de Thurvishar. Le magicien tira sur le misha de Kihrin et la robe de Qown, et désigna des piliers flous dans le lointain.

Ils nagèrent un moment, et Kihrin se prit à se poser des questions qu'il aurait dû formuler avant leur départ. Ces eaux contenaient-elles des crocodiles ? Des requins ? Des prédateurs quelconques ? Il aperçut un poisson ; ou du moins, il entrevit l'éclair argenté d'une peau écailleuse, et une forme allongée qui s'éloignait.

Frère Qown, gêné par le manque de visibilité, invoqua plusieurs lumagies afin de compléter sa brindille, éclairant bien plus largement le fond du lac.

Un palais s'étendait devant eux.

Il avait dû être splendide, en son temps, avec ses énormes colonnades, ses champs de courses, ses rues et ses parcs où les animaux devaient évoluer librement. L'édifice était usé et délavé, érodé par l'eau, les résidus de roseaux et les algues. Le palais demeurait en assez bon état pour que Kihrin distingue, ici un centaure, là des flammesangs. Il ne vit aucune statue humaine ; mais après tout, Khorsal était un dieu-roi aimant les chevaux bien davantage que les êtres humains.

Ils continuèrent à nager, en supposant que tous les chemins devaient mener à la salle du trône du roi-cheval.

Kihrin n'aperçut pas le moindre squelette. Il songea que, s'ils avaient été présents – si tous les centaures n'étaient pas morts sur le pont menant à Atrine –, les poissons auraient certainement fini par les ronger intégralement.

Partout, le lieu semblait conçu pour s'adapter aux chevaux : il n'y avait pas d'escaliers, pas d'étages, et rien qui mérite l'appellation de « toit ». Tandis qu'ils progressaient, Kihrin surprit quelques traces d'une architecture distincte, bien différente du style dépouillé que privilégiait Khorsal…

comme si le dieu-roi lui-même avait bâti sur les ruines d'une autre cité.

Ils découvrirent alors le seul escalier de toute la ville, menant à un espace qui ressemblait moins à une salle qu'à un patio de réception ; soit il avait toujours été à ciel ouvert, soit il l'était devenu après quelques siècles. Le sol était tapissé de la vase et du limon accumulés à travers les âges, jalonnés par endroits de bâtons et de branches, inclinés selon des angles curieux.

Cependant, la salle du trône conservait quelques traces de son ancienne splendeur. Les lumagies de Qown faisaient briller des ornements dorés, et quatre statues de centaures cabrés décoraient les coins de la pièce. Les marches se poursuivaient jusqu'à un trône énorme, dont le dossier en pointe s'élevait beaucoup plus haut que le siège. Un faisceau de lumière pâle menait jusqu'au sommet de cette pointe ; ou peut-être en partait-il.

Thurvishar montra du doigt le sommet du trône et dit quelque chose.

— Quoi ? cria Kihrin. Je ne vous entends pas.

Alors que Thurvishar se remettait à crier, des lettres d'or apparurent et se mirent à flotter en suspension, face à eux. Elles formèrent les mots : « Je vais retirer l'eau de cette salle. Préparez-vous à tomber. »

Kihrin vit Thurvishar adresser un signe d'approbation à Frère Qown.

Le prêtre se concentra, et Kihrin songea qu'il avait dû transformer l'eau en air, car il ne vit pas apparaître de zone vide remplissant graduellement la salle.

Les trois hommes tombèrent au sol ; dans le cas de Kihrin, un peu plus gracieusement que les deux autres. Kihrin s'efforça de rajuster ses vêtements, autant qu'ils pouvaient l'être alors qu'il était trempé comme une soupe et qu'il pataugeait dans la vase jusqu'aux chevilles.

— Est-ce que c'est ce que nous cherchons ? interrogea-t-il en désignant le dossier en pointe.

Le rai de lumière était plus difficile à distinguer, mais il n'avait pas totalement disparu.

— Peut-être, répondit Thurvishar.

Le magicien marcha jusqu'au trône et s'en servit comme d'un escabeau pour examiner l'extrémité de la pointe. En essuyant la vase, il découvrit une gemme octogonale. Thurvishar se concentra pour l'examiner.

Kihrin ressentit une petite morsure de jalousie. La faculté de voir par-delà le Premier Voile lui manquait, mais Urthaenriel ne s'était toujours pas décidée à lui autoriser l'usage du moindre sortilège. Bien sûr, Kihrin avait son propre moyen de discerner la magie, à présent. Par exemple, Urthaenriel lui reprochait encore avec fureur de tolérer la présence, non pas d'une, mais de deux Pierres Angulaires à proximité. Une près de Qown, et une autre près du trône.

Ce qui confirmait les dires de Senera ; c'était bien là qu'avait été cachée Porteguerre.

— Je n'ai aucune idée de la matière qui constitue ce cristal, avoua Thurvishar.

— C'est bon signe. Si vous étiez capable de le déceler, ce ne serait pas une Pierre Angulaire.

— Alors, que faisons-nous, à présent ? demanda Frère Qown.

Kihrin dégaina Urthaenriel et la pria de reprendre sa forme normale, celle d'une épée d'argent, mince et étincelante.

— À présent, nous attendons.

58

L'ASSAUT SUR MORIOS

Atrine, colonie de Jorat, Empire de Quur.
Trois jours après que Raverí D'Lorus surestima largement la faculté de son père à se souvenir des gens qu'il avait assassinés.

Janel regarda le portail se refermer, puis se tourna vers Senera.

— Donnez-moi la branche.

— Pardon ? s'enquit Senera, médusée.

— Donnez-moi la branche. Cela fait des années que vous avez épuisé toutes les réserves de confiance que j'aurais pu vous accorder.

Et elle tendit la main.

— Vous n'étiez pas si paranoïaque, dans le temps, commenta Senera en lui tendant la branchette. Essayez de ne pas la casser par inadvertance, ou nous aurons fait tout cela pour rien.

— Je vais faire attention. (Janel enveloppa la brindille d'un charme de robustesse, avant de la glisser dans son corsage.) Maintenant, je veux que vous demandiez au Nom de Toutes les Choses comment tuer Morios.

— Vous savez que je déteste lui poser des questions auxquelles on ne peut répondre par « oui » ou par « non », protesta Senera.

Le Premier Général haussa un sourcil.

— Le Nom de Toutes… quoi ?

Il tourna vers l'Empereur Tyentso un regard interrogateur.

— Je vous l'expliquerai plus tard, dit celle-ci. Préparez-vous à ne pas être très content.

Senera lança à Janel un regard noir, que celle-ci ignora superbement.

— Demandez-lui tout de même, insista Janel. Et vite.

Senera sortit sa petite pierre à encre. Elle ramassa le pinceau et l'encre qui se trouvaient sur la table et écrivit : « Il ne faut pas le combattre. »

Tout le monde resta quelques instants interdit.

— Parfait, dit Tyentso. Un conseil précieux. Je propose que nous n'en tenions pas compte, puisque « ne pas le combattre » ne fait pas vraiment partie des choix possibles, à l'heure actuelle.

— Pourriez-vous détourner l'attention de Morios assez longtemps pour que je lui enfonce cette lance dans l'œil ? demanda Janel en resserrant la main sur Khoreval.

— Je n'y vois aucune objection.

Le Premier Général Milligreest posa la main sur la table, entre elles deux.

— Laissez l'armée l'affaiblir un peu, d'abord. Les scorpions sont en position.

— Qoran…, protesta doucement Tyentso. C'est une excellente manière de perdre un grand nombre d'hommes.

Le général adressa un sourire crispé à l'Empereur.

— Je ne vous demandais pas votre permission. (À ces mots, il fit signe à ses officiers.) Dites à vos hommes de commencer dès qu'ils sont prêts. Le feu-dragon, d'abord.

— Le feu-dragon ? releva Tyentso.

— C'est une coïncidence, mais oui, c'est ainsi que nous l'appelons, acquiesça Milligreest.

— Que se passera-t-il s'ils manquent leur cible ? interrogea Janel.

— Je suppose qu'ils toucheront la ville, dit Senera.

Le général Milligreest quitta la tente, et tous le suivirent.

Morios caracolait encore entre les tours de la cité. Janel frémit en se demandant comment se débrouillaient Ninavis et le reste de sa bande. Avec un peu de chance, ils avaient réussi à trouver le duc et à le sauver. Et si cela n'avait pas marché, eh bien… il restait toujours Dorna, et le plan B[1].

— Deuxième rang, chargez ! cria quelqu'un.

Janel s'obligea à se concentrer sur le dragon. Le plus ardu serait de se mettre en position pour pouvoir lui enfoncer la lance dans le crâne. Il était si gigantesque ! Malheureusement, ni Suless ni Thurvishar ne lui avaient appris à voler. Ç'aurait été si pratique…

Tandis que Janel étudiait les possibilités qui s'offraient à elle, elle entendit l'un des hommes lancer :

— On allume !

… *Quoi ?* Janel riva son regard sur les scorpions. Les conducteurs de ces engins en étaient descendus, munis des orbes dont ils se servaient pour orienter les machines. Mais à présent que ces sphères avaient été extraites de leurs étuis protecteurs, on pouvait voir que la partie inférieure de chaque globe produisait un faisceau de lumière aveuglante, que les soldats pointaient tous sur le sol.

— Premier rang, en joue !

Au même instant, cinquante rais de lumière convergèrent sur Morios, qui dévastait toujours Atrine. Quelques rayons

1. Regardez ça. Regardez-moi ça, Relos ! Elle vous ressemble tellement ! Apparemment, pendant que vous pensiez qu'elle faisait du sentiment en insistant pour évacuer la ville, elle se servait de cette couverture pour avancer discrètement ses propres pions.

errèrent de part et d'autre du dragon, mais ils furent aussitôt réorientés avec maestria. Janel n'avait aucune idée d'à quoi tout cela pouvait servir, puisqu'ils se trouvaient à plus de trois kilomètres d'Atrine. Ces lumières à la clarté éblouissante ne semblaient pas avoir d'autre finalité que d'éclairer le dragon. Peut-être espéraient-ils l'appâter, afin qu'il se rapproche?

— Premier rang, feu!

Janel sursauta, surprise.

— Mais il est trop loin. Ils n'arriveront jamais à…

De la queue de chacun des scorpions jaillit un petit baril, selon une trajectoire qui n'aurait pu leur permettre de voyager sur plus de trente mètres, et encore moins trois kilomètres. Cependant, lorsque chaque baril atteignit le sommet de sa courbe, il fila en avant à une vitesse inconcevable, comme lancé par un dieu invisible. Chaque baril heurta Morios à l'endroit exact que pointait le faisceau du scorpion correspondant.

Avant d'exploser.

Morios se dressa à la verticale. Des foyers de feu d'un jaune presque blanc restaient accrochés à son cou et à son dos, projetant des gerbes d'étincelles et de métal en fusion. Les écailles du dragon se mirent à rougeoyer, puis à goutter, liquéfiées.

— Deuxième rang, feu!

L'armée quuro tira de plus belle.

Senera se pencha vers Janel et lui glissa:

— Si jamais vous vous demandiez comment Quur s'y est pris pour conquérir un continent tout entier… vous le savez, maintenant.

Le Premier Général esquissa un sourire satisfait.

— Et ensuite, souvenez-vous que ça n'a tout de même pas été suffisant pour envahir le Manol, ajouta Senera.

D'un mouvement furieux, Morios tourna la tête vers leur emplacement, près du lac. Le rugissement qu'il poussa alors était assourdissant, même à cette distance.

Puis il prit la parole.

— **Ha !** lança le dragon. **Alors vous voulez vous battre, finalement !**

Du ton de la conversation, Morios ajouta :

— **Cela va me donner quelque chose à faire, en attendant l'arrivée de mon frère.**

— Son frère ? (Janel regarda Senera.) Qui est son frère ?

La sorcière haussa les épaules.

— Qui sait ?

Morios se mit à griffer son propre corps, faisant tomber ses écailles en fusion. Celles-ci, comme autant de redoutables projectiles fumants, volèrent au-dessus de la cité et des eaux du lac.

Puis ses écailles se mirent à repousser.

— Bordel de… (Tyentso darda un regard noir sur le Premier Général.) Vous avez autre chose en réserve ?

Le Premier Général semblait tout aussi irrité qu'elle de constater que le dragon refusait de mourir.

— Tout ce dont on remplit d'ordinaire les barils… mais la majorité de ces choses n'aura aucun effet. Nous avons le feu d'Argas, mais il n'est pas assez chaud pour faire fondre le métal. Et puisque Morios en est constitué, cela ne servirait à rien. Nous avons des rhino-barils…

Tyentso grogna.

— Je n'ai pas servi dans votre foutue armée, Qoran. Qu'est-ce qu'un rhino-baril ?

— Ce n'est que du métal. Ça ne fait rien de particulier, à part cogner… mais ça cogne très fort.

— Parfait. Ordonnez à vos hommes de charger ces barils, et balancez tout sur Morios en une seule fois. Je vais m'assurer qu'ils aient un peu de temps pour le faire. Vous, avec les yeux rouges… Comment vous vous appelez, déjà ?

— Janel.

— Janel, avec moi. Morios s'apprête à nous rendre une petite visite.

Tyentso dévala la pente en direction des scorpions, tandis que le Premier Général relayait ses instructions.

Janel tourna la tête en direction d'Atrine. Elle n'aurait jamais cru que les ailes métalliques de Morios étaient capables de le porter, mais elle se trompait ; le dragon avait terminé de racler ses écailles fondues, et à présent, il se dirigeait tout droit vers ses attaquants… et tous les autres occupants de la colline. À une allure plus qu'inquiétante.

— Tous les rangs, changez de barils ! Rhino !

Tout au long de la rangée, les hommes se hâtèrent de remplacer leurs munitions. Janel, courant derrière Tyentso, la vit s'approcher d'un des scorpions et demander qu'on lui prête un des barils. Les soldats l'observèrent sans comprendre, sans doute parce qu'ils devaient s'y mettre à deux pour charger les scorpions ; leurs munitions étaient de toute évidence bien trop lourdes pour être portées par deux femmes seules.

Janel se contenta de caler Khoreval sous son bras et de ramasser le baril de l'autre.

— Où dois-je le poser ? demanda-t-elle à Tyentso.

— Au sol, devant moi, répondit celle-ci.

Tandis que Janel s'exécutait, Tyentso lui demanda :

— Alors, vous êtes la fille de Qoran, n'est-ce pas ?

— On allume ! cria un soldat.

Janel dévisagea l'Empereur, les yeux écarquillés, et Tyentso sourit.

— J'ai procédé par élimination. Je suis mêlée à tout ce bazar depuis trop longtemps pour ne pas connaître certaines des prophéties. Protégez-vous les yeux…

— Tous les rangs, en joue !

Janel se couvrit les yeux à l'instant même où les soldats dirigeaient leurs faisceaux lumineux vers Morios. Cette fois, ils étaient inclinés selon un angle bien plus aigu : le dragon se trouvait presque au-dessus de leurs têtes.

— Tous les rangs, feu !

Plus d'une centaine de rhino-barils s'élevèrent dans les airs, puis filèrent droit sur Morios. Tyentso se pencha pour toucher le baril posé à ses pieds, puis leva le Sceptre de Quur au-dessus de sa tête. Un champ de force irisé apparut, arrêtant la salve de lames métalliques qui jaillissait de la bouche et des ailes de Morios.

Mais ce n'était pas tout. Le baril de métal que touchait Tyentso se mit à vibrer, puis alla se jeter contre le scorpion – métallique également – le plus proche. Les soldats chargés de l'engin, surpris, lâchèrent des jurons. Une fraction de seconde plus tard, Morios s'inclinait brutalement vers le sol ; les centaines de barils que Tyentso avait reliés au sien venaient de heurter son corps. Les rhino-barils y restèrent ensuite plaqués, comme collés à ses écailles[1]. Lorsque les soldats redonnèrent à leurs faisceaux leur position de base – c'est-à-dire qu'ils les pointèrent vers le bas –, leurs barils obéissants tentèrent de suivre les ordres et se dirigèrent tout droit vers le sol, entraînant Morios avec eux.

— Je vais le faire tomber, ce salaud, vous allez v…

Tyentso s'interrompit brusquement. Les deux femmes venaient de voir la silhouette de Tyentso se découper sur le sol, devant elle ; l'ombre était si noire qu'on aurait cru que quelqu'un avait placé un morceau de soleil dans son dos.

Ou qu'il visait l'Empereur à l'aide du faisceau lumineux d'un scorpion.

— Derrière vous ! cria Janel.

Tyentso ouvrit hâtivement un portail sous les pieds de Janel. Au même moment, un baril de verre verdâtre venait se fracasser contre le corps de Tyentso, répandant de l'acide tout autour de l'Empereur.

Janel tomba dans le portail et atterrit plus loin sur le versant, ce qui lui offrit une vue imprenable sur le champ de force de l'Empereur au moment où il se mettait à clignoter,

1. Eh oui… rien de plus commode que la magie sympathique.

puis qu'il disparaissait. Le dragon était absorbé par ses efforts pour résister à la traction des aimants géants ; mais lorsqu'il vit le bouclier disparaître, il parut comprendre que c'était le moment d'agir. Il se remit à souffler, d'une rafale presque horizontale, sur les scorpions. Et cette fois, sa pluie de lames trouva sa cible, transperçant les hommes et les machines avec autant de violence. Les barils rangés sur les scorpions explosèrent alors, déclenchant une réaction en chaîne. Les cristaux de visée à la clarté aveuglante tombèrent au sol, pointant dans toutes les directions.

Morios hurla lorsque les différentes parties de son corps se retrouvèrent tirées en tous sens. Mais puisque les aimants ne fonctionnaient plus à l'unisson, aucune de ces directions n'exerçait une force suffisante pour le diriger.

— Courez ! cria Janel en s'élançant vers le dragon. Fuyez tous !

Elle se pencha pour aider Senera à se relever, mais la sorcière semblait indemne ; seules quelques traces d'herbe sur ses vêtements étaient à déplorer.

Morios atterrit au beau milieu du camp de guerre quuro.

Il fit courir l'une de ses ailes le long du rivage, puis se pencha pour porter une énorme pelletée de terre, d'hommes et de matériel jusqu'à sa bouche. Janel se trouvait encore très loin de lui ; pourtant, elle dut faire un bond de côté pour éviter d'être coupée en deux par une « plume » de son aile, qui ressemblait plutôt à une épée de près de un mètre de large.

Tyentso se releva. L'acide ruisselait sur sa peau comme si elle était faite de verre. Elle lança un sort au dragon, mais il ne parut avoir aucun effet, sinon celui d'attirer son attention. Janel s'aperçut alors que l'Empereur avait agi sur les quelques barils encore collés au cou de Morios. Elle tirait la tête du dragon vers le sol.

La tête de Morios ne serait jamais si proche qu'elle ne l'était en cet instant. Il s'agissait peut-être de sa seule chance de frapper.

— Senera ! Aidez-moi à l'atteindre !

Senera écarta vivement les mains, et le sol près de Morios se souleva, formant une rampe.

Janel courut, puis bondit, les deux mains serrées sur Khoreval. Elle visa l'œil de Morios.

Sa lance se planta dans l'iris de la créature. Elle sentit le métal argenté de son œil se plier, puis céder sous la pression qu'elle imprimait à son arme. Morios rugit, produisant un bruit si horrible et assourdissant qu'il lui fit l'effet d'un coup de poignard dans le crâne. Il se mit à rejeter la tête en arrière, s'arrachant des plaques d'écailles et de ce qui lui tenait lieu de chair.

Janel se trouva contrainte de faire un choix : elle pouvait s'agripper à la lance, et laisser le dragon la propulser si haut dans les airs qu'elle ne pourrait survivre à la chute… ou lâcher prise, et tomber immédiatement d'une hauteur plus raisonnable. Tyentso parviendrait peut-être à la rattraper. Peut-être.

Elle choisit la seconde solution.

Janel sentit sa jambe se casser en heurtant le sol, et une douleur insoutenable lui déchira le corps.

Le dragon rugit, puis rugit encore… et continua d'émettre ce bruit à un rythme régulier.

Morios riait.

— **Merveilleux !** (Morios arracha Khoreval de son œil.) **Je ne m'étais pas autant amusé depuis des millénaires !**

Puis le dragon brisa la lance en deux.

59

Trois branchettes

Atrine, colonie de Jorat, Empire de Quur.
Trois jours après que les clients d'une taverne bondée ne remarquèrent pas que l'Empereur était parmi eux.

Kihrin s'assit sur le trône et s'appuya au dossier.

— Alors… Les cauchemars ne sont pas trop pénibles, de votre côté ?

Thurvishar et Frère Qown levèrent tous les deux la tête d'un air surpris. Après un silence gêné, le second répondit :

— Si. Affreux. Je rêve de grottes pleines de familles qui meurent asphyxiées, ou fondues. Ou les deux en même temps.

— Je vous avais dit de ne pas faire de recherches sur les malédictions de guerre quuros, rappela Thurvishar en secouant la tête. Moi, je rêve de Gadrith. Je n'arrive pas à me convaincre que je suis libre, que cet homme ne me contrôle plus.

Frère Qown, qui arpentait la salle du trône en examinant les statues couvertes de vase, se tourna vers lui.

— Il y a quelque chose qui me turlupine. Relos Var m'a dit un jour que la seule raison pour laquelle il ne tuait pas Gadrith, c'était parce qu'il détenait quelque chose qui lui appartenait. Tant que c'était le cas, Relos ne s'attaquerait jamais à lui. Alors, de quoi s'agissait-il[1] ?

— Ah… Cette conversation ne relève plus du bavardage sans importance, tout à coup, dit Kihrin en se redressant.

— Eh bien… (Thurvishar fronça les sourcils, faisant tourner d'un geste absent la bague de rubis de son père.) Non. Non, je n'en ai pas la moindre idée. Même s'il est vrai que… j'ai souvent senti que Gadrith possédait une sorte d'avantage vis-à-vis de Relos. Mais j'ai grandi dans la capitale, où tout le monde fait chanter tout le monde.

Kihrin pencha la tête de côté.

— Si c'était une information, Gadrith l'a peut-être emportée dans la tombe… mais si c'était autre chose ? Vous pensez qu'il aurait pu cacher un objet à Shadrag Gor, ou dans le domaine des D'Lorus ?

— Un artefact, vous voulez dire ?

— Oui. Pourquoi pas ? Relos Var affirme qu'il n'a pas de Pierre Angulaire, mais je ne le crois pas une seconde. Tous les autres dragons en ont une. Pourquoi pas lui ?

Thurvishar parut ébranlé.

— Attendez… Le simple fait qu'il se soit changé en dragon ne signifie pas qu'il en soit un. Khaemezra en a fait autant…

— Oui, mais Relos Var est un dragon, lui. Vous vous souvenez du dragon qui est passé au-dessus de ma tête, lorsque j'étais à Kharas Gulgoth ? C'était Var.

Thurvishar prit une brusque inspiration.

— Je suppose que c'est possible, en effet.

Qown reprit :

— Eh bien, si j'étais un dragon et que je ne pouvais être tué que par quelqu'un qui avait accès à ma Pierre Angulaire…

1. J'aimerais bien le savoir aussi, mais je ne suis pas assez folle pour vous poser la question.

et qu'un autre magicien possédait cette pierre… Je la récupérerais dès l'instant où j'apprendrais qu'il a été tué.

— Oui, moi aussi. (Kihrin soupira.) Ça valait le coup d'y réfléchir, en tout cas.

Janel leva les yeux, abasourdie, tandis que le dragon se dressait comme un serpent.

Ça n'avait pas marché. Ça n'avait pas marché, alors qu'elle avait tout exécuté à la perfection.

— Janel !

Ce fut le seul l'avertissement qu'elle reçut avant d'être agrippée par Senera – non pas physiquement, mais par magie – et écartée de l'endroit où frappait la patte griffue de Morios.

— **Oh… reviens, petite fille. Nous n'avons pas fini de jouer.**

— Je suis contente d'avoir fait bonne impression.

Elle était à deux doigts d'éclater d'un rire hystérique.

Un cercle de fractales apparut dans les airs à côté d'elle, et Tyentso le franchit.

— Couvrez-vous les oreilles ! cria-t-elle à Janel et Senera, ainsi qu'à ceux qui les entouraient.

Tyentso pointa le Sceptre de Quur vers le dragon. Janel et Senera se protégèrent les oreilles. L'air se déforma, et un faisceau jaillit du sceptre en direction de Morios. Un horrible bruit aigu émanait du rayon, occasionnant une douleur atroce à tous ceux qui l'entendaient.

Partout où le rayon l'atteignit, le corps de Morios parut s'ouvrir sous l'effet de la vibration, comme percé par le faisceau.

Oh, Khored soit loué, pensa Janel. *Cette fois, c'est…*

Puis Morios rit de nouveau, et tout le monde regarda avec horreur les trous de son corps se refermer.

— Je retire ce que j'ai dit. Je n'ai pas eu droit à un tel combat depuis que j'ai affronté mon frère.

Mais au lieu d'attaquer, Morios se propulsa dans les airs et se mit à voler vers Atrine. Il se tourna pour jeter un coup d'œil par-dessus son épaule, comme pour vérifier si son public le suivait du regard.

— Qu'est-ce qu'il fait ? interrogea Senera.

— Il essaie de nous provoquer, grogna Janel. Il sait que nous ne voulons pas qu'Atrine soit détruite, aussi cherche-t-il à nous obliger à le suivre. Comme il l'a dit, c'est un jeu pour lui.

— Oh, c'est pire que ça, déclara Tyentso. Il va planer au-dessus d'une foule, pour que je ne puisse plus réutiliser l'astuce des aimants. (Elle gratifia Janel d'un regard compatissant.) Les guérisseurs sont en route. C'était une belle tentative. Désolée que ça n'ait pas marché.

Elle ouvrit un autre portail, et disparut.

— Malédiction, pesta Janel.

Elle voulut se lever, mais grinça des dents lorsque sa jambe lui rappela que ce n'était pas une bonne idée.

— Attendez-moi ici, ordonna Senera. Je ne peux pas soigner votre jambe, vous savez. Je n'ai jamais réussi à vous guérir ; pour vous, il faut être au moins deux. Laissez-moi le temps de trouver quelqu'un[1].

— Ça va, dit Janel entre ses dents serrées. Allez aider Tyentso. Je peux me débrouiller seule.

— Bonne chance. (Senera eut un instant de silence, puis sourit.) Vous savez quoi ? C'était plutôt amusant, à la fin. Remerciez Thurvishar de m'avoir sauvé la vie.

Elle invoqua un portail et le franchit en courant, jetant quelque chose sur le côté au même instant.

Les dernières paroles de Senera firent frissonner Janel. Elle rampa jusqu'à l'endroit où avait disparu la magicienne

1. J'imagine que si Qown y est parvenu, quelque temps auparavant, c'est parce qu'il s'est considérablement amélioré en matière de guérison. Vous n'avez pas tort ; il a vraiment beaucoup de talent.

et tâtonna au ras du sol, à la recherche de l'objet qu'elle avait jeté. Elle referma la main sur une moitié de brindille.

—Non !

Il ne pouvait s'agir de la même branchette. Janel la portait sur elle... Elle glissa la main dans son corsage et en tira le bâton.

Il était cassé.

Janel avait lancé un sort à la brindille pour qu'elle ne se brise pas. Sa chute n'aurait pas pu provoquer un tel résultat. Elle comprit alors ce qu'avait fait Senera. Il n'y avait pas d'autre explication.

Il y avait toujours eu trois brindilles, et non deux. Senera avait prédit que Janel s'emparerait de la branche, si bien qu'elle en avait enchanté une troisième, liée par sympathie aux deux premières. Lorsque Senera avait brisé sa brindille, les deux autres s'étaient cassées du même coup, bois comme métal[1].

Mais pourquoi ? Que cherchait à obtenir Relos Var, en sabotant son propre plan pour anéantir Morios ? C'était son idée depuis le début, alors pourquoi...

Janel eut le vertige. Elle ne pouvait plus compter sur la vérité de ses suppositions. Que savait-elle, *vraiment* ? Elle savait que Kihrin détenait Urthaenriel. Elle savait que Senera avait donné le signal à Qown. Elle savait que Kihrin était sur le point de détruire une autre Pierre Angulaire, en supposant que ce n'était pas déjà fait.

Ce qu'elle ignorait, c'était ce qui allait se passer ensuite. Détruire la Pierre des Entraves avait libéré les démons, après tout...

Janel regarda autour d'elle. L'armée était en déroute ; les survivants de l'attaque de Morios rassemblaient les morts et les blessés. Au loin, elle vit son père – il avait donc

1. Et elle l'a deviné du premier coup ! Sincèrement, je suis très fière d'elle.

survécu – se quereller violemment avec un membre de la Maison D'Aramarin en tenue verte.

Milligreest avait sûrement un moyen de contacter Tyentso rapidement. Janel n'avait qu'à lui ordonner de…

Elle se reprit aussitôt. Elle ne pouvait rien lui ordonner du tout. Les Khorvesh ne comprenaient peut-être pas les notions d'idorrá et de thudajé, mais en tout cas, ils savaient comment fonctionnait une hiérarchie. Le *Premier Général* Milligreest savait qui prenait les décisions : lui-même.

Janel posa une main sur sa jambe et se concentra, puisant assez de tenyé dans la terre qui l'entourait pour soigner son os cassé. Suless lui avait montré comment faire[1]. Cela faisait mal, aussi mal que de faire passer une flamme sur sa peau nue, mais le résultat ne se fit pas attendre.

Elle se leva d'un bond.

— Général Milligreest ! cria-t-elle. Premier Général Milligreest, j'ai besoin de votre aide !

Le général s'interrompit en pleine dispute avec le Grand Seigneur Havar D'Aramarin.

— Oui ?

— Nous avons été bernés. Senera et Relos Var se sont moqués de nous. Il faut absolument que l'Empereur contacte Thurvishar, et qu'elle lui dise d'empêcher Kihrin de briser la Pierre Angulaire. Avant qu'il ne soit trop tard. Je vous en prie, monsieur, je vous en supplie…

Le général lui adressa un regard sévère, mais il se concentra alors sur la bague qu'il portait. Celle-ci n'était pas sertie d'un rubis gravé, mais le principe demeurait sans doute le même.

---

1. Tiens ! C'est Suless qui lui a appris ça ? Dans ce cas, ça m'étonnerait fort que le tenyé soit puisé dans le sol. Il est plus probable qu'il soit volé à tous les êtres vivants non protégés des environs. Je me demande si Janel a tué quelqu'un, ce jour-là.

Après une poignée d'interminables secondes, Qoran Milligreest déclara :

— Elle a transmis le message, mais il n'a pas répondu.

Le cœur de Janel manqua un battement.

— Qu'est-ce que cela signifie ?

— Qu'il n'a pas répondu, répéta Qoran. (Il se retourna vers le Grand Seigneur.) Je partirais, si j'étais vous. L'Empereur sera très mécontente après vous, lorsque tout cela sera terminé.

Havar haussa un sourcil.

— Elle ne peut rien me faire. Elle ne peut littéralement rien me faire, précisa-t-il. Avez-vous oublié les restrictions qui s'appliquent au porteur de la Couronne et du Sceptre ? Elle ne peut toucher à un cheveu d'aucun des membres des Maisons Royales[1].

— Je vous aurai prévenu, répliqua le général en souriant.

Le Grand Seigneur eut un ricanement dédaigneux, puis commença à s'éloigner. C'est alors que le sol se mit à trembler.

---

1. Est-ce que quelqu'un a oublié de dire aux Grands Seigneurs que ces restrictions étaient dues à un gaesh ? Oups…

60

Les frères, de nouveau

Atrine, colonie de Jorat, Empire de Quur.
Trois jours après la découverte par Gadrith
de la faiblesse de Kihrin.

Kihrin montra une paire de dés.

— Quelqu'un veut jouer, pour passer le temps ?

Frère Qown secoua la tête.

— Plutôt mourir, précisa Thurvishar.

Kihrin soupira. Frère Qown leva alors les yeux et ouvrit la main. La brindille de métal s'était cassée en deux.

— Ça y est. C'est le signal. Elles ont tué le dragon.

— Les Huit soient loués, dit Kihrin.

Il tira Urthaenriel et l'abattit contre le cristal.

Le sol se mit à onduler sous leurs pieds.

Janel hurla lorsque ce mouvement la propulsa dans les airs, comme un enfant qu'on fait sauter à l'aide d'une couverture. Elle heurta le sol et chercha désespérément une prise à laquelle se retenir, tandis que la terre continuait de trembler.

Au-dessus du lac Jorat, une énorme section du pont menant à Atrine parut se détacher… mais alors, Janel s'aperçut qu'elle se trompait.

Un tronçon entier des Chutes du Démon, le barrage qui retenait le lac Jorat, venait de céder.

Tyentso combattait encore Morios, et Janel n'avait aucun moyen de lui faire savoir qu'elle n'avait plus que quelques secondes pour tuer le dragon, s'ils voulaient que sa mort soit définitive. Janel était à peu près sûre que leurs chances de réussir à terrasser Morios de façon permanente s'étaient évaporées après la trahison de Senera.

Mais… quelle était donc la cause du tremblement de terre ?

— Il faut que j'y aille aussi, dit Janel au général Milligreest. Y a-t-il quelqu'un, ici, à qui vous feriez suffisamment confiance pour ouvrir un portail ?

Il jeta un regard en direction du Grand Seigneur, qui s'était éloigné.

— Non. Et je ne prendrais pas le risque de vous envoyer – vous ou quelqu'un d'autre, d'ailleurs – sur le pont dans ces conditions.

— Mais il faut que je les aide !

— Vous avez essayé, lui dit le général Milligreest. Vous ne pouvez rien faire d'autre.

— Je refuse d'abandonner !

— On n'a pas toujours le choix, rétorqua sèchement Milligreest. Bon sang, vous êtes aussi butée que votre frère.

Il s'interrompit brusquement et grimaça. Un vertige envahit Janel. Elle n'avait jamais pensé que…

— J'ai un frère ?

— Plus maintenant, répondit Milligreest d'une voix étranglée.

La gorge de Janel se serra en entendant le chagrin percer dans sa voix. Elle ne lui demanda pas ce qui s'était passé. Ce n'était pas le moment.

Mais alors, elle fronça les sourcils.

Son frère. Morios cherche son frère, pensa Janel. *Morios a pensé que son frère serait là, lui aussi. Pourquoi ?*

Kihrin s'était demandé si tous les dragons étaient les enfants des Huit, mais si c'était plus compliqué que cela ? Relos Var lui-même ne correspondait pas à cette description, par exemple. Il était le frère de Kihrin. Donc, il ne s'agissait pas nécessairement de leurs enfants, mais peut-être de parents au sens large. Des enfants, des pères, des mères, des sœurs… des frères. Et si, au fond d'eux-mêmes, les dragons conservaient la mémoire de ces liens familiaux ?

Kihrin avait dit que le dragon Sharanakal était le fils de Thaena, et que son repaire était situé près de l'île qui servait de sanctuaire à la déesse. Aeyan'arric, elle, restait à proximité de son oncle Rev'arric, mieux connu sous le nom de Relos Var. Janel n'était pas sûre de ce qui s'était produit en premier : Thaena avait-elle choisi de s'établir près de son fils afin de garder un œil sur lui, ou son fils avait-il décidé de s'installer près d'elle ? Relos Var avait-il suivi Aeyan'arric, ou était-ce l'inverse ? Mais si ce mécanisme demeurait toujours le même… L'un des Huit vivait bien à Atrine, n'est-ce pas ?

— Khored, souffla-t-elle.

Son père ne fit pas attention à elle. Il avait sans doute cru qu'elle jurait. Janel baissa la tête et pria.

— Khored, écoute ma prière, car ton frère, Morios, est ici. Morios désire saccager Atrine, une cité que tu chéris. Je t'implore de nous venir en aide, ou il dévastera la cité…

Khored dit :

— Je ne peux pas rester longtemps.

Le père de Janel hoqueta de surprise et mit un genou à terre.

Janel leva les yeux. Khored flottait devant elle, vêtu d'une armure sombre couleur de sang, sa cape en plumes de corbeau claquant derrière lui. Tous ceux qui les entouraient semblèrent s'apercevoir au même instant qu'un dieu était apparu parmi eux. Elle entendit les gens s'agenouiller, tout autour d'elle.

— Nous ne parvenons pas à l'arrêter, expliqua Janel à Khored. Rien n'y fait…

Derrière Khored, Janel voyait des explosions fleurir au-dessus d'Atrine. Elle ne pouvait que supposer que Tyentso luttait toujours pour empêcher le dragon de détruire la ville, et que Morios s'amusait toujours autant.

Le dieu de la destruction répondit :

— Bien sûr que rien n'y fait. Mon frère est la guerre personnifiée, l'avatar de la bataille. Le combat le rend plus fort. Relos Var aurait dû vous le dire.

— **Mon frère !**

— Ah ! C'est à moi, dit Khored avec un regard par-dessus son épaule. Je vais détourner son attention aussi longtemps que possible. Nous ne pouvons nous tuer mutuellement. Croyez-moi, nous avons déjà essayé, l'un comme l'autre. Évacuez tous ceux qui se trouvent encore dans la cité et mettez-vous à l'abri.

Il tendit la main en direction de Janel.

Soudain, le monde changea. Elle se trouvait désormais à l'intérieur de la ville, transformée en vision d'horreur. Entre les bâtiments écroulés et les gravats, bien trop de corps jonchaient les rues.

Janel ne scruta pas les traces du désastre ; elle resta immobile, sidérée et furieuse. Relos Var aurait dû le leur dire… Donc, Relos Var le savait ? Il savait que le combat ne ferait que décupler la puissance du dragon, que Morios ne pouvait être tué par la violence ?

Mais bien sûr. Senera n'aurait jamais trahi Janel sans l'approbation de son maître, n'est-ce pas ? Tout était prévu depuis le début.

Au-dessus de sa tête, elle vit Morios, aux prises avec deux adversaires, désormais. Il semblait enchanté, en dépit des énormes plaques d'écailles qu'il s'était arrachées en se libérant des barils magnétiques de Tyentso.

Mais… pourquoi n'a-t-il pas soigné ses blessures ?

— « Il ne faut pas le combattre », dit-elle à haute voix.

Le Nom de Toutes Choses avait dit que la seule manière de tuer Morios était de ne pas le combattre.

Pourquoi, par tous les démons de l'Enfer, n'avait-elle pas compris que la Pierre Angulaire ne répondait jamais que la vérité, au sens le plus littéral du terme ? Senera pouvait mentir… mais pas Le Nom de Toutes Choses. *Morios ne peut pas soigner les blessures qu'il s'inflige lui-même.*

Janel se retourna et se mit à courir vers ce qui restait du Temple de Khored.

61

Sous les flots

Atrine, colonie de Jorat, Empire de Quur.
Trois jours après que Kihrin, invisible,
se dirigea vers le Champ du Massacre.

Dès l'instant où Kihrin fracassa le cristal, il sut qu'il venait de faire une immense connerie.

Pour commencer, la gemme n'était pas constituée d'une seule pièce. Ce n'était pas un joyau unique, comme toutes les autres Pierres Angulaires qu'il connaissait ; celle-ci formait une enveloppe creuse, renfermant un ensemble de gemmes, de talismans et d'objets dont la signification lui échappait. Au contact d'Urthaenriel, le cristal s'était brisé comme du verre.

Par ailleurs, dès l'instant où il le fracassa, le sol se mit à trembler. Violemment. L'eau éclaboussa les trois hommes, tandis que le cube d'air ondulait et se déformait autour d'eux.

Et pour terminer, Kihrin eut l'impression qu'il venait d'être poignardé. Pas physiquement, non… mais la sensation que quelqu'un venait de lui enfoncer une épée dans l'âme.

— Thurvishar…, articula Kihrin en s'accrochant au trône. Quelque chose ne va pas.

Il se tourna vers le magicien et vit ses yeux se révulser. Thurvishar s'effondra.

— Que s'est-il passé ? s'écria Frère Qown en se précipitant vers lui.

— Je n'en sais rien…

Kihrin s'interrompit. Il brandit Urthaenriel, qui venait de lui lancer un cri d'avertissement. Le rideau d'eau s'ouvrit.

Et Relos Var pénétra dans la salle du trône.

Morios avait presque entièrement détruit le palais ducal, mais il n'avait pas touché au Temple de Khored, dont les tours s'élevaient pourtant quasiment aussi haut. On aurait presque cru qu'il craignait d'être impoli en l'abîmant.

Janel n'était pas la seule personne à avoir remarqué sa réticence à anéantir la cathédrale de Khored. À peine s'était-elle engouffrée à l'intérieur qu'elle y découvrit Ninavis, Dorna, Étoile et une bonne partie de la bande. Vidan semblait avoir reçu un coup sur la tête. Kay Hará et Jem Nakijan arboraient de vilaines blessures que Dorna avait entrepris de soigner.

Talaras secoua la tête pour la saluer. Sire Baramon, assis sur le sol de pierre froide, se redressa.

— Comte ! s'exclama-t-il.

Janel balaya l'endroit du regard. Le temple était bondé ; cependant, elle ne put que frémir à l'idée qu'elle avait sous les yeux l'essentiel des survivants.

— Je suis si heureuse de vous voir, tous, soupira-t-elle. Mais je ne peux pas rester. Quelqu'un sait-il s'il existe un escalier permettant de monter dans les hauteurs ?

— Derrière cette porte, poulain, indiqua Dorna. Et ce n'est pas si grave que ça en a l'air, ajouta-t-elle. On a aussi fait descendre des gens au sous-sol.

Janel sourit et se mit à courir.

— Bien !

Elle gravit l'escalier à toute allure. Lorsque Janel se trouva aussi haut qu'il était possible de monter – du moins, sans escalader l'extérieur de l'édifice –, elle se mit à crier pour attirer l'attention de Tyentso. Morios luttait à présent contre Khored, mais Janel ne voyait pas le moindre signe de l'Empereur de Quur.

— Tyentso ! appela-t-elle de nouveau.

Un portail apparut près d'elle, et Tyentso le traversa.

— Vous savez qu'il y a une semaine, j'étais incapable d'ouvrir le moindre portail ? Cette couronne est vraiment formidable.

Janel rit. La situation était atroce, les chances de succès effroyablement minces… et pourtant, elle riait.

— Tyentso, pourriez-vous m'aider à convaincre Morios de m'avaler tout rond ?

L'Empereur la regarda d'un air abasourdi.

— Vous êtes sérieuse ?

— Je crois que je sais comment faire pour le tuer. (Janel fit la moue.) Ou du moins, comment le tuer provisoirement. Si j'ai raison, je vous aurai fait gagner deux jours – à vous, et aux magiciens de l'Académie – qui vous permettront peut-être de trouver une solution. Le faire fondre, transporter son corps dans la mer… n'importe quoi ! (Janel se tut un instant.) Et, dans le pire des cas, si je me trompe, eh bien… je mourrai.

— Ah, oui. Parce que c'est sûrement ça, « le pire des cas », ironisa Tyentso. (Elle secoua la tête.) Si vous voulez mourir, c'est votre problème, gamine. J'accepte de vous aider.

— Les blessures que vous a infligées Morios… elles étaient vraies ? demanda Kihrin avec un regard noir au magicien.

Relos Var s'esclaffa.

— Morios n'est pas du genre à faire semblant, lorsqu'il s'agit de faire du mal à quelqu'un. Il s'agissait de vraies blessures, oui. Et passablement douloureuses.

— Bien fait.

— Essaie de ne pas trop t'en vouloir ; j'ai passé des siècles à mettre en place ce stratagème. Des gens très intelligents s'y sont laissés prendre.

De sa main libre, Kihrin désigna le trône, derrière lui.

— Et je suppose que ça, ce n'était pas la Pierre Angulaire de Morios ?

— Pas du tout, en effet. Tu n'as détruit qu'un dispositif ancestral, créé il y a bien longtemps par un peuple aujourd'hui disparu. Mais si cela peut te rassurer, il se serait brisé tout seul d'ici environ cinquante ans. Je n'avais simplement pas envie d'attendre que la nature fasse son travail.

— Vous ne sortirez pas d'ici vivant, menaça Kihrin en descendant les marches.

— Tu crois que je ne me suis jamais battu contre quelqu'un qui portait Urthaenriel ? (Il sourit, marchant en cercle autour du jeune homme.) Soyons sérieux. Tu n'es pas de taille à te mesurer à moi.

Kihrin songea que c'était probablement vrai. Il se remémora l'astuce du mur de portails, dans la taverne, par exemple. C'était une technique redoutable, contre laquelle même le porteur d'Urthaenriel était impuissant. Mais que pouvait faire Kihrin, sinon se battre ? S'enfuir n'était pas une option envisageable.

— Je sais que vous êtes doué pour les boniments, Var, mais… je crois que vous ne vous attendiez pas à ce que ce soit moi qui trouve Tueuse de Dieux. Et cette fois, c'est moi qui vais vous tuer… et non l'inverse.

Relos Var cessa de sourire.

— Voyons voir ça.

C'est à cet instant que Frère Qown assomma Kihrin à l'aide d'une branche couverte de vase. Il s'effondra.

— Oh, par le soleil… (Qown laissa tomber sa branche.) Je crois que je lui ai provoqué une commotion cérébrale.

Il se pencha pour examiner Kihrin, écartant Urthaenriel d'un coup de pied. Enfin, il poussa un soupir de soulagement. Relos Var observa la scène sans rien dire.

Le silence tomba sur le petit espace, dans les profondeurs du lac.

— Pourquoi ? demanda enfin le mage, l'air intrigué.

— Vous alliez le tuer, répondit Frère Qown.

— Pas du tout, se défendit Var. La suite de mes plans exige qu'il soit en vie.

Frère Qown opina.

— Tant mieux. (Des larmes roulèrent sur ses joues.) Parce qu'au moins, vous avez un plan. Parce que vous êtes le seul à en avoir un. Je ne crois pas que les dieux eux-mêmes en aient un.

— Ne sois pas si dur avec eux. Les Huit ont un plan. Malheureusement pour nous tous… il est catastrophique. Ils veulent mettre en place une mesure provisoire, une solution rapide qui leur fasse gagner, oh… quelques siècles, tout au plus. Mais nous n'avons plus qu'une seule race immortelle capable d'emprisonner de nouveau Vol Karath dans son tombeau. Même si les vané sacrifient leur vie éternelle pour l'enfermer une nouvelle fois, qu'allons-nous faire ensuite ? Lorsque cette stratégie finira inévitablement par échouer, comme les précédentes ? (Relos Var renifla dédaigneusement.) Les démons seront libres. Un dieu brisé, qui ne désire rien tant que de dévorer l'univers, sera libre. Et sais-tu ce qu'il y a de pire, Qown ?

Le prêtre essuya ses larmes.

— Non ?

— Le pire, c'est que tout ce que je viens de te dire… n'est justement pas notre principal problème. Tous les êtres vivants, des deux côtés du Voile, seront anéantis bien avant que Vol Karath ne les ait tous dévorés. Le pire n'est pas lui… c'est que l'univers a une faille. Et à chaque minute, à chaque seconde, cette faille s'élargit. Ce phénomène ne s'arrêtera que lorsqu'il ne restera plus rien de notre univers. Voilà notre véritable ennemi.

Qown frissonna. Il posa un bref regard sur Kihrin et Thurvishar, inconscients tous les deux. Il tenta de ne pas penser à Janel, et à la manière dont devait se dérouler le combat, au-dessus de leurs têtes. Elle ne lui pardonnerait jamais ce qu'il avait fait. Si elle survivait.

L'expression de Relos Var s'adoucit.

— Veux-tu vraiment m'aider ? Ce ne sera pas facile. Des gens vont mourir. Tu te retrouveras face à des choix difficiles.

— Je viens déjà d'en faire un.

— C'est vrai. (Il baissa les yeux sur le corps étendu de Kihrin.) Ah, petit frère… Tu aurais dû faire confiance à ton intuition. L'erreur que vous avez faite, Janel et toi, a été de ne pouvoir imaginer – même après avoir appris que je contrôlais Aeyan'arric – que quelqu'un puisse déclencher une attaque de dragon… puis vous montrer comment le tuer. Vous étiez incapables de concevoir qu'un dragon puisse servir d'appât.

» Morios ne dormait sous le lac Jorat que parce que je lui ai demandé ce service, il y a… oh, environ trois cents ans. S'il s'est réveillé, ce n'est pas à cause d'une quelconque prophétie. Il s'est réveillé, et il a attaqué Atrine, parce que je lui ai ordonné de le faire. Naturellement, le fait que cela se produise maintenant, juste après que tu aies trouvé Tueuse de Dieux, n'a rien d'une coïncidence. Urthaenriel est la seule arme que je connaisse qui soit susceptible de briser une balise de contrôle en toute sécurité… et tu as joué ton rôle à la perfection. En toute sincérité, je t'avoue que tu m'avais beaucoup manqué.

— Heu… (Qown hésita.) Vous savez qu'il ne vous entend pas ?

Var se frotta le menton.

— Je mets un point d'honneur à ne jamais corriger les erreurs d'un ennemi lorsqu'il est capable de m'entendre.

— Mais… attendez. Si la prophétie ne parlait pas de Morios…

La déception se peignit brièvement sur le visage de Relos Var, à l'idée que Qown n'ait pas compris ce qui lui paraissait pourtant évident.

— « Dans la vingtième année du faucon et du lion, sous l'épée d'argent, se brise la prison de la bête endormie. Le dragon des épées dévore les Chutes du Démon, tandis que la nuit envahit la terre. » (Il agita la main.) J'ai affirmé au duc Kaen que le quatrain tout entier faisait référence à Morios, mais c'était un mensonge. C'est lui que désigne le terme « dragon des épées », bien entendu. Et ce détail n'était pas difficile à orchestrer. Alors, quelle est la vraie signification de ce quatrain ? interrogea-t-il d'un ton de professeur.

Qown se mordit la lèvre.

— Je n'en sais rien.

— Ne te décourage pas. Continue.

Qown s'agita, mal à l'aise.

— Il y a quelques éléments qui ne correspondent pas. Pour moi, « tandis que la nuit envahit la terre » renvoie au crépuscule, mais le combat contre Morios a eu lieu à l'aube. « Atrin » veut dire « épée d'argent » en guarem ; c'est pour cela que tout le monde pensait que la prophétie parlait d'Atrine.

— Continue. Creuse un peu plus.

Qown cligna des paupières. Une nouvelle idée venait de lui traverser l'esprit.

— Mais Morios n'était pas emprisonné, si ? Il dormait, c'est tout. Et il ne dormait pas « sous » Atrine, car il n'y a pas d'endroit, sous la ville, qui soit assez gros pour y faire entrer un dragon de sa taille. Même les caveaux que nous avons visités, sous le Temple de Khored, sont trop petits. (Qown se concentra pour résoudre le problème, oubliant l'endroit où ils se trouvaient.) Donc, cette phrase ne fait même pas référence à Atrine. Et si ce n'est pas Atrine… peut-être que « l'épée d'argent » désigne autre chose. Peut-être est-ce une description. Si nous changions l'ordre des mots, alors « sous l'épée d'argent, se brise la prison de la bête endormie » deviendrait « la prison de la bête endormie se brise sous l'épée d'argent ».

Son regard se posa sur Urthaenriel. Même gisant dans la boue, la lame luisait toujours d'un éclat argenté. Et elle avait bel et bien brisé quelque chose. Le trône était jonché d'éclats de cristal. Le faisceau de lumière, qui traversait l'obscurité quelques minutes plus tôt, avait disparu.

— Mais alors… le… (Qown se mit à haleter.) Oh, par le soleil… La prophétie parlait de Vol Karath, n'est-ce pas ? La « bête endormie », c'est Vol Karath !

— À dire vrai, toutes les prophéties parlent de Vol Karath. Mais oui, en effet.

Qown sentit son cœur s'affoler de plus en plus.

— Qu'avons-nous fait ? se désola-t-il.

— Qu'est-ce que je viens de te dire, sur la nécessité de prendre des décisions difficiles ? Nous avons fait gagner un peu de temps à l'humanité. Je sais que réveiller Vol Karath ne semble pas devoir aider qui que ce soit, mais réfléchis aux circonstances dans lesquelles nous nous trouvons. La dernière fois que les démons ont évolué librement sur la terre – avant que Grizzst le Dément ne leur impose un gaesh, dans la seule intention de prouver qu'il en était capable –, les dieux-rois régnaient sur tout le continent, d'une rive à l'autre. On dira ce qu'on veut de ces tyrans miniatures, mais ils parvenaient à protéger leurs petits royaumes des ravages des démons. Alors, qu'ont fait les Huit Immortels – par l'entremise des Empereurs de Quur – une fois que les démons ont été asservis ? Ils ont tué autant de dieux-rois que possible, n'épargnant que ceux qui acceptaient d'abandonner leur ancien fief. Les dieux-rois ne protègent plus Quur, aujourd'hui, et les Huit Immortels ne peuvent se trouver partout à la fois. Nous sommes submergés.

» Les Huit Immortels sont peut-être bien plus puissants que les dieux-rois, mais ils ne sont pas omnipotents.

Chaque fois qu'un malheureux succombe à une Marche Infernale, les démons deviennent plus forts et plus nombreux. Mais de quoi les démons ont-ils peur, plus encore que des dieux ou des dieux-rois ? Ils craignent Vol Karath, dont l'appétit insatiable s'accommode aussi bien des démons que de n'importe quel autre type d'âme. Les démons vont chercher à se cacher, à présent. Ils vont battre en retraite. Et j'espère que cela durera assez longtemps pour nous permettre de prendre les mesures qui s'imposent.

— Comment puis-je vous aider ? demanda Qown. (Il marqua un instant de silence.) Puis-je vous aider, d'ailleurs ?

— Bien entendu. Ne doute jamais de tes propres facultés, Qown. Je t'ai sélectionné pour suivre un enseignement particulier dès le jour où tu es arrivé, au Temple de la Lumière. Je savais que tu avais en toi la capacité d'accomplir de grandes choses. Quant à la façon dont tu peux me venir en aide... commence donc par ramasser cette épée, dit Relos Var en désignant Urthaenriel. Crois-moi : il vaut mieux pour tout le monde que ce ne soit pas moi qui m'en charge.

— Mais dès que je vais ramasser Urthaenriel, les sortilèges que j'ai mis en place vont disparaître. L'eau va aussitôt remplir cet espace...

Qown regarda Thurvishar et Kihrin.

— Ils ne courent aucun danger. Thurvishar et Kihrin portent des glyphes d'air et de pression. Ces symboles ne vont pas disparaître. Et ce lac ne contient aucun prédateur de taille à s'attaquer aux humains. Par ailleurs, je suis à peu près sûr qu'un des Huit Immortels s'apprête à venir estimer les dégâts infligés à leur précieux cristal de contrôle, et qu'il arrivera d'une seconde à l'autre.

Qown hoqueta de surprise.

— Dans ce cas, nous devons partir. Tout de suite !

Relos Var sourit.

— Dans un instant.

Il s'approcha du trône et se pencha. En écartant la vase, il dévoila un petit morceau d'hématite, qu'il ramassa avec un rire.

— Mieux vaut ne pas oublier ceci. Morios serait contrarié si elle tombait aux mains de n'importe qui.

— Est-ce que c'est… la Pierre Angulaire de Morios ? Porteguerre se trouvait vraiment ici, depuis le début ?

— Bien sûr. L'un de vous aurait pu obliger Senera à utiliser Le Nom de Toutes Choses pour vérifier son emplacement. Et je suis sûr que Kihrin a demandé à Urthaenriel de lui confirmer qu'une Pierre Angulaire se trouvait bien dans cette pièce. La seule manière d'éviter l'échec de mon plan était de laisser la Pierre Angulaire ici. Bien ; maintenant, allons-y. Nous avons beaucoup à faire en très peu de temps.

Qown ramassa Urthaenriel tandis que Relos Var ouvrait un portail.

L'eau s'engouffra dans l'espace vide, recouvrant les deux hommes inconscients.

Qown et Var traversèrent le portail.

Lorsque Tyentso eut terminé son œuvre, Janel était perchée à l'extrémité de la plus haute flèche du temple ; elle était dotée d'une voix audible à des kilomètres à la ronde, et luisait d'un éclat éblouissant.

Elle était aussi – provisoirement – dotée d'une grande résistance aux armes tranchantes.

— Morios ! J'ai une question pour toi. Comment devient-on un dragon ? As-tu été obligé de conclure un accord avec les démons ?

Le dragon se tourna vers elle avec un rictus furieux.

— **Quoi ?**

— Janel, qu'est-ce que vous faites ? s'exclama Khored.

Elle ignora les protestations de son dieu.

— Cela ne doit pas être facile, de devenir un dragon. Sinon, la campagne en serait infestée. Faut-il rejoindre une guilde ? Ou connaître un mot de passe, peut-être ?

À chaque mot, Janel lançait un sort en direction de Morios, sachant pourtant que ces attaques ne lui feraient aucun mal.

Allez, pria-t-elle. *Détourne les yeux de ton frère, encore un petit moment. Essaie d'écraser la mouche qui t'embête. Mords la queue du serpent qui s'agite sous ton nez.*

Morios souffla sur Janel, mais le nuage d'énergie tourbillonnante que Tyentso avait placé autour d'elle dévia la majorité des lames, et les autres se heurtèrent aux boucliers que Janel avait dressés elle-même.

— C'est tout ce que tu sais faire ? railla-t-elle.

— Janel…

Mais Khored s'interrompit. Peut-être avait-il deviné qu'elle avait un plan. Peut-être ne pensait-il pas qu'elle puisse se montrer assez stupide pour agir ainsi, si ce n'était pas le cas.

Mais à cet instant, l'horreur se peignit sur les traits du dieu, et Khored disparut[1].

Pourquoi… ?

Morios fondit tout droit sur elle, ouvrit la gueule et engloutit du même coup Janel et le haut de la tour.

Janel hurla lorsque la gorge obscure du dragon l'enserra comme un étau, avec une force qui l'aurait broyée vivante sans les protections conférées par Tyentso.

D'autant que Morios – elle aurait dû s'en douter – était hérissé d'autant de lames à l'intérieur qu'à l'extérieur.

Elle dégaina alors un poignard et l'enfonça dans la paroi du conduit, calant la lame entre deux pointes aiguisées afin de pouvoir s'y accrocher. Morios dut même le sentir, à la manière dont on sent un grain de riz se bloquer dans sa gorge,

---

1. Je suppose que Khored venait de comprendre ce qui s'était vraiment passé, au fond du lac.

car il continua de lutter pour déglutir. Janel se cramponna de toutes ses forces.

Si elle se trompait, elle ne tarderait pas à élire domicile dans l'Au-delà de façon permanente.

Elle inspira profondément et se concentra. Elle ne chercha pas à attaquer Morios. Elle n'y pensait même plus. Janel écarta le dragon de son esprit, car elle se trouvait désormais sur un terrain où les intentions comptaient, où les concepts étaient de la plus haute importance ; où la violence délibérée et accidentelle était deux choses fondamentalement différentes. Ce n'était pas très éloigné, somme toute, des métaphores présentes dans l'Au-delà, où le monde spirituel et mental l'emportait sur le monde physique.

Au lieu de penser à Morios, ou à ses chances de l'emporter, Janel fit une chose qu'elle avait toujours faite instinctivement, et pour laquelle elle était douée.

Janel créa du feu.

En quantité phénoménale.

Les survivants étaient rassemblés le long de la berge du lac Jorat. Hébétés, ils ne parvenaient qu'à s'occuper des blessés et à contempler l'une des grandes merveilles du monde se désagréger peu à peu.

Seuls quelques-uns comprenaient la portée philosophique de la bataille qui se livrait au-dessus de la cité. L'ampleur de la destruction alimentait le pouvoir de Khored. Et cependant, Khored semblait incapable de vaincre le dragon qui avait saccagé sa cité, Atrine, à tel point qu'elle ne pourrait peut-être jamais être rebâtie.

Mais tandis que certains observaient la scène avec horreur, et d'autres avec un intérêt tout académique, les spectateurs remarquèrent que le dragon s'arrachait au combat. Il paraissait surpris.

Il secoua la tête, comme pour essayer de reprendre ses esprits. Puis il se mit à se griffer le cou, creusant de larges sillons dans le métal. Il émit un hurlement aigu, assourdissant, sans cesser de se labourer la chair.

Les déchirures qui zébraient son cou virèrent au rouge, puis au jaune, avant de devenir d'un blanc incandescent. Le métal se mit à fondre, et coula en sifflant dans l'eau du lac.

Brusquement, le cou et la tête de Morios se détachèrent de son corps. Les deux parties du dragon tombèrent à pic : son gigantesque corps vint s'abattre sur les toits d'Atrine, et la tête rebondit sur le barrage brisé, puis dévala le précipice immense des chutes.

Seule une poignée de personnes remarqua le petit point rouge, de taille humaine, qui tomba lui aussi dans l'eau.

Cette poignée de personnes était suffisante.

62

La fin du jeu

Atrine, colonie de Jorat, Empire de Quur.
Trois jours après que Tyentso dit à un Grand Seigneur de « se mettre là et d'être beau ».

Janel se réveilla reconnaissante d'être en vie, mais redoutant de découvrir les dernières nouvelles du monde des vivants. L'Au-delà s'était révélé étrangement désert, sans la moindre trace des hordes de démons qu'elle s'attendait à y voir, suite à un événement tel que la dévastation d'Atrine. Les âmes des morts, elles, erraient librement. Elles étaient si nombreuses…

Elle se leva tant bien que mal, ignorant les regards inquiets des médiqueurs de l'armée. À l'extérieur, le ciel turquoise était recouvert d'un voile de fumée qui le faisait paraître d'un gris verdâtre ; elle n'était restée inconsciente que quelques heures.

Ninavis l'attendait devant la tente. La Marakori semblait indemne ; les traces sur son front et ses joues n'étaient que des traînées de poussière. Ninavis désigna une azhock jorate dès qu'elle aperçut Janel, et les deux femmes se mirent à marcher dans cette direction.

— Des morts ? interrogea Janel.

— Nous avons perdu quelques personnes, admit Ninavis. Dango a reçu des éclats de roche dans la jambe, mais il s'en remettra. Même si on jurerait le contraire, à voir son compagnon lui tourner autour.

— Oh, je ne peux pas en vouloir à Baramon. Si j'étais lui, je ferais la même chose. Comment va…

— Arasgon n'a rien, répondit Ninavis en ouvrant un pan de l'azhock pour la laisser passer. Il est dans le camp de réfugiés ; il aide à diriger les foules.

Janel hocha la tête, soulagée. Elle ne put s'empêcher de sourire en entrant dans la tente, et en découvrant les bannières du margrive de Malkoessian. Mais son sourire faiblit aussitôt. Il ne pouvait y avoir qu'une raison pour que le margrive s'installe si près du bivouac du Premier Général : le duc n'était pas en mesure d'en faire autant.

— Je présume que cela signifie que vous n'avez pas pu sauver le duc Xun.

— Il a dû succomber dès les premières minutes de l'assaut. Nous savions que c'était une possibilité. Le plan B, en revanche, s'est déroulé sans heurts.

La Marakori tapota la sacoche qu'elle portait en bandoulière.

— Parfait. Ils ne sont pas tous là-dedans, j'espère ?

— Oh, non. Disons que c'est un petit échantillon.

— Très bien. (Janel inspira profondément.) Ninavis, je suis obligée de modifier notre plan. Je me souviens de ce que nous avions convenu, mais il m'est tout simplement impossible de…

La tente s'ouvrit de nouveau, laissant entrer le margrive Aroth Malkoessian. À leur vue, il s'arrêta net, estomaqué. En d'autres circonstances, il aurait demandé à ses gardes d'entrer avant lui ; mais peut-être avait-il supposé qu'il serait en sécurité, au beau milieu du camp de l'armée quuro. Il se reprit aussitôt, refermant la bouche et dévisageant Janel d'un air irrité.

— J'avais presque réussi à me convaincre que j'avais vu un fantôme lorsque je vous ai aperçue, tout à l'heure.

Janel s'appuya contre la table, étira ses bras au-dessus de sa tête et sourit.

— Oh, non. Pas du tout. Alors… Je me disais que nous ferions bien de terminer la discussion que nous avions commencée il y a des années… au sujet de ma « place ».

Le margrive leva le menton d'un air de défi. Elle continua :

— Mais d'abord, j'ai une tâche déplaisante à accomplir. (Elle baissa les yeux.) Je suis au regret de vous informer que votre fils, Oreth, est mort.

Pour toute réaction, il pâlit légèrement.

— L'avez-vous tué ?

— Il s'est allié aux Yorans…

— Vous aussi, la coupa-t-il.

— J'ai été enlevée par les Yorans. Ce n'est pas la même chose. Quoi qu'il en soit, je pense que vous êtes déjà conscient des crimes qu'il avait commis. Mais après son départ de Jorat, votre fils s'est retrouvé mêlé à un incident complexe… En réalité, cela n'avait rien à voir avec Oreth, mais c'est sur lui qu'est retombée la faute. Le duc Kaen l'a fait exécuter. Cela n'y changera rien, mais sachez que je suis désolée que les choses se soient terminées ainsi.

Il déglutit, les yeux brillants, et ne dit rien durant plusieurs secondes chargées de tension.

— Très bien. (Il acquiesça.) J'en tiendrai compte. Je suppose que vous êtes venue implorer mon pardon…

— Non, l'interrompit-elle.

Malkoessian fronça les sourcils.

— Je suis venue vous expliquer les détails de votre nouvelle situation. Vous devez savoir – ou vous douter – que le duc Xun est mort. Et vous pensez sans doute être la personne toute désignée pour le remplacer. (Elle secoua lentement la tête.) Renoncez-y, Aroth. Cela n'arrivera jamais.

— Votre séjour en dehors de Jorat vous a-t-il fait oublier les bases de l'étiquette ? Vous devez m'appeler « messire »…

— Non, certainement pas. (Un éclair bleu traversa les iris de Janel, et elle claqua des doigts sous le nez du margrive.) Regardez-moi, Aroth. Regardez-moi dans les yeux.

La voix du margrive mourut. Un peu à l'écart, Ninavis lança à Janel un regard intrigué.

— Non, Aroth. Vous avez réussi à convaincre votre fils qu'il était en droit de s'imposer dans mon lit. Vous lui avez donné la lettre de mon grand-père, et vous vous êtes dit que si vous m'imposiez cette union, c'était pour mon propre bien, pour le bien du nom des Theranon. Parce que vous en étiez persuadé, Oreth a tant lutté pour obtenir ce qui – selon vous – lui appartenait… qu'il a fini par se transformer en traître. (Elle eut un sourire cruel en voyant tressaillir Aroth.) Je ne vous dois pas mon thudajé. Mais vous, vous m'en devez énormément.

— Ainsi, vous voulez devenir duc.

— En réalité, non. (Janel s'écarta de la table et posa une main sur l'épaule de Ninavis.) Permettez-moi de vous présenter Sire Ninavis Theranon. C'est elle qui va devenir duc de Jorat.

Le margrive ne remarqua probablement pas la lueur de surprise dans les yeux de Ninavis, ni le regard décontenancé qu'elle adressa à Janel.

— Theranon ? Mais vous êtes la seule…

— J'ai décidé de l'adopter, déclara Janel. (Elle se tourna vers Ninavis.) Saviez-vous qu'aucune loi ne m'interdisait d'adopter une femme plus âgée que moi ?

— Eh bien, je le sais, à présent, répliqua Ninavis en l'observant d'un air méfiant.

— Ah, et je vais aussi abdiquer, poursuivit Janel. Ce qui signifie, j'imagine, qu'elle deviendra officiellement le comte Ninavis Theranon. Bien sûr, vous prendrez soin d'entériner cette succession. Ce titre devrait suffire à faire taire tous ceux qui jugeraient qu'un simple chevalier ne peut devenir duc de Jorat. (Elle tourna la tête vers Ninavis.) Par contre, j'ai une mauvaise nouvelle. Je crains que tu ne sois obligée d'arrêter de te produire dans les tournois.

Ninavis la dévisagea.

— Je survivrai.

Aroth se mit à bredouiller :

— On ne peut pas simplement choisir quelqu'un et le mettre à la tête de toute une région !

Janel rit.

— Bien sûr que si. D'ailleurs, nous passons notre temps à le faire. Vous et moi savons tous les deux que puisque le duc est mort sans héritiers, les nobles au pouvoir vont se réunir pour choisir un successeur. Vous allez vous apercevoir qu'un grand nombre de ces nobles ne se feront pas prier pour voter en faveur du comte de Tolamer. Surtout lorsque la rumeur se répandra que le comte en question n'est autre que le Chevalier Noir. Vous savez, celui qui a terrassé un énorme dragon ? Tout le monde l'a vu travailler à mettre les gens en sécurité, tout à l'heure, tandis que vous et votre famille quittiez la ville avec le reste des troupeaux.

Aroth se raidit.

— Cette femme n'a pas tué le dragon !

— Oh, mais moi, je vous dis que si, corrigea Janel. Et en tant que Janel Danorak, je sais combien une réputation peut se révéler importante. Cependant, je n'avais pas prévu de compter sur votre bonne grâce et votre bonté pour m'assurer de votre coopération.

Elle adressa un signe à Ninavis, qui tira un parchemin de sa sacoche. Elle se pencha au-dessus d'un brasero, près de la table, et enflamma le bord du document. Elle le lâcha lorsque les flammes commencèrent à le dévorer.

— De quoi s'agissait-il ? s'enquit Aroth.

— Il me semble que c'était une reconnaissance de dette de 50 000 trônes, prêtés au comte Jarin Theranon, répondit Ninavis. Vous n'en aviez pas besoin, j'espère ?

— *Quoi ?* Où l'avez-vous trouvée ?

— Et ceci… (Ninavis tira un autre papier de sa sacoche.) En voici une autre ; à l'origine, il s'agissait d'un prêt conclu entre Jarin Theranon et le baron d'Omorse… mais vous l'avez racheté, n'est-ce pas ? Cette fois, il n'était question que de 10 000 trônes. Mais tout de même… vous avez prêté beaucoup d'argent à beaucoup de monde, n'est-ce pas ? (Elle roula le document et en effleura le brasero.) Tous ces prêts… La moitié de l'Empire vous doit de l'argent, Aroth.

— Et c'est bien là le problème, non ? (Janel pinça les lèvres.) En vérité, vous n'êtes plus un margrive depuis bien longtemps. Vous n'êtes pas un noble jorat protégeant son troupeau ; vous êtes une banque. Un usurier.

— Où avez-vous trouvé ces papiers ? demanda de nouveau le margrive.

Il lança un regard vers l'entrée de la tente, comme s'il envisageait d'appeler ses gardes.

— La réponse me semble évidente, Aroth, expliqua doucement Janel. Nous vous les avons volés. Tous, jusqu'au dernier. Toutes les traces écrites de vos prêts, y compris vos registres de comptes. Il s'avère que, pendant que le dragon attaquait la cité, personne ne montait la garde devant les Gemmeportes d'Atrine, et il ne restait qu'une malheureuse sentinelle dans votre château.

— Ce qui signifie, reprit Ninavis, qu'à l'heure actuelle, vous n'êtes pas en mesure de prouver que quiconque vous doive le moindre calice.

— Vous ne vous en tirerez pas comme ça, cracha Malkoessian.

Janel agita la main d'un air désinvolte.

— Réfléchissez bien, Aroth. Oui, vous pourriez faire venir des Sang de Joras – des magiciens, des devins – pour faire confirmer vos dires… mais voulez-vous vraiment rappeler à vos concitoyens jorats que vous êtes à tu et à toi avec les Maisons Royales ? La Maison D'Aramarin, en particulier ? Votre Blâme ne se ferait pas attendre. Ou alors, vous pourriez accepter Ninavis et la soutenir, et personne n'aura besoin d'apprendre ce qui s'est passé entre nous.

Les traits crispés de rage, il ne répondit pas. Janel soupira. De nouveau, ses yeux parurent se transformer brièvement en prunelles félines d'un bleu glacier, avant de reprendre leur teinte cramoisie.

— Si je vous fais cette offre, c'est parce que je sais que vous êtes un homme intelligent et pragmatique, et que je pense que Ninavis et vous pourriez faire du bon travail, ensemble. Jorat aura besoin de toute sa force, dans les années à venir, et notre peuple mérite d'être bien dirigé. (Elle haussa les épaules.) Si je ne pensais pas que vous étiez de taille à endosser cette responsabilité, je me serais contentée de vous tuer, vous et votre fils, Ilvar ; et j'aurais laissé votre fils aîné, Palomarn, prendre le titre de margrive. Mais Palomarn est une jument, et je sais qu'il n'aurait aucune envie de se retrouver à la tête d'une seigneurie tout entière. Et puis, Dorna m'en voudrait de vous avoir tué.

Une série d'émotions différentes se succédèrent à toute allure sur le visage du margrive : la colère, l'inquiétude, l'angoisse, la peur… et enfin, un respect maussade et teinté de circonspection. Il désigna Ninavis.

— Pourquoi l'avoir choisie, plutôt que vous-même ? Il a dû vous falloir des années pour mettre tout cela en place. Personne ne cède ainsi le pouvoir sans rien obtenir en retour.

Ninavis esquissa un petit sourire et ajouta :

— J'avoue que je me pose la même question.

— Vous m'étonnez, Aroth. Je ne cède pas le pouvoir ; je le délègue. J'aurais aimé m'en charger moi-même, mais il s'avère que je vais être absorbée par d'autres problèmes plus importants encore. (Elle leva un doigt pour couper court aux protestations d'Aroth.) Oui… Il semble qu'il existe des choses plus importantes que de diriger Jorat, finalement.

Aroth Malkoessian observa attentivement Ninavis.

— Vous en êtes capable ?

Elle rit.

— Comparée à Foran Xun, vous voulez dire ? Une chèvre s'en sortirait mieux que lui. (Elle haussa les épaules.) Un bon conseiller me serait utile. Quelqu'un qui soit vraiment jorat, je veux dire. Pas quelqu'un comme Relos Var.

— En effet, répondit-il.

Son regard se fit pensif. Le margrive analysait probablement toutes les manières dont il pouvait faire tourner la situation à son avantage.

— Et mes papiers ? interrogea-t-il.

— Eh bien… Je les garderai bien au chaud pour vous.

Ninavis eut un sourire qui touchait à la cruauté, tout en abaissant doucement le document qu'elle tenait vers le brasero.

— Sauf en ce qui concerne les dettes des Theranon, bien entendu. C'est si gentil de votre part de bien vouloir les effacer. Je suis touchée, vraiment.

Janel claqua de nouveau des doigts, et le regard du margrive se braqua aussitôt sur elle.

— Les termes de notre accord sont-ils clairs, Aroth ?

Il soutint son regard, où brilla encore une fois l'éclair bleu glacier. Le margrive frémit.

— Oui, murmura Aroth. Oui, bien sûr. Mess… Messire.

Janel sourit.

— Parfait.

Aroth s'ébroua.

— Eh bien, vous feriez mieux d'aller trouver Dorna, tous les deux. Commencez à planifier la manière dont vous allez annoncer aux autres margrives qu'ils ont un nouveau duc. J'ai d'autres détails à régler.

Janel leur adressa à chacun une révérence, puis sortit afin de découvrir qui d'autre avait survécu.

63

Sauvetages

Atrine, colonie de Jorat, Empire de Quur.
Trois jours après que Teraeth se révéla toujours aussi doué pour la diplomatie.

Lorsque Kihrin se réveilla, il était étendu sur un lit de camp, dans une tente militaire. Il en sortit avant que quiconque puisse décider ce qu'il fallait faire de lui.

À l'extérieur, un grondement continu emplissait l'atmosphère ; ce son, grave et puissant, lui rappela le maelström marin qu'on appelait la Gueule. Non loin de là, des soldats étaient occupés à monter – ou à démonter – le campement. Personne ne semblait vouloir faire attention à lui.

Il se frotta la tête ; mais qui que soit la personne venue le tirer de l'eau, elle avait aussi soigné sa blessure. Kihrin porta alors la main à sa ceinture. Urthaenriel n'y était pas, et il ne l'entendait pas chanter à proximité. Son estomac se noua.

Kihrin aperçut Thurvishar ; il faisait les cent pas le long de la berge du lac, contemplant d'un air pensif et malheureux les ruines fumantes de la cité. Et près de lui…

Son souffle se bloqua dans sa gorge lorsqu'il découvrit le profil du vané manol. Puis il s'aperçut que ce n'était pas Teraeth. Les yeux n'allaient pas ; le nez n'allait pas ; rien n'allait. Kihrin relâcha son souffle en tentant de contenir sa déception. Il aurait parié du métal qu'il se trouvait face au grand-père de Teraeth, Mithros. De toute évidence, les soldats du camp ignoraient que le vané était aussi Khored, le dieu de la destruction. Il se demanda comment les membres de l'armée quuro – dont beaucoup vénéraient Khored – réagiraient en découvrant que leur divinité de prédilection n'était autre qu'un vané manol.

L'une des tentes voisines s'ouvrit, et Janel en sortit.

Elle le remarqua aussitôt et le gratifia d'un sourire. Un instant plus tard, elle était dans ses bras et l'embrassait ; et d'un coup, il eut l'impression que tout allait bien. En tout cas, il était beaucoup plus facile d'oublier ce qui n'allait pas. Quelqu'un se racla la gorge.

Kihrin leva les yeux et découvrit un vané manol à côté de Tyentso… et cette fois, c'était le bon. Kihrin s'écarta de Janel.

— Teraeth ! s'écria Kihrin. Je ne m'attendais pas à te voir ici.

Les yeux verts de l'assassin se braquèrent sur Janel, puis revinrent à Kihrin.

— Ça se voit.

Kihrin se serait giflé.

— Je suis content de te voir, tu sais.

— Vraiment ? lança Teraeth en arquant un sourcil.

— Mais oui, bon sang, s'agaça Kihrin. (Son regard dériva vers le lac, et les ruines d'Atrine.) J'ai perdu Urthaenriel. Ça ne m'aura pris que trois jours…

— C'est vrai que tu n'es pas du genre à laisser traîner les choses, répliqua Teraeth.

Kihrin soupira. S'il lui était arrivé de se demander comment réagirait Teraeth en apprenant que Janel et lui étaient en couple, il connaissait maintenant la réponse : mal.

Cet échange aurait pu se poursuivre un moment, mais les femmes avaient d'autres projets.

— Vous aurez tout le temps de recommencer à vous tourner autour plus tard. Janel, comment vous sentez-vous ? s'enquit Tyentso.

— Étonnamment bien, pour quelqu'un qui vient d'être avalée par un dragon, avoua Janel. Est-ce que quelqu'un a vu Qown ? Je m'attendais à le trouver dans la zone réservée aux guérisseurs.

Kihrin eut l'impression qu'on lui poignardait le ventre avec une dizaine de couteaux émoussés.

— Heu… Il faut que je te dise…

Il n'avait pas envie que ses soupçons se révèlent vrais. Et il n'avait vraiment aucune envie de devoir les expliquer à Janel. L'angoisse se peignit sur les traits de cette dernière.

— Il n'est pas blessé, si ? Je ne sais pas ce qui s'est passé, dans le lac…

— C'est ce que nous espérions découvrir en venant ici, avoua Tyentso.

— Je ne crois pas que Qown soit blessé, mais Var nous a tous dupés. Il s'avère que… ce que j'ai détruit n'était pas une Pierre Angulaire.

Kihrin fut pris de nausée. Où qu'il soit en cet instant, Relos Var venait de franchir une nouvelle étape de sa liste. Il avait fait un pas de plus vers l'événement abominable qu'il prévoyait de déclencher. Lui qui souhaitait réaliser les prophéties… comme si celles-ci pouvaient avoir quoi que ce soit de bon.

Kihrin contempla le lac. Non loin de là, il entendait des gens travailler et bavarder. Il entendait aussi des râles et des cris de douleur. La brûlure qui couvait dans les yeux de Teraeth se transforma en circonspection.

— Kihrin, je vous ai tirés tous les deux de l'eau, toi et Thurvishar. Qown n'était pas là. Et Urthaenriel non plus.

— Oui… Je pense que Qown l'a emportée après m'avoir assommé.

C'était forcément Qown. Kihrin avait vu Thurvishar s'effondrer, et Relos Var se trouvait devant lui. La seule personne qui avait pu le frapper était le prêtre.

Janel le dévisagea, horrifiée.

— Non, ce n'est pas possible. Relos Var a dû faire quelque chose, employer un stratagème…

Kihrin pinça les lèvres et rencontra le regard de Teraeth. Le vané avait, pour le moment du moins, mis de côté sa jalousie pour se concentrer sur des enjeux plus importants. Et tous deux étaient d'accord pour considérer ce rebondissement comme très mauvais. Teraeth lui adressa un hochement de tête.

— Non, reprit Kihrin. Je n'ai pas l'impression que ce soit le cas. Qown a juste décidé de quel côté il était vraiment, c'est tout. Je suis vraiment désolé, Janel.

Elle écarquilla les yeux, bouleversée. Teraeth s'approcha d'elle et lui posa la main sur l'épaule.

— Je sais que tout ça n'a rien d'encourageant, intervint Tyentso. Mais nous allons retrouver Relos Var. Tout le monde va se mettre à sa recherche, à présent. Je n'aime pas beaucoup les chasseurs de sorcières de l'Académie, cela dit ils font bien leur travail. Nous le retrouverons… et nous retrouverons Urthaenriel.

— Vous ne comprenez pas, regretta Kihrin.

— Cela ne peut pas être si terrible, insista Tyentso. Personne n'a signalé d'attaque démoniaque depuis des heures. Personne, dans tout l'Empire.

— C'est normal, répondit Kihrin. Parce que les démons se sont cachés.

— C'est ce que j'ai constaté, approuva Janel d'une voix hagarde. Je n'avais pas compris pourquoi. Ils n'attaquent même pas le Gouffre.

— Garnement, qu'est-ce que nous ne comprenons pas ?

— Je l'ai senti, Ty. J'ai senti l'instant où Vol Karath s'est réveillé. C'était ça que voulait Relos Var ; c'est pour cette raison qu'il a orchestré tout ça. (Kihrin laissa échapper un ricanement, sombre et désespéré.) Var m'a convaincu qu'il ne s'intéressait qu'à Janel, que seul son destin lui importait, qu'il faisait tout cela pour elle. Mais son but n'a jamais été que de m'obliger à réveiller la seule créature au monde que je n'aurais *jamais* délivrée de mon plein gré. Vol Karath n'est plus endormi.

Janel cracha :

— Je ne sais pas quand, je ne sais pas comment, mais je jure qu'un jour, je tuerai Relos Var.

Teraeth, lui, déclara :

— Rassemblons tous les autres. Nous allons devoir en discuter.

64

La duchesse de glace

Vallée de Borgheva, Yor, Empire de Quur.
Quatre jours après l'attaque d'Atrine.

Xivan Kaen balaya la vallée du regard. Une Délaissée, portant un daim sur ses épaules, gravissait l'étroit sentier dans sa direction. Derrière Xivan, le domaine montagneux et les grottes qui servaient de foyer au clan de Bikeinoh, les Arsagh, vibraient de tension contenue. Le sentier escarpé avait été conçu pour être difficile à parcourir, avec ses bords hérissés de pointes et ses à-pics vertigineux. Les Arsagh n'avaient pas été ravis de voir arriver Xivan.

Cependant, elle n'avait eu qu'à tuer une dizaine d'hommes avant que les autres acceptent de s'entretenir avec elle.

— Honn, salua la femme en passant devant Xivan pour entrer dans le bâtiment principal.

Un emblème avait été peint sur le visage de la Délaissée ; le même symbole ornait le front de Xivan. Et chaque homme, femme et enfant du domaine le portait aussi, à présent qu'ils avaient compris sa signification et son utilité.

Un jour, elle espérait trouver le moyen de nettoyer les Grottes Printanières qui s'étendaient sous chaque domaine, comme Janel l'avait fait pour le Demesne de Glace. Mais dans l'intervalle, la roche empoisonnée ne tuerait plus les Yorans.

Lorsque le chef avait compris quel présent elle venait de leur offrir, il s'était montré d'un coup bien plus chaleureux.

Ce n'était pas tout à fait un cadeau, cependant. Mais elle ne demandait qu'une chose en échange : qu'on la prévienne si Suless réapparaissait.

L'expression de Xivan ne changea pas lorsque Relos Var et son apprenti, Qown, émergèrent du portail. Relos Var ne semblait pas gêné par le froid, mais Qown était emmitouflé dans des fourrures.

— Vous ne manquez pas de toupet, lança Xivan. Où est ma lance ?

Var fit la grimace.

— Malheureusement, je suis dans l'impossibilité de vous la rendre. Mais j'ai apporté quelque chose dont j'espère qu'elle constituera une excuse suffisante. Qown ?

Qown s'agenouilla pour poser une épée d'aspect ordinaire sur le sol. Le mage se retourna vers Xivan.

— Comment allez-vous, ma chère ?

— Toujours morte, répondit-elle. Presque autant à l'intérieur qu'à l'extérieur, à présent... mais heureusement pour moi, ma haine me tient bien chaud.

Relos Var parut peiné.

— Je suis désolé. Mais je sais que vous le retrouverez.

— Il aura perdu la raison. (Elle marqua un temps d'arrêt.) C'était déjà le cas, n'est-ce pas ?

Après un instant, Relos Var hocha la tête.

— Oui. Suless est douée pour cela.

— Vous n'avez pas essayé de l'en empêcher.

Xivan ne semblait même pas contrariée. Elle se contentait d'énoncer un fait. Il n'avait pas empêché les agissements de Suless, bien qu'il en ait eu la possibilité.

— J'ai dit à votre époux d'éliminer Suless pendant qu'elle se trouvait en son pouvoir. Il a refusé. Je n'étais peut-être pas d'accord avec lui, mais mes amis sont libres de prendre leurs propres décisions.

Une lueur vacilla dans les yeux de Xivan et, pour la première fois, l'émotion se peignit sur ses traits.

— Vraiment ? Vous avez pourtant manipulé toutes les personnes que vous avez connues.

Relos Var haussa les épaules.

— Je ne crois pas devoir m'excuser d'avoir rendu certaines options plus attrayantes que d'autres.

— Je vous tuerais maintenant, si je le pouvais, dit Xivan.

— Vous le pouvez, répondit Relos Var. L'épée que mon apprenti a posée devant vous est Urthaenriel.

Elle cilla, surprise, en observant l'arme.

— Vous l'avez trouvée. Vous l'avez vraiment trouvée.

— Oui… Enfin, c'est mon frère qui l'a trouvée.

Relos Var leva les mains, en un geste qui signifiait « c'est comme ça ».

— Je pense qu'Azhen aurait voulu que vous la portiez, s'il n'était pas capable de la manier lui-même.

— Elle ne va pas me détruire ?

Elle n'avait pas détaché son regard de l'épée.

— Pas du tout. Mais elle vous empêchera de vous nourrir, et donc de vous soigner. Cependant, son pouvoir n'agit que lorsqu'elle n'est pas au fourreau ; alors si j'étais vous, j'éviterais de la tenir en main plus de trois ou quatre heures d'affilée. En dehors de cela, je ne vois pas pourquoi vous ne pourriez pas porter Urthaenriel. D'ailleurs, vous conviendrez qu'elle pourrait se révéler très utile contre une personne en particulier…

Xivan le dévisagea.

— Suless.

— Ce n'est pas pour rien qu'on l'appelle Tueuse de Dieux. (Relos Var sourit.) Et je souhaite sincèrement que vous la retrouviez. Suless a un don pour provoquer des situations imprévues, et j'aimerais qu'elle ne vienne plus semer la zizanie dans mon jeu.

Xivan contempla l'épée. Relos Var cherchait à l'utiliser. Elle le savait. Et il ferait en sorte qu'elle serve ses intérêts à lui ; les siens ne lui importaient pas le moins du monde. Il pouvait prétendre qu'il voulait la voir tuer Suless, mais elle savait que les noms qu'il souhaitait réellement rayer de sa liste étaient ceux de Khored, Taja, Ompher, Galava, Argas, Tya et Thaena. Xivan Kaen n'avait jamais été dupe de l'amitié qu'il témoignait à son mari. Elle savait reconnaître un marionnettiste lorsqu'elle en voyait un.

Xivan ramassa l'épée.

Épilogue

Et enfin…

Au cœur de la Balafre Korthaen, huit faisceaux de lumière convergeaient au centre d'une cité. Autrefois appelée Kharolaen, devenue désormais Kharas Gulgoth, la cité était à la fois un tombeau et une prison, et n'existait que dans une intention : emprisonner un dieu corrompu, dieu des ténèbres et de l'oubli, entre huit chaînes de lumière.

L'une de ces lumières avait faibli. La même lumière finissait toujours par faiblir ; toujours, sa clarté venait à diminuer, un peu plus tôt chaque fois. Maintenir les chaînes retenant ce prisonnier – un être mis à l'écart de l'univers – était une tâche si harassante que les étoiles elles-mêmes auraient fini par s'assombrir. Il ne pouvait être retenu éternellement ; cependant, la lumière ne s'était pas encore éteinte. Ce maillon, le plus faible, n'aurait pas cédé avant une cinquantaine d'années de plus… si les choses s'étaient déroulées normalement.

Mais nous ne le saurons jamais.

Loin au nord, un jeune homme portant Urthaenriel fracassa ce qu'il croyait être une Pierre Angulaire. Mais il avait été berné, et ce qu'il détruisit était un mécanisme ancestral. Un engin dont la seule fonction était de diriger un unique faisceau de lumière jusqu'à un lieu situé à des milliers de kilomètres de là. Jusqu'au cœur de Kharas Gulgoth.

Et ce rayon – qui aurait dû tenir encore quelques décennies, au moins – vacilla, faiblit et mourut.

Les huit chaînes n'étaient plus que sept. Ce nombre n'était pas le bon.

Tandis qu'un tremblement lointain agitait la terre, arrachant des morgages à leur lit, le système s'effondra. L'une des chaînes emprisonnant un dieu corrompu avait cédé.

Vol Karath ouvrit les yeux.

Annexe I

Les dragons

Aeyan'arric : femelle. Dragon d'une blancheur glaciale, mais qui ne semble toutefois pas être constituée de glace. Vue pour la dernière fois à Jorat. Son emplacement actuel est inconnu, mais le plus probable est qu'elle se trouve à Yor.

Baelosh : mâle. Dragon constitué ou recouvert de lianes et de plantes.

Drehemia : femelle. Décrite comme ténébreuse, elle pourrait être constituée d'ombres, et inobservable directement. Son emplacement actuel est inconnu, mais elle n'a jamais été aperçue dans l'enceinte de Quur.

Gorokai : femelle. Dragon chimérique, changeant constamment de forme.

Morios : mâle. Dragon de métal, constitué exclusivement de lames, d'épées et d'autres armes. De vagues légendes le concernant ont été retrouvées au sein de documents dreth saisis à Raenena. La créature était naguère considérée comme fictive. Vu pour la dernière fois à Atrine. Ne peut être blessé au combat.

Rol'amar : mâle. Décrit comme un dragon squelette, dont les os se brisent et se ressoudent continuellement. Il est considéré comme impossible à tuer, par quelque moyen que ce soit. Vu pour la dernière fois dans la Balafre Korthaen.

Sharanakal : mâle. Décrit comme un volcan actif en forme de dragon. Vu pour la dernière fois dans l'archipel de la Désolation, situé entre Zherias et le Manol.

Xaloma : femelle. Dragon spectral bioluminescent, capable de se déplacer à volonté à travers le Voile séparant les mondes jumeaux.

Annexe II

Glossaire

A

A'val : amie de C'indrol.

Aeyan'arric : dragon.

Agari : clan marakori.

Agolé : vêtement polyvalent, semblable à une écharpe et pouvant être porté de diverses manières.

Alvaros : seigneurie de Jorat.

Arasgon : flammesang. Frère de Talaras.

Argas : l'un des Huit Immortels. Considéré comme le dieu de l'invention et de l'innovation.

Âtremonde : l'une des Pierres Angulaires.

Atrine : capitale de la colonie de Jorat, bâtie par l'Empereur Atrin Kandor.

Au-delà (l') : miroir obscur du monde des vivants. Les âmes s'y rendent après leur mort, espérant voyager ensuite jusqu'au Royaume de la Paix.

Avranila : petite ville du canton de Tolamer, dans la seigneurie de Stavira, à Jorat. Elle n'a pas été directement affectée par la Marche Infernale de Lonezh, mais s'est dépeuplée par la suite, lorsque ses habitants sont partis à la recherche de meilleures opportunités économiques.

B

Baelosh : dragon.

Bannière de Barsine : province de Jorat.

Baramon, Sire : chevalier vieillissant se produisant dans les tournois, plus particulièrement dans la bannière de Barsine.

Bikeinoh : deuxième épouse du duc Kaen.

C

C'indrol : l'une des vies antérieures de Janel Theranon. Il pourrait s'agir d'une voras morte durant la destruction de Kharolaen.

Caless : déesse de l'amour charnel.

Cherthog : dieu de l'hiver et de la glace, surtout vénéré à Yor.

Chevalier (jorat) : à la différence des chevaliers des autres régions, les chevaliers jorats sont comparables à des athlètes, qui combattent à la place d'autres individus afin d'établir les rapports idorrá-thudajé. Le résultat de ces affrontements influe sur tous les aspects de la vie jorate, des accords commerciaux aux procès.

Chevalier Noir (le) : personnage récurrent des tournois jorats, destiné à représenter les interventions imprévisibles des dieux. Il constitue souvent la seule manière, pour les nobles en titre, de se joindre aux compétitions. Sa principale fonction est de faire rire l'assistance.

Cités-États de Zaibur : nom archaïque désignant un ensemble de cités-États ennemies qui peuplaient Marakor, avant que la région soit conquise par Quur.

D

D'Aramarin : Maison Royale, première au classement. La Maison D'Aramarin contrôle les Garde-Portes, la guilde de magiciens chargés du maniement et de l'entretien du réseau des portails. Par conséquent, ils exercent un contrôle presque exclusif sur les échanges commerciaux entre colonies.

D'Aramarin, Havar : Grand Seigneur de la Maison D'Aramarin.

D'Kard : Maison Royale, principalement associée à l'artisanat.

D'Lorus : Maison Royale, principalement associée au papier, aux livres, aux écoles et à l'instruction.

D'Lorus, Gadrith : Seigneur-Héritier de la Maison D'Lorus, nécromancien et mage de sinistre réputation. La plupart des gens le pensent mort. Également appelé Gadrith le Déviant.

D'Lorus, Thurvishar : fils de Gadrith D'Lorus et Seigneur-Héritier de la Maison D'Lorus.

D'Mon : Maison Royale, principalement associée à la magie guérisseuse.

D'Mon, Darzin : Seigneur-Héritier et aîné des fils survivants du Grand Seigneur Therin D'Mon.

D'Mon, Galen : fils aîné du Seigneur-Héritier Darzin D'Mon.

D'Mon, Kihrin : benjamin des enfants du Grand Seigneur Therin D'Mon, et enfant unique de la reine vané Khaeriel. Il est également la réincarnation de S'arric, l'un des Huit Immortels.

D'Mon, Therin : Grand Seigneur de la Maison D'Mon.

D'Talus : Maison Royale responsable de la Guilde des Forgerons, les Hommes Rouges.

D'Talus, Ibatan : auteur des *Rituels de guerre*.

Dango : membre de la bande de Ninavis.

Danorak : flammesang connu pour avoir couru jusqu'à mourir d'épuisement, afin d'avertir les Jorats que l'Empereur Kandor s'apprêtait à inonder les Gorges-sans-fin (ce qui eut pour effet de créer le lac Jorat).

Dedreugh : capitaine de la garde de Barsine.

Démons : race provenant d'une autre dimension, et pouvant, quoique difficilement, pénétrer dans le monde physique. Connus pour leur puissance et leur cruauté. Cf. Marche Infernale.

Doltar : pays très éloigné de Quur, dont les habitants ont la peau pâle, et les cheveux et les yeux de couleur claire. Ils sont parfois vendus à Quur comme esclaves.

Dorna : femme jorate âgée, qui fut la nourrice de Janel Theranon dans son enfance. Elle accompagne toujours Janel dans ses voyages.

Dreth : cf. vordreth.

Drussien : métal rare supérieur au fer, ne pouvant être fabriqué qu'à l'aide de feux magiques d'une chaleur surnaturelle.

Dyono Tumai : le Chevalier Rouge (dans la langue yorane).

E

Eamithon : colonie située au nord de la Cité capitale. Première région colonisée par l'Empire de Quur, elle est considérée comme la plus paisible.

Empire de Quur : cf. Quur.

Enfer : ne pas confondre avec le Royaume de la Paix. Lieu dont proviennent les démons.

Étalon : personne jorate qui s'identifie en tant qu'homme – ce qui ne signifie pas qu'elle doive être de sexe masculin, cf. genre (jorat) –, et qui présente des attributs associés aux étalons, tels que l'autorité, l'assurance et le besoin de protéger autrui, ainsi que le goût de divertir, des épreuves et des combats.

F

Famille Sifen : famille d'agriculteurs de la bannière de Barsine, surtout connus pour cultiver la mangue.

Festival des Feuilles d'Automne : fête annuelle en l'honneur de la déesse Galava. Ceux qui le souhaitent peuvent, après avoir passé un an au service de la déesse, demander à celle-ci de changer leur sexe biologique.

Flammesangs : race parente des chevaux, mais modifiée par le dieu-roi Khorsal afin de lui conférer une taille, une puissance, une endurance, une loyauté et une intelligence extraordinaires. Les flammesangs sont omnivores, et quoiqu'ils ne soient pas dotés de pouces opposables, sont capables de manipuler le tenyé. Leur espérance de vie est de quatre-vingts ans ou plus.

Fleur-de-cendre : cheval de ferme jorat.

Forêt : une pratique juridique jorate consiste à déclarer qu'une étendue de nature donnée se trouve « en dehors » de toute protection ou répercussions légales. Utilisée afin d'exproprier certains occupants pour cause d'utilité publique, elle confère également aux dirigeants la possibilité de tuer en toute impunité. Dans les autres régions, il ne s'agit en général que d'une zone forestière protégée, telle que la forêt de Kirpis.

G

Gaesh : enchantement obligeant sa victime à suivre tous les ordres donnés par la personne qui détient le totem associé au sortilège, y compris celui de se suicider. Une victime qui ne peut pas ou ne veut pas obéir à un ordre sera mise à mort par le gaesh.

Galava : une des Huit Immortels. Déesse de la vie et de la nature.

Gan, la Fille du Meunier : membre de la bande de Ninavis.

Garde-Portes : guilde chargée de manipuler et d'entretenir les portails, dirigée par la Maison D'Aramarin.

Gemmeporte : surface de pierre gravée de symboles spéciaux, dont l'usage permet de rendre les déplacements par le biais des portails beaucoup moins coûteux en magie. Le détail de leur fonctionnement est un secret industriel, jalousement gardé par la Maison D'Aramarin.

Gendal : ancien Empereur de Quur, assassiné par Gadrith D'Lorus.

Genre (jorat) : pour les Jorats, le genre est une notion sociale plutôt que biologique. Ainsi, bien qu'ils reconnaissent l'existence d'individus biologiquement masculins, féminins ou intersexes, la dénomination « homme » et « femme » est liée à leur rôle dans la société, plutôt qu'à leur sexe. Le terme générique de « hongre » regroupe toutes les personnes qui refusent de se conformer à l'un ou l'autre des deux extrêmes. Mais d'une manière générale, la notion de genre demeure binaire à Jorat, et souffre des mêmes troubles que les autres sociétés où s'applique cette binarité. Le genre jorat est en général déterminé par l'habillement : les « étalons » portent des tenues ornementées et sophistiquées, tandis que les « juments » se vêtent de façon plus discrète. Cf. étalon, jument, hongre.

Gorges-sans-fin : série de ravins incroyablement larges, profonds et sinueux, dont le dieu-roi Khorsal se servit comme refuge et siège de son pouvoir. Les Gorges-sans-fin furent détruites lorsque l'Empereur Kandor construisit des barrages sur les fleuves qui les avaient érodées, créant le lac Jorat.

Gorokai : dragon.

Gozen : chevalier débutant.

Grand Silence (le) : événement mystérieux, durant lequel tous les mages de Quur (et même du monde) devinrent inexplicablement sourds durant trois jours.

Grizzst : considéré, à tort, comme faisant partie des Huit Immortels. Magicien célèbre, parfois vénéré comme dieu de la magie, et en particulier de la démonologie. On le pense à l'origine de l'asservissement des démons, ainsi que de la fabrication de la Couronne et du Sceptre de Quur.

Guarem : langue principale de Quur.

Guerrier de l'Enfer (le) : scélérat de prophétie, devant apparaître pour détruire l'Empire de Quur et peut-être le monde. C'est aussi un héros de prophétie, destiné à sauver le monde.

H

Hamarratus : flammesang, ancienne esclave de Darzin D'Mon, aussi appelée Scandale.

Hará, Kay : membre de la bande de Ninavis.

Hedrogha : capitaine yoran.

Hongre : terme jorat se référant à toute personne, homme ou femme, qui ne se reconnaît pas dans les archétypes de l'étalon et de la jument. Cela ne signifie pas que cette personne doive être asexuée.

Huit Immortels (les) : huit entités à la puissance divine, issues d'un rituel réalisé par Relos Var.

I

Idorrá : notion jorate exprimant l'autorité, la domination et le contrôle, et liée aux concepts de responsabilité et de devoir. Un individu peut perdre son idorrá lorsqu'il échoue à protéger ou à défendre ceux dont il a la charge.

Irisia : cf. Tya.

J

Jalore : Empereur de Quur ayant achevé la conquête des cités-États de Zaibur.

Jorat : colonie située au centre de Quur, au climat variable et aux vastes plaines herbeuses, connue pour ses chevaux.

Jument : personne jorate qui s'identifie en tant que femme – ce qui ne signifie pas qu'elle doive être de sexe féminin, cf. genre (jorat) – et qui présente des attributs associés aux juments, tels qu'une affinité pour la tenue du foyer, l'éducation des enfants, l'agriculture, l'artisanat, l'art et la cuisine. Ses valeurs sont l'esprit d'équipe, la famille et les devoirs du subordonné.

K

Kaen : lignée des ducs de Yor.

Kaen, Azhen : duc – ou honn – de Yor, petit-fils du général quuro-jorat qui conquit la région et mit à mort les dieux-rois qui la gouvernaient, Cherthog et Suless.

Kaen, Exidhar : fils unique d'Azhen Kaen.

Kaen, Xivan : première épouse d'Azhen Kaen. Ses origines khorvesh l'avaient rendue impopulaire auprès du peuple de Yor, et elle fut finalement tuée lors d'une tentative d'assassinat dirigée contre son mari.

Kalazan : membre de la bande de Ninavis.

Kandor, Atrin : Empereur de Quur ayant étendu de façon significative les frontières de l'Empire, et connu pour avoir décidé d'envahir le Manol. Cette campagne, en plus de provoquer la perte d'Urthaenriel, eut pour effet d'anéantir presque entièrement l'armée quuro, laissant Quur sans défense contre l'invasion morgage qui s'ensuivit.

Kandor, Elana : cf. Milligreest, Elana.

Kasmodeus : démon.

Kazivar : l'une des colonies de Quur, au nord d'Eamithon.

Kef : sorte de pantalon, courant à l'ouest de Quur.

Kelanis : fils de Khaevatz et de Kelindel, frère cadet de Khaeriel ; désormais roi des vané.

Khaemezra : aussi appelée « Mère ». Grande Prêtresse de Thaena, chef de la Confrérie Noire, et mère de Teraeth. Il s'agit du vrai nom de Thaena. Cf. Thaena.

Khaeriel : reine vané, assassinée sur ordre de son frère Kelanis. Khaeriel, qui portait alors la Pierre des Entraves, fut transférée dans le corps de son assassin. Elle reçut ensuite un gaesh et fut vendue comme esclave à Therin D'Mon par sa grand-mère, Khaemezra.

Kharas Gulgoth : ruine située au milieu de la Balafre Korthaen. On la pense consacrée (et maudite) par les morgages. Prison du dieu corrompu, Vol Karath.

Kharolaen : ancien nom de Kharas Gulgoth.

Khored : l'un des Huit Immortels, dieu de la destruction.

Khoreval : lance magique, qu'on pense capable de tuer un dragon.

Khorsal : dieu-roi ayant régné sur Jorat. Il faisait montre d'une obsession singulière pour les chevaux, et modifia beaucoup des personnes et des animaux qui se trouvaient en son pouvoir. Responsable de la création de la race de chevaux flammesangs et des centaures.

Khorvesh : colonie située au sud de la Cité capitale, au nord de la Jungle Manol.

Kirpis : colonie située au nord de Kazivar, presque entièrement recouverte de forêt. Connue pour avoir été le foyer d'une des races vané, ainsi que pour son Académie de magie. On y trouve également de nombreux vignobles de renom.

Kishna-Farriga : un des États Libres, groupe de cités-États situées au sud de Quur, de l'autre côté de la Jungle Manol. Kishna-Farriga est utilisée comme entrepôt intermédiaire par de nombreux pays environnants.

Kovinglass : Garde-Portes ayant exercé au service du comte de Tolamer.

L

Laevos : coiffure jorate constituée d'une bande de cheveux allant du front à la nuque, tandis que les côtés de la tête sont rasés ; le tout évoque une crinière. Les cheveux de certains Jorats poussent ainsi naturellement, ce qui est considéré comme un signe de noblesse.

Lances Rouges (les) : compagnie jorate de mercenaires.

Lorat : noble âgé.

M

Maladie du sang de Falesini : fièvre hémorragique transmise par l'urine de souris, et survenant dans les climats chauds et secs (tels que celui de la colonie de Khorvesh).

Malkoessian, Aroth : margrive de Stavira. Stavira est l'un des quatre secteurs, aussi appelés « seigneuries », qui constituent Jorat. Le canton de Janel Theranon, Tolamer, se trouve à Stavira.

Malkoessian, Ilvar : héritier d'Aroth.

Malkoessian, Oreth : fils puîné du margrive de Stavira, se produisant souvent en tant que chevalier dans les tournois. Il fut brièvement fiancé à Janel Theranon.

Manol (le) : région recouverte d'une jungle très dense, dans la partie équatoriale du monde connu. Foyer des vané manols.

Marais de Kulma : marais situé dans les basses terres du sud de Marakor.

Marakor : colonie quuro située au sud-est de l'Empire. Son importance politique est due au fait qu'elle offre un passage (relativement) aisé vers la Jungle Manol. Il s'avéra difficile d'en unifier les différents clans, issus des cités-États qui constituaient autrefois la région.

Marche Infernale : événement se produisant lorsqu'un démon puissant, ayant réussi à accéder au monde physique, entreprend d'invoquer des démons et de posséder des cadavres. Il en résulte en général un vaste massacre et d'importants dégâts. Les Marches Infernales commencent le plus souvent lorsqu'un démon échappe au contrôle de son invocateur. Avant la destruction de la Pierre des Entraves, les démons ne pouvaient être invoqués dans le monde des vivants que par des entités dotées d'un corps distinct, telles que les humains ou les vané. Cependant, les démons ont rapidement découvert une faille à cette logique : ils pouvaient posséder un corps encore vivant, et s'en servir pour invoquer de nouveaux démons. Les démons peuvent également posséder des cadavres à Jorat et à Marakor, mais ils ne peuvent pas invoquer leurs semblables par ce biais.

Marche Infernale de Lonezh : de sinistre mémoire, cet événement récent commença à Marakor et se termina à Jorat, faisant d'innombrables morts.

Margrive : titre de noblesse jorat, qui se situe juste en dessous du titre de duc.

Mereina : chef-lieu de la bannière de Barsine.

Milligreest, Elana : musicienne de Khorvesh qui épousa Atrin Kandor. Après la mort de celui-ci, elle reprit son nom de jeune fille et se rendit dans la Balafre Korthaen pour négocier un traité de paix avec les envahisseurs morgages. Elle est également responsable de la libération de S'arric. Vie antérieure de Janel Theranon.

Milligreest, Jarith : seul fils de Qoran Milligreest. Comme la plupart des Milligreest, il s'agit d'un soldat de métier. Il fut tué par Xaltorath durant la Marche Infernale de la capitale.

Milligreest, Qoran : Premier Général de l'armée quuro, considéré comme l'un des personnages les plus puissants de l'Empire.

Misha : chemise à manches longues portée par les hommes à Quur.

Mithros : chef des Lances Rouges, une compagnie de mercenaires vendant ses services au plus offrant dans les tournois jorats. Vané manol.

Miyane : reine des vané, épouse du roi Kelanis.

Mondes jumeaux (les) : terme regroupant le monde des vivants et l'Au-delà, en tant que partie d'un ensemble plus vaste.
Morea : jeune esclave assassinée par Serre. Sœur de Talea.
Morgages : race sauvage et féroce vivant dans la Balafre Korthaen et livrant une guerre sans répit à ses voisins, en particulier aux Quuros de la colonie de Khorvesh.
Morios : dragon.
Mystères Vishai : religion répandue dans certaines régions d'Eamithon, de Jorat et de Marakor. On sait peu de chose sur leurs pratiques, mais leur religion semble s'articuler autour d'une divinité solaire, et ses fidèles semblent pacifistes. Les membres de ce culte obtiennent souvent le permis de pratiquer la magie guérisseuse, délivré par la Maison D'Mon.

N

Nakijan, Jem : membre de la bande de Ninavis.
Nemesan : dieu-roi décédé.
Nerikan : ancien Empereur de Quur.
Ninavis : hors-la-loi ayant rassemblé un groupe de bandits partageant ses valeurs. Vivant en marge de la bannière de Barsine, elle ne s'aventure que rarement hors de la forêt.
Nuage : hongre jorat.

O

Ogenra : bâtard non légitimé d'une des familles royales. Loin d'être méprisés, les Ogenras sont considérés comme un élément important du système politique, en raison de leur faculté à contourner la malédiction des dieux.
Omorse : bannière de Jorat.
Ompher : l'un des Huit Immortels. Dieu du monde.

P

Passe de Tiga (la) : une passe permettant de voyager entre les Grandes Steppes et la Pâture.

Pâture (la) : région du sud de Jorat, constituée majoritairement de plaines herbeuses.

Père Zajhera : dirigeant du culte de Vishai (les Mystères Vishai). Il s'est personnellement chargé d'exorciser le démon Xaltorath, ayant possédé Janel Theranon alors qu'elle n'était encore qu'une enfant.

Pics-Dragons (les) : chaîne de montagnes traversant Quur du nord au sud, séparant les colonies de Kirpis, Kazivar, Eamithon et Khorvesh, à l'ouest, de Raenena, Jorat, Marakor et Yor, à l'est.

Pierre des Entraves (la) : l'une des huit Pierres Angulaires, des artefacts ancestraux d'origine inconnue.

Pierres Angulaires (les) : huit artefacts magiques. La Pierre des Entraves et Brise-chaînes en font partie.

Portail : lien magique entre deux emplacements géographiques distincts, permettant de traverser rapidement de grandes distances. Seuls les mages les plus puissants sont capables de créer des portails indépendamment des Gemmeportes.

Porteguerre : l'une des Pierres Angulaires.

Praliar : ville jorate.

Q

Qhuaras : dieu-roi décédé.

Qown (Frère) : acolyte des Mystères Vishai, ayant pour mission de guider le comte Janel Theranon.

Quatre Races (les) : quatre races immortelles et très puissantes remontant à des temps anciens. Seuls les vané conservent à ce jour leur forme d'origine et leur immortalité ; les autres, quant à elles, ont dégénéré jusqu'à former les morgages, les dreth et les races humaines.

Quur (Grand et Saint Empire de) : vaste empire s'étant développé autour d'une cité-État originelle (portant aussi le nom de Quur), devenue sa capitale.

R

Raenena : colonie de Quur, nichée dans la partie nord des Pics-Dragons.
Raisigi : corsage ajusté, porté par les femmes.
Razarras : minerai extrêmement toxique.
Rev'arric : cf. Relos Var.
Revenir : être ramené à la vie depuis l'Au-delà, toujours avec la permission de Thaena, la déesse de la mort.
Riquiqui : faux nom utilisé par Dorna.
Rivefraîche : petit village de la bannière de Barsine.
Rol'amar : dragon.

S

S'arric : l'un des Huit Immortels, peu connu (et décédé) ; dieu du soleil, des étoiles et du ciel. Assassiné par son frère aîné, Rev'arric. Vie antérieure de Kihrin D'Mon.
Saelen : mot jorat signifiant « égaré ».
Sallí : cape pourvue d'un capuchon, destinée à protéger son porteur de la chaleur intense de la Cité capitale.
Salos : serpent originaire de la Jungle Manol.
Sandus : fermier de Marakor, devenu Empereur de Quur.
Sang de Joras : terme jorat désignant un magicien qui ne soit pas d'origine jorate, marakori ou yorane.
Seigneur Sans-Nom : nom jorat désignant le huitième des Huit Immortels.
Selanol : divinité solaire vénérée par les Mystères Vishai.
Senera : ancienne esclave d'origine doltari, exerçant ensuite à Jorat en tant que sorcière et saboteur.
Shanathá : type de métal.
Sharanakal : dragon.
Simillion : premier Empereur de Quur.

Sorcière : toute personne utilisant la magie sans y avoir été officiellement formée et avoir reçu les autorisations nécessaires. Il s'agit d'un terme générique, mais « sorcier » est parfois employé pour les hommes. À Jorat, toute personne utilisant la magie sans être un Sang de Joras est considérée comme une sorcière.

Stavira : l'un des quatre secteurs, aussi appelés « marches », qui constituent Jorat.

Suless : déesse-reine de Yor, liée à la sorcellerie, au mensonge, aux subterfuges et à la trahison, ainsi qu'aux hyènes.

T

Taja : l'une des Huit Immortels, déesse de la chance.

Talea : ancienne esclave.

Talisman : objet d'apparence normale, dont le tenyé a été modifié pour vibrer sur la même fréquence que son propriétaire. Cela a pour effet de renforcer le tenyé contre les ennemis cherchant à l'altérer. Cela signifie aussi qu'il est extrêmement dangereux de laisser l'un de ses talismans tomber entre les mains de ses adversaires. Puisque les talismans agissent sur les pouvoirs magiques, chacun d'entre eux diminue la puissance du magicien qui le porte.

Tamarane : tradition culinaire jorate, qui compte huit méthodes différentes de cuisson.

Tamin : baron de la bannière de Barsine.

Tenyé : essence véritable d'un objet, élément fondamental de toute pratique de la magie.

Teraeth : chasseur de Thaena ; vané manol assassin et membre de la Confrérie Noire ; fils de Khaemezra.

Thaena : l'une des Huit Immortels, déesse de la mort.

Theranon : famille noble de Jorat.

Theranon, Frena : mère de Janel, morte durant la Marche Infernale de Lonezh.

Theranon, Janel : noble jorate contaminée par la souillure démoniaque. Surnommée « Danorak » en raison d'une croyance répandue selon laquelle elle aurait couru au-devant de la Marche Infernale de Lonezh, afin d'en avertir l'Empereur Sandus.

Theranon, Jarak : père de Janel, mort durant la Marche Infernale de Lonezh.

Theranon, Jarin : comte de Tolamer, décédé. Grand-père de Janel.

Thorra : terme jorat désignant une personne qui abuse des privilèges accompagnant l'idorrá. Brute ou tyran. Litt. « un étalon qu'il est dangereux de laisser seul avec les autres chevaux ».

Thudajé : terme jorat regroupant les notions de respect, d'humilité et de soumission. Le thudajé est considéré comme une qualité essentielle. Quelle que soit la force de l'idorrá d'un individu, les Jorats sont convaincus qu'il devra toujours son thudajé à quelqu'un.

Tolamer : canton situé au nord-est de Jorat, gouverné par la famille Theranon depuis près de cinq siècles.

Touché par les dieux : bénédiction ou malédiction (selon la personne à qui l'on pose la question) prodiguée par les Huit Immortels aux huit Maisons Royales de Quur. Il est interdit aux membres des Maisons Royales d'édicter des lois, sous peine de mort. L'action des dieux a également eu pour effet de conférer à chaque Maison une couleur d'yeux caractéristique.

Tournois : compétitions, en général dotées d'une composante équestre, ayant lieu le plus souvent possible aux quatre coins de Jorat. Les spectateurs jorats peuvent faire montre d'un grand dévouement envers les équipes qu'ils soutiennent.

Trois Sœurs (les) : peut désigner Taja, Tya et Thaena, ou bien Galava, Tya et Thaena, en fonction des croyances locales. Se rapporte aussi aux trois lunes visibles dans le ciel durant la nuit.

Tueuse de Dieux : cf. Urthaenriel.

Tumai : mot yoran signifiant « chevalier ».

Tya : l'une des Huit Immortels, déesse de la magie.

Tyentso : anciennement Raverí D'Lorus, à présent Empereur de Quur. Il s'agit de la première femme à porter ce titre.

U

Upishiarral : plat jorat traditionnel, constitué de légumes et de riz.

Urthaenriel : Tueuse de Dieux, le Fléau des Rois, l'Épée de l'Empereur. Puissant artefact dont on pense qu'il immunise son porteur contre la magie, et lui permet par conséquent de tuer des dieux.

V

Valathea : harpe transmise par les Milligreest de génération en génération. Il s'agit également d'une reine décédée des vané kirpis.

Vané : également appelés vorfelané. Race immortelle, particulièrement douée pour la magie et réputée pour sa beauté.

Vané kirpis : race immortelle à la peau pâle, qui vivait autrefois dans la forêt de Kirpis, avant d'être repoussée vers le sud et d'élire domicile dans la Jungle Manol.

Vanoizi : cuisine régionale d'Eamithon.

Var, Relos : puissant magicien. On le pense responsable du rituel ayant créé les Huit Immortels, ainsi que de celui ayant engendré les dragons et Vol Karath.

Veixizhau : l'une des plus jeunes épouses d'Azhen Kaen.

Ventrebeurre : décédé, ce receleur et membre des Danseurs de l'Ombre officiait à la capitale.

Vidan : membre de la bande de Ninavis.

Visallía : marche de Jorat.

Voile de Tya : lueurs irisées apparaissant dans le ciel durant la nuit.

Vol Karath : également appelé l'Enfant de Guerre. Rejeton démoniaque créé par les démons afin de combattre les Huit Immortels. Il est parfois considéré comme un vestige corrompu de S'arric, dieu du soleil ayant fait l'objet d'un sacrifice. Les deux pourraient se révéler vrais.

Voramer : également appelés vormer. Race disparue de créatures aquatiques, dont on pense qu'elle donna naissance aux morgages et aux ithlakors. De ces deux races, seule la seconde vit toujours sous l'eau.

Voras : également appelés vorarras. Race disparue dont on pense qu'elle donna naissance à l'humanité, et qui perdit son immortalité lorsque Kharolaen fut détruite.

Vordreth : également appelés vordredd, dreth, dredd et nains. Race vivant sous la terre, connue pour sa force et son intelligence. En dépit de leur surnom, ils ne sont pas plus petits que la moyenne. On suppose qu'ils furent éradiqués lorsque Atrin Kandor conquit Raenena.

W

Wilavir, Sivat : auteur de *Techniques de siège de l'invasion de Yor*.

Wyrga : dompteuse au service du duc Kaen.

X

Xaloma : dragon.

Xaltorath : prince démon, ne pouvant être invoqué que suite au sacrifice d'un membre de la famille de l'invocateur. Lié, selon ses propres paroles, à la luxure et à la guerre.

Xun, Foran : duc de Jorat. Xun monta sur le trône très jeune, lorsque son père succomba à la Marche Infernale de Lonezh.

Y

Ynis : dieu-roi décédé.

Yor : l'une des colonies de Quur, la plus récente et la moins accoutumée au joug impérial.

Z

Zaibur : 1. Fleuve important prenant sa source au lac Jorat et séparant Jorat et Marakor. Il coule depuis les Chutes du Démon jusqu'à se déverser dans l'océan. 2. Jeu de stratégie.

Remerciements

Tout d'abord, j'aimerais remercier mon grand amour, Mike, qui demeure encore et toujours mon pilier, mon canard en plastique et ma première barrière contre les incohérences potentielles de l'intrigue. Merci à Karen Faris, toujours prête à prendre le temps de me donner ses impressions. Ma gratitude éternelle à mon agent, Sam Morgan (tu n'étais pas obligé de répondre à mes coups de fil paniqués du samedi soir, mais merci de l'avoir fait quand même). Je voudrais aussi remercier les gens merveilleux chez Tor Books ; pas seulement mes fabuleuses éditrices, Devi Pillai et Bella Pagan (et leurs assistantes, Rachel Bass et Georgia Summers !), mais aussi la foule des héros souvent oubliés, qui officient dans le domaine de la correction, de la production, du marketing et des relations presse, dont le travail et l'enthousiasme ont participé à faire naître ce livre. Mes lecteurs ne vous connaissent peut-être pas, mais croyez bien que moi, si (et que je vais continuer à vous envoyer des caramels). Merci à Lars Grant-West pour sa magnifique illustration de couverture originale, à Irene Gallo pour sa direction artistique irréprochable et à Thomas Mis d'avoir travaillé si dur pour réaliser de formidables livres audio. J'aimerais aussi remercier Rachel Fish, pour ses conseils concernant les problématiques de genre souvent complexes de Jorat. Et enfin, merci à DeBracey Productions, au Renaissance Festival de Géorgie, de m'avoir laissée leur tourner autour et leur poser tout un tas de questions agaçantes. Je voudrais remercier tout particulièrement le méchant du tournoi (qui s'est avéré incroyablement gentil), Lee Kirk ; ainsi que Dosbergen

Kozugulov, dit Dopka, dont la description des jeux équestres de son Kirghizistan natal est venue chambouler tous mes projets quant aux modalités des tournois de Jorat.

Achevé d'imprimer en juin 2023
Par CPI Brodard & Taupin à La Flèche
N° d'impression : 3053231
Dépôt légal : juillet 2023
Imprimé en France
2811209-1